WOLFGANG HOHLBEIN

Die Saga von Garth und Torian 1

Buch

Der Söldner und Attentäter Torian entfesselt mit dem Mord an einem mächtigen Magier ein gewaltiges Inferno. Mit Mühe gelingt es ihm und seinem früheren Feind Garth, dem Unheil zu entkommen und in die Ruinenstadt Rador zu fliehen. Hier wartet ihre größte und gefährlichste Aufgabe: Im Auftrag des Zauberers Salamir sollen sie sich in den Tempel des Toten Gottes wagen, um die Herrschaft des Schwarzen Magiers zu brechen. Doch der Weg dorthin ist lang und voll unbekannter Gefahren…

Der vorliegende Band enthält die drei Romane »Die Stadt der schwarzen Krieger«, »Die Tochter des Magiers« und »Die Katakomben der letzten Nacht«.

Autor

Wolfgang Hohlbein, geboren 1953 in Weimar, ist einer der beliebtesten deutschen Autoren auf dem Gebiet der fantastischen Literatur. Ob Horror, Fantasy oder Science-Fiction: Sein Name bürgt für spannende Unterhaltung. Seit er 1982 mit dem Enwor-Roman »Der wandernde Wald« und mit dem Jugendbuch »Märchenmond« (gemeinsam mit seiner Frau Heike) bekannt wurde, verlegte er sich ganz auf das Schreiben und hat inzwischen ein Millionenpublikum gewonnen.

Von Wolfgang Hohlbein erschienen:

DIE ENWOR-SAGA: 1. **Der wandernde Wald** (24947), 2. **Die brennende Stadt** [= Stein der Macht I] (24948), 3. **Das tote Land** {=Stein der Macht II] (24949), 4. **Der steinerne Wolf** [= Stein der Macht III] (24950), 5. **Das schwarze Schiff** (24951), 6. **Die Rückkehr der Götter** (24952), 7. **Das schweigende Netz** (24953), 8. **Der flüsternde Turm** (25954), 9. **Das vergessene Heer** (24955), 10. **Die verbotenen Inseln** (24956), 11. **Das elfte Buch** (25957)

DAS HERZ DES WALDES: **Gwenderon. Cavin. Megidda.**
Drei Romane in einem Band (24592)

Magog. Roman (9724)

Demnächst erscheint:

GARTH UND TORIAN: **Die Saga von Garth und Torian II.**
Drei Romane in einem Band (24249)

Wolfgang Hohlbein

Die Saga von Garth und Torian I

Die Stadt der schwarzen Krieger

Die Tochter des Magiers

Die Katakomben der letzten Nacht

Drei Romane
in einem Band

BLANVALET

Umwelthinweis:
Alle bedruckten Materialien dieses Taschenbuches
sind chlorfrei und umweltschonend.

Blanvalet Taschenbücher erscheinen im Goldmann Verlag,
einem Unternehmen der Verlagsgruppe Random House GmbH.

Taschenbuchausgabe 6/2003

Umschlaggestaltung: Design Team München
Umschlagillustration: Agt. Schlück/Rabinowitz
Satz: IBV Satz- und Datentechnik, Berlin
Druck: Elsnerdruck, Berlin
Titelnummer: 24247
V. B. · Herstellung: Peter Papenbrok
Printed in Germany
ISBN 3-442-24247-9
www.blanvalet-verlag.de

1 3 5 7 9 10 8 6 4 2

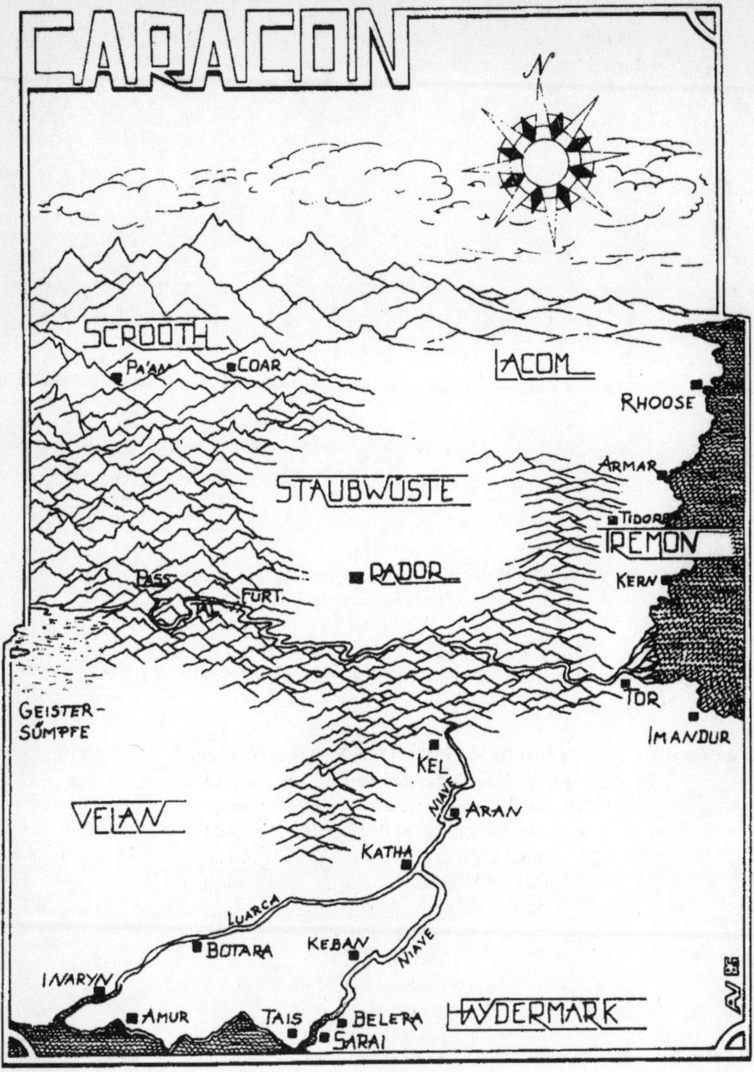
CARACON
N
SCROOTH
PA'AN
COAR
LACOM
RHOOSE
ARMAR
STAUBWÜSTE
TIDOR
TREMON
RADOR
KERN
PASS
FURT
TAL
TOR
IMANDUR
GEISTER-
SÜMPFE
KEL
NIAVE
ARAN
VELAN
KATHA
LUARCA
BOTARA
KEBAN
NIAVE
INARYN
AMUR
TAIS
BELERA
SARAI
HAYDERMARK

Die Stadt der schwarzen Krieger

Die Luft über dem Tal flimmerte noch immer vor Hitze und Staub, und der Wind trug den Gestank des Schlachtfeldes heran: ein unbeschreibliches Gemisch aus Blut und Schweiß und Brandgeruch, Urin und Kot, von Schmerzen und Tod und dem Moder aufgewühlten Erdreiches, und das Grau der Dämmerung wurde immer wieder vom Schein zahlloser kleiner und großer Brände zerrissen, die den Himmel über dem Schlachtfeld in einen zerrissenen Flickenteppich aus Dunkelheit und flackerndem Feuerschein verwandelten. Der Fluß, der sich am anderen Ende des Tales dahinschlängelte, schimmerte rot, aber die Farbe stammte nicht allein vom Licht der untergehenden Sonne, und die dunklen Körper, die in seinen Fluten dahintrieben, waren nicht nur Büsche und Erdreich, die mit dem Hochwasser vom Gebirge herunterkamen.

Torian legte mit zitternden Fingern seinen letzten Bolzen auf die Armbrust, zielte kurz und riß den Abzug durch. Das winzige Geschoß sirrte wie ein tödliches Insekt aus Holz und Stahl davon, bohrte sich in den Hals eines Pferdes und ließ das Tier mit einem Schmerzensschrei in die Knie brechen. Sein Reiter verlor durch den plötzlichen Ruck den Halt, segelte in einem grotesken Salto über den Kopf des sterbenden Tieres hinweg und schlug mit grausamer Wucht zwischen den scharfkantigen Felsen auf. Sein Schreckensschrei ging in einem knirschenden Laut unter und verstummte.

Torian wartete nicht, ob er wieder aufstand, sondern fuhr herum und rannte geduckt hinter den anderen her. Rechts und links von ihm schlugen Pfeile und Bolzen gegen den Fels, aber das schwächer werdende Tageslicht und seine eigene, hektische Bewegung machten es seinen Verfolgern unmöglich, einen gezielten Schuß anzubringen. Der Boden erhob sich hier, am Ende des tiefen, S-förmig eingeschnittenen Tales zu einer steil ansteigenden Böschung, die weiter oben in eine Geröllhalde überging. Ein Teil der Felswand, vor der der Hang hundert oder hundertfünfzig Meter vor Torian endete, war vor langer Zeit zusammengebrochen, der Boden mit scharfkantigen Felstrümmern und Geröll übersät, zwischen denen Gestrüpp und graues Brennmoos Halt gefunden hatten, und da und dort hatten sich in der dünnen Erdkruste, die der Wind im Laufe der Jahrzehnte zwischen den Steinen abgeladen hatte, sogar die Wurzeln einer Krüppelkiefer festgekrallt. Die Verfolger würden mit ihren Pferden hier nicht gut vorankommen. Sie würden absitzen müssen und somit einen Gutteil ihrer Überlegenheit einbüßen.

»Torian! Hierher!«

Bagains Stimme drang wie von weither an Torians Ohr, und er glaubte einen schwachen Unterton von Panik in seiner Stimme zu hören. Er blieb stehen, warf einen hastigen Blick über die Schulter zurück und lief etwas langsamer weiter. Das schwache Licht behinderte nicht nur die Verfolger, sondern auch ihn, und auf dem mit scharfkantigen Steinen übersäten Boden konnte ein einziger Fehltritt fatale Folgen haben.

Angestrengt starrte er nach vorne und versuchte, eine Spur von Bagain oder den anderen zu entdecken, aber alles, was er sah, waren Schatten. Die Dämmerung ließ die Felswand sich zu einer schwarzen Mauer auftürmen.

Der schwarzhaarige Krieger aus Scrooth duckte sich, als ein neuer Schwarm Pfeile herangesirrt kam und rings um ihn herum klappernd an den Felsen zerbrach. Eines der Geschosse schrammte über seinen Schulterpanzer, glitt an den stahlharten Torron-Schuppen ab und hinterließ einen handlangen, blutigen Kratzer an seinem Hals. Torian merkte es nicht einmal. Sein Körper schien ohnehin ein einziger, pulsierender Schmerz zu sein. Er war nicht ernsthaft verwundet worden, obwohl er im Laufe der letzten dreißig Minuten beinahe ebenso viele Kämpfe ausgefochten hatte, aber all die unzähligen Schnitte und Kratzer, Prellungen und Abschürfungen begannen allmählich ihren Tribut zu fordern.

Schließlich entdeckte er Bagain und die anderen. Sie waren weniger weit über ihm, als er gehofft hatte, kaum zwanzig Schritte, vielleicht noch weniger. Der selbstmörderische Angriff, mit dem er und die vier anderen, die jetzt tot oder sterbend unter ihm im Tal lagen, die Verfolger aufzuhalten versucht hatten, um Bagain Gelegenheit zur Flucht zu geben, war sinnlos gewesen.

Torian schluckte einen Fluch hinunter, sah erneut über die Schulter zurück und rannte, alle Vorsicht vergessend, los. Im Zickzack lief er den Hang hinauf, immer bemüht, in Bewegung zu bleiben und ein möglichst unsicheres Ziel zu bieten.

Die Verfolger verstärkten ihren Beschuß. Die Pfeile fielen immer dichter auf den Hang herunter, ein Regen tödlicher, schlanker Geschosse, der Torian schließlich in Deckung zwang und auch die Handvoll Männer, die mit ihm hierher geflohen waren, weiter den Berg hinauftrieb. Er hörte einen Schrei. Eine der schwarzgepanzerten Gestalten über ihm warf plötzlich die Arme in die Luft, zerrte einen Moment mit verzweifelter Kraft an dem Pfeil, der plötzlich aus ihrem Hals ragte, und brach dann wie vom Blitz getroffen zusammen.

Torian unterdrückte einen Fluch. Sie waren den Tremonen in die Falle getappt wie blinde Schafe! Dabei waren sie gewarnt worden, und das gleich mehrmals. Der velanische Späher hatte schon am Tage zuvor die Fährte einer großen Zahl von Reitern gemeldet, und auch das Orakel, das von ihnen – wie jeden Morgen, bevor sie aufbrachen – befragt worden war, hatte nichts Gutes verheißen. Aber Donderoin hatte sowohl die Worte des Spähers als auch die Warnung des Orakels in den Wind geschlagen und an seinem ursprünglichen Plan festgehalten, den Fluß hier und nicht zwanzig Meilen weiter östlich zu überschreiten, obwohl die Berge hier für einen Hinterhalt wie geschaffen waren.

Nun, Donderoin lag mit eingeschlagenem Schädel unten im Tal, genau wie vierhundertneunzig der fünfhundert Männer, die der Stadthalter von Scrooth ihm anvertraut hatte, um dem Heer im Osten Entsatz zu bringen.

Vierhundertneunzig? dachte Torian in einem Anflug von bitterem Sarkasmus. Im Moment mochte das noch stimmen, aber es war nur noch eine Frage von Augenblicken, ehe die Zahl auf fünfhundert angewachsen war. Die Tremonen waren ihnen an Zahl und Bewaffnung fast um die Hälfte unterlegen gewesen, und trotzdem hatten sie nicht die Spur einer Chance gehabt.

Der Mann an ihrer Spitze mußte ein Genie sein, dachte Torian mit einem Gefühl widerwilliger Anerkennung. Er war jetzt seit über zehn Jahren Krieger, und er hatte längst aufgehört, die Schlachten – große und kleine, sinnvolle und sinnlose –, an denen er teilgenommen hatte, zu zählen. Aber er hatte nie eine derart mörderische Falle erlebt wie heute. Und vor allem, dachte er niedergeschlagen, hatte er noch keine *überlebt.* Schon der erste Pfeilhagel hatte mehr als hundert Krieger getötet oder kampfunfähig gemacht. Die Tremonen hatten Feuerwerkskörper von den Felsen geworfen, um eine Panik unter den Pferden auszulösen, und als sie versucht hatten, das Tal durch den schmalen Felsspalt, durch den sie hereingekommen waren, wieder zu verlassen, hatte sie ein Pfeil- und Geröllhagel empfangen, der die Kampfmoral der Truppe endgültig gebrochen hatte. Als die Reiterei der Tremonen aus ihren Verstecken brach, standen sie keinem Heer mehr gegenüber, sondern einem Haufen verängstigter, kopfloser Männer, die kaum in der Lage waren, sich ernsthaft zur Wehr zu setzen. Selbst Torian war für einen Moment in Panik geraten.

»Torian! Wo bist du? Lebst du noch?«

Wieder drang Bagains Stimme in seine Gedanken. Torian spürte ein flüchtiges Gefühl der Erleichterung, daß der Hauptmann noch lebte. Er konnte nicht gerade behaupten, daß Bagain und er Freunde waren; ein Söldner hatte keine Freunde. Aber er war einer der wenigen gewesen, zu denen er doch so etwas wie Vertrauen gefaßt hatte in den letzten Wochen.

»Ja!« schrie er zurück. »Aber ich fürchte, nicht mehr lange!«

Bagain lachte rauh. Die Nacht trug seine Stimme weiter als normal; es hörte sich an, als wäre er nur eine Armeslänge von ihm entfernt.

»Komm hier herauf, Torian. Wir haben eine Höhle gefunden!«

Torian schob sich behutsam über den Rand des Felsens, hinter dem er Deckung gesucht hatte, spähte kurz zu den Verfolgern hinab und sah dann nach oben. Seine Augen begannen sich allmählich an das schlechte Licht zu gewöhnen, und aus den wogenden Schatten über ihm wurden langsam wieder die Umrisse von Felsen und Bäumen. Die Höhle, von der Bagain gesprochen hatte, war nicht schwer zu entdecken – ihr Eingang gähnte wie ein gewaltiges steinernes Maul in der Flanke des grauen Felsens, und dahinter waren unsichere Bewegungen, das Blitzen von Metall und das Huschen von Schatten zu sehen. Torian nickte anerkennend. Es war nicht das erste Mal, daß er erlebte, wie der schmerbäuchige Hauptmann einen Ausweg aus einer scheinbar ausweglosen Lage fand. Solange Bagain nicht die Pfeile – und schlimmstenfalls die Steine – ausgingen, saß er mit seinen Männern dort oben sicher wie in einer Festung. Die Tremonen würden einen hohen Blutzoll zahlen müssen, wollten sie diese Höhle stürmen.

Trotzdem war es nur eine kurze Galgenfrist, die ihnen gewährt werden würde. Sie hatten sich zum Schluß verzweifelt gewehrt, und nur einer von sechs Reitern aus Tremon war noch am Leben. Aber sie waren noch immer fünfzig gegen zehn. Und wie viele der Feinde sich noch in den Bergen versteckten und nur darauf warteten, sich dem Hauptheer anzuschließen, das wußten die Götter und vielleicht nicht einmal die.

Aber fünf Minuten Leben waren besser als fünf Minuten Totsein ...

Torian schob sein Schwert in die Scheide zurück, legte die nutzlos gewordene Armbrust mit einem bedauernden Achselzucken neben sich auf den Boden und blinzelte erneut aus zusammengekniffenen Augen nach Norden. Die Tremonen waren am Fuße des Hanges aus den Sätteln gestiegen und hatten ihre Pferde davongejagt; wohl, damit die Verteidiger nicht etwa auf den Gedanken kommen könnten, die Tiere niederzuschießen. Es waren mehr als fünfzig, erkannte Torian erschrocken. Weit mehr. Die dunklen Schatten krochen wie eine Woge aus Finsternis den Hang hinauf, huschten zwischen Felsblöcken und Geröll dahin und sprangen von Deckung zu Deckung. Sie ließen sich Zeit.

Aber warum auch nicht? Bagain und die anderen saßen in der Falle wie die Ratten. Sie hatten es nicht einmal nötig, sie anzugreifen. Morgen, wenn die Sonne wieder aufging, würde es oben in der Höhle erst heiß und dann schnell unerträglich werden. Es war Sommer, Hochsommer sogar, und hier im Gebirge war ein Mann ohne Wasser schneller tot, als er überhaupt begreifen konnte, daß er sich in Gefahr befand. Die Höhle würde sich in einen Backofen verwandeln, bevor die Mittagsstunde gekommen war.

»Torian! Komm endlich her, bevor sie dich erwischen!«

Torian unterdrückte ein Lächeln. Bagains Ton hatte sich keinen Deut geändert. Er sprach noch immer wie ein Hauptmann auf dem Exerzierplatz. Wahrscheinlich hatte er noch nicht ganz begriffen, daß er sich seine Hauptmannssterne getrost in den Hintern schieben konnte. Es gab niemanden mehr, den er kommandieren konnte.

Trotzdem richtete sich Torian nach einem weiteren, sichernden Blick vollends hinter den Felsen auf und begann weiter in die Höhe zu klettern.

Die Tremonen reagierten mit einem wütenden Pfeilhagel auf seine Bewegung, aber die Geschosse fielen weit von ihm entfernt zu Boden. Es war dunkler geworden in den wenigen Augenblicken, die Torian zwischen den Felsen gehockt hatte, und das Licht reichte kaum mehr, um einen gezielten Schuß auf zwanzig Schritt anzubringen. Beinahe unbehelligt erreichte er den Fuß der Steilwand, pirschte sich geduckt an den Höhleneingang heran und warf sich hastig in Deckung, als in der Luft über ihm eine grelle, weißblaue Sonne aufloderte.

Sekunden später senkte sich ein ganzer Regen von Pfeilen und

Armbrustbolzen auf ihn herab. Torian kroch mit einer verzweifelten Bewegung los, ließ sich in eine flache Bodenrinne fallen und schlug die Hände über den Kopf. Ein Pfeil traf seinen Rückenpanzer und zerbrach, ein zweiter durchschlug seinen Wadenschutz und biß schmerzhaft in sein Bein; keine gefährliche Wunde, aber ein weiterer Schnitt, aus dem die Kraft aus seinem Körper strömen würde.

Dann erlosch die Leuchtkugel mit einem letzten, blauweißen Flackern, und die Nacht senkte sich erneut über das Tal, doppelt dunkel nach der plötzlichen Lichtfülle.

Torian sprang auf, riß den Pfeil aus seiner Wade und lief los.

Er erreichte die Höhle im letzten Augenblick. Hinter ihm stieg ein winziger, funkensprühender Feuerball in die Höhe, senkte sich ein Stück weiter wieder herab und wuchs zu einer neuen, weißblau flackernden Lichtkugel heran, als die Lunte abgebrannt war. Gleichzeitig war das wütende Sirren Dutzender von Sehnen zu hören.

Torian warf sich mit einer letzten, verzweifelten Kraftanstrengung vor, setzte über die scharfkantigen Felsen, die den Höhleneingang flankierten, hinweg und rollte sich über die Schulter ab. Etwas traf seinen Schädel und jagte einen dumpfen Schmerz durch seine Schläfe. Aber er war in der Höhle und in Sicherheit, und die wenigen Pfeile, die bis hier heraufgeflogen waren, zerbrachen harmlos weit vor ihm auf dem Felsboden.

»Bleib unten, Torian«, hörte er Bagains Stimme. »Die Hunde warten nur darauf, daß du dich zeigst. Warte, bis es wieder dunkel ist.«

Torian knurrte eine Antwort und drehte sich mühsam auf den Rücken, blieb aber gehorsam liegen. Die Leuchtkugel warf zukkende, kalkweiße Lichtreflexe in die Höhle, ein Licht, in dem die Bewegungen der Männer rechts und links von ihm seltsam abgehackt und steif erschienen und ihre Körper zu tiefenlosen schwarzen Schatten wurden. Die Höhle war klein: nicht viel mehr als ein

Loch im Berg, kaum zwanzig Schritte tief und halb so breit. Aber immer noch groß genug für ein Grab.

Es schien Ewigkeiten zu dauern, bis die Leuchtkugel endlich abgebrannt war und die Nacht sich wieder wie ein schwarzer Vorhang vor den Höhleneingang senkte. Torian blieb noch sekundenlang reglos liegen, ehe er sich – immer noch vorsichtig und jederzeit auf einen neuen Angriff gefaßt – aufsetzte.

»Alles in Ordnung, Torian?«

Torian sah auf, blickte einen Moment lang wortlos in Bagains Gesicht und zog eine Grimasse. »Aber sicher doch«, antwortete er. »Nur meine Hose ist verdorben.« Er deutete auf den langsam größer werdenden Blutfleck auf seinem rechten Bein. »Jemand hat ein Loch hineingemacht, siehst du?«

Bagain schien für einen Moment nicht zu wissen, ob er lachen oder wütend werden sollte. Schließlich rang er sich zu einem halbherzigen Lächeln durch und streckte ihm hilfreich die Hand entgegen. Torian knurrte, ignorierte sie demonstrativ und stemmte sich aus eigener Kraft auf die Füße, bedauerte diesen Anflug unnötigen Stolzes aber gleich darauf schon wieder. Jetzt, als die unmittelbare Anspannung vorüber war, begann sein Bein höllisch zu schmerzen.

Bagain betrachtete ihn besorgt. »Geht es wirklich?« fragte er. »Ich habe noch ein wenig Verbandszeug in meinem Beutel; und Brennmoos. Wenn du willst ...«

Torian schüttelte den Kopf. »Schon gut«, erwiderte er. »Ich glaube nicht, daß das noch nötig ist.«

Bagain runzelte mißbilligend die Stirn, griff aber trotzdem nach seinem Arm und führte ihn ein Stück weit vom Höhleneingang fort. Torian ließ es widerspruchslos geschehen. Stolz war eine gute Sache, aber wenn er anfing, weh zu tun, sollte man ihn ablegen. Hinter ihnen erklangen hastige Schritte, als einer der anderen Männer Bagains Platz einnahm und sich mit gespannter Armbrust hinter den Felsen postierte.

»Setz dich«, forderte Bagain ihn leise auf. Torian nickte, ließ sich ächzend an der Wand zu Boden sinken und streckte das verletzte Bein aus. Bagain sah ihn noch einen Herzschlag lang an, kniete dann ohne ein weiteres Wort neben ihm nieder und schnitt sein Hosenbein bis über das Knie auf. Diesmal protestierte Torian nicht mehr.

»Das sieht nicht gut aus«, murmelte Bagain, nachdem er die Wunde einen Moment lang begutachtet hatte.

»Warum? Der Pfeil ist doch raus.«

»Die Wunde wird sich entzünden ...«

»Und ich werde ein steifes Bein behalten, wie?« unterbrach ihn Torian wütend. Er wollte Bagains Arm beiseite schlagen, aber der grauhaarige Hauptmann drückte seine Hand einfach herunter, bückte sich nach dem Beutel mit seinen Habseligkeiten und nahm ein in graues Tuch eingeschlagenes Bündel hervor.

»Beiß die Zähne zusammen«, sagte er. »Es wird weh tun.«

Torian kam nicht dazu zu protestieren. Bagain nahm eine Handvoll grauer Brennmoos-Stränge aus seinem Bündel, preßte sie ohne ein weiteres Wort auf die Wunde und grinste, als Torian mit Mühe ein Stöhnen unterdrückte.

»Du bist ein verdammter Sadist, Bagain«, preßte Torian zwischen zusammengebissenen Zähnen hervor.

Bagain nickte. »Sicher. Einen Spaß muß der Mensch doch haben, oder?«

»Warum quälst du mich eigentlich noch?« protestierte Torian. »In ein paar Stunden ist doch sowieso alles vorbei. Glaubst du, es spielt eine Rolle, ob ich mit einem entzündeten Bein zur Hölle fahre oder nicht?«

Bagain ignorierte seine Worte, nahm eine Rolle weißen Tuches aus seinem Sack und begann, Torians Bein rasch und geschickt zu verbinden. Abschließend streifte er das zerschnittene Hosenbein herunter, riß ein Stück des Saumes ein und knotete die Enden zusammen. Es sah alles andere als gut aus, aber es würde halten.

»Besser jetzt?« fragte er, als er fertig war.

Torian funkelte ihn wütend an. Das Brennmoos schmerzte höllisch. Sein Bein prickelte bis über das Knie hinauf, und wahrscheinlich würde er vor Schmerzen schreien, wenn er jetzt versuchte, aufzustehen und es zu belasten. Aber er wußte, daß das Brennmoos helfen würde. Es würde das Gift aus der Wunde ziehen, und mit etwas Glück würde er am nächsten Morgen kaum noch etwas von der Wunde spüren.

»Danke«, murmelte er. »Es geht.«

Bagain nickte, beugte sich abermals über sein Bündel und förderte einen fast leeren Weinschlauch zutage. »Trink einen Schluck«, bot er ihm an. »Er wird dir guttun.«

Torian wollte instinktiv nach dem Schlauch greifen, führte die Bewegung aber nicht zu Ende.

»Nimm ruhig«, sagte Bagain mit einer auffordernden Geste. »Nur keine Hemmungen. Ich glaube nicht, daß ich das Zeug noch brauche.«

Torian zögerte noch einen Moment, griff aber dann nach dem Schlauch und nahm einen tiefen, gierigen Zug. Der Wein war warm und schmeckte widerlich, aber er löschte wenigstens den schlimmsten Durst. Er trank viel, viel mehr, als er gedurft hätte, und auf dem Boden des Schlauches plätscherten nur noch wenige Schlucke, als er ihn Bagain zurückreichte.

»Wie viele leben noch?« fragte er leise.

Bagains Gesichtsausdruck verdüsterte sich. »Elf«, antwortete er. »Mit uns.«

»Elf«, wiederholte Torian düster. Er hatte es gewußt. Trotzdem taten Bagains Worte weh. »Elf von fünfhundert. Dieser verdammte Narr Donderoin.«

»Donderoin ist tot«, versetzte Bagain. »Und es nutzt nicht viel, ihn zum Teufel zu wünschen.«

»Ich hoffe, er ist dort«, knurrte Torian.

Bagain ignorierte seine Worte. »Donderoin ist tot«, wiederholte er. »Aber wir leben. Und ich habe vor, diesen Zustand noch eine ganze Weile beizubehalten.«

Torian starrte ihn an, lachte rauh und sah sich demonstrativ in der Höhle um. »Ach ja?« spottete er. »Willst du dich durch die Felsen hindurchgraben, oder glaubst du, die Tremonen lassen uns laufen, wenn wir sie nur recht herzlich darum bitten?«

Bagain blieb ernst. »Wir sitzen in der Falle, Torian«, erklärte er. Seine Stimme war plötzlich sehr leise, und Torian begriff, daß er absichtlich flüsterte, damit die anderen seine Worte nicht verstanden. Man mußte den Männern nicht unbedingt auch noch sagen, daß sie eigentlich schon tot waren. Auch wenn sie es wahrscheinlich schon längst wußten.

»Wir sitzen in der Falle«, stellte Bagain noch einmal fest. »Wenn sie versuchen sollten, uns hier oben anzugreifen, werden sie sich blutige Köpfe holen, aber so dumm sind sie nicht.«

»Warum auch?« murmelte Torian. »Sie brauchen nur abzuwarten. Die Sonne wird die Arbeit für sie tun.«

»Vielleicht«, antwortete Bagain ernst.

»Vielleicht?« Torian setzte sich etwas bequemer hin und sah den Hauptmann scharf an. »Wie meinst du das?«

»Du hast völlig recht«, antwortete Bagain. »Wir werden verrekken wie die Ratten, wenn wir hierbleiben. Aber wir haben noch eine Chance. Vielleicht, heißt das.«

Torian schwieg weiter. Bagain wollte etwas von ihm, etwas ganz Bestimmtes sogar. Und er kannte den Hauptmann gut genug, um zu wissen, daß er es am schnellsten erfahren würde, wenn er den Mund hielt und ihn reden ließ.

»Es ... war kein Zufall, daß wir ausgerechnet in dieses Tal gekommen sind«, fuhr Bagain nach einer Weile fort. Sein Blick wich dem Torians aus. »Donderoin hat seine Gründe gehabt, die Warnungen des Spähers und des Orakels zu mißachten. Er hat es nicht gerne getan, glaube mir.«

»Warum *hat* er es dann überhaupt getan?« fragte Torian lauernd.

»Weil er es mußte. Wir hatten eindeutige Befehle von den Generälen in Scrooth, Torian. Dieses Tal ist ein Treffpunkt.«

»Ein Treffpunkt? Für wen?«

»Für uns – und dreihundertfünfzig Bogenschützen aus Lacom, die von Norden her die Berge überschreiten und hier zu uns stoßen sollten.«

»Die ... Berge überschreiten?« wiederholte Torian ungläubig. »Jetzt? Im *Hochsommer?!*«

Bagain nickte knapp. »Ja«, sagte er. »Niemand außer Donderoin und uns Hauptleuten hat es gewußt, aber die Späher haben im letzten Jahr einen Paß entdeckt, der auch während der heißesten Sommermonate noch begehbar ist. Diese dreihundertfünfzig Männer sind erst der Anfang, Torian. Eine Art Test, wenn du so willst. Wenn es ihnen gelingt, die Berge auf diesem Wege zu überschreiten, dann haben wir in Zukunft eine Möglichkeit, den tremonischen Hunden in die Flanke zu fallen, ohne daß sie überhaupt wissen, wo wir herkommen.«

Torian war beeindruckt. Wenn Bagains Worte wahr waren – und er hatte keinen Grund, daran zu zweifeln –, dann konnte die Entdeckung des Passes durchaus den Verlauf des gesamten Krieges ändern. Tremon war nicht wirklich stärker als Scrooth. Es hatte einfach das bessere Gelände auf seiner Seite. Die Berge lagen wie eine natürliche Barriere zwischen Scrooth und seinen südlichen Provinzen. Tremons Heere konnten praktisch nach Belieben über die südlichen Städte herfallen, während die Truppen aus Scrooth gezwungen waren, wochenlange Gewaltmärsche in Kauf zu nehmen.

»Morgen bei Sonnenuntergang«, vermutete er.

Bagain nickte, sagte aber nichts mehr, sondern blickte ihn nur ernst an.

»Dreihundertfünfzig Mann«, fuhr Torian fort. »Die Tremoner werden laufen wie die Hasen, wenn sie sie sehen. Das könnte unsere Rettung sein.«

Bagain nickte erneut, schwieg aber noch immer, und Torian sprach, etwas leiser, weiter: »Aber wir halten nicht bis zum nächsten Sonnenuntergang durch.«

Wieder nickte der Hauptmann, ohne etwas zu sagen.

»Das heißt, jemand müßte ihnen entgegengehen und sie zur Eile antreiben.«

»Mit etwas Glück könnten sie bei Sonnenaufgang hier sein«, kalkulierte Bagain.

»Ein Selbstmordkommando«, fuhr Torian unbeeindruckt fort. »Das Tal wimmelt von Kriegern. Aus dieser Falle entkommt nicht einmal eine Maus, ohne mit Pfeilen gespickt zu werden.«

»Vielleicht«, murmelte Bagain. »Aber ein fähiger Mann könnte es schaffen. Es ist gefährlich, aber nicht vollkommen unmöglich.«

»Gefährlich?« Torian lachte sehr leise und ohne jeden Humor. »Weißt du, was sie mit Gefangenen machen, Bagain?«

Bagain nickte unbeeindruckt. »Ich weiß es. Und ich weiß auch, daß es fast unmöglich ist. Aber nur fast. Ein fähiger Mann könnte durch ihre Reihen schlüpfen. Trotzdem kann ich es niemandem befehlen. Deshalb brauche ich einen Freiwilligen.«

Torian zog eine Grimasse und setzte sich etwas weiter auf. »Ich vermute, du denkst dabei an einen ganz bestimmten Mann.«

Bagain nickte. »Ja.«

»Zufällig hat dieser Mann aber eine Pfeilwunde am Bein.«

»Du weißt ganz genau, daß du der einzige bist, der es überhaupt schaffen könnte«, erklärte Bagain leise. »Keiner von uns wäre fähig dazu.«

»Und ich auch nicht«, antwortete Torian zornig. »Verdammt, Bagain, das Tal wimmelt von Kriegern. Es ist vollkommen unmöglich, dort hinauszukommen. Und ich habe keine Lust, mich ein paar Tage lang zu Tode foltern zu lassen.«

»Wenn du hierbleibst, stirbst du auch«, antwortete Bagain ungerührt.

»Ja«, bestätigte Torian böse. »Aber im Kampf. Das geht schneller.« Er schwieg einen Moment, sah zum Ausgang hinüber und fügte dann, etwas leiser, hinzu: »Ich würde es tun, Bagain, wenn ich auch nur eine winzige Chance sehen würde. Aber was du verlangst, ist Selbstmord. Wenn sie wirklich bis morgen abend hier sind, dann sollten wir versuchen, solange durchzuhalten.«

»Du weißt ganz genau, daß wir das nicht können, Torian. Spätestens zur Mittagsstunde wird es hier drinnen so heiß, daß du auf dem Boden Eier backen kannst. Wir werden verrecken wie die Ratten in der Falle.«

Torian seufzte, schloß für einen Moment die Augen und stieß dann hörbar die Luft zwischen den Zähnen aus. »Und wenn ich es nicht schaffe?«

»Dann«, folgerte Bagain ernst, »sterben wir alle.«

»Ja. Aber ihr vor mir. Und leichter.«

»Tot ist tot«, knurrte Bagain. »Du hast die Möglichkeit, diese neun Männer zu retten. Von mir will ich gar nicht reden. Wenn ich eine Chance hätte, würde ich selbst gehen.«

»Du wirst unfair.«

Bagain nickte ungerührt. »Ich weiß. Dafür werde ich bezahlt, Torian. Also?«

Torian schwieg verbissen, und Bagain fuhr fort: »Ich kann es dir nicht befehlen, Torian. Ich kann dich nur bitten. Die Männer sind nur wenige Meilen von uns entfernt. Wahrscheinlich lagern sie hinter einem der nächsten Bergrücken.«

»Und wenn nicht? Wenn sie sich verspätet haben und Dutzende von Meilen entfernt sind? Oder wenn sie den Weg über den Paß nicht geschafft haben?«

»Dann entkommst wenigstens du«, stellte Bagain fest, so rasch, als hätte er auf diese Frage gewartet. Wahrscheinlich hatte er es. »Überlege es dir. Möglicherweise findest du sie nicht, aber dann rettest du dein Leben. Du hast die Wahl – bleib hier und sterbe mit Sicherheit, oder gehe das Risiko ein, den Tremonen in die Hände zu fallen.«

Torian starrte an ihm vorbei zum Ausgang der Höhle. Die Nacht war vollends hereingebrochen, und über dem Tal hingen schwere, schwarze Wolken, die auch das bißchen Sternenlicht noch verschluckten. Aber ihre Unterseiten reflektierten auch den Schein zahlreicher, flackernder Feuer, die unten im Tal brannten.

»Das ist Wahnsinn«, erklärte er. »Glatter Selbstmord.« Er seufzte, streckte Bagain die Hand entgegen und ließ sich beim Aufstehen helfen. Sein Bein schmerzte, aber er wußte, daß er es aushalten konnte, wenn es sein mußte.

»Ich brauche deinen Umhang«, forderte er mit einer Geste auf den schwarzen, bodenlangen Mantel des Hauptmannes. »Und Stiefel mit weicheren Sohlen. Meine sind zu laut.«

Die Nacht war noch finsterer geworden. Als hätten die Götter im letzten Moment doch noch ein Einsehen mit ihnen gehabt, hatte der Wind weiter Wolken von der Ebene heraufgetrieben; tiefhängende, schwere Regenwolken, die sich jetzt an den Gipfeln der Berge in seinem Rücken stauten und das Hindernis nicht zu überschreiten vermochten, ihre Last aber auch nicht abregnen würden, ganz einfach weil sie es um diese Jahreszeit niemals taten, sondern das hitzezerkochte Land unter sich nur mit ihrer Anwesenheit verspotteten. Es war dunkel, so dunkel, daß man die Hand vor Augen nicht sehen konnte, und selbst die Geräusche, die mit dem Wind aus dem Tal zu ihm hinaufwehten, klangen gedämpft, als sauge die Dunkelheit nicht nur alles Licht, sondern auch alle Laute auf wie ein gewaltiger Schwamm.

Torian duckte sich tiefer hinter den Baumstamm, hinter dem er Deckung genommen hatte. Er lauschte angestrengt, aber alles, was er hörte, war das dunkle Pochen seines eigenen Herzens und das einsame Wiehern eines Pferdes, tief unter ihm im Tal.

Und trotzdem wußte er, daß er nicht allein war. Irgendwo in seiner Nähe war jemand, ein Mensch. Er spürte es, obwohl der andere seine Anwesenheit bisher nicht mit dem geringsten Laut verraten hatte. Aber Torian war zu oft in der Rolle des Gejagten gewesen, um nicht zu fühlen, wenn er in Gefahr war.

Vorsichtig hob er den Kopf und spähte über den Rand seiner improvisierten Deckung hinweg. Die Dunkelheit, die er bisher als Verbündeten begrüßt hatte, behinderte ihn fast ebenso wie seine Feinde. Er war seit einer Viertelstunde unterwegs, aber er hatte bisher kaum die Hälfte des Hanges hinter sich gebracht. Das lockere Geröll gab immer wieder unter seinen Schritten nach, und es war so finster, daß er kaum sah, wohin er seine Füße setzte. Im Grunde glich es einem Wunder, daß die Männer dort unten nicht längst gemerkt hatten, daß er hier war, bei dem Lärm, den er bisher verursacht hatte.

Aber vielleicht hatten sie es ja auch gemerkt ...

Sein Blick fiel ins Tal hinab. Die Tremoner hatten sich zurückgezogen und lagerten in einem weit geschwungenen Halbkreis am Fuße der Geröllhalde. Er zählte mindestens ein Dutzend Feuer, und auch in der Dunkelheit dahinter konnten sich noch weitere Krieger verbergen.

Aber die schwarze Wand hinter dem Heerlager der Tremoner verbarg auch die Koppel mit den Pferden. Wenn er überhaupt eine Chance haben wollte, das Tal zu verlassen und Hilfe zu holen, dann mußte er dorthin. Torians Hand schloß sich nervös um den Haltegriff des Schildes. Er hatte gezögert, den Schild mitzunehmen, sich aber dann doch dazu entschlossen. Bagain hatte das Metall sorgsam mit dunklen Stoffstreifen umwickelt, damit sich ja kein Lichtstrahl auf seiner Oberfläche brach und etwa seine Anwesenheit verriet, und falls er entdeckt wurde und sich seinen Weg zu den Pferden freikämpfen mußte, konnte ihm der Schild gute Dienste leisten.

Nicht, daß er ernsthaft damit rechnete, in einem offenen Kampf eine Chance zu haben.

Torian sah sich noch einmal aufmerksam nach allen Seiten um, erhob sich lautlos hinter seiner Deckung und huschte los.

Er kam nur wenige Schritte weit. Ein Schatten wuchs plötzlich vor ihm zwischen den Felsen empor, und das Licht der Lagerfeuer brach sich auf der Klinge eines Krummsäbels, der mit tödlicher Sicherheit nach seinem Gesicht stieß. Torian ließ sich zur Seite fallen, schrie vor Schmerz auf, als die Waffe über seine Wange schrammte und einen fingerlangen, blutenden Schnitt hinterließ, und riß instinktiv seinen Schild in die Höhe. Die metallverstärkte Kante des Schildes traf den anderen unter dem Kinn und schleuderte seinen Kopf in den Nacken. Sein Genick brach mit einem trockenen Knakken.

Aber auch Torian wurde zurückgeworfen, prallte gegen einen Felsen und verlor auf dem unsicheren Boden vollends die Balance. Er fiel, überschlug sich sieben-, acht-, neunmal hintereinander und rutschte in einer polternden Geröllawine talwärts. Ein faustgroßer Stein hüpfte wie ein Gummiball auf ihn zu, traf ihn an der Stirn und raubte ihm fast das Bewußtsein. Mit haltlos pendelnden Armen und Beinen schlitterte er weiter, schlug erneut gegen einen Felsen und kam am Fuße der Halde mit einem grausamen Ruck zum Halten. Über ihm erscholl ein gellender Schrei, dann hörte er das boshafte Sirren von Bogensehnen. Irgendwo in seiner Nähe schlugen Pfeile und Bolzen gegen den Felsen. Die Tremoner stimmten ein wütendes Geheul an und erwiderten den Beschuß. Fackeln flammten auf, dann stieg ein loderndes Feuer über dem Tal in die Höhe und machte die Nacht für Augenblicke zum Tage.

Für einen Moment drohte er vollends das Bewußtsein zu verlieren. Er spürte, wie Blut warm und klebrig über sein Gesicht lief und sich ein lähmendes Gefühl der Betäubung in ihm breitmachte. Schritte drangen an sein Bewußtsein, aber der Laut klang seltsam gedämpft und irreal. Eine Hand packte ihn bei der Schulter und drehte ihn grob auf den Rücken. Torian unterdrückte mit aller Macht ein schmerzerfülltes Stöhnen.

»Er ist tot, Rendec«, hörte er eine Stimme. »Laß ihn liegen.«

Die Hand löste sich von seiner Schulter und fuhr suchend unter seinen Umhang, wurde aber mit einem plötzlichen Ruck zurückgezogen.

»Laß den Kerl liegen und komm mit«, fuhr die Stimme fort. Sie klang zornig. »Ausrauben kannst du ihn später. Wir müssen die ...«

Torian hörte nicht mehr, was die Stimme noch sagte. Er verlor das Bewußtsein.

Es war kalt, als er erwachte. Das war das erste, was er fühlte. Dann meldete sich der Schmerz: anfangs nicht mehr als ein dünnes, mehr störendes als wirklich quälendes Gefühl, das sich aber schnell zu einem Brennen und schließlich zu purer Qual steigerte. Sein Gesicht fühlte sich an, als hätte jemand versucht, es in zwei Teile zu schlagen. Zwischen seinen Zähnen war klebriges Blut, und seine Zunge war geschwollen und lag wie ein Fremdkörper in seinem Mund. Sein Bewußtsein kehrte nur langsam zurück, und ebenso langsam begann er seine Glieder wieder zu spüren. Langsam, sehr langsam nur erwachten auch seine anderen Sinne wieder.

Er hörte Stimmen. Stimmen und das Geräusch zahlreicher, trappelnder Schritte. Ein böiger Wind strich über sein Gesicht und kühlte seine Wunden, und irgend etwas kitzelte seine Wade. Der Verband an seinem Bein hatte sich gelöst, und die Wunde blutete wieder. Irgendwo, ganz in seiner Nähe, unterhielten sich zwei Männer halblaut, aber er konnte die Worte nicht verstehen, und durch seine geschlossenen Lider drang der flackernde Schein brennender Feuer.

Torian versuchte, vorsichtig die Augen zu öffnen, aber es ging nicht. Seine Lider waren verklebt und schwer, und seine Haut prikkelte. Es dauerte einen Moment, bis er begriff, daß sein Gesicht von einer Schicht eingetrockneten Blutes bedeckt war. Der Schnitt in seiner Wange war tief.

Aber er hatte ihm wahrscheinlich auch das Leben gerettet. Die Männer hatten ihn für tot gehalten und sich nicht weiter um ihn gekümmert.

Vorsichtig, um nicht die Aufmerksamkeit der Tremoner zu erwecken, atmete er tief ein und versuchte erneut, die Augen zu öffnen. Es war noch immer Nacht, obgleich er das Gefühl hatte, sehr lange bewußtlos gewesen zu sein. Über ihm spannte sich ein wolkenloser, dunkler Himmel, auf dem die Sterne wie achtlos ausgestreute Diamantsplitter funkelten, und der Feuerschein ließ die Felswände des Tales schimmern, als wären sie mit Blut übergossen. Er *war* lange bewußtlos gewesen. Stunden. Lange genug, dachte er erschrocken, daß sich der Wind drehen und die Wolken wieder auf die Ebene zurückjagen konnten. Zu lange. Selbst wenn es ihm jetzt noch gelang, zu entkommen, würde er die Truppen nicht mehr rechtzeitig erreichen.

Flüchtig dachte er an Bagain und die anderen, verscheuchte den Gedanken aber sofort wieder. Er hatte es versucht, und mehr konnte man nicht von ihm verlangen. Trotzdem blieb ein unangenehmes Gefühl in ihm zurück. Er fühlte sich wie ein Verräter.

Torian lauschte, öffnete die Augen noch ein ganz kleines bißchen mehr und wagte es, den Kopf um eine Winzigkeit zu drehen.

Er lag noch an derselben Stelle, an der er nach seinem Sturz zur Ruhe gekommen war. Der Boden unter ihm war feucht, und der Blick auf den rückwärtigen Teil des Hanges wurde ihm von einem Felsen verwehrt. Die Stimmen, die er hörte, waren nicht in seiner unmittelbaren Nähe. Aber er war eingeschlossen von einem Ring flackernder Feuer.

Torians Herz begann schneller zu schlagen, als er begriff, was geschehen war. *Die Götter müssen mich besonders lieben,* dachte er sarkastisch. Er lag praktisch im Herzen des tremonischen Heeres, verletzt, aber lebend, und mit etwas Glück würde es bis zum nächsten Morgen dauern, ehe sie merkten, daß er nicht tot war.

Aber Torian gedachte nicht, so lange hierzubleiben. Er lauschte noch einen Moment, spannte die Muskeln, stemmte sich behutsam auf Hände und Knie hoch und huschte mit einer lautlosen Bewegung vollends in den Schatten des Felsens, neben dem er erwacht war. Sein Herz hämmerte, und in seinem Mund war der bittere Eisengeschmack von Blut. Seine ganze linke Körperhälfte war taub.

Niemand schien von seinem Erwachen Notiz genommen zu haben, aber seine überreizten Nerven gaukelten ihm überall Bewegung und Schatten vor, und das Geräusch des Windes wurde zu einem meckernden Hohngelächter in seinen Ohren.

Er schüttelte den Gedanken ab, senkte die rechte Hand auf das Schwert und spähte mit angehaltenem Atem in die Runde. Was er sah, war alles andere als ermutigend.

Die Götter mußten ihn wirklich lieben, dachte er grimmig. Genug jedenfalls, um einen ihrer grausamen Scherze mit ihm zu treiben. Er war zwar am Leben – aber er hatte keine besonders guten Aussichten, diesen Zustand noch längere Zeit beizubehalten.

Er befand sich tatsächlich im Herzen der tremonischen Armee. Rings um ihn herum bewegten sich dunkle, in die bodenlangen roten Umhänge Tremons gehüllte Gestalten; fünfzig, vielleicht sechzig oder mehr. In seinem Rücken befand sich der geröllübersäte Hang, rechts und links von ihm die lotrecht emporsteigenden Felswände der Schlucht, und vor ihm das Tal mit dem Fluß. Jetzt, als die Wolken wieder abgezogen waren, konnte er mehr von seiner Umgebung erkennen. Die Tremonen hatten ihre Pferde in eine hastig improvisierte Koppel getrieben, fünfzig Schritt talabwärts und außerhalb der Reichweite von Bagains Pfeilen. Es gab nicht einmal einen Wächter. Die rotgekleideten Mörder schienen sich ihrer Sache äußerst sicher zu sein. Dabei hätte Torian weniger als eine Minute gebraucht, die Koppel zu erreichen und eines der Pferde zu stehlen.

Das einzige, was dagegen sprach, waren die ungefähr fünfundzwanzig Krieger, die sich zwischen ihm und der Koppel aufhielten ...

Torian unterdrückte im letzten Moment ein Seufzen. Bagain und seine Männer mußten noch am Leben sein und sich oben in der Höhle verschanzen, und solange ihnen die Pfeile nicht ausgingen, konnten sie sich gegen jede beliebige Übermacht halten. Wenigstens bis zum nächsten Morgen. Aber sie warteten darauf, daß er ihnen Hilfe brachte.

Torian schüttelte den Gedanken mit aller Gewalt ab. Es gab nichts mehr, was er noch tun konnte. Es glich schon einem Wunder, daß sich der Mann, der ihn vorhin hatte ausrauben wollen, nicht mit einem Schnitt durch seine Kehle der Tatsache versichert hatte, daß er wirklich tot war, und einem zweiten, daß sie ihn all die Stunden unbehelligt hier liegengelassen hatten. Auf ein drittes zu warten, wagte er nicht.

Er duckte sich, bewegte prüfend die Hände und spürte, wie seine Kraft langsam zurückkehrte. Er war nicht ernsthaft verwundet. Wie alle Kopfwunden hatte der Schnitt in seinem Gesicht übermäßig stark geblutet, und wenn er nicht achtgab und die Wunde nicht versorgte, würde er Brand oder Fäulnis bekommen und binnen weniger Tage sterben. Aber im Moment fühlte er sich frisch und ausgeruht wie nach einem tiefen, erquickenden Schlaf.

Behutsam zog er das Schwert aus der Scheide, verbarg die Klinge unter seinem Umhang, damit sich kein verirrter Lichtstrahl auf dem Metall brach und ihn verriet, und sah sich suchend um. Überall um ihn herum waren Männer, aber keiner war nahe genug und allein, so daß er ihn mit einem raschen Schritt hätte erreichen können.

Aber er hatte Zeit. Die Tremonen taten irgend etwas – was, konnte Torian nicht erkennen, aber es war klar, daß sie nicht nur tatenlos herumstanden und auf den Morgen warteten –, und früher oder später würde einer von ihnen in seine Nähe kommen.

Torian grinste böse. Er würde wenigstens einem von ihnen den Schnitt in seinem Gesicht zurückzahlen. Mit zehn Zentimeter Stahl. Direkt in die Rippen.

Ein paar der Schatten bewegten sich, kamen auf seine Deckung zu und bogen in wenigen Schritten Entfernung ab, in Richtung auf die Böschung zu. Torian sah nach oben. Hinter dem Höhleneingang glühte rotes Licht, und davor war der Schatten eines Menschen zu erkennen. Trotz seiner mißlichen Lage hätte er in diesem Augenblick nicht mit Bagain und seinen Männern tauschen mögen. Er hatte wenigstens noch eine winzige Chance. Die zehn Männer dort oben waren schon tot. Sie wollten es nur noch nicht wahrhaben.

Ein Geräusch auf der anderen Seite des Tales erweckte seine Aufmerksamkeit. Er ließ sich wieder in die Hocke sinken, kroch auf Händen und Knien – immer im Schatten bleibend und alle Sinne bis zum Zerreißen gespannt – ein Stück zur Seite und preßte sich in den Schutz eines anderen Felsen. Unaufhörlich spähte er in die blau graue Dämmerung hinaus.

Sein Herz machte einen schmerzhaften Sprung, als er sah, wer das Geräusch verursacht hatte.

Zwanzig Schritte entfernt von ihm befand sich eine ganze Gruppe Tremoner, zehn, vielleicht auch fünfzehn Mann, die mit gezückten Schwertern und kampfbereit erhobenen Schilden eine ebenso eindrucksvolle wie nutzlose Ehrenwache um einen hochgewachsenen Mann bildeten. Er war schlank, vielleicht zwei Köpfe größer als Torian und unbewaffnet.

Und er trug die goldbestickte, schwarze Robe eines Magiers ...

Torian ballte in einer Geste sinnlosen Zornes die Fäuste. Ein Magier! Hier, Hunderte Tagesreisen von Tremon entfernt! Den Herrschern der Grauen Stadt mußte verdammt viel daran gelegen sein, dem Invasionsheer aus Scrooth den Nachschub abzuschneiden. Bagain und seine Männer waren verloren, viel eher, als sie jetzt noch ahnten. Selbst wenn er dort oben tausend Krieger gehabt hätte statt zehn, wäre sein Schicksal besiegelt gewesen. Wenn nicht ...

Torian dachte den Gedanken nicht zu Ende. Alles in ihm sträubte sich dagegen, auch nur die Möglichkeit in Betracht zu ziehen, Hand an einen Magier zu legen. Er hatte nie davon gehört, daß es jemand gewagt hätte, einen Angehörigen der Schwarzen Zunft zu töten. Allein der Gedanke war Häresie, mehr noch als Gotteslästerung, ein Kratzen an den Mächten der Schöpfung selbst.

Und doch – was hatte er schon zu verlieren? Wenn er wartete, bis der Morgen kam oder der Magier sein Werk beendet hatte, würde er sterben, und nach allem, was er über die Krieger aus Tremon wußte, würde es kein angenehmer Tod sein. Sie – und vor allem ihre Schwarzen Magier – waren berüchtigt für ihre Grausamkeit.

Er sah sich um, duckte sich noch ein wenig tiefer hinter seine

Deckung und musterte die dunklen Gestalten in seiner Nähe abschätzend. Er hatte den Vorteil der Überraschung auf seiner Seite, aber er durfte sich auch nicht den geringsten Fehler leisten. Ein einziger Schrei, eine hastige Bewegung, und er würde den Erfindungsreichtum der tremonischen Foltermeister kennenlernen.

Behutsam wickelte er sein Schwert aus seinem Mantel, steckte es in die Scheide zurück und zog statt dessen den Dolch aus dem Gürtel. Er würde seine Rechnung eben mit kleinerer Münze begleichen müssen ...

Die Gelegenheit dazu kam schneller, als er zu hoffen gewagt hatte. Ein Krieger näherte sich seinem Versteck, blieb direkt neben dem Felsen, hinter dem Torian mit angehaltenem Atem wartete, stehen und begann irgend etwas an seiner Rüstung zu ordnen. Torian hob vorsichtig den Dolch, richtete sich etwas weiter auf und sah ein letztes Mal hastig in die Runde. Die Gelegenheit war günstig; niemand blickte in seine Richtung, und die Ankunft des Magiers und seiner Leibwache zog die Aufmerksamkeit des ganzen Lagers auf sich.

Als der Krieger wieder den Blick hob und weitergehen wollte, stieß Torian zu.

Der Mann bemerkte die Bewegung im letzten Augenblick und reagierte mit beinahe übermenschlicher Schnelligkeit. Er fuhr herum und schlug Torians Hand beiseite, nicht schnell genug, um den Hieb vollends abzuwehren, aber immer noch rasch genug, die rasiermesserscharfe Klinge von seiner Kehle abzulenken. Der Dolch traf nicht seinen Hals, sondern bohrte sich bis zum Heft in seine Schulter. Ein halb unterdrückter, keuchender Schmerzenslaut kam über seine Lippen. Er taumelte, umklammerte Torians Waffenhand mit beiden Fäusten und verdrehte sie.

Der Dolch brach mit einem leisen, metallischen Knacken dicht über dem Heft ab; die Klinge blieb in seiner Schulter stecken.

Torian riß sich mit einer verzweifelten Bewegung los, rammte dem anderen das Knie zwischen die Beine und schmetterte ihm die gefalteten Fäuste in den Nacken, als er sich krümmte. Der Körper des Mannes sackte lautlos vor ihm zu Boden.

Torian sprang zurück in den Schatten, lauschte einen Moment mit angehaltenem Atem und zerrte den Bewußtlosen mit sich. Der Körper war schwer, und Torian fiel erst jetzt auf, wie groß der Mann war – gut zwei Köpfe größer und anderthalbmal so breit wie er selbst. Schon fast ein Riese. Seine Hände schienen kräftig genug, einem Mann im Spiel das Genick brechen zu können, und Torian spürte erst jetzt, wie seine Handgelenke schmerzten. Er hatte reines Glück gehabt, diesen Giganten so leicht besiegt zu haben.

Torian verscheuchte den Gedanken mit einem ärgerlichen Knurren und begann, den Tremoner zu entkleiden. Das silberne Kettenhemd war schwer, um so mehr, als er seinen eigenen, schwarzgeschuppten Panzer anbehielt und die Tremon-Uniform nur darüberwarf. Waffengurt und Schwert ließ er dem Toten; die Tremoner hatten – wie die meisten Söldnerheere – wohl einheitliche Uniformen, aber keine gleichartige Bewaffnung, so daß er getrost seine eigenen Waffen behalten konnte. Seine schwarzen Hosen und die dazu passenden Stiefel wurden zur Genüge vom roten Umhang des Kriegers verborgen. Torian brauchte kaum eine Minute, sich zu tarnen und auch noch den wulstigen, mit kleinen kupfernen Pailletten verstärkten Helm über sein Haupt zu stülpen.

Sein Herz hämmerte zum Zerspringen, als er aus seiner Deckung hervortrat und sich unter die Krieger mischte. Er ging schnell, aber nicht zu schnell, um keine Aufmerksamkeit zu erregen, sondern ganz wie ein Mann, der ein bestimmtes Ziel hatte. Torian lenkte seine Schritte zur Pferdekoppel hin, schwenkte aber auf halbem Wege ab, so daß er dicht an dem Magier vorbeikam. Einer der Wachen wandte den Blick und sah einen Moment lang gelangweilt in seine Richtung. Torian hob die Hand zum Gruße, deutete ein Nicken an und senkte den Kopf, damit niemand sein blutbesudeltes Gesicht sah. Seine Handflächen wurden feucht, und er glaubte, die Blicke der anderen wie kleine spitze Messer im Rücken zu fühlen.

Wahnsinn, dachte er. Was er vorhatte, war eine besonders komplizierte Form des Selbstmordes. Er würde dem Magier nicht einmal auf Armeslänge nahe kommen, ehe ihn die Krieger in Stücke gehauen hatten.

Trotzdem ging er weiter. Er machte sich jetzt keine Illusionen mehr – sein Leben war verwirkt, so oder so. Trotz seiner Verkleidung war es unmöglich, aus dem Lager zu entkommen. Schon ein einziger, aufmerksamer Blick würde ihn entlarven. Aber vielleicht gelang es ihm noch, dem Opfer einen Sinn zu geben und einen der verhaßten Schwarzen Magier aus Tremon mit sich in den Tod zu nehmen.

Sein Blick suchte den Magier. Er hatte sich bisher nicht gerührt, sondern stand noch immer hoch aufgerichtet und in fast unnatürlich steifer Haltung inmitten seiner Krieger, eine schlanke, in fließendes Schwarz und Gold gehüllte Gestalt, die kaum wie die eines Menschen aussah, sondern ihn mit ihrer dunklen Aura und Unnahbarkeit eher an einen der Dämonen erinnerte, denen die Schwarzen Magier ihr Leben verschrieben hatten.

Torian blieb stehen, bückte sich, als müsse er ein Band seines Schnürstiefels richten, und musterte den Schwarzen Magier unter dem Wulst seines Helmes hervor.

Der Mann hatte die Augen geschlossen. Auf seinen Zügen lag ein angespannter, konzentrierter Ausdruck, und seine Hände vollführten kleine, komplizierte Bewegungen, zu denen seine Lippen unhörbare Beschwörungen murmelten. Die Männer in seiner Nähe wirkten nervös, und auch Torian spürte eine stärker werdende Unruhe, die nicht allein mit seiner Furcht zu tun hatte. Irgend etwas ging von dem Magier aus, etwas Unsichtbares und Düsteres.

Seine Hand glitt unter den Umhang und zum Schwert, während er in Gedanken seine Chancen überschlug. Wie es schien, war der Magier gerade in eine seiner Beschwörungen vertieft, und seine Leibgarde hatte mehr damit zu tun, ihre eigene Furcht im Zaum zu halten, als auf ihre Umgebung zu achten. Und sie fühlten sich sicher.

Ein knisternder Laut drang in seine Überlegungen; ein Laut wie das Zischen eines Blitzes, aber heller, gefährlicher und auf schwer zu fassende Weise *feindselig.* Torian richtete sich auf, blickte in die Runde – und unterdrückte im letzten Moment einen erschrockenen Ausruf.

Der Magier stand weiterhin starr und mit geschlossenen Augen inmitten seiner Männer, aber er hatte jetzt die Arme erhoben und die Finger in einer vieldeutigen Geste ineinander verwoben. Seine aneinandergelegten Hände wiesen nach oben, direkt auf den Eingang der Höhle, in der sich Bagain und seine Krieger verschanzt hatten, und für einen Moment glaubte Torian zu erkennen, wie die Luft vor seinen Händen zu flimmern begann, als stiegen Wellen von Hitze aus seinen Fingerspitzen.

Ein blauweißer Blitz, gefolgt von einem urgewaltigen Donnerschlag, zerriß die Nacht. Torian fuhr mit einem erschrockenen Ausruf herum und starrte zur Höhle hinauf.

Das gezackte Loch in der Flanke des Berges hatte sich in einen feuerspeienden Schlund verwandelt. Eine brüllende Flammensäule schoß aus der Öffnung, wälzte sich zehn, fünfzehn Schritt den Hang hinab und fächerte schließlich zu einer brodelnden Wolke aus Glut und blauweißen, zuckenden Blitzen auseinander. Die Nacht wurde übergangslos zum Tage. Feuer regnete vom Himmel, gefolgt von einem Hagel glühender Felstrümmer. Torian glaubte Schreie zu hören, die Schreie Bagains und seiner Kameraden, und obwohl er wußte, daß das unmöglich war und sie längst tot und zu Asche zerfallen sein mußten, bildete er sich für einen schrecklichen Moment ein, brennende Gestalten hinter der Flammenwand zu erkennen.

Ein zweiter Donnerschlag ließ das Tal erzittern. Ein Teil des Berges brach auseinander, und der Höhleneingang verschwand hinter einer gewaltigen Geröllawine. Und noch immer schlugen Flammen aus dem Berg.

Torian fuhr mit einem krächzenden Schrei herum. Für einen Augenblick waren die Augen aller auf den brennenden Berg gerichtet;

selbst die Wachen waren abgelenkt und starrten wie gebannt in das dämonische Feuer, das ihr Meister entfacht hatte. Für einen Moment war die lebende Mauer um den Magier durchbrochen.

Torian machte einen Schritt auf den Magier zu. Seine Hand klammerte sich fester um das Schwert, das er noch immer unter dem roten Umhang verborgen hielt. Eine der Wachen sah auf. In seinen Augen stand ein halb fragender, halb mißtrauischer Ausdruck.

»Was willst du?« herrschte er Torian an. Seine Stimme ging fast im Brüllen der Flammen und dem Grollen des bebenden Berges unter.

»Nichts«, antwortete Torian mit einem Lächeln. Dann stieß er dem Mann das Schwert in die Brust, schlug den neben ihm Stehenden mit dem Schild zu Boden und trat einem Dritten die Füße unter dem Leib weg.

Ein vielstimmiger Aufschrei ging durch die Reihe der Wächter. Schwerter blitzten auf, Schilde und Dolche wurden gehoben, als die Männer die Gefahr erkannten und sich schützend vor ihren Meister werfen wollten.

Aber Torian war schneller. Mit einem einzigen Schritt erreichte er den Magier und riß ihn an der Schulter herum. »Für Scrooth!« schrie er. »Stirb, du Hund!«

Alles geschah gleichzeitig: Torians Schwert traf den Magier und tötete ihn, die Wachtposten eilten herbei und rissen ihn verzweifelt von seinem Opfer fort, und das Höllenfeuer oben im Berg erwachte zu neuer, noch furchtbarerer Glut.

Torian fiel. Schläge und Tritte prasselten auf ihn herab, ein Schwert wurde geschwungen, zerschnitt sein Kettenhemd und zerbrach seinerseits an der zweiten Panzerung, die er darunter trug. Torian wehrte sich verzweifelt, aber gegen die zehnfache Übermacht hatte er keine Chance. Brutal wurde er auf die Füße gezerrt und ein Stück von dem toten Magier weggeschleift. Einer der Männer zog einen Dolch und machte Anstalten, ihm die Kehle durchzuschneiden, aber einer seiner Kameraden schlug ihm den Arm herunter und stieß ihn fort.

»Warte!« keuchte er. »Der Hund hat den Meister ermordet. So billig soll er nicht davonkommen! Schafft ihn weg, aber krümmt ihm kein Haar. Wer ihm etwas antut, bezahlt mir mit seinem Kopf dafür!«

Die Söldner gehorchten. Torian bäumte sich mit aller Kraft auf, aber die Übermacht war zu gewaltig – allein vier Mann hielten seine Arme, und die gleiche Anzahl stand dabei und war bereit einzugreifen, sollte er sich doch irgendwie befreien. Er wurde zum Ende des Lagers gezerrt, roh zu Boden geschleudert und auf den Bauch gewälzt. Ein Stiefel setzte sich in seinen Nacken und preßte sein Gesicht in den Boden, daß er kaum noch Luft bekam. Rauhe Hände packten seine Handgelenke, zwangen sie zusammen und begannen, einen Strick darumzuwickeln.

Sie führten die Bewegung nie zu Ende.

Die Nacht wurde übergangslos zum Tage. Ein unerträgliches, blauweißes Licht ließ das Tal in grausamer Glut erstrahlen, und ein ungeheurer, berstender Donnerschlag verschluckte die Schreckensschreie der Männer. Torian spürte, wie der Mann, der auf seinem Rücken kniete, wie von einer unsichtbaren Hand gepackt und davongeschleudert wurde, dann traf ihn selbst der Hieb einer Riesenfaust, riß ihn in die Höhe und schleuderte ihn wie einen Spielball davon. Er fiel, überschlug sich, prallte gegen einen Baum und blieb halb benommen liegen. Mühsam wälzte er sich herum und blinzelte aus tränenden Augen zurück.

Der Berg war wieder aufgebrochen und spie erneut Feuer. Aber diesmal waren es keine normalen Flammen, sondern die entfesselte Glut der Hölle, ein unerträglich *helles* Feuer, das wie der Atem eines feurigen Gottes über den Hang strich, sich in einer brüllenden Woge über Geröll und Felsen wälzte und die rotgekleideten Krieger aus Tremon erreichte und weiterraste. Männer flammten auf wie trokkenes Geäst und zerfielen zu Asche, Felsen glühten auf und zerliefen zu brodelnder Lava. Selbst die Luft schien zu brennen. Über dem Tal begann sich ein brüllender Flammenpilz in die Höhe zu wälzen.

Torian schrie, als die Hitzewelle auch ihn erfaßte und sein Haar und seine Haut versengte. Er taumelte herum, schlug brüllend die Hände vor das Gesicht und wankte vor der kochenden Flammenwand davon. Sein Umhang brannte. Er riß ihn von den Schultern, schleuderte ihn von sich und taumelte auf die Pferdekoppel zu. Die Tiere waren in Panik geraten, schlugen mit den Vorder- und Hinterläufen um sich und verletzten sich gegenseitig. Die dünnen Lederriemen, mit denen sie gebunden waren, zerrissen, und auch die armdicken Balken, aus denen die hastig errichtete Koppel bestand, hielt dem Ansturm der Tiere nicht lange stand.

Torian sprang verzweifelt zur Seite, als die Tiere endgültig durchgingen und blind vor Schmerz und Angst die Flucht ergriffen. Zwei tremonische Krieger, die wie er die Koppel erreichen wollten, aber das Pech hatten, schneller als er gewesen zu sein, wurden vor seinen Augen niedergetrampelt.

Torian wankte. Jeder Atemzug brannte wie flüssiges Pech in seiner Kehle, und sein Haar war dort, wo es nicht vom Helm geschützt war, längst zu Asche zerfallen. Sein Gesicht fühlte sich an, als wäre es eine einzige Brandblase. Blind vor Schmerz und Angst taumelte er das abschüssige Tal hinab, stürzte, kämpfte sich wieder hoch und wankte weiter. Hinter ihm lohte noch immer das Feuer der Hölle, ein flammender, weißglühender Pfuhl, der das gesamte hintere Drittel des Tales einhüllte und den Himmel in rot-orangenem Widerschein erglühen ließ. Aber die Flammen breiteten sich wenigstens nicht weiter aus, sondern beschränkten sich auf den Teil des Tales, in dem die Tremoner gelagert hatten.

Torian taumelte weiter auf den Fluß zu. Vereinzelt glaubte er, noch Schreie durch das Brüllen und Prasseln der Flammen zu hören, aber das mußte eine Täuschung sein. Selbst hier, mehr als hundert Schritt von der Grenze des flammenden Todeskreises entfernt, war die Hitze nahezu unerträglich. Hinter der weißglühenden Wand mußten Temperaturen herrschen, die jedes Leben in Bruchteilen von Sekunden auslöschten.

Seine Kräfte verließen ihn fast, ehe er den Fluß erreichte. Das glitzernde Band begann sich vor seinen Augen zu drehen, und er spürte erst jetzt, wie sehr all die kleinen und großen Wunden, die er in den letzten Augenblicken davongetragen hatte, schmerzten. Er strauchelte, fiel abermals und legte die letzten Meter auf Händen und Knien kriechend zurück.

Das Wasser war eisig, aber die Kälte vertrieb die Schwaden dunkler Bewußtlosigkeit, die sich um Torians Gedanken winden wollten. Sekundenlang blieb er reglos im Uferschlamm liegen, das Gesicht tief in das kalte, schnellfließende Wasser getaucht, dann stemmte er sich hoch, atmete tief ein und schüttelte sich mit einer heftigen Bewegung das Wasser aus dem Haar.

Er hörte die Schritte, aber seine Reaktion kam zu spät.

Irgend etwas traf ihn mit mörderischer Wucht zwischen den Schulterblättern und ließ ihn mit einem halberstickten Schrei erneut zusammenbrechen. Sein Gesicht geriet unter Wasser. Er versuchte, sich hochzustemmen und gleichzeitig herumzudrehen, aber im selben Moment traf ihn ein zweiter, womöglich noch härterer Hieb, warf ihn abermals nach vorne und raubte ihm halbwegs die Besinnung. Eine schwielige Hand legte sich um seinen Nacken und drückte zu; starke, harte Finger umfaßten seinen Hinterkopf und preßten sein Gesicht unter Wasser und in den warmen Schlamm des Flußgrundes, während eine andere Hand nach seinem linken Arm griff und ihn grausam verdrehte.

Torian strampelte hilflos mit den Beinen. Er fühlte, wie er irgend etwas traf und dieses Etwas schmerzhaft zusammenzuckte, aber der tödliche Griff um seinen Nacken lockerte sich nicht. Im Gegenteil – sein Gesicht wurde nur noch heftiger in den Schlamm gepreßt, und ein Knie traf ihn mit fürchterlicher Wucht in den Rücken und trieb ihm auch noch den letzten Rest von Luft aus den Lungen.

Torian bäumte sich noch einmal auf, krallte die rechte, freie Hand in den Boden – und hörte auf, sich zu wehren. Sein Gesicht wurde weiter unter Wasser gedrückt, aber das Knie verschwand von seinem Rücken. Er widerstand im letzten Moment der Versuchung, tief durchzuatmen.

Seine Lungen schienen zu platzen. Ein dumpfer, würgender Schmerz machte sich in seiner Kehle breit; feurige Ringe blitzten vor seinen geschlossenen Augen auf, und in seinem Schädel war mit einem Male ein dumpfes, an- und abschwellendes Rauschen. Der Druck auf seinen Brustkorb wurde unerträglich. Aber er rührte sich noch immer nicht, sondern blieb weiter reglos liegen und stellte sich tot.

Schließlich – nach Sekunden, die Torian wie Jahrhunderte vorkamen – löste sich die Hand von seinem Nacken; der Druck verschwand, und auch sein linker Arm kam frei. Trotzdem blieb Torian weiter liegen, obwohl der Druck in seiner Brust die Grenzen des Vorstellbaren überstiegen hatte und sich weiter verstärkte. Hinter seinen Gedanken begann eine tiefe, bodenlose Dunkelheit aufzuklaffen.

Torian zählte in Gedanken bis drei, raffte das letzte bißchen Kraft, das noch in seinem geschundenen Körper war, zusammen, und stieß sich mit einer blitzschnellen Bewegung mit den Armen ab. Sein Mund öffnete sich zu einem keuchenden Atemzug, während seine Beine blind und ungezielt nach hinten traten. Er traf, und er spürte, wie hart er traf. Ein krächzender Schrei erklang, und dicht hinter Torian stürzte ein schwerer Körper zu Boden, im selben Moment, in dem er selbst zum dritten Mal in den Fluß klatschte. Prustend und spuckend arbeitete er sich wieder hoch, fuhr herum und atmete abermals tief ein. Seine Lungen schmerzten, und die Gestalt des Gegners schien sich vor seinen Augen auf unmögliche Weise zu drehen und zu verbiegen, als betrachtete er sie durch einen Zerrspiegel.

Der Mann stemmte sich bereits wieder auf die Füße. Torians Tritt mußte ihn vollkommen unvorbereitet getroffen haben, aber er war kaum kräftig genug gewesen, ihn ernsthaft zu verletzen. Trotzdem wankte er, und sein Gesicht war vor Schmerz und Anstrengung verzerrt. Seine linke Schulter war schwarz von eingetrocknetem Blut, und der Arm hing nutzlos und steif herab. Er trug weder Mantel noch Kettenhemd, und sein dunkles, ehemals schulterlanges Haar war verkohlt und an manchen Stellen bis auf die Kopfhaut abgesengt. Sein Gesicht und sein nackter Oberkörper waren übersät mit Brandwunden.

Torian stemmte sich hoch, wich schweratmend vor seinem zwei Köpfe größeren Gegner zurück und sah sich verzweifelt nach einer Waffe um. Der andere war verletzt, aber der Zorn gab ihm zusätzliche Kräfte, und Torian fühlte, wie seine eigenen mit jeder Sekunde weiter schwanden. Einen Kampf, der länger als ein paar Augenblicke dauerte, würde er nicht mehr durchstehen.

»Bleib ... stehen, du Hund«, keuchte der andere. »Stell dich ... zum Kampf.«

Torian lachte schrill, wich rasch zwei, drei Schritte zurück und bückte sich nach einem Schwert. Aber sie standen auf einem Schlachtfeld, und der Boden war übersät mit Waffen. Als er sich aufrichtete, war auch die Hand des anderen nicht mehr leer.

Torian verfluchte zum x-ten Male in dieser Nacht sein Schicksal. Er schien das Pech gepachtet zu haben, seit er vor vier Monaten durch Unterzeichnung des Söldnervertrages in den Dienst von Scrooth getreten war. Er hatte die erstbeste Waffe, die er sah, an sich gerissen – ein schlankes, nur einseitig geschliffenes Rapier, gut für einen ritterlichen Kampf nach feststehenden Regeln, aber kaum geeignet, einen tobenden Riesen wie den, dem er gegenüberstand, aufzuhalten. Vor allem nicht, wenn der ein fast anderthalb Meter langes Zweihänderschwert schwang ...

Der halbnackte Riese kam mit wiegenden Schritten näher. Torian fiel erneut auf, daß seine Schritte unsicher und wankend waren. Sein Atem ging sehr schnell, und die Wunde an seiner linken Schulter schien ihn mehr zu behindern, als er selbst glaubte. Sein Gesicht zuckte vor Schmerz, während er Torian Schritt für Schritt vor sich hertrieb. Unter seinem Schlüsselbein glitzerte etwas Schmales, Silbernes ...

Die Erkenntnis traf Torian wie ein Schlag.

Der Riese war niemand anderer als der Krieger, den er angegriffen hatte, um sich seiner Kleider zu bemächtigen! Er hatte ihn für tot gehalten, aber er lebte, und irgendwie war es ihm gelungen, sich aus dem Lager zu schleppen, bevor das Höllenfeuer dort jedes Leben ausgelöscht hatte.

Der andere schien den betroffenen Ausdruck auf seinen Zügen richtig zu deuten.

»Du irrst dich nicht, du Hund«, knurrte er. Das Schwert in seiner Hand zitterte. Er hielt es nur mit der Rechten, und selbst einem Giganten wie ihm mußte das Gewicht zu schaffen machen.

»Du ... hättest dich davon überzeugen sollen, daß ich wirklich tot bin«, fuhr er fort. »Denn jetzt werde ich dich töten.«

Torian machte einen verzweifelten Satz, als der Riese seine Waffe schwang, um seine Ankündigung unverzüglich in die Tat umzusetzen. Das Zweihänderschwert klirrte über den Boden, kam in einer unmöglich erscheinenden Kreisbewegung wieder hoch und hackte nach Torians Beinen. Torian parierte den Hieb mit seinem Rapier. Er spürte, wie die zerbrechliche Waffe in seinen Händen vibrierte, obwohl sich die Klingen kaum berührt hatten. Ein wirklicher Treffer, und die Waffe würde zerbrechen wie Glas.

Auch der andere schien dies erkannt zu haben. Mit einem triumphierenden Brüllen sprang er weiter vor, schwang seine Waffe und schlug wie ein Rasender auf Torian ein. Seine Hiebe waren kaum gezielt, aber voll ungestümer Kraft, und ihr Sinn war einzig und allein, seinen Gegner weiter vor sich herzutreiben und ihn seiner Waffe zu berauben.

Torians Gedanken überschlugen sich. Er spürte instinktiv, daß es sinnlos wäre, zu fliehen – aber seine Kraft war der dieses tobenden

Titanen auch nicht gewachsen. Er duckte sich, tauchte unter einem wuchtig geführten Streich hindurch und stach nach dem Bein des Riesen. Das Rapier schlitzte dessen Hose auf und hinterließ eine handlange klaffende Wunde auf seinem Oberschenkel, aber jener schien die Verletzung nicht einmal zu spüren. Und wenn, dann stachelte sie seine Wut höchstens noch mehr an. Torian wich hastig weiter zurück, verlor auf dem morastigen Untergrund den Halt und fiel schwer auf den Rücken. Der andere stieß einen gellenden Schrei aus und warf sich auf ihn.

Torians Klinge blockierte die seine im letzten Moment. Das Rapier zerbrach unter dem wuchtigen Streich des gewaltigen Schwertes, aber die aufwärts gebogenen Zinken des Handschutzes verkanteten sich an der Klinge; die beiden Schwerter entglitten unter der Wucht des mit aller Kraft geführten Hiebes den Händen ihrer Besitzer und verschwanden in der Dunkelheit.

Torian bäumte sich auf, spreizte Zeige- und Mittelfinger und stieß damit nach den Augen seines Gegners. Der aber fegte seine Hand beiseite, ballte die Faust und schlug mit aller Kraft zu. Torian drehte im letzten Moment den Kopf weg, und die gewaltige Faust des Mannes hämmerte dicht neben seiner Schläfe in den Boden.

»Ich bringe dich um«, keuchte der Riese. »Ich zerquetsche dich wie eine Wanze! Ich kann dich in den Boden stampfen wie eine Laus!«

Torian glaubte es ihm. Der andere hockte wie ein Berg aus Fleisch auf seiner Brust und zerquetschte ihm allein mit seinem Gewicht allmählich die Rippen. Torian wehrte sich verzweifelt, aber der Tremoner schien seine Hiebe nicht einmal zu registrieren. Im Gegensatz zu Torian konnte er nur seinen rechten Arm benutzen – aber dieser Nachteil wurde durch seine gewaltige Körperkraft mehr als wettgemacht. Seine Schläge prasselten immer heftiger auf Torian herab, beinahe ungezielt, aber mit mörderischer Wucht.

Schließlich gelang es Torian, sein rechtes Bein freizubekommen. In einer verzweifelten Anstrengung zog er das Knie an den Körper, bekam das Bein zwischen sich und den Riesen und stieß ihn mit aller Kraft von sich herunter. Der Gigant fiel schwer auf den Rücken und blieb sekundenlang reglos liegen.

Aber auch Torian war mit seinen Kräften am Ende. Mühsam wälzte er sich auf den Bauch, stemmte beide Hände gegen den Boden und versuchte sich hochzudrücken.

Es gelang ihm erst beim dritten Versuch. Das Schlachtfeld, der Fluß der Himmel und der brennende Berg begannen einen irren Tanz um ihn herum aufzuführen, und ihm wurde übel. Wie durch einen dichten, betäubenden Nebel registrierte er, wie auch der andere wieder auf die Füße kam und sich torkelnd auf ihn zubewegte. Torian machte einen Schritt, fiel auf ein Knie nieder und stemmte sich wieder hoch.

»Hör ... endlich auf, du Idiot«, keuchte er. »Der Krieg ist ... vorbei ...«

Er wußte nicht, ob der andere ihn überhaupt hörte. Seine Gestalt begann sich wieder vor seinen Augen zu verzerren, und diesmal war es mehr als ein vorübergehender Schwächeanfall, das spürte er. Taumelnd wandte er sich um, wankte zum Fluß zurück und fiel im Uferschlamm auf die Knie. Der andere folgte ihm. Aber auch er wankte.

»Hör ... auf«, preßte Torian noch einmal mühsam hervor. »Oder bring mich um, wenn du willst.«

»Du ... hast den ... Meister umgebracht«, keuchte der andere. Sein Atem ging schnell und rasselnd. Seine Arme pendelten kraftlos vor seinem Körper, und er versuchte vergeblich, die rechte Hand zur Faust zu ballen. Er machte einen weiteren Schritt auf Torian zu, fiel ebenfalls auf die Knie und stürzte vollends, als er im Begriff war, nach ihm zu schlagen. Torian versuchte instinktiv, die Arme hochzureißen, um den Hieb abzuwehren, verlor ebenfalls die Balance und stürzte neben ihn.

Als er die Augen öffnete, blickte er direkt in das geschwärzte Gesicht seines Gegners. Die dunklen Augen des Riesen musterten ihn mißtrauisch, aber Torian glaubte auch, ein sanftes, spöttisches Funkeln darin wahrzunehmen.

»Du kommst nicht aus Scrooth, nicht?« murmelte der andere.

»Nein«, antwortete Torian müde. »Ich bin ... ein Söldner.«

»Genau wie ich.« Der Riese schwieg einen Moment, und wieder lief ein rasches, schmerzhaftes Zucken über sein Gesicht. Nach einer Weile hob er den Kopf und blickte zurück, dorthin, wo noch immer die Flammen des Höllenfeuers gegen den Himmel leckten. Roter Feuerschein spiegelte sich in seinen Augen. Es sah aus, als brennten sie. »So wie es aussieht, sind unsere Auftraggeber soeben allesamt zur Hölle gefahren«, murmelte er.

Torian nickte. »Da kannst du recht haben.«

»Dann«, fuhr der andere heiser fort, »wüßte ich keinen logischen Grund, aus dem wir uns noch gegenseitig umbringen sollten.« Er runzelte die Stirn. »Fällt dir einer ein?«

Torian blickte ihn einen Herzschlag lang verwirrt an. Dann begann er schallend zu lachen.

»Du hast recht«, sagte Garth. »Wir sind tatsächlich die letzten.« Torian nickte, ohne von seinem Essen aufzusehen. Es war eine Stunde her, seit er aufgewacht war und sich mit dem eisigen Wasser des Flusses das Blut aus dem Gesicht gewaschen hatte. Seitdem aß er. Ununterbrochen.

»Du wolltest mir ja nicht glauben«, bemerkte er kauend. »Ich habe *gesehen*, wie sie von den Flammen vernichtet wurden.« Er deutete mit einer Kopfbewegung zum Ende des Tales, brach ein weiteres Stück Brot ab und schob es sich in den Mund.

Garth blickte einen Moment lang stirnrunzelnd zu den verbrannten Felsen hinüber, schüttelte den Kopf und ließ sich mit untergeschlagenen Beinen neben Torian nieder. Er hatte das Tal abgesucht und sogar einen Teil der Felswand erstiegen, um einen besseren Überblick zu gewinnen. Aber seine Suche war erfolglos gewesen. Torian und er waren die einzigen Überlebenden. Das vom Schwarzen Magier entfachte Feuer hatte Freund und Feind unterschiedslos dahingerafft. Von den Männern, die am Fuße der Geröllhalde gelagert hatten, waren nicht einmal Knochen geblieben. Torian war wie Garth zurückgegangen, aber er hatte es – anders als er – bei einem einzigen flüchtigen Blick belassen. Der Boden war da, wo das Höllenfeuer über ihn hinweggefegt war, zu schwarzem Glas verschmolzen, und dort, wo sich die Höhle befunden hatte, glühte der Felsen selbst jetzt noch.

»Es ist schon erstaunlich«, murmelte Garth nach einer Weile.

Torian kniff ein Auge zu, sah ihn an und nahm einen Schluck aus dem Weinschlauch, der neben ihm im Sand lag. »Waschischerstaunlisch?« nuschelte er mit vollem Mund.

»Daß ein Knirps wie du solche Portionen in sich hineinstopfen kann«, gab Garth ernst zurück.

Torian blickte ungerührt auf den Berg von Lebensmitteln und Weinschläuchen, den er neben sich aufgehäuft hatte, schmatzte lautstark und spülte mit einem weiteren Schluck Wein nach, ehe er antwortete. In seinem Kopf machte sich ein leises, schummeriges Gefühl breit. Er hatte zuviel gegessen und vor allem zuviel getrunken. Aber nach dem Erwachen war ihm, als hätte er tagelang gehungert. »Du kennst die Rationen nicht, welche die Söldner von Scrooth bekommen«, sagte er und rülpste ungeniert. Garth verzog das Gesicht, ersparte sich aber einen Kommentar. »Außerdem haben wir einen verdammt langen Weg vor uns, mein Lieber. Und keine Pferde. Wir werden nur so viel Proviant mitnehmen können, wie du tragen kannst.«

»Wir finden schon ein paar Pferde«, antwortete Garth. »Und bis zur nächsten Stadt ist – wie meinst du das, wie *ich* tragen kann?«

Torian grinste. Fast gegen seinen Willen empfand er eine – wenn auch schwache und noch immer mit Mißtrauen gepaarte – Sympathie, und wie es seine Art war, drückte er dies mit einem rauhen Scherz aus. Wenigstens versuchte er es.

»Ich dachte, das wäre klar«, erwiderte er mit gespieltem Ernst.

»Wenn wir beide schon zusammen wandern, sollten wir die Rollen von Anfang an verteilen. Ich denke, und du läßt die Muskeln spielen. Schließlich ist jeder von uns dem anderen auf dem betreffenden Gebiet gehörig überlegen. *Stark*«, fügte er nach einer winzigen Pause hinzu, »bist du ja, zugegeben.«

»Und nicht halb so dämlich, wie du aussiehst, Kleiner«, knurrte Garth.

Torian ignorierte seine Bemerkung. »Ich will dich nicht beleidigen, Garth«, fuhr er ernsthaft fort. »Aber die Natur hat es nun mal so eingerichtet – einer hat viel Hirn, der andere viel Muskelkraft.«

Garth nickte, griff nach einem Streifen Salzfleisch und riß sich ein gehöriges Stück davon ab, als halte er trockenes Pergament in Händen. »Möglich«, knurrte er. »Aber wenn ich einer mit viel Hirn wäre, würde ich mich hüten, so etwas zu einem mit viel Muskelkraft zu sagen, weißt du?« Er biß in sein Fleisch, grinste, als er Torians verblüfften Gesichtsausdruck sah, und wurde übergangslos ernst. »Wie soll's nun weitergehen?«

Torian hob unentschlossen die Achseln. »Wir könnten hierbleiben«, schlug er vor. »Das wäre vielleicht die einfachste Lösung. Aber nicht unbedingt die sicherste.«

Garth blinzelte. »Hierbleiben?« Er schwieg einen Moment, sah sich demonstrativ um und nickte dann. »Sicher ... es sind genügend Leichen da. Wenn wir sparsam sind, können wir ein paar Monate von ihrem Fleisch leben.«

»Ich meine es ernst«, versetzte Torian verärgert. »Spätestens morgen werden dreihundert Männer hier eintreffen. Wir können uns ihnen anschließen.«

»Dreihundert Mann«, wiederholte Garth nachdenklich. »Du sprichst von den Bogenschützen aus Lacom, nehme ich an.«

Torian sah auf. »Du weißt von ihnen?«

»Ich weiß es. Und ich weiß, daß du auf sie warten kannst, bis du schwarz wirst. Sie werden nicht kommen.«

»Und warum nicht?« fragte Torian lauernd.

»Weil ihre Knochen irgendwo dort oben im Gebirge vermodern«, erwiderte Garth ungerührt. »Wir haben sie schon vor drei Tagen erledigt, weißt du?« Ein flüchtiges, nicht sonderlich humorvolles Lächeln huschte über seine Züge. »Ihr Halsabschneider aus Scrooth seid nicht die einzigen, die etwas vom Kriegshandwerk verstehen.«

Torian sah unwillkürlich auf und blinzelte gegen das grelle Licht der Morgensonne nach Norden. Die Berge schienen hinter einem Vorhang flimmernder Luft zu liegen. Ihre Gipfel bewegten sich wie die Kronen bizarrer steinerner Bäume. Ein vages Gefühl des Erschreckens machte sich in ihm breit.

»Ihr wußtet ...

»Von dem Paß?« Garth nickte. »Sicher doch. Warum, glaubst du, waren wir hier. Außerdem«, fügte er in verändertem Tonfall hinzu, »würde ich nicht auf sie warten. Ich habe vorerst die Nase voll vom Kriegführen.«

Torian nickte. »Wenn es so ist, müssen wir uns eben allein durchschlagen. Das Beste wird wohl sein, wenn wir versuchen, Llolland oder eine der anderen Freien Städte zu erreichen. Jedenfalls werde ich das tun.«

»Du willst nicht zurück nach Scrooth?«

Torian lachte schrill. »Bin ich blöd?«

»Ja«, sagte Garth und biß erneut in sein Fleisch.

»Möglich. Aber ich gedenke nicht, mich ein zweites Mal in die Söldnerlisten eintragen zu lassen. Die Götter werden nicht jedesmal soviel Einsehen mit einem verängstigten schwachen Menschen haben, der durch unglückliche Umstände und gegen seinen Willen in einen Krieg hineingezogen wurde, der ihn nichts angeht.«

Garth sah sich suchend um. »Vom wem sprichst du?« fragte er. »Ich dachte, außer uns beiden wäre hier keiner mehr.«

Torian schleuderte das angebissene Stück Fleisch in den Fluß und sah zu, wie es auf den Wellen hüpfend verschwand. »Und du? Du gehst zurück nach Tremon, nehme ich an?«

»Nein«, antwortete Garth. »In einem Punkt stimme ich dir bei, Kleiner. Man sollte sein Schicksal nicht zweimal hintereinander herausfordern. Die Idee mit den Freien Städten gefällt mir. Vielleicht gehe ich auch dorthin.«

Torian sah den dunkelhaarigen Riesen fragend an. »Du stammst nicht aus Tremon?« fragte er.

Garth grunzte. »Sehe ich aus wie ein verdammter Fischfresser?« Er schleuderte sein Fleisch dem Torians hinterher, wischte sich die fettigen Finger an der Hose ab und schüttelte bekräftigend den Kopf. »Es war ein reiner Zufall, daß ich in diesen verlotterten Haufen geraten bin«, erzählte er. Er nickte erneut, gähnte hinter vorgehaltener Hand und grinste plötzlich. »Ich hatte die Wahl, weißt du? Ich konnte meinen Daumenabdruck unter die Söldnerrolle setzen oder den Daumen verlieren – zusammen mit dem Rest der Hand. Die Tremoner sind humorlose Menschen ...«

» ... welche Dieben die Hand abschneiden, wenn sie sie in anderer Leute Taschen finden«, führte Torian den Satz zu Ende. »Was warst du – nur hungrig oder ein professioneller Dieb?«

»Ein hungriger professioneller Dieb«, gab Garth grinsend zurück. »Und ein ziemlich guter sogar.«

»So gut offensichtlich nicht – sonst wärest du kaum hier.«

Garth zog ein Gesicht, als hätte er unversehens in eine saure Zitrone gebissen. »Jeder hat mal Pech«, seufzte er. »Selbst Garth, Die Hand.«

»Die Hand?« Torian riß die Augen auf und musterte sein Gegenüber mit einem ungläubigen Blick. »Du bist ... Garth, Die Hand?«

»Ich sehe, du hast von mir gehört«, lächelte Garth. »Ich fühle mich geschmeichelt.«

»Garth, Die Hand«, wiederholte Torian kopfschüttelnd. »Wenn du es wirklich bist, dann vergiß die Idee mit Llolland. Ich war da, bevor ich so verrückt war, nach Scrooth zu gehen. Sie haben einen Preis auf deinen Kopf ausgesetzt.«

Garth seufzte. »Die Menschen sind nachtragend«, sinnierte er betrübt. »Es ist schlimm.«

»Der Statthalter von Llolland hat es dir wohl übelgenommen, daß du ihm den Kronschatz praktisch unter den Händen weggestohlen hast.«

»Ja«, erwiderte Garth säuerlich. »Und dann hat er seinen Wert schlicht verzehnfacht, um einen Grund für neue Steuererhöhungen zu haben. Dieser Halsabschneider sollte mir dankbar sein.« Er gähnte erneut, stand umständlich auf und reckte sich. Seine Mundwinkel zuckten, als er die verletzte Schulter zu bewegen versuchte.

Torian wurde übergangslos ernst. Er hatte die abgebrochene Dolchklinge entfernt, ohne daß Garth auch nur mit den Wimpern gezuckt hätte, aber er wußte, daß der breitschultrige Riese entsetzliche Schmerzen ertragen mußte. Garth hatte trotz allem Glück gehabt. Sein Dolch war am Schlüsselbein abgeglitten und glatt durch die Schulter hindurchgegangen, ohne den Knochen zu brechen oder eine Ader zu verletzen. Trotzdem wären die meisten anderen Männer, die er kannte, an der Verwundung gestorben.

»Das mit deiner Schulter tut mir leid«, wandte er sich plötzlich an Garth. Seine Worte überraschten ihn beinahe selbst, aber irgendwie war er auch froh, sie ausgesprochen zu haben. Er hatte einen Teil der Nacht wach neben dem Riesen verbracht, während der im Fieber dagelegen hatte, und es war keine sehr schöne Nacht gewesen. Garth hatte die Uniform des Feindes getragen, als sie sich zum ersten Mal begegnet waren, und er hätte Torian, ohne mit der Wimper zu zucken, das Genick gebrochen, hätte er die Gelegenheit dazu gehabt. Und trotzdem war sich Torian während seiner Nachtwache neben ihm schmutzig – *besudelt* – vorgekommen. Er hätte es nicht tun dürfen. Er hatte kein Recht gehabt, einen Menschen um eines Mantels wegen töten zu wollen. Krieg *war* schmutzig, und Torian hatte sich in diesem Punkt niemals etwas vorgemacht. Er hatte zahllose Männer getötet, auf beiden Seiten, je nachdem, in wessen Sold er gerade stand. Aber er dauerte schon zu lange. Und vielleicht hatte er einmal zuviel getötet.

Garth winkte ab. »Das braucht es nicht. Du hast meine Uniform angegriffen, nicht mich. Unsere Feindschaft ist mit unseren Söldnerverträgen erloschen. Außerdem«, fügte er mit einem flüchtigen Lächeln hinzu, »hast du mir gewissermaßen das Leben gerettet. Wäre ich dir nachgekrochen, um dir den Hals umzudrehen, wäre ich gebraten worden.«

Torian blickte ihn ernst an. »Das meinst du wirklich, nicht wahr?«

»Wäre es anders«, erwiderte Garth ebenso ernst, »würdest du nicht mehr leben, Kleiner.« Er lächelte und wechselte übergangslos das Thema. »Wir sollten aufbrechen. Wenn wir Glück haben, erreichen wir die Furt, ehe es Mittag wird und die größte Hitze da ist. Ich habe keine Lust, gebacken zu werden.« Er bückte sich, lud sich einen Teil der Lebensmittel, die Torian zusammengetragen hatte, auf die Schultern und richtete sich ächzend wieder auf. Der rote Umhang mit den silbernen Kommandantenstreifen gab seiner hünenhaften Erscheinung beinahe etwas Würdiges, und das zweischneidige Paradeschwert an seiner Seite blitzte wie ein gefangener Sonnenstrahl in der durchbrochenen Prachtscheide. Sie hatten sich das Beste an Kleidern und Waffen genommen, was sie auf dem Schlachtfeld finden konnten, und auch die Geldkatzen an ihren Gürteln waren wohlgefüllt.

Torian stand ebenfalls auf und nahm seine Last auf die Schultern, blieb jedoch stehen, als Garth losgehen wollte, und drehte sich noch einmal um. Sein Blick suchte die zerfetzte schwarze Wunde, die da in der Felswand gähnte, wo zuvor die Höhle gewesen war. Er dachte an Bagain und seine Kameraden zurück, die dort oben gestorben waren, und ein vages Gefühl der Trauer machte sich in ihm breit. Bagain war nicht wirklich sein Freund gewesen. Aber er hatte ihn gemocht, und auch das war etwas, wofür in seinem Leben viel zu wenig Platz gewesen war bisher.

»Was hast du?« fragte Garth.

Torian winkte ab. »Nichts«, erwiderte er rasch. »Ich ... ich frage mich bloß, was das war ...«

»Das Feuer?« Garth starrte ihn an. »Du weißt es nicht?«

Torian schüttelte den Kopf. Es interessierte ihn nicht wirklich. Aber er wollte nicht, daß Garth erfuhr, woran er gedacht hatte. »Nein.«

»Du hast einen Magier getötet, Kleiner«, sagte Garth verwirrt. »*Während* einer Beschwörung.«

»Und?«

»Und, und«, äffte ihn Garth nach. »Die Kräfte, die ein Magier beherrscht, werden frei, wenn er während einer Beschwörung stirbt – was glaubst du, warum die Könige von Tremon ihre Schwarzen Lieblinge hätscheln wie die Schoßhunde?« Er setzte seine Last wieder ab und deutete mit einer abrupten Geste nach Westen. »Erinnerst du dich an das große Feuer, das halb Norland eingeäschert hat, während der Troll-Kriege?«

Torian nickte. »Sicher.«

»Es war kein Feuer«, erklärte Garth ernst. »Die Könige von Norland haben einen Magier in die Schlacht geschickt, und sie hatten das Pech, daß den armen Kerl ein Pfeil traf, während er den Trollen gerade die Füße ankokeln wollte.« Er grinste böse, öffnete die Linke und schlug mit der geballten Faust hinein. *»Puff«*, machte er. »So geht das, wenn du einen Magier erwischst, während er gerade seine Kräfte einsetzt.« Er sah Torian zweifelnd an. »Du hast das wirklich nicht gewußt?«

Torian schüttelte erneut den Kopf. Er hatte sich nie viel um Magier und Zauberer gekümmert. Er mochte sie nicht. Und er fürchtete sie wie jedermann. Vielleicht noch ein bißchen mehr.

Aber Garth' Worte waren die Antwort auf eine Menge Fragen, die er sich in den letzten Monaten gestellt hatte. »Deshalb also schikken die Tremoner ihre Magier niemals in die Schlacht«, murmelte er. Garth nickte. Deshalb also taten sie es nicht – obwohl sie den Krieg gegen Scrooth, das sich vor Generationen mit der Schwarzen Zunft überworfen hatte und keinerlei magische Unterstützung erfuhr, mit Hilfe der Schwarzen Teufel eigentlich innerhalb weniger Tage hätten gewinnen müssen.

»Warum war er bei euch?« fragte er.

»Der Magier?« Garth wiegte den Schädel und zog eine Grimasse. »Keine Ahnung. Wir gemeines Volk sind selten in seine Nähe gekommen, weißt du? Sie schirmen sie ab, als wären sie Königstöchter, die noch keinen Freier gefunden haben. Ich glaube, er sollte von hier aus mit seinen Wachen allein nach Westen weiterziehen. Daß wir auf euch treffen, war nicht geplant. Und vor allem nicht, daß wir auf *dich* treffen.«

Torian lächelte unsicher. »Jeder hat mal Glück.«

»Das hatte mit Glück nichts zu tun«, behauptete Garth. »Ich habe dich beobachtet, aber ich bin mir noch nicht ganz sicher, was es wirklich war – du bist entweder der gefährlichste Bursche, dem ich jemals begegnet bin, oder der größte Narr. Glück haben wir hinterher gehabt«, fügte er hinzu und nahm sein Bündel wieder auf. »Deine kleine Sondervorstellung hätte uns auch gleich zurück nach Tremon befördern können. Kleingehackt in handliche Stükke. Und jetzt komm. In ein paar Stunden wird es hier verdammt heiß.«

Torian warf einen letzten Blick auf den kreisförmigen Fleck verbrannter Erde und geschmolzener Steine, ehe er sich umwandte und Garth folgte. Trotz der Wärme, die bereits wie eine erstickende schwüle Decke über dem Land lastete, fror er plötzlich.

Sie hatten Glück; sogar zweimal. Sie waren kaum aus dem Tal heraus, als sie ein Pferd fanden. Das Tier graste friedlich und zeigte nicht die geringste Spur von Scheu, als Garth sein Gepäck ablud und behutsam zu ihm hinüberging. Sie ritten nicht darauf – das

Gewicht von gleich zwei Männern wäre zuviel für das Tier gewesen –, aber sie luden ihr Gepäck auf seinen Sattel, und das Gehen wurde leichter.

Eine Stunde später gelang es Garth, der sich trotz seiner Körperfülle und der Verletzung als ausgezeichneter Reiter erwies, mit Hilfe des Pferdes zwei weitere Tiere einzufangen, so daß sie den weiteren Weg im Sattel zurücklegen konnten und die Entfernung zur Furt von einem halben Tagesmarsch auf kaum zwei Stunden zusammenschmolz.

Aber damit verließ sie ihr Glück auch, und das Schicksal zeigte sich wieder von der Seite, von der Torian es während der letzten Monate kennengelernt hatte – der stacheligen, der, die einen in die Finger biß, wenn man versuchte, sie zu streicheln.

Der Fluß lag träge wie ein Band aus geschmolzenem Silber unter dem Sonnenglast, als sie den Übergang fanden. Er war markiert, wie Garth prophezeit hatte. Zwei mannsgroße Pfähle kennzeichneten die Breite der Furt, und der Boden war übersät mit den Spuren zahlloser Menschen, die hier Rast gemacht hatten, ehe sie den Fluß überschritten: Abfälle, Teile von Kleidungsstücken, Nahrungsresten – ein Stück abseits lag sogar ein totes Pferd, das bereits in Verwesung übergegangen war und an dem sich die Fliegen gütlich taten.

Und ganz oben auf den beiden angespitzten Pfählen saßen zwei abgeschlagene, menschliche Schädel.

Torian und Garth schwiegen eine ganze Weile, nachdem sie ihre Tiere am Flußufer zum Stehen gebracht hatten. Die Hitze war während der vergangenen Stunden beständig gestiegen, und über der Ebene lag eine unsichtbare Glocke erstickender Glut, die ihre Glieder lähmte und selbst ihr Denken beeinflußte. Der Schrecken, den der furchtbare Anblick hätte auslösen sollen, drang nur gedämpft in Torians Bewußtsein. Er fühlte sich müde, als schlügen die Anstrengungen der vergangenen Tage erst jetzt richtig durch. Aber es war eine Müdigkeit, die mehr ergriffen hatte als nur seinen Körper.

»Das gefällt mir nicht«, murmelte Garth nach einer Weile.

Torian grinste humorlos. »Irgend jemandem gefiel es«, knurrte er. »Sonst hätte er es nicht aufgestellt.« Er deutete mit einer Kopfbewegung auf die beiden ausgebluteten Schädel. »Das waren welche von eurem Haufen«, sagte er. »Sie tragen Tremon-Helme.«

»Ich weiß.« Garth' Stimme klang bedrückt. »Ich ... habe einen von ihnen gekannt. Die beiden gehörten zur Nachhut.« Er seufzte. »Es sieht so aus, als hätte jemand etwas gegen Soldaten aus Tremon.«

»Vielleicht hat jemand grundsätzlich etwas dagegen, daß Fremde durch die Staubwüste ziehen«, vermutete Torian. »Das ist eine Warnung, Garth.«

»So?« Garth blinzelte. »Wie kommst du darauf?«

»Hör mit deinen blöden Scherzen auf«, knurrte Torian. »Ihr seid auf dem Herweg hier entlanggezogen?«

»Schnurstracks durch die Staubwüste.« Garth nickte. »Und das Gefährlichste, was uns begegnet ist, war ein Nest von Diamantskorpionen.«

»Ihr wart dreihundert«, entgegnete Torian. »Jemand, der einen Trupp von dreihundert Reitern passieren läßt, muß das gleiche nicht unbedingt mit zweien tun.« Er beschattete die Augen mit der Hand und drehte sich einmal um seine Achse. »Gibt es einen anderen Weg aus den Bergen heraus?«

Garth verneinte. »Keinen, den wir gehen könnten. Außer dem Paß vielleicht, über den eure Bogenschützen gekommen sind. Weißt du, wo er liegt?«

Torian schüttelte den Kopf, und Garth seufzte erneut. »Damit hat sich das Thema erledigt«, murmelte er. »Wenn wir dem Fluß folgen, haben wir zwar genügend Wasser, aber wir müßten durch die Geistersümpfe.«

»Und im Süden?«

Garth lachte. »Velan und Haydermark. Keine gesunde Gegend für mich.«

Torian starrte ihn übertrieben feindselig an. »Ich beginne zu zweifeln, ob du der richtige Reisegefährte für mich bist, Hand.«

Garth machte ein ordinäres Geräusch, schwang sich in den Sattel und preßte seinem Pferd die Schenkel in die Seite. Das Tier setzte sich gehorsam in Bewegung und trabte in den Fluß hinein. Torian mußte ihm folgen, ob er wollte oder nicht.

Langsam sanken sie tiefer. Das Wasser war eisig, und die Hitze, die die Sonne unbarmherzig vom Himmel sengte, ließ sie die Kälte doppelt schmerzhaft spüren. Nach einer Weile berührten Torians Füße das Wasser, dann stieg es ihm bis zu den Unterschenkeln, schließlich bis zu den Knien. Die Pferde wurden unruhig, aber Torian und Garth trieben sie unbarmherzig weiter. Schließlich ragten nur noch ihre Köpfe über die glitzernden Fluten. Aber unter ihren Hufen war noch immer fester Boden.

Sie brauchten beinahe eine halbe Stunde, um das gegenüberliegende Ufer zu erreichen, und das, obwohl der Fluß an dieser Stelle kaum halb so breit war wie normal. Die Pferde atmeten schwer, als sie sich auf der gegenüberliegenden Seite die Böschung emporarbeiteten, und auch ihre Reiter waren erschöpft und müde. Torian wollte rasten, aber Garth schüttelte entschieden den Kopf und deutete zur Sonne hinauf.

»Es wird gleich verdammt heiß hier«, sagte er. »Wir können nicht bleiben.«

»Glaubst du, in der Wüste wird es kühler?« fragte Torian böse.

»Natürlich nicht. Aber wir finden einen Unterschlupf, kaum eine Stunde von hier. Eine Ruinenstadt. Rador. Wir haben auf dem Weg hierher dort haltgemacht.«

»Rador ...« Torian wiederholte das Wort ein paarmal, aber der Klang verlor nichts von seiner Fremdartigkeit. Er hatte das Gefühl, diesen Namen schon einmal gehört zu haben. Aber er wußte nicht, wo.

Schweigend signalisierte er seine Zustimmung, trieb sein Pferd die Uferböschung hinauf, die an dieser Stelle weitaus steiler und karger war als auf der gegenüberliegenden Seite, und lenkte es zwischen das von Garth und Packtier. Die Furt wurde auch auf dieser Seite von zwei mannshohen, polierten Pfosten markiert. Aber hier fehlte der grausige Schmuck, der die jenseitigen Pfähle gekrönt hatte. Trotzdem konnte Torian ein Gefühl der Bedrohung nicht vollends abschütteln. Jedermann wußte, daß die große Staubwüste gefährlich war, und längst nicht alle, die sich an ihre Durchquerung gemacht hatten, waren zurückgekommen. Vielleicht, überlegte er, waren es nicht allein der Sand und die Hitze, die sie getötet hatten.

Aber vielleicht hatten sich auch nur ein paar Wegelagerer, die in den beiden Spähern des Tremonischen Heeres leichte Beute gefunden hatten, einen makabren Scherz erlaubt.

Er zuckte mit den Achseln, löste den Weinschlauch von seinem Sattelgurt und nahm einen großen Schluck. Der Wein war warm und schmeckte nicht, und er verspürte hinterher beinahe mehr Durst als zuvor.

»Woher kommst du?« fragte Garth plötzlich. Torian antwortete nicht sofort, und der Dieb fuhr fort: »Bisher haben wir nur über mich geredet. Außer deinem Namen weiß ich nichts von dir.«

»Ich auch nicht«, knurrte Torian.

Garth blinzelte, und Torian fuhr in halb ernstem, halb scherzhaftem Ton fort: »Es gibt nicht viel über mich zu erzählen. Ich bin Söldner, seit ich alt genug war, auf einem Pferd zu sitzen und ein Messer zu halten.«

»Und ein verdammt guter dazu.« Garth nickte.

»Woher willst du das wissen?«

»Ich habe dich kämpfen sehen«, erklärte Garth. »Und ich habe mich gefragt, was ein Mann wie du in einem Söldnerheer sucht.«

Torian schnaubte ärgerlich. »Vielleicht seine Ruhe vor dummen Fragen«, sagte er. »Es gibt viele Männer, die gut mit dem Schwert umgehen können, Garth. Und die Angst ist ein hilfreicher Verbündeter. Sie gibt dir Kraft.«

Garth lachte leise, schüttelte den Kopf und schwieg einen Moment, aber nur, um gleich darauf fortzufahren: »Und wo lebst du?«

»Mal hier, mal da«, antwortete Torian ausweichend. Es war nicht die ganze Wahrheit, aber er wollte nicht darüber sprechen; nicht über sich und schon gar nicht über seine Vergangenheit. Es hatte nichts damit zu tun, daß er Garth etwa mißtrauen würde – im Gegenteil. Obwohl er den breitschultrigen Dieb erst seit wenigen Stunden kannte, verstärkte sich seine Sympathie, die er ihm entgegenbrachte, immer mehr, und er hatte das Gefühl, ihn seit Jahren zu kennen, nicht seit Tagesfrist.

Aber er sprach nie über seine Vergangenheit, und er bemühte sich sogar, sie selbst zu vergessen. Er war Torian, der Krieger, und mehr nicht. Der Mann, der er einmal gewesen, war in irgendeiner der zahllosen Schlachten und Scharmützel, an denen er teilgenommen hatte, gestorben. Vielleicht hatte er niemals wirklich gelebt.

»Gut«, gab sich Garth nach einer Weile zufrieden. »Wenn du nicht darüber reden willst, laß es. Jeder hat seine kleinen düsteren Geheimnisse, nicht?« fügte er lachend hinzu.

Torian starrte ihn finster an, und Garth wurde plötzlich wieder ernst. »Wohin wirst du gehen, wenn wir die Wüste hinter uns haben?«

»Vielleicht weiter nach Norden«, murmelte Torian. »Dort ist es kühler. Außerdem fürchte ich, daß dieser verdammte Krieg noch lange nicht vorbei ist. Aber erst einmal müssen wir die Wüste durchqueren, nicht?«

Garth winkte ab. »Das ist kein Problem. Wir warten in Rador die Zeit der größten Hitze ab und reiten in die Nacht hinein. Wir haben Lebensmittel und Wasser zurückgelassen auf dem Weg hierher. In zwei Tagen haben wir die Wüste hinter uns.«

Torian teilte Garth' Optimismus nicht zur Gänze. Aber er widersprach auch nicht, sondern ließ sich ein wenig im Sattel nach vorne sinken, stützte sein Körpergewicht auf dem Hals des Tieres ab und ritt mit halbgeschlossenen Augen neben Garth her.

Aus der Ferne hatte die Stadt nicht wie eine solche ausgesehen, nicht einmal wie eine Ruine, sondern eher wie eine zufällig entstandene Verwehung, vielleicht eine Ansammlung von Felsen, die ein launischer Gott hier mitten in die Wüste gesetzt hatte und die im Laufe der Jahrhunderte unter Staub und Sand verschwunden war. Erst als sie näher kamen, wurden aus Felsen zerbröckelte Mauern, aus Sandverwehungen halb eingestürzte, geborstene Häuser und abgebrochene Fundamente von Türmen, aus Wellentälern zwischen Sanddünen gewundene Straßen und aus Erdspalten Kellergewölbe, deren Decken unter dem Druck der Jahrhunderte eingestürzt waren.

Sie ritten langsamer, je mehr sie sich der Ruinenstadt näherten. Der Wind fing sich an den rundgeschliffenen Graten und Winkeln, heulte durch die verlassenen Straßen und sang ein bizarres Lied von Einsamkeit und Tod. Torian schauderte. Er fühlte sich unwohl, mit jedem Moment mehr, und das Gefühl hatte nichts mit der Hitze oder seinen Verletzungen zu tun. Etwas Unsichtbares, Düsteres schien zwischen den Mauern der Stadt zu hängen, eine greifbare Atmosphäre des Bösen, Ablehnenden. Er konnte sie spüren. Er konnte sie sehen in den schwarzen Schlagschatten der Häuser, und er konnte hören, wie sich das Lied des Windes änderte und ihnen eine wortlose Warnung entgegenschrie. Etwas war zwischen ihnen und der Stadt, eine unsichtbare, unhörbare, aber *fühlbare* Mauer aus Feindseligkeit und erstarrter Zeit. Dies war kein Ort für Menschen.

Garth zügelte sein Tier im Schatten der ersten Mauer, fuhr sich mit dem Handrücken über die Augen und sah sich unentschlossen um. Sein Gesicht war rot und schien zu brennen. Er mußte Fieber haben. Obwohl er nicht den geringsten Klagelaut von sich gegeben hatte, wußte Torian, daß seine Brandwunden furchtbar schmerzen mußten.

»Nun?« fragte er. »Wo ist dein Lebensmitteldepot?«

Garth knurrte etwas Unverständliches und sah sich weiter um. Seine Finger spielten nervös am Sattelgurt. »Wir haben genug zu essen mit«, murmelte er nach einer Weile.

»Sicher.« Torian nickte und zog eine Grimasse. *Geht weg*, flüsterte der Wind. Er versuchte den Gedanken abzuschütteln, aber es gelang ihm nicht vollends. Die Furcht blieb, stumm und irgendwo dicht unter der Oberfläche seines bewußten Denkens verborgen, aber bereit, ihn beim geringsten Zeichen von Schwäche erneut anzuspringen. *Geht weg. Kommt nicht hierher! Diese Stadt ist nichts für euch!* Vielleicht sollten sie wirklich weiterreiten. Die Wüste war mörderisch und groß, aber sie hatten kräftige Pferde und genügend Proviant, um sie schlimmstenfalls auch ohne Rast durchqueren zu können.

»Warum«, fragte er unsicher und in einem Ton, der Garth nicht erkennen ließ, ob seine Worte ernst gemeint oder ein Scherz waren, »reiten wir dann nicht weiter? Die Pferde sind kräftig genug, um bis zum Abend durchzuhalten. Wenn wir hier nichts finden, verlieren wir nur Zeit.«

»Das Lager ist hier«, behauptete Garth gereizt. »Wir waren vor kaum drei Tagen dort. Außerdem gibt es ein zweites Depot, einen halben Tagesritt von hier.«

Torian nickte. »Ich frage mich bloß, ob du die anderen Lager findest – wenn du hier schon Schwierigkeiten hast.«

Garth starrte ihn zornig an. »Ich finde sie schon«, schnappte er. »Aber als wir das letzte Mal hier waren, sah alles ganz anders aus. Dieser verdammte Sand.«

Er sprach nicht weiter, sondern blickte sich erneut um. In seinen Augen lag eine Mischung aus Verzweiflung und Zorn, und seine Hände zerrten so fest an den ledernen Sattelriemen, als wolle er sie zerreißen. Torian schluckte die bissige Bemerkung, die ihm auf der Zunge lag, hinunter. Garth war am Ende seiner Kräfte, sowohl physisch als auch psychisch. Es waren nur wenige Tage, daß er hiergewesen war, aber hier, inmitten der Wüste, konnten schon wenige Stunden ausreichen, das Aussehen der Landschaft vollkommen zu verändern. Der staubfeine, hellgelbe Sand tanzte ununterbrochen im Spiel des Windes, und jede auch nur etwas heftigere Bö mußte das Gesicht der Stadt neu formen. Die Staubwüste war berüchtigt für ihren feinen Sand. Manchmal war er so dünnflüssig wie Wasser. Es konnte gut sein, daß dort, wo vor zwei Tagen noch Durchgänge und Tore gewesen waren, sich jetzt eine undurchdringliche Sandmauer aufgetürmt hatte, oder umgekehrt.

»Dieser Turm dort hinten.« Garth wies mit einer Kopfbewegung auf einen sechseckigen, aus graubraunem Sandstein errichteten Turm, dessen abgebrochene Spitze sieben oder acht Manneslängen über den Wüstensand hinausragte. Wenn seine Größe in dem allgemein gebräuchlichen Verhältnis zum Durchmesser gestanden hatte, mußte es einst ein gewaltiges Bauwerk gewesen sein, dachte Torian. Längliche, nach unten schmaler werdende Schießscharten waren an seinen Wänden zu sehen, da und dort ausgebrochen, so daß schwarze, gezackte Löcher wie Wunden in dem grauen Bruchstein gähnten, und an einigen von ihnen waren noch die verrosteten Überreste ehemaliger Gitter zu erkennen. Die Festung mußte sehr alt sein. »Ich erinnere mich jetzt«, murmelte Garth. »Wir haben in seinem Inneren gelagert. Der Kommandant hatte Wachen oben auf der Plattform aufgestellt.«

»Dann wollen wir hoffen, daß sie nicht noch immer dort stehen«, knurrte Torian. Er ließ sein Pferd weitertraben, lenkte das Tier behutsam um den Mauervorsprung herum und näherte sich der Turmruine.

Garth folgte ihm, wenn auch in großem Abstand und so langsam, daß Torian sein Tier noch mehr zurückhalten mußte, bis der Dieb aufgeholt hatte. Garth' Kräfte ließen jetzt rapide nach, und auch Torian spürte eine neue Welle von Müdigkeit durch seine Glieder strömen. Die Stadt verhieß Schatten und vielleicht einige Stunden der Ruhe, aber anders als sonst mobilisierte der Anblick nicht noch einmal die letzten Kräfte, sondern schien sie im Gegenteil noch zu lähmen. Selbst die Schritte der Pferde wurden mühsamer.

Es war nicht leicht, die halb zugewehten Straßen und Gassen Radors zu durchqueren; die Pferde sanken mehr als einmal bis über die

Fesseln in staubfeinen Sand ein oder stolperten über Hindernisse, die unter der trügerischen braungelben Decke lauerten, und scheinbar massiver Fels erwies sich nur zu oft als papierdünne Schicht – ein Dach, eine Zwischendecke oder Plattform –, die während eines Jahrtausends vom Wind geduldig glattgeschmirgelt worden war, die bei der geringsten Belastung zusammenbrach und sich zu einer klaffenden, tödlichen Höhle öffnete. Immer wieder mußten sie Umwege machen oder auf ihrer eigenen Spur zurückreiten, um einen anderen Weg durch das Labyrinth aus Sand und zerfallenen Wänden zu suchen.

Torian hatte Angst.

Er gab es nicht zu, nicht einmal sich selbst gegenüber, aber er wußte sehr wohl, daß das unruhige Gefühl in seinem Inneren nichts anderes war als Angst, eine Furcht, die auf unheimliche Weise in den Wänden und Türmen Radors zu lasten schien und jetzt auf unsichtbaren Spinnenfüßen in seine Seele kroch.

Er verstand nicht, warum das so war. Rador war nicht die erste Ruinenstadt, in die er kam; beileibe nicht. Die Zahl der bewohnten und verlassenen Städte in diesem Teil des Caracons hielt sich fast die Waage. Tremon, Scrooth und selbst ein Teil der Freien Städte waren auf den Ruinen eines anderen, längst vergangenen Reiches errichtet worden, eines Reiches, über dessen Bewohner und ihre Sitten so gut wie nichts mehr bekannt war. Es waren Menschen gewesen, und sie mußten furchtbare Kriege gegeneinander geführt haben, vielleicht auch nur einen einzigen, einen über Jahrhunderte andauernden Krieg, in dem sie schließlich ausgeblutet waren, bis ihre Kraft nicht einmal mehr reichte, ihr Volk am Leben zu erhalten. Doch damit erschöpfte sich das Wissen über die alte Rasse bereits. Ihre Geschichte hatte geendet, tausend Jahre, bevor die der heutigen Bewohner Caracons begonnen hatte. Aber ihre Spuren waren noch überall.

Und trotzdem war diese Stadt irgendwie anders. Es war nicht ihre Architektur – Torian hatte die auf bizarre Weise ineinandergewundenen Spitzbögen, die asymmetrischen Fenster und die eine Spur zu niedrigen Türen schon hundertmal gesehen. Rador war eine Festung der Alten, eine von zahllosen Ruinen, wie sie überall in den Wüsten und auf den großen Staubebenen zu finden waren. Und doch ...

Hinter den Eingängen, deren Türen schon vor tausend oder mehr Jahren zu Staub zerfallen waren, hinter glaslosen Fenstern, die wie blind gewordene Augen auf die beiden einsamen Reiter herabstarrten, und in Winkeln, in denen sich der Staub von Jahrtausenden angesammelt hatte, schien etwas Unsichtbares und Böses zu lauern. Schatten, die keine Schatten waren. Das Rascheln von Sand, das sich anhörte wie behutsame Schritte, das Klirren von verrostetem Eisen, das klang wie das Geräusch von Waffen, die vorsichtig aus ihren Scheiden gezogen wurden, das Wispern des Windes, der noch immer sein stummes *Geht weg! Geht weg! Geht weg!* flüsterte.

»Nervös?« fragte Garth.

Torian sah auf. Garth hatte den Schwächeanfall überwunden; vielleicht tat er auch nur so. In den Augen des Diebes war ein spöttisches Glitzern zu erkennen, aber es war nicht echt; auch Garth spürte den Atem des Fremden und Bösen, der über der Stadt lag, und er war, tief in seinem Inneren, genauso nervös wie Torian.

»Wie kommst du darauf?« fragte Torian, eine Spur zu grob, um Garth über seine wirklichen Gefühle hinwegtäuschen zu können. »Es ist nur ein Haufen alter Steine, oder?«

Garth lachte leise, richtete sich ein wenig im Sattel auf und blinzelte aus zusammengekniffenen Augen zur Sonne empor. »Das ist Radors Fluch«, sagte er ernsthaft. »Die Stadt ist nicht für die Lebenden.« So, wie er die Worte aussprach, hörten sie sich an, als wäre er wirklich davon überzeugt. »Man behauptet, daß nach Dunkelwerden die Geister der Alten in ihren Straßen umgehen und alle töten, die ihren Fuß in die Stadt setzen.«

»Ach?« äußerte Torian. »Und du ...«

»Ich habe nicht vor, so lange hierzubleiben«, fiel ihm Garth ins Wort. »Wir warten die Mittagshitze ab, essen und trinken und reiten weiter, wenn die Pferde sich ein wenig ausgeruht haben. Tagsüber ist es ungefährlich.«

»Du verstehst dich auf Geistergeschichten, wie?« fragte Torian. Er versuchte zu lachen, um seine Nervosität zu überspielen, aber es mißlang. *Geht weg!* flüsterte der Wind.

Garth schüttelte den Kopf. »Ich nicht. Aber der Magier, der uns begleitet hat. Ich wiederhole nur seine Worte. Wir haben hier übernachtet, aber erst nachdem er einen Bannspruch um diesen Turm gelegt hat. Dummerweise«, fügte er hinzu, »haben wir keinen Magier dabei. Deshalb wäre es besser, wir würden verschwinden, ehe die Nacht hereinbricht.«

Torian sah den hünenhaften Dieb nachdenklich an. »Vielleicht wäre es besser, wenn wir erst gar nicht hierblieben«, murmelte er. »Diese Stadt gefällt mir nicht, Garth.«

Garth nickte. »Mir auch nicht. Aber in einer Stunde wird es so heiß, daß die Pferde unter unserem Gewicht zusammenbrechen. Wir müssen hierbleiben, ob wir wollen oder nicht – wenigstens für eine Weile.« Er lächelte aufmunternd. »Nur keine Angst, Torian. Ich bin ja bei dir.« Aber seine Augen blieben ernst, und als Torian ihn scharf ansah, bemerkte er, daß seine Hände zitterten.

Torian nickte. Garth' Worte wären im Grunde überflüssig gewesen. Er selbst spürte jeden einzelnen Schritt, den das Pferd auf dem Weg hierher gemacht hatte, und seine Augen brannten so heftig, daß er kaum noch richtig sehen konnte. Der Wind hechelte weiter seine stumme Drohung, und Rador saugte die Kraft aus ihren Leibern. Und selbst wenn es nicht so gewesen wäre, hätten sie nicht weiter gekonnt. Sein Gedanke, den Tag durchzureiten, war nicht mehr als ein Wunsch gewesen, ein unerfüllbarer Wunsch. In längstens einer Stunde war es draußen in der Wüste so heiß, daß ihr Blut zu kochen anfangen würde.

Langsam ritten sie weiter. Die Hitze nahm ein wenig ab, als sie tiefer in die Stadt eindrangen und der unmittelbaren Sonneneinstrahlung entgingen, aber dafür schlug ihnen eine Welle schwüler, stickig heißer Luft entgegen, die beinahe noch schlimmer war. Ihr Packpferd stolperte, versuchte mit einem ungeschickten Schritt sein Gleichgewicht wiederzufinden und brach mit einem schrillen Aufwiehern in den Vorderläufen zusammen, als der Sand unter seinen Hufen nachgab.

Torian sprang mit einem Fluch aus dem Sattel, griff nach den Zügeln und versuchte das bockende Tier zu beruhigen. Es gelang ihm, aber das Pferd blieb weiter unruhig und zog verängstigt den Kopf zurück, als er seine Nüstern streicheln wollte. An seinem rechten Vorderlauf war ein halbmeterlanger, blutiger Kratzer.

Torian fluchte erneut und wesentlich ungehemmter als zuvor, kniete im warmen Sand nieder und tastete behutsam mit den Fingerspitzen über das Bein. Das Tier ließ es geschehen, zuckte aber schmerzhaft zusammen, als er die Wunde berührte.

»Schlimm?« fragte Garth.

»Schlimm genug«, antwortete Torian. Er stand auf, musterte das Pferd mit einem langen, besorgten Blick und schüttelte in einer Mischung aus Zorn und Resignation den Kopf.

»Was heißt das?« hakte Garth ungeduldig nach. »Ist das Bein gebrochen?«

»Nein. Aber es wird die Packtaschen nicht mehr tragen können. Vergiß die Lebensmittel, die es trägt.«

Garth hob zornig die Faust, ließ sie aber dann mit einem lautlosen Achselzucken wieder sinken. Es hatte keinen Zweck, sich gegen das Schicksal aufzulehnen. Sie würden die Lebensmittel – und wohl auch einen großen Teil des Wassers – zurücklassen müssen, ob sie wollten oder nicht. Die beiden anderen Pferde würden mit Mühe und Not das Gewicht ihrer Reiter durch die Wüste schleppen können, und vielleicht nicht einmal das.

»Ich hoffe, dein Lager ist wirklich hier«, murmelte Torian. Garth runzelte die Stirn, aber Torian wartete seine Antwort nicht ab, sondern begann schweigend die Sattelgurte zu lösen und die Packtaschen vom Rücken des Pferdes zu heben. Garth sah ihm einen Herzschlag lang wortlos dabei zu, ehe er sich ebenfalls aus dem Sattel schwang und ihm half. Das Tier wieherte erleichtert, als der Druck der vollbeladenen Packtaschen von ihm genommen wurde, tänzelte aber weiter nervös auf der Stelle. Torian musterte es besorgt. Die Wunde war schlimmer, als er im ersten Moment geglaubt hatte. Wahrscheinlich würde sie sich entzünden, ehe der Abend kam, und wahrscheinlich würden sie es töten müssen.

Sie verteilten die Packtaschen auf die Rücken ihrer Reittiere, nahmen dem verletzten Pferd auch noch Sattel und Zaumzeug ab und warfen beides achtlos in den Sand.

»Ich glaube, ich ziehe doch nicht mit dir zusammen weiter«, murrte Garth. »Sobald wir die Wüste hinter uns haben, trennen wir uns. Du bringst Unglück.«

Torian verzichtete auf eine Antwort. Sie waren beide zu müde, um noch vernünftig miteinander reden zu können, und es würde nur in Streit enden, wenn er jetzt etwas sagte. Statt dessen beugte er sich noch einmal zu dem verletzten Bein des Pferdes hinab, griff behutsam nach seiner Fessel und begutachtete die Wunde ein drittes Mal.

»Was ist?« fragte Garth. »Versuchst du es jetzt mit Handauflegen?«

Torian winkte unwillig ab. »Das ist ein Schnitt«, stellte er fest.

Garth zuckte mit den Achseln. »Und?«

Torian sah zu ihm auf, biß sich nachdenklich auf die Unterlippe und starrte wieder die Wunde an. Sie blutete nicht mehr, aber der allgegenwärtige gelbe Sand begann sich bereits an ihren Rändern festzusetzen. »Ich frage mich, was sie verursacht haben kann«, sagte er.

Garth antwortete nicht, sondern zog nur ein fragendes Gesicht. Torian stand auf und begann mit den Händen im Sand zu graben.

Dicht unter der Oberfläche des Sandes lag etwas Schweres, Hartes verborgen. Torian ließ sich vollends auf die Knie sinken, vergrub auch die andere Hand im Staub und zog seinen Fund mit einem entschlossenen Ruck aus dem Sand.

Es war ein Schwert. Seine Klinge war zerschrammt und dick mit Sand und eingetrocknetem Schmutz verkrustet, aber als er mit dem Daumen über die Schneide fuhr, kam blitzendes Metall zum Vorschein, und er spürte, wie scharf die Waffe war.

»Was hast du da?« fragte Garth neugierig.

Torian hielt ihm wortlos die Klinge entgegen. Garth runzelte die Stirn, griff danach und wischte sie mit einem Zipfel seines Umhanges sauber.

»Die Waffe ist fast neu«, meinte er verwirrt.

Torian nickte. »Sie kann noch nicht lange hier liegen«, bestätigte er. »Eine von euch?«

Garth überlegte einen Moment, schüttelte dann den Kopf und gab ihm das Schwert zurück. »Kaum«, versetzte er. »Ein Krieger verliert seine Waffe nicht. Und schon gar nicht ein solches Prachtschwert. Auf dem schwarzen Markt in Tremon ist das Ding ein Vermögen wert.«

Torian legte das Schwert neben sich in den Sand und begann mit beiden Händen zu graben.

Er brauchte nicht lange zu suchen. Das Schwert hatte nur wenige Zentimeter tief gelegen, vielleicht erst seit wenigen Stunden vom Wind zugedeckt.

Und sein Besitzer lag weniger als einen Schritt von ihm entfernt. Torian war nicht einmal besonders überrascht, als er den Toten fand. Der Mann lag auf dem Rücken, die Beine angewinkelt und die linke Hand wie ein Kopfkissen unter dem Hinterkopf, als hätte er sich nur zu einem kurzen Schlaf ausgestreckt. Jemand hatte ihm die Kehle durchgeschnitten.

»Bei allen Göttern!« murmelte Garth ungläubig. »Wer ist das?«

Torian zuckte kaum merklich mit den Achseln. Der Mann war noch nicht lange tot; einen Tag, vielleicht zwei, auf keinen Fall mehr. Seine Augen standen weit offen und waren mit einem dünnen

Film staubfeinen gelben Sandes überpudert, und auf seinem Gesicht stand ein erstarrter Ausdruck des Grauens. Er mußte kurz vor seinem Tod einen Schrecken durchlebt haben, der sich jeder Vorstellung entzog.

Torian schauderte. Er hatte geglaubt, daß ihn der Anblick eines Toten nicht mehr treffen könnte. Aber das stimmte nicht. Das stimmte ganz und gar nicht.

»Das ist ... keiner von eurem Haufen?« fragte er stockend.

Garth schüttelte den Kopf. »Nein. Ich ... habe den Mann noch nie gesehen. Seine Kleidung. Sieh dir seine Kleidung an.«

Torian riß seinen Blick gewaltsam vom Gesicht des Toten los. Die Kleidung des Mannes war verschmutzt und voll dunkler, an eingetrocknetes Blut erinnernder Flecken. Sein Hosenbein war zerrissen; darunter war ein tiefer, kaum verkrusteter Schnitt zu sehen, der sich vom Oberschenkel bis zum Fuß hinabzog. Aber trotzdem war noch deutlich zu erkennen, daß seine Kleidung sehr teuer gewesen sein mußte.

»Ein Edelmann«, murmelte er. »Vielleicht auch ein reicher Händler, der den Weg durch die Wüste abkürzen wollte.«

Garth sah ihn unsicher an, schwieg aber. Seine Mundwinkel zuckten.

»Wer ... mag ihn getötet haben?« fragte er nach einer Weile.

Torians Blick glitt wieder zu der durchschnittenen Kehle des Mannes. Die Wunde war sehr tief; eher ein Riß als ein sauberer Schnitt. Keine Wunde, wie sie ein Schwert oder ein Dolch verursachen würden.

»Vielleicht war er dumm genug, hier übernachten zu wollen«, vermutete er leise. »Vielleicht haben ihn deine Geister erwischt, Garth.«

Garth starrte ihn an. Seine Lippen zitterten. »Das ist nicht komisch, Torian«, murmelte er. »Jemand hat diesen Mann ermordet, und es ist noch nicht lange her. Vielleicht ist er noch in der Nähe.«

Torian sah unwillkürlich auf, aber die Stadt war verlassen und still wie zuvor. Trotzdem bildete er sich für einen Moment ein, hastige Schritte und ein schnelles Huschen zu hören.

Aber es war nur der Wind.

Mit einem Ruck stand er auf und blickte zur Turmruine hinüber. Sie waren nicht mehr sehr weit entfernt. »Komm«, forderte er Garth auf. »Wir müssen weiter.«

Garth blickte unsicher auf den Toten hinab. »Wollen wir ihn nicht ... begraben?« fragte er.

»Begraben?« Torian schüttelte den Kopf. »Das erledigt der Wind für uns, Garth.«

Er ging los, ohne auf Garth zu warten. Das Heulen des Windes wurde zu einem meckernden Hohngelächter in seinen Ohren, während er sich der Ruine des Turmes näherte.

Von außen betrachtet, war der Turm ein Monument gewesen, ein Monstrum aus Stein und erstarrter Zeit, selbst jetzt, wo er zum größten Teil zerstört und sein Fels selbst zu einem Teil der Wüste geworden war, noch gigantisch. In seinem Inneren war er ein Grab.

Sie hatten die Pferde im Schutze eines halb eingestürzten zweistöckigen Gebäudes wenige Schritte abseits abgestellt, ihnen die Sättel abgenommen und ihnen einen Großteil ihres verbliebenen Wassers gegeben. Torian hatte kein gutes Gefühl dabei gehabt. Auch wenn der Fluß nur wenige Stunden entfernt war, waren sie doch mitten in der Wüste, und ihr Weg würde sie noch tiefer in sie hineinführen. Vielleicht würden sie jeden Schluck, den sie jetzt an die Tiere verschwendeten, schmerzlich vermissen. Aber sie waren auch auf die Pferde angewiesen. Wenn eines der Tiere starb, bevor sie die Wüste durchquert hatten, dann war das auch das Todesurteil für seinen Reiter.

Der Zugang zum Turm war wie alle Türen der Alten ein wenig zu niedrig für einen normal gewachsenen Mann, und er war zudem halb mit Sand zugeweht, so daß sie mehr hindurchkrochen als -gingen. Der Wind hatte den Sand ein Stück weit in den Turm hineingetragen, und die Luft war so trocken, daß Torian nur mit Mühe ein Husten unterdrücken konnte. Selbst hier drinnen war es noch unangenehm warm, aber die Ruine versprach wenigstens Schutz vor dem Sand und der unmittelbaren Glut der Sonne.

Hinter dem halb zugewehten Eingang befand sich ein kurzer Gang, der so niedrig war, daß selbst Torian leicht vornübergebeugt gehen mußte, um nicht mit dem Helm am rauhen Stein der Decke entlangzuschrammen. Nach der grellen Helligkeit der Wüste erschien ihm das Dämmerlicht hier drinnen dunkel wie die Nacht.

Torian blieb stehen, nur soweit aufrecht, wie es die niedrige Dekke zuließ, und rieb sich mit Daumen und Zeigefinger über die Augen. Der Sand, der selbst unter seine Lider gekrochen war, schmerzte höllisch, aber als die farbigen Kreise vor seinen Augen verschwanden, konnte er wieder sehen.

Garth war dicht hinter ihm in den Gang gekrochen und richtete sich beinahe schnaubend auf. Seine breitschultrige Gestalt füllte den Gang fast zur Gänze aus, und das grelle Licht, das hinter ihm durch die Tür fiel, ließ sie zu einem flachen, tiefenlosen Schatten werden.

Neugierig sah sich Torian um. Der Gang war kahl; Wände, Fußboden und Decke bestanden aus dem gleichen braungrauen Fels, aus dem auch seine Außenmauern errichtet waren, und unmittelbar unter der Decke war eine regelmäßige Linie rechteckiger Aussparungen zu sehen; Löcher, in denen vielleicht früher einmal Balken gewesen waren. In den Wänden befanden sich ovale, mit Metall verstärkte Vertiefungen, über denen der Stein schwarz war: die Halterungen von Fackeln, die hier einmal gebrannt hatten, und selbst im unsicheren Dämmerlicht waren die Spuren früher Bemalungen zu erkennen. Torian vermochte nicht zu sagen, was sie dargestellt hatten. Die Farben waren verblaßt und verschmolzen mit der natürlichen Maserung des Steines. Aber er wollte es auch gar nicht wissen. Das Gefühl der Unruhe in ihm hatte sich nicht gelegt. Im Gegenteil, er kam sich vor wie in einer Falle. Aber vielleicht war es auch nur die Hitze und die Enge des Raumes, die ihn nervös machten. Er hatte kleine Räume niemals gemocht. Wortlos wartete er, bis Garth an seine Seite getreten war, wandte sich um und ging weiter.

Dem Gang folgte eine kurze, steil in die Höhe führende Treppe, die zu einem gewaltigen, sechseckigen Raum führte, drei Mannes-längen hoch und erfüllt von dämmerigem Zwielicht. Er mußte sich fast über die gesamte Grundfläche des Turmes erstrecken, und durch die Fenster, von denen es – mit Ausnahme der Seite, an der sie standen – in jeder Wand zwei gab, fiel flirrender Sonnenschein herein. Aber irgend etwas war mit diesem Licht nicht so, wie es sein sollte, dachte Torian unsicher. Es schien gleich hinter den Fenstern an Leuchtkraft zu verlieren, als würde es aufgesaugt. Das Jahrtausend der Finsternis, das hier geherrscht hatte, verschlang es wie der Staub der Wüste die Wassertropfen.

»Was ist das hier?« flüsterte Torian. Unwillkürlich hatte er die Stimme gesenkt, fast als fürchte er, durch zu lautes Reden die Geister der Vergangenheit zu wecken.

»Keine Ahnung«, murmelte Garth. »Wir haben hier gelagert. Wozu dieser Raum gedient hat, weiß ich so wenig wie du.«

Torian sah sich mit gemischten Gefühlen um. Seine Augen begannen sich langsam besser an das graue Zwielicht zu gewöhnen, und er erkannte mehr Einzelheiten. Auf dem Boden lag Staub, aber längst nicht so viel, wie er erwartet hatte, und die Spuren der dreimal hundert Mann, die vor wenigen Tagen hier gelagert hatten, waren überall zu sehen. Es roch nach Sand und heißem Stein, aber auch ganz leicht nach Fäkalien und Schweiß. Der Raum gefiel ihm nicht, so wenig wie die Ruine und diese ganze verfluchte Stadt. Aber es war kühl hier drinnen, und die Mauern gaben ihnen Schutz vor dem allgegenwärtigen Sand, der sich draußen in ihren Haaren und Kleidern festgesetzt hatte und ihre Haut wundrieb.

Zögernd trat er einen Schritt in den Raum hinein, blieb erneut stehen und sah sich aufmerksam um. Garth hatte die Wahrheit gesagt. Die Männer aus Tremon hatten hier gelagert. Überall entdeckte er Abfälle, auch Teile von Kleidern und Waffen, die die Krieger vergessen oder für unbrauchbar gehalten und zurückgelassen hatten. Nur von den versprochenen Nahrungsmitteln war keine Spur zu sehen.

Er stellte eine entsprechende Frage. Garth sah sich einen Herzschlag lang suchend um, deutete dann auf die gegenüberliegende Seite des Raumes und eilte mit weit ausgreifenden Schritten los.

Zwischen Staub und Abfällen standen drei große, mit wuchtigen eisernen Beschlägen versehene Kisten. Auf ihren Deckeln prangte das Siegel von Tremon, ein Adler, der sich mit weit ausgebreiteten Schwingen auf eine nicht genau erkennbare Beute stürzte. Garth gab einen fast erleichtert klingenden Laut von sich, trat dicht an eine der Kisten heran und versuchte, den Deckel zu öffnen.

Es gelang ihm nicht. Er konnte nur eine Hand benutzen, und seine verletzte Schulter hinderte ihn daran, seine gewaltige Kraft zum Einsatz zu bringen. Sein Gesicht verzerrte sich vor Anstrengung, aber der Kistendeckel rührte sich nicht um einen Fingerbreit.

»Warte!« rief ihm Torian rasch zu. »Ich helfe dir.« Er trat neben Garth, ergriff einen der schweren eisernen Ringe, von denen es zwei an jeder Seite des Deckels gab, und zerrte mit aller Macht daran.

Der Deckel öffnete sich ein Stück weit und kam knarrend zum Stehen. Garth runzelte unwillig die Stirn, spreizte die Beine und wollte es erneut versuchen, aber Torian hielt ihn mit einer raschen Handbewegung zurück. Langsam umrundete er die Kiste und beugte sich zu den Scharnieren hinunter. »Wie ich es mir dachte«, murmelte er. »Sie sind verrostet. Wir brauchen etwas, womit wir sie aufbrechen können.«

Garth sah sich unentschlossen um, ging ein paar Schritte in den Raum hinein und kam mit einer armlangen, verbogenen Eisenstange zurück. Torian nahm sie schweigend entgegen, rammte ihr Ende unter eines der verrosteten Scharniere und spannte die Muskeln. Das Eisen ächzte hörbar, und für einen Moment sah es so aus, als würde die Kiste auch diesem Angriff standhalten. Dann zersprang das Scharnier mit einem peitschenden Knall; der Kistendeckel knirschte, rutschte zur Seite und fiel polternd zu Boden.

Torian wankte mit einem unterdrückten Keuchen zurück. Aus der Kiste drang ein wahrhaft atemberaubender Schwall süßlichen Fäulnisgeruches, gefolgt von einer Wolke summender, daumennagelgroßer Aasfliegen. Etwas Schwarzes, Häßliches mit zu vielen Beinen und einem schleimigen Saugrüssel huschte davon und verschwand quiekend in den Schatten.

Torian beugte sich über die Kiste, starrte einen Moment auf ihren Inhalt und hielt sich demonstrativ die Nase zu.

»Ich glaube, ich habe doch auf der richtigen Seite unterschrieben«, stellte er naserümpfend fest. »Die Verpflegung der tremonischen Heere läßt zu wünschen übrig – vorsichtig ausgedrückt.«

Garth blickte mit ungläubig aufgerissenen Augen in die geöffnete Kiste. Es war nicht mehr genau zu erkennen, was sie einmal enthalten haben mochte. Ihr Boden war bis zur halben Höhe der Wände mit einer schleimigen, braungelbschwarzgrün schillernden, übelriechenden Masse gefüllt.

»Das ist ... das ist doch nicht möglich«, ächzte Garth.

»Daß ihr so was gegessen habt?« Torian zuckte mit den Achseln. »Vielleicht sind die Tremoner deshalb so schlechte Krieger.«

»Aber ich habe selbst mitgeholfen, die Kisten zu füllen!« keuchte Garth, Torians schwachen Versuch, einen Scherz zu machen, ignorierend. »Es war ... Pökelfleisch darin und Brot und ... Schinken und Käse.«

Torian sah ihn scharf an. »Du machst keine Scherze mit mir, nein?« fragte er.

»Danach ist mir im Moment wirklich nicht zumute.« Garth sah auf und blickte sich rasch und fast gehetzt um.

Irgend etwas war nicht richtig, dachte Torian. Es waren nicht allein die verdorbenen Lebensmittel, nicht nur das Licht, das so seltsam falsch war. Sie waren allein, und doch hatte er das Gefühl, belauert zu werden. Der Raum war so leer, wie sie ihn vorgefunden hatten, und doch schien außer ihnen noch etwas hier zu sein. Etwas Fremdes und Feindseliges, etwas, das in den Schatten lauerte und immer verschwand, wenn man es genauer ansehen wollte. Es war ein unheimliches Gefühl. Furcht, sicher, aber eine Art von Furcht, die ihm fremd war und die ihm vielleicht gerade deshalb besonders zusetzte. Was hatte Garth gesagt, als sie die Stadt betraten? *Radors Fluch?* Torian begann zu ahnen, daß es mehr als nur eine Legende war.

»Ich verstehe das nicht«, murmelte Garth verstört. »Die Lebensmittel müßten sich Jahre halten, so trocken, wie es hier ist. Ich ...« Er stockte, fuhr sich mit einer raschen, nervösen Geste über Kinn und Mund und sah Torian unsicher an. »Das ist Zauberei«, flüsterte er heiser.

Torian schwieg einen Moment. »Laß uns die anderen Kisten überprüfen«, schlug er vor. »Vielleicht sind die Lebensmittel einfach nur verdorben. Komm!« Ohne Garth' Antwort abzuwarten, nahm er die Eisenstange auf, ging zu einer der anderen Kisten und zerbrach die Scharniere, wie er es bei der ersten getan hatte. Der Deckel zitterte und rutschte ein kleines Stück zur Seite. Eine handgroße schwarze Spinne krabbelte aus der Öffnung. Torian fluchte, erschlug sie mit der Stange und schleuderte den zerschmetterten Kadaver angewidert davon. Er verzichtete darauf, die Kiste näher zu untersuchen, ging statt dessen zu den beiden anderen und brach sie kurz hintereinander auf.

Das Ergebnis war überall das gleiche.

»Irgend jemand scheint etwas dagegen zu haben, daß das Heer zurück nach Tremon kommt«, murmelte er. »Wenn wir in den anderen Lebensmittellagern nichts finden, sitzen wir ganz schön in der Patsche, Garth.«

Garth schien seine Worte gar nicht gehört zu haben. »Das ist Zauberei«, murmelte er erneut. »Dörrfleisch verfault nicht in drei Tagen. Laß uns verschwinden, Torian.«

»Verschwinden?« Torian schüttelte den Kopf und sah Garth verwirrt an. »Hast du mir nicht gerade noch lang und breit erklärt, daß wir die Wüste nicht am Tage durchqueren können?«

Garth machte eine ungeduldige Handbewegung. »Dann reiten wir eben zurück zum Fluß«, riet er. »Wir können noch immer das Gebirge überschreiten und nach Velan gehen.«

»Ich denke, sie haben dort einen Preis auf deinen Kopf gesetzt?«

»Vor Kopfgeldjägern kann man davonlaufen«, erwiderte Garth nervös. »Vor Geistern nicht.«

Torian wollte widersprechen, aber irgend etwas hinderte ihn daran. Der Saal schien plötzlich von flüsternden Stimmen und unsichtbarer, huschender Bewegung erfüllt, und Torian *wußte* einfach, daß Garth' Nervosität nicht von ungefähr kam.

Trotzdem schüttelte er den Kopf. »Unsinn«, sagte er. Der Klang seiner Stimme schien Garth nicht zu überzeugen. Vielleicht hatte er die Worte auch gar nicht gehört.

»Unsinn«, wiederholte er noch einmal. »Es gibt keine Geister, Garth. Weder hier noch anderswo.«

»Und der Tote?« erwiderte Garth hastig. »Und die erschlagenen Späher, die wir am Fluß gefunden haben? Die ...«

»Dafür gibt es tausend Erklärungen«, unterbrach ihn Torian. »Wahrscheinlich waren es Räuber. Vielleicht auch ein paar Bauern, denen es nicht paßt, wenn die Söldnerheere ihre Höfe plündern und ihre Frauen vergewaltigen.« Aber das stimmte nicht. Die Worte dienten einzig dem Zweck, ihn selbst zu beruhigen und die immer stärker werdende Furcht in seinem Inneren zu bekämpfen, und Garth spürte es so deutlich wie er. Diese Stadt war alles andere als verlassen. Und er war nicht sehr versessen darauf, ihre Bewohner kennenzulernen.

»Laß uns wenigstens warten, bis die größte Mittagshitze vorüber ist. Die Pferde halten den Weg zurück zum Fluß nicht durch ohne eine Pause.«

Garth ballte die Fäuste, atmete hörbar ein und starrte ihn sekundenlang aus weit aufgerissenen Augen an. »Du ... hast wahrscheinlich recht«, gab er, mühsam beherrscht, zu. »Aber dann laß uns wenigstens von hier verschwinden. Dieser Turm ist mir unheimlich, Torian. Es gibt genügend andere Häuser, in denen wir Schatten finden.«

Torian nickte. »Gut«, stimmte er zu. »Dann komm.« Er schleuderte die Eisenstange davon, warf einen letzten, angewiderten Blick auf den fauligen Inhalt der Lebensmittelkisten und ging neben Garth auf die Treppe zu, die ins Freie führte. Der Sand knirschte unter ihren Füßen, und durch die Fenster fauchte plötzlich Wind herein und trieb den Fäulnisgestank hinter ihnen her. *Geht!* flüsterte der Wind. *Geht weg von hier!*

Torian lief schneller, erreichte die Treppe dicht vor Garth und hetzte, immer zwei Stufen auf einmal nehmend, in den Gang hinunter.

Als er die letzte Stufe erreicht hatte, blieb er stehen; so abrupt, daß Garth die Bewegung nicht mehr rechtzeitig genug registrierte und von hinten gegen ihn prallte.

»Was ...«, schrie er fast, verstummte aber sofort, als sein Blick an Torians ausgestrecktem Arm nach vorne auf den Ausgang fiel.

Oder dorthin, wo er eigentlich sein sollte.

Denn dort, wo vor wenigen Minuten noch die Reste eines einst kunstvoll bemalten Türsturzes gewesen waren, verwehrte ihnen jetzt eine massive Wand den Weg.

»Aber das ist doch nicht möglich!« keuchte Garth. »Das gibt es doch nicht. Bei allen Dämonen der Finsternis, das ...« Er stockte, starrte abwechselnd Torian und die massive graue Wand vor ihnen an und schüttelte immer wieder den Kopf. »Das ist doch nicht möglich!« Er ging an Torian vorbei, blieb vor der Mauer stehen und tastete mit den Fingerspitzen über den rauhen Stein. »Wir ... müssen uns verirrt haben«, murmelte er. »Wir müssen die falsche Treppe genommen haben, Torian!«

Torian nickte. Garth wußte so gut wie er, daß sie sich *nicht* geirrt hatten. Es gab nur einen einzigen Ausgang aus dem Saal, und es gab auch nur eine einzige Treppe, nämlich die, welche sie genommen hatten. Trotzdem widersprach er nicht, als Garth mit einer abrupten Bewegung herumfuhr und an ihm vorbei die Treppe hinaufstürmte.

»Schnell! Ich will hier raus, ehe ich vollends den Verstand verliere! Lieber lasse ich mir von der Sonne das Gehirn herausbrennen, ehe ich auch nur noch eine Stunde in dieser Stadt bleibe!«

Torian schluckte die Antwort, die ihm auf der Zunge lag, herunter, hastete hinter Garth die Treppe hinauf und blieb dicht hinter ihm stehen, als sie den Sechsecksaal wieder erreicht hatten.

Garth' Hände zitterten, und seine Stimme hörte sich an, als würde sie jeden Moment umkippen. »Da ist ... kein anderer ... Ausgang«, krächzte er. Plötzlich fuhr er herum, packte Torian grob bei der Schulter und starrte an ihm vorbei die Treppe hinab. »Das ist ... Hexerei«, hechelte er. »Zauberwerk! Wir müssen ... der Gang ist ... wir ...« Er begann zu stammeln, brach schließlich ab und sog hörbar die Luft ein.

Torian löste behutsam Garth' Hand von seiner Schulter. »Weißt du, Garth«, stieß er gepreßt hervor, »es interessiert mich gar nicht, was es war. Alles, was ich will, ist hier herauskommen.« Er sprach langsam, fast stockend, und betonte jedes einzelne Wort übermäßig, als müsse er sich an die Silben klammern, um nicht den Verstand zu verlieren. »Wir müssen einen anderen Weg hinausfinden.« Er sah sich suchend um und deutete schließlich auf das am nächsten liegende Fenster. »Komm mit.«

Garth folgte ihm mit steinerner Miene. Der breitschultrige Dieb hatte sich jetzt wieder in der Gewalt, aber Torian spürte, daß es nur eines winzigen Anstoßes bedurfte, ihn vollends die Fassung verlieren zu lassen.

Ihn? dachte er. Ihm selbst erging es nicht viel besser. Er hatte sich bisher geweigert, das Geschehen wirklich zu akzeptieren, das war alles. Aber lange würde er das nicht mehr können. Sie hätten niemals hierherkommen dürfen. Vielleicht war dies der Preis, den er für seinen Mord an dem Magier zu zahlen hatte.

Sie erreichten das Fenster. Torian streckte sich, um die schmale Brüstung zu erreichen. Er schaffte es nicht ganz, aber Garth packte ihn ohne viel Federlesens mit nur einer Hand am Gürtel und hob ihn hoch, als wöge er nicht mehr als ein Kind. Torians Finger glitten suchend über den warmen Stein, ertasteten einen Teil des zerfallenen Gitters und klammerten sich fest. Gleichzeitig suchte er mit den Zehen Halt in den Fugen des Mauerwerkes. »Es ist gut«, keuchte er. »Du kannst loslassen.«

Garth gehorchte, trat einen Schritt zurück und blinzelte aus zusammengekniffenen Augen zu ihm hinauf. »Wie sieht es aus?«

Torian krallte sich mit einer Hand und den Zehen fest, während er mit der anderen prüfend am Gitter rüttelte. Der Ansturm der Jahrhunderte hatte es gelockert, und schon bei der ersten Berührung rieselte der Mörtel wie feiner Staub über seine Hände. Es würde kein Problem sein, die rostigen Eisenstäbe vollends zu zerbrechen. Aber das Fenster war zu schmal. Vielleicht würde es ihm – mit viel Kraft und noch mehr Glück – gelingen, sich hindurchzuzwängen. Aber Garth würde darin steckenbleiben wie ein Korken in einem Flaschenhals.

Er seufzte, schüttelte den Kopf und sprang wieder hinunter zu Garth. »Sinnlos.«

»Können wir die Wand nicht durchbrechen? Vielleicht reicht es schon, ein paar Steine ...« Garth verstummte, als er Torians Blick begegnete. »Schon gut«, murmelte er niedergeschlagen. »Suchen wir einen anderen Weg. Irgendeinen Ausgang muß dieser verdammte Turm ja haben.«

Torian war sich da gar nicht so sicher. Aber es nutzte weder ihm noch Garth, wenn sie sich die Köpfe heiß redeten, und so schwieg er.

Garth wandte sich um, machte einen Schritt in Richtung Tür und blieb wieder stehen. »Das ist doch sinnlos«, stammelte er. Seine

Stimme zitterte stärker. »Wir ... wir kommen hier nie mehr raus. Wir ...«

Torian trat mit einem raschen Schritt neben ihn und riß ihn an der Schulter herum. »Garth«, forderte er scharf. »Reiß dich zusammen.«

Garth schluckte. In seinen Augen stand plötzlich ein seltsames, warnendes Glitzern.

»Wir müssen vor allem einen klaren Kopf bewahren«, ermahnte ihn Torian beschwörend. »Bitte, Garth – verlier jetzt nicht die Nerven. Wir kommen hier schon raus. Schlimmstenfalls brechen wir einfach die Wand unten vor dem Ausgang auf.«

Garth mußte so gut wie er wissen, daß seine Worte der reine Unsinn waren. Die Wände des Turmes waren mehr als mannsdick. Sie würden verdursten, ehe sie sie auch nur erkennbar angekratzt hatten.

Trotzdem beruhigte sich Garth. »Du hast recht«, gab er zu. »Ich muß ... mich zusammenreißen.« Er lächelte nervös. »Das ist nicht der erste Kerker, aus dem ...« Er brach ab. Auf seinem Gesicht erschien ein lauernder Ausdruck.

»Was ist?« fragte Torian.

Garth winkte hastig ab, legte den Zeigefinger über die Lippen und sah sich demonstrativ um.

Der Raum war noch immer leer. Torian fiel erst jetzt richtig auf, wie groß er war. Mit Ausnahme des schmalen Stückes, das der Treppenschacht in Anspruch nahm, mußte er sich über die gesamte Grundfläche des Turmes erstrecken. Aber das bedeutete auch, daß unter ihm weitere Räume lagen. Und vielleicht ein Ausgang. Die Vorstellung eines Raumes, der weder Ein- noch Ausgang hatte, erschien ihm ziemlich sinnlos.

»Was hast du?« fragte er noch einmal. »Wie ...«

»Paß auf! Hinter dir!«

Torian reagierte instinktiv. Garth' Schrei und das schleifende Geräusch drangen gleichzeitig in sein Bewußtsein. Er ließ sich zur Seite kippen, rollte über die Schulter ab und kam mit einer katzenhaften Bewegung wieder auf die Füße.

Dort, wo er eine halbe Sekunde zuvor gestanden hatte, krachte etwas Schweres auf den steinernen Boden. Torian wirbelte herum, duckte sich und wich noch in der Bewegung einen weiteren Schritt zurück. Sein Schwert sprang wie von selbst aus der Scheide, zuckte hoch und prallte klirrend gegen die schwere, stachelbewehrte Keule, die gegen seine Brust zielte.

Der Aufprall ließ Torian abermals zurücktaumeln. Ein betäubender Schmerz jagte durch seine Waffenhand, explodierte in seinem Ellbogengelenk und lähmte seinen Arm. Torian fluchte, wechselte die Waffe blitzschnell von der rechten in die linke Hand und brachte sich mit einem verzweifelten Satz in Sicherheit, als der Angreifer abermals seine gewaltige Keule schwang. Garth brüllte vor Schrekken, machte aber keinerlei Anstalten, ihm zu Hilfe zu eilen, sondern glotzte wie ein hypnotisiertes Kaninchen auf den schwarzgekleideten Krieger, der aus dem Nichts aufgetaucht war und Torian mit wütenden Keulenhieben vor sich hertrieb.

Der Mann war nur wenig größer als Torian, aber breitschultriger, und seine Rüstung schien der Alptraum eines Waffenschmiedes zu sein: schwarz, glänzend und über und über mit kleinen Metalldornen und -schneiden bedeckt. Und er schwang die zentnerschwere Stachelkeule so mühelos, als handhabe er ein Rapier oder einen leichten Zierdegen.

Torian wich verzweifelt vor dem unheimlichen Angreifer zurück, duckte sich unter seinen Hieben und versuchte gleichzeitig, selbst einen Schlag anzubringen. Der andere kämpfte nicht sehr gut – seine ungestüme Wut und die Gefährlichkeit seiner Waffe ließen ihn überlegener erscheinen, als er war. Und er schien sich vollkommen auf seine Panzerung zu verlassen.

Der Kampf endete, bevor er richtig begonnen hatte. Torian duckte sich unter einem gewaltigen, beidhändig geführten Keulenhieb weg, riß seinen Schild vom Rücken und schleuderte ihn wie einen Diskus nach den Beinen des anderen. Der Krieger versuchte dem Wurfgeschoß auszuweichen, aber seine eigene Waffe wurde ihm zum Verhängnis. Die Keule, einmal in Schwung, riß ihn vorwärts und brachte ihn aus dem Gleichgewicht. Er taumelte, ließ seine Waffe fallen und versuchte mit einem verzweifelten Schritt seine Balance wiederzufinden.

Torian brauchte nicht einmal zuzustechen. Sein Gegner lief direkt in sein hochgerecktes Schwert hinein. Die Klinge glitt mit hörbarem Knirschen durch das schwarze Eisen seiner Panzerung.

Der Krieger röchelte. Seine Hände zuckten, krampften sich um die Schwertklinge und entrissen Torian die Waffe. Eine halbe Sekunde lang blieb er aufrecht und beinahe reglos stehen, dann kippte er grotesk langsam nach vorne. Torian versuchte zurückzuweichen, aber sein Fuß verfing sich irgendwo. Der Krieger begrub ihn halbwegs unter sich, als er zusammenbrach.

Fluchend begann er, sich unter dem reglosen Körper hervorzuarbeiten. Die winzigen Metalldorne der Rüstung schnitten schmerzhaft durch seine Kleider und fügten den kaum verheilten Wunden auf seinen Armen und Beinen neue hinzu, und an der Schwertklinge lief warmes Blut entlang und besudelte ihn. Schweratmend schob er beide Hände unter die Brust des Toten, zerschnitt sich dabei erneut die Finger und wuchtete den zentnerschweren Körper mit einer verzweifelten Kraftanstrengung hoch.

Garth erwachte endlich aus seiner Erstarrung und sprang mit einem hastigen Satz neben ihn. »Kann ich dir helfen?« fragte er.

Torian hievte den Toten vollends von sich herunter, betrachtete finster seine zerschnittenen Hände und noch finsterer Garth' Gesicht. »Nein danke«, schnappte er. »Wie kommst du darauf, daß ich Hilfe nötig habe?«

Garth machte ein betroffenes Gesicht. »Ich ... es tut mir leid«, stammelte er. »Aber es ging alles so schnell, und ...«

Torian seufzte, griff nach seinem Schwert und stemmte sich hoch. »Vergiß es«, knurrte er. Im Grunde konnte er Garth nicht einmal wirklich böse sein – es war tatsächlich alles sehr schnell gegangen: Von Garth' Warnung bis jetzt hatte alles keine halbe Minute gedauert. Und ohne seine Warnung wäre er jetzt wahrscheinlich tot.

Er schob sein Schwert in den Gürtel zurück, betrachtete den Toten stirnrunzelnd und sah sich um. »Wo ist der Kerl überhaupt hergekommen?«

Garth zuckte mit den Achseln. »Das weiß ich sowenig wie du«, antwortete er. »Er war einfach da.«

»Ach?« spottete Torian. »Seit wann erscheinen Krieger einfach aus der Luft?«

»Vielleicht, seit Treppen und Türen verschwinden«, erwiderte Garth. Torian schenkte ihm einen weiteren finsteren Blick, ließ sich neben dem Toten in die Hocke sinken und drehte ihn ächzend auf den Rücken. Seine Rüstung klirrte. Die rasiermesserscharfen Dornen kratzten scharrend über den Boden und hinterließen millimetertiefe Scharten im Stein. Torian griff nach seinem Helm, löste die dünnen Lederriemen, die ihn mit den Schulterstücken seiner Rüstung verbanden, und zog ihn ab.

Er war beinahe erleichtert, als unter dem schwarzen Visier ein menschliches Gesicht zum Vorschein kam.

Der Mann war nur wenig älter als er, und sein Gesicht zeigte eine Weichheit, die in krassem Gegensatz zu seiner martialischen Rüstung stand. In seinen weit aufgerissenen, gebrochenen Augen stand ein überraschter, ungläubiger Ausdruck, als hätte er die Möglichkeit, bei dem Kampf der Unterlegene zu sein, nicht einmal in Betracht gezogen. Es war kein Krieger.

Torian blickte ihn einen Herzschlag lang an, hob dann – einer Regung folgend, die er selbst nicht ganz verstand – die Hand und drückte behutsam seine Augenlider zu.

»Ich möchte gern wissen, wer er war«, murmelte er. »Und warum er uns angegriffen hat.«

»Vielleicht jemand wie wir«, mutmaßte Garth unsicher. »Möglicherweise ist er genauso hierhergeraten wie wir und hielt uns für die

Geister dieser Stadt.« Aber seine Stimme klang nicht so, als wäre er von seinen eigenen Worten überzeugt.

Torian schüttelte den Kopf. »Ich habe nie eine Rüstung wie diese gesehen«, sagte er nachdenklich. »Und es gibt kaum ein Heer, in dem ich noch nicht gedient hätte. Vielleicht«, fügte er nach kurzem Überlegen hinzu, »war er nichts anderes als ein Räuber.« Er deutete auf Garth' prachtvollen Umhang und den goldbesetzten Waffengurt, den er selbst um die Hüften geschlungen hatte. »Denk an den Toten, den wir draußen gefunden haben. Zwei wie wir dürften als Beute äußerst verlockend erscheinen. Wir sollten uns unauffälligere Kleider verschaffen.«

Garth schüttelte entschieden den Kopf.

»Unmöglich«, entgegnete er überzeugt.

»Und wieso?« Torian spürte eine rasche, heiße Welle von Zorn in sich aufsteigen. Er wußte im Grunde sehr gut, daß Garth recht hatte; aber allein sein Widerspruch reizte ihn.

»Wenn er tatsächlich ein Räuber gewesen war, dann der dämlichste, der mir je untergekommen ist«, antwortete Garth. »Er hätte zehn bessere Gelegenheiten gehabt, uns unschädlich zu machen, und weniger riskante dazu. Außerdem«, fügte er nach kurzem Zögern hinzu, »hätte er wohl erst versuchen müssen, mich unschädlich zu machen. Er konnte nichts von meiner Verletzung wissen, und unter normalen Umständen wäre ich der gefährlichere Gegner.«

»Ach?« schnappte Torian gereizt. »Bist du sicher?«

Garth erwiderte seinen Blick kühl. »Willst du es ausprobieren, Kleiner?« fragte er.

Torian spannte sich. Sein Zorn wuchs. Für einen Moment krampfte sich seine Hand so fest um den Schwertgriff, daß es schmerzte. Dann lockerte er mit einem sichtbaren Ruck seinen Griff, schüttelte den Kopf und lachte leise, gekünstelt und nervös. »Wir benehmen uns wie Narren, Garth«, sagte er. »Statt uns gegenseitig an die Kehlen zu gehen, sollten wir versuchen, herauszubekommen, wie dieser Kerl so plötzlich hinter mir aus dem Nichts auftauchen konnte.« Er seufzte, kniete noch einmal neben dem Toten nieder, löste seinen Brustpanzer und warf ihn achtlos zur Seite. Darunter kam ein schwarzes, seidig schimmerndes Wams zum Vorschein, das sich bei näherem Hinsehen als eine Art Kettenhemd erwies, das aus unglaublich feinen, ovalen Metallösen gewoben war.

»Was ist das?« fragte Garth, der sich neugierig über Torians Schulter gebeugt hatte. »Ich habe so etwas noch nie gesehen.«

Torian antwortete nicht. Sein Blick glitt über die nackten Oberarme des Toten. Seine Haut war hell, fast weiß, gar nicht wie die eines Mannes, der die hitzezerkochte Staubwüste durchquert oder gar lange Zeit hier gelebt hatte. Und auf beiden Oberarmen prangte eine dunkle, in leuchtenden Violett- und Rottönen gehaltene Tätowierung. Es war nicht auszumachen, was sie darstellen sollte – die ineinander verschlungenen Linien konnten alles oder nichts bedeuten, Blume, Monster, Gott – vielleicht nur eine willkürliche Anordnung von Strichen und Linien ...

Torian schauderte.

Er wußte nicht, was die Tätowierung zu bedeuten hatte, aber er wußte, wo er Muster wie diese schon gesehen hatte. Das Muster auf den Armen des Toten ähnelte zum Verwechseln der verblaßten Bemalung unten im Gang.

Garth schien seinen Schrecken zu bemerken. »Was hast du?« wollte er wissen.

»Die ... Tätowierung«, murmelte Torian. »Sieh sie dir an, Garth.«

Garth gehorchte, aber der fragende Ausdruck auf seinen Zügen änderte sich nicht. »Was meinst du?« fragte er.

»Das Bild«, flüsterte Torian. Unwillkürlich senkte er die Stimme. »Die Bemalung unten ... unten im Gang.«

Garth blickte ihn stirnrunzelnd an. »Ich verstehe immer noch nicht«, sagte er. »Aber ich bin sicher, du wirst mich aufklären, sobald du lange genug den Geheimnisvollen gespielt hast.«

Torian schluckte. Garth' Worte versetzten ihn schon wieder in Rage, eine Wut, die er sich selbst nicht mehr erklären konnte und die ihn erschreckte. Er war nicht mehr Herr seiner selbst. Nicht mehr bei Sinnen. Es fiel ihm sogar schwer, wenigstens äußerlich Ruhe zu bewahren. »Es ist ... nichts.«

»Nichts?« Garth runzelte die Stirn und sah abwechselnd den Toten und ihn zweifelnd an. »Du siehst aus, als hättest du soeben ein Gespenst gesehen, Kleiner.«

»Vielleicht habe ich das«, entgegnete Torian. Rasch erhob er sich, trat an Garth vorbei und zog sein Schwert wieder aus dem Gürtel. Seine Hände zitterten. »Irgendwo muß dieser Kerl schließlich hergekommen sein«, fuhr er laut und mit deutlich veränderter Stimme fort. »Wir durchsuchen die Halle – ich nehme den südlichen Teil, du den anderen. Los.«

Garth rührte sich nicht. »Und wonach suchen wir?«

»Nach einer Geheimtür, einer Treppe, einer Klappe im Boden, einer Falltür ... was weiß ich«, schnappte Torian gereizt. »Nun mach schon.«

»Wir haben eine Nacht und einen halben Tag hier drinnen zugebracht, Torian«, gab Garth zu bedenken. »Zweihundertneunzig Mann! Wenn es hier drinnen auch nur ein Mauseloch gäbe, wüßte ich davon.«

»Dann geh doch schon mal raus und sattle die Pferde!« brüllte Torian. »Ich komme dann nach, wenn du mich rufst!«

Seine Worte taten ihm fast sofort wieder leid, aber es war zu spät, sie rückgängig zu machen. Garth preßte die Lippen zusammen, sog hörbar die Luft ein und drehte sich mit einem wütenden Ruck um.

Torian starrte ihm nach. Er wollte sich entschuldigen, aber irgend etwas hinderte ihn daran – das gleiche, aberwitzige Gefühl der Furcht, das ihn zu seinen unbedachten Worten geführt hatte und wohl auch für seine Gereiztheit verantwortlich war.

Schließlich wandte auch er sich um und ging in den rückwärtigen Teil des Saales hinüber, um den Boden abzusuchen.

Es war keine einfache Aufgabe. Der Boden war zwar mit einer fingertiefen Schicht von Staub und Sand bedeckt, aber sie war von dem Tremonischen Heer, das hier gelagert hatte, zertrampelt und aufgewühlt; es war schier unmöglich, im nachhinein auch nur die Spur einer Spur zu finden. Torian ging zu der Stelle zurück, an welcher der heimtückische Angriff erfolgt war, drehte sich einmal im Kreis und versuchte, sich in Erinnerung zu rufen, wie er gestanden hatte, bevor Garth ihn warnte. Wenn der Angreifer in gerader Linie auf ihn zugekommen war – was er unter Garantie getan hatte –, dann mußte er nur einen knapp zehn Schritte durchmessenden Viertelkreis des Bodens absuchen, um – *ja, um was eigentlich zu finden?* dachte er finster. Eine Geheimtür? Eine Klappe, die sich auf Fingerdruck öffnete und ihnen den Weg in die Freiheit gewährte? Bisher hatte er sich nur an die Vorstellung eines geheimen Einganges geklammert, um sich nicht mit dem anderen, bedrückenderen Gedanken abfinden zu müssen – nämlich dem, daß der Fremde wirklich aus dem Nichts aufgetaucht war. Aber nach allem, was sie bisher erlebt hatten, erschien ihm diese Vorstellung gar nicht mehr so abwegig.

Er verscheuchte den Gedanken, drehte sein Schwert herum und begann mit dem Knauf den Boden abzuklopfen. Garth sah einen Moment stirnrunzelnd in seine Richtung, schüttelte den Kopf und wandte sich dann beleidigt wieder ab, beteiligte sich jedoch nicht an der Suche. Torian schluckte die scharfe Bemerkung, die ihm auf der Zunge lag, hinunter und setzte seine Bemühungen verbissen fort.

Nach einer halben Stunde hatte er jeden Fußbreit des Bodens abgeklopft; ohne das geringste Ergebnis. Entweder war der Schachtdeckel so dick, daß er auf diese Weise den Unterschied zwischen ihm und dem übrigen Boden nicht feststellen konnte – oder es gab keinen geheimen Eingang.

»Na?« fragte Garth boshaft. »Zufrieden?«

Torian funkelte ihn an. »Statt dich zu freuen, solltest du dir lieber deinen Dickschädel darüber zerbrechen, wie wir hier herauskommen«, schnappte er. Wieder fühlte er diesen heißen, sinnlosen

Zorn, und wieder war es ihm unmöglich, ihn zu bekämpfen. Weniger denn je.

Garth' Augen flammten. »Vielleicht war es ein Fehler, überhaupt hierherzukommen«, zischte er. »Vielleicht hätte ich dir den Hals umdrehen sollen, als noch Zeit dafür war.«

Torian schob kampflustig das Kinn vor. »Das kann man ja nachholen«, sagte er. »Warum versuchst du es nicht?«

Garth grinste böse, ballte die Faust und machte einen einzigen, schwerfälligen Schritt in seine Richtung, blieb aber sofort wieder stehen. Torian hob kampfbereit das Schwert. Sein Blick tastete die hünenhafte Gestalt des andern ab und suchte nach einer günstigen Stelle, an der er zustoßen konnte, ohne in die Reichweite seiner schrecklichen Hände zu kommen.

Garth' Fäuste begannen zu zittern. Seine Lippen zuckten. In seinen Augen erschien ein erschrockener, fast verblüffter Ausdruck. »Torian«, keuchte er. Seine Stimme hörte sich flach und gepreßt an, als koste es ihn unendliche Überwindung, die Worte hervorzustoßen »Was ... tun wir ...!« Seine Augen weiteten sich. »Wir ... müssen zusammenhalten, statt uns zu ... zu streiten ...«

Ein dumpfer Schmerz begann sich hinter Torians Stirn breitzumachen. Garth' Worte echoten seltsam verzerrt in seinem Schädel, und irgend etwas in ihm schien mit aller Macht verhindern zu wollen, daß er ihren Sinn begriff.

»Du ... hast recht«, stieß er stockend hervor. Er senkte das Schwert, aber seine Hand zitterte, als wäre da noch ein anderer, stärkerer Wille, der von seinen Muskeln Besitz ergriffen hatte. Auf seinem Handrücken pochte eine Ader, und sein Arm zuckte ununterbrochen.

»Wehr dich«, krächzte Garth. »Wir müssen ... dagegen kämpfen, Torian. Sonst ... bringen wir uns gegenseitig um ...«

Torian versuchte es. Aber der Druck hinter seiner Stirn wurde stärker, erreichte die Grenzen des Erträglichen und wuchs weiter. Es war ein Gefühl, als würde in seinem Schädel eine gewaltige Stahlfeder gespannt ... gespannt und gespannt und immer weiter und weiter gespannt. Sein rechter Arm bewegte sich ruckweise nach oben. Das Schwert verschwamm vor seinen Augen, aber nicht stark genug, daß er nicht mehr erkennen konnte, wie sich seine Spitze Garth' Halsschlagader näherte ...

Garth schrie auf, prallte im letzten Moment vor der Waffe zurück und versetzte ihm einen gewaltigen Schlag ins Gesicht. Torian strauchelte, ließ sein Schwert fallen und brach mit einem heiseren Schmerzlaut in die Knie. Sein Schädel dröhnte, und seine Wange brannte wie Feuer. Garth mußte mit aller Kraft zugeschlagen haben.

Aber der Schmerz vertrieb auch den mörderischen Bann, der sich um sein Bewußtsein gelegt hatte. Der Druck verschwand von einer Sekunde auf die andere, und Torian starrte betroffen und entsetzt zu Garth hinauf, der breitbeinig vor ihm stand und ihn gleichermaßen mißtrauisch wie besorgt musterte. »Alles wieder in Ordnung?«

Torian nickte zögernd, preßte die Hand gegen die Wange und spürte warmes Blut über sein Gesicht laufen. »Ja«, antwortete er verwirrt. »Aber was ... bei allen Göttern, Garth – was war das?«

Garth zuckte wortlos mit den Achseln und streckte die Hand aus, um ihm auf die Füße zu helfen. »Garth, ich ... ich hätte dich um ein Haar getötet!« keuchte Torian.

Garth grinste. »Kaum«, antwortete er. »Da müssen schon fünfundzwanzig wie du kommen, um Garth, Die Hand, umzubringen.« Er wurde übergangslos wieder ernst, bückte sich und reichte Torian das Schwert, das er fallen gelassen hatte. »Aber mittlerweile werde ich das Gefühl nicht los, daß uns jemand an den Kragen will«, fuhr er fort. »Wir sollten wirklich von hier verschwinden. Wenn es nicht anders geht, müssen wir eben versuchen, durch die Decke zu brechen oder ...«

Er sprach nicht weiter. Sein Blick glitt an Torian vorbei in den hinteren Teil des Saales. Seine Augen weiteten sich ungläubig.

Torian fuhr herum und unterdrückte im letzten Moment einen ungläubigen Ausruf.

Mit dem sechseckigen Saal ging eine bizarre Veränderung vonstatten. Die Luft flirrte, als wäre sie heiß, und die von Staub und Jahrhunderten verkrusteten Wände schienen sich auf unmögliche, widersinnige Weise in sich selbst zu bewegen, zu biegen und zu verdrehen, als wären sie zu eigenem Leben erwacht und versuchten, die Form, in die sie gepreßt worden waren, zu sprengen. Für einen zeitlosen Moment glaubte Torian Gold durch den wabernden Vorhang blitzen zu sehen, prachtvolles Geschmeide und Zierat, schwere, samtene Vorhänge, die den grauen Stein der Wände verbargen und Bilder, die Szenen aus einer längst vergangenen Zeit beschworen. Ein knisternder, unwirklicher Laut erfüllte die Luft, und die Farbe des Sonnenlichtes, das noch immer durch die Fenster hereinströmte, wechselte von Rot zu Gold.

»Dort!« Garth ergriff ihn mit schmerzhafter Kraft am Oberarm und deutete mit der anderen Hand auf eine Stelle des Fußbodens, wenige Schritte vor der gegenüberliegenden Wand. Der Boden bestand nicht länger aus verkrusteten, geborstenen Platten, sondern aus kunstvoll angelegten Mosaiksteinen, die ein sinnverwirrendes Muster zeigten. Und dort, wo Garth' ausgestreckter Arm hinwies, schienen sie auf unbegreifliche Weise zu *leben.*

Torian verharrte reglos. Schwerfällige, wellenförmige Bewegungen verzerrten das Mosaikmuster, von einem unsichtbaren Mittelpunkt ausgehend und – wies Kreise, die ein ins Wasser geworfener Stein zieht – in einiger Entfernung verebbend.

Langsam, ganz langsam, wie der Rachen eines versteinerten Ungeheuers, öffnete sich der Boden. Zuerst war es nur ein kaum handgroßer, dunkler Fleck, der sich aber rasch zu einem Loch und schließlich zu einer metergroßen, runden Öffnung weitete. Darunter waren die ersten Stufen einer steinernen Treppe zu erkennen, die steil in die Tiefe führte. Das Geräusch schneller, schwerer Schritte drang an ihre Ohren.

Torian erwachte einen Sekundenbruchteil vor Garth aus seiner Erstarrung. Mit einem entschlossenen Knurren streifte er Garth'

Hand ab, packte sein Schwert fester und huschte geduckt auf den Schacht zu. Er vermied es bewußt, irgend etwas anderes wahrzunehmen. Rings um ihn herum verbog und verwandelte sich der Saal weiter, aber er konzentrierte sich ausschließlich auf den Schacht und verscheuchte jeden anderen Gedanken. Der Schacht war etwas Reales, und ganz egal, wer oder was aus ihm hervorkommen mochte, er würde wenigstens nicht den Verstand verlieren, wenn er sich auf ihn konzentrierte. Und vielleicht war es eine Möglichkeit, den Turm zu verlassen.

Die Schritte kamen näher. Garth wollte etwas sagen, aber Torian hob rasch die Hand und gebot ihm mit einer Geste, zu schweigen. Über dem Rand des Schachtes erschien ein schwarzer, stachelgekrönter Helm.

Torian erreichte die Öffnung im selben Moment, in dem der Mann den Kopf hob und ihn durch die schmalen Schlitze seines Visiers ansah. Für die Dauer eines Atemzuges war er gelähmt vor Überraschung – und diese kurze Frist genügte Torian. Mit einem kraftvollen Satz überwand er die letzten Schritte, schwang seine Waffe und ließ das Schwert mit einem mächtigen, beidhändig geführten Hieb hinuntersausen.

Der andere kam nicht einmal mehr dazu, einen Schreckensschrei auszustoßen. Torian drehte die Klinge im letzten Moment, so daß sie nur mit der Breitseite auf den Helm krachte, statt ihn mit der Schneide zu treffen und zu spalten, aber allein die ungestüme Wucht des Hiebes reichte aus, den Fremden zurückzuschleudern und rücklings die Treppe hinunterstürzen zu lassen. Torian setzte ihm, immer zwei, drei Stufen auf einmal nehmend, nach, überwand das letzte Stück mit einem gewagten Satz und kam breitbeinig über dem reglosen Körper zum Stehen. Die Spitze seiner Klinge zuckte hinunter, bohrte sich durch den Panzer des Mannes und verharrte einen halben Zentimeter über seiner Kehle.

Der Fremde rührte sich nicht. Seine Brust hob und senkte sich sichtlich, aber er war bewußtlos. Torian hob das Schwert wieder, trat ein paar Schritte zurück und atmete tief durch. Sein Herz jagte.

»Torian!« Garth' Gesicht erschien über dem Rand des Treppenschachtes. »Alles in Ordnung?«

Torian nickte abgehackt. »Ja«, antwortete er. »Es ist alles vorbei – du kannst kommen.«

Der Dieb nickte, drehte sich um und begann schwerfällig rückwärts die steinernen Stufen hinabzusteigen.

Torian sah sich gleichermaßen neugierig wie mißtrauisch um. Was er sah, enttäuschte ihn fast. Mit Ausnahme der Treppe war der kleine, rechteckige Raum vollkommen leer. An der gegenüberliegenden Wand befand sich eine Tür, und hinter seinem Rücken – kaum drei Schritte vom Ausgang entfernt – begann bereits die Treppe. Sie war nicht sehr lang – die oberste Stufe lag kaum eine Armeslänge über seinem Kopf, und die Wände bestanden aus dem gleichen grauen Fels wie oben. Und doch war irgend etwas anders. Er vermochte den Unterschied nur nicht in Worte zu fassen. Aber er spürte ihn.

Garth kam neben ihm an, beugte sich kurz über den schwarzgekleideten Krieger und sah ihn fragend an. »Ist er tot?«

»Nein«, erklärte Torian. Garth schien noch etwas sagen zu wollen, beließ es aber bei einem resignierten Achselzucken, als er Torians Blick auffing. Vorhin, während des Kampfes gegen den ersten Angreifer, hatte er keine große Wahl gehabt – es war ein Kampf auf Leben und Tod gewesen, und hätte er nicht zuerst zugestoßen, läge er jetzt tot oben auf den Steinfliesen. Jetzt war die Situation anders. Der Krieger war unschädlich, und Torians Hieb war stark genug gewesen, ihn für Stunden auszuschalten. Mit etwas Glück würde er mit so gewaltigen Kopfschmerzen aufwachen, daß er weitere Stunden brauchen würde, um zu erkennen, daß ihm nicht der Himmel auf den Kopf gefallen war, sondern eine Schwertklinge. Nein, dachte Torian trotzig – fast, als müsse er sich vor sich selbst rechtfertigen –, es gab keinen Grund, den Mann zu töten.

»Gehen wir weiter«, knurrte er, ehe Garth Gelegenheit fand, doch noch zu widersprechen. Behutsam stieg er über den Bewußtlosen hinweg, stieß die Tür mit der Schwertklinge auf und spähte mit klopfendem Herzen durch die Öffnung.

Dahinter lag ein gewölbter, fensterloser Gang, wie alles hier eine Spur zu niedrig, um wirklich aufrecht darin stehen zu können, vielleicht zwanzig Schritte lang und von einer Anzahl blakender Fakkeln erhellt, die in kunstvoll geschmiedeten Haltern steckten.

An seinem Ende lag eine weitere Tür. Auch sie stand einen Spaltbreit offen. Und hinter ihr schimmerte goldenes Sonnenlicht.

Über die Festung spannte sich ein wolkenloser Himmel wie eine blaue Kuppel. Die Sonne stand eine halbe Handbreit über der östlichen Mauer und warf gezackte Schatten auf den polierten Marmor des Innenhofes. Ein leichter Wind wehte, ließ die langen, saftig-grünen Blätter der Palmen rascheln, die den Hof säumten, und trug eine verwirrende Vielfalt von Geräuschen und Gerüchen mit sich, und die Luft war von einer Klarheit, wie man sie sonst nur in den Bergen und selbst dort nur an wenigen Tagen des Jahres vorfand.

Torian starrte einen Herzschlag lang verblüfft nach oben, blickte sich hilflos um und bewegte sich einen halben Schritt aus dem Gebäude hinaus. Der Hof war gewaltig: eine glatte, mit schwarzem Marmor gepflasterte Fläche, groß genug, um mindestens tausend Menschen aufzunehmen. Aber er war – zumindest im Augenblick – leer.

Trotzdem waren die beiden Männer, denen sie im Turm begegnet waren, nicht die einzigen. Irgendwo, etwas weiter entfernt, waren Stimmen und das Schnauben von Pferden – sehr vielen Pferden – zu hören, und als Torian die Tür ein Stück weiter aufschob, stob ein Mauerbrüter aus seinem Nest über dem Türsturz davon und schwang sich schimpfend und flügelschlagend in die Luft. Das Licht war sanfter geworden, irgendwie weicher, und das boshafte Hecheln des Windes war verstummt.

»Hä?« stieß Garth hervor. »Was ...«

Torian brachte ihn mit einer heftigen Bewegung zum Schweigen, trat in den Gang und spähte abwechselnd auf den Hof hinaus und zurück dorthin, wo sie hergekommen waren. Hinter ihnen bewegte sich die Dunkelheit. Der Gang war leer, und doch ... Torian schüttelte verwirrt den Kopf. Es sah aus, als hätten die Schatten Flügel bekommen.

»Was hat das zu bedeuten, bei allen Sumpfgeistern?« murmelte Garth fassungslos. »Bin ich jetzt vollkommen verrückt geworden, oder sehe ich wirklich, was ich sehe?«

Torian unterdrückte ein Lächeln. Er war kaum überrascht; im Gegenteil – er hatte etwas wie das hier erwartet.

Was nicht hieß, daß er es verstand.

Garth setzte dazu an, eine weitere Frage zu stellen, aber Torian brachte ihn erneut mit einer raschen Geste zum Verstummen und deutete hinaus. Der Hof war nicht mehr so leer wie noch vor Augenblicken. In einem der würfelförmigen Gebäude, die in die Innenseite der Mauer eingebaut waren, hatte sich eine Tür geöffnet, und vier Menschen waren ins Freie getreten. Torian beobachtete sie gebannt. Zwei von ihnen trugen die schwarzen, stachelbewehrten Rüstungen, die sie bereits kannten, der dritte Mann war in ein sackähnliches, schmuckloses Gewand gekleidet, das seinen Körper völlig verhüllte. Das einzige, was das Grau seiner Kleidung unterbrach, war ein handgroßer, sechsstrahliger Stern aus silberfarbenem Metall, der an einer dünnen Kette auf seiner Brust hing. Auf dem Kopf trug er eine sonderbare Mischung zwischen Hut und Helm, und seine Hände staken in glitzernden, bis weit über die Ellbogen reichenden Handschuhen. Die Frau war ähnlich gekleidet, nur daß ihr Gewand aus einem dünnen, im hellen Gegenlicht der Sonne beinahe durchsichtigen Stoff bestand, durch den die Konturen ihres Körpers deutlich zu erkennen waren. Ihr Haar war schulterlang und schwarz. Sie und der Mann unterhielten sich angeregt, während die beiden Krieger – offensichtlich eine Art Ehrenwache – zwei Schritt Abstand zu ihnen hielten und schwiegen.

Torian starrte ihnen nach, bis sie den Hof überquert hatten und aus ihrem Blickfeld verschwunden waren. Behutsam schob er die Tür wieder zu, wich in den Gang zurück und drehte sich zu Garth herum.

Das Gesicht des Diebes hatte alle Farbe verloren. Seine Pupillen waren unnatürlich geweitet. Er hatte die Arme vor der Brust verschränkt, wohl, damit Torian nicht sehen sollte, wie stark seine Hände zitterten.

»Was bedeutet das, Torian?« fragte er flüsternd. »Wo ... wo kommen diese Leute her? Und diese Festung ... die ... die Mauer ist ... ist vollkommen intakt.«

Torian nickte. Seine Gedanken überschlugen sich. Er wußte die Antwort – ebenso wie Garth. Aber so wie er weigerte er sich einfach, sie zu akzeptieren.

»Vor allem müssen wir hier heraus«, erklärte er unsicher, ohne direkt auf Garth' Worte zu antworten. »Sie werden uns entdecken, wenn wir noch lange hierbleiben.« Wieder sah er zurück, und für einen Moment bildete er sich fast ein, ein leises, kratzendes Geräusch zu hören: das Schaben von Metall über Stein.

Er schüttelte den Gedanken ab. Der Krieger konnte noch nicht erwacht sein. Sein Schwerthieb hätte selbst einen Riesen wie Garth für Stunden ins Reich der Träume geschickt.

»Und ... wenn wir sie um Hilfe bitten?« fragte Garth unsicher. »Sie ...«

Torian lachte humorlos. »Sicherlich«, gab er grimmig zur Antwort. »Du mußt ihnen nur erklären, warum wir einen von ihren Kriegern getötet und einen anderen bewußtlos geschlagen haben. Und wie wir hierherkommen.« Er schüttelte den Kopf, wandte sich wieder der Tür zu und versuchte, durch den schmalen Spalt zwischen Angel und Wand hinauszuspähen. Auf dem Hof bewegten sich Schatten, und ein paarmal sah er schwarzgekleidete Krieger vorüberhuschen. Ein Posaunensignal wehte zu ihnen herüber, dünn und seltsam traurig in der heißen, klaren Luft, dann glaubte er, aufgeregte Stimmen zu hören. Die Festung war nicht leer, ganz und gar nicht. Sie hatten reines Glück gehabt, in einem Augenblick aus dem Turm zu treten, in dem diese Seite des Hofes verlassen war.

»Irgend etwas stimmt hier nicht«, murmelte er.

Garth lachte hysterisch auf. Torian sah ihn an, überlegte einen Moment und blickte sich erneut um, als könne er die Antwort auf alle Fragen auf den braungrauen Sandsteinwänden rings um sie herum ablesen. Er wußte selbst nicht, wie er das, was er zu spüren glaubte, in Worte fassen und vor allem Garth erklären sollte. Es war nur ein Gefühl, nichts, was er logisch zu begründen in der Lage gewesen wäre. Aber er war oft genug in belagerten Städten gewesen, um die Atmosphäre, die sich über der Wüstenfestung ausgebreitet hatte, sofort zu erkennen. Die Luft schien vor unsichtbarer Spannung zu knistern.

»Laß uns zurückgehen«, schlug er vor.

Garth widersprach nicht. Nebeneinander eilten sie den Gang zurück, erreichten die kleine Kammer und liefen rasch die Treppe wieder hinauf.

Der Saal hatte sich verändert. Was Torian vorhin wie eine Vision hatte aufblitzen sehen, war Wahrheit geworden – wo zuvor Abfälle und der Staub von Jahrhunderten gelegen hatten, waren jetzt kostbares Mobiliar und Teppiche, Schmuck, Zierat und wertvolle Bilder. An den Wänden hingen Waffen und prachtvoll bemalte, wuchtige Schilde, und neben den Fenstern staken Fackeln in kunstvoll geschmiedeten Wandhaltern.

Und der Tote war verschwunden.

Garth blieb stehen, stieß einen seltsamen, krächzenden Laut aus und starrte Torian aus weit aufgerissenen Augen an. »Er ist weg!« keuchte er. »Der ... der Krieger ist weg, Torian!«

»Das sehe ich auch«, erwiderte Torian gereizt. »Jemand muß ihn fortgeschafft haben.«

»Dann wissen sie, daß wir hier sind.«

Torian zuckte mit den Achseln, zögerte einen Moment und ging dann ohne ein weiteres Wort an Garth vorbei zu der Tür auf der gegenüberliegenden Seite des Raumes. Er war nicht sehr überrascht, eine zweite, steil in die Höhe führende Treppe zu finden, die dort war, wo sich zuvor eine massive Wand befunden hatte. Die Stufen waren glatt und glänzten, als wären sie vor kurzem frisch gescheuert worden, und als sie die Treppe hinaufeilten, schlug ihnen der Geruch von gebratenem Fleisch entgegen.

Sie gelangten in einen zweiten, etwas kleineren Saal, fast ebenso prachtvoll eingerichtet wie der erste, nur daß hier statt Bildern und Zierat schwere hölzerne Ständer mit Speeren, Schwertern und langen, nicht gespannten Bögen die Wände säumten. Auf einer runden Tafel in der Mitte des Raumes standen die Reste einer Mahlzeit, und an der gegenüberliegenden Seite führte eine Treppe weiter in die Höhe.

Garth schüttelte verwirrt den Kopf. »Hier war eine Plattform«, flüsterte er. »Ich ... habe selbst hier oben Wache gehalten.«

Torian antwortete nicht. Rasch durchquerte er den Raum, näherte sich vorsichtig der Treppe und spähte mit angehaltenem Atem hinauf. Ein gutes Dutzend ausgetretener Steinstufen führte nach oben und endete vor einer niedrigen, mit handbreiten eisernen Riemen beschlagenen Tür.

»Bleib hier«, murmelte er. Garth nickte knapp. Er schien fast erleichtert, sich nicht weiter an der Erkundung dieses sonderbaren Gebäudes beteiligen zu müssen.

Torian eilte die Treppe hinauf, legte das Ohr gegen die Tür und lauschte. Im ersten Moment hörte er nichts, dann glaubte er das Heulen des Windes zu vernehmen, dahinter, eher zu ahnen als wirklich zu hören, ein dumpfes, an- und abschwellendes Raunen, ein Laut, der nicht hierherpaßte und den er trotzdem fast erwartet hatte. Seine Hand tastete nach dem Riegel, verharrte einen Augenblick und zog ihn dann, sehr behutsam, zurück.

Die Tür schwang nahezu lautlos nach außen. Heller Sonnenschein und die Geräusche der Festung drangen in den kurzen Treppenschacht, und als Torian nach abermaligem Zögern vollends durch die Tür trat, schlug ihm warmer Wind ins Gesicht und ließ ihn blinzeln.

Er stand auf einer sechseckigen, von einer brusthohen Wehrmauer eingefaßten Plattform, leer bis auf den niedrigen, ebenfalls sechseckigen Aufbau, aus dem er herausgetreten war. Torian blieb einen Moment stehen, sah sich sichernd nach allen Seiten um und umrundete zusätzlich das Treppenhaus, ehe er vorsichtig an die äußere Begrenzung der Plattform trat.

Der Anblick war überwältigend. Der Wind trug den Geruch der Wüste heran, und unter ihm erstreckten sich die Gebäude und Mauern Radors, so weit der Blick reichte.

Von der Zerstörung und dem Verfall, den sie vorgefunden hatten, war nichts mehr zu erkennen – die Mauern der Stadt erhoben sich wehrhaft und grau in den Himmel, unversehrt und mächtig, als hätte selbst die Zeit hier ihr Recht verloren und vor diesem Bollwerk aus grauem Fels kapituliert.

Die Stadt war viel größer, als er geglaubt hatte. Der Turm schien sich ziemlich genau in ihrem geometrischen Zentrum zu befinden, und er war auch gleichzeitig das höchste Bauwerk Radors. Der Innenhof, auf den sie vorhin hinausgeblickt hatten, umschloß ihn wie eine Festung in der Festung, und wahrscheinlich war er auch genau dies – eine zusätzliche, letzte Trutzburg, in die sich die Bewohner der Stadt flüchten konnten, sollten die äußeren Verteidigungsanlagen fallen. Die eigentliche Stadt – ein unglaubliches Labyrinth aus Gassen, Plätzen und Straßen, Häusern und Türmen, die in scheinbarem Chaos angeordnet waren, im großen aber doch wieder ein ausgeklügeltes Muster bildeten – lag ein gutes Stück tiefer als diese innere Festung; zehn, vielleicht fünfzehn Manneslängen unter dem Niveau der Wüste, durch die sie auf dem Weg hierher gekommen waren.

Aber nicht nur Rador hatte sich verändert. Als Torian den Blick hob und nach Norden sah, war die Wüste verschwunden, und statt ihrer erstreckte sich eine sanft gewellte, grasbewachsene und hier und da von kleinen Baumgruppen und Hainen bestandene Ebene bis zum Horizont.

Und zwischen ihm und der Stadt, zu weit entfernt, um Einzelheiten zu erkennen, aber nicht weit genug, um es übersehen zu können, lag etwas Großes und Dunkles, ein schwarzes Etwas, das voll ungewisser Bewegung und Leben war ...

Torian unterdrückte einen Fluch. Sein Gefühl hatte ihn nicht getrogen. Aber er konnte nicht gerade behaupten, daß er sehr glücklich darüber war.

Mit einem Ruck wandte er sich um, ging zum gegenüberliegenden Rand der Plattform und beugte sich vor, so weit er konnte. Unter ihm, am Fuße des Turmes, bewegten sich zur Spielzeuggröße zusammengeschrumpfte Menschen. Ihre Bewegungen wirkten durch die große Entfernung noch hektischer und schneller, als sie ohnehin waren, aber Torian hätte sie nicht einmal zu sehen brauchen, um die angespannte Nervosität zu fühlen, die über der Stadt lag. Es war kein Zufall, daß viele der Menschen, die auf den Straßen zu sehen waren, das Schwarz der Krieger trugen.

Eine der Gestalten erregte seine besondere Aufmerksamkeit. Torian wußte nicht zu sagen, *was* an ihr Besonderes war – aber er spürte, daß sie sich von den anderen unterschied.

Es war ein Mann. Er trug die gleiche Art von einfachem Gewand wie der Alte mit dem komischen Hut, den er vorhin gesehen hatte, war aber trotzdem mit Schwert und Schild bewaffnet, und seine Bewegungen waren weniger rasch und zielstrebig als die der Krieger. Er ging unschlüssig zwischen ihnen auf und ab, blieb immer wieder stehen und sah sich um. Fast, dachte Torian, als suche er etwas ...

Genau in diesem Moment hob der Mann den Kopf, und der Blick seiner dunklen Augen bohrte sich direkt in den seinen.

Torian schauderte. Der Mann starrte zu ihm hinauf, und es gab keinen Zweifel daran, daß er ihn sah, ihn, den Fremden, der reglos hinter den Zinnen des Turmes stand und auf die Stadt hinabblickte. Aber seltsamerweise unternahm er nichts. Rings um ihn herum bewegten sich Dutzende von Kriegern, aber er machte nicht die geringsten Anstalten, sie auf den Eindringling aufmerksam zu machen, sondern starrte nur reglos zur Turmspitze hinauf. Das Sonnenlicht spiegelte sich auf dem polierten Metall seines Schildes und riß blitzende Sterne aus dem Eisen.

Torian blinzelte. Vergeblich versuchte er, seinen Blick von dem des Mannes zu lösen. Es war, als wäre er gebannt, unfähig, einen Muskel zu rühren oder auch nur einen klaren Gedanken zu fassen. Trotz der großen Höhe konnte er das Gesicht des Alten mit erstaunlicher Klarheit erkennen. Es war ein schmales, verbrauchtes Gesicht, sonnenverbrannt und durchzogen von tiefen Falten und Narben, die ein hartes Leben hineingegraben hatte. Stechende Augen, deren Blick von fast schmerzhafter Intensität war, und ein schmallippiger, breiter Mund, um den ein brutaler Zug lag.

Der Wind schien kälter zu werden. Torian stöhnte. Zwischen seinen Augen erwachte ein dünner, quälender Schmerz. Langsam und fast gegen seinen Willen hob er die Hände, umklammerte die rauhe Kante der Brustwehr und beugte sich weiter vor. Der Schmerz in seinem Kopf wurde schlimmer, und gleichzeitig schien eine unsichtbare Hand durch sein Bewußtsein zu fahren und den letzten Rest von freiem Willen auszulöschen. Er keuchte, öffnete den Mund, um zu schreien, aber nicht einmal das konnte er mehr. Langsam und zitternd beugte er sich weiter vor, klammerte sich fester an die Mauerkante und verlagerte sein Gewicht. Sein rechter Fuß zuckte, löste sich widerwillig vom Boden und setzte sich auf die Mauerkrone. Der Wind begann an ihm zu zerren. Er wankte, beugte sich noch weiter vor und begann langsam, aber unbarmherzig, nach vorne zu kippen ...

»Torian!« Eine Hand krallte sich in sein Haar und riß seinen Kopf mit einem brutalen Ruck zurück. Torian schrie vor Schmerz auf, ließ die Mauerkrone los und sackte mit haltlos rudernden Armen nach hinten. Der Schmerz in seinem Schädel flammte noch einmal zu quälender Weißglut auf und erlosch übergangslos.

»Bist du verrückt geworden?« keuchte Garth.

Torian hörte seine Worte kaum. Die Plattform begann sich vor seinen Augen zu drehen, und für einen Moment fühlte er Übelkeit in seiner Kehle aufsteigen. Mühsam stemmte er sich hoch, blieb einen Moment auf den Knien hocken und wartete, bis sein Magen aufgehört hatte zu revoltieren.

»Was, bei allen Geistern, ist in dich gefahren?« brüllte Garth ihn an, als er nicht antwortete. Er beugte sich vor, riß ihn wie ein Kind auf die Füße und schüttelte ihn. »Torian! Antworte!«

Torian versuchte seine Hand abzustreifen, aber er war zu schwach dazu. »Was ist ... passiert?« murmelte er. Seine Gedanken führten einen wirren Tanz auf. Er konnte sich kaum erinnern, was geschehen war. Er war auf die Plattform hinausgetreten, und dann ...

»Was passiert ist?« keuchte Garth. »Das fragst du mich? Wenn ich nicht gekommen wäre, hättest du dich in die Tiefe gestürzt, du Narr! Glaubst du, auf diese Weise schneller aus der Stadt herauszukommen?« Er ließ Torians Schulter los, schüttelte wütend den Kopf und sah sich um.

Der Zorn auf seinen Zügen wandelte sich schlagartig in Schrekken.

»Bei allen Göttern!« preßte er hervor. »Was ... ist das?«

Torian fuhr sich mit einer müden Geste über die Augen. In seinem Kopf drehte sich noch immer alles, aber er zwang seine Gedanken dazu, wieder in geordneten Bahnen zu laufen und sich auf Garth' Frage zu konzentrieren. Er war froh, irgend etwas zu haben, an das er sich klammern konnte. Zum ersten Mal in seinem Leben hatte er ernsthaft Angst, verrückt zu werden.

Er straffte sich, trat dicht neben Garth erneut an die Brüstung und machte eine weit ausholende Geste, die die ganze Stadt einschloß.

»Das«, sagte er betont, »ist Rador.« Garth atmete schwer, und Torian fuhr, jedes Wort genau überlegend, fort: »Rador, Garth. So, wie es vor tausend Jahren ausgesehen hat.«

»Sieht so aus, als säßen wir in der Falle«, murmelte Torian dumpf. »Und zwar gründlich.«

Garth ließ sich mit einem erschöpften Seufzer neben ihm zu Boden sinken, zog eine Grimasse und begann, vorsichtig seine verletzte Schulter zu massieren. Sie waren wieder in der Halle, in der alles begonnen hatte, zwei Stockwerke unter der Turmspitze. Die letzte Stunde hatten sie damit zugebracht, den Turm zu durchsuchen, von der Plattform an seiner Spitze bis zum untersten Kellergeschoß, zwei Etagen unter dem Niveau des Innenhofes. Das Ergebnis war niederschmetternd: Es gab drei der sechseckigen, prunkvoll ausgestatteten Räume, eine Anzahl kleinerer, mit Waffen und Lebensmittelvorräten vollgestopfte Räume in den Kellern – und nur einen einzigen Ausgang.

»Und wenn wir einfach hinausspazieren und so tun, als gehörten wir hierher?« fragte Garth.

Torian schüttelte niedergeschlagen den Kopf. Garth' Vorschlag war nicht ernst gemeint; der hünenhafte Dieb sprach nur, um überhaupt etwas zu sagen und das Schweigen nicht zu quälend werden zu lassen.

Trotzdem antwortete er nach einem Augenblick. »Draußen in der Stadt könnte es vielleicht gehen. Rador ist groß genug, daß zwei Fremde nicht unbedingt auffallen. Aber hier?« Er seufzte. »Ich verstehe sowieso nicht, daß sie uns noch nicht entdeckt haben – es wimmelt draußen geradezu von Soldaten.« Er wollte weitersprechen, tat es aber dann doch nicht. Garth wußte nichts von dem Heer, das draußen vor der Stadt lag, und Torian sah keinen Sinn darin, ihn zusätzlich noch nervöser zu machen, als er ohnehin war. Aber sie mußten die Stadt verlassen, bevor der Angriff begann. Rador würde geschleift werden, bis auf die Grundmauern. Die Zerstörungen, die sie gesehen hatten, stammten nicht allein von der Hand der Natur.

»Komm«, sagte er müde. »Suchen wir noch einmal die Keller ab. Vielleicht ist irgend etwas unserer Aufmerksamkeit entgangen. Ich bin sicher, daß wir nur nicht sorgfältig genug gesucht haben. Das wäre die erste Festung, die ich kennenlerne, aus der es nicht einen zweiten Ausgang gibt.« Wütend ballte er die Fäuste. »Es muß einfach einen Weg aus dieser Falle geben. Irgendwie sind wir schließlich auch hierhergekommen.«

Garth starrte ihn finster an. »Der Weg hierher interessiert mich im Moment wenig«, brummte er.

»Mich schon«, antwortete Torian ernst. »Wenn wir wüßten, auf welchem Weg wir hier hereingekommen sind, kämen wir vielleicht auf dem gleichen zurück.« Er erhob sich, ging mit entschlossenen Schritten zum Treppenschacht und wartete, bis Garth ebenfalls aufgestanden war und ihm folgte. Der Dieb hinkte, und Torian fiel auf, daß er den linken Arm unnatürlich angewinkelt hielt.

»Hast du Schmerzen?« fragte er.

Garth winkte unwillig ab und verzog gleich darauf das Gesicht. »Ja«, gestand er. »Die Wunde hat sich entzündet.«

»Wir müssen zu einem Heilkundigen, sobald wir hier heraus sind«, erklärte Torian.

Garth lachte meckernd. »So ein Kratzer bringt mich nicht um«, behauptete er. »Aber ich fürchte, ich werde dir keine besondere Hilfe sein, wenn es zum Kampf kommen sollte.«

»Zum Kampf?« Torian runzelte die Stirn. »Es wird keinen Kampf geben, Garth. Wenn sie uns entdecken, bräuchten wir schon ein Dutzend von euren Magiern, um hier herauszukommen.« Er wartete, bis Garth neben ihm angelangt war, lächelte noch einmal aufmunternd und wandte sich übertrieben hastig um, damit der andere den besorgten Ausdruck in seinem Blick nicht bemerkte. Garth sah nicht gut aus. Er war blaß, und sein Gesicht glänzte von kaltem Schweiß. Seine Schritte waren längst nicht mehr so federnd und kraftvoll wie zu Anfang, sondern holprig und steif.

Sie gingen die Treppe hinab. Torian warf automatisch einen Blick auf den reglosen Krieger, der noch immer in einer Ecke des Raumes lag. Garth und er hatten ihn sicherheitshalber gefesselt; aber er hatte bisher das Bewußtsein noch nicht zurückerlangt. Torian hoffte, daß er nicht zu fest zugeschlagen hatte. Wenn sie den Beherrschern dieser Festung in die Hände fielen, war es nicht gerade von Vorteil, sich in Gesellschaft eines erschlagenen Kriegers zu befinden ...

Torian dachte flüchtig an den ersten Mann, der ihn angegriffen hatte, aber wie die Male zuvor entglitt ihm der Gedanke sofort wieder, und zurück blieb nur ein Gefühl von vager Verwunderung. Als er die Treppe hinter sich hatte und stehenblieb, um auf Garth zu warten, war selbst dies verschwunden.

Der Dieb langte schweratmend neben ihm an und verharrte einen Moment, um Atem zu schöpfen.

»Warum bleibst du nicht hier und ruhst dich aus?« fragte Torian. »Ich hole dich, wenn ich etwas Interessantes gefunden habe.«

Garth schüttelte den Kopf. »Kommt nicht in Frage. Damit du allein verschwinden und mich hierlassen kannst, wie?«

Torian grinste, drehte sich um – und erstarrte.

Die Tür, die am Ende des kurzen Ganges auf den Festungshof hinausführte, war lautlos aufgegangen, und unter der Öffnung erschien die Silhouette eines breitschultrigen, in schwarzes Eisen gepanzerten Kriegers. Hinter ihm bewegten sich andere Schatten. Wie Torian war der Mann mitten im Schritt stehengeblieben und glotzte die beiden Endringlinge aus ungläubig geweiteten Augen an.

Torian überwand seine Überraschung einen Sekundenbruchteil schneller als der andere. Mit einem gellenden Schrei sprang er vor, riß seine Waffe aus dem Gürtel und schlug mit aller Kraft zu. Die Schwertklinge traf mit der Breitseite auf den schwarzen Brustpanzer des Soldaten, schleuderte ihn zurück und ließ ihn gegen die hinter ihm stehenden Krieger taumeln.

Torian stürmte aus der Tür, noch bevor die Männer vollends zu Boden gegangen waren. Für einen Moment handelte er nicht mehr bewußt, sondern überließ sich ganz seinen Reflexen und den schon fast instinktiven Bewegungen, die er sich in einem langen Leben als Söldner antrainiert hatte. Es waren vier oder fünf – genau war das in dem Knäuel aus schwarzem Metall und durcheinanderwirbelnden Gliedern, in das sich die Soldaten verwandelt hatten, nicht zu erkennen –, und es schien, als hätten sie Glück im Unglück: Mit Ausnahme der Krieger, die sein überraschender Angriff zu Boden geworfen hatte, war der Hof leer. Torian setzte mit einem raschen Sprung über einen der Männer hinweg, drehte sich noch in der Luft und schlug ihm die flache Seite der Schwertklinge vor die Stirn. Der Mann verdrehte die Augen und lag dann still.

»Garth! Komm heraus, verdammt!« Er sprang zurück, suchte mit gespreizten Beinen nach festem Stand und trat nach einer Hand, die sich um sein Fußgelenk klammern wollte. Der Vorteil, den Garth und er hatten, würde nur wenige Sekunden anhalten. Er hatte nur einen der Krieger wirklich ausgeschaltet; die vier anderen kamen bereits wieder hoch, zogen ihre Waffen und begannen, ihn einzukreisen. Torian zerbiß einen Fluch auf den Lippen. Die Schwarzgekleideten waren geübte Kämpfer, keine Paradesoldaten, wie er nach der ersten Begegnung oben im Turm halbwegs angenommen hatte. Allein die Art, in der sie ihre Waffen hielten und sich mit raschen, geübten Bewegungen um ihn verteilten, verriet ihm, daß er es hier mit durchaus gleichwertigen Gegnern zu tun hatte.

»Gib auf!« befahl einer der Maskierten. Torian lachte, täuschte einen geraden Stich nach seinem Kopf an und wirbelte mitten in der Bewegung herum, um nach dem Krieger hinter sich zu treten. Sein Fuß traf das Knie des Mannes und brachte ihn aus dem Gleichgewicht; der Soldat fiel, versuchte aber nicht, seinen Sturz abzufangen, sondern wandelte die Bewegung im Gegenteil in eine blitzschnelle Rolle um, die ihn aus Torians Reichweite brachte. Gleichzeitig griffen die beiden anderen an. Torian sprang verzweifelt zur Seite, gewahrte eine Bewegung aus den Augenwinkeln und ließ sich fallen. Ein Schwert zischte einen Finger breit über seinem Kopf durch die Luft und trennte den Federbusch von seinem Helm. Er fiel, rollte sich auf den Rücken und trat nach den Füßen des Kriegers. Er traf nicht, aber der Mann sprang zurück, und Torian hatte für einen Sekundenbruchteil Luft. Mit einem federnden Satz kam er wieder auf die Füße, packte sein Schwert mit beiden Händen und schlug ungezielt um sich. Er hatte auf diese Weise kaum eine Chance, wirklich einen Treffer anzubringen, aber seine ungestümen Hiebe trieben die vier Schwarzgekleideten zurück und hinderten sie, ihn gleichzeitig und von verschiedenen Seiten anzugreifen.

Endlich tauchte auch Garth auf. Der Dieb hatte sein Schwert gezogen und brüllte aus Leibeskräften, aber Torian sah, daß er sich nur mit Mühe auf den Beinen halten konnte und kaum noch die Kraft hatte, das wuchtige Breitschwert zu schwingen. Einer seiner vier Gegner wirbelte herum, sprang Garth entgegen und trieb ihn mit ein paar blitzschnellen, wuchtigen Schlägen vor sich her.

Torian fluchte ungehemmt, blockte einen Schlag ab, der ihm glatt den Kopf von den Schultern getrennt hätte, und versetzte dem Soldaten einen Hieb mit der bloßen Faust, der ihn benommen zurücktaumeln ließ. Sofort griff ihn einer der beiden anderen Krieger an, aber diesmal verzichtete Torian darauf, den Schwertstreich abzuwehren. Statt dessen drehte er im letzten Moment den Oberkörper zur Seite und nahm bewußt in Kauf, daß die Klinge des anderen schmerzhaft über seine Rippen schrammte. Sie vermochte seinen Brustharnisch nicht zu durchdringen, aber allein die Kraft, mit welcher der Stich geführt gewesen war, trieb ihm die Luft aus den Lungen und die Tränen in die Augen.

Trotzdem reagierte er mit fast übermenschlicher Schnelligkeit. Sein Schwert traf die Waffenhand des anderen, zerschnitt den Handschuh und riß eine tiefe, blutende Wunde in seinen Handrükken. Der Mann schrie auf, ließ seine Waffe fallen und brach mit einem schmerzerfüllten Wimmern in die Knie.

Jeder andere hätte sich jetzt zu den beiden verbleibenden Kriegern umgewandt. Torian nicht. Mit einem entschlossenen Tritt schleuderte er den Mann vollends zu Boden, setzte über ihn hinweg und war mit zwei Schritten bei Garth.

Seine Hilfe kam um keinen Augenblick zu spät. Der Dieb war am Ende seiner Kräfte und kein ernstzunehmender Gegner mehr für den Krieger, der sich ihm entgegengeworfen hatte. Auf seinem geschundenen Gesicht schimmerte eine neue, gezackte Wunde, und die Hiebe, mit denen er die seines Gegners abwehrte, wurden zusehends schwächer.

Torian warf sich mit einem gellenden Schrei zwischen ihn und den Schwarzgekleideten, stieß Garth grob zurück und fing die Klinge des Kriegers noch in der Aufwärtsbewegung ab. Sein Schwert zuckte in einer komplizierten Kreisbewegung um das des anderen herum, riß seinen Arm bis über das Ellbogengelenk auf und traf krachend auf seinen Brustpanzer. Der Mann kippte lautlos zur Seite und rührte sich nicht mehr.

Aber schon waren die beiden anderen da. Und sie hatten aus der Art, in der Torian mit zwei von ihnen fertig geworden war, gelernt. Statt weiter abwechselnd auf ihn einzudringen, blieben sie außer Reichweite seiner Klinge, täuschten immer wieder Angriffe an und zogen sich blitzschnell zurück, wenn er versuchte, zu kontern. Allmählich bildete sich eine Art Rhythmus heraus – einer der Männer griff jeweils an, wenn er versuchte, den anderen zurückzutreiben, so daß er seinen Gegenangriff abbrechen und sich dem anderen Krieger zuwenden mußte, was wiederum dem ersten Gelegenheit gab, ihm in den Rücken zu fallen. Und langsam, ganz langsam, wurde der Takt dieses bizarren, tödlichen Tanzes schneller.

Torians Gedanken überschlugen sich. Er kannte diese Art zu kämpfen gut; nur zu gut. Und er wußte, daß er ihr nicht lange standhalten würde. Die Männer hatten begriffen, daß er ihnen überlegen war, und taten das einzig Richtige – sie versuchten, ihn zu zermürben.

Verzweifelt sah er über die Schulter zu Garth zurück. Aber der Dieb war an der Wand zu Boden gesunken und hockte vornübergebeugt auf den Knien, offensichtlich darum bemüht, nicht das Bewußtsein zu verlieren.

Der kurze Moment der Unaufmerksamkeit hätte ihn um ein Haar das Leben gekostet. Der Krieger zu seiner Rechten sprang mit einem gellenden Schrei vor und schlug nach seinem Kopf; gleichzeitig führte der andere einen geraden Stich zu seiner Kehle aus. Torian drehte sich blitzschnell zur Seite, wich dem Hieb um Haaresbreite aus, schlug das Schwert herab und griff gleichzeitig mit der bloßen Hand nach der Klinge, die nach seiner Kehle züngelte. Der rasiermesserscharf geschliffene Stahl schnitt grausam in seine Handfläche, aber die Bewegung überraschte den Mann auch so vollkommen, daß es Torian gelang, ihm die Waffe mit einem harten Ruck zu entreißen. Der Krieger krächzte, starrte betroffen auf seine plötzlich leeren Hände und brach in die Knie, als Torian ihm in den Leib trat. Gleichzeitig traf Torians Klinge den Oberschenkel des letzten Kriegers, zerschnitt den Panzer, der an dieser Stelle dünner war, und ließ ihn mit einem Schmerzensschrei zu Boden sinken.

Torian keuchte, taumelte gegen die Wand und blieb eine Sekunde lang schweratmend stehen. Sein Herz jagte. Das Schwert in seiner Hand schien plötzlich Zentner zu wiegen, und er mußte all seine Willenskraft aufbieten, um es nicht fallen zu lassen. Wieder begann sich der Hof um ihn herum zu drehen, und wie immer nach einem Kampf spürte er erst jetzt, wie sehr ihn die wenigen Augenblicke angestrengt hatten. Mit zitternden Händen schob er das Schwert in den Gürtel zurück, torkelte zu Garth hinüber und sank neben ihm auf die Knie.

Garth sah auf. Sein Blick flackerte, und Torian las einen Ausdruck von Furcht darin, der ihn selbst schaudern ließ. Seine Lippen zitterten. »Ihr Götter ...«, stammelte er. »Was ... wie ... wie hast du das gemacht?«

Torian ignorierte seine Worte. »Kannst du aufstehen?« fragte er den Riesen hastig.

»Wer bist du?« keuchte Garth. »Du ...« Er stockte, starrte Torian mit neu erwachendem Schrecken an und sog hörbar die Luft ein. »Torian ...«, murmelte er. »Du ... bist Torian, der ...«

»Torian, der Tote, wenn wir nicht sofort von hier verschwinden«, fiel ihm Torian ungeduldig ins Wort. Gehetzt blickte er sich um. Der Hof war noch immer leer, aber es konnte nur noch Sekunden dauern, ehe weitere Krieger auftauchten. Der Kampf hatte nur wenige Augenblicke gedauert, aber sein Lärm mußte gehört worden sein. Unsanft zerrte er Garth auf die Füße, drückte ihm sein Schwert in die Hand und stieß ihn vor sich her auf die erstbeste Tür zu. Der Hof war wie der Turm in seinem Zentrum sechseckig angelegt, und in jeder seiner sechs Seitenwände gab es ein großes, geschlossenes Tor. Aber die Mauern waren nicht glatt, sondern durchbrochen von zahllosen kleinen und größeren Gebäuden, die mit ihrer Architektur verwachsen waren. Auf eines dieser Gebäude steuerte Torian zu. Selbst wenn es von dort keinen Weg nach draußen gab, wurden sie wenigstens nicht sofort gesehen, wenn hier der Teufel losbrach.

Torian versuchte erst gar nicht mehr, leise zu sein, sondern trat die Tür kurz entschlossen ein und setzte mit einem Sprung in den dahinterliegenden Raum. Er war leer, aber es gab eine Tür, die tiefer in das Gebäude hineinführte und nur mit einem Vorhang verschlossen war. Torian warf sich mit einem federnden Satz hindurch, kam auf der anderen Seite mit einer eleganten Rolle wieder auf die Füße und drehte sich kampfbereit einmal um seine Achse.

Aber auch hier war keine Spur von Leben zu entdecken. Torian ließ erleichtert seine Waffe sinken, ging zur Tür zurück und gab Garth mit Gesten zu verstehen, daß er ihm folgen konnte. Hastig legte er den Zeigefinger auf die Lippen, deutete auf die schmale, geländerlose Treppe am Ende des Zimmers und dann nach oben. Garth nickte stumm, ließ sich erschöpft gegen die Wand sinken und lauschte einen Moment, ebenso wie er.

»Da scheint niemand zu sein«, murmelte Garth nach einer Weile. Etwas lauter fügte er hinzu: »Das Gebäude muß verlassen sein. Wäre jemand hier, dann hätte er den Kampflärm gehört.« Er nickte aufmunternd, gab sich einen sichtlichen Ruck und wollte auf die Treppe zugehen, aber Torian hielt ihn mit einem energischen Kopfschütteln zurück.

»Vielleicht hat er es gehört und wartet jetzt mit einem gespannten Bogen in der Hand auf den ersten, der die Treppe hinaufsteigt«, knurrte er. »Warte hier. Und paß auf, daß niemand kommt.«

»Und wenn doch?« fragte Garth dümmlich.

Torian verzichtete vorsichtshalber auf eine Antwort, deutete noch einmal bekräftigend auf die Tür und drang mit gezücktem Schwert tiefer in das Gebäude ein.

Das Haus erwies sich als größer, als es von außen den Anschein gehabt hatte – es gab gut ein Dutzend verschiedener Räume, allein auf dieser einen, unteren Ebene, und sie waren – wie der Turm, den sie durchsucht hatten – zwar durchaus wohnlich eingerichtet, vermochten ihren Festungscharakter aber doch nicht ganz zu verleugnen. Torian fand eine große Zahl von Lebensmitteln und Wasser – und Waffen. Sehr viele Waffen. Dieses steinerne Sechseck im Herzen der Stadt *war* eine Fluchtburg. Und sie machte ganz den Eindruck, als rechneten ihre Besitzer ernsthaft damit, sie in naher Zukunft benutzen zu müssen.

Was er nicht fand, war ein Ausgang. Die einzige Tür war die, durch die sie hereingekommen waren. Die rückwärtigen Mauern des Gebäudes waren fensterlos und aus metergroßen, beinahe fugenlos aufeinandergesetzten Felsquadern errichtet.

Enttäuscht kehrte er zu Garth zurück. Der Dieb sah ihm fragend entgegen, aber Torian schüttelte den Kopf, und Garth drang nicht weiter in ihn. Er hatte wohl auch nicht ernsthaft damit gerechnet, so leicht aus dieser Falle entkommen zu können.

»Und jetzt?«

Torian zuckte unentschlossen mit den Schultern. »Es gibt zwei

Möglichkeiten«, sagte er. »Entweder zurück auf den Hof und durch eines der Tore – oder nach oben. Wahrscheinlich führt die Treppe auf den Wehrgang hinauf.«

Garth' Gesichtsausdruck nach zu schließen, gefiel ihm keine der beiden Möglichkeiten sonderlich. »Dort oben könnten Wachen sein«, entgegnete er.

Torian überlegte. Er konnte sich nicht erinnern, Posten gesehen zu haben, als er oben auf der Turmspitze gestanden hatte – was nicht bedeutete, daß es wirklich keine gab. Aber dieses Risiko mußten sie wohl eingehen.

Die Entscheidung wurde ihnen abgenommen. Vom Hof her drang plötzlich ein überraschter Schrei zu ihnen herein, dann hörten sie das harte Trappeln metallbeschlagener Stiefelsohlen. Torian stieß einen Fluch aus, fuhr herum und rannte die Treppe hinauf, ohne noch ein weiteres überflüssiges Wort zu verlieren.

Ein wütender Aufschrei erklang hinter ihnen, als sie die Tür am Ende der Treppe erreicht hatten. Torian sah hastig über die Schulter zurück und gewahrte gleich ein halbes Dutzend der schwarzgekleideten Krieger, die hinter ihnen in den Raum stürmten. Er fluchte, sprengte die schmale Holztür mit der Schulter auf und zwängte sich hindurch, ehe sie noch vollkommen nach innen geschwungen war. Hinter der Tür lag ein vielleicht zwanzig Schritte langer, fensterloser Gang, von dem zahlreiche Türen abzweigten. An seinem Ende waren die ersten Stufen einer weiteren Treppe zu erkennen. So, wie Torian angenommen hatte – die Treppe führte hinauf zur Mauerkrone.

Garth eilte schweratmend hinter ihm heran, blieb stehen und sah einen Moment zu den Verfolgern zurück. Die Treppe dröhnte bereits unter ihren Schritten, und das Haus hallte wider von ihren wütenden Rufen und dem Klirren ihrer Rüstungen. Die Männer mußten bereits dicht hinter ihnen sein. Aber Garth machte keinerlei Anstalten, weiterzulaufen, sondern blieb reglos stehen und sah den Angreifern scheinbar gelassen entgegen.

Dann fuhr er mit einer Behendigkeit, die Torian einem Mann seiner Größe niemals zugetraut hätte, herum, packte die Tür und schmetterte sie mit aller Gewalt ins Schloß.

Ein gellender Schrei drang durch das dünne Holz, gefolgt von einem dumpfen Poltern und Krachen und neuerlichen Schreien. Metall knirschte, und eine dunkle Stimme begann zornig, Befehle zu brüllen.

Garth drehte sich um, grinste flüchtig und kam mit raschen Schritten hinter Torian her. »Das dürfte sie einen Moment aufhalten«, stellte er feixend fest.

»Ich hoffe, du hast niemanden umgebracht«, erwiderte Torian ernst. »Ich will keine Toten.«

»So?« Zwischen Garth' Brauen entstand eine tiefe Falte. »Aber ich fürchte, sie«, sagte er mit einer Kopfbewegung nach unten. »Zwei, um genau zu sein. Ich hoffe, ein paar haben sich die Hälse gebrochen. Dann habe ich wenigstens eine kleine Befriedigung, wenn ich zur Hölle fahre.«

Torian widersprach nicht mehr. Er hatte es bisher absichtlich vermieden, einen der Krieger zu töten. Aber jetzt war nicht die Zeit, mit Garth darüber zu streiten. Das konnten sie später. Wenn sie überhaupt noch einmal Gelegenheit bekamen, miteinander zu streiten.

Rasch durchquerten sie den Gang, liefen die Treppe hinauf und standen nach gut zwei Dutzend Stufen vor einer weiteren Tür. Als Torian den Riegel zurückschob, erscholl unter ihnen ein dumpfes Poltern und Krachen. Garth zog eine Grimasse.

Die Tür führte auf einen breiten, auf einer Seite von einer zinnengekrönten Brustwehr gesäumten Wehrgang hinaus, wie sie vermutet hatten. Aber Torian machte nur einen einzigen Schritt, ehe er abrupt stehenblieb, hörbar die Luft einsog und dann – sehr behutsam – sein Schwert zu Boden legte und die Hände weit vom Körper abspreizte. Garth folgte nach kurzem Zögern seinem Beispiel.

Sie waren vom Regen in die Traufe geraten. Die Tür führte zwar auf die Mauerkrone hinaus, und soweit Torian erkennen konnte, war die Mauer an dieser Stelle nicht so hoch, daß ein Sprung in die Freiheit gänzlich unmöglich gewesen wäre; wenigstens für einen durchtrainierten Mann.

Aber es gab etwas, was entschieden dagegen sprach.

Die geschliffenen Metallspitzen eines halben Dutzends Pfeile, die auf ihn und Garth gerichtet waren.

Der Raum mußte tief unter der Erde liegen. Die Wände waren grau von Feuchtigkeit und Schimmelpilz, und an der Decke hatten Fakkeln und Kohlefeuer ein Jahrhundert oder länger ihre Rußspuren hinterlassen. Die Luft war schlecht und roch nach Moder und Krankheit, und die fingerdicken Metallgitterstäbe, die die Kammer in zwei ungleiche Hälften unterteilten, waren von Rost zerfressen.

Torian hatte versucht, sich den Weg zu merken, aber die schwarzgekleideten Krieger, von denen Garth und er hier heruntergeschleift worden waren, hatten sie durch ein wahres Labyrinth fensterloser Korridore und Treppen geführt, so daß er schon nach wenigen Augenblicken die Orientierung verloren hatte. Seit einiger Zeit hörte er das Rauschen von Wasser, sehr weit entfernt und gedämpft, aber trotzdem deutlich.

Sein Kopf dröhnte, und seine Arme schmerzten schon jetzt von der unbequemen Haltung, in der er an die Wand gefesselt war. Die Krieger hatten Garth und ihn kurzerhand niedergeschlagen, um jede weitere Möglichkeit zur Flucht von vornherein auszuschließen. Er hatte das Bewußtsein zwar nicht verloren, war aber halb betäubt gewesen und konnte sich nur noch unklar an Einzelheiten erinnern. Garth schien es nicht viel besser zu ergehen – sein von der Verletzung ohnehin geschwächter Körper baumelte schlaff an den eisernen Ringen, mit denen er an die Wand gekettet war. Seine Augen standen einen Spaltbreit offen, aber Torian bezweifelte, daß er viel von seiner Umgebung wahrnahm. Speichel lief über sein Kinn und tropfte auf seine Brust hinunter.

Torian bewegte vorsichtig den Kopf hin und her und richtete sich ein wenig auf, so daß sein Körper nicht mehr allein von den Ketten gehalten wurde und die scharfkantigen Eisenringe weniger schmerzhaft in seine Handgelenke schnitten. Prüfend hob er die Arme. Trotz der Sorgfalt, mit der sie gebunden worden waren, konnte er Arme und Beine ein wenig bewegen und sich so eine – wenigstens einigermaßen – bequeme Position suchen. Allerdings waren die Ketten zu kurz, als daß er sich hätte setzen oder wenigstens hinhokken können. Er würde aufrecht an der Wand stehen oder allerhöchstens lehnen müssen, eine wenig erholsame Haltung. Aber er hatte das Gefühl, daß sie nicht so lange hier sein würden, als daß dies zu einem Problem werden könnte.

Garth bewegte stöhnend den Kopf. Ein schmerzhaftes Zucken lief über seine Züge. Aber er reagierte nicht, als Torian seinen Namen rief, sondern sank nach wenigen Augenblicken wieder schlaff in sich zusammen.

Torian sah ihn besorgt an. Die Männer hatten sie nicht heftig genug geschlagen, um sie ernsthaft zu verletzen; offensichtlich hatten sie großen Wert darauf gelegt, Garth und ihn lebend in die Hände zu bekommen. Aber der Dieb war schon vorher am Ende seiner Kraft gewesen. Das Geräusch harter Schritte drang in Torians Gedanken. Müde hob er den Kopf und blickte an den Soldaten, die jenseits des Gitters Aufstellung genommen hatten, vorbei. Ein Mann kam den Gang entlang, in mattes Schwarz und reißende Stacheln gekleidet wie die Krieger, denen sie bisher begegnet waren, aber barhäuptig und ohne sichtbare Bewaffnung. Auf seinem Brustpanzer schimmerte ein goldener, sechszackiger Stern, in dessen Zentrum ein stilisiertes Auge eingraviert war. Mit raschen Schritten näherte er sich der Zelle, blieb dicht vor den Gitterstäben stehen und musterte Garth und Torian einen Moment lang abschätzend. Auf seinen Zügen war nicht die geringste Regung abzulesen, aber der Blick seiner dunklen, tief in den Höhlen liegenden Augen war hart. Hinter ihm näherte sich ein zweiter Mann, anders als er, nicht mit einer Rüstung, sondern einem grauen, bodenlangen Gewand bekleidet. Torian hatte das flüchtige Gefühl, sein Gesicht schon einmal gesehen zu haben. Aber der Gedanke entschlüpfte ihm, ehe er sich darüber sicher war.

»Aufschließen«, befahl der Schwarzgekleidete knapp. Einer der Krieger zog einen schweren, eisernen Schlüssel unter seinem Umhang hervor, entriegelte das Schloß und öffnete die schmale Tür, die in das Gitter eingelassen war. Die Hast, mit der er dem Befehl nachkam, ließ darauf schließen, daß es sich bei dem Neuankömmling um eine sehr hochgestellte Persönlichkeit handeln mußte.

Der Mann näherte sich zuerst Garth, betrachtete ihn für die Dauer eines Atemzuges und trat dann auf Torian zu. Zwei seiner Soldaten begleiteten ihn wie stumme, tödliche Schatten.

»Sprichst du unsere Sprache?« fragte er knapp.

Torian rang sich ein gequältes Lächeln ab, obwohl ihm im Moment eher zum Heulen zumute war. »Nein«, antwortete er. »Aber du meine.«

Die linke Augenbraue des Mannes rutschte ein Stück nach oben. Seine Hand machte eine rasche, kaum sichtbare Bewegung.

Torian spannte sich, aber er nahm dem Hieb dadurch kaum etwas von seiner Wucht. Die behandschuhte Faust des Kriegers traf ihn mit grausamer Kraft am Mund, warf seinen Kopf zurück und gegen die Wand und ließ seine Unterlippe aufplatzen. Torian stöhnte. Vor seinen Augen tanzten plötzlich feuerfarbene Kreise.

»Verstehst du mich jetzt besser?« fragte der Mann ruhig.

Torian nickte schwach. »Ich ... spreche deine Sprache«, stöhnte er.

Wieder hob einer der Krieger die Hand, aber der Mann hielt ihn mit einer raschen, befehlenden Geste zurück.

»Hüte deine Zunge, Garianer«, zischte der Krieger, der ihn geschlagen hatte. »Wenn du mit General Worn sprichst, hast du ihn mit Hoheit oder General anzureden.«

»Jawohl ... Hoheit«, preßte Torian hervor. Er war nahe daran, nun wirklich das Bewußtsein zu verlieren, aber er wußte, daß das unter Umständen sein Todesurteil sein konnte. Worn schien kein sehr geduldiger oder nachsichtiger Mensch zu sein. Torian traute ihm durchaus zu, Garth und ihn kurzerhand aufhängen zu lassen, wenn er keine Antworten von ihnen bekam. Oder die falschen.

»Dann ist es gut«, Worn nickte. »Ich glaube, du bist ein ganz vernünftiger Mann. Wie ist dein Name?«

»Tor ... Torian«, würgte Torian hervor. Er war kein Feigling, aber es war sinnlos, sich weiter von Worns Begleitern schlagen zu lassen. Sie würden ihn so oder so zum Reden zwingen, das wußte er. Er hatte immer zu den Männern gehört, die ihre Grenzen kannten.

»Torian«, wiederholte er halblaut. In seinem Mund war plötzlich bittere Galle, und er hatte das Gefühl, sich jeden Moment übergeben zu müssen. Prüfend fuhr er mit der Zungenspitze über seine Zähne. Sie schmerzten, waren aber nicht locker. Worns Männer schienen genau zu wissen, wie sie zuzuschlagen hatten.

»Torian«, richtete Worn das Wort an ihn. »Gut, Torian. Ich will es kurz machen. Du weißt, daß wir nicht viel Zeit haben. Eure Truppen stehen vor der Stadt und werden wahrscheinlich noch im Laufe des Tages angreifen. Wenn du Wert darauf legst, dann noch am Leben zu sein, solltest du reden.«

»Ich ... verstehe nicht«, murmelte Torian. »Was meinst ... was meint Ihr?«

Diesmal sah er den Schlag kommen, aber der Schmerz war fast noch schlimmer als beim ersten Mal. Worn schüttelte mißbilligend den Kopf. Seine Augen wurden schmal.

»Sei vernünftig, Torian«, sagte er. »Ich will dich nicht anlügen – du und dein Freund, ihr werdet so oder so sterben, aber es liegt in eurer Hand, ob es ein rascher und schmerzloser Tod sein wird oder nicht.«

»Das ist ... sehr großzügig«, krächzte Torian. »Aber ich fürchte, ich ... kann Euch Eure Fragen nicht beantworten. Ich ... habe keine Ahnung, was das für ein Heer ist, das vor Eurer Stadt liegt. Ich ... weiß nicht einmal, was ein Garianer ist.«

Worn seufzte. »Du beleidigst mich, Torian«, beschuldigte er ihn. »Selbst meine größten Feinde halten mich nicht für einen Dummkopf. Euer Heer sammelt sich seit Wochen auf der Ebene, und wir haben bisher über hundert von euch bei dem Versuch getötet, sich heimlich in die Stadt zu schleichen. Und du willst mir einreden, daß es ein reiner Zufall ist, wenn zwei Fremde ausgerechnet am Tage des Angriffes in der Inneren Festung auftauchen?«

»Warum fragt Ihr überhaupt, wenn Ihr ohnehin glaubt, alles zu wissen?«

Worn lächelte, aber sein Blick verlor nichts von seiner Härte. »Es interessiert mich nicht, wer ihr seid«, antwortete er. »Es interessiert mich noch nicht einmal, *warum* ihr hier seid, Torian. Alles, was ich wissen möchte, ist, *wie* ihr es geschafft habt, in die Innere Festung einzudringen.«

»Das möchte ich auch gern wissen«, murmelte Torian.

Der Hieb raubte ihm beinahe das Bewußtsein. In seinem Mund war Blut, und als er nach Sekunden die Lider wieder hob, war sein linkes Auge für einen Moment blind.

»Sei kein Narr, Torian«, fuhr Worn ungerührt fort. »Du redest sowieso – entweder jetzt oder nachher bei der Folter. Rechne nicht damit, daß dich deine Kameraden befreien. Selbst wenn es ihnen gelingen sollte, die Mauern zu stürmen, brauchen sie Tage dazu, wenn nicht Wochen. Eine lange Zeit, um zu sterben.«

Torian schluckte. »Aber ich ... weiß es nicht«, keuchte er verzweifelt. »Ich schwöre es Euch, Worn! Ich weiß nichts von Eurem Krieg und schon gar nichts von dem Heer, von dem Ihr sprecht.«

Worn seufzte resignierend, und Torian fuhr hastig fort: »Garth und ich sind ... wir sind gegen unseren Willen hier. Wir ... wir wollten die Wüste durchqueren, und ... es muß Zauberei im Spiel gewesen sein, oder ein Fluch ...« Er brach ab, als er sah, wie sich der Ausdruck auf Worns Zügen verfinsterte. Sein Blick suchte den graugekleideten Alten, der auf der anderen Seite des Gitters stehengeblieben war, und für einen Moment glaubte er ein spöttisches Glitzern in dessen Augen wahrzunehmen.

»Es tut mir leid, Torian«, sagte Worn leise. »Glaube mir – ich quäle niemanden gern, aber du läßt mir keine andere Wahl. Du wirst bei der Folter reden oder sterben. Aber es wird ein sehr, sehr langsamer Tod sein.«

»Aber ich weiß nichts!« schrie Torian. Verzweifelt bäumte er sich auf, aber die fingerdicken Ketten, mit denen er gebunden war, machten jede größere Bewegung unmöglich. »Glaubt mir doch! Wir suchten in den Ruinen Schutz vor der Sonne, und ...«

»Das reicht«, unterbrach ihn Worn. »Ich gebe dir eine Stunde, deine Meinung zu ändern. Redest du dann nicht, übergebe ich dich unserem Foltermeister.« Er fuhr herum, verließ ohne ein weiteres Wort die Zelle und verschwand mit weit ausgreifenden Schritten. Mit Ausnahme eines einzelnen Mannes folgten ihm sämtliche Krieger.

Torian starrte ihm verzweifelt nach. Er wußte, daß Worn ihm nicht glaubte – ihm gar nicht glauben konnte, so wie die Dinge standen –, und gerade dieses Wissen steigerte seine Verzweiflung noch. Er selbst hätte an Worns Stelle kaum anders gehandelt.

»Du bist ein Narr, Garianer«, wandte sich der zurückgebliebene Krieger an ihn. Er hatte seinen Helm abgesetzt und neben sich auf den Boden gelegt, und auf seinen Zügen lag ein fast mitfühlender Ausdruck. Er war sehr jung, fast noch ein Knabe. Aber der Mann, den er in der Turmruine getötet hatte, war auch nicht viel älter gewesen, erinnerte sich Torian. »Wißt ihr so wenig über General Worn, daß du seine Drohung nicht ernst nimmst?« Er lachte. »Er ist kein grausamer Mann, aber er wird dich in Fetzen schneiden lassen, wenn du nicht redest – bei lebendigem Leibe. Glaubst du wirklich, die garianische Union wäre das wert?«

»Nein«, antwortete Torian schleppend. »Weil ich nicht weiß, was die garianische Union ist.«

Der Mann seufzte. »Wie du willst. Ich bin sicher, es wird dir einfallen, wenn du auf der Folterbank liegst.«

»Warum hältst du nicht endlich die Schnauze und gehst deinem General nach, um ihm die Stiefel zu lecken?« fragte Garth halblaut.

Der Soldat erbleichte. Ein keuchender, halberstickter Laut entrang sich seinen Lippen, während er sich langsam herumdrehte und Garth anstarrte. »Du ...«

»Hör lieber auf zu reden und verschwinde«, forderte Garth ihn in fast freundlichem Ton auf. Sein Gesicht war noch immer grau vor Schmerz und Schwäche, aber seine Augen waren wieder klar. »Oder dreh dich wenigstens aus dem Wind. Du stinkst wie die Pest. Wascht ihr euch eigentlich nie?«

»Noch ein Wort, und ...«

»Und?« fragte Garth freundlich. »Gehst du dann zu deinem General und küßt ihm den Hintern sauber, während du dich über mich beschwerst?«

Zwei, drei Sekunden starrte der Krieger Garth wortlos an. Dann riß er mit einem wütenden Schrei die Zellentür auf, war mit einem einzigen gewaltigen Schritt bei ihm und schlug ihm mit aller Kraft ins Gesicht. Sein metallbesetzter Handschuh riß Garth die Wange auf und hinterließ einen neuen, blutenden Kratzer. Garth stöhnte, drehte den Kopf zur Seite und spuckte den Krieger an.

Der Mann begann fast hysterisch zu schreien. Seine Fäuste trafen Garth mit gnadenloser Kraft an Kopf und Brust, immer und immer wieder. Garth bäumte sich auf und versuchte das Gesicht wegzudrehen, um den unbarmherzig auf ihn niederprasselnden Schlägen zu entgehen, aber seine verzweifelten Bewegungen schienen die Wut des anderen nur noch zu steigern.

Vielleicht hätte er ihn totgeschlagen, würde ihn nicht in diesem Moment eine scharfe Stimme aus dem Gang zurückgerufen haben. »Lodar! Was geht da vor?«

Der Krieger ließ die Fäuste sinken, fuhr mit einem wütenden Knurren herum und funkelte den Neuankömmling herausfordernd an.

»Was geht das dich an?« zischte er. »Der Kerl hat mich herausgefordert, also misch dich nicht ein und verschwinde, Gemered!«

»Es wäre aber besser, wenn du aufhörst«, erwiderte der andere ungerührt. »Oder möchtest du statt seiner auf der Folterbank liegen, wenn du ihn versehentlich totschlägst?«

Lodar zuckte sichtlich zusammen. »Einen solchen Riesen schlägt man nicht aus Versehen tot«, erklärte er trotzig. Aber der erschrokkene Ausdruck in seinen Augen blieb. Einen Moment lang starrte er Garth noch haßerfüllt an, dann wandte er sich mit einem Ruck um, stapfte aus der Zelle und warf die Tür wütend hinter sich ins Schloß.

»Komm mit«, fuhr der andere fort, nachdem Lodar seinen Helm aufgenommen und wieder übergestülpt hatte.

Lodar grunzte ärgerlich. »Ich muß hierbleiben«, schnappte er. »Befehl vom General.«

»Der schickt mich ja gerade«, seufzte sein Kamerad. »Die beiden werden kaum ihre Ketten durchreißen und das Gitter verbiegen. Wir brauchen jeden Mann oben auf der Mauer. Es geht los.«

»Sie ... greifen an?« Die Furcht in Lodars Stimme war unüberhörbar.

»Ja. Ihre Reiterei ist in spätestens einer Stunde hier. Komm.«

Lodar zögerte noch immer, wandte sich dann aber – nach einem letzten, wutsprühenden Blick in Garth' Richtung – doch um und folgte seinem Kameraden. Ihre Schritte verklangen auf dem nackten Fels des Bodens.

Torian wartete, bis er ganz sicher sein konnte, daß die beiden Soldaten nicht mehr in Hörweite waren, ehe er mühsam den Kopf drehte und Garth ansah. Der Dieb hing schlaff in seinen Fesseln. Sein Gesicht war geschwollen und über und über mit Blut beschmiert, und sein Blick wirkte leicht glasig. Aber seine Augen standen offen, und er war wach.

»Wie lange bist du schon bei Bewußtsein?« fragte er.

Garth stöhnte, spuckte Blut und ein Stück eines abgebrochenen Zahnes auf den Boden und versuchte sich aufzurichten. Seine Knie gaben unter dem Gewicht seines Körpers nach, und er sank abermals schlaff in seine Fesseln.

»Lange ... genug«, versetzte er stockend. »Jedenfalls lange genug, um zu hören, was dieser sogenannte General gesagt hat. Aber ich hielt es für besser, mich schlafend zu stellen.« Er lachte, leise und röchelnd. Das Geräusch jagte Torian einen eisigen Schauer über den Rücken. »Ich dachte mir, es reicht, wenn einer von uns Prügel bekommt.«

»So? Und warum bettelst du dann so aufdringlich darum?«

Garth versuchte erneut, sich aufzurichten, und diesmal gelang es ihm. Schwer atmend lehnte er sich gegen die Wand und begann die Arme zu bewegen. »Ich habe nicht um Schläge gebettelt«, belehrte er ihn. Seine Hände bewegten sich auf fast unmögliche Weise, und plötzlich – ohne daß Torian sagen konnte, wie – war seine rechte Hand frei, der fingerdicke Eisenring, der sein Gelenk bisher umspannt hatte, leer.

»Was ich haben wollte«, fuhr Garth mit einem verzerrten, aber deutlich triumphierenden Lächeln fort, »war *das* hier.«

Torian glotzte ungläubig auf den kleinen Schlüssel, der plötzlich in Garth' Hand lag. »Wie ... wie hast du das gemacht?« keuchte er.

Garth grinste schmerzlich, öffnete rasch nacheinander auch die zweite Handschelle und die beiden Ringe, die seine Fußgelenke fesselten, und kam taumelnd auf Torian zu. »Ich glaube dir ja gerne, daß du der größte Krieger bist, der jemals unter der Sonne gelebt hat«, sagte er, während er bereits vor Torian niederkniete und sich an seinen Fußfesseln zu schaffen machte. »Aber du solltest mir auch glauben, daß ich der beste Dieb bin, dem du je begegnet bist.«

Torian starrte ihn noch immer fassungslos an, als die letzte Fessel klirrend zu Boden fiel. Plötzlich schwankte er. Jetzt, als er nicht mehr von den Ketten gehalten wurde, spürte er die Schwäche erst richtig. Er wäre gestürzt, wenn Garth ihn nicht aufgefangen hätte.

»Ich ... ich habe nichts bemerkt«, murmelte er.

Garth grinste. »Das ist auch gut so. Und jetzt frag mich nicht, wie ich es gemacht habe – ich verrate meine Berufsgeheimnisse nicht.« Er wurde übergangslos ernst. »Was tun wir jetzt? Versuchen wir die Stadt zu verlassen, oder verstecken wir uns?«

Torian massierte seine schmerzenden Gelenke. »Weder das eine noch das andere«, entschied er. Garth blinzelte verwirrt, und Torian fuhr fort: »Sie würden uns in ein paar Stunden wieder fangen, wenn wir in der Stadt blieben. Und ich habe keine Lust, Worns Foltermeister kennenzulernen.«

»Also fliehen wir«, sagte Garth. »Während des Angriffs müßte es möglich sein ...«

»Mitten in eine Schlacht zu geraten oder von den anderen als Spione gefangen zu werden«, fiel ihm Torian ins Wort. »Glaubst du, ich habe Lust, das Gegenstück von General Worn auf der anderen Seite kennenzulernen?«

Garth schluckte ein paarmal. Der Gedanke, daß es ihnen, sollten sie die Stadt verlassen und den Belagerern in die Hände fallen, kaum besser ergehen würde als hier, schien ihm bisher noch nicht gekommen zu sein. Sie waren Fremde, für beide Seiten, und in Kriegszeiten waren Fremde automatisch Feinde. »Und was ... hast du vor?« fragte er stockend.

Torian deutete mit einer vagen Geste nach vorne. »Ich weiß es nicht«, gestand er. »Zuerst einmal hier heraus. Und dann ...«

»Dann?«

Torian zuckte mit den Achseln, näherte sich dem Gitter und streckte fordernd die Hand aus. Garth reichte ihm den Schlüssel und sah zu, wie er die Arme durch das Gitter zwängte und umständlich den Schlüssel von der anderen Seite ins Schloß zu stecken versuchte.

»Zuerst einmal hier heraus«, wiederholte er. »Der Rest findet sich.« Das Schloß sprang mit einem hörbaren Klicken auf. Torian öffnete die Gittertür, trat in den Gang hinaus und spähte mißtrauisch nach vorne. Aber sie waren allein. Der bevorstehende Angriff verschaffte ihnen wenigstens für den Moment Ruhe.

Aber Worn würde wiederkommen. In spätestens einer Stunde.

»Komm«, sagte er. »Weg hier.«

Auf dem Weg nach oben begegnete ihnen niemand. Das Labyrinth unterirdischer Katakomben und Stollen, das Rador wie eine Stadt unter der Stadt durchzog, schien ausgestorben zu sein, und mehr als einmal hatte Torian ernsthaft Angst, sich in den endlosen finsteren Gängen zu verirren und nie wieder das Tageslicht zu sehen. Zwei- oder dreimal vernahmen sie Stimmen, und einmal hörten sie in geringer Entfernung die Schritte einer ganzen Abteilung der schwergepanzerten Krieger, aber jedesmal konnten sie rechtzeitig in einen Quergang ausweichen oder sich in einen Schatten ducken, so daß sie nicht entdeckt wurden.

Sie brauchten fast eine Stunde, um die Oberfläche zu erreichen. Torian war mit seinen Kräften vollkommen am Ende, als er endlich die letzte einer Million Treppenstufen – wie es ihm vorkam – hinauftaumelte und in einem winzigen, unmöblierten Raum stand, durch dessen verschlossene Fensterläden helles Tageslicht hereinsickerte. Garth kroch die Treppe hinter ihm mehr hinauf, als er ging, und sein Gesicht war bleich wie das eines Toten. Sein Umhang hatte sich über der Schulter dunkel gefärbt. Die Wunde mußte wieder aufgebrochen sein.

»Ich ... kann nicht mehr«, keuchte er. »Wir müssen ... ausruhen. Nur ... einen Moment.«

Torian schüttelte entschieden den Kopf, trat ans Fenster und versuchte, durch einen Spalt in den Läden hinauszuspähen.

Viel war es nicht, was er erkennen konnte: ein winziger Ausschnitt einer Straße, ein Teil des gegenüberliegenden Hauses, Menschen, die vorüberhasteten. Aufgeregte Stimmen drangen an sein Ohr, irgendwo donnerte das metallische Stakkato von Pferdehufen über das Pflaster, jemand schrie, hoch und hysterisch. Die Stadt war in Aufruhr.

»Das geht nicht«, erklärte er bedauernd. »Wenn du dich jetzt hinlegst, stehst du nie wieder auf, Garth. Außerdem wird Worn jetzt wahrscheinlich schon wissen, daß wir geflohen sind. Sie werden jeden Stein in der Stadt umdrehen, um uns wieder einzufangen.«

Garth nickte müde, stemmte sich in eine halb sitzende Position hoch und blinzelte zum Fenster. Sein linkes Auge war zugeschwollen. »Was siehst du?«

»Nichts Besonderes«, antwortete Torian. »Es sind sehr viele Menschen auf der Straße.« Er lächelte flüchtig. »Ihre Kleidung gefällt mir.«

Garth starrte ihn an, als zweifle er an seinem Verstand.

»Sie scheinen eine Vorliebe für kräftige Farben zu haben«, fuhr Torian mit einer Geste auf seinen und Garth' grellroten Umhang fort. »Wir werden kaum auffallen. Wenn wir uns unter die Bevölkerung mischen, kann Worn suchen, bis er schwarz wie seine Rüstung ist.«

Garth stemmte sich mühsam hoch, griff sich an den Kopf und fluchte leise. »Ich hoffe, die Garianer hacken ihn und seinen Prügelknecht in Stücke«, murmelte er. »Wer immer sie sind.«

Torian ging zur Tür und legte die Hand auf die Klinke. Sie bewegte sich quietschend; die Tür öffnete sich ein Stück, und ein dreieckiger Fleck goldenen Sonnenlichtes breitete sich um seine Füße aus.

»Alles in Ordnung«, flüsterte er nach einem prüfenden Blick auf die Straße. »Wir können hinaus.« Er sah Garth an, runzelte die Stirn und fügte hinzu: »Wisch dir das Gesicht ab. Du erweckst Aufsehen.«

Garth gehorchte schweigend. Torian sah ihm einen Moment zu, trat kopfschüttelnd neben ihn und half ihm, mit einem Zipfel seines Umhanges und reichlich Spucke, das eingetrocknete Blut von seinen Gesichtszügen zu entfernen. Es ging nicht sehr gut, und das Ergebnis stellte ihn alles andere als zufrieden, aber er hoffte, daß in dem allgemeinen Aufruhr, der in den Straßen Radors herrschte, niemand die Zeit fand, sich die Gesichter der beiden Fremden genauer anzusehen.

Garth taumelte, als Torian ihn in Richtung Tür schob. »Warum ... läßt du mich nicht hier, Torian?« fragte er mühsam. »Ich ... schaffe es nicht. Ich bin nur eine Last für dich.«

»Red keinen Unsinn«, schnappte Torian grob.

»Ich meine es ernst«, beharrte Garth. »Allein hättest du vielleicht eine Chance. Mit mir zusammen ...«

»Wir sind zu zweit hierhergekommen, und wir werden zu zweit gehen«, unterbrach ihn Torian. »Oder gar nicht.«

»Gehen?« Garth versuchte zu lachen, aber es mißlang kläglich. »Wohin denn?«

Statt einer Antwort drehte sich Torian herum, öffnete die Tür und versetzte Garth einen Stoß, der ihn auf die Straße taumeln ließ.

Über der Stadt lag Angst wie eine unsichtbare, erstickende Wolke. Die Straße war von Hunderten von Menschen bevölkert, Männern und Frauen, deren Gesichter gezeichnet waren von Furcht; Verzweiflung, die mit Hoffnungslosigkeit gepaart war. Einen Moment lang fragte sich Torian, wohin sie wollten – Rador war belagert, und es gab keinen Ort, an den sie hätten fliehen können. Aber er begriff auch, was sie aus ihren Häusern getrieben hatte. Er hatte die schleichende Furcht, welche die Moral einer belagerten Stadt zermürbte, mehr als einmal selbst kennengelernt.

Eine Weile ließen sie sich einfach von der Menge mittreiben, ohne eine bestimmte Richtung einzuhalten oder ein Ziel zu haben. Dann erreichten sie eine Stelle, an der die Häuser etwas weniger hoch waren als normal, und Garth deutete stumm auf den schwarzen, sechseckigen Schatten, der sich über das Zentrum der Stadt erhob wie ein finsteres Fanal.

Garth blieb stehen. »Dorthin zurück?« fragte er. Ein Mann stieß ihn von hinten an, Garth taumelte, schluckte im letzten Moment einen Schmerzlaut herunter und senkte hastig den Blick, als der Mann eine Entschuldigung murmelte.

Torian sah sich unschlüssig um. Natürlich war Garth' Frage nicht ernst gemeint; die Innere Festung wäre wohl der letzte Ort, an den er freiwillig zurückkehren würde. Es gefiel ihm schon nicht, daß sie sich so nahe an dem schwarzen Bollwerk aufhielten. Worns Soldaten würden sie suchen, und je weiter sie sich der Inneren Festung näherten, desto größer wurde die Gefahr, daß sie schon durch einen reinen Zufall entdeckt wurden.

Als wären seine Gedanken ein Stichwort gewesen, entstand plötzlich am unteren Ende der Gasse lautstarke Unruhe. Ein paar Männer begannen zu schreien, eine Peitsche knallte, und ein Pferd wieherte nervös. Über den Köpfen der Menge erschienen die schwarzen, stachelbewehrten Helme von Soldaten. Wieder knallte die Peitsche, und diesmal erscholl wie ein bizarres Echo ein gellender Schmerzensschrei.

»Verdammt, was ist da vorne los?« murmelte Garth.

»Sie ... sperren die Straße«, antwortete Torian. Er konnte nicht genau erkennen, was sich vor ihnen abspielte – die Straße war nicht sehr breit, aber sie war nahezu überfüllt von Menschen, und jetzt, als der Weg mit einem Male blockiert war, begann sich die Menge rasch zu stauen. Noch ein paar Augenblicke, dachte er erschrocken, und sie würden in der Menschenmasse eingekeilt sein und sich weder vor- noch zurückbewegen können.

»Laß uns hier verschwinden«, riet er. »Die Sache gefällt mir nicht.«

Garth grunzte eine Antwort, die er nicht verstand, drehte sich herum – und erstarrte.

Auch der Rückweg war ihnen verwehrt. Am hinteren Ende der Gasse war eine zweite Gruppe schwarzgekleideter Reiter aufgetaucht; ein gutes Dutzend großer, mit Schilden, Schwertern und langen, mit sichelförmigen Spitzen versehenen Spießen bewaffneter Männer, die rasch und routiniert die Gasse absperrten.

»Verdammt!« keuchte Garth. »Das gilt uns, Torian!«

Torian nickte. Man mußte nicht gerade Hellseher sein, um zu erkennen, daß Garth' Vermutung zutraf. General Worn hatte noch schneller reagiert, als er befürchtet hatte. Und umfassender. Torians Gedanken überschlugen sich. Für einen kurzen Moment drohte ihn Panik zu übermannen, und für die gleiche Zeitspanne mußte er mit aller Macht den Impuls niederkämpfen, einfach herumzufahren und loszurennen, um sich den Weg freizukämpfen.

»Wahrscheinlich durchsuchen sie die ganze Stadt«, flüsterte er. »Dieser Worn scheint mehr Angst vor uns zu haben, als ich dachte.« Er sah sich um. Die Menge begann unruhig zu werden, hin und her zu wogen wie eine lebendige Woge aus Fleisch und buntem Stoff, und vor den beiden plötzlich aufgetauchten Sperren begann immer wieder Tumult loszubrechen. Noch nahm niemand Notiz von ihnen.

Aber Torian sah auch, wie die Reiter damit anfingen, die Männer einen nach dem anderen in Augenschein zu nehmen. Sie würden jeden einzelnen auf dieser Straße kontrollieren, ganz egal, wie lange es dauerte. Und wahrscheinlich spielten sich jetzt überall in der Stadt ähnliche Szenen ab.

Torians Hand kroch zum Gürtel. Aber das Schwert, das sie suchte, war nicht da.

»Sieht so aus, als hätten sie uns«, murmelte Garth. Seine Stimme klang ganz ruhig, beinahe unbeteiligt, aber als Torian den Blick wandte, sah er, daß sein Gesicht grau vor Schrecken – und wohl auch Schmerz – war.

Torian nickte abgehackt. Ihre Lage schien wirklich aussichtslos. Selbst wenn sie Waffen gehabt hätten und Garth nicht verwundet gewesen wäre, hätte es für sie keine Chance gegen ein Dutzend Bewaffnete gegeben.

Jemand berührte ihn am Ellbogen. Torian fuhr zusammen, wirbelte herum und spannte sich, instinktiv darauf gefaßt, in eine schwarze Metallmaske zu blicken.

Aber hinter ihm stand keiner von Worns Häschern, sondern ein Mädchen. Es war in der typischen Art der Rador-Bewohner gekleidet – einen langen, schreiend bunten Rock, dazu eine Bluse in der unpassendsten Farbe, die sich Torian vorstellen konnte, und ein Kopftuch, das kunstvoll zu eine Art Turban gewickelt war und tief bis in ihre Stirn reichte. Sein Gesicht war schmal und blaß und in den Augen schimmerte eine Mischung aus Furcht, Verzweiflung und einer sonderbaren Art von Hoffnung, die sich Torian nicht erklären konnte.

»Kmels?« fragte das Mädchen. »*Wokosh ŕe kmels?*« Seine Stimme klang holprig und mühsam, als versuche es, in einer Sprache zu reden, die seiner Zunge fremd war.

Torian sah das junge Ding fragend an und lächelte, so freundlich, wie es ihm im Moment möglich war. Der Reaktion auf dem Gesicht des Mädchens nach zu schließen, gelang es ihm nicht sonderlich gut. »Es ... tut mir leid«, sagte er stockend. »Aber ich verstehe dich nicht.«

Ein gleichermaßen erschrockener wie befreiter Ausdruck huschte über die Züge des Mädchens. »Oh«, meinte es. »Ihr sprecht unsere Sprache. Das ist gut.«

Torian blinzelte. »Warum sollten wir sie nicht sprechen?« fragte er, nach einem raschen Seitenblick zu Garth. »Wir ...«

»Ihr seid die beiden, die sie suchen, nicht?« unterbrach ihn das Mädchen. Es lächelte – ein flüchtiges, gezwungenes Lächeln, das seine Furcht mehr verdeutlichte als alles andere –, sah sich mit einem gehetzten Blick nach beiden Seiten um und fuhr, leiser und in einem Verschwörerton, der unter anderen Umständen lächerlich gewirkt hätte, fort: »Ihr braucht keine Angst zu haben. Mein Name ist Yora, und ich stehe auf eurer Seite. Ich ... ich helfe euch, wenn ihr mir helft.«

»Ich verstehe nicht, wovon du redest, Yora«, erwiderte Torian. »Wir ...«

»Bitte!« unterbrach ihn Yora. »Uns bleibt nicht viel Zeit. Sie kontrollieren jeden, überall in der Stadt.« Wieder blickte sie gehetzt die Straße hinab. Der Tumult, der für einen Moment losgebrochen war, hatte sich gelegt und die Männer und Frauen begannen, langsam und in geordneten Zweierreihen, durch die Lücke zu gehen, welche die Krieger für sie freiließen. Es würde nicht mehr lange dauern, bis auch Garth und Torian an der Reihe waren.

»Gut«, sagte er entschlossen. »Bring uns hier raus, und wir werden uns anhören, was du willst.«

Yora nickte, drehte sich herum und deutete mit einer Kopfbewegung auf eine Lücke zwischen zwei Häusern auf der gegenüberliegenden Straßenseite.

»Bist du verrückt geworden?« zischte Garth, als sie dem Mädchen folgten und sich hinter ihm einen Weg durch die Menge bahnten. »Was willst du ihm erzählen? Wofür es uns auch hält – wir *sind es nicht, Torian.*«

»Ich weiß«, antwortete Torian ungeduldig. »Aber es bringt uns hier heraus, Garth. Oder willst du warten, bis die Soldaten uns finden? Worn wird sich sicher freuen, dich wiederzusehen.«

Garth blickte irritiert zu den Kriegern am Ende der Straße hinab und zog es vor, nicht darauf zu antworten.

Es war keine wirkliche Gasse, sondern nur ein schmaler Spalt zwischen zwei Häusern, der nach wenigen Schritten vor einer gemauerten Wand endete, die mehr als zwanzig Fuß weit lotrecht in die Höhe strebte. Unrat und Abfälle stapelten sich am Fuße der Wand; der Boden war schlammig, und ein stechender Geruch schlug Torian und Garth entgegen, als sie dem Mädchen folgten.

Yora schaute noch einmal mit dem gleichen, gehetzten Blick, mit dem sie zu den Soldaten hinübergesehen hatte, zurück, ließ sich ohne ein weiteres Wort auf die Knie sinken und stemmte ächzend eine dreckverkrustete Kiste beiseite, die schräg und wie zufällig an der Mauer lehnte. Dahinter kam ein halbhohes, roh in die Ziegelwand gebrochenes Loch zum Vorschein.

»Schnell jetzt«, forderte sie. »Wir müssen uns beeilen. Die anderen warten.«

»Welche anderen?« fragte Garth mißtrauisch.

Torian warf ihm einen warnenden Blick zu, ließ sich in die Hocke sinken und kroch hinter dem Mädchen durch die Öffnung. Seine Schultern schrammten schmerzhaft über scharfkantigen Stein, und unter seinen Händen und Knien war plötzlich klebriger Morast, und der Abortgestank wurde stärker. Das Loch mußte in die Kanalisation hinabführen.

Torian drängte den Ekel zurück, der in ihm aufsteigen wollte, und kroch hastig hinter dem Mädchen her. Der Gang war in vollständige Dunkelheit getaucht, aber durch die Öffnung in der Wand fiel blasses Licht, so daß er seine Gestalt noch als schemenhaften Umriß erkennen konnte. Yora stand wenige Schritte vor ihm, gebeugt, und gestikulierte ungeduldig mit den Händen. Torian kroch hastig weiter, richtete sich vorsichtig auf, als er neben ihr war, und hob die Hand über den Kopf. Der Gang war hier höher, so daß er wenigstens halbwegs aufrecht stehen konnte, und als er einen Schritt machte, versank er bis über die Knöchel in warmer, klebriger Flüssigkeit, über deren Art er lieber nicht nachdachte.

»Zieh die Kiste wieder vor das Loch«, sagte Yora, als Garth – schnaubend und umständlich und ununterbrochen leise vor sich hin fluchend – seine breiten Schultern durch die Öffnung zu zwängen versuchte. Torian beobachtete ihn mit einer Mischung aus mühsam zurückgehaltener Erheiterung und Sorge. Garth steckte in der Wand wie ein Korken im Flaschenhals und kämpfte sich nur mit äußerster Kraft voran, aber der Anblick war nicht ganz so lustig, wie es im ersten Moment schien. Garth war vielleicht der stärkste Mann, dem Torian jemals begegnet war, aber die Wunde an seiner Schulter hätte einen Schwächeren auch schon vor Tagen umgebracht.

Es schien Stunden zu dauern, bis der Dieb sich durch den Mauerdurchbruch gezwängt und herumgedreht hatte, um den Kistendekkel wieder vor die Öffnung zu ziehen. Einer eingehenden Untersuchung würde diese Tarnung kaum standhalten, das wußte Torian; aber es würde auch noch eine Weile dauern, bis die Soldaten die Straße so weit geräumt hatten, daß sie darangehen konnten, wirklich nach ihnen zu *suchen.*

»Und jetzt?« fragte er, als Garth endlich bei ihnen angekommen war, sich aufrichtete und prompt mit dem Schädel gegen die niedrige Decke stieß.

Yora deutete mit einer vagen Geste hinter sich. Es war auch jetzt noch nicht vollends dunkel: An den Wänden und der Decke wucherten Schimmel und Moder, die einen schwachen, grauweißen Lichtschein verströmten, und irgendwo, sehr weit vor ihnen, war ein münzgroßer Fleck gelblichen, flackernden Lichtes. Ein sanfter Luftzug trug mehr Fäulnisgestank heran. Sie *waren* in der Kanalisation.

»Die anderen warten dort hinten«, erklärte Yora. »Kommt.« Sie wollte sich umdrehen und gehen, aber diesmal hielt sie Torian mit einem blitzschnellen Griff fest.

»Nicht so rasch«, sagte er. Seine Stimme hallte dumpf in der höhlenartigen Akustik des Ganges wider, und er spürte, wie sich Yora unter seinem Griff wand; ihr schmales Handgelenk knirschte spürbar unter seinen Fingern. Er mußte ihr weh tun. Aber er lockerte seinen Griff nicht, sondern zog sie im Gegenteil noch ein Stück näher an sich heran.

»Zuerst habe ich ein paar Fragen an dich«, begann er.

Yora versuchte, ihren Arm loszureißen. »Bitte, Herr«, stöhnte sie. »Ihr tut mir weh, und wir müssen weg. Die Soldaten werden uns finden.«

»So schnell sind sie nicht hier«, antwortete Torian, lockerte seinen Griff aber nun doch ein wenig, ließ aber noch immer nicht ganz los. »Also, Yora – was willst du von uns, und wer sind diese anderen, die auf uns warten?«

Einen Moment lang wehrte sich das Mädchen noch, dann schien es zu begreifen, wie sinnlos seine Gegenwehr war, und hörte auf, an seinem Arm zu zerren. »Ihr seid die garianischen Spione, hinter denen sie her sind«, sagte sie. »Die Soldaten durchkämmen die ganze Stadt und suchen jedes Haus nach euch ab.«

»Sind wir das?« fragte Garth. Torian winkte ihm unwillig mit der freien Hand zu, zu schweigen.

»Und wenn?« fragte er lauernd. »Wäre es so, dann wären wir eure Feinde, nicht? Warum helft ihr uns dann?«

»Weil wir hinaus wollen«, antwortete Yora. »Ihr allein habt keine Chance, Worns Kriegern zu entkommen. Sie besetzen jeden Ausgang, und er hat die Wachen an den Schlupftoren verdreifachen lassen. Wir ... können euch helfen.«

Torian schwieg einen Moment. Die Stimme des Mädchens bebte und schien kurz davorzustehen, vollends zu brechen. Er spürte, wie ihr Körper unter seinen Händen zu zittern begann; sie weinte lautlos vor Angst.

»Aber ihr wollt, daß wir euch mitnehmen, nicht?« fragte er. »Dich und die anderen, die dort vorne auf uns warten.«

Yora nickte. »Ja. Wir ... wir wollten die Stadt verlassen, aber sie haben alle Tore gesperrt, und die Garianer töten jeden, der ihnen in die Hände fällt. Wir ... wir haben von euch gehört, und Gwayroth hat uns ausgeschickt, um nach euch zu suchen. Ich glaube ... ihr habt ... ich ...« Sie begann zu stammeln, schluchzte plötzlich trocken und mehrmals hintereinander und weinte dann hemmungslos.

Torian ließ ihr Handgelenk los und widerstand im letzten Moment der Versuchung, das Mädchen einfach an sich zu drücken und zu trösten, wie man ein weinendes Kind an die Brust preßt. Yoras Worte überraschten ihn nicht sehr; er hatte so etwas erwartet im selben Moment, in dem sie sie draußen auf der Straße angesprochen hatte. Rador würde untergehen, und die Menschen in seinen Mauern spürten es instinktiv. Und sie hatten Angst. Genug Angst, um sich mit dem Feind einzulassen und ihr eigenes Volk zu verraten, um das nackte Leben zu retten. Torian konnte es ihnen nicht einmal verdenken.

Aber er konnte ihnen auch nicht helfen.

»Gehen wir«, gebot er. Seine Stimme klang rauh und kratzig, aber er hoffte, daß das Mädchen das nicht bemerkte. Er war froh, daß Garth wenigstens in diesem Moment die Klugheit besaß, zu schweigen.

Yora wandte sich um und begann gebückt und schnell vor ihnen durch die dunkelgraue Dämmerung zu gehen.

Der Weg war weiter, als er geglaubt hatte. Der tanzende Lichtfleck, auf den Yora zulief, schien vor ihnen zurückzuweichen im gleichen Tempo, in dem sie sich ihm zu nähern versuchten, und ein paarmal erlosch er ganz und tauchte erst nach endlosen Minuten wieder auf. Der Kanal führte schnurstracks geradeaus, aber zwei oder dreimal mußten sie kurze Treppen oder Schrägen überwinden, und einmal verwehrte ihnen eine brusthohe, mit schmierigem Schlick und Algen bewachsene Mauer das Weiterkommen, so daß Torian Yora und Garth beim Hinübersteigen helfen mußte.

Garth' Zustand begann ihm immer mehr Sorgen zu bereiten. Der Dieb schwieg beharrlich, aber Torian merkte sehr wohl, daß seine Schritte immer schleppender wurden, und sein Schweigen war von einer verbissenen, erzwungenen Art. Er stieß immer wieder gegen Hindernisse, und einmal verlor er auf dem glitschigen Untergrund den Halt und stürzte und hatte nicht mehr die Kraft, aufzustehen, so daß Torian ihm helfen mußte.

Endlich, nach einer Ewigkeit, wie es Torian vorkam, blieb Yora stehen. Der Stollen machte vor ihnen einen scharfen Knick und führte im rechten Winkel zu ihrem bisherigen Weg weiter, aber in der Stirnwand war ein Loch, gezackt und mit roher Gewalt aus dem Ziegelwerk gebrochen wie das, durch welches sie das unterirdische Labyrinth der Kanalisation betreten hatten, aber größer. Dahinter lag ein rechteckiger Raum mit gewölbter Decke, der vom flackernden Licht eines halben Dutzends blakender Pechfackeln erhellt wurde. Er war leer, aber auf dem Boden lagen Decken und Stoffetzen, und in einer Ecke war aus alten Kisten ein primitiver Tisch gezimmert worden. So, wie das Gewölbe aussah, mußte es schon seit langer Zeit als geheimer Treffpunkt dienen.

Yora machte eine einladende Geste zu den Lumpenbündeln, rang sich ein Lächeln ab und löste eine der Fackeln aus den Wandhaltern. »Wartet hier«, sagte sie. »Ich gehe und hole Gwayroth und die anderen. Es wird nicht lange dauern.«

Sie ging. Garth wollte eine Frage stellen, aber wieder hielt ihn Torian mit einem raschen, mahnenden Blick zurück und ließ sich erschöpft auf eines der Lumpenbündel sinken. Garth hockte sich neben ihn, lehnte den Kopf gegen die feuchte Wand in seinem Rücken und schloß mit einem sonderbar klingenden Laut die Augen. Torian betrachtete ihn besorgt. Das Gesicht des Diebes war grau, und die Ringe unter seinen Augen sahen in der schummerigen Beleuchtung schwarz und wie mit Tusche gemalt aus. Torian war sicher, daß er Fieber hatte.

»Hältst du noch durch?« fragte er leise.

Garth versuchte zu sprechen, aber seine Lippen waren vom Fieber rissig und taub, und zuerst brachte er nur ein unverständliches Würgen zustande. Torian stand auf, ging zu dem improvisierten Tisch hinüber und überprüfte die Krüge und Beutel, die sich darauf stapelten. In einem fand er einen Rest zwar abgestandenen, aber sauberen Wassers und brachte es Garth. Der Dieb trank gierig, reichte ihm den Krug zurück und nickte dankbar.

»Ich denke schon«, antwortete er mit einiger Verspätung auf Torians Frage. »Ich habe schon Schlimmeres überlebt.« Der Blick seiner Augen war vom Fieber getrübt, und seine Stimme klang in dem hohen, von gespenstischen Echos erfüllten Gewölbe fremd und mißtönend.

»Aber du mußt sie nicht mehr alle beisammenhaben, wie?« fuhr er fort. »Was denkst du, kannst du diesen Leuten erzählen? Es dauert keine Stunde, und sie merken, daß wir so wenig mit diesen Garianern zu tun haben wie sie.«

»Vielleicht«, antwortete Torian. »Aber immerhin sind wir hier in

Sicherheit, wenigstens vorerst. Wenn wir uns in der Stadt sehen lassen, dann haben uns Worns Häscher, ehe wir auch nur Zeit finden, unseren Namen auszusprechen.«

Garth grinste verzerrt. »Dieser Worn scheint verdammt Respekt vor den Garianern zu haben, wenn er seine halbe Armee aufbietet, um uns zwei zu fassen.«

»Es muß irgend etwas mit der Inneren Festung zu tun haben«, vermutete Torian. »Ich glaube nicht, daß er uns für normale Spione hält. Aber er scheint panische Angst zu haben, daß irgend jemand den Weg in diese Festung findet.« Er seufzte. »Vielleicht ist der ganze Spuk in ein paar Stunden vorbei.«

»So?« Garth runzelte zweifelnd die Stirn. Torian sah erst jetzt, wie zerschlagen und geschwollen sein Gesicht war. Er hatte einen hohen Preis für den Schlüssel gezahlt, mit dem er ihre Ketten geöffnet hatte. »Und was willst du Yora und diesem Gwayroth erzählen, wenn sie kommen? Verdammt, was wollen sie überhaupt von uns?«

»Einen Handel mit euch machen, Garianer«, ließ sich eine harte Stimme vernehmen.

Torian fuhr erschrocken herum. Sie waren nicht mehr allein. Yora war zurückgekommen, und in ihrer Begleitung befand sich ein vielleicht fünfzig Jahre alter, grauhaariger Mann von hünenhaftem Wuchs. Sein rechter Arm war verkrüppelt, und wo das rechte Auge sein sollte, schimmerte eine Halbkugel aus mattsilbernem Metall in der leeren Höhle. Sein Gesicht war zerfurcht, als hätte jemand versucht, es aufzuhacken. Das mußte Gwayroth sein. Einen kurzen Moment lang überlegte Torian erschrocken, wie lange er schon unbemerkt hinter ihnen stand und sie belauschte. Aber schon Gwayroth' nächste Worte zerstreuten seine Befürchtung.

»Ich bin Gwayroth«, stellte er sich vor. »Yora wird euch von mir erzählt haben. Und ich will euch gleich zu Anfang noch etwas sagen – ich bin es gewohnt, meine Gedanken offen auszusprechen, und ich mag es nicht, wenn erwachsene Menschen alberne Spielchen spielen und sich gegenseitig für dumm verkaufen wollen.«

»Und?« fragte Torian lauernd.

Gwayroth machte eine unwillige Bewegung mit der gesunden Linken und kam näher. »Ihr seid die garianischen Spione, die aus Worns Kerker entkommen sind«, behauptete er. »Ich weiß, daß es so ist, und ihr wißt, daß es so ist, also warum kommen wir nicht gleich zur Sache? Wir sind zwar Feinde, aber wir haben gemeinsame Interessen.«

Torian antwortete noch immer nicht. Gwayroth gefiel ihm nicht. Er begriff, *warum* er tat, was er tat, aber er mißbilligte die kalte, gefühllose Art, in der Gwayroth redete. Es war eine Sache, sich mit dem Feind zusammenzutun, um das nackte Leben zu retten, die er verstand und akzeptierte, auch wenn er sie nicht billigte. Aber Gwayroth sprach mit einer Selbstverständlichkeit über sein Vorhaben, die Torian frösteln ließ. Er kannte Männer wie Gwayroth; Männer ohne Gewissen und Gefühle, Männer, deren Denken und Handeln einzig von Logik beherrscht wurde und für die Worte wie Freundschaft oder Treue nichts bedeuteten. Er hatte sie oft getroffen, und selten waren es angenehme Bekanntschaften gewesen.

»Welche gemeinsamen Interessen sollen das sein?« fragte er schließlich.

In Gwayroth' einzigem Auge blitzte es auf. »Spielt nicht mit mir, Garianer«, zischte er, »oder ihr findet euch schneller in Worns Kerker wieder, als euch lieb ist.« Er starrte Torian und Garth eine Sekunde lang durchdringend an, dann verzog er die Lippen zu einem geringschätzigen Lächeln und schüttelte den Kopf. Torian widerstand nur mit Mühe der Versuchung, aufzustehen und ihm die Faust in sein narbenzerfurchtes Gesicht zu schlagen.

»Ihr wollt zurück zu euren Leuten«, fuhr er fort. »Und wir wollen aus der Stadt heraus, ehe euer Heer die Mauern stürmt.«

»Und wir sollen euch dabei helfen«, vermutete Torian.

»So, wie wir euch helfen«, versetzte Gwayroth. »Ich bringe euch nicht hier heraus, weil ihr so nette Gesichter habt, Garianer. Ich verlange etwas dafür. Ihr wollt aus der Stadt, und wir wissen den Weg.

Worn hat sämtliche Ausgänge besetzen lassen, aber es gibt einen uralten geheimen Gang, von dem niemand mehr weiß. Niemand außer mir.«

Garth sah ihn mißtrauisch an. »Wozu braucht ihr uns, wenn ihr den Weg wißt?«

Gwayroth bedachte ihn mit einem Blick, als fühlte er sich von seiner Frage belästigt.

»Weil sie Angst vor den garianischen Truppen haben, Garth«, sagte Torian leise, ohne den Blick von Gwayroth' Gesicht zu wenden. »Sie wissen zwar, wie sie aus der Stadt herauskommen, aber sie fürchten, gefangen und getötet zu werden. Ist es nicht so, Gwayroth?«

Gwayroth starrte ihn an, preßte die Lippen zu einem schmalen Strich zusammen und nickte widerwillig. »So ist es«, bekannte er. »Wir kennen den Weg hinaus, und wir wissen genügend Verstecke in den Bergen. Aber wir brauchen einen Führer. Jemanden, der uns durch die Reihen der Garianer bringen kann oder besser noch an ihnen vorbei.«

Torian schwieg eine Weile. Gwayroth war nicht halb so ruhig, wie er sich gab. Er ging ein gewaltiges Risiko ein, sich und diejenigen, für die er sprach, dem Gutdünken zweier Männer auszuliefern, die er nicht kannte, und er wußte es. Aber welche Wahl hatte er schon? Rador würde untergehen und in Schutt und Asche versinken, und man mußte kein Prophet ein, um das vorauszusehen. Torian hatte nur einen kurzen Blick auf die garianische Heeresmasse geworfen, aber schon dieser flüchtige Anblick des Heeres, das vor den Toren der Stadt lag und sich zum Angriff formierte, hatte ihn mit eisigem Schrecken erfüllt. Rador war eine gewaltige Festung, aber das Heer, das sie belagerte, mußte nicht nach Tausenden, sondern nach Hunderttausenden zählen ...

»Ihr verratet euer Volk, Gwayroth«, warf er ihm wider besseres Wissen vor. »Das wißt Ihr doch. Wenn wir wirklich die sind, für die Ihr uns haltet, dann laßt Ihr Euch mit Euren Feinden ein.«

»Verraten?« Gwayroth lachte häßlich, ballte die Linke zur Faust und schlug damit auf seinen verkrüppelten rechten Arm. »Ich verrate niemanden«, behauptete er, »weil ich niemandem etwas schuldig bin. Seht mich an!« Er deutete zornig auf die matte Metallkugel, die seine leere Augenhöhle füllte. »Das ist Worns Werk«, stieß er hervor. »Ich war ein Krieger wie ihr, und ich stand in seinen Diensten. Die besten Jahre meines Lebens habe ich diesem Hund geschenkt, und zum Dank hat er mich seinen Folterknechten übergeben. Niemand in dieser Stadt ist Worn oder seinen Häschern *irgend etwas* schuldig, Garianer, ausgenommen vielleicht einen Dolch zwischen die Rippen!« Seine Stimme begann zu zittern, und er ballte die Faust so heftig, daß seine Knöchel hörbar knirschten. »Ihr wart in der Inneren Festung, und ich hoffe, daß ihr deren Pläne in allen Einzelheiten im Kopf habt. Worn und dieses Pack, das diese Stadt beherrscht, wollen sich dort wie die Ratten verkriechen, und uns lassen sie hier draußen verrecken. Rador hat nicht einmal genug Vorräte, um eine Woche der Belagerung durchzustehen! Nein!« Er schüttelte heftig den Kopf. »Niemand hier ist Worn oder den Mächtigen irgend etwas schuldig.«

Torian blickte ihn verwirrt an. Für einen kurzen Moment war die Maske von Gwayroth' Gesicht gefallen, und er hatte den Mann gesehen, wie er wirklich war: schwach und voller Zorn und zerfressen von Haß und Verbitterung.

»Wie viele seid ihr?« fragte er leise.

»Nicht ganz zwei Dutzend«, antwortete Gwayroth. »Mit mir und Yora. Werdet ihr uns helfen?«

Für einen Moment zögerte Torian noch. Es war nicht richtig. Er durfte Gwayroth und der Handvoll Verzweifelter, die sich ihm angeschlossen hatten, keine Hoffnung vorgaukeln, die es nicht gab. Wenn sie die Stadt einmal verlassen hatten, dann waren sie hilflos, Fremde in einem fremden Land voller Feinde und unbekannter Gefahren.

Aber in den Mauern Radors erwartete sie der sichere Tod. Die

Chancen, die sie draußen hatten, mochten verschwindend gering sein, aber sie waren noch immer größer als die, welche sich ihnen in der Stadt boten, und so nickte er.

»Wir kommen mit euch«, erklärte er. »Wann gehen wir?«

»Heute nacht«, antwortete Gwayroth. »Wir brechen auf, sobald die Sonne untergegangen ist.« Er stand auf und nahm eine Fackel aus dem geschmiedeten Wandhalter. »Ich gehe und rufe die anderen zusammen«, ließ er sie wissen. »Yora wird bei euch bleiben und euch zum Treffpunkt führen, sobald es dunkel geworden ist.«

Sie hatten keine Möglichkeit, das Verstreichen der Zeit festzustellen, Yora und Gwayroth verließen sie wieder, aber das Mädchen kehrte nach wenigen Augenblicken zurück, einen Beutel mit hartem Brot und wenigen Streifen gesalzenen Fleisches in der einen und einen Krug mit frischem Wasser in der anderen Hand. Es brachte auch Verbandszeug mit und versorgte Garth, aber es stellte sich nicht sehr geschickt dabei an und fügte Garth nur Schmerzen zu. Trotzdem ertrug der Dieb die Hilfe Yoras schweigend und mit zusammengebissenen Zähnen, denn trotz allem gelang es ihr, sein Gesicht zu reinigen und die Wunden und Risse einigermaßen zu kaschieren, so daß sie – zumal bei Dunkelheit – einer nicht allzu gründlichen Kontrolle standhalten würden.

Sie sprachen nicht viel. Yora hockte sich in eine Ecke des Gewölbes und starrte zu Boden, als sie gegessen hatten und Garth versorgt war, und Torian fing nur dann und wann einen raschen, ängstlichen Blick ihrer dunklen Augen auf, wenn sie glaubte, er würde es nicht merken. Ein paarmal überlegte er, ob er sie einfach ansprechen und versuchen sollte, mehr über sie und Rador und Gwayroth' Gruppe zu erfahren, entschied sich dann aber dagegen. Immerhin hielt dieses Mädchen ihn und Garth noch immer für Spione, Spione des Feindes zudem, der mit einem Heer vor den Toren der Stadt lag und nur darauf wartete, ihre Mauern zu erstürmen. Eigentlich war die Kraft, die es brauchte, um allein mit zwei vermeintlichen Feinden in diesem feuchten Gewölbe stundenlang auszuharren, schon bewundernswert.

Garth verfiel in einen unruhigen, von Fieber und Phantasien geplagten Schlaf, und auch Torian rollte sich fröstelnd auf den Lumpenbündeln zusammen und versuchte zu schlafen, schrak aber vor Kälte und bizarren Visionen, die vor seinen Augen aufstiegen, immer wieder hoch und gab es nach einer Weile auf.

Schließlich gab ihm Yora mit Zeichen zu verstehen, daß es an der Zeit war. Er weckte Garth, half ihm, seine Kleider noch einmal notdürftig zu säubern und nahm eine der Fackeln von der Wand.

Aber Yora schüttelte sofort den Kopf. »Die braucht ihr nicht«, sagte sie. »Es ist nicht weit bis zum Ausgang, und wir dürfen kein Aufsehen erregen. Die Wachen würden aufmerksam, wenn sie das Licht sähen.«

Widerstrebend legte Torian die Fackel aus der Hand. Es gefiel ihm nicht, mit vollkommen leeren Händen dazustehen. Irgendwie hatte er noch immer das Gefühl, daß Gwayroth sie hintergehen würde. Vielleicht liefen sie geradewegs in eine Falle. Aber wenn, dann war sie sicher so gut vorbereitet, daß ihm auch eine Waffe nichts mehr nutzen würde. Sie hatten beide keine Kraft mehr zu kämpfen. Und sie waren nicht mehr in der Position, irgendwelche Forderungen zu stellen.

Schweigend folgten sie dem Mädchen durch das Labyrinth der Kanalisation. Kälte und Gestank umgaben sie, und Torian verlor schon nach wenigen Augenblicken die Orientierung. Aber es war, wie das Mädchen gesagt hatte – der Weg endete schon nach kurzer Zeit vor einer steilen, in engen Spiralen nach oben gewundenen Steintreppe. Yora blieb stehen, legte mahnend den Zeigefinger über die Lippen und warf die Fackel zielsicher in eine Pfütze, wo sie zischend erlosch.

Die Dunkelheit schlug wie eine Woge über ihnen zusammen. Vorsichtig, die Hände tastend wie ein Blinder nach beiden Seiten ausgestreckt, folgte Torian dem Mädchen. Garth war dicht hinter ihm. Er konnte nicht erkennen, was Yora vor ihm tat, aber er hörte sie eine Weile im Dunkeln hantieren, dann quietschten rostige Angeln, und ein sichelförmiger Streifen bleichen Mondlichtes fiel auf die Treppe.

»Still jetzt«, zischte Yora. Sie sprach in jenem hellen, gehetzten Flüsterton, den man fast ebensoweit hören konnte wie ein normal gesprochenes Wort, und Torian unterdrückte mit Mühe ein Grinsen. Es war nicht immer ganz leicht, wenn Kinder Verschwörer spielen wollten.

Yora versuchte, die Klappe ganz aufzustemmen, aber ihre Kraft reichte nicht. Torian sah ihr einen Moment amüsiert dabei zu, dann schob er sich an ihr vorbei, wuchtete Schultern und Nacken gegen das rostige Eisen und schob den Deckel mit einem harten Ruck auf.

Sie waren in der Mitte einer breiten, menschenleeren Straße. Es war dunkel. Zur Linken erhob sich die unregelmäßige Schattenlinie einer Häuserzeile, auf der anderen Seite wuchs die schwarze Wand der Stadtmauer in die Höhe und verschmolz irgendwo mit dem Nachthimmel. Nirgendwo war Licht oder auch nur die Spur von Leben zu entdecken.

Torian kroch auf Händen und Knien ein Stück von der Öffnung fort, drehte sich um und half Garth und dem Mädchen, nach oben zu gelangen. Dann befestigte er den eisernen Lukendeckel sorgsam wieder über dem Einstieg. Er paßte so perfekt, daß es nicht einmal gelungen wäre, einen Fingernagel zwischen ihn und den Stein zu zwängen. Seine Hochachtung vor den Erbauern Radors stieg. Es war nicht das erste Mal, daß er sich in einer Stadt befand, in der es eine Kanalisation gab – die großen Metropolen von Scrooth waren stolz auf ihr Abwässersystem –, aber er hatte niemals eine solche Kunstfertigkeit und Perfektion angetroffen. Das Volk von Rador mußte eine erstaunliche Stufe der Zivilisation erklommen haben.

Und trotzdem würde es untergehen, und von seiner stolzen Stadt würden nichts als Ruinen und Staub zurückbleiben ...

Torian verscheuchte den Gedanken, richtete sich vorsichtig auf und sah sich sichernd um. Die Straße war leer, aber er spürte, daß sie nicht allein waren. Irgendwo, verborgen hinter dem Schleier aus Dunkelheit und Schwärze, der sich wie ein Vorbote des Todes über die Stadt gebreitet hatte, waren aufmerksame Augen, deren Blicke jede Bewegung verfolgten, und Ohren, die auf jeden Laut hörten.

»Wo sind wir hier?« fragte er leise.

Yora fuhr erschrocken zusammen und legte wieder die Hand über die Lippen, antwortete aber dann doch. »Im Osten der Stadt«, flüsterte sie. »Nicht weit von dem Tor entfernt, das Gwayroth kennt. Er wartet auf uns.« Sie wollte sich umdrehen, aber Torian hielt sie mit einem raschen Griff zurück.

»Was bedeutet das hier?« wollte er mit einer Geste auf die ausgestorbene Straße wissen. »Wieso ist es so still? Wieso ist niemand zu sehen?«

»Dieses Viertel ist nicht bewohnt«, antwortete Yora hastig. »Die Häuser stehen schon lange leer. Es kommt fast niemand hierher.«

»Ein unbewohntes Stadtviertel?« wiederholte Torian mißtrauisch. Er deutete auf die Mauer, deren Zinnen sich wie schwarze Wächter gegen den dunkelblauen Nachthimmel abhoben. »Und keine Männer auf den Wehrgängen, wo der Feind vor euren Toren steht? Wem willst du diesen Unsinn erzählen, Kindchen?«

»Es ist aber so!« wimmerte Yora. »Worn hat alle Krieger auf der Westmauer zusammengezogen, wo er den Angriff der Garianer erwartet. Und die Türmer melden jede Bewegung des Feindes früh genug.«

»Ich glaube dir kein Wort«, erklärte Torian hart. Aber dann ließ er Yoras Handgelenk doch los und seufzte nur. Wahrscheinlich wußte es das Mädchen nicht besser. Es hätte ihm die Wahrheit gesagt, wenn es sie gewußt hätte. Seine Angst vor ihm und Garth war zu groß.

»Geh«, knurrte er.

Yora wandte sich um und beeilte sich, die Straße hinunterzuhasten, und Torian und Garth folgten ihr in wenigen Schritten Abstand.

Der Weg war nicht weit. Yora ging schnell und sah sich dabei immer wieder angstvoll um, als spüre auch sie das Lauern unsichtbarer Augen hinter den Schatten, und schon nach wenigen hundert Schritten tauchte ihr Ziel vor ihnen auf: ein niedriges wie an die Mauer geklebtes, würfelförmiges Gebäude ohne Fenster, hinter dessen nur angelehnter Tür der blasse Schein einer Kerze flackerte.

»Dort?« fragte er.

Yora blieb stehen und nickte, ernst und knapp. »Gwayroth erwartet uns«, sagte sie. »Und die anderen auch. Kommt jetzt.«

Sie betraten das Haus. Es schien aus einem einzigen niedrigen Raum zu bestehen, und es war überfüllt von Menschen. Torian erkannte im flackernden Licht der Kerze mindestens vier Dutzend Männer und Frauen, nicht zwei, wie Gwayroth behauptet hatte, und die meisten von ihnen führten Kinder und große Bündel und Kisten mit hastig zusammengerafften Habseligkeiten mit sich. Er wartete, bis Garth und Yora hinter ihm eingetreten waren, schob die Tür ins Schloß und hielt nach Gwayroth Ausschau.

Der Einäugige stand im Hintergrund des Raumes und redete – begleitet von heftigem Gestikulieren – auf einen grauhaarigen Alten ein, mit dem er in Streit geraten zu sein schien, sah aber auf, als spüre er Torians Blick, und kam mit raschen Schritten näher.

»Wir sind bereit«, sagte er übergangslos.

Torian nickte und runzelte mit absichtlich übertriebener Mimik die Stirn. »Das sehe ich«, knurrte er. »Sind das die nicht ganz zwei Dutzend Leute, die Ihr mitbringen wolltet, Gwayroth? Radors Schulen scheinen eine eigenartige Mathematik zu lehren.«

Ein Schatten huschte über Gwayroth' Gesicht. Einen Moment lang sah es so aus, als wolle er auffahren, dann preßte er aber nur die Lippen zusammen und ballte die Linke zur Faust. »Viele von denen, die mit uns kommen, haben ihre Schwestern und Brüder mitgebracht«, erklärte er.

»Und sämtliche Basen und Oheime auch«, knurrte Garth. »Und, wie es scheint, auch ihre Urureltern.«

Gwayroth fuhr mit einer wütenden Bewegung herum und funkelte den Dieb an. »Was erwartet Ihr, Garianer?« zischte er. »Diese Menschen wollen leben, das ist alles. Warum geht Ihr nicht herum und bestimmt die, welche hierbleiben sollen? Vielleicht nehmt Ihr Euch auch gleich ein Messer und schneidet ihnen die Kehlen durch! Ihr ...«

»Schon gut, Gwayroth«, unterbrach ihn Torian. »Garth hat es nicht so gemeint. Natürlich nehmen wir alle mit, die hier sind. Aber das Gepäck bleibt hier.«

»Es ist alles, was sie haben«, wandte Gwayroth ein.

Torian nickte. »Ich weiß. Aber wir können uns nicht mit Säcken und Kisten abschleppen, Gwayroth. Wir werden jedes bißchen Kraft brauchen, um die Alten und die Kinder zu tragen, wenn wir fliehen müssen. Seid vernünftig.«

Zu seiner Überraschung widersprach Gwayroth nicht mehr, sondern nickte bloß und wandte sich um. »Ihr habt gehört, was der Garianer gesagt hat«, sprach er mit erhobener Stimme. »Er hat recht. Laßt alles zurück, was ihr mitgebracht habt.«

Für eine Weile war der Raum vom Rascheln von Stoff und von polternden, klirrenden Lauten erfüllt; hier und da erhob sich unwilliges Murren, aber niemand machte einen ernsthaften Versuch, sich Gwayroth' Befehl zu widersetzen. Diese Menschen, das begriff Torian plötzlich, waren am Ende ihrer Kraft. Sie hatten nicht mehr die Energie zu widersprechen, geschweige denn zu kämpfen. Sie wollten nur noch leben, das war alles. Und sie würden *alles* dafür tun.

Torians Blick glitt mißtrauisch über die Männer und Frauen, die den Raum füllten. Aber das Gesicht, das er suchte, war nicht darunter.

»Wir sind bereit«, stellte Gwayroth nach einer Weile fest. Torian schrak aus seinen Betrachtungen hoch, nickte nervös und sah sich suchend um.

»Wie geht es weiter?«

»Der Gang beginnt gleich unter unseren Füßen«, erklärte Gwayroth mit einer Geste zum Boden. »Es ist ein Teil der Kanalisation. Wir werden kriechen müssen, aber es geht.«

»Die Kanalisation?« wunderte sich Garth. »Sie führt aus der Stadt hinaus? Direkt unter der Mauer hindurch?«

Gwayroth nickte. »Ja. Rador war früher größer, müßt Ihr wissen. Als die neuen Mauern gezogen wurden, haben die Herrschenden die alten Kanäle zumauern lassen. Diesen einen haben sie vergessen.«

Torian blickte ihn zweifelnd an. Gwayroth' Erklärung klang nicht sehr überzeugend. Aber es gab nur eine Möglichkeit, diese Geschichte zu überprüfen. »Dann laßt uns gehen«, entschied er. »Je eher wir aus dieser Falle heraus sind, desto wohler ist mir. Geht voraus, Gwayroth.«

Gwayroth warf ihm einen letzten, undeutbaren Blick zu, drehte sich herum und scheuchte die Männer und Frauen zur Seite. In der Mitte des Bodens kam eine mattglänzende Metallplatte zum Vorschein, ähnlich der, durch die sie vor wenigen Augenblicken die Kanalisation verlassen hatten. Auf Gwayroth' Geheiß hin knieten zwei Männer nieder, stemmten die Platte in die Höhe und traten beiseite.

Torian beugte sich neugierig über den Schacht. Ein Schwall verbrauchter, modriger Luft und Kälte schlug ihm entgegen, und anders als bei dem Abstieg, den er kannte, gab es hier keine Treppe, sondern nur eine Anzahl rostiger eiserner Ringe, die in den massiven Fels der Wand eingelassen waren und eine Art Leiter bildeten. Am Grunde des Schachts glitzerte etwas; wahrscheinlich faulendes Wasser, dem Geruch nach zu schließen.

»Geht voraus«, wies er Gwayroth an. »Ich folge Euch. Garth und das Mädchen bilden den Schluß.«

Ohne ein weiteres Wort schob sich Gwayroth an ihm vorbei, setzte behutsam den Fuß in einen der eisernen Ringe und begann, in die Tiefe zu steigen. Torian wartete einen Moment, wandte sich um und tastete mit dem Fuß nach dem obersten Eisenring. Er knirschte hörbar unter seinem Gewicht, aber er hielt, und nach einem letzten, kurzen Moment des Zögerns ließ Torian die gemauerte Kante des Schachtes los und kletterte hinter Gwayroth her.

Der Schacht war nicht sehr tief. Torian war vielleicht drei, vier Manneslängen weit hinabgeklettert, als er wieder festen Fels unter den Füßen spürte und Gwayroth ihn am Arm ergriff. Es war dunkel. Das Licht, welches von oben in den Schacht fiel, versickerte schon nach wenigen Fuß, und anders als in den Schächten, durch die sie Yora geführt hatte, gab es hier keinen leuchtenden Schimmel, der die Dunkelheit wenigstens notdürftig erhellt hätte.

»Wohin?« fragte er. Das Wort hallte vielfach gebrochen aus der Dunkelheit zurück; der Gang mußte sehr hoch sein.

»Nach links«, antwortete Gwayroth. Seine Stimme hatte jetzt viel von seiner Sicherheit verloren und zitterte. »Aber seid vorsichtig. Der Gang ist dort vorne sehr niedrig. Ein Teil der Decke ist eingestürzt.« Eine Weile hörte ihn Torian noch im Dunkeln hantieren, dann entfernten sich seine Schritte. Ein Funke glomm in der Dunkelheit auf, wuchs zu einer winzigen Flamme und dann zum Schein einer Pechfackel heran. Tanzende rote Schatten huschten über die Wände und die gewölbte Decke.

Torian trat vom Schacht zurück und sah sich aufmerksam um. Das Licht der Fackel reichte nicht sehr weit, aber das wenige, was er sah, schien Gwayroth' Worte zu bestätigen. Der Gang war mehr als mannshoch und von halbkreisförmigem Schnitt. Auf dem Boden hatten sich über Jahrhunderte hinweg Schmutz und Unrat abgelagert und eine holprige, steinharte Schicht gebildet, auf der das Gehen schwerfiel; es sah aus wie erstarrte Lava von dunkelgrauer Farbe. Feuchtigkeit glitzerte an den Wänden, und überall schimmerten Pfützen in allen Farben des Regenbogens. Der Gestank war fast unerträglich.

Gwayroth deutete stumm nach vorne. Der Gang war dort eingestürzt; die Decke niedergebrochen, als wäre sie von einem titanischen Hammerschlag getroffen worden, aber an seiner rechten Seite war noch ein mannshoher Durchschlupf frei, hinter dem Schwärze und Schatten einen geheimnisvollen Tanz aufzuführen schienen.

»Dort?« fragte er.

Gwayroth nickte. »Ja. Es wird noch enger weiter vorn, aber man kommt durch. Ich ... war schon draußen.« Seine Zunge fuhr nervös und fahrig über seine Unterlippe, als hätte er plötzlich Mühe, zu sprechen. »Der Ausgang liegt jenseits der Mauer«, fuhr er fort. »Wir kommen durch, aber es wird schwer werden.«

Torian antwortete nicht darauf. Er hatte nicht erwartet, daß es ein Spaziergang werden würde.

Nach und nach kletterten auch die anderen zu ihnen herab, und der Stollen begann sich zu füllen. Garth stieg als letzter nach unten, wie Torian befohlen hatte. Mühsam schloß er die zentnerschwere Klappe über sich, hangelte sich an den schwankenden Eisenringen in die Tiefe und ließ sich keuchend gegen die Wand sinken. Sein Gesicht war bleich wie Kalk.

»Schaffst du es noch?« fragte Torian besorgt.

»Ich schaffe noch viel mehr, um aus diesem Rattenloch herauszukommen«, erwiderte Garth. »Laß uns weitergehen, Torian. Ich will hier raus.«

Torian wollte antworten; aber irgend etwas hielt ihn davon ab. Er wußte nicht, was es war; oder ob es überhaupt irgendeinen anderen Grund als seine eigenen überreizten Nerven hatte: Aber er fühlte sich mehr denn je beobachtet, belauert und auf schwer in Worte zu fassende Weise bedroht. Vielleicht lag es auch nur an der Enge des Gewölbes, das so mit Menschen vollgestopft war, daß man meinte, keine Luft mehr zu bekommen.

Er verscheuchte den Gedanken, ging wieder zu Gwayroth hinüber und deutete auffordernd auf den Durchbruch in der zusammengebackenen Geröllhalde, die ihnen das Weiterkommen verwehrte. »Geh«, sagte er einfach.

Gwayroth blickte ihn noch einen Herzschlag lang unsicher an, wandte sich dann mit einem Ruck um und drückte seinem Nebenmann die brennende Fackel in die Hand. Dann ließ er sich auf die Knie sinken und kroch in den Tunnel hinein.

Irgend etwas geschah ...

Torian vermochte das Gefühl nicht in Worte zu kleiden; nicht einmal in Gedanken. Aber er spürte es, mit schmerzhafter Wucht.

Das Fremde.

Das Böse, absolut Negative, den Haß, der sich plötzlich in dem niedrigen feuchten Gewölbe manifestierte und wie schwarze Schattenwesen aus einer anderen fremden Welt mit unsichtbaren Fingern nach seinen und den Gedanken der anderen griff und sich in ihre Seelen krallte.

Neben ihm begann eine Frau zu schreien, und das Licht begann zu tanzen, als der Mann, dem Gwayroth die Fackel in die Hand gedrückt hatte, diese hob und sie seinem Nebenmann wie eine Lanze ins Gesicht stieß. Torian sah ein Blitzen aus den Augenwinkeln, warf sich zur Seite und keuchte vor Schmerz, als die Messerklinge, die nach seiner Kehle gezielt hatte, eine dünne brennende Schmerzlinie über seinen Oberarm zog. Er fiel, rollte instinktiv zur Seite und griff blindlings nach einem Fuß, der nach seinem Gesicht trat, verdrehte ihn und brachte den Mann mit einem harten Ruck aus dem Gleichgewicht.

In dem unterirdischen Gewölbe brach die Hölle los. Plötzlich, von einem Lidzucken auf das andere, verwandelten sich die vier Dutzend Flüchtlinge, die vor einer Sekunde noch nichts anderes als ein verschüchterter Haufen Verzweifelter gewesen waren, in einen tobenden Mob. Schreie und das Klirren von Stahl, dumpfes Poltern und das Klatschen von Schlägen ließen den Tunnel erbeben, Faustschläge und Tritte prasselten auf Torian herab, und mehr als ein Dolch oder Schwert wurde nach ihm geschlagen. Wie durch ein Wunder kam er auf die Füße, stieß einen Mann von sich und brach einem zweiten, der mit einem armlangen Schwert auf ihn eindrang, das Handgelenk. Etwas traf seinen Rücken und ließ ihn taumeln. Er fiel gegen die Wand, wirbelte instinktiv herum und fing im letzten Augenblick einen Schwerthieb ab, der gegen seinen Unterleib gezielt war. Der Angreifer torkelte, als ihn Torians Faust an der Schläfe traf, kippte zur Seite und ließ seine Waffe fallen.

Torian fing das Schwert auf, ehe es den Boden berührte, schlug einen weiteren Angreifer mit der flachen Seite der Klinge nieder und hatte für einen Moment Luft.

Der Anblick, der sich ihm bot, hätte geradewegs aus einem üblen Fiebertraum stammen können. Die Menge war zu einem brüllenden, wahnwitzigen Tollhaus geworden, das nur noch ein Ziel zu kennen schien: *Töten.* Männer kämpften gegen Frauen, Alte gegen Kinder, Mütter gegen ihre Söhne und Väter gegen ihre Töchter, unterschiedslos und wie in einem irrsinnigen Blutrausch. Die Fackel war erloschen, aber die Kleider eines Toten hatten Feuer gefangen, und der flackernde Schein tauchte die grausige Szene in blutigrotes Licht und ließ das Geschehen gleichzeitig irreal wie unbeschreiblich furchtbar erscheinen.

Torian sah sich nach Garth um und entdeckte ihn dort, wo er ihn zurückgelassen hatte, am Fuße des Schachtes. Er kämpfte mit bloßen Händen gegen Yora, die sich in seine Kleider verkrallt hatte und versuchte, ihm die Augen auszukratzen. Sie schrie ununterbrochen, und Garth' Hände schienen kaum auszureichen, sich die Tobende vom Halse zu halten. Torian stöhnte. Er hatte mehr Schlachten erlebt, als er zählen konnte, und mehr Kämpfe ausgefochten, als ein Jahr Tage hatte, aber er hatte niemals Menschen gesehen, die mit solcher Brutalität kämpften, rücksichtslos und nur von dem Gedanken besessen, zu morden. Und auch er spürte den Griff jener unsichtbaren, geistigen Macht, die aus normalen Menschen reißende Bestien gemacht hatte: das quälende Wühlen in seinem Schädel, ein Wille, der so stark wie sein eigener und viel zielstrebiger war und ihn zwingen wollte, das Schwert zu heben und zu töten, töten, töten ...

Töte! wisperte die Stimme in seinem Schädel. *Töte sie! Töte sie! Töte sie! Töte! Töte! Töte!*

Torian schrie auf, drehte das Schwert herum und drosch sich mit dem Knauf eine Gasse durch die Menge der Kämpfenden. Blutige Schleier tanzten vor seinen Augen, und für einen Moment glaubte er, ein schmales, von dunklen tiefen Schatten zerfurchtes Gesicht zu erkennen, das ihn höhnisch anstarrte.

Dann zerriß der Schleier mit einem plötzlichen, schmerzhaften Ruck, und er fand sich wenige Schritte neben Garth, zitternd, das Schwert so fest umklammert, daß das Blut aus seinen Händen tropfte. Mit einem gellenden Schrei sprang er vor, erreichte Garth und riß das Mädchen, das noch immer hysterisch kreischte und mit Fäusten und Fingernägeln auf sein Gesicht einhieb, zurück. Yora taumelte, fiel auf die Knie und kam mit einem beinah tierisch klingenden Laut wieder hoch. Ihre Fingernägel blitzten wie die Krallen eines Raubvogels, und in ihren Augen flammte der Wahnsinn. Torian stieß sie ein zweites Mal und kräftiger zu Boden, aber wieder sprang sie auf, und plötzlich hielt sie einen faustgroßen Stein in der Rechten.

Torian duckte sich unter dem Hieb weg, ließ sie an sich vorüberstolpern und schlug ihr die flache Seite der Klinge gegen den Hinterkopf. Das Mädchen fiel mit einem seufzenden Laut zu Boden und blieb besinnungslos liegen.

»Raus hier!« keuchte Torian. Er packte Garth bei den Schultern, drehte ihn herum und gab ihm einen Stoß. Garth taumelte, griff mit einer schwachen, ziellos wirkenden Bewegung nach dem untersten der eisernen Ringe und versuchte, sich daran in die Höhe zu ziehen.

»Verdammt, beeil dich!« ächzte Torian. »Sie sind völlig von Sinnen!«

Er fuhr herum, als er eine Bewegung hinter sich spürte, aber seine Reaktion kam um den Bruchteil einer Sekunde zu spät. Ein Fausthieb traf seine Rechte und prellte ihm die Waffe aus der Hand, dann trieb ihm ein zweiter Schlag die Luft aus den Lungen; er krümmte sich, fiel auf die Knie und wurde gleich darauf gegen die Wand geschleudert, als ein Tritt sein Gesicht traf.

Für einen Moment drohte ihm der Schmerz die Besinnung zu rauben. Er stöhnte, rutschte langsam an der Wand herab zu Boden und hob schwächlich die Hände, um sein Gesicht zu schützen.

Ein Schatten wuchs hinter dem blutdurchtränkten Vorhang vor seinem Blick in die Höhe, dann hörte er einen dumpfen Schlag und gleich darauf einen zweiten, schwereren Aufprall. Mühsam blinzelte er den Schmerz weg, schüttelte ein paarmal den Kopf und versuchte aufzustehen.

Es war Garth, der ihn gerettet hatte. Für einen ganz kurzen Moment blitzte der alte Kampfgeist in den Augen des Diebes auf, als sich ihre Blicke begegneten, aber er verging so schnell, wie er gekommen war, und Garth' Züge erschlafften wieder; alles, was er darauf las, waren Schmerz und Erschöpfung.

»Ich ... schaffe es ... nicht, Torian«, stöhnte der Dieb. »Geh ... allein.« Er taumelte, griff haltsuchend nach der Wand und begann in sich zusammenzusinken. Torian stützte ihn, aber Garth schien mit einem Male das Zehnfache zu wiegen; er spürte, wie seine Knie zu zittern begannen und der Dieb trotz seines Griffes langsam weiter zu Boden sank.

»Unsinn«, schrie er. »Du ... du schaffst es. Komm. Halt dich ... an mir fest ...«

Mit aller Kraft, die ihm geblieben war, richtete er Garth auf, griff nach den eisernen Ringen vor sich in der Wand und begann sich Hand über Hand in die Höhe zu ziehen.

Er wußte nicht, *wie* er es schaffte. Seine Schultermuskeln explodierten in feurigem Schmerz, als er die Füße vom Boden löste und sich in die Höhe zog, und seine Hände schienen aus den Gelenken zu reißen, als Garth nach seinem Gürtel griff und sich daran festhielt. Er sah und hörte nicht mehr, was unter ihm vorging, gewahrte nichts mehr von seiner Umgebung, sondern spürte nur noch Schmerzen und Schwäche. Die ganze Zeit hämmerte immer wieder die unsichtbare Faust in seinem Schädel und flüsterte ihm ihr *Töte! Töte!* zu, sanft und gleichzeitig mit unwiderstehlicher Macht.

Und die ganze Zeit sah er ein Gesicht vor sich. Ein schmales, grau gewordenes Gesicht mit messerscharf gezogenen Lippen und Augen, an denen Jahrhunderte vorübergezogen waren wie Tage und in denen der Haß loderte, Haß auf alles Lebende, Denkende, Fühlende ...

Er merkte es nicht, in diesen Augenblicken, aber es war dieser Haß, der ihm die Kraft gab, sich immer weiter und weiter in die Höhe zu ziehen, seine Hand immer wieder von einem rostigen Eisenring zu lösen und nach dem nächsten zu greifen, seine steifen, verkrampften Muskeln zu zwingen, sich weiter emporzuhangeln, Handbreit um Handbreit, Ring um Ring, jeder Millimeter ein Jahr der Qual. Es war der Haß, die gleiche, monströse Kraft, die aus den Menschen unter ihnen reißende Bestien gemacht hatte, der ihn weitertrieb, und das Gesicht, das er sah, das ihn daran hinderte, einfach zu sterben.

Irgendwie schaffte er es, und irgendwie brachte er es auch fertig, den Schachtdeckel zu öffnen und sich über seinen Rand zu ziehen.

Mit einem erschöpften, qualvollen Laut brach er am Rand des Einstiegs zusammen, wälzte sich mit dem letzten Rest seiner Kraft auf den Rücken und rang röchelnd nach Atem. Sein Herz hämmerte, und jeder einzelne Schlag pulsierte als stechender Schmerz bis in seine Finger- und Zehnspitzen, und als Garth neben ihm auf die Knie fiel und ihm die Hand auf die Schulter legte, hätte er am liebsten vor Schmerz geschrien.

»Wir müssen ... weg hier«, keuchte er. Er versuchte aufzustehen, aber seine Arme und Beine gaben unter dem Gewicht seines Körpers nach; er fiel, blieb fast eine Minute reglos liegen und versuchte es noch einmal. Schwankend kam er auf die Füße, taumelte gegen die Wand und wäre um ein Haar erneut gestürzt. Der winzige Raum begann sich vor seinen Augen zu drehen.

»Garth«, murmelte er. »Wir müssen ... weg. Die Soldaten werden ... gleich hier sein ...«

Der Dieb hob müde den Kopf, versuchte etwas zu sagen und

krümmte sich plötzlich, um sich würgend zu übergeben. Aus dem offenstehenden Schacht drangen Schreie und andere, schreckliche Geräusche.

»Woher ... willst du das ... wissen?«

Torian richtete sich zitternd an der Wand auf, torkelte zur Tür und entriegelte sie. »Komm«, sagte er, ohne auf Garth' Frage zu antworten. »Wir müssen ... weg!«

Garth lachte, schrill und hysterisch, begann plötzlich zu husten und krümmte sich erneut. »Weg?« preßte er hervor. »Verdammt, wohin denn, Torian?! Wir sind am Ende, begreifst du das nicht?« Er begann wieder zu lachen, gellend und mißtönend und ohne zu atmen.

Torian schüttelte in einem Anflug von fast kindlichem Trotz den Kopf, taumelte zu Garth zurück und versetzte ihm einen schallenden Schlag ins Gesicht. Garth keuchte vor Schmerz, aber er hörte auf zu lachen, und sein Blick wurde für einen Moment klar.

»Wohin denn, Torian?« fragte er noch einmal, und diesmal war seine Stimme nicht mehr als ein heiseres Flüstern, in dem die Furcht mitschwang. »Wohin?«

»Dorthin, wo sie uns am wenigsten vermuten, Garth«, antwortete Torian ernst.

Garth erwiderte nichts mehr. Aber er brachte irgendwie die Kraft auf, sich auf die Füße zu erheben und neben Torian auf den Ausgang zuzuwanken.

Sie verließen das Haus, aber unter ihnen, tief unter der Erde, ging das Töten weiter.

Die Sonne ging auf, als sie sich dem Stadtzentrum näherten, und mit dem ersten grauen Schimmer der Dämmerung hatten die Schatten begonnen, in ihre Verstecke zurückzukriechen. Gleichzeitig erwachte die Stadt.

Es war wie am Tage zuvor: die Straßen Radors füllten sich allmählich, und dort, wo die Bevölkerung während der Nacht Schutz in Dunkelheit und Stille gefunden hatte, fand sie ihn nur in einer Menge, die von der Furcht aus ihren Häusern getrieben worden war.

Torian blinzelte gegen das blendende Licht der Sonne, die wie ein flammender gelber Ball über den Zinnen der Stadt erschienen war, unbeteiligt und grell, als wolle sie den Menschen in den Mauern Radors auf diese Weise demonstrieren, wie unwichtig sie waren, und wie wenig Unterschied es für den Fortbestand der Welt bedeutete, ob ihre Stadt unterging oder nicht.

Es war der letzte Tag der Stadt. Sie hatten sich die ganze Nacht über verborgen gehalten, fern von den Mauern und ihrem Herzen, wo die Gefahr bestand, einer Patrouille in die Arme zu laufen oder von einer Wache auf den Wehrgängen entdeckt zu werden, aber Torian wußte trotzdem, daß sich das Schicksal Radors heute entscheiden würde. Vielleicht würde sie dem Ansturm der Garianer noch einige Tage oder auch Wochen standhalten, aber die Entscheidung fiel heute. Er konnte das Heer hören: ein dumpfes, an- und abschwellendes Raunen und Wispern wie das Murmeln ferner Meeresbrandung, aber bedrohlicher und machtvoller.

»Da hast du deinen Turm«, murmelte Garth schwach. »Wenn du wirklich dorthin willst ...«

Torian schwieg einen Moment, wandte sich um und blickte den Dieb besorgt an. Garth' Zustand hatte sich während der Nacht gebessert – trotz allem war der Dieb noch immer so stark wie ein Ochse, und sein Körper vermochte selbst da noch Reserven zu aktivieren, wo jeder andere schon längst tot zusammengebrochen wäre –, und sie hatten sich gesäubert und ihre Kleider in Ordnung gebracht, so gut es ging. Niemand schien Notiz von ihnen zu nehmen. Sie waren nur zwei weitere Gestalten in der immer größer werdenden Menge, die die Straßen Radors füllte. Er hatte Garth nicht erklärt, was er vorhatte. Er konnte es nicht. Es war nur ein Gefühl, etwas wie der Instinkt eines gejagten Tieres, der es todsicher den einzig möglichen Fluchtweg finden ließ. Er kannte die Lösung aller Rätsel – sie war da; dicht unter der Ebene des logischen Denkens, aber sie entzog sich seinem bewußten Zugriff, sobald er danach zu greifen versuchte. Die sonderbare Klarheit, mit der er die Dinge während ihrer verzweifelten Flucht aus dem Kanal gesehen hatte, war mit der Erschöpfung gewichen, und geblieben war nur die Erinnerung an früheres Wissen und eine sonderbare Gewißheit, unmittelbar vor der Lösung aller Rätsel zu stehen. Was er jetzt tat, tat er nicht mehr bewußt, sondern ließ sich einfach von seinen Instinkten und Gefühlen leiten wie ein Raubtier auf der Flucht.

Garth folgte ihm widerspruchslos, als er ohne ein weiteres Wort die Richtung wechselte und sich auf den schwarzen Schatten der Inneren Festung zubewegte. Sie kamen jetzt langsamer voran. Der Strom der Menschen nahm zu, und die meisten bewegten sich fort von der Inneren Festung auf den Stadtrand zu, als hofften sie, doch noch einen Fluchtweg zu finden.

Keiner von ihnen würde entkommen, dachte Torian bedrückt. Die Stadt würde geschleift werden und im Wüstensand versinken, und ...

Er verscheuchte den Gedanken und konzentrierte sich wieder auf seine Umgebung. Die Männer und Frauen, die ihnen begegneten, lebten nicht; nicht wirklich. Sie waren längst tot, seit einem Jahrtausend, und was sie sahen, war nichts als die grausame Wiederholung eines Schicksales, das sich längst vollzogen hatte. Verzweifelt versuchte er, sich diesen Gedanken einzuhämmern, aber es nutzte nicht viel. Er wußte, daß es so war, aber es gab plötzlich noch einen zweiten, anderen Torian in ihm, und diesem anderen war die Logik und der gesunde Menschenverstand gleich, und er schrie ihm zu, daß all diese Menschen rings um ihn herum sterben würden, grausam und sinnlos und unerbittlich.

Obwohl die Entfernung kaum mehr als eine Meile betrug, brauchten sie annähernd zwei Stunden, um die Innere Festung zu erreichen. Der Flüchtlingsstrom nahm nach und nach ab, je mehr sie sich dem Stadtzentrum näherten, aber dafür sahen sie mehr Soldaten; meist in kleinen Gruppen zu fünf oder sechs Mann, einmal auch eine komplette Hundertschaft, die in voller Bewaffnung und zu Pferde dahergaloppiert kam und die Straße rücksichtslos leerfegte.

Schließlich wichen die Häuser zu beiden Seiten zurück, und die Straße öffnete sich zu einem weiten, sechseckigen Platz, in dessen Mittelpunkt sich die Innere Festung wie ein von Menschenhand geschaffener Berg erhob.

Sie blieben im Schatten des letzten Hauses stehen. Garth gab einen Laut der Enttäuschung von sich, schüttelte niedergeschlagen den Kopf und lehnte sich erschöpft gegen die Wand. »Aus«, murmelte er. »Da kommen wir niemals durch.«

Torian antwortete nicht. Es gab auch nicht viel, was er hätte sagen können. Die Innere Festung hatte sich vollkommen verändert, seit sie das Bauwerk verlassen hatten. Die gewaltigen, an den Außenseiten mit Bronzeplatten beschlagenen Tore standen weit offen, und ein Strom von Männern und Frauen ergoß sich in die Fluchtburg; offenbar die privilegierteren Bürger Radors, denen eine hohe Geburt oder ein Rang einen Platz in der scheinbaren Sicherheit ihrer Mauern gesichert hatte. Auf den Wehrgängen patrouillierten Wachen, und auch auf der Plattform des Turmes standen Soldaten.

»Laß uns zurückgehen, Torian«, murmelte Garth. »Vielleicht kommen wir irgendwie ...«

»Still!« Torian winkte hastig ab, und Garth verstummte gehorsam.

»Vielleicht gibt es doch eine Möglichkeit«, fuhr Torian leise fort. »Aber sie ist gefährlich.«

Garth kicherte hysterisch. »Ach? Das wäre doch endlich eine Abwechslung. Was hast du vor?«

Torian deutete mit einer Kopfbewegung auf eine Gasse, die wenige Schritte hinter ihnen in die Hauptstraße mündete. Garth seufzte protestierend, stemmte sich aber trotzdem hoch und folgte Torian mit kleinen, mühsamen Schritten. Der dunkle Fleck auf seiner Schulter war größer geworden.

»Also?« wollte Garth wissen, nachdem sie in den Schatten der Gasse zurückgewichen waren. »Was hast du vor? Stürmen wir die Festung, oder graben wir uns nur unter dem Platz durch?«

»Erinnerst du dich daran, wie ich euren Magier überlistet habe?« fragte Torian ernst.

Garth zog eine Grimasse und betastete seine blutende Schulter. »Schwach«, murmelte er.

Torian nickte. »Es hat einmal funktioniert«, sagte er und deutete auf den Strom von Männern und Frauen, der sich durch die Tore der Festung wälzte. »Warum sollte es nicht noch einmal gelingen?«

Es dauerte einen Moment, bis Garth seinen Gedankengang nachvollzogen hatte. »Du meinst ...«

»Ich meine, daß wir uns zwei von ihnen schnappen und ihnen die Kleider stehlen, ja.« Torian lächelte. »Der Gedanke müßte dich aufmuntern. Es gibt etwas zu tun für dich.«

»Seit wann stiehlt Garth, Die Hand, Kleider?« antwortete Garth säuerlich. »Du beleidigst mich. Außerdem«, fügte er bestimmt hinzu, »wird es nicht klappen.« Bei den beiden letzten Worten schwankte seine Stimme; für einen kurzen Augenblick zerbrach die Maske vor seinem Gesicht, und Torian sah ihn wieder so, wie er war: ein erschöpfter, verwundeter Mann, der sich nur noch durch pure Willenskraft auf den Beinen hielt und die Grenzen seiner Kraft schon längst überschritten hatte. Er versuchte, den Gedanken zu verscheuchen.

»Und wieso?« fragte er, bewußt beiläufig. »In dem Durcheinander, das hier herrscht, sehen sich die Wachen bestimmt nicht jedes Gesicht an. Außerdem können sie unmöglich jeden kennen.«

»Und was tun wir, wenn wir drinnen sind?« fragte Garth. »Sie entdecken uns schneller, als du deinen Namen schreiben kannst – wenn du es kannst.«

»Das spielt keine Rolle«, beharrte Torian auf seinem Plan. »Wir müssen hineingelangen.«

Garth seufzte.

Es war beinahe zu leicht. Torian mußte nur wenige Minuten warten, bis sich eine Gelegenheit bot, zwei der ahnungslosen Flüchtlinge, die auf die Innere Festung zustrebten, in die Gasse zu zerren und sich ihrer Kleider zu bemächtigen. Die beiden halbnackten Gestalten – Torian hatte darauf verzichtet, Garth' Vorschlag zu folgen und ihnen ihre eigenen Kleider überzustreifen, um Worn und die Soldaten, die zweifellos noch immer nach ihnen suchten, zusätzlich in die Irre zu führen – blieben sorgsam geknebelt und an Händen und Füßen gefesselt in der Gasse zurück, während Garth und Torian, in die grauen, aus überraschend grobem Stoff gewobenen Gewänder gehüllt, wieder auf die Straße hinaustraten und sich in den Strom derer einreihten, die auf die weit geöffneten Tore der Fluchtburg zueilten.

Es waren nicht viel mehr als hundert Schritte; aber Torian hatte das Gefühl, hundert Meilen zurücklegen zu müssen. Er ging schnell, vornübergebeugt und mit gesenktem Kopf, was ihn älter erscheinen ließ, als er war, und wie Garth hatte er den sonderbar geformten Hut, den die Adeligen dieser Stadt zu tragen pflegten, weit in die Stirn gezogen, um sein Gesicht zu verbergen. Trotzdem glaubte er, die Blicke der Männer und Frauen rings um sich wie schmerzhafte Messerstiche zu spüren. Mit einem Male war er gar nicht mehr so sicher, daß Garth unrecht und er recht hatte – was, wenn die Posten, die die Bronzetore gleich dutzendfach flankierten, bereits über eine Beschreibung von ihnen verfügten oder gar eine Art Passierschein verlangten?

Aber es war zu spät für solche Überlegungen. Wenn er jetzt aus der Reihe ausscheren würde und wieder in die entgegengesetzte Richtung ginge, würde er mit Sicherheit die Aufmerksamkeit der Soldaten auf sich ziehen. Niemand springt freiwillig in einen Strudel, wenn ein Rettungsboot bereitsteht.

Seine Hand tastete nervös nach dem Griff des Schwertes, das er unter dem Rock zu verbergen pflegte, und für einen Moment kam ihm schmerzhaft zu Bewußtsein, wie verloren selbst ein Mann wie er ohne seine Waffen war. Nicht, daß ihm das Schwert viel genutzt hätte, wenn sie entdeckt wurden. In diesem Punkt gab sich Torian keinen falschen Hoffnungen hin – wenn sie den Schwarzgekleideten noch einmal in die Hände fielen, war es aus. Worn war kein Narr. Er hatte mit Sicherheit Befehl gegeben, die beiden Spione auf der Stelle zu töten.

Seine Hände wurden feucht, als er sich dem Tor näherte. Plötzlich fielen ihm tausend verschiedene Gründe ein, aus denen sein Plan einfach fehlschlagen *mußte.* Aber es war zu spät, zurückzugehen. Er versuchte, die Nervosität zu verscheuchen, straffte sich ein wenig und ging instinktiv schneller.

Torians Herz schien einen schmerzhaften Sprung zu machen, als er sah, wie ein Soldat einem Graugekleideten vor ihm den Weg vertrat und ihm mit freundlichen – aber sehr bestimmten – Gesten bedeutete, aus der Reihe herauszutreten und zurückzugehen. Der Mann begann, mit den Händen zu fuchteln und lautstark zu lamentieren. Zwei weitere Krieger eilten, von dem Lärm aufmerksam geworden, herbei, und auch einige der anderen Graugekleideten blieben stehen und ergriffen nun Partei für den ersten.

Torian schickte ein Stoßgebet zu den Göttern (an die er nicht glaubte), senkte den Blick und ging mit weit ausgreifenden Schritten an der rasch größer werdenden Gruppe vorüber. Die Stimmen der Streitenden wurden lauter, und vor dem Tor begann sich ein regelrechter Menschenauflauf zu bilden. Weitere Wächter verließen ihre Plätze, um die Ansammlung auseinanderzutreiben.

Torian war in Schweiß gebadet, als er dicht hinter Garth durch das Tor trat. Es *gab* Passierscheine. Die meisten der Männer und Frauen neben ihnen hielten kleine, hellrote Zettel in den Händen. Aber die wenigen Wachen, die ihre Posten noch nicht verlassen hatten, waren offensichtlich nicht mehr in der Lage, mit dem Ansturm fertig zu werden. Garth und er wurden einfach durchgewinkt und erreichten unbehelligt den Innenhof. Torian atmete hörbar auf.

»Und jetzt?« flüsterte Garth neben ihm. Seine Stimme zitterte unmerklich.

Torian deutete auf den Turm. Rings um das schwarzbraune Bauwerk hatte sich eine dichte Menschentraube gebildet. Die wenigen Soldaten, die vor dem einzigen Eingang postiert waren, hatten kaum eine Chance, so etwas wie Ordnung in das herrschende Chaos zu bringen.

Langsam gingen sie weiter. Der Hof war überfüllt mit Menschen; weit mehr, dachte Torian, als der Turm aufnehmen konnte. Ein großer Teil derer, die Schutz hinter den Mauern der Inneren Festung gefunden hatten, würden unter freiem Himmel schlafen müssen.

Und überall waren Soldaten. Torian schätzte allein die Zahl derer, die auf den Wehrgängen patrouillierten, auf zweihundert. Und annähernd doppelt so viele bewegten sich einzeln oder in kleinen Gruppen zwischen den Flüchtlingen auf dem Hof.

Torians Blick tastete suchend durch die Menge. Seine Nervosität stieg, und langsam begann so etwas wie Panik in ihm aufzukeimen, eine Furcht ganz besonderer, schleichender Art, gegen die er machtlos war.

Vielleicht hatte er sich getäuscht. Vielleicht war der, den er suchte, nicht hier, oder – was schlimmer wäre – er war hier, aber er war nicht der, für den er ihn hielt.

Garth griff plötzlich nach seiner Schulter und drückte so heftig zu, daß Torian vor Schmerz zusammenzuckte. Er sah auf, hob den Arm, um Garth' Hand abzuschütteln – und erstarrte.

Wenige Schritte vor ihnen stand eine hochgewachsene, ganz in schwarzes Eisen gehüllte Gestalt, ein Mann in der Rüstung eines Kriegers aus Rador.

Aber er war kein Krieger. Er trug keine Waffen, und dort, wo auf den Brustpanzern der Krieger nur tödliche Stacheln waren, glänzte bei ihm ein sechszackiger goldener Stern ...

Torian senkte sofort den Blick und drehte sich weg, aber es war zu spät. General Worn mußte ihn im selben Augenblick erkannt haben wie er ihn.

»Das sind sie!« schrie er. »Die Spione! *Ergreift sie!*«

Torian fuhr mit einem wütenden Fluch abermals herum, stieß einen Mann, der ihm im Weg stand, grob beiseite, und warf sich mit weit ausgebreiteten Armen auf den General. Worn versuchte zurückzuweichen, aber seine Reaktion kam zu spät. Torian riß ihn von den Füßen, zwang ihn noch im Fallen herum und schlang den Arm von hinten um seinen Hals. Gleichzeitig zog er mit der anderen Hand Worns Dolch aus dem schmalen, edelsteinverzierten Halfter an seiner Seite. Sie stürzten. Die Stacheln von Worns Rüstung schnitten grausam durch seine Kleider und rissen tiefe, schmerzende Wunden in seine Haut, aber Torians Griff lockerte sich nicht. Er stemmte sich hoch, zerrte Worn auf die Füße und bog seinen Kopf mit einem harten Ruck nach hinten.

»Keinen Schritt näher!« schrie er. »Eine einzige falsche Bewegung, und ich töte ihn!«

Auf dem Hof brach eine Panik aus. Die Graugekleideten flüchteten kopflos, während Worns Soldaten vergeblich versuchten, sich einen Weg durch die außer Kontrolle geratene Menschenmenge zu bahnen, um ihrem Befehlshaber zu Hilfe zu eilen. Nur drei von ihnen waren nahe genug, einen Angriff riskieren zu können.

Garth schlug den ersten nieder. Die beiden anderen erstarrten, als Torian Worns Kopf noch weiter zurückbog und seine Drohung wiederholte.

»Das ... nützt dir nichts, Garianer«, keuchte Worn. Seine Hände ruderten hilflos durch die Luft, suchten Torians Gesicht. Torian stieß ihm das Knie in den Rücken, und Worn erschlaffte mit einem schmerzhaften Aufseufzen.

»Im Moment nutzt es mir eine Menge, Worn«, antwortete er. »Und ich bin kein Garianer, auch wenn du es nicht glauben willst.«

»Es ist mir ... egal, woher du kommst«, krächzte Worn. »Du kommst hier niemals lebend ... heraus.«

Torian sah sich verzweifelt um. Die Flüchtlinge waren zurückgewichen und bildeten einen weiten, gut dreißig Schritt durchmessenden Kreis rings um ihn, Worn und Garth. Aber zwischen den graugekleideten Gestalten erschienen mehr und mehr Krieger, und Torian brauchte nicht aufzusehen, um zu wissen, daß wahrscheinlich an die hundert Pfeile auf ihn und Garth angelegt waren. Hunderte von Gesichtern starrten ihn an. Aber es waren fremde Gesichter. Das, welches er suchte, war nicht darunter.

»Wenn ihr noch einen Schritt macht, töte ich ihn!« drohte Torian. »Ich habe nichts zu verlieren!«

Die Soldaten erstarrten, aber dafür begann sich Worn wieder stärker zu wehren. Torian brachte ihn mit einem weiteren Stoß in die Rippen zur Ruhe.

»Was versprichst du dir davon?« keuchte Worn. »Wie lange willst du mich so halten? Irgendwann werden deine Kräfte nachlassen, und dann töten sie dich.«

Zwischen den gaffenden Gesichtern tauchte ein Paar schmaler, stechender Augen auf. Torian spannte sich und sah hastig weg. Aber er wußte jetzt, daß der Alte da war. Er hatte recht gehabt.

»Ich ... mache dir einen Vorschlag«, keuchte Worn. »Du ergibst dich, und ich gebe dir mein Ehrenwort, daß du eine faire Chance bekommst, deine Unschuld zu beweisen.«

»Behandle mich nicht wie einen Dummkopf, Worn«, schnappte Torian verärgert. »Ich bin es so wenig wie du.«

»Das ... habe ich gemerkt«, antwortete Worn. Er hatte jetzt endgültig aufgehört, sich zu wehren, und hing schlaff in Torians Armen. »Aber ich bin nicht nur kein Dummkopf, Torian, ich bin auch kein Feigling«, fuhr er fort. »Wenn ich schon sterbe, dann wie ein Krieger.«

Torian begriff einen Sekundenbruchteil zu spät, wie Worns Worte gemeint waren.

»Tötet ihn!« schrie Worn. »Erschießt uns beide!«

Garth schrie auf. Ein Pfeil zischte heran, verfehlte ihn um Zentimeter und zersplitterte auf dem Pflaster. Ein zweites, besser gezieltes Geschoß jagte heran und zwang den breitschultrigen Dieb zu einem grotesken Sprung.

Torian versetzte Worn einen Stoß, der ihn haltlos nach vorne taumeln ließ, ließ sich zur Seite kippen und schleuderte noch im Fallen seinen Dolch. Die Waffe verwandelte sich in einen silbernen Blitz, zischte eine Handbreit an Worns Schädel vorbei – und bohrte sich bis ans Heft in die Brust des Alten.

Für einen endlosen, schrecklichen Moment schien die Zeit stillzustehen.

Worn, die Soldaten, die in Panik ausbrechende Menge, ja selbst die Pfeile, die sich wie eine dunkle Wolke von den Wehrgängen herab auf ihn und Garth ergossen, erstarrten zur Reglosigkeit. Selbst die Luft schien zu zähflüssigem Sirup zu gerinnen. Einzig Torian und Garth waren noch in der Lage, sich zu bewegen.

Sie – und eine der graugekleideten Gestalten auf der anderen Seite des Hofes.

Der Alte wankte. Der Ausdruck grausamen Spotts in seinen Augen wich dem erschrockener Überraschung. Seine Lippen begannen zu zittern. Er taumelte. Seine Hände hoben sich, tasteten nach dem Griff des Dolches, der dicht über seinem Herzen aus seiner Brust ragte, und sanken kraftlos herab.

Mit der Festung ging eine unheimliche Veränderung vor sich. Die Mauern begannen zu flimmern, als wären sie bloße Illusion, nicht mehr als eine Fata Morgana, die eine launische Natur so schnell zerstörte, wie sie sie geschaffen hatte, verloren an Substanz und wurden durchsichtig. Männer, Mauern und Krieger verblaßten, verwehten wie dünner Rauch in der Hitze des Tages, und der Himmel, der bisher von einem strahlenden Blau gewesen war, loderte plötzlich rot und drohend über ihnen.

Dann war es vorbei.

Von einer Sekunde auf die andere war Rador verschwunden wie ein böser Spuk, und rings um sie herum erstreckten sich die ockerbraunen Sanddünen der großen Wüste, nur hier und da durchbrochen von halbzugewehten Mauerresten und Ruinen. Alles, was blieb, waren Garth und Torian.

Und eine schmale, verkrümmte Gestalt, die dreißig Schritte vor ihm im Sand lag und auf die größer werdende Blutlache starrte, die sich unter ihr bildete.

»Ihr Götter!« keuchte Garth. »Was bedeutet das? Was geht hier vor?«

»Mit den Göttern hat das nichts zu tun, Garth«, entgegnete Torian leise. Seine Stimme klang belegt und kam ihm selbst wie die eines Fremden vor. »Eher mit dem Gegenteil.«

Garth starrte ihn an, aber Torian sprach nicht weiter, sondern ging langsam durch den heißen Sand auf den sterbenden Alten zu. Sein Blick streifte die von Wind und Jahrhunderten zernagte Ruine des Turmes. Er schauderte, als ihm zu Bewußtsein kam, daß er praktisch auf einem Massengrab stand.

Um ein Haar wäre es auch sein Grab geworden ...

Der Alte bewegte sich mühsam, als Torian vor ihm stehenblieb und sein Schwert zog; sein *eigenes* Schwert. Die Waffe war wieder da, als wäre sie ihm niemals abgenommen worden, und ein rascher Blick auf seine Hände zeigte ihm, daß auch die frischen Schnittwunden verschwunden waren.

»Mach ... ein Ende, Torian«, keuchte der Alte. »Töte ... mich. Du ... hast mich besiegt. Quäle mich nicht.«

Torian starrte den greisen Magier reglos an. Er hatte nie einen älteren Menschen gesehen – und nie einen, der so viel Bosheit ausstrahlte. Und trotzdem empfand er nichts als Mitleid mit ihm.

»Töte ... mich«, flehte der Alte. »Ich ... ertrage keine Schmerzen.«

Torians Lippen begannen zu zucken. Es gab tausend Worte, die er sagen wollte, tausend Verwünschungen und Flüche. Aber er sprach nichts davon aus, sondern hob langsam sein Schwert. »Eine Frage noch«, sagte er.

Der Alte blickte ihn an. »Ja?«

»Warum?« fragte Torian.

»Warum?« Der Alte stöhnte, drehte sich mit erstaunlicher Kraft auf die Seite und begann, hysterisch zu kichern. Plötzlich hustete er, spuckte Blut und krümmte sich im Sand. »Du hast es doch ... gesehen, Torian Carr Conn«, stöhnte er. »Du hast den Untergang der Stadt Rador gesehen.«

»Aber was ...«

»Ich war ... dabei«, keuchte der Alte. »Ich war ... der einzige, der mit dem Leben davonkam.«

»Du warst *dabei?*« wiederholte Torian ungläubig. »Aber es ist über tausend Jahre her!«

»Ich ... bin ein Magier, vergiß das nicht, Torian. Ich ... schloß einen Pakt mit Mächten, für die ein Jahrtausend nicht mehr ist als ein Tag. Ich schwor, jeden Garianer zu töten, der seinen Fuß in diesen Teil der Welt setzt. Dafür gewährten sie mir ... Leben.«

»Aber wir sind keine Garianer.«

»Doch«, behauptete der Alte. Plötzlich war seine Stimme ganz klar. »Ihr seid es, Torian. Du – dieser jämmerliche Dieb da, jeder von euch. Es waren die Garianer, die die Herren dieses Landes auslöschten, und aus ihren Nachkommen ... entstanden die Völker, aus denen ihr stammt.«

»Aber es ist tausend Jahre her!«

»Was sind tausend Jahre?« keuchte der Magier. »Ihr zahlt für ... die Taten eurer Väter. Ihr werdet alle zahlen. Ich bin nicht der einzige. Es gibt ... viele wie mich. Ihr werdet ... bezahlen.«

Torian hob sein Schwert, aber diesmal war es der Alte, der ihn noch einmal zurückhielt. »Ich habe dir deine Frage beantwortet«, murmelte er. »Jetzt gewähre du mir die gleiche Gnade.«

Torian nickte stumm.

»Wie ...«, stammelte der Alte. »Woher hast ... du es ... gewußt? Vor dir sind ... Hunderte gekommen, und keiner hat ... meine Tarnung durchschaut. Wieso du?«

»Hunderte?« Torian lächelte bitter. »Und du hast sie alle getötet, nicht wahr?«

»Niemand hat ... je meine Tarnung durchschaut«, stöhnte der Alte. Der dunkle Fleck unter seinem Körper wurde größer. »Wieso ... du ... Wieso?«

»Es war leicht«, erklärte Torian. »Du selbst hast dich verraten, Alter. Du hättest nicht versuchen sollen, uns dazu zu bringen, uns gegenseitig zu töten. Ich ahnte es bereits, als Garth mich davon abhielt, mich von der Mauer zu stürzen. Und ich wußte es, als du Gwayroth' Leute gezwungen hast, sich gegenseitig umzubringen.« Seine Stimme wurde hart. »Es waren Frauen und Kinder bei ihnen.«

»Das war es also«, murmelte der Alte. »Das ... war es ... Und ich dachte schon, du ... wärest wirklich ein Liebling der Götter, wie so viele behaupten.« Er lachte schrill. »Aber das bist du nicht, Torian, das bist du ganz und gar nicht. Du ... du bist nichts als ein dreckiger kleiner Mörder.«

Torians Hand zuckte. Aber er schlug nicht zu, sondern schob das Schwert nach kurzem Zögern in den Gürtel zurück.

Es war nicht mehr nötig, die Waffe zu benutzen.

Garth starrte ihn aus weit aufgerissenen Augen an, als er sich herumdrehte. Aber es dauerte einen Moment, bis Torian begriff, daß das Entsetzen, das er im Blick des Diebes las, nicht von den Worten des Alten stammte, oder dem, was sie erlebt – zu erleben *geglaubt* – hatten.

»Also doch«, sagte er. »Ich wollte es nicht glauben. Ich ... habe dich für einen Angeber gehalten. Torian. *Einfach nur Torian, wie?*« Er lachte, aber es klang böse. Und gleichzeitig voller Furcht. Ein Ton, den Torian kannte. Nur zu gut.

»Torian«, begann Garth noch einmal. »Torian Carr Conn, der berüchtigste Killer im Umkreis von zehntausend Meilen. Und ausgerechnet ich Narr tue mich mit ihm zusammen.«

»Warum auch nicht?« spottete Torian, sehr leise und mit einem Lachen, das Garth vielleicht mehr erschreckte als alles andere zuvor.

»Warum eigentlich nicht, Garth? Ein Mörder und ein Dieb ... Ich glaube, wir beide gäben ein gutes Gespann ab.«

Damit wandte er sich mit einem Ruck um und ging an Garth vorbei zu den wartenden Pferden hinüber.

Die Tochter des Magiers

Torian hatte Durst. Er würde sterben, wenn er nicht bald Wasser bekam, ebenso wie sein Begleiter, der wie er mehr auf dem Rücken seines Pferdes hing, als er saß, weit nach vorne gesunken, mit baumelnden Armen. Zwei Männer am Ende ihrer Kräfte, auf Tieren, die kaum weniger erschöpft waren als ihre Reiter. Es war heiß, noch immer. Vor drei Stunden war die Sonne als lodernder Feuerball hinter dem Horizont versunken, aber Torian kam es vor, als wäre es mit der Dämmerung eher heißer geworden. Der Nachthimmel spannte sich wie ein samtblaues Tuch über den östlichen Ausläufern der Staubwüste im Herzen Caracons, ein Baldachin aus Schwärze, von dem sich die Sterne als winzige, glänzende Punkte abhoben; aber die Luft flimmerte immer noch vor Hitze, und der Wind, den die Dämmerung mitgebracht hatte, brachte kaum Linderung, sondern war wie die Berührung einer unangenehmen warmen Hand, und er roch nach Staub und Wärme und ausgeglühtem Stein. Ja, dachte Torian mit einer Kälte und Teilnahmslosigkeit, die ihn selbst fast erschreckte, sie würden beide sterben, wenn sie in dieser Nacht kein Wasser fanden. Vielleicht schon eher, denn ihr Leben war unlösbar mit dem der beiden Pferde verknüpft. Brach eines der Tiere unter der Last seines Reiters zusammen, war dies das Todesurteil für beide. Die Staubwüste zu Pferde zu durchqueren, war lebensgefährlich. Sie zu Fuß durchqueren zu wollen, war unmöglich.

Torian blickte aus brennenden Augen zu Garth hinüber. Er lächelte, obwohl seine Lippen dabei schmerzten und er im ersten Moment selbst nicht wußte, warum er es überhaupt tat. Obgleich Garth – wie er selbst – einen bemitleidenswerten Anblick bot, wirkte er doch gleichzeitig fast lächerlich: Die Männer trugen Helme und schwarze Kettenhemden, die Hosen verschwanden in den umgestülpten Schäften harter Lederstiefel. Um ihre Schultern lagen Umhänge, die trotz des festgebackenen Schmutzes noch prachtvoll wirkten. Aus Mangel an anderer Kleidung hatten sie ihre Uniformen nicht ablegen können, obwohl sie längst keine Krieger mehr waren. Der einzige Kampf, den sie noch fochten, war der Kampf ums nackte Überleben. *Gut,* dachte Torian spöttisch. *Wenn wir schon untergehen, dann wenigstens mit Würde.* Garth und er würden zwei prachtvolle Leichname abgeben, wenn sie irgendwann einmal gefunden würden.

Sein Pferd stolperte, kam aus dem Tritt, als Torian eine erschrokkene und nicht sonderlich geschickte Bewegung machte, und knickte in den Vorderläufen ein. Er klammerte sich am Sattelknauf fest und riß so heftig an den Zügeln, daß die Trense schmerzhaft in das Maul des Tieres schnitt. Der Schmerz trieb es wieder hoch. Mit einem schrillen Kreischen warf das Tier den Kopf in den Nacken, versuchte auszubrechen und kam mit zitternden Flanken zum Stehen, als Torian noch einmal und jetzt mit aller Gewalt am Zügel riß.

Torian seufzte, teils vor Erleichterung, teils aber auch, weil ihm der kleine Zwischenfall deutlicher als alles zeigte, *wie* erschöpft er wirklich war. Er mußte achtgeben, sich nicht aus lauter Müdigkeit selbst umzubringen. Er strich sich eine Strähne seines schwarzen, sandverklebten Haares aus der Stirn, wischte sich den Staub aus den Augen, dann beugte er sich im Sattel vor und tätschelte den Hals des Pferdes. Das strähnige Fell war schweißverklebt, und er konnte spüren, wie schnell und ungleichmäßig der Atem des Tieres ging. »Schon gut, Junge«, murmelte er. »Tut mir leid.«

Das Sprechen bereitete ihm Mühe. Sein Rachen schmerzte. Es war mehr als eine Stunde vergangen, seit er das letzte Wasser aus dem Schlauch getrunken hatte; ein paar Tropfen nur, kaum genug, seine rissigen Lippen damit zu befeuchten. Die einzige Flüssigkeit, die danach noch seinen Mund erreicht hatte, war sein eigenes Blut, das aus den gerissenen Lippen tropfte. Seine Zunge lag wie ein tauber Fremdkörper aus Pelz und schlechtem Geschmack in seinem Mund. Selbst das Atmen tat ihm jetzt schon weh. *Nun ja,* dachte er spöttisch. *Nicht mehr sehr lange, und die Schmerzen sind vorbei. So oder so.*

Mühsam richtete er sich wieder auf und wandte den Kopf zum Himmel, wo der Mond wie ein großes, kaltes Auge hing. Die Nacht war immer noch völlig sternenklar, nirgendwo zeigte sich auch nur der Schatten einer Wolke. Vor drei Stunden, als der Wind aufkam, hatte er sich für einen Augenblick in die Hoffnung verstiegen, er würde Regen bringen. Aber natürlich tat er es nicht – was hatte er erwartet? In dieser Wüste hatte es seit fünfhundert Jahren nicht mehr geregnet, vielleicht auch seit fünftausend. Was brachte ihn auf die Idee, daß sich daran ausgerechnet jetzt etwas ändern sollte?

Vielleicht hatte er es auch gar nicht wirklich gehofft, sondern sich einfach nur an den Gedanken geklammert, um noch einmal Kraftreserven zu mobilisieren, über die er längst nicht mehr verfügte. Rador hatte ihnen mehr gestohlen als einen Tag.

»Schon gut«, murmelte er noch einmal und trieb sein Pferd mit sanftem Schenkeldruck an. Das Tier antwortete mit einem unwilligen Schnauben, setzte sich aber gehorsam in Bewegung. Er lenkte es hinter Garth her, der gleichgültig weitergeritten war. Wahrscheinlich hatte der hünenhafte Dieb nicht einmal bemerkt, was passiert war.

Seine eigenen Worte klangen wie Hohn in Torians Ohren. Nichts war *gut*, absolut *gar nichts*. Sie hatten den Kampf gegen die Wüste verloren und waren im Grunde schon längst tot. Sie hatten es nur noch nicht gemerkt. Trotz und ein angeborener Instinkt hielten sie noch am Leben; ein haßerfüllter Trotz gegen das Schicksal, das so grausam gewesen war, sie der teuflischen Falle des Magiers in der Ruinenstadt Rador nur deshalb entkommen zu lassen, damit sie hier einen viel langsameren und qualvolleren Tod fanden.

Dabei hatte es eine Weile wirklich so ausgesehen, als hätten sie es geschafft. Nach ihrer Flucht aus Rador war es ihnen gelungen, einige Proviantlager des tremonischen Heeres zu finden, dem Garth angehört hatte: Nahrung, Wasser im Überfluß und sogar Gold, von dem sie einen erklecklichen Vorrat mitgenommen hatten. Aber dann waren sie mitten in der Wüste vom Weg abgekommen, und trotz strenger Rationierung waren ihre Vorräte bald aufgebraucht gewesen. Außerdem hatte Torian etwas gelernt, was er zwar gewußt hatte, was ihm aber niemals so klargeworden war wie heute: daß man Gold nicht essen konnte. Und noch weniger trinken ...

Er holte rasch zu Garth auf. Wenn der Dieb überhaupt gemerkt hatte, daß er zurückgefallen war, so ließ er es sich zumindest nicht anmerken. Schweigend ritten sie weiter nebeneinanderher. Jedes Wort wäre nur eine unnötige Kraftverschwendung gewesen. Sie waren längst über den Moment hinaus, wo sie sich mit Worten trösten und gegenseitig Mut zusprechen konnten.

Immer häufiger ertappte sich Torian dabei, daß seine Hand zum Sattelgurt glitt, und zum Wasserschlauch, aus dem er vor Stundenfrist den letzten Tropfen getrunken hatte. Eine Geschichte fiel ihm ein, die er einmal gelesen hatte: die Geschichte von zwei Männern gleich ihnen, die halbtot vor Durst durch die Wüste geirrt waren. Schließlich hatten sie ihre Pferde getötet und deren Blut getrunken, und das hatte sie gerettet. Aber natürlich war das Unsinn.

Die Landschaft war im Lauf der letzten Stunden hügeliger geworden. Unter den Hufen ihrer Pferde raschelten trockene Flechten, wo am Tage noch nichts außer Sand und Felsen gewesen war, und gelegentlich erhob sich ein verdorrtes Grasbüschel aus dem Sand. Zeichen, daß sie sich den Bergen näherten, die die Wüste im Osten begrenzten, und die doch noch viel zu weit entfernt waren, als daß sie es bis dorthin schaffen könnten. Torian verscheuchte auch diesen Gedanken, schloß für einen Moment die Augen und versuchte, an etwas Angenehmes zu denken. Aber alles, was er sah, war Sand.

Plötzlich stieß Garth einen krächzenden Laut aus und packte seinen Arm. Müde hob Torian den Kopf und öffnete die Augen.

Im selben Moment wußte er, daß er nun endgültig den Verstand verloren hatte.

Sie hatten die Kuppe eines Hügels erreicht, aber auf der anderen

Seite war keine Wüste mehr. Vor ihnen erstreckte sich ein flaches Tal, an dessen sanft abfallenden Hängen sich das braun verbrannte Gras erst gelb und dann sogar schwach grünlich färbte. Zwischen den Gräsern schlängelte sich am Grund des Tals ein Bach hindurch, der im Mondlicht wie ein Band aus Silber glitzerte.

Eine Vision, dachte er. Es konnte nur eine Vision sein, geschickt von den zornigen Göttern, die sich gegen sie verschworen hatten. Es war unmöglich!

Aber wenn es eine Halluzination war – woran kein Zweifel bestand –, so war sie verdammt realistisch. Er konnte das Wasser sogar riechen.

»Wasser!« krächzte Garth ungläubig. »Da unten ... ist Wasser!« Er keuchte, sah Torian einen Moment aus weiten Augen an – und trieb seinem Pferd mit einem Schrei die Fersen in die Seite. Das Tier kreischte vor Schmerz und stürmte los.

Torian starrte ihm nach. Er konnte das Plätschern des Baches von Sekunde zu Sekunde deutlicher hören. Ein Windstoß trug den köstlichen Geruch des Wassers an seine Nase, und irgendwo in der Dunkelheit vor ihnen schrie ein Nachtvogel – was alles nichts an seiner felsenfesten Überzeugung änderte, daß sich das Trugbild in Sand und Staub auflösen würde, sobald er sich ihm zu nähern versuchte. Vielleicht auch nicht – möglicherweise war der Regisseur dieser bösen Komödie grausam genug, es lange genug aufrechtzuerhalten, bis er sich nach dem vermeintlichen Wasser bückte und nichts als einen Mundvoll Dreck bekam, an dem er ersticken würde ...

Das Pferd begann zu schnauben und unruhig zu tänzeln. Obwohl er die Zügel fest angezogen hielt, konnte er es kaum mehr halten. Offensichtlich war die Halluzination von jener besonders unangenehmen Art, die auch Tiere täuschte. Das Pferd war so durstig wie er und mußte halb von Sinnen sein, jetzt, wo es das Wasser witterte.

Torian gab auf. Mit einem resignierenden Seufzer ließ er die Zügel fahren, verwandte sein letztes bißchen Kraft darauf, nicht aus dem Sattel geworfen zu werden, als das Tier losstürmte, und blickte aus brennenden Augen zu Garth hinüber, der bereits an dem eingebildeten Bach niedergekniet war und sich tatsächlich einbildete zu trinken.

Und wenige Augenblicke später tat es ihm Torian gleich. Es war ihm jetzt vollkommen egal, ob der Bach eingebildet war oder nicht. Möglicherweise war es wirklich eine Fata Morgana.

Aber wenn, dann schmeckte sie köstlich.

»Ich kann es immer noch nicht fassen«, brummte Garth kopfschüttelnd. »Wir haben es geschafft, wir haben es wirklich geschafft.« Es war ungefähr das vierzigste Mal innerhalb der letzten zehn Minuten, daß er das sagte, und Torian antwortete gar nicht mehr – obwohl er Garth' Worte zumindest zu einer Hälfte teilte –, auch er konnte es nicht fassen, daß sie im buchstäblich letzten Moment gerettet worden sein sollten.

Was die andere Hälfte von Garth' monotoner Bemerkung anging, so war er da völlig anderer Meinung – er war ganz und gar nicht sicher, daß sie es *geschafft* hatten; was immer er damit auch meinen mochte.

Er stand auf, warf Garth einen halb aufmunternden, halb ärgerlichen Blick zu und entfernte sich ein paar Schritte vom Ufer des Baches. In seinem Mund war ein widerwärtiger Geschmack, denn das Wasser war nicht ganz so köstlich gewesen, wie er im ersten Moment geglaubt hatte – genauer gesagt, es war schal, warm und schmutzig, und es schmeckte verdächtig nach einem Dutzend Pferde, die vielleicht nicht nur den Staub aus ihren Mähnen hineingeschüttelt hatten.

Trotzdem hatte es ihnen das Leben gerettet, ganz eindeutig.

Torian schalt sich in Gedanken einen Narren. Warum konnte er nicht einfach dasselbe tun wie Garth und sich schlicht mit der Tatsache abfinden, daß sie einmal Glück gehabt hatten, dachte er. Fast eine Stunde war vergangen, seit sie auf den Bach gestoßen waren, und sie waren bisher weder überfallen noch vergiftet oder verzaubert oder ermordet worden. Vielleicht sah er einfach Gespenster, dachte er.

Und trotzdem ... etwas stimmte hier nicht.

Sie rasteten noch immer an der Uferböschung und lauschten dem leisen Murmeln des Baches, und jetzt, da er wieder einigermaßen klar denken konnte, erkannte Torian das breite, tief in den Boden gegrabene Bett, das verriet, daß dieses Rinnsal nur das kärgliche Überbleibsel eines ursprünglich wesentlich mächtigeren Flusses war und im Laufe der nächsten Tage wahrscheinlich ebenfalls versickern und eintrocknen würde. Sie hatten sich ein wenig erholt und neue Kraft schöpfen können, aber bei weitem nicht genug, um weiterzureiten. Torian hätte es nicht einmal getan, wenn er die Kraft dazu gehabt hätte. Etwas – vielleicht das Tier in ihm, das sein Leben lang gejagt worden war – spürte die Falle, in die sie liefen. Er hatte das gleiche Gefühl schon einmal gehabt, vor wenigen Tagen erst, und schon einmal in ähnlich intensiver Form, und hatte nicht darauf gehört. Das Ergebnis war Rador gewesen.

Torian verscheuchte auch diesen Gedanken, drehte sich um und ging langsam zu Garth zurück. Die Hand saß zusammengekauert am Ufer, ließ die nackten Füße ins Wasser baumeln – wodurch sie allerdings eher noch schmutziger wurden – und sah ihm erwartungsvoll entgegen.

»Sag jetzt bitte nicht wieder: *Wir haben es geschafft!*« fauchte Torian, noch ehe Garth überhaupt den Mund aufmachen konnte. Sein grober Ton tat ihm fast sofort wieder leid – aber zum Teufel, er war gereizt, und er hatte Grund dazu.

Er wußte bloß nicht, welchen.

Garth blinzelte irritiert. Aber dann schien er zu dem Schluß zu kommen, daß es sich nicht lohnte, mit ihm zu streiten. »Was tun wir?« fragte er einfach.

Torian zuckte mit den Achseln, rupfte einige Grashalme aus und kaute darauf herum; nicht um seinen Hunger zu stillen, sondern einzig, um seine Hände zu beschäftigen und den ekligen Geschmack loszuwerden, den das Wasser auf seiner Zunge zurückgelassen hatte. Das Denken fiel ihm schwer. Schließlich deutete er auf den Bach.

»Das Wasser fließt nach Norden – die Richtung, in die wir wollten, oder? Folgen wir dem Fluß.«

Garth überlegte eine Weile und nickte dann schwerfällig. Wie Torian mußte er sich der Tatsache bewußt sein, daß das Eis, auf dem sie sich bewegten, äußerst dünn war – wer garantierte ihnen, daß der Bach nicht jäh seine Richtung änderte oder nach ein paar hundert Schritten im Sand versickerte?

Aber welche Wahl hatten sie schon?

»Du hast recht«, sagte er schließlich. »Außerdem – das Wasser lockt bestimmt Tiere an, wenn es hier überhaupt welche gibt. Irgendwann wird uns ein saftiger Braten über den Weg laufen. Das ist besser, als wenn wir uns durch die Dörfer schlagen. Die tremonischen Kriegshäscher sind immer noch unterwegs, und ich habe keine Lust, mich schon wieder in eine Uniform stecken zu lassen.«

Torian verzichtete darauf, zu antworten. Die einzige *Uniform,* in die man sie stecken würde, wenn die Tremonen ihrer habhaft wurden, war eine zwei Meter lange Holzkiste; mit etwas Glück. Möglicherweise würden sie auch an die Hunde verfüttert.

»Versuchen wir es.« Torian wandte sich um. Es fiel ihm mit jeder Minute schwerer, klar zu denken. Was war nur mit ihm los?

Mißtrauisch sah er auf das Wasser. Aber er verwarf den Gedanken so rasch wieder, wie er ihm gekommen war. Wäre das Wasser vergiftet gewesen, hätte auch Garth es merken müssen. Der Dieb hatte an die fünfhundert Liter davon in sich hineingeschlürft. Mindestens.

Als er nach dem Sattelhorn greifen wollte, wurde ihm schwindlig. Das Blut pochte in seinen Schläfen, und für einen kurzen Moment drehte sich der Himmel über ihm.

Torian stöhnte leise. Mühsam gelang es ihm, die schwarzen Schleier vor seinen Augen fortzublinzeln und das Gleichgewicht zu halten. Alles in ihm schrie nach einer längeren Pause, oder wenigstens einer Stunde Schlaf, doch ...

Aber verdammt, hatte er nicht gerade selbst gedacht, daß sie unmöglich sofort weiterreiten konnten, ja, daß er es nicht einmal wollte? Und jetzt ...

Irgend etwas fuhr durch seinen Kopf und fegte den Gedanken fort. Er durfte dem Verlangen nicht nachgeben. Die Hälfte der Nacht war bereits verstrichen, und schon wenige Minuten nach Anbruch des Tages würde es so heiß werden, daß sie nicht weiterreiten konnten. Sie durften nicht länger warten. Und entweder in dieser oder spätestens der nächsten Nacht mußten sie auf Wild stoßen, sonst würde der Hunger vollenden, was dem Durst nicht gelungen war. Und er spürte noch diese sonderbare Unruhe, die ihn schon vor einigen Minuten überfallen hatte. *Etwas stimmte nicht.* Er wußte nicht, was es war, und er konnte auch nicht mit Garth darüber reden. Aber das Gefühl war da, eine schwache, aber zunehmende Ahnung von Gefahr, wie ein übler Geruch, der die Luft verpestete.

Er sah aus den Augenwinkeln, daß Garth ihn besorgt musterte, und griff abermals nach dem Sattel. Das Pferd schnaubte und scharrte unruhig mit den Hufen. Seine Ohren bewegten sich nervös. Torian wußte nicht, ob es ebenfalls dieses *Etwas* spürte oder nur seinen Unwillen über den frühen Aufbruch zeigte. Er streichelte sein Pferd flüchtig und stieg auf. Diesmal ging es.

Garth beobachtete ihn stirnrunzelnd und folgte ihm etwas langsamer. Er legte die Hand auf den Sattelknauf, ließ sie aber dann wieder sinken und blickte Torian mit einem Ausdruck an, von dem er nicht wußte, ob es Mißtrauen oder wirkliche Sorge war.

»Was ist los mit dir?«

»Nichts«, knurrte Torian. Er versuchte vergeblich, einfach nur ungeduldig zu klingen. »Ich habe Hunger und möchte möglichst schnell das nächste Gasthaus erreichen, das ist alles«, antwortete er ironisch.

Garth reagierte nur mit einem Hochziehen der Augenbrauen. »Du weißt genau, was ich meine«, sagte er mit einer Ruhe, die Torian fast noch wütender machte. »Wenn wir den Pferden noch etwas

Ruhe gönnen, kommen wir anschließend viel schneller voran. Und uns würde eine halbe Stunde Ruhe auch guttun. Warum diese plötzliche Eile?«

Torian wußte, daß der Dieb recht hatte, und – was viel schlimmer war – er erkannte auch, daß Garth sich nicht mit einer fadenscheinigen Ausrede zufriedengeben würde. Der Hüne hatte gemerkt, daß etwas nicht stimmte, und seinem ernsten Gesicht zufolge war er entschlossen herauszufinden, was es war.

»Ich weiß nicht«, knurrte Torian. Er sah sich um. Alles war wie zuvor, und doch glaubte er die Gefahr oder was auch immer jetzt beinahe körperlich zu spüren. Wenn es wirklich eine Veränderung gab, so war sie nicht sichtbar. Die Schatten schienen dunkler und irgendwie *stofflicher* geworden zu sein, alle Konturen sahen schärfer aus, wie mit einem schwarzen harten Stift nachgezeichnet. Sein eigener Schatten und der seines Tieres waren ... einfach falsch. Es waren keine Schatten, sondern schwarze Löcher in der Wirklichkeit. Etwas Namenloses, völlig *Fremdartiges,* das gerade unterhalb der Grenze des Sichtbaren lag, nahm inmitten der dräuenden Schatten Gestalt an.

Torian konnte es beinahe riechen.

Und es kam näher.

Aus den Augenwinkeln nahm Torian rasche, huschende Bewegungen wahr, die sich in nichts auflösten, sobald er genauer hinsah. Ein Raunen und Wispern wie von unhörbaren Stimmen lag wie eine letzte Warnung in der Luft. Er fühlte sich von bösartigen Augen angestarrt, Augen, die ihn aus den Ritzen der Wirklichkeit heraus anstarrten, hörte das Geräusch horniger schrecklicher Krallen, die ...

Unsinn! dachte er wütend. Er war nur nervös, sonst nichts!

»Also?« hakte Garth nach, als er nicht weitersprach.

»Bitte, laß uns reiten«, sagte Torian. Er glaubte, einen süßlichen Geruch wahrzunehmen, wie den Gestank von Fäulnis und Moder und etwas anderem, das er nicht einordnen konnte. Etwas kam. Näherte sich. Schnell.

»Etwas ... ist hier nicht, wie es sein sollte«, sagte er verstört. »Ich fühle etwas, aber ...« Er brach ab und suchte nach Worten. »Es ist so ähnlich wie in Rador«, fügte er nach einer kurzen Pause hinzu. Am liebsten hätte er Garth gepackt und in den Sattel hochgerissen, gleichzeitig fühlte er sich wie gelähmt.

Aber zu seiner Überraschung reagierte Garth weder zornig noch mit Spott. Im Gegenteil – der Dieb schien nun auch etwas zu spüren. Ein neuer Ausdruck trat in sein Gesicht, eine Mischung aus Unverständnis und kaum verhohlenem Mißtrauen. Er sog hörbar die Luft ein und warf einen Blick in die Runde, dann nickte er und schwang sich in den Sattel.

Genauer gesagt – er versuchte es. Mitten in der Bewegung schien er für die Dauer eines Herzschlages zu erstarren. Er sprang auf den Boden zurück, fuhr herum und hob erschrocken die Fäuste. Gleichzeitig stieß sein Pferd ein schrilles, angsterfülltes Wiehern aus.

»Was ist?« fragte Torian alarmiert. Ganz automatisch senkte sich seine Hand auf das Schwert, das an seinem Gürtel hing.

»Ich ...« Garth stockte, sah zu Torian auf und versuchte zu lächeln. Es mißlang kläglich. »Verrückt«, sagte er. »Für einen Moment war ich fast sicher, eine Berührung zu spüren. Etwas hat mein Bein gestreift, aber ...«

Er führte den Satz nicht zu Ende, sondern sprang mit einer Behendigkeit in den Sattel, die man einem Mann seiner Statur kaum zugetraut hätte, und trieb sein Pferd an. Das Tier protestierte mit einem schrillen Wiehern gegen die grobe Behandlung, machte einen gewaltigen Satz nach vorne und preschte so schnell los, daß Torian kaum folgen konnte.

Hinter ihnen erklang ein peitschender Knall – ein Geräusch, dachte Torian entsetzt, als wäre etwas ungeheuer Mächtiges auf einen trockenen Ast getreten und hätte ihn zerbrochen. Torian widerstand der Versuchung, sich umzudrehen und nach dem zu schauen, was dieses entsetzliche Geräusch verursacht hatte – aber der Laut trieb sie zu noch größerer Eile an. Schweigend jagten sie nebeneinanderher. Die Hufe ihrer Pferde ließen Wasser und kleine Erdbrokken aufspritzen. Die Angst hatte von den Tieren jetzt ebenfalls Besitz ergriffen. Ohne daß Torian oder Garth sie auch nur anzutreiben brauchten, galoppierten sie, als säße ihnen der Teufel im Nacken. Vielleicht, dachte Torian beklommen, vielleicht war dieser Gedanke nicht einmal allzu falsch.

Erst als sie mehr als eine Meile in kräftezehrendem Galopp zurückgelegt hatten, zügelte er sein Pferd wieder. Was auch immer er wahrgenommen hatte – oder wahrzunehmen *geglaubt* hatte –, war hinter ihnen zurückgeblieben. Wenigstens versuchte er sich das einzureden.

»Was ... was war das?« keuchte Garth atemlos. Angst schwang in seiner Stimme mit. Er hatte die Anwesenheit des fremdartigen ... *Etwas* erst viel später als Torian gespürt, aber dafür um so intensiver.

»Was ist mit deinem Bein?« fragte Torian, statt zu antworten. Mit sanftem Schenkeldruck lenkte er sein Pferd näher an das des Diebes heran, allerdings nicht, ohne sich mit einem raschen Blick davon zu überzeugen, daß sie *wirklich* allein waren.

Garth zog den Fuß aus dem Steigbügel und streckte das rechte Bein aus. Ein dunkler Fleck von Daumengröße hatte sich auf seinem Stiefel gebildet. Das Leder sah wie verbrannt aus, aber Torian sah noch etwas anderes, das er im dämmerigen Zwielicht nicht zu deuten vermochte. Es erinnerte an hellen, zähflüssigen Schleim und unterschied sich deutlich von dem getrockneten, viel dunkleren Schlamm, der an Garth' Stiefel klebte.

Auch Garth sah diesen sonderbaren Fleck und runzelte verwirrt – aber auch ein bißchen erschrocken – die Stirn. Er stieg aus dem Sattel, rupfte ein Büschel Gras aus und scheuerte damit über den Stiefel. Dann schleuderte er das Gras angewidert von sich.

Als er sich wieder zu Torian umwandte, war die Verwirrung in seinem Blick ein wenig mehr zu Schrecken geworden. Seine Stimme zitterte, obwohl er sich alle Mühe gab, sich zu beherrschen. »Was war das?« krächzte er. »Bei allen Göttern der Finsternis, Torian – wo sind wir hier hineingeraten?«

Wieder warf Torian erst einen Blick in die Richtung, aus der sie gekommen waren, bevor er antwortete. »Ich weiß es nicht«, sagte er gepreßt. Er sprach langsam und bemühte sich, soviel Ruhe wie möglich in seine Stimme zu legen, auch wenn er wußte, daß es ihm so wenig gelang wie Garth zuvor. Er konnte weder sich selbst noch Garth durch Worte beruhigen – ganz einfach, weil er nicht wußte, was ihm und dem Dieb solche Angst einflößte. »Vielleicht ... das Wasser«, murmelte er. »Vielleicht war etwas im Wasser.«

Garth nickte grimmig. »Pferdepisse, ja.«

Torian lächelte, aber nur ganz kurz, dann wurde er wieder ernst. »Das werden wir wohl nie herausfinden«, sagte er. »Und ich will es auch gar nicht wissen«, fuhr er fort. »Die Hauptsache ist, daß wir es abgeschüttelt haben.«

»Haben wir das?« murmelte Garth. »Das war Zauberwerk. Was hast du gesehen? Sag mir, was hast du gesehen?«

»Nichts, ich habe ...«

»Aber du hast als erster gewußt, daß es da war! Du mußt etwas gesehen haben, du ...« Er brach ab, strich sich mit der Hand übers Gesicht und blickte zu Boden. Sein Wutausbruch und sein kindisches Gerede von Zauberei waren nichts anderes als ein Ausdruck seiner Hilflosigkeit. Jeder hatte eben *seine* Art, mit der Furcht fertig zu werden, dachte Torian.

Laut sagte er: »Es war nicht mehr als ein Gefühl.« Er lächelte aufmunternd, trat auf Garth zu und legte ihm die Hand auf die Schulter, eine Geste von Vertraulichkeit, die bisher zwischen ihnen undenkbar gewesen wäre. »Gesehen habe ich gar nichts. Vielleicht war es ein Tier, das sich im Boden eingegraben hat, vielleicht auch etwas anderes. Aber was auch immer es war, es ist nicht mehr da, und es wird uns kaum verfolgen. Trotzdem sollten wir sicherheitshalber weiterreiten.«

Seine Worte – und wohl noch viel mehr die Berührung – wirkten.

Langsam beruhigte sich Garth, aber der halb furchtsame, halb gehetzte Ausdruck wich nicht völlig aus seinem Gesicht. Wahrscheinlich würde er ihn noch lange mit sich herumtragen – und Torian vermutete, daß sich der gleiche Ausdruck auch in *sein* Gesicht gegraben hatte. Er wußte, daß es sich mit Sicherheit nicht um ein Tier gehandelt hatte, sondern um etwas gänzlich anderes, das zu erfassen sich sein Verstand auch jetzt noch weigerte. Er wurde etwas besser damit fertig als Garth; aber nicht viel. Vielleicht lag es daran, daß er selbst bis vor wenigen Tagen niemals *wirklich* an Magie geglaubt hatte – und es im Grunde selbst jetzt noch nicht tat. Was in Rador geschehen war, war unerklärlich und schrecklich gewesen, aber nicht alles Unerklärliche und Schreckliche mußte gleich *Zauberei* bedeuten.

Bei Garth war das anders. Er war in einer Umgebung aufgewachsen, in der die Angst vor finsteren Göttern und Dämonen tief in den Menschen verwurzelt war, und er würde diese Angst niemals ganz loswerden, so wenig wie Torian seine Skepsis.

»Es war Zauberwerk«, murmelte der Dieb noch einmal. Er spie aus, blickte sich ein weiteres Mal furchtsam um und kletterte umständlich wieder auf den Rücken seines Tieres.

»Vielleicht ein ... ein Andenken an Rador. Ich glaube, es war doch ein Fehler, mich zu dir zu gesellen.« Er lachte finster und etwas zu schrill, um darüber hinwegzutäuschen, daß die so scherzhaft klingende Bemerkung vielleicht ernster war, als ihm selbst bewußt wurde.

Wortlos gab Torian seinem Pferd die Sporen und preschte los, damit Garth nicht sah, wie betroffen seine Worte ihn gemacht hatten.

Meile um Meile folgten sie dem gewundenen Band des Baches, das ebenso willkürlich seine Richtung änderte wie auch sein Aussehen; es war einmal so breit und tief, daß es schon eher ein kleiner Fluß war, dann wieder ein jämmerliches Rinnsal, nicht einmal tief genug, den Pferden bis an die Fesseln zu reichen. Zwei- oder dreimal verschwand es ganz, tauchte aber jedesmal nach wenigen hundert Schritten wieder aus seinem unterirdischen Bett auf.

Sie hatten zweimal Rast gemacht, doch beide Male nur wenige Minuten lang, und beide Male waren sie froh gewesen, wieder auf ihre Pferde steigen und weiterreiten zu können. Keiner von ihnen hatte noch ein Wort über das geheimnisvolle *Etwas* verloren, das ihnen begegnet war, aber auch wenn sie es nicht zugaben, es war die nackte Angst, die sie vorwärts trieb. Und es war nicht nur Garth, den die Erinnerung an die körperlose Schwärze und die brodelnden Schatten darin peinigte. Auch Torian gelang es nicht, das entsetzliche Bild zu vergessen. Er konnte sich für eine Weile ablenken, indem er sich auf die Umgebung konzentrierte und gegen seine Müdigkeit ankämpfte, doch das Bild saß wie ein Stachel in seiner Erinnerung, ein Stachel mit Widerhaken.

Keiner sprach mehr von einer Rast, auch nicht, als die Sonne wieder als glutroter Feuerball aufging und das Land erneut mit ihrer unbarmherzigen Hitze quälte. Sie ritten einfach weiter.

Torian war wieder über dem Hals seines Pferdes zusammengesunken, aber er wagte es nicht, die Augen länger als für ein paar Sekunden zu schließen. Gelegentlich wandte er müde den Kopf und blinzelte in die Richtung, aus der sie gekommen waren. Die Luft flimmerte und schien einen feinen Schleier um sie herum zu weben, durch den alles, was mehr als ein Dutzend Schritte von ihnen entfernt lag, nur noch verschwommen sichtbar war. Es war für Torian ein gewohntes Bild, aber in seinem momentanen Zustand steigerte es seine Angst noch. Er war am Ende, und nicht nur mit seinen körperlichen Kräften. Es war ihm unverständlich – was sie gesehen *(gesehen?)* hatten, war nicht einmal besonders schlimm gewesen, verglichen mit dem, was sie bereits gemeinsam hatten durchstehen müssen. Aber es hatte etwas in ihnen erschüttert. Es war, als hätte seine Seele Sprünge bekommen, durch die klebrige schwarze Fäden der Furcht sickerten, langsam, aber unaufhaltsam.

Ein Stück vor ihnen, vielleicht eine Viertelmeile entfernt, lag ein kleines, wie ein Dreieck geformtes Wäldchen, dessen Bäume kühlen Schatten versprachen. Die meisten Gewächse sahen krank aus;

dürre graue Äste, wie Krallen nach dem Himmel ausgestreckt, Blätter, die nur noch einen blassen Schimmer von Grün hatten ... Der Wald hatte den Kampf gegen die Wüste längst verloren. In ein oder zwei Jahren, überlegte Torian matt, würden nur noch einige versteinerte Strünke von seinem Dasein künden, ehe auch sie unter einer Wanderdüne verschwanden.

Und doch konnte sie dieser Wald retten. Auch Garth hatte ihn gesehen. Er zügelte sein Pferd und schirmte die Hand mit den Augen ab. Sein Gesicht verzerrte sich zu einer Grimasse. Torian vermutete, daß die noch längst nicht verheilte Wunde an der Schulter des Diebes wieder aufgebrochen war. Garth' Augen glänzten fiebrig.

»Dieses Wäldchen«, murmelte er. Das Sprechen bereitete ihm Mühe, das sah und hörte man. »Ich kenne es. Unser Heer ist ... daran vorbeigezogen. Eine ... eine knappe Meile nördlich liegt ein Gehöft.«

»Bist du sicher?« Torian richtete sich mühsam im Sattel auf. Er dachte an ganz ähnliche Worte, die er gestern abend von Garth gehört hatte. Noch einmal würden sie nicht die Kraft haben zu fliehen. Ganz egal, wovor.

»Was glaubst du, wie viele solcher Wälder es hier gibt?« schnappte Garth. Er schüttelte den Kopf. »Ich war sicher, daß wir weiter südlich wären, aber ich erkenne ihn wieder. Wir haben damals einen Bogen um ihn gemacht, weil er so wenig einladend aussah.« Er legte den Kopf in den Nacken und begann krächzend zu lachen.

»Und was ist daran so lustig?«

»Das ist ... das ist ...« Garth rang mühsam nach Luft, als hätte ihn das Lachen über die Maßen erschöpft. »Willst du es wirklich wissen?«

Torian nickte. »Ja, verdammt«, sagte er wütend. »Ich habe keine Lust, irgendwelche Spielchen zu spielen. Was amüsiert dich so?«

»Es wird dir nicht gefallen«, sagte Garth. »Aber wie du willst. Wir sind die ganze Zeit kaum eine Meile von den Proviantlagern entfernt gewesen. Sag mir, ist das ein guter Witz, oder ist das keiner?« Er lachte erneut, krümmte sich plötzlich im Sattel und preßte beide Hände gegen den Leib, schüttelte aber abwehrend den Kopf, als sich Torian zu ihm hinüberbeugen wollte.

Torian antwortete nicht. Er fand Garth' Humor nicht besonders komisch und auch nicht besonders passend. Die Vorstellung, daß sie vor Hunger und Durst fast umgekommen wären, obwohl kaum einen Steinwurf entfernt Nahrungsmittel für ein dreihundertköpfiges Heer lagerten, war so absurd, daß er sich weigerte, diesen Gedanken weiterzuverfolgen.

Wortlos trieb er sein Pferd an und ritt auf das Wäldchen zu. Garth folgte ihm, immer noch stöhnend, und gleichzeitig wie von Sinnen in sich hineinglucksend.

Es wurde kaum kühler, als sie in den kranken Wald ritten. Der Boden war hart und verbrannt und trug keinerlei Vegetation, abgesehen von einigen dürren Büschen, die wirkten, als wären sie aus rostigem Draht geflochten. Die Baumkronen bildeten ein schattenspendendes Dach über ihren Köpfen, doch obwohl die Blätter die schlimmste Sonnenglut abhielten, milderten sie die Hitze kaum. Der klebrig-heiße Hauch war allgegenwärtig.

Schließlich zügelte Torian sein Pferd und wartete, bis Garth zu ihm aufgeschlossen hatte. »Dieses Gehöft«, fragte er, »was für Leute wohnen da?«

Garth zuckte mit den Achseln. Er sah Torian an, aber sein Blick blieb verschleiert. »Wir sind nur daran vorbeigezogen«, murmelte er. »Ein kleiner Hof; ein paar bestellte Felder und etwas Viehzeug. Nichts Besonderes, aber alles sah recht ordentlich aus.« Er lächelte matt. »Nichts, was sich zu stehlen lohnte.«

Torian ignorierte den letzten Satz. »Sind wir hier schon auf tremonischem Gebiet?«

Garth nickte und schüttelte gleich darauf den Kopf.

»Aha«, sagte Torian. »Sehr präzise.«

»Verdammt, ich weiß es nicht«, fauchte Garth. »So genau wurde die Grenze nie gezogen. Das ist ein karger Landstrich, und die wenigen Höfe werfen gerade genug zum Überleben ab. Es lohnt sich nicht einmal, hier Steuern einzutreiben. Meinst du, in Tidore hätte man nichts Besseres zu tun, als sich darum zu kümmern?«

»Ich will nur wissen, wie man uns empfängt. Immerhin tragen wir tremonische Uniformen.«

Garth machte eine wegwerfende Handbewegung. Sein Gesicht drückte aus, wie überflüssig ihm diese Fragen vorkamen.

»Wahrscheinlich werden sie sie nicht einmal erkennen«, sagte er unwillig. »Wir sind hier am Ende der Welt, vergiß das nicht. Es sollte mich wundern, wenn es sich schon bis hierher herumgesprochen hätte, daß Krieg herrscht.« Der Gedanke schien ihm wieder etwas Mut zu machen, denn sein Gesicht hellte sich auf. »Etwas Besseres kann uns überhaupt nicht passieren«, behauptete er. »Man wird uns nicht gerade begeistert empfangen, aber die Gesetze der Gastfreundschaft gelten auch hier. Los – komm. Ich glaube, ich kann unseren Mittagsbraten schon riechen.«

Er trieb sein Pferd an, aber das Tier war vollends am Ende seiner Kräfte. Es bewegte sich kaum schneller als zuvor, so daß Torian keine Mühe hatte, zu ihm aufzuschließen.

Mißtrauisch sah er sich weiter um, während er neben und ein kleines Stück hinter dem Dieb einherritt. Dieser Wald gefiel ihm nicht: er wirkte krank und irgendwie ... *verdorben,* ohne daß er das Gefühl genauer in Worte fassen konnte. Die Stämme der weit auseinanderstehenden Bäume waren glatt und sahen hart aus, als wären sie schon längst versteinert, der Boden war geborsten wie zusammengebrannter Wüstensand, und nirgends regte sich eine Spur von Leben: kein Vogel, keine Tiere, nicht einmal ein Spinnennetz.

Vielleicht war er einfach nur zu mißtrauisch – aber nach all dem Pech, das sie in letzter Zeit gehabt hatten, fiel es ihm schwer, noch an einen Zufall zu glauben, der sie erst den Bach und jetzt auch noch das Gehöft hatte finden lassen.

Natürlich mußte jede Pechsträhne irgendwann zu Ende gehen, und ein bißchen Glück hatten sie sich sicherlich verdient – aber auch dieser Gedanke vermochte sein Mißtrauen nicht völlig zu besänftigen.

Garth hatte sich nicht geirrt. Es dauerte nicht lange, bis das Gehöft vor ihnen auftauchte.

Sie hielten an. Torian hob den Arm, um die Augen mit der Rechten zu beschatten, und spähte mißtrauisch auf die Ansammlung ärmlicher Scheunen und Ställe, die sich um das Hauptgebäude gruppierten. Alles war sehr schäbig, nicht besonders sauber und einige Nummern kleiner, als er erwartet hatte, selbst nach Garth' Worten, aber auch sehr friedlich und scheinbar von der Welt vergessen.

»Es ist kein Mensch zu sehen«, sagte Torian. Er spielte nervös mit den Zügeln. »Weder auf dem Hof noch auf den Feldern. Schlafen die alle, oder haben deine Leute ihnen vielleicht doch einen Besuch abgestattet, den du vergessen hast?«

Garth starrte ihn wütend an. »Es waren nicht *meine* Leute«, fauchte er. »Und was hier los ist, weiß ich so wenig wie du. Wahrscheinlich«, fügte er gehässig hinzu, »haben sie dich gesehen und verkriechen sich jetzt vor Angst.« Er schnaubte. »Jetzt hör schon auf, Gespenster zu sehen.«

»Mir gefällt das nicht«, erwiderte Torian stur, lenkte sein Pferd aber dennoch den Hügel hinab. Wahrscheinlich hatte Garth recht, und man hatte sie schon längst entdeckt. Und es war ohnehin zu spät zum Umkehren.

»Irgend etwas stimmt da nicht«, murmelte er. Erwartungsgemäß bekam er keine Antwort. Er legte die Hand auf den Schwertknauf, wagte aber nicht, die Waffe zu ziehen. Schließlich kamen sie als Gäste, und es machte nicht unbedingt den besten Eindruck, wenn sie mit dem Schwert in der Hand um eine Mahlzeit und eine Unterkunft baten.

Aber die Unruhe blieb, während sie sich dem Gut näherten. Torian kam das Gehöft seltsam *tot* vor, obwohl er gleichzeitig spürte, daß die Stille ringsum täuschte: Er fühlte sich aus zahllosen Augen angestarrt, und da war etwas Lauerndes ... Aber nicht einmal, als sie ihre Pferde in der Mitte des Hofes zügelten und abstiegen, zeigte sich ein Mensch.

Garth bildete mit den Händen einen Trichter vor dem Mund. »Ist hier jemand?« schrie er.

Weder Torian noch er selbst hatten mit einer Antwort gerechnet, aber sie bekamen sie.

Allerdings auf andere Art als erwartet.

Ein Pfeil zischte heran und bohrte sich kaum eine Handbreit vor ihren Füßen in den Boden, wo er wippend steckenblieb.

Torian reagierte trotz seiner Erschöpfung mit der Schnelligkeit eines Mannes, dem das Kämpfen und Überleben zum Beruf geworden war. Der Pfeil war aus dem halboffenen Tor der Scheune zu seiner Rechten abgeschossen worden. Er fuhr herum, rannte los, überwand die letzten Schritte mit einem gewaltigen Hechtsprung und kam im toten Winkel dicht neben dem Tor wieder auf die Beine. Noch in derselben Bewegung zog er sein Schwert und wirbelte mit einem Schrei um den Torpfosten herum. Nach dem grellen Sonnenlicht draußen war er im ersten Moment fast blind, aber er erkannte seinen Gegner immerhin als verschwommenen Schatten, der gerade einen neuen Pfeil an die Sehne legte.

Der Mann war nicht schnell genug. Torian schmetterte ihm mit einem Tritt den Bogen aus der Hand, drehte sein Schwert herum und traf ihn mit dem Knauf an der Brust. Der Mann wurde zurückgeschleudert und stürzte mit einem Schmerzensschrei zu Boden.

Torian riß sein Schwert hoch und fuhr abermals herum, als er neben sich eine Bewegung wahrnahm. Metall blitzte. Irgend etwas traf seine hochgerissene Waffe, prallte davon ab und riß einen armlangen Splitter aus dem Türpfosten. Torian fluchte, sprang zurück – und stolperte über den Mann, den er gerade niedergeschlagen hatte.

Diesmal entkam er dem Tod nur um Haaresbreite. Ein Speer zischte auf ihn herab, hinterließ einen blutigen Kratzer in seiner Wange und fuhr eine Handbreit tief in den Boden, dann traf ein Stiefel seine Seite und trieb ihm die Luft aus den Lungen. Torian wälzte sich herum, sprang in die Höhe und dann blindlings tiefer in die Scheune hinein. Ein weiteres Wurfgeschoß zischte dort durch die Luft, wo er gewesen wäre, hätte er sich nicht zur Seite geworfen.

Er fiel und prallte sehr schmerzhaft auf, aber der Satz verschaffte ihm auch die Sekundenbruchteile, die er brauchte. Mit einem gellenden Schrei sprang er wieder hoch, packte sein Schwert mit beiden Händen, wirbelte herum – und ließ die Waffe wieder sinken.

Angesichts des guten halben Dutzends metallener Pfeilspitzen, die auf ihn gerichtet waren, blieb ihm wohl kaum etwas anderes übrig.

Die Haltung der Männer verriet Torian, daß sie nicht schießen würden. Nicht, wenn er sie nicht dazu reizte. Sie waren zu sechst oder siebent, aber er spürte, daß sie mindestens ebensoviel Angst vor ihm hatten wie er vor ihnen, trotz ihrer Überzahl und ihrer Bögen, denen er mit seinem Schwert kaum Paroli bieten konnte. Aber sie waren keine Krieger. Sie hatten Angst vor ihm, und es gab keinen gefährlicheren Gegner als einen, der Angst hatte, denn sie machte ihn unberechenbar.

Sehr vorsichtig senkte er sein Schwert vollends und hob die Hände. Die Männer rührten sich nicht, aber auf dem einen oder anderen Gesicht machte sich so etwas wie vorsichtige Erleichterung breit, und die Pfeilspitzen deuteten jetzt nicht mehr *alle* auf sein Gesicht.

Torian nutzte die verstreichende Zeit, um die Männer genauer zu mustern. Es handelte sich hauptsächlich um junge, kräftige Burschen, deren Muskeln von der harten Arbeit auf den Feldern gestählt waren. Nicht alle waren mit Bögen bewaffnet, einer hielt ein rostiges Schwert, ein anderer auch nur einen Knüppel und ein dritter gar eine Mistgabel in Händen. Sie trugen einfache, verschlissene Kleidung. Der Mann mit dem Schwert starrte nur so vor Schmutz, und auch die anderen waren nicht unbedingt *sauber.* Ihre Gesichter waren nicht einmal unsympathisch, sondern von der schlichten

Einfältigkeit der Menschen, die nie so etwas wie Bildung genossen hatten – sie allerdings auch nicht vermißten. Aber etwas an ihren Gesichtern störte Torian. Sie wirkten irgendwie unfertig, fast maskenhaft starr, und irgendwie ... ausdruckslos, trotz der Furcht, die er in den Augen der Männer las.

Ihre Augen. Ja, das war es, was ihn besonders irritierte: die Augen. Sie sahen seltsam kalt und leblos aus, wie gläserne Murmeln, in die sogar das Gefühl hineingemalt war. Und dieser unheimliche Blick war bei allen Männern gleich, selbst bei dem Burschen, den er niedergeschlagen hatte und der sich nun mühsam wieder aufrappelte und in den Kreis der anderen einreihte. All diese Männer, dachte er schaudernd, wirkten, als hätte sie jemand *gemacht.*

Langsam, um niemanden durch eine unvorsichtige Bewegung zu provozieren, legte er sein Schwert vollends zu Boden. Er sah zur Tür und erkannte, daß auch Garth draußen von mehreren Männern umzingelt war.

»Wir kommen in Frieden«, sagte er. Er kam sich reichlich idiotisch dabei vor, fuhr aber trotzdem fort: »Alles, was wir wollen, ist ...«

Ein harter Stoß in den Rücken ließ ihn verstummen. Torian schluckte einen Schmerzlaut hinunter, widerstand der Versuchung, sich herumzudrehen und dem Kerl seine Zähne in den Hals zu schlagen, und trat gehorsam auf den Hof hinaus, wo er sofort von derben Händen gepackt und zu Garth gezerrt wurde.

Der Hof war plötzlich alles andere als *leer*. Mehr als zwei Dutzend Männer umringten Garth und ihn, ein wahrer Wall von Leibern, der jeden Gedanken an Widerstand oder gar Flucht schlichtweg lächerlich machte. Bislang hatte niemand sie angegriffen oder war auch nur auf den Gedanken gekommen, sie nach weiteren Waffen zu durchsuchen, und Torian hütete sich, Feindseligkeiten herauszufordern. Man hatte Garth nicht einmal sein Schwert abgenommen. Die Bauernburschen fühlten sich offenbar durch ihre bloße Zahl überlegen genug. Und sie waren es auch, dachte Torian bitter. Obwohl wahrscheinlich keiner ihrer Gegner große Kampferfahrung besaß, konnte es am Ausgang einer eventuellen Auseinandersetzung keinerlei Zweifel geben. Garth und er hatten sich übertölpeln lassen wie Anfänger. Zum Teufel, was war mit ihm los? Verlernte er allmählich das Denken?!

Torian sah, wie sich Garth' Hand fester um den Schwertknauf ballte, und fuhr erschrocken zusammen. Ein zorniges Funkeln lag in Garth' Augen. Der Dieb war kein Narr, aber das Fieber hatte sein Denken getrübt. Und die Angst, die sie aus der Wüste mitgebracht hatten, mußte noch ebenso in ihm wühlen wie in ihm selbst. Torian warf ihm einen raschen, warnenden Blick zu und legte ihm die Hand auf den Arm. Nach einigen Sekunden nickte Garth fast unmerklich, und Torian atmete innerlich auf.

»Ein wahrhaft herzliches Willkommen«, knurrte er. »Sieht wohl schlecht aus mit unserem Braten.« Er grinste schief. »Wer weiß – vielleicht sind *wir* ja das Abendessen.«

»Abwarten«, entgegnete Garth. »Wenn sie uns umbringen wollten, hätten sie das schon längst tun können.«

Torian schwieg eine Weile, während sein Blick noch einmal über die Männer glitt. Drinnen im Halbdunkel der Scheune war er nicht sicher gewesen, aber jetzt ... Er schauderte.

»Sieh dir ihre Augen an, Garth«, flüsterte er. »Hast du so etwas schon einmal gesehen? Was ist mit diesen Männern los? Sie sehen aus, als ... als würden sie gar nicht richtig leben.«

Garth nickte beinahe unmerklich. »Ich habe etwas Ähnliches schon einmal gesehen«, sagte Garth gepreßt. Schweißperlen glänzten auf seiner Stirn, und seine Lippen bebten. »Es ist gar nicht lange her. Vor kurzem erst.« Sein Blick irrte nervös hin und her, aber er machte keine Anstalten weiterzusprechen.

»Und wo?« fragte Torian schließlich.

Garth zögerte lange, ehe er antwortete, und als er es tat, sah er Torian nicht an. »Uns ... waren einige eurer Kundschafter in die Hände gefallen. Wir wollten sie foltern, um die Lage des geheimen Passes nach Scrooth zu erfahren, aber dann traf der Magier in unserem Lager ein. Er blieb einige Minuten allein mit den Gefangenen in einem Zelt.« Er brach ab, lächelte nervös und fuhr sich mit dem Handrükken über das Kinn. »Anschließend«, fuhr er fort, »erklärten die Männer uns bereitwillig den Weg. Und ihre Gesichter zeigten den gleichen Ausdruck.«

»Du meinst, daß ...«

»Sie gehorchen einem fremden Willen, das meine ich«, sagte Garth. »Aber wer ...?«

»Ich«, sagte eine leise, aber dennoch kraftvolle Stimme hinter ihnen; eine Stimme, deren Klang Torian eine Gänsehaut über den Rücken jagte.

Mühsam beherrscht drehte er sich herum. Unbemerkt hatten zwei Männer das Herrenhaus verlassen und waren hinter sie getreten. Der eine trug ein etwas kostbareres Gewand als die Bauernburschen um sie herum – was nichts anderes hieß, als daß es nicht *ganz* so verdreckt und geflickt war wie die ihren. Immerhin – es wies ihn als Herrn des Hofes aus.

Torian schenkte dem Mann nur einen flüchtigen Blick, ehe er sich seinem Begleiter zuwandte und bei seinem Anblick erneut erschauerte.

Der Mann war alt, unglaublich alt, und obwohl sein in einen verschlissenen grauen Mantel gehüllter Körper schwach und gebrechlich aussah, verströmte er eine Aura von Macht, die Torian frösteln ließ. Ein Kranz schlohweißen, vom Wind zerzausten Haares lag um seinen Kopf. Tiefe Falten hatten sich in sein Gesicht gegraben. Darin eingebettet lagen die Augen; Augen mit Pupillen, die schwarz wie die Nacht waren, die uralt und jung zugleich wirkten. Zeitlos. Etwas Zwingendes ging von ihnen aus.

Nur mit äußerster Mühe konnte er den Blick senken. Neben ihm keuchte Garth. Ein undeutbares Lächeln lag auf dem Gesicht des Greises, das sich noch vertiefte, als sich Torian verwirrt mit der Hand über die Augen fuhr.

»Verzeiht den unfreundlichen Empfang«, sagte der Alte mit kaum verhohlenem Spott. Er deutete auf den Mann an seiner Seite. »Das ist Kalaar. Ihm gehört der Hof. Es kommen nicht oft Reisende hierher, besonders keine tremonischen Kriegstreiber. Wir wissen gerne, mit wem wir es zu tun haben, bevor wir Fremden Tür und Tor öffnen.«

»Wir sind keine ... Tremoner«, erwiderte Torian. Das Sprechen fiel ihm schwer, aber diesmal lag es nicht am Durst und an seiner Erschöpfung. Etwas war plötzlich in seinem Kopf, etwas wie Nebel, das ihn am Denken hinderte. Die Nähe dieses schrecklichen alten Mannes erdrückte ihn fast. *Großer Gott, was war das?*

»Nein, das seid ihr nicht«, sagte der Alte freundlich. Und fügte hinzu: »Zumindest du nicht, Torian. Oder soll ich dich bei deinem vollen Namen nennen: Torian Carr Conn?«

»Du ...« Torian trat einen Schritt vor und hob die Hände, als wollte er den Alten an der Kehle packen. Sofort richtete sich ein halbes Dutzend Speere und Pfeile auf ihn, aber der Greis winkte ab. Seine Lippen zuckten spöttisch. Er wußte genau, daß Torian ihn nicht angreifen würde. Er konnte es gar nicht.

»Laßt ihn«, sagte er. »Und du, Torian, hör auf, dich wie ein Narr zu benehmen. Es interessiert mich nicht, ob man dich in Scrooth sucht, und warum. Ich habe in meinem Leben schon zu viele Mörder und Diebe getroffen, als daß es mir etwas ausmachen würde.« Er lachte leise, ehe er sich herumdrehte und eine spöttisch-einladende Geste zum Haus hinüber machte. »Gehen wir hinein. Dort können wir uns in Ruhe unterhalten. Mir scheint, ihr seid etwas hungrig. Kalaar, laß den Tisch für unsere Gäste dekken.«

Mit einem beinahe unterwürfigen Nicken ging der Mann ins Haus zurück. Wortlos drehten sich auch die anderen Männer um und zerstreuten sich – allerdings erst, nachdem einer Torian das abgelegte Schwert gebracht hatte.

Verwirrt nahm Torian die Waffe entgegen, starrte den Alten einen Moment fassungslos an und steckte die Klinge schließlich in die Scheide zurück. Er verstand gar nichts mehr.

Gemeinsam mit Garth folgte er dem sonderbaren Greis. Während sie sich dem Haus näherten, sah er sich aufmerksam um; etwas, das ihm so sehr zur Gewohnheit geworden war, daß er es schon gar nicht mehr merkte. Der Hof kam ihm jetzt noch schäbiger und verkommener vor als bisher; es war wenig mehr als eine Ruine, und – sonderbar genug, bei all den Menschen, die sie beherbergte – sie wirkte noch immer auf die gleiche Art und Weise *tot* wie vorher. Nur an einem der Fenster im ersten Stock glaubte er eine flüchtige Bewegung wahrzunehmen. Für einen Sekundenbruchteil sah er das von schwarzem Haar eingerahmte Gesicht eines jungen Mädchens. Dann war es wieder verschwunden.

Torian runzelte die Stirn. Der Augenblick war zu kurz gewesen, um wirklich etwas zu erkennen, aber er meinte, einen fast gehetzten Ausdruck im Gesicht des Mädchens bemerkt zu haben. Und dieser Ausdruck war *echt* gewesen.

Er verscheuchte den Gedanken und trat hinter dem Alten in eine schmale, dunkle Diele. Der Geruch nach gebratenem Fleisch und frisch gebackenem Brot hing in der Luft. Schmerzhaft zog sich sein Magen zusammen.

Kalaar stand vor einer Tür am Ende des Korridors und bedeutete ihm einzutreten. Garth und der Greis hatten bereits an einem wuchtigen Eichentisch Platz genommen. Einige Mägde brachten Platten mit kaltem Braten herein, die sie auf dem Tisch abstellten. Torian beobachtete sie aufmerksam. Auch ihre Gesichter zeigten diesen schlafwandlerischen, leblosen Ausdruck. Nicht ein einziger neugieriger oder verstohlener Blick traf Torian, als er an den Tisch trat und sich setzte.

Der Anblick ließ seinen Hunger zu purer Gier werden; aber er beherrschte sich noch. Unsicher sah er Garth an – und erstarrte innerlich vor Schreck.

Das war nicht mehr Garth.

Er war es, sicher, sein Körper, sein Gesicht, seine Hände, die vor Gier zitterten, als sie nach dem Fleisch griffen – aber sein Blick war leer! Der Ausdruck von Erleichterung und Müdigkeit darin war genauso falsch wie der von Angst in den Augen der Knechte.

Zitternd vor Schreck, aber mit allmählich immer stärker werdendem Zorn, wandte er sich an den Alten. »Was hast du mit ihm gemacht?« fragte er.

»Gemacht?« Der Greis kicherte. »Was meinst du, Torian Carr Conn?«

»Verdammt, du weißt genau, was ich meine!« antwortete Torian drohend. »Was hast du mit ihm getan? Er ist ... bei allen Göttern der Finsternis, ihr wart doch nur eine Sekunde allein!«

Der alte Mann lächelte, aber es wirkte kalt und falsch. »Ich könnte jetzt antworten: Zauberei«, sagte er. »Aber du glaubst ja nicht an die Macht der Magie, nicht wahr? Dabei«, fügte er kopfschüttelnd hinzu, »wärst gerade du gut beraten, es zu tun.«

Er seufzte. »Setz dich!« befahl er mit einer Stimme, die keinen Widerspruch duldete.

Torian machte gehorsam einen Schritt auf den Stuhl zu, den der Alte ihm bedeutet hatte, und blieb abrupt wieder stehen, was seine ganze Kraft in Anspruch nahm. Es war, als wollten sich seine Beine gegen seinen Willen bewegen.

Der Greis nickte anerkennend. »Du bist stark, Torian«, sagte er. »Also gut, nimm es als Zeichen meines guten Willens.« Er vollführte mit den Fingern eine blitzschnelle, kompliziert aussehende Geste vor dem Gesicht des Diebes. Benommen schüttelte Garth den Kopf. Sein Blick klärte sich. Er sah sich kurz um, griff nach dem Braten und stopfte sich genußvoll eine gewaltige Scheibe in den Mund. »Hervorragend«, lobte er schmatzend.

Torian begriff entsetzt, daß er nicht einmal gemerkt hatte, was geschehen war. *Großer Gott!*, dachte er, *über welche Macht verfügt dieser alte Mann, daß ein Schnippen seiner Finger ausreicht, einen Mann wie Garth zu einer Marionette zu machen?!*

»Greif zu, Torian«, sagte der Alte auffordernd. »Keine Sorge – das Essen ist gut.«

»So?« sagte Torian mißtrauisch. Er rührte sich nicht.

»Ich habe es nicht nötig, dein Essen zu vergiften«, sagte der Alte lächelnd. »Was du gerade erlebt hast, war ... nun, nennen wir es eine Demonstration. Verzeih, wenn ich dich erschreckt habe. Und nun greif zu.«

Torian zögerte noch einen winzigen Augenblick, aber dann wurde sein Hunger einfach übermächtig. Er hätte in diesem Augenblick auch gebratene Spinnen gegessen.

Das Essen war köstlich. Kalaars Dienerschaft mochte nicht mehr ganz menschlich sein, aber auf das Zubereiten von Mahlzeiten verstand sie sich. Torian aß so viel wie selten zuvor im Leben, und er hörte auch dann nicht auf, als er längst gesättigt war, sondern stopfte – genau wie Garth – immer mehr und mehr der köstlich duftenden Speisen in sich hinein. Er hörte erst auf, als er das Gefühl hatte, platzen zu müssen, wenn er auch nur noch einen einzigen Bissen herunterzwang.

»Ich denke, ich bin euch eine Erklärung schuldig«, begann der Greis, als Torian sich zufrieden zurücklehnte. Er deutete auf Kalaar. Ohne daß es einer weiteren Aufforderung bedurft hätte, verließ der Mann den Raum und schloß die Tür hinter sich.

»Ich habe ihn und sein Gefolge unter meinen Willen gezwungen, wie ihr wahrscheinlich längst erkannt habt«, fuhr der Greis fort. »Glaubt mir, ich habe es nicht gerne getan, aber mir blieb keine andere Wahl. Es sind stolze Menschen, doch sie sind auch ängstlich, und alles, was sie wollen, ist in Frieden leben.«

»Warum laßt Ihr ihnen dann nicht – ihren Frieden?« fragte Torian. Plötzlich fiel es ihm schwer, noch wirkliche Feindschaft gegen diesen Greis zu empfinden. Er war einfach zu satt, um sich zu so etwas Anstrengendem wie Zorn aufzuraffen.

Der Alte seufzte. »Ich brauchte sie«, antwortete er. »Keiner hätte mir freiwillig geholfen – und glaube nicht, daß ich es nicht versucht hätte. Trotzdem hätte ich ihren Willen nicht gebrochen, wenn es nur um mich gegangen wäre. Aber es steht zu viel auf dem Spiel.«

»Vielleicht könntest du noch ein wenig geschwollener und rätselhafter sprechen?« fragte Torian und rülpste. »Sonst könnte ich nämlich etwas verstehen, weißt du?«

Der Alte seufzte. »Vielleicht sollte ich mich zuerst vorstellen. Man nennt mich Salamir. Salamir den Magier, genau genommen.« Er schlug seinen Umhang zurück. Darunter kam eine goldene, mit prachtvollen Stickereien versehene Robe zum Vorschein. Die Robe eines Magiers.

Torian erstarrte, aber Salamir machte eine rasche, besänftigende Bewegung. Er schien Torians Gedanken genau zu erraten. »Urteile nicht vorschnell, Torian Carr Conn. Ich habe mit den Schwarzen nichts zu tun. Ich habe mich schon vor langer Zeit von ihrem Orden losgesagt.«

Garth fiel der Brotkanten, an dem er gerade herumkaute, aus der Hand. Fassungslos starrte er den Magier an, während Torian keine Überraschung empfand. Er hatte nichts anderes erwartet. Schon durch die knappe Geste, mit der Salamir den Dieb aus seiner Benommenheit geweckt hatte, war ihm klargeworden, was es mit dem Greis auf sich hatte. Er hatte es nur nicht begreifen *wollen.* Nein – überrascht war er nicht.

Aber entsetzt.

»Was ... hast du mit uns vor?« erkundigte er sich mit erzwungener Ruhe. Er versuchte vergeblich, weiterhin gelassen und ruhig auszusehen. Nervös schenkte er sich aus einem Krug Wein in einen Becher und trank, um seine Unsicherheit zu verbergen.

»Ihr fürchtet die Magier, und mit Recht«, sagte Salamir. »Aber ich habe nichts mit ihnen zu tun. Ihr wärt längst nicht mehr am Leben, wäre es so.«

»Was willst du dann?« fragte Garth mißtrauisch.

Salamir lächelte traurig. »Ich bitte euch um eure Hilfe«, antwortete er.

Garth lachte schrill und unecht. »Was sollte es wohl geben, was wir besser könnten als du? Warum bittest du überhaupt, statt uns ebenfalls zu willenlosen Sklaven zu machen? Du hältst dich doch anscheinend für so etwas wie einen Gott.«

Torian warf dem Dieb einen warnenden Blick zu, doch Salamir schien Garth den Gefühlsausbruch nicht übelzunehmen.

Und er hatte auch sonst kaum mehr Ähnlichkeit mit dem kalten, befehlsgewohnten Mann, der noch vor Augenblicken auf der anderen Seite des Tisches gesessen hatte, dachte Torian verwirrt. Sein Blick strahlte nicht mehr diesen suggestiven Zwang aus. Es war nur noch der Blick eines Menschen, der der Verzweiflung nahe war. Auf sein Gesicht trat ein gequälter Ausdruck, als wäre eine Wunde in seinem Inneren neu aufgerissen worden. Garth' Worte hatten ihn getroffen.

»Ich bitte euch, weil ihr mir nur etwas nutzt, wenn ihr mir freiwillig helft«, erklärte er. »Kalaar und diese Menschen da draußen würden ihr Leben für mich geben, ohne eine Sekunde zu zögern, wenn ich es ihnen befähle. Sie gehorchen mir blind, aber auch meiner Macht sind Grenzen gesetzt. Ich kann sie nicht durch einen Befehl zu erfahrenen Kriegern machen. Die meisten wissen kaum, wie man ein Schwert hält. Ihr hättet sie wahrscheinlich mühelos überwältigen können, wenn ihr es gewollt hättet.«

»Als einer der Kerle mir fast die Zehen abgeschossen hat, kam mir das überaus gekonnt vor«, sagte Garth grimmig.

»Du weißt nicht, wohin er gezielt hat«, antwortete Salamir lächelnd und wurde sofort wieder ernst. »Wie gesagt, ich bitte euch um eure Hilfe. Unter Zwang würdet ihr einen Großteil eurer Fähigkeiten einbüßen und wärt nicht mehr wert als diese Männer da draußen. Wenn ihr ablehnt, seid ihr trotzdem als Gäste in diesem Haus willkommen, und ihr könnt weiterreiten, wann immer ihr wollt. Niemand wird euch aufhalten. Je eher ihr uns verlaßt, desto sicherer ist es – für uns alle. Aber die Entscheidung trefft ihr selbst.«

»Dann schlage ich vor, daß wir direkt aufbrechen«, knurrte Garth.

Torian beachtete ihn nicht.

»Unsere Hilfe ...«, murmelte er. »Wobei?«

Salamirs Blick wurde noch trauriger. Er seufzte. Ein Ausdruck von Schmerz trat auf seine Züge, den Torian bei einem Mann wie ihm gar nicht für möglich gehalten hatte.

»Es geht um ... um meine Tochter«, antwortete Salamir nach kurzer Pause. Für einige Sekunden wirkte er geistig abwesend, sein Blick schien in unendliche Ferne gerichtet zu sein.

Irgend etwas änderte sich. Torian wußte nicht, was, aber es war beinahe wie gestern abend, als er die Anwesenheit jenes fremden Etwas gespürt hatte, lange ehe er sie sah.

Und er spürte es nicht allein. Torian fing einen alarmierten Blick von Garth auf. Er spürte, wie seine Hand beinahe gegen seinen Willen zum Schwertknauf kroch. Etwas ging um sie herum vor, das er nicht begriff und das ihm angst machte. Salamir gab sich bewußt freundlich und harmlos, obwohl er es mit Sicherheit nicht war. Torian war sich keineswegs sicher, ob sie den Hof wirklich so einfach würden verlassen können, wie der Magier behauptete, aber er behielt seine Zweifel für sich und beschloß, noch vorsichtiger als bisher zu sein. Vielleicht war es nur Salamirs Magie, deren Wirken er spürte.

Aber was war es dann gewesen, was er gestern abend erlebt hatte?

Die Tür wurde geöffnet, und ein Mädchen von kaum zwanzig Jahren trat mit hoch erhobenem Kopf herein, noch ehe Torian den Gedanken zu Ende verfolgen konnte. Sie trug ein bodenlanges weißes Kleid, das ihre weiblichen Rundungen betonte.

Torian wußte, daß es Salamirs Tochter war, ohne daß es irgendeiner Erklärung bedurft hätte. Die Ähnlichkeit war nicht zu übersehen; keine *äußerliche* Ähnlichkeit – aber sie waren Menschen der gleichen Art. Ihr Auftreten war selbstbewußt und herrisch, aber ihre Bewegungen hatten auch eine katzenhafte Grazie. Schwarzes, lockiges Haar fiel ihr über die Schultern. Ihr Gesicht wurde von den hohen Wangenknochen und den ausdrucksstarken Augen beherrscht, die ebenso dunkel wie die ihres Vaters waren, und genau wie bei Salamir vorhin hatte Torian das Gefühl, daß eine unsichtbare Hand nach seinem Denken griff, als sich ihre Blicke kreuzten.

»Shyleen, meine Tochter«, sagte Salamir überflüssigerweise. Ein Schatten glitt über sein Gesicht, und seine Augen verengten sich für die Dauer eines Herzschlages zu schmalen Schlitzen. »Eine Tempelpriesterin Ch'tuons«, fügte er mit sonderbarer Betonung hinzu.

Der Name sagte Torian nichts, aber er sah, wie sich Garth verkrampfte.

»Ch'tuon«, echote der Dieb. Seine Stimme klang belegt. Er erschauerte sichtlich. Ein Ausdruck jähen Schreckens breitete sich auf seinem Gesicht aus.

»Eine Tempelpriesterin?« stammelte er. »Aber ... aber wenn sie die Weihe empfangen hat, wie kann sie dann hier sein? Nur der Tod beendet die Berufung einer Priesterin!«

Shyleen musterte ihn hochmütig und mit mäßigem Interesse. Ihr Blick war, als betrachtete sie ein häßliches, aber interessantes Insekt.

»Ich bin geflohen«, erklärte sie. Sie schaffte es, ihre Worte beiläufig klingen zu lassen. »Auch aus dem Tempel des Toten Gottes gibt es Wege hinaus, wenn man die Macht einer Opferpriesterin besitzt.«

»Geflohen«, ächzte Garth. »Allmählich begreife ich, was hier gespielt wird.« Er sprang auf und riß auch Torian von seinem Stuhl hoch. »Komm, wir müssen weg, so schnell wie möglich. Dieser Hof ist eine Todesfalle.«

»Langsam.« Torian streifte die Hand des Diebes ab. Gleichzeitig warf er Garth einen fast beschwörenden Blick zu, von dem er wenigstens hoffte, daß Salamir ihn nicht bemerkte. Garth allerdings offensichtlich auch nicht.

»Ich möchte jetzt endlich erfahren, was hier eigentlich gespielt wird«, sagte er zornig. »Was hat es mit diesem Ch'tuon auf sich?«

»Ch'tuon ist die oberste Gottheit der schwarzen Magier«, stieß

Garth hervor. »Ein finsterer, unendlich mächtiger Dämon aus lange vergangenen Zeiten, dem noch heute Opfer dargebracht werden.«

»Menschenopfer«, ergänzte Shyleen gelassen.

Garth warf ihr einen fast entsetzten Blick zu, ehe er fortfuhr: »Die Flucht einer Tempelpriesterin ist eine Beleidigung des ganzen Ordens, die nur mit Blut gesühnt werden kann. Jeder Priester und Magier wird dieses verfluchte Weib jagen. Wahrscheinlich ist bereits eine halbe Armee hierher unterwegs.«

»Stimmt das?« fragte Torian leise, aber mit schneidender Schärfe in der Stimme. Plötzlich verstand er Garth' Entsetzen nur zu gut.

Shyleen erwiderte seinen Blick.

Aber sie tat noch mehr.

Torian bemerkte es beinahe zu spät. Etwas Unsichtbares griff nach seinen Gedanken; graue Spinnweben, die seinen Schädel einwoben und seinen Willen zu verkleben trachteten. Er stöhnte, versuchte die Augen zu schließen und konnte es nicht.

Mit aller Macht bäumte er sich gegen den suggestiven Angriff Shyleens auf. Ein dünner, aber sehr quälender Schmerz war die Antwort – aber auch in Shyleens Augen erschien ein Ausdruck von Überraschung. Sie schien nicht mit Widerstand gerechnet zu haben. Sie fauchte wie eine zornige Katze und verdoppelte ihre Anstrengungen. Torian wankte wie unter einem Hieb.

»Hör auf!« befahl Salamir und bewegte die Hand. Im selben Moment erlosch der fremde Einfluß in Torians Denken. Nur der Schmerz blieb noch eine Weile. Er stöhnte, griff haltsuchend um sich und schloß die Augen.

»Was soll das?« fauchte Shyleen. »Ich hätte ihn fast so weit gehabt ...«

»Wenn ich sie zu etwas zwingen wollte, hätte ich es längst tun können. Es ist wohl besser, wenn du wieder gehst, Shyleen«, sagte ihr Vater streng.

Shyleen fuhr wie unter einem Schlag zusammen. Für einen Moment zerbröckelte die Fassade von Hochmut und Unnahbarkeit auf ihrem Gesicht, und darunter kam ein ganz anderes Geschöpf zum Vorschein. Aber es verschwand zu schnell, als daß Torian es wirklich erkennen konnte.

»Das scheint mir auch so«, fauchte sie. »Ich hätte besser im Tempel bleiben sollen.« Feindselig starrte sie Torian an, während Garth Luft für sie zu sein schien. Dann wandte sie sich mit hochrotem Kopf um und eilte zur Tür.

»Ich brauche keine Leibwächter, und schon gar nicht solche erbärmlichen Kreaturen!« rief sie. »Ich weiß mich auch selbst zu schützen!« Krachend fiel die Tür hinter ihr ins Schloß.

Torian blickte ihr kopfschüttelnd nach. Es dauerte einige Sekunden, bis er den wahren Grund ihres Zornes begriff – und als er es tat, fühlte er fast so etwas wie Mitleid. Er hatte ihrem Willen getrotzt, und Salamir hatte sie durch sein Eingreifen gedemütigt. Trotz der erschreckenden Macht, die sie von ihrem Vater geerbt hatte, war Shyleen im Endeffekt noch immer ein Kind. Aber ein gefährliches Kind.

»Verzeiht ihren jugendlichen Übermut«, brach der alte Magier nach einer Weile das Schweigen. »Sie ist im Tempel aufgewachsen und besaß fast unumschränkte Macht. Sie ist das Befehlen gewöhnt, nicht das Gehorchen. Es fällt ihr nicht leicht, diese Rolle abzuschütteln. Sie ist verzweifelt, und ihr dürft sie nicht deshalb ...«

»Das geht uns nichts an«, unterbrach Garth ihn barsch. »Ich will mit euren Angelegenheiten nichts zu tun haben. Es ist blanker Selbstmord, sich gegen die Schwarzen zu stellen. Ich für meinen Teil verschwinde jedenfalls. Was ist mit dir, Torian?«

Torian erhob sich schwerfällig, griff nach seinem Helm und klemmte ihn sich unter den Arm. Er nickte.

»Es tut mir leid, Salamir«, sagte er, und das war in diesem Moment noch nicht einmal gelogen. »Aber ich glaube, Garth hat recht. Gegen Magie ist jedes Schwert machtlos. Ich würde dir vielleicht helfen, Salamir, wenn ich auch nur den Hauch einer Chance sähe, aber so ...«

»Dann geht!« zischte der Alte. »Vielleicht bleibt ihr auf diese Art noch ein paar Tage am Leben, bis euch der Fluch von Rador einholt. Einmal hätte das *Baarl* euch ja schon fast erwischt.«

Torian blieb abrupt stehen. Der Helm entglitt seinen plötzlich kraftlos gewordenen Fingern und polterte zu Boden, aber er beachtete ihn nicht. Ein eisiger, lähmender Schrecken breitete sich in ihm aus.

»Was ... hast du gesagt?« flüsterte er.

»Ich hatte nicht vor, euch zu erpressen, und will es auch jetzt nicht tun«, antwortete Salamir. »Aber ich hatte auch nicht vor, euch mit Gold zu bezahlen, sondern durch meine Hilfe. Wir befinden uns alle in einer Notlage und können uns gegenseitig helfen.«

»Woher weißt du ...?« stammelte Garth.

Salamir lachte humorlos. »Ich weiß alles über euch. Vergeßt nicht, daß ich ein Magier bin, wenn ich auch nicht über dieselbe Macht gebiete wie die Schwarzen. Hat es euch nicht gewundert, daß ich eure Namen kenne? Nachrichten verbreiten sich rasch. Torian, du hast zwei der Schwarzen umgebracht, was noch keinem Sterblichen gelungen ist – jedenfalls keinem, der es überlebt hätte. Ich weiß nicht, ob es nur Glück war oder etwas anderes, aber du hast es jedenfalls getan, und deshalb brauche ich deine Hilfe. Es war kein Zufall, daß ihr ausgerechnet hierher gekommen seid, auch wenn es euch so erscheinen mag. Es stimmt, daß Shyleens Flucht die Rache der Schwarzen herausfordert, aber sie sind längst auch hinter dir her. Ihr habt Rador verlassen, doch noch vor seinem Tod hat der Wächter der Schwarzen einen Fluch über dich ausgesprochen. Das *Baarl* ist eine der schrecklichsten Kreaturen der Alten, die früher über Caracon geherrscht haben. Es bewegt sich nur langsam, doch wenn es einmal die Spur eines Opfers aufgenommen hat, läßt es nicht mehr von ihm ab, bis es seinen Auftrag erfüllt hat.« Er lächelte so kalt wie eine Schlange. »Du kannst bis ans Ende der Welt vor ihm fliehen, Torian. Es wird dich finden.«

Torian hatte das Gefühl, der Raum um ihn herum beginne sich zu drehen. Ein Schrecken von nie gekannter Tiefe griff nach seinen Gedanken. Das Bild der dräuenden, viel zu massiven Finsternis, die sich unten am Bach in seinen Schatten eingenistet hatte, tauchte wieder vor seinem inneren Auge auf, und noch einmal spürte er einen Hauch dieser abgrundtiefen Furcht, die ihn bei dem Anblick gepackt hatte. Nur noch mit letzter Kraft gelang es ihm, die Erinnerung zurückzudrängen.

Er fing einen verwirrten Blick von Garth auf, aber er ignorierte ihn. Mit schweren Schritten kehrte er an den Tisch zurück und ließ sich wieder auf seinen Stuhl sinken. Garth tat es ihm gleich. Von seiner gerade noch wilden Entschlossenheit war nichts geblieben. Er wirkte nur noch verwirrt.

»Ein Fluch«, murmelte Torian. Er hatte gewußt, daß es sich bei dem geheimnisvollen *Etwas* keineswegs um ein Tier gehandelt hatte, und er hatte auch gespürt, daß es etwas mit Rador zu tun hatte – dem Rador, wie es vor tausend Jahren gewesen war, nicht der toten Ruinenstadt –, aber er hatte den Gedanken verdrängt und so getan, als könnte er die Wahrheit durch bloßes Leugnen aus der Welt schaffen. Eine Zeitlang hatte es sogar funktioniert, dachte er benommen. Die Wahrheit war nicht sehr schnell. Man konnte eine Weile vor ihr davonlaufen, aber irgendwann holte sie einen ein. Wie das *Baarl*.

»Ein Fluch«, bekräftigte Salamir. »Der schlimmste Fluch, den ich mir vorstellen kann.« Er grinste. »Und ich kann mir eine *Menge* vorstellen.«

»Kannst du ihn ... ich meine ...«

»Nein, das kann ich nicht«, fiel ihm der Magier ins Wort. »Es wäre zu einfach, jetzt zu lügen. Das *Baarl* stammt aus einer schrecklichen Epoche der Vergangenheit. Meine Macht reicht bei weitem nicht aus, es zu vernichten. Höchstens ein Schwarzer könnte es.« Er seufzte. »Aber ich fürchte, du wirst keinen finden, der es täte.«

»Was hast du uns denn außer leeren Worten sonst zu bieten?« fuhr Garth auf. »Wir könnten längst meilenweit weg sein.«

»Bei dieser Hitze?« Salamir lächelte nachsichtig. »Eine Stunde dort draußen, und euer Blut würde kochen. Ich kann das *Baarl* nicht vernichten, aber ich kann gemeinsam mit Shyleen versuchen, es zumindest für eine Weile von eurer Spur abzubringen. Auch ihr könnt nicht garantieren, daß ihr uns schützen könnt.«

»Gibt es überhaupt eine Rettung vor diesem ... diesem *Ding?*« fragte Torian beklommen. Er sprach ganz automatisch; es war nur der Krieger in ihm, der diese Frage stellte. Er selbst hatte noch gar nicht ganz begriffen, was Salamirs Worte *wirklich* bedeuteten. Er wollte es auch nicht.

»Ich weiß es nicht, aber wenn uns genug Zeit bleibt, kann ich versuchen, es herauszufinden. Shyleen besitzt bei weitem nicht meine Macht, aber sie weiß mehr über die Magie der Schwarzen als viele andere. Eine Hand wäscht die andere. Entscheide dich, Torian.«

»Bleibt mir eine andere Wahl, als dein Angebot anzunehmen?«

»Nein«, erwiderte Salamir, ohne daß es spöttisch klang. »Auch wenn ich mir wünschte, du würdest mir aus freien Stücken helfen. Was ist mit dir, Garth?«

»Am liebsten würde ich dir den Hals umdrehen«, knurrte der Dieb. »Du kannst es nennen, wie du willst, für mich ist es Erpressung, nichts weiter.«

»Vielleicht, soweit es Torian betrifft. Womit sollte ich dich erpressen?«

Garth' Augen weiteten sich. Er schluckte die scharfe Bemerkung hinunter, die ihm auf der Zunge lag, als er begriff, was der Magier meinte.

»Soll das heißen ...?«

»Genau das. Der Fluch gilt nur ihm. Er hat den Schwarzen getötet. Hätte es das *Baarl* auch auf dich abgesehen, wärst du bereits nicht mehr am Leben. Du kannst ungehindert gehen. Es sei denn, du bliebest aus Freundschaft zu Torian hier.«

Garth ballte die Fäuste und donnerte sie mit aller Wucht auf die Tischplatte. Einige Sekunden lang starrte er Torian fast haßerfüllt an, dann sprang er auf, trat an die Wand und schlug noch einmal zu. Verputz rieselte herab.

»Wären wir uns bloß niemals begegnet!« brüllte er. »Ich muß verrückt sein, wenn ich hierbleibe. Kannst du mir einen vernünftigen Grund nennen, warum ich deinetwegen Selbstmord begehen sollte?«

Er drehte sich herum, starrte Torian an – und grinste über das ganze Gesicht.

»Aber soll ich dir was sagen, Torian Carr Conn, du schrecklichster aller Mörder? Es scheint ganz so, als ob ich wirklich verrückt wäre.«

Zwielichtiges Halbdunkel erfüllte das Zimmer, als er erwachte. Torian erinnerte sich schwach, geträumt zu haben, ohne daß er sich auf Einzelheiten besann, aber er wußte zumindest, daß es ein wenig angenehmer Traum gewesen war. Er war ganz froh, daß ihn irgend etwas geweckt hatte.

Benommen richtete er sich auf und rieb sich mit dem Handrükken den Schlaf aus den Augen. Das Zimmer war still. Die schweren Vorhänge vor dem Fenster wurden spielerisch vom Wind bewegt wie von einer unsichtbaren Hand, und der typische, nicht unbedingt unangenehme Geruch eines Bauernhofes drang von draußen herein. Aus der anderen Ecke des Raumes drangen Garth' schwere, regelmäßige Atemzüge an sein Ohr und bewiesen ihm, daß der Dieb noch schlief. Salamir hatte sich seine Wunde angesehen und einen heilenden Kräuterverband aufgelegt. Garth hatte sich auf der Matratze zusammengekauert, leise darüber fluchend, daß es die Leute wohl nie lernen würden, vernünftig große Betten zu bauen, und war binnen weniger Sekunden in tiefen Schlaf gesunken. Torian beneidete ihn ein wenig um diese Fähigkeit. Er selbst hatte sich eine Stunde oder länger auf dem Bett herumgewälzt, ehe er endlich in einen unruhigen Schlummer gefallen war. Und er hatte nicht lange geschlafen. Draußen war es noch hell.

Torian schwang die Beine aus dem Bett, reckte sich ausgiebig und trat ans Fenster. Auch jetzt war kein Mensch auf dem Hof zu sehen. Die Sonne hing bereits wie ein riesiger Feuerball tief am Horizont und schien fast mit der Wüste zu verschmelzen, und die Dämmerung streckte sich mit rauchigen Schattenfingern nach dem Land aus. Nein – er hatte wahrlich nicht lange geschlafen: fünf oder sechs Stunden allenfalls, und das war nicht sehr viel, nach drei Tagen und Nächten praktisch ohne Ruhe. Er fühlte sich nicht sonderlich erfrischt. Die Verlockung des Bettes hinter ihm war groß. Und trotzdem hatten sie viel zuviel Zeit verloren. Er dachte an das *Baarl.* Salamir hatte gesagt, es wäre langsam – aber ein schlafender Mann war sicherlich noch langsamer.

Er seufzte. Wäre es nur nach ihm gegangen, so hätten sie keine Minute mehr verschwendet, aber Salamir hatte darauf bestanden, daß sie sich wenigstens ein Minimum an Ruhe gönnten, denn noch hilfloser als ein schlafender Mann, so hatte er argumentiert, war einer, der vor Erschöpfung zusammenbrach. Ungeachtet ihres schwachen Protestes hatte Salamir ihnen Kalaars Gemach herrichten lassen.

Torian hätte sich auch mit einem einfachen Strohlager zufriedengegeben – vielleicht wäre es sogar besser gewesen. Sein Rücken schmerzte, und sein Nacken hatte sich vom Liegen auf der ungewohnt weichen Matratze verspannt. Er wandte sich vom Fenster ab und massierte seine Muskeln. Abgesehen von Garth' Atemzügen war es totenstill. Selbst die Tiere in den Ställen schienen zu schlafen.

In diesem Moment nahm Torian erneut das Geräusch wahr, das ihn geweckt hatte. Es war ein leiser, kaum hörbarer Laut, der dem Summen einer Mücke glich, aber sehr viel drohender war. Das Geräusch währte nur wenige Sekunden, dann mischte sich ein anderer Laut hinein, ein Geräusch wie das leise Scharren von Horn. Dann so etwas wie Atemzüge ...

Eine eisige Hand griff nach Torians Herz. Es gab sicherlich Dutzende harmloser Erklärungen für diese Laute, aber er spürte ganz instinktiv, daß sie alle falsch waren.

Und es waren nicht nur die *Geräusche.*

Voller Entsetzen registrierte Torian, wie sich auch Licht und Schatten zu verändern begannen, sehr viel schneller und unheimlicher, als es die Dämmerung draußen hätte verursachen können. Binnen weniger Sekunden schienen sich die Schatten im Zimmer verdichtet und an Gestalt gewonnen zu haben, bildeten Umrisse, faserige Formen wie Nebel, der von unheimlichem Leben erfüllt war, und trieben wieder auseinander. Die Schwärze blieb körperlos, aber sie quoll plötzlich wie Rauch aus den Winkeln und Schatten. Ein widerlich süßer Geruch drang an seine Nase. Gleichzeitig veränderte sich das Geräusch erneut. Es erinnerte nun an das Tappen leiser Schritte, kam ihm aber zugleich unsagbar falsch und furchteinflößend vor.

Und es kam näher ...

»Garth?« flüsterte er.

Der Dieb reagierte nicht, sondern schnarchte nur noch lauter. Torian sah sich mit klopfendem Herzen um. Er war allein wie zuvor, und doch spürte er einfach, daß etwas hier im Zimmer war.

Das *Baarl*?

»Garth«, sagte er noch einmal. »Verdammt noch mal, wach endlich auf!«

Garth drehte sich mit einem unwilligen Grunzen im Bett herum, wurde aber nicht wach.

Torian kam nicht mehr dazu, ihn einfach aus dem Bett zu zerren, wie er eigentlich vorgehabt hatte. Der Vorhang am Fenster flatterte plötzlich heftiger. Für den Bruchteil einer Sekunde zeichnete sich ein monströses, unförmiges Etwas von geradezu absurder Größe hinter dem grauen Stoff ab, dann wurde der Vorhang herabgezerrt und einfach in Fetzen gerissen. Funken stoben auf, und die Fetzen verbrannten, noch bevor sie zu Boden sanken und zu Asche zerfielen.

Das *Baarl* hatte ihn gefunden.

Es war hier!

Mit einem Schrei prallte Torian zurück, rollte rücklings über das Bett und packte das Schwert, das griffbereit am Pfosten lehnte. Blitzschnell riß er die Waffe aus der Scheide, ließ die metallene Hülle achtlos fallen und fuhr mit erhobener Klinge herum.

Aber es gab nichts, wogegen er sie führen konnte.

Das Zimmer war so leer wie zuvor!

Für einen Augenblick.

Dann hörte er wieder das entsetzliche Summen und die anderen Geräusche und sah die Schatten aus allen Richtungen zusammenfließen wie kleine rauchige Tierchen. Etwas Mächtiges, Formloses setzte seinen Fuß auf das Bett. Krachend brach das Holzgestell unter der Belastung zusammen, und eine Woge körperloser Hitze traf Torian wie eine glühende Hand im Gesicht und ließ ihn zurücktaumeln. Sein Bettzeug begann zu schwelen, und plötzlich flammte der Boden vor ihm auf, ein verbrannter Fleck von der Form eines monströsen Fußes, der nicht ganz menschlich war.

Die Hitze raubte Torian schier den Atem. Er führte mit dem Schwert einige wuchtige Streiche, doch er zerteilte nur Luft.

»Garth!« schrie er noch einmal, und endlich hörte ihn der Dieb. Schlaftrunken richtete er sich auf. »Was'n los ...«

Er verstummte, riß erschrocken die Augen auf, schleuderte die Decke zur Seite und sprang aus dem Bett. Gleichzeitig packte er sein eigenes Schwert.

Torian hieb noch einmal erfolglos in die leere Luft und taumelte weiter zurück. Er hatte das Gefühl, Flammen zu atmen. Aber vor ihm *war nichts*!

»Raus!« brüllte er mit überschnappender Stimme. »Wir müssen hier raus!«

Garth war bereits an der Tür und versuchte sie zu öffnen.

Aber nur einmal. Er schrie auf, riß die Hand von der Klinke zurück und schlenkerte sie wild hin und her. Das Eisen der Klinke verfärbte sich, wurde binnen weniger Sekunden rot und dann weißglühend. Das Holz begann zu schwelen; beißender Rauch erfüllte die Luft. Gleichzeitig verformte sich das Schloß, schmolz zu einem unförmigen, wabernden Klumpen zusammen und tropfte zähflüssig zu Boden. Knisternd fraß sich die Glut in das Holz des Fußbodens. Die Dielenbretter begannen zu rauchen, wo das flüssige Metall sie traf.

Torian spürte einen Luftzug an der Wange und warf sich zur Seite. Etwas Geschmeidiges, Weiches und doch ungeheuer Starkes traf ihn mit fürchterlicher Wucht an der linken Schulter und schleuderte ihn durch das Zimmer. Sein Arm war taub und gefühllos. Er ließ das Schwert fallen, um seinen Sturz mit der unverletzten Hand abzufangen, nahm dem Aufprall durch eine Drehung die ärgste Wucht und krachte mit immer noch verheerendem Schwung mit dem Kopf gegen eine Wand. Ein betäubender Schmerz explodierte zwischen seinen Schläfen. Für Sekunden war er blind.

Halb besinnungslos blieb er liegen. Ein blutiger Nebel senkte sich über sein Bewußtsein, breitete sich wie lähmendes Gift in seinen Adern aus und versuchte ihn einzuhüllen. Aber er würde sterben, wenn er jetzt das Bewußtsein verlor. Mit aller Verbissenheit kämpfte Torian gegen die drohende Ohnmacht an.

Garth brüllte etwas, das er nicht verstand. Der Dieb warf sich mit seinem ganzen Gewicht gegen die Tür. Das Holz erbebte unter dem Aufprall seiner mehr als zwei Zentner, aber allen Naturgesetzen zum Trotz weigerte es sich zu zerbrechen. Im Gegenteil – Garth wurde zurückgeschleudert, als wäre er gegen eine Wand aus Gummi gerannt. Sein Gesicht und seine Schulter bluteten, als er sich stöhnend aufrichtete.

Torian blinzelte, hob die Hand und spürte warmes Blut unter seinen Fingern. Kaum eine Armeslänge von sich entfernt sah er das Schwert liegen, aber seine Finger gehorchten ihm nicht mehr, als er danach greifen wollte. Ein Hauch unheimlicher Hitze streifte sein Gesicht. Torian sah auf.

Und schrie.

In einer blitzartigen Vision zerriß der Schleier aus lebenden Schatten, der das *Baarl* bislang vor seinen Augen verborgen hatte. Für den Bruchteil einer Sekunde sah er das entsetzliche *Ding* so, wie es wirklich war. Er sah –

einen mehr als doppelt mannsgroßen, aufgedunsenen balg von einer finsternis, die mehr war als nur die abwesenheit von licht, eine gräßliche steigerung der farbe schwarz, für die es in der menschlichen Sprache kein wort gab; bedeckt mit handtellergroßen, hornigen panzerschuppen und schwärenden grünen geschwüren. fingerlange reißzähne bleckten aus einem dreieckigen, entsetzlich verzerrten insektenmaul. darüber eine unzahl kleiner, von böser mörderischer intelligenz erfüllter augen, in denen der tod schimmerte; zwischen denen klebrige stränge einer undefinierbaren masse pulsierten und sich wie ein nest ineinandergewobener schlangen wanden, bis sie in einen schwarzen brei aus zahllosen, tentakelartigen schattenarmen übergingen, die die luft peitschten; die luft einer umgebung, die nicht mehr kalaars gemach war, sondern wie eine bösartig verzerrte karikatur des raumes wirkte, mit winkeln und kanten, die auf absurde, sinnverwirrende art in sich gekrümmt waren, geraden, die sich spiralförmig wanden und in sich selbst anfang und ende bildeten; linien, die es nicht gab, und eine geometrie, die geschaffen war, den menschlichen geist durch ihr bloßes dasein zu zerstören; alles getaucht in ein feuer, das nicht von dieser welt war und trotzdem –

Die Vision währte nicht einmal eine Sekunde, und sie verging ebenso plötzlich, wie sie gekommen war. Das Zimmer schien wieder leer wie zuvor. Aber was Torian gesehen hatte, war fast mehr, als er verkraften konnte.

Und es war noch nicht vorbei. Torian vernahm einen gellenden Schrei, glaubte, ein schwarzes *Etwas* zu sehen, das in seine Richtung peitschte, und warf sich blindlings zur Seite. Seine Finger bekamen den Schwertknauf zu fassen.

Ein peitschender Knall ertönte, hallte von den Wänden wider und erschütterte das ganze Haus. Hinter ihm schien die Wand zu explodieren. Verputz, Gesteinssplitter und Holz flogen wie kleine gefährliche Geschosse durch die Luft. Ein armlanger, zentimeterbreiter Riß zog sich durch die Wand und den Boden, ein Riß, dessen Ränder schwarz verkohlt waren, als wäre die Mauer von etwas Glühendheißem getroffen und gespalten worden; etwas, das heißer war als ein Blitz.

Wieder sah Torian einen der gigantischen Schattenarme auf sich zujagen. Er riß das Schwert hoch und schlug mit aller Gewalt zu. Um ihn treffen zu können, mußte das *Baarl* für den Bruchteil einer Sekunde in seine Welt wechseln, und damit wurde es verwundbar.

Und diesen Augenblick nutzte er.

Das Schwert traf den Schattenarm, schnitt tief hinein und brach ab. Ein furchtbarer Ruck fuhr durch seinen Arm und prellte ihm das nutzlose Heft aus der Hand. Torian taumelte zurück, umklammerte seinen schmerzenden Arm und fiel auf die Knie. Für einen Moment war er vollkommen hilflos.

Aber auch sein Gegner war getroffen. Ein fürchterlicher, unmenschlicher Laut erscholl, der Schrei einer Kreatur, die vielleicht zum ersten Mal in ihrem Leben den Schmerz kennenlernte; ein Schrei, in dem sich Pein und abgrundtiefe Wut mischten.

Hastig kroch er von der Wand fort und zu Garth hinüber, der mit seinem Schwert auf die Tür einschlug. Das kaum fingerdicke Holz hätte schon unter einem einzigen dieser mit verheerender Wucht geführten Schläge zersplittern müssen wie Papier – aber Garth' Streiche hinterließen nicht einmal eine Schramme, während seine Klinge bereits mit Scharten übersät war.

Torian stemmte sich in die Höhe und taumelte auf den Dieb zu. Garth schrie irgend etwas, das er nicht verstand. Hinter ihm erklang immer noch das Brüllen des *Baarl*. Schmerz und Wut schienen es fast zur Raserei zu treiben. Aber der Schmerz würde nicht lange halten; Torian hatte den titanischen Körper zu gut gesehen und wußte, daß er ihm nur einen, wenn auch schmerzhaften Kratzer verpaßt hatte, keine wirkliche Wunde.

Und irgendwann würde dem *Baarl* wieder einfallen, *wer* ihm so weh getan hatte ...

Wieder ließ Garth seine Klinge mit aller Gewalt gegen die Tür sausen, und wieder prallte sie ab. Torian stolperte, krachte ungeschickt gegen die Tür und fühlte das harte Holz. Es war eiskalt und unnachgiebig wie Stahl. Das *Baarl* hatte den einzigen Ausgang magisch versiegelt.

Dann sah er den Schatten.

Es war sein eigener Schatten, und der von Garth, von den letzten Strahlen der untergehenden Sonne auf die Wand gezaubert, aber da *war auch noch ein dritter Umriß,* ein gigantisches, verkrüppeltes Etwas, dessen Körper unsichtbar blieb und das sich langsam, einen Wust peitschender Tentakel wie graues lebendes Haar um das Gorgonenhaupt schwingend, auf ihn und Garth zu bewegte; grotesk langsam, und doch ungeheuer kraftvoll.

»Weg hier!« brüllte Torian mit überschnappender Stimme. Gleichzeitig warf er sich herum und zurück und versetzte Garth einen Stoß, der ihn zur Seite taumeln ließ, fort von der Tür und dem näher kommenden Schatten. Das *Baarl* mußte sich nun genau hinter ihm befinden. Alles in ihm schrie danach, herumzufahren und zu fliehen, aber er wußte, daß es sein Todesurteil wäre, täte er es. Mit der letzten Selbstbeherrschung zwang er sich, reglos stehenzubleiben und den Schatten zu beobachten; die einzige Möglichkeit, die Bewegungen der Kreatur zu verfolgen. Er sah das Tentakel, der sich wie eine Schlange zusammenrollte und vorzuckte, aber er blieb immer noch stehen.

Erst im allerletzten Moment, in der Sekunde, in der er bereits den Luftzug des Fangarmes spüren konnte – oder es sich wenigstens einbildete –, ließ er sich zur Seite fallen. Das Tentakel verfehlte seinen Kopf um kaum eine Handbreit und hämmerte mit unbeschreiblicher Wucht gegen die verschlossene Tür.

Für einen Moment schien selbst die Zeit den Atem anzuhalten.

Dann zerbarst die Tür mit einem peitschenden Knall in drei ungleiche Stücke und eine Million Splitter. Der Hieb war so wuchtig, daß die Reste mitsamt dem Rahmen aus der Wand gebrochen wurden, als hätte sie der Tritt eines wütenden Drachen getroffen. Die Erschütterung ließ das ganze Haus in seinen Grundfesten erbeben. Irgendwo, weit entfernt, zerbrach klirrend ein Fenster.

Aber gleichzeitig hörte Torian auch, wie das *Baarl* vor Wut und Schmerz aufheulte. Kleine blaue knisternde Flammen hüllten das zurückschwellende Tentakel ein, griffen blitzartig auf den unsichtbaren Gigantenkörper über und zeichneten seine Konturen mit lodernder Glut nach. Eine entsetzliche Hitzewelle fauchte über Torian hinweg, zu schnell, um ihn zu verbrennen, aber heftig genug, ihn gegen die Wand zu schleudern und ihm Haare und Augenbrauen zu versengen.

Mit einem krächzenden Laut ließ er sich zur Seite fallen, kroch über die Schwelle und richtete sich erst auf, als er auf dem Korridor war. Blindlings taumelte er weiter, mit angehaltenem Atem und zusammengebissenen Zähnen, prallte gegen eine Wand und torkelte den Gang hinab. Erst als er die Treppe erreicht hatte, wagte er es, stehenzubleiben und zurückzublicken.

Die Tür glich dem geschwärzten Schlund eines Vulkanes. Mauerwerk und Holz waren verkohlt, überall züngelten Flammen und kleine Brände, und die Luft kochte vor Hitze. Vom *Baarl* war nichts zu sehen, aber Torian hatte ja am eigenen Leibe erfahren, wie wenig das besagte. Es war hier, immer noch ganz in seiner Nähe – *und es kam näher!*

Er spürte eine Berührung am Arm, fuhr herum und hob ganz instinktiv die Fäuste, ehe er Shyleen erkannte. Aller Hochmut war aus ihrem Gesicht gewichen. Sie war blaß, ihre Lippen zitterten, und die Angst ließ ihre Augen noch größer und dunkler erscheinen, als sie ohnehin waren. In diesem Moment kam sie Torian mehr wie ein Kind vor als wie die Frau, die ihn am Vormittag haßerfüllt unter ihren Willen zu zwingen versucht hatte. Und im Grunde, dachte er hysterisch, waren sie das beide auch. Zwei Kinder, die dem finsteren Dämonengott einer längst vergangenen Zeit trotzten.

»Komm!« stieß sie gehetzt hervor und zog ihn mit sich. Sie hasteten die breite Holztreppe hinab, taumelten den kurzen Flur entlang und standen urplötzlich Shyleens Vater gegenüber. Sein Gesicht war so bleich wie das seiner Tochter.

»Was ist geschehen?« stammelte er.

»Das *Baarl*!« schrie Torian zurück. Hinter ihnen begann die Treppe zu beben. Das Ächzen von überlastetem Holz erklang, und irgendwo zersplitterte ein Balken. Das ganze Haus schien sich wie in Krämpfen zu winden. »Ist das die Hilfe, die du uns versprochen hast?« brüllte Torian.

»Deine Hand!« schrie Shyleen. *»Schnell!«*

Sie packte seinen Arm. Plötzlich hielt sie einen zierlichen Dolch in der Hand und brachte ihm einen tiefen Schnitt am Handballen bei. Instinktiv wollte Torian den Arm zurückreißen, aber sie hielt ihn mit einer Kraft fest, die er ihr nicht zugetraut hätte. Blut quoll aus der Wunde, das sie in einer flachen Schale auffing. Irgendwo in der Mitte der Treppe, nicht mehr sehr weit entfernt, zersplitterte eine Stufe, dann eine zweite – und plötzlich brach ein gut vier Meter langes Stück der Treppe aus seiner Verankerung und stürzte in die Tiefe. Der Boden zitterte. Das ganze Haus erbebte wie unter dem Faustschlag eines Giganten, als das *Baarl* – unsichtbar, aber durchaus real – auf dem Boden aufschlug und Trümmer und brennendes Holz nach allen Seiten davonspritzten. Flammen und Staub zeichneten die Konturen eines unsichtbaren, gigantischen Körpers nach.

»Jetzt!« schrie Shyleen. Sie sprang geschmeidig über ein geborstenes Stück des Geländers, das sich wie ein Speer in die Erde gebohrt hatte, und leerte die Schale mit Torians Blut über das *Baarl*. Gleichzeitig hob der Magier in einer beschwörenden Geste die Hände. Funken lösten sich aus seinen zu Klauen gekrümmten Fingern und rasten auf die Kreatur zu.

Und irgend etwas war *falsch*. Torians Gedanken überschlugen sich viel zu sehr, als daß er sagen konnte, was – aber irgend etwas war nicht so, wie es sein sollte.

Ein gequälter Aufschrei, hundertmal lauter und schmerzerfüllter, als Torian ihn in Kalaars Gemach vernommen hatte, gellte durch das Haus. Eine winzige, loderndheiße Sonne verschlang den Umriß der Kreatur.

Torian warf sich instinktiv zu Boden. Ein ungeheuer grelles Licht flammte vor ihnen auf, wuchs zu einem weißglühenden lodernden Feuerball heran und berührte die Wände. Das Licht fraß sich sogar durch seine geschlossenen Augenlider und jagte grelle Schmerzpfeile in seinen Schädel. Er schrie, riß die Hände vor das Gesicht, um seine Augen zu schützen, ohne die unerträgliche Helligkeit dadurch mildern zu können, und krümmte sich vor Schmerz. Inmitten der wabernden Lichtflut sah er das sich vor Schmerz windende *Baarl*. Die peitschenden Tentakel verkohlten und zerfielen zu Staub. Noch ein letztes Mal bäumte sich die Kreatur auf und zerbarst mit einem gewaltigen Donnerschlag.

Die unerträgliche grelle Helligkeit erlosch.

Torian glaubte, die plötzliche Stille mit fast schmerzhafter Intensität zu spüren. Zitternd blieb er liegen und lauschte seinem rasenden Pulsschlag. Alles drehte sich um ihn herum.

Gerettet!

Das war alles, was er in diesem Moment denken konnte. Er war gerettet.

Aber für wie lange?

Sie hatten die klaffende Wunde im hölzernen Skelett der Treppe notdürftig mit einigen Balken geflickt und die zahllosen Brände gelöscht, die den Weg des unsichtbaren Dämons markierten wie eine Spur aus Feuer. Jetzt saßen sie in einem der wenigen nicht zerstörten Zimmer des Hauses zusammen. Der Schein mehrerer Petroleumlampen erfüllte den Raum, und im Kamin flackerte ein Feuer. Kalaars Männer waren bereits emsig damit beschäftigt, die Schäden zu beheben, die das *Baarl* angerichtet hatte.

Doch obwohl es warm und hell war, und obwohl er instinktiv spürte, daß ihnen zumindest im Moment keine Gefahr mehr drohte, fröstelte Torian. Er hatte das Gefühl, daß sich die Schatten nur wie lauernde Raubtiere in ihre Ecken und Winkel zurückgezogen hätten, noch immer von bösem Leben erfüllt und auf eine Gelegenheit wartend, erneut über ihn herzufallen. Langsam, fast unmerklich, aber sehr beharrlich, schienen sie aus ihren Verstecken hervor- und auf ihn zuzukriechen. Immer wieder sah er sich unbehaglich um, und immer wieder versuchte er sich einzureden, daß es nur Einbildung und er übernervös war, aber die Kälte und das Gefühl der Bedrohung ließen sich weder durch das Licht noch durch die Wärme verscheuchen. Und schon gar nicht durch *Logik.* In der Welt, in die es ihn jählings verschlagen hatte, klang dieses Wort lächerlich.

Torian fragte sich allen Ernstes, ob er vielleicht dabei war, den Verstand zu verlieren. Möglicherweise war die Bedrohung, die das *Baarl* darstellte, nicht nur körperlicher Natur. Er hatte einen Blick in seine Welt geworfen; eine Welt, die seiner eigenen entfernt ähnelte und ihr doch zugleich unendlich fremd war. Schon der Versuch, diese Welt wirklich wahrzunehmen oder gar zu verstehen, war Wahnsinn. Das *Baarl* entstammte einer anderen Welt, einem anderen Begreifen. Die Kreatur der Vorzeit war die Gestalt gewordene Verneinung jeglichen Lebens; ihre Gegenwart schloß die von Leben aus, so wie das Wasser kein Feuer duldete.

Er spürte, wie sich seine Gedanken schon wieder zu verwirren begannen, und verscheuchte die Bilder hastig, die aus seiner Erinnerung auftauchen wollten. Es gab Wichtigeres, über das er nachzudenken hatte.

Garth zum Beispiel.

Er sah auf, und für einen Moment glaubte er Garth so deutlich vor sich zu sehen, als wäre er noch da: Das breitflächige, markante Gesicht des Diebes war bar jeden Ausdruckes, aber er hielt Torians

Blick ruhig stand. Dann zerplatzte die Illusion, und zurück blieb ein bitterer Geschmack in seinem Mund. Aber sonst nichts. Torian versuchte, Zorn oder wenigstens Enttäuschung zu empfinden, aber es gelang ihm nicht. Er konnte Garth viel zu gut verstehen; vielleicht hätte er an seiner Stelle nicht anders gehandelt. Ein einziger Blick in das schreckensbleiche, eingefallene Gesicht des Diebes hatte ihm gezeigt, wie sinnlos jeder Versuch gewesen wäre, ihn umzustimmen. Und er hatte es im Grunde auch nicht gewollt, nicht wirklich. Er hatte kein Recht dazu.

Es war eine Stunde her, daß Garth Wasser und Proviant für einige Tage in seine Satteltaschen gepackt hatte und davongeritten war. Er hatte Torian geradezu angefleht, ihn zu begleiten, obwohl auch er gewußt haben mußte, daß es unmöglich war. Sie hatten sich umarmt und verabredet, sich später in einer bestimmten Gaststätte in Armar zu treffen, falls es für sie beide ein *Später* geben sollte. Für Torian ganz besonders.

Erst nachdem Garth aufgebrochen war, wurde Torian wirklich bewußt, wie sehr er sich an den Dieb gewöhnt hatte, obwohl sie sich erst kurze Zeit kannten. Die gemeinsam erlebten Gefahren hatten sie zusammengeschweißt, viel mehr, als ihnen beiden bis zu diesem Moment klargeworden war. Der gutmütige Hüne war zu seinem Freund geworden; ja, beinahe so etwas wie einem Bruder. Sein Weggehen tat weh, beinahe körperlich weh. Torian hatte oft gespürt, was es hieß, einsam zu sein – aber noch niemals so deutlich wie in der vergangenen Stunde. Tief in ihm schien eine Wunde zu klaffen, tiefer und schmerzhafter, als jedes Schwert sie zu schlagen vermochte.

Sie hatten sich verabredet, aber sie hatten beide gewußt, daß es nur eine fromme Lüge war. Torian spürte, wie ihm Tränen in die Augen stiegen. Wütend kämpfte er dagegen an. Er war zu stolz, seine Trauer auf diese Art zu zeigen, und es war auch nicht die rechte Zeit für sentimentale Anwandlungen.

Sein Blick glitt über die Gesichter der anderen. Shyleen hatte ihre

Selbstsicherheit inzwischen zurückgewonnen, wenn sie auch nicht in ihre abweisende, arrogante Haltung zurückgefallen war. An ihren Schläfen zuckte ein Nerv und verriet die Nervosität, die sie so entschlossen aus ihrem Gesicht vertrieben hatte. Torian lächelte. Es tat sonderbar gut, an dieser unnahbaren Frau so etwas wie Schwäche zu entdecken.

Salamir wirkte ruhig und gefaßt wie zuvor, aber das unstete Flakkern in seinen Augen machte deutlich, daß auch seine Ruhe nur eine Maske war, die nicht über seinen wahren Seelenzustand hinwegzutäuschen vermochte.

Torian räusperte sich, als das Schweigen unangenehm zu werden begann.

»Was ... was ist mit dem *Baarl* passiert?« fragte er mühsam. »Ist es ... vernichtet?« Er hatte *tot* sagen wollen, aber das Wort erschien ihm lächerlich bei einer Kreatur, die gar nicht wirklich lebte.

Salamir schüttelte den Kopf.

»Nein. Es wollte dein Blut. Dadurch haben wir es verwunden können – es ist nicht sonderlich intelligent, weißt du? Aber es wird sich erholen und deine Witterung neu aufnehmen.«

»Und es wird ziemlich übler Laune sein«, fügte Shyleen hinzu.

Torian und ihr Vater ignorierten sie. »Vielleicht«, fuhr Salamir fort, »schon morgen, vielleicht erst in einem Monat oder einem Jahr. Es hat mehr als ein Jahrtausend geschlafen, bis es durch den Fluch erweckt wurde. Dadurch besaß es noch nicht seine volle Stärke.« Er seufzte und sah Torian sehr ernst an. »Sonst hätten wir ihm nichts anhaben können.«

»Noch nicht seine volle Stärke?« wiederholte Torian. Es hatte spöttisch klingen sollen, aber er hörte selbst, daß es eher wie ein verzweifelter Aufschrei klang. »Ich habe niemals etwas Ähnliches erlebt. Diese Kreatur ist ein ... ein Gott!«

»Kein Gott«, widersprach Shyleen leise. »Ein niederes Geschöpf, mehr nicht, noch nicht einmal die stärkste Kreatur, über die die Schwarzen gebieten. Vielleicht begreifst du jetzt, warum ich aus dem Tempel fliehen mußte.«

»Ich begreife gar nichts«, knurrte Torian. Der Schmerz ließ ihn bösartiger werden, als er selbst wollte. Und auch wenn er wußte, daß es nicht richtig war, seine Verbitterung auf diese Art abzureagieren, erleichterte es zumindest ein bißchen.

»Ich weiß nur, daß ich ein Narr war, nicht mit Garth fortzureiten. Ihr sagt selbst, daß ihr mir nur eine kurze Atempause verschaffen konntet, die ich auch hätte, wenn ich weitergeflohen wäre. Ich weiß beim besten Willen nicht, wieso ich immer noch hier bin.«

»Es hat keinen Sinn zu streiten, auch wenn ich deine Verbitterung verstehen kann«, murmelte Shyleen.

»Ach, kannst du das?«

Das Mädchen schüttelte wütend den Kopf und warf ihm einen undeutbaren Blick zu, schwieg aber. Dafür ergriff Salamir das Wort.

»Wenn Shyleen den Schwarzen in die Hände fiele, hätten sie die Macht, Hunderte solcher Kreaturen wie das *Baarl* zu erschaffen«, erklärte er gleichmütig. »Du verstehst immer noch nicht, Torian.«

»Was verstehe ich nicht?« fragte Torian betont.

»Deine Rolle in diesem Spiel«, erklärte Salamir ungerührt. »Du hast zwei von ihnen getötet.«

»Und?«

»Sie können nicht zulassen, daß das geschieht«, sagte Shyleen. »Ebensowenig, wie sie zulassen können, daß jemand wie ich ihnen trotzt.«

»Und wieso nicht?« fragte Torian.

»Die Schwarzen«, erklärte Salamir geduldig, aber auch mit großer Eindringlichkeit, »sind Menschen wie du und ich, Torian. Menschen, die sich der Magie verschrieben haben, und zwar ihrer dunklen, zerstörerischen Seite. Oh, sie sind nicht unsterblich – ganz im Gegenteil. Sie bringen sich gegenseitig um, verbrennen bei ihren Experimenten, werden von Dämonen zerrissen, in fremde Dimensionen geschleudert oder in Steine verwandelt ... Aber noch nie hat es ein normaler Mensch gewagt, die Hand gegen sie zu erheben. Sie können nicht zulassen, daß das geschieht.«

»Du meinst, sie ...«

» ... werden ein Exempel an dir statuieren, ganz genau«, führte Salamir den Satz zu Ende, als Torian nicht weitersprach. »Und an Shyleen.« Er seufzte. »Sie haben schon längst begonnen, erneut nach der Herrschaft über ganz Caracon zu greifen, nachdem ihnen Tremon mittlerweile schon gehört.« Er lächelte und machte eine beschwichtigende Geste, als Torian auffahren wollte. »Ich weiß, daß sie offiziell nur geduldet und um Rat und Beistand gebeten werden, aber auch du weißt, wie die Wirklichkeit aussieht. Die Schwarzen sind zu einem Machtfaktor geworden, an dem kein Herrscherhaus mehr vorbei kann, und nun haben sie begonnen, ihre Hand wieder nach Scrooth auszustrecken. Was glaubst du, aus welchem Grund der ganze unselige Krieg sonst geführt wird? Sie wollen Caracon, und sie werden es bekommen, denn sie sind viel zu mächtig, um sich mit weniger als dem Ganzen zufriedenzugeben. Aber auch das ist nur ein Teil ihres Planes. Sie legen es darauf an, die Schrecken der Vergangenheit zu neuem Leben zu erwecken. Die Vorbereitungen laufen schon lange. Wie viele andere Priesterinnen an verschiedenen Orten ist Shyleen schon von Kindheit an darauf vorbereitet worden, die entscheidenden Beschwörungen zu vollziehen, und der Zeitpunkt ist nun in greifbare Nähe gerückt. Der Tempel des Toten Gottes ist nur einer ihrer Stützpunkte. Vielleicht könntest du der Gefahr für den Augenblick entfliehen, wenn du mit Garth gingest, aber vielleicht wird der Tag, an dem du diesen Entschluß bereuen wirst, schneller kommen, als du jetzt glaubst. Du stellst eine unverantwortliche Gefahr für sein Leben dar, und sosehr ich es auch bedaue-re, es ist aus seiner Sicht richtig gewesen, zu gehen.«

Er brach ab, um Atem zu schöpfen, und für Augenblicke trat ein sehr sonderbarer Ausdruck auf sein Gesicht. Er schien weit, weit fort zu sein. Selbst seine Stimme klang verändert, als er fortfuhr: »Genau wie ich wissen auch die Schwarzen, wer dich nach Rador begleitet hat, und irgendwann werden sie sich wieder daran erinnern. Aber so lange ist er in Sicherheit.«

»Wo liegt der Tempel?« Torian wechselte so abrupt das Thema, daß wohl auch Salamir spüren mußte, daß er nicht über Garth sprechen wollte.

Statt einer direkten Antwort stand Shyleen auf und trat ans Fenster. Torian folgte ihr. Im Osten waren ganz schwach und undeutlich die Gipfel der Berge zu sehen; finstere Schemen gegen das Schwarz des Nachthimmels.

»Einer der Berge sieht aus wie ein schlankes Horn«, erklärte sie mit einer Geste in die Dunkelheit. »Der Tempel liegt in einem Tal an seinen südlichen Ausläufern. Es gibt mehrere verborgene Zugänge zu diesem Tal. Die Priester fühlen sich so sicher, daß die meisten nicht bewacht werden. Es ist nicht weit.« Sie überlegte einen Moment. »Kaum einen Tagesritt von hier.«

»Einen Tagesritt«, murmelte Torian verwirrt. »Das ist doch Irrsinn. Warum seid ihr hiergeblieben? Dies ist ein offener Hof, der sich kaum verteidigen läßt, keine Festung. Warum wartet ihr hier auf die Schwarzen, statt zu fliehen?«

»Fliehen?« Shyleen lachte unecht. »Wohin denn?«

»Wir halten uns seit fast zwei Wochen hier versteckt«, fügte ihr Vater hinzu, »und man hat uns nur deshalb noch nicht gefunden, weil man nicht damit rechnet, daß wir so nahe sind. Wenn du dich vor einer Spinne verstecken willst, dann tu es in ihrem Netz, Torian. Noch sind nur die Priester hinter uns her, weil sich kein Schwarzer in der Nähe aufhält. Würden wir fliehen, liefen wir ihnen nur in die Arme.«

Shyleen nickte und übernahm wieder das Wort. Seltsam – aber für einen Moment hatte Torian das ganz bestimmte Gefühl, daß die beiden nicht einfach nur so dahinredeten, sondern sich wie geschickte Jongleure die Bälle zuwarfen. Ihre Antworten kamen ihm so einstudiert vor, als hätten sie die Fragen gekannt. Aber vielleicht hatten sie es auch. Es war sicher nicht sehr schwer, sie zu erraten. »Wir hatten gehofft«, sagte Shyleen, »lange genug unentdeckt zu bleiben. Aber ich spüre, daß sie uns gefunden haben. Die Priester werden kommen, noch in dieser Nacht. Es gab keine Möglichkeit zu fliehen.«

»Aber hier bringt ihr Kalaar und seine Leute in Gefahr«, sagte Torian anklagend. »Wie viele Menschen leben auf dem Hof? Dreißig? Vierzig? Es sind Frauen und bestimmt auch Kinder dabei. Garth und ich konnten wenigstens noch wählen, aber ihnen bleibt nicht einmal diese Möglichkeit.«

»Wir werden nicht länger bleiben, als unbedingt nötig ist«, antwortete Shyleen, ein wenig schärfer und in einer Art, die deutlich machte, daß sie es beinahe als Zumutung empfand, über das Schicksal dieser *Bauern* nachdenken zu sollen. Der schwache Funken von Sympathie, den Torian gerade erst in sich entdeckt hatte, erlosch wieder.

»Auch ich habe einflußreiche Freunde und warte nur auf eine Nachricht, die über unser weiteres Vorgehen entscheidet«, fügte Salamir hinzu. »Diese Menschen hier sind nicht das, was ...«

Er brach ab, als sich polternde Schritte der Tür näherten. Ohne anzuklopfen kam Kalaar in den Raum gestürmt. »Sie sind da«, sagte er.

Torian sah abermals aus dem Fenster. Der Hof hatte sich vollkommen verändert, in dem kleinen Moment, in dem er abgelenkt gewesen war. Überall waren Feuer entfacht worden, und die Nacht war fast taghellem gelbem Flammenschein gewichen. Von Kalaars Leuten war niemand zu sehen, aber Torian wußte, daß sie den Angriff aus der Deckung der gegenüberliegenden Gebäude heraus erwarteten.

Für einen Moment empfand er Zorn auf Salamir, daß er ihn nicht um Hilfe gebeten hatte. Von allen hier war er der einzige, der Erfahrung im Kämpfen hatte, und der einzige, der so etwas wie eine Gegenwehr hätte organisieren können.

Aber wozu auch?

Von allen hier wußte er auch am besten, wie sinnlos ihr Widerstand sein mußte. Mit einem Dutzend kampferfahrener Krieger hätte er den Hof auch gegen eine dreifache Übermacht halten können, aber *diese* Verteidigung würde schon beim ersten Angriff zusammenbrechen, selbst wenn sich kein Magier unter ihren Feinden befand.

Shyleen deutete stumm nach Norden, und Torians Blick folgte der Geste. Im ersten Moment sah er nicht viel, denn er hatte den Fehler begangen, direkt in die Flammen zu blicken, aber nach einigen Augenblicken erkannte er doch, worauf sie ihn hatte aufmerksam machen wollen:

Eine in der Dunkelheit schwer zu schätzende Anzahl dunkler Umrisse hatte sich etwa zweihundert Meter vor den Gebäuden versammelt und rückte langsam näher; eine kleine Armee konturloser Schatten, die sich nur durch ihre Bewegung verrieten und durch ein gelegentliches mattes Funkeln von geschwärztem Metall, wenn sich ein Lichtstrahl auf einem Helm oder Harnisch brach.

Einer dieser Schatten kam etwas rascher näher, während die anderen zurückblieben. Als er in den Lichtschein der Feuer geriet, erkannte Torian einen Hünen von mehr als sechs Fuß Größe, der von Kopf bis Fuß in eine dunkle Rüstung aus entweder besonders mattem Metall oder besonders glänzendem schwarzem Leder gekleidet war.

»Die Tempelwache«, erklärte Salamir ohne besondere Betonung. Torian hatte nicht einmal bemerkt, daß er zu ihm und Shyleen ans Fenster getreten war. »Sie besteht aus fünfzig ausgewählten Kriegern.«

»Ach, nur fünfzig«, sagte Torian sarkastisch. »Kein Problem – die schalte ich im Handumdrehen aus. Wärst du vielleicht so freundlich, hinunterzugehen und sie zu bitten, einzeln hereinzukommen? Und unbewaffnet?«

Salamir blieb ernst. »Es sind bestimmt nicht alle«, sagte er, wenn auch mit einer Stimme, die verriet, daß dies weitaus mehr

Wunsch als Überzeugung war. »Mindestens zehn Mann werden im Tempel zurückgeblieben sein.«

»Das ist ungemein tröstlich«, versetzte Torian. »Was sind schon vierzig Gegner für einen Mann wie mich?«

Diesmal antwortete Salamir gar nicht mehr, sondern blickte gebannt auf den Hof hinab. Der Krieger zügelte sein Pferd und verharrte in der Mitte des Hofes. Trotz des herabgelassenen Visiers glaubte Torian zu erkennen, wie sein Blick mißtrauisch über die Gebäude glitt. Er konnte den Mann gut verstehen – wäre *er* an seiner Stelle gewesen, hätte er eine Falle vermutet. Der schwarzgekleidete Hüne war entweder besonders mutig oder besonders dumm. Vielleicht von beidem etwas – eine besonders gefährliche Mischung.

»Ich spreche im Auftrag des Oberpriesters Cuul!« rief er plötzlich. Seine Stimme drang nur dumpf und verzerrt aus dem geschlossenen Helm, aber Torian erkannte trotzdem den befehlsgewohnten, herrischen Klang, den er schon in zahllosen Stimmen gehört hatte.

»Ich weiß nicht, wer ihr seid«, fuhr der Maskierte fort. »Und es interessiert mich auch nicht. Ihr seht die Krieger, die ich mitgebracht habe, Bauernpack! Gebt die Tempelpriesterin heraus, dann wird euch nichts geschehen. Anderenfalls machen wir den Hof dem Erdboden gleich.«

»Was sie so oder so tun werden«, murmelte Shyleen. »Cuul kann keine Zeugen gebrauchen. Noch müssen sie den Schein wahren. Außerdem macht es ihm Spaß zu töten.« Sie ballte die Faust. »Er ist so grausam wie seine schwarzen Herren.«

Hinter der nur angelehnten Scheunentür bewegte sich ein Schatten. Metall blitzte, und Torian fuhr erschrocken zusammen.

Dann ging alles so schnell, daß er nicht einmal Zeit gefunden hatte, eine Warnung zu rufen, wenn er gewollt hätte. Gleich drei Pfeile sirrten aus kleinen, schießschartenähnlichen Öffnungen in der Wand des Stalles, der dem Hauptgebäude gegenüberlag. Zwei verfehlten den Krieger, der dritte schrammte über seinen Harnisch und glitt wirkungslos an dem stahlharten Panzer ab. Mit einem harten

Ruck an den Zügeln riß der Mann sein Pferd herum und preschte davon.

»Diese Narren!« rief Torian wütend. »Sie werden uns alle umbringen!«

Wie um seine Worte noch zu unterstreichen, sirrte ein weiterer Pfeil hinter dem gepanzerten Reiter her. Auch er prallte wirkungslos von dessen nachtfarbener Rüstung ab – aber der zersplitterte Schaft traf den Hals des Pferdes und ließ das Tier vor Schmerz auf die Hinterläufe steigen. Sein Reiter schrie auf, verlor durch den plötzlichen, harten Ruck den Halt im Sattel und prallte mit furchtbarer Wucht auf dem steinharten Boden auf. Das Pferd stob mit schmerzerfülltem Kreischen davon, aber sein Reiter blieb reglos liegen. So unglücklich, wie er gefallen war, mußte er sich das Genick gebrochen haben.

»Neununddreißig«, sagte Salamir ungerührt.

Torian starrte ihn an. »Das freut dich, wie?« fragte er.

Salamir schnaubte. »Ja«, gestand er unverblümt. »Das da unten ist Krieg, du Held – nur, falls du es noch nicht bemerkt hast. Jeder dieser Kerle dort draußen würde uns mit Vergnügen umbringen. Ich habe dich für weniger empfindlich gehalten. Wie viele Feinde hast du schon getötet?«

»Viele«, sagte Torian kalt. »Vielleicht zu viele. Aber das da war Wahnsinn. Sie werden keinen von Kalaars Männern am Leben lassen, ist dir das klar?«

»Und?« fragte Salamir kalt. »Die Welt wird sich weiterdrehen, ob dieses Bauernpack lebt oder nicht.«

Torian schwieg, obwohl es viel gab, was er dem Magier hätte antworten können. Vielleicht hatte Salamir sogar recht, von seinem Standpunkt aus. Es ging nur noch ums nackte Überleben, um sonst nichts. Er wünschte sich, Garth wäre hier.

Aus brennenden Augen starrte er in die Nacht hinaus. Die Krieger waren nicht näher gekommen, aber die Schatten dort am Rande der Wüste waren in unruhige Bewegung geraten. Sie würden angreifen, das spürte er. Und wenn sie auch nur halb so gefährlich waren, wie Salamir behauptete, hatten sie keine besonders guten Aussichten, die nächste halbe Stunde zu überleben.

Torian versuchte sich in die Lage des Oberpriesters zu versetzen. Die Krieger wußten nicht, wo sich Shyleen befand. Sie mußten den Hof stürmen, ohne daß ihr etwas zustieß, und das verschaffte ihnen wenigstens einen kleinen Vorteil. Zumindest würden die Tempelwachen den Hof nicht einfach anzünden und in aller Ruhe zusehen, wie er niederbrannte – mit allem, was darin war. Er fragte sich, wie er an ihrer Stelle vorgehen würde.

Die Antwort war simpel. Und er brauchte sie sich nicht einmal auszudenken – er bekam sie vorgeführt.

Mehr als die Hälfte der Reiter stürmte heran, in einer schnurgeraden Linie und sehr schnell, tief über die Hälse ihrer Pferde gebeugt, die kleinen, runden Schilde halb gehoben und mit angelegten Speeren, wie eine Walze aus Fleisch und Stahl, von der die Pfeile der Verteidiger einfach abprallten – zumindest die wenigen, die überhaupt trafen.

Torians Hand glitt zum Schwert, aber Shyleen schüttelte rasch den Kopf. »Nicht«, flüsterte sie. »Heb dir das auf – wir haben noch ein paar kleine Überraschungen auf Lager.«

Die Angreifer hatten den Hof fast erreicht, als der Boden vor ihnen explodierte. Mit gespenstischer Lautlosigkeit schoß eine Fontäne aus Sand und Staub und kleinen Steinen in die Höhe. Zwei, drei Reiter wurden wie von einer unsichtbaren Faust getroffen und aus den Sätteln geschleudert, und zwei oder drei andere stürzten schreiend und zusammen mit ihren Tieren in den mannsbreiten Spalt, der plötzlich vor ihnen im Boden klaffte.

Trotzdem geriet der Angriff nicht wirklich ins Stocken. Die Reiter trieben ihre Pferde nur noch mehr an und setzten mit weiten Sprüngen über die Erdspalte hinweg.

Ein wahrer Pfeilhagel schlug ihnen entgegen, doch die Geschosse prallten wirkungslos an ihren Rüstungen ab. Die kleine Armee erreichte den Hof, fächerte auseinander und bot plötzlich kein sicheres Ziel mehr. Geschmeidig wie Raubtiere sprangen die Männer aus den Sätteln, glitten auf die Scheunen und Ställe zu. Einer von ihnen fiel, als ein Pfeil seine einzige verwundbare Stelle traf; den schmalen, ungepanzerten Streifen zwischen Helm und Harnisch. Zwei weitere stolperten scheinbar ohne ersichtlichen Grund und blieben reglos liegen, aber die Übermacht war einfach zu erdrückend. Holz splitterte, als zwei der Gepanzerten die Scheunentür einschlugen, und plötzlich klirrte Metall. Ein gellender Schrei zerriß die Stille der gespenstischen Schlacht.

»Verdammt, worauf warten wir?« fauchte Torian. Wieder griff er zum Schwert, und wieder wollte ihn Shyleen zurückhalten. Diesmal schüttelte er ihre Hand einfach ab und fuhr herum, um zur Tür zu eilen. Aber er führte die Bewegung nicht zu Ende, denn plötzlich begriff er, daß dieses entsetzliche Gemetzel dort draußen nichts als ein weiterer Teil von Salamirs Plan war. Kalaars Männer sollten sterben, um Salamir ein paar Minuten Zeit zu verschaffen, und vermutlich war ihm selbst genau die gleiche Rolle zugedacht. Eine Woge kalten Zornes packte ihn.

Draußen strebte der Kampf rasch seinem Höhepunkt entgegen. Das Klirren von Metall und gellende Todesschreie drangen an Torians Ohren. Er war beinahe dankbar, daß er nicht mit ansehen mußte, was in den Ställen und Scheunen geschah, aber er wußte es auch so. Die Geräusche waren deutlich genug. Das dort war kein Kampf, sondern ein Gemetzel. Schlimmer noch – ein Abschlachten, ein Massaker. Kalaars Männer hatten gegen Cuuls Krieger nicht den Hauch einer Chance, und auch die restlichen Reiter näherten sich nun dem Hof. Sie beeilten sich nicht einmal besonders.

Torian ballte die Fäuste und fuhr herum. Shyleen hatte sich an die Wand zu seiner Rechten gepreßt. Ihr Gesicht wirkte grau und eingefallen. Sie zitterte. Schweiß stand ihr auf der Stirn, und ihre Lippen flüsterten lautlose Worte.

»Warte«, flüsterte Salamir. Seine Stimme zitterte, und auf seinen zerfurchten Zügen lag der Ausdruck höchster Konzentration. Seine Augen waren matt wie die eines Toten. »Ich brauche ... nur noch Sekunden.«

Torian drehte sich wortlos herum, hob seinen Helm vom Boden auf und streifte ihn über. Mit weit ausgreifenden Schritten durchquerte er das Zimmer.

»Was hast du vor?« rief Shyleen erschrocken. Sie versuchte ihm in den Weg zu treten, aber Torian stieß sie einfach beiseite. Bislang hatte noch niemand den Versuch unternommen, in das Hauptgebäude einzudringen. Er wußte nicht, ob dahinter eine Taktik steckte oder ob Salamir dafür verantwortlich war. In jedem Fall würde auch dies sie nicht lange retten. Torian wußte, daß er sterben würde, so oder so, aber es war besser, dort unten mit dem Schwert in der Hand den Tod zu finden, als sich hier oben zu verkriechen und tatenlos auf das Ende zu warten. Und er ertrug dieses sinnlose Abschlachten einfach nicht mehr. Mit einer Ruhe, die er selbst nicht ganz verstand, öffnete er die Tür, ging ins Erdgeschoß hinunter und trat aus dem Haus, ganz langsam, aber mit kampfbereit erhobenem Schwert.

Zum ersten Mal sah er Cuul persönlich.

Umgeben von einem halben Dutzend Wachen, die er fast um Haupteslänge überragte, ritt der Oberpriester auf den Hof. Ein silberfarbener Umhang lag um seine Schultern. Er trug als einziger keinen Helm, und Torian konnte sehen, daß sein Schädel kahlgeschoren war.

Cuuls Gesicht war kantig und scharfgeschnitten; es war unmöglich, sein Alter zu schätzen. Die Lippen hatte er zu einem dünnen, blutleeren Strich zusammengepreßt, die Mundwinkel wiesen nach unten und verliehen seinem Gesicht einen grausamen und zynischen Zug. Aus kalten Augen sah er sich um. Torian hielt nicht viel von vorschnellen Urteilen – aber wenn er je einen Menschen getroffen hatte, der ihm auf Anhieb unsympathisch war, so war das Cuul.

Ein völlig irrsinniger Plan nahm in Torian Gestalt an. Er wußte, daß er es nicht schaffen würde – nicht schaffen *konnte* –, aber wenn er schon sterben sollte, würde er wenigstens noch ein paar von ihnen mitnehmen. Und seinem Tod wenigstens noch einen *Anschein* von Sinn verleihen.

Bislang hatten weder Cuul noch einer seiner Krieger ihn entdeckt, obwohl Torian vollkommen deckungslos unter dem hellerleuchteten Eingang stand, was sonderbar genug war. Cuuls schwarze Männer waren viel zu sehr damit beschäftigt, Kalaars Männer abzuschlachten.

Er holte noch einmal tief Luft, packte sein Schwert mit beiden Händen und rannte los.

Natürlich schaffte er es nicht.

Er hatte noch nicht einmal ein Drittel der Distanz überwunden, als die Krieger ihn bemerkten. Die Leichtigkeit, mit der sie die anderen Verteidiger hatten niedermachen können, ließ sie leichtsinnig werden. Sie rechneten nicht mehr mit ernsthaftem Widerstand. Zwei der Krieger trieben ihre Pferde an und hoben die Schwerter, aber ihre Bewegungen wirkten fast desinteressiert. Wahrscheinlich hielten sie ihn für einen wehrlosen Bauerntölpel.

Torian belehrte die beiden Reiter eines Besseren – den einen mit einem Schwerthieb gegen die Seite, der zwar seinen Harnisch nicht durchschlug, ihm aber mindestens zwei Rippen brach und ihn aus dem Sattel schleuderte, den anderen mit einem blitzschnellen Griff in die Zügel und einem noch schnelleren, harten Ruck, der das Pferd in die Knie brechen ließ – mit dem Ergebnis, daß sein Reiter etwas schneller und auf andere als die gewohnte Art aus dem Sattel stieg: nämlich kopfüber und mit einem dreifachen Salto.

Torian rannte weiter.

Für einen Moment traf sein Blick den Cuuls. Er las keine Furcht in den Augen des Oberpriesters, nur etwas wie Überraschung, vielleicht auch ein blitzartiges Erschrecken, das sofort wieder verschwand. Die Hand des Oberpriesters machte eine rasche, eindeutige Bewegung. Zwei Schatten lösten sich aus der Phalanx seiner

Wächter und sprengten auf Torian zu. Und diesmal waren die Reiter gewarnt.

Aber damit hatte Torian gerechnet. Er versuchte gar nicht, sie anzugreifen, sondern sprang in einem unberechenbaren, vollkommen willkürlichen Zickzack hin und her, tauchte unter einem Schwertstreich hindurch und fing einen weiteren Hieb mit seiner eigenen Klinge ab. Ein Fußtritt traf ihn an der Schulter und schleuderte ihn zur Seite, aber er taumelte einfach weiter, riß einen dritten Mann durch die pure Wucht seines ungestümen Aufpralls aus dem Sattel und war Cuul plötzlich ganz nahe. Plötzlich trennten ihn nur noch zwei Schritte von dem glatzköpfigen Riesen.

Fast hätte er es sogar geschafft.

Er sah die Bewegung im letzten Augenblick in den Augenwinkeln und an einer Stelle, an der eine Zehntelsekunde zuvor ganz bestimmt niemand gestanden hatte. Mit einem fast grotesken Hüpfer sprang er mitten im Schritt herum, sah ein Schwert auf sich herabfahren und brachte seine eigene Klinge im buchstäblich allerletzten Moment hoch.

Ob der Krieger nun real war oder nicht – sein Schwert war es. Die Wucht des Hiebes hätte Torian um ein Haar die Klinge aus der Hand geprellt. Ein furchtbarer Ruck fuhr durch seinen Arm und lähmte ihn für Sekunden.

Der Krieger knurrte triumphierend, und Torian wechselte die Waffe blitzschnell in die linke Hand. Seine Klinge kam hoch, vollführte eine blitzschnelle, komplizierte Drehung um das Schwert des anderen herum und bohrte sich knirschend durch seinen Brustpanzer. Der Tempelkrieger sackte lautlos in sich zusammen.

Und ein furchtbarer Schlag traf Torians Hinterkopf.

Ohne den Helm hätte er ihm wahrscheinlich den Schädel zerschmettert. So zwang er ihn nur in die Knie, aber für die Dauer von zwei, drei Herzschlägen war er völlig wehrlos. Jeder der Reiter hätte ihn niederstrecken können.

Sie taten es nicht.

Statt dessen zogen sie sich sogar ein Stück zurück und stiegen von ihren Pferden. Cuul lachte leise.

Torian stemmte sich mühsam hoch, versuchte die roten Schmerzringe vor seinen Augen wegzublinzeln und hob das Schwert, das mit einem Male Zentner zu wiegen schien. Cuuls Gestalt bog und verzerrte sich vor seinem Blick, die Nacht um ihn herum war voller Bewegung und hin und her huschender Schatten. Er wartete auf den tödlichen Hieb.

Aber der kam nicht.

Torian begriff, daß sie mit ihm spielten. Sein unerwarteter Widerstand hatte sie überrascht, aber er war kein wirklicher Gegner für Cuuls Krieger. Nur ein weiteres Opfer, das durch seine erbitterte Gegenwehr ihr Interesse weckte. Sie würden eine Weile mit ihm spielen und ihn dann töten, wenn er ihnen zu langweilig wurde. Wie die Katzen eine Maus, an der sie das Interesse verloren.

Er blockte einen Schlag ab und stach zu, aber der Mann war bereits zurückgesprungen; sein Stich ging ins Leere. Ein höhnisches Lachen drang unter dem Helm des Kriegers hervor.

Torian konnte sich im letzten Moment unter einem waagerecht geführten Streich wegducken, der ihm glatt den Kopf von den Schultern getrennt hätte, wich einem halbherzig geführten Lanzenstoß aus und versuchte den Speer zu packen, führte die Bewegung aber nicht zu Ende, sondern wich hastig einer heranwirbelnden Axt aus, die mit einem saugenden Geräusch vor ihm in den Boden fuhr. Er ließ sich fallen, rollte zweimal blitzschnell um die eigene Achse und trat nach dem Knie eines anderen Mannes. Der Krieger war nicht darauf gefaßt und verlor den Halt, doch sofort war ein anderer zur Stelle und hob schützend seinen Schild.

Torian quälte sich auf die Beine. Sein Herz raste. Er hatte es jetzt nur noch mit zwei Angreifern zu tun – die anderen hatten sich zurückgezogen und bildeten einen weiten, aber undurchdringbaren Kreis um Torian und die beiden Krieger, wie eine lebende Arena. Selbst wenn er diese beiden besiegte, dachte Torian verzweifelt, hatte er keine Chance. Die Krieger spielten Katz und Maus mit ihm. Er wußte, daß er den ungleichen Kampf nur wenige Sekunden lang würde durchhalten können. Die herabgelassenen Visiere verdeckten die Gesichter der Männer, so daß er keine Gefühlsregung erkennen konnte, aber er glaubte zu spüren, daß sie die Lust an dem Kampf bereits verloren. Vielleicht, dachte er, hatten sie auch gemerkt, daß sie sich eine besonders bissige Maus ausgesucht hatten, die ihnen gefährlich werden konnte.

Lauernd umkreisten sie ihn. Von irgendwoher drang Hufschlag an sein Ohr, aber er nahm ihn kaum wahr, denn die Krieger griffen im selben Moment wieder an – und diesmal gleichzeitig, aus entgegengesetzten Richtungen. Beide waren gleichstarke Gegner, so daß er sich nur willkürlich einem zuwenden konnte und dem zweiten den Rücken zuwenden mußte.

Es gelang ihm, den ersten Hieb zu parieren. Er ließ seine Klinge an der seines Gegners vorbeischarren, sprang vor und streckte den Mann mit einem Faustschlag zu Boden, wobei er ganz bewußt in Kauf nahm, daß dessen Schwert ihn an der Schulter traf. Die Klinge fuhr durch sein Kettenhemd und bohrte sich in sein Fleisch. Seine Schulter schien in Flammen aufzugehen. Die Wunde war weder besonders tief noch besonders gefährlich, aber sie schmerzte höllisch.

Mit einem Aufschrei warf sich Torian zur Seite und hieb noch im Fallen nach dem zweiten Krieger. Er traf nicht, aber der wuchtige Schlag trieb den Mann zurück. Taumelnd kam Torian wieder auf die Beine. Schmerz wühlte in seiner Schulter, und sein linker Arm war nun vollends gelähmt.

Der Hufschlag war näher gekommen. Auch wenn er wußte, daß jede noch so winzige Unachtsamkeit das Ende bedeuten konnte, blickte er auf –

und erstarrte.

In diesem Moment wäre er ein leichtes Opfer gewesen, doch auch sein Gegner wurde durch das unerwartete Erscheinen eines Fremden abgelenkt. Eine hünenhafte Gestalt mit einem wehenden roten

Umhang um die Schultern preschte auf den Hof und hielt direkt auf Cuul zu.

»Torian!« brüllte Garth und ließ sein Schwert wirbeln. »Paß auf!«

Gedankenschnell fuhr Torian herum. Er ahnte den Schwerthieb des Kriegers mehr, als er ihn sah, aber er besaß nicht mehr die Kraft, ihm vollends auszuweichen.

Und doch rettete die schnelle Bewegung ihm das Leben.

Die Klinge traf ihn nicht mit voller Wucht, sondern prallte nur mit der Breitseite gegen seinen Helm. Trotzdem war der Hieb hart genug, Torian abermals in die Knie brechen zu lassen. Er fiel, fing den Sturz ungeschickt mit dem unverletzten rechten Arm ab und erwartete den tödlichen Streich.

Doch der alles beendende Schmerz blieb auch diesmal aus. Statt dessen vernahm er einen gedämpften Schrei und sah die Hufe eines in rasendem Galopp vorbeipreschenden Pferdes direkt neben sich.

Dann fühlte sich Torian von einer unglaublich starken Hand hochgerissen und klammerte sich mit letzter Kraft an der Mähne des Pferdes fest, bevor die Welt um ihn herum endgültig in Dunkelheit versank.

Er konnte nicht lange bewußtlos gewesen sein, denn als er die Augen aufschlug, herrschte noch immer Nacht, und sein Herz raste wie ein wildgewordenes Hammerwerk. Es gab kaum eine Stelle an seinem Körper, die *nicht* weh tat.

Ruckartig richtete er sich auf – etwas, das er besser nicht getan hätte, wie er in derselben Sekunde begriff. Ein rasender Schmerz erwachte in seinem Schädel. Ein jäher Schwindelanfall ließ ihn zurücksinken, und als wäre das allein noch nicht genug, wurde ihm übel.

»Ganz ruhig«, sagte eine vertraute Stimme. »Es wird noch etwas dauern, bis du wieder Bäume ausreißen kannst, du Held.«

»Garth«, murmelte er. In seinem Kopf drehte sich alles. »Du bist zurückgekommen.«

»Sicher.« Der Dieb beugte sich grinsend über ihn. »Ich bin zwar verrückt, aber ich konnte dich schließlich nicht allein lassen. Man sieht ja, daß du nur Blödsinn anstellst.«

Torian lächelte pflichtschuldig, auch wenn es ihm schwerfiel, aber hinter seiner Stirn überschlugen sich die Gedanken. Außerdem gab es nicht viel, was er hätte sagen können.

Garth war zurückgekehrt, und das war alles, was jetzt zählte. Torian verspürte ein tiefes, warmes Gefühl von Dankbarkeit, etwas, das er ohnehin nicht in Worte hätte fassen können, ohne sich selbst albern vorzukommen. So atmete er nur ein paarmal tief durch und kämpfte den rasenden Kopfschmerz und die Übelkeit zurück, so gut er konnte.

Vorsichtig hob er die Hand und tastete seine Schläfe ab. Unter seinen Fingerspitzen fühlte er halb geronnenes, klebriges Blut und eine mächtige Beule.

»Kopfschmerzen?« fragte Garth hämisch.

Torian widerstand im letzten Moment der Versuchung zu nicken. »Ja«, sagte er gepreßt.

»Gut«, sagte Garth. »Immerhin – du hast noch etwas, was dir weh tun kann. Hätte dich die Klinge eine Handbreit tiefer getroffen, bräuchtest du dir über *Schmerzen* keine Sorgen mehr zu machen. Und ich hätte die Arbeit, dich zu begraben.«

Torian richtete sich erneut auf, langsamer und wesentlich vorsichtiger als beim ersten Mal. Erst jetzt – und auch jetzt nur langsam und bruchstückhaft – fielen ihm Einzelheiten des Kampfes wieder ein, und jetzt spürte er neben dem Kopfschmerz auch ein dumpfes, aber nicht mehr übermäßig schmerzvolles Pochen in seiner linken Schulter. Zugleich fühlte er den angenehmen Druck eines fest angezogenen Verbandes. Er mußte wohl doch länger geschlafen haben, als er bisher geglaubt hatte.

»Nur ein Kratzer«, erklärte Garth, der seinen Blick richtig deutete. »Du mußt wirklich einen verdammt aufmerksamen Schutzengel haben.«

»Wie lange war ich bewußtlos?« erkundigte sich Torian.

»Etwa drei Stunden.«

»Drei Stunden?! Aber dann ...« Er verstummte, sah Garth einen Moment verwirrt an und blickte dann nach oben. Instinktiv erwartete er, Rauchwolken und den Widerschein eines Feuers zu sehen, das groß genug sein mußte, den halben Himmel in flammendes Rot zu tauchen. Er sah nichts.

»Was ist mit dem Hof?« fragte er verwirrt. »Cuul. Und ... seine Krieger ...?«

Garth stieg die wenigen Schritte zur Spitze des Hügels hinauf und bedeutete ihm mit einer knappen Geste, ihm zu folgen. Von der Kuppe aus deutete er ins Tal.

Torian stand unsicher auf und trat zu ihm. Er hatte damit gerechnet, das Gehöft zerstört zu sehen, den Naturgesetzen zum Trotz vielleicht doch schon niedergebrannt, vielleicht auch durch Magie dem Erdboden gleichgemacht, doch er irrte sich. Das Bild, das sich ihm und Garth bot, war geradezu absurd friedlich:

Nichts schien sich verändert zu haben; die Gebäude waren unversehrt, nur die bereits vor dem Beginn des Kampfes entfachten Feuer verbreiteten noch schwache, rote Glut, wenn sie auch deutlich niedergebrannt waren. Es war, als hätte der bizarre Kampf niemals stattgefunden, dachte er verstört.

»Und Shyleen?«

Torian sah den Dieb fast flehend an. Wider besseres Wissen nährte der Anblick des unversehrten Hofes für einen Augenblick seine Hoffnung, es wäre dem Magier doch noch gelungen, Cuuls Kriegern irgendwie zu entkommen. *Nur noch wenige Sekunden,* hatte der Magier geflüstert. Vielleicht hatte Torians Ausfall ihm diese wenigen Sekunden verschafft, die er brauchte. »Was ist mit Shyleen geschehen?«

Garth zuckte mit den Achseln. Er wich seinem Blick aus. »Sie haben sie mitgenommen. Unmittelbar nach unserer Flucht haben sie das Haupthaus gestürmt. Es hat lange gedauert, und als sie wieder herauskamen, war fast die Hälfte der Krieger tot. Aber sie hatten das Mädchen bei sich.« Er machte eine rasche, sehr bestimmte Handbewegung, als Torian ihn unterbrechen wollte, und fuhr mit erhobener Stimme fort:

»Nicht so schnell, Torian. Ich weiß, was du jetzt denkst – aber daraus wird nichts. Ich bin zurückgekommen, weil ich dich nicht im Stich lassen wollte. Weder Salamir noch dieses Mädchen interessieren mich. Du hast versucht, ihnen zu helfen, und du hast gesehen, was dabei herausgekommen ist. Aber bitte, du hast es versucht. Alles andere geht uns nichts an. Wir haben nichts mit ihnen zu tun.« Er schürzte kampflustig die Lippen. »Notfalls werde ich dich mit Gewalt daran hindern, noch einmal dein Leben für diese Verrückten aufs Spiel zu setzen.«

Torian schüttelte den Kopf. Er seufzte. »Ich fürchte, so einfach ist es nicht«, murmelte er. »Ich akzeptiere nicht, was Salamir getan hat, aber ich kann seine Gründe zumindest verstehen. Ich werde dir alles erklären, aber laß uns erst einmal zurückgehen.«

»Ich denke gar nicht daran, auch nur noch einen Fuß auf diesen Hof zu ...«

»Wir müssen zumindest nachsehen, ob es Überlebende gibt und wir vielleicht helfen können«, unterbrach ihn Torian. »Das ist das mindeste, was wir tun müssen.«

»Überlebende?« Garth lachte schrill. »Mach dich nicht lächerlich«, sagte er. »Da unten lebt nichts mehr.«

»Und wenn doch?«

Garth antwortete nicht. Ein paar Sekunden lang hielt er Torians Blick stand, dann wandte er wütend den Kopf, ging zu seinem Pferd, ergriff es am Zügel und folgte Torian den Hügel hinab.

Während sie sich dem Hof näherten, wiederholte Torian in allen Einzelheiten, was er von Salamir und Shyleen über die Bedeutung des Mädchens für die Pläne der Schwarzen Magier erfahren hatte – und auch über seine eigene Rolle in diesem Ringen uralter Mächte. Garth antwortete nichts darauf; sein Gesicht war verschlossen und ließ keine Gefühlsregung erkennen. Nur bei der Erwähnung des *Baarl* zuckte er kurz zusammen, dann hatte er sich wieder in der Gewalt.

Aber er sagte die ganze Zeit über kein Wort, und schließlich schwieg auch Torian. Seine Worte schienen von einer Mauer abzuprallen, und er begriff, daß Garth sich einfach weigerte, ihm wirklich zuzuhören.

Als sie das Gehöft erreichten, sah Torian, daß es nicht ganz so unverändert war, wie er im ersten Moment geglaubt hatte. Es war ... keine direkt sichtbare Veränderung, aber sie war auch nicht zu übersehen. Es war ein schwer in Worte zu fassendes Gefühl, aber die Gebäude kamen ihm ... anders vor. So gründlich er sich auch umsah, er konnte keine Einzelheiten entdecken, die diesen Eindruck auch nur irgendwie bestätigt hätten; es war fast nur ein Gefühl, als ...

Ja, dachte er schaudernd, *fast, als wären die Gebäude selbst gealtert, verfallen – als hätte die Wirklichkeit winzige Risse bekommen, hinter denen sich eine andere, mit normalen menschlichen Sinnen kaum mehr wahrnehmbare Realität verbarg.*

Für einen Sekundenbruchteil glaubte er aus den Augenwinkeln eine verfallene, schon vor Jahren ausgebrannte Ruine zu erkennen, die die Stelle von Kalaars Hof einnahm, aber es war wie verhext – immer, wenn er genauer hinsah, erblickte er das Haupthaus wieder ganz genau so, wie er es kannte: ein sehr großes, sehr heruntergekommenes, aber keineswegs *zerstörtes* Gebäude.

Torian fuhr sich nervös mit der Hand über das Gesicht und warf Garth einen raschen Blick zu. Auch der Dieb sah sich immer wieder unbehaglich um und wandte ein paarmal zu oft und zu rasch den Kopf. Torian war fast sicher, daß er die unheimliche Veränderung ebenfalls spürte, die mit dem Hof vor sich gegangen war.

Aber vielleicht hatte seine Nervosität auch viel naheliegendere Gründe – zum Beispiel den, daß er nach verborgenen Angreifern Ausschau hielt.

Sie banden ihre Pferde mit den Zügeln aneinander, und Torian betrat den Kuhstall, nachdem er eine zersplitterte Holzlatte an einem der schwelenden Feuer entzündet und sich so eine primitive Fackel geschaffen hatte. Die Dunkelheit hier drinnen war vollkommen, aber der rötliche Feuerschein schuf einen kleinen Bereich blutfarbener Helligkeit, in dem er sehen konnte.

Seine Augen weiteten sich vor Überraschung.

Der Großteil von Kalaars Leuten hatte den Angriff hier erwartet, wie er selbst gesehen hatte. Und er hatte die Schreie der Sterbenden mit eigenen Ohren gehört.

Aber kein einziger Toter war zu entdecken. Keine Waffe, nicht einmal ein Blutfleck auf dem Boden. Nichts. Nicht die kleinste Spur eines Kampfes – geschweige denn des entsetzlichen Gemetzels, das hier stattgefunden hatte. Auch von den Tieren, die im hinteren Teil des Stalles zusammengepfercht gewesen waren, fehlte jede Spur.

»Das gibt es doch nicht!« murmelte Garth, der ihm dichtauf gefolgt war, wie er selbst mit einer brennenden Holzlatte bewaffnet.

»In der Scheune ...« Er brach ab, als er den leeren Stall sah. Fassungslos sah er sich um. Sein Gesicht verlor jede Farbe.

»Was ist in der Scheune?« fragte Torian. Er ahnte die Antwort.

Garth schüttelte verwirrt den Kopf. »Hier also auch«, murmelte er. »Das ... das ist doch unmöglich. Was hat das zu bedeuten? Wo sind die Toten?«

Ratlos zuckte Torian mit den Achseln. Seit er den Hof zum ersten Mal gesehen hatte, wußte er, daß hier etwas nicht stimmte. Er hatte es seinen überreizten Nerven – und vielleicht auch Salamirs Wirken – zugesprochen, aber er begann zu ahnen, daß er der Wahrheit damit nicht ganz gerecht wurde. Da war noch etwas; ein Punkt, den er bislang außer acht gelassen hatte, ohne den er die einzelnen Teile des Mosaiks aber nicht zusammenfügen konnte. Und er hatte die Antwort fertig in seinem Kopf. Er konnte sie nur noch nicht aussprechen.

»Komm«, sagte er verwirrt. »Schauen wir drinnen nach.«

Nebeneinander verließen sie die Scheune und eilten auf das

Hauptgebäude zu. Die Tür war nur angelehnt. Torian zog sein Schwert, bevor er sie aufstieß und eintrat.

Auch die Halle sah noch ganz genauso aus, wie er sie in Erinnerung hatte. Offenbar hatten Cuuls Krieger auf jede Verwüstung verzichtet, aber das nahm Torian nur mit einem flüchtigen Blick wahr.

»Sind wir jetzt beide verrückt geworden?« murmelte Garth.

Torian gab keine Antwort. Die Halle war nicht leer, im Gegenteil. Es mußten mehr als dreißig Menschen sein, die sich darin aufhielten. Kalaar war da, ebenso wie seine Knechte und Mägde.

Alle seine Diener.

Auch die, die vor Torians Augen gestorben waren ... Torian blickte in die Gesichter der Männer, deren Todesschreie er gehört hatte. Dicht gedrängt standen sie in einem engen Kreis zusammen. Niemand nahm von ihm und Garth Notiz.

Garth berührte ihn an der Schulter und deutete mit der anderen Hand auf etwas in der Mitte der schweigenden unheimlichen Versammlung. Torian konnte nicht erkennen, was es war – aber der Schrecken auf Garth' Gesicht war nicht zu übersehen. Entschlossen ging er los. Es kostete ihn große Kraft, sich diesen Menschen *(Menschen?)* zu nähern, von denen einige gar nicht mehr am Leben sein durften, aber er ging weiter, zwängte sich zwischen ihnen hindurch und blieb dann abrupt stehen.

Man hatte eine Decke auf dem Boden ausgebreitet, auf der der Magier lag. Die Decke war einmal buntgemustert gewesen, aber jetzt färbte sie sich rot, und der süßliche Geruch von Blut war fast übermächtig.

Salamirs Gesicht war eine Maske aus halb geronnenem Blut und Schmerzen, und sein Körper lag in unnatürlicher Haltung da; verkrampft und halb gekrümmt wie ein häßlicher, hundert Jahre alter Embryo.

Torian mußte kein zweites Mal hinsehen, um zu erkennen, daß Salamir sterben würde. Ein Schwerthieb hatte ihn am Kopf getroffen und seinen Schädel zertrümmert. Es war fast ein Wunder, daß der Greis überhaupt noch am Leben war. Seine Atemzüge waren so flach, daß Torian sie kaum mehr wahrnahm.

Langsam kniete er neben dem sterbenden Magier nieder. Er empfand einen schwachen Hauch von Mitleid; aber nicht sehr viel. Dazu hatte er Salamir nicht lange genug gekannt, und vielleicht trotzdem ein bißchen zu gut.

Als hätte er nur auf seine Ankunft gewartet, schlug Salamir die Augen auf. Sein Blick war noch klar, aber Torian sah bereits den Tod darin. Noch wenige Sekunden, dachte er. Eigentlich war er schon tot. Er wehrte sich nur noch, aber seine Kraft ließ nach. Unbarmherzig.

»Shyleen«, stöhnte Salamir. »Sie haben ... Shyleen mitgenommen.«

»Ruhig«, sagte Torian hilflos. »Du darfst nicht sprechen.« Er sprach die Worte aus, ohne über ihren Sinn nachzudenken. Es war gleichgültig, ob Salamir sprach oder nicht. Er starb. Torian glaubte nicht, daß er noch Schmerzen spürte.

»Nein«, flüsterte der Magier. »Ich ... weiß, daß ich sterbe, Torian. Nach all den Jahrhunderten hat ... der Tod für mich seinen Schrekken verloren, aber ... ich habe versagt. Shyleen ... sie darf nicht im Tempel bleiben. Du weißt, was sonst geschieht. Ich ... ich hätte sie töten sollen, aber ... ich habe es nicht fertiggebracht. Sie ist ... meine Tochter. Du mußt sie retten, Torian.«

Er bäumte sich auf, als sein sterbender Körper von einem Hustenanfall geschüttelt wurde. Blutiger Schaum quoll über seine Lippen. Der Schatten in seinem Blick wurde dunkler.

»Du mußt sie retten, oder ... sie töten. Wenn nicht meinetwegen, dann ... tu es für dich. Nur sie kann dich ... vor dem *Baarl* schützen. Versprich mir, sie ... zu retten oder zu ... töten.« Er hustete. Ein rasselndes, schreckliches Geräusch mischte sich in seine Atemzüge, und etwas in ihm schien zu zerbrechen.

»Versprich es ... mir, Torian«, flüsterte er. »Der Tod ist ... tausendmal barmherziger als das, was sie ... erwartet. Bitte ...«

»Ich verspreche es«, sagte Torian ernst. Neben ihm sog Garth erschrocken die Luft ein, aber Torian machte nur eine hastige Handbewegung, dann wandte er sich wieder an den sterbenden Magier.

»Wie kommen wir in den Tempel?«

»Der Berg ... an seinem Fuß steht ... eine verkrüppelte Kiefer. Zweihundert Schritte nach ... Süden. Dort findet ihr ... einen unbewachten Paß. Rettet Shyleen ... rettet sie. Und ... vielleicht euch. Sie ...« Er brach ab, als ein weiterer Hustenanfall seinen Körper schüttelte.

»Es ist gut«, sagte Torian rasch. »Sprich nicht mehr. Kalaars Leute können uns führen. Schweig jetzt. Es ist nicht nötig, daß du dich quälst.«

»Kalaar ... un ... möglich«, stammelte Salamir. »Sie ... leben nicht.« Seine Stimme sank zu einem kaum noch hörbaren Flüstern herab. Torian beugte sich weiter vor, um ihn zu verstehen.

»Sie sind schon ... seit vielen Jahren tot. Leere Hüllen ohne ... Seele. Illusionen. Sie ... sie waren meine ... Schöpfungen. Ich ...«

Er bäumte sich noch einmal auf und starb.

Und nicht nur er.

Es war gespenstisch, obwohl Torian es beinahe erwartet hatte: Im selben Moment, in dem der Magier starb, lösten sich die Gestalten um ihn herum auf. Auch die Halle verwandelte sich, als die Illusion verging. Alles um ihn herum veränderte sich in Sekundenschnelle. Mauern, vor einer Sekunde noch massiv, zerbröckelten lautlos zu Schutt, die hölzerne Treppe zerfiel zu Staub. Es war genau der Eindruck, den er schon auf dem Hof gehabt hatte. Das Gebäude *alterte*, eine Sekunde war ein Jahr, eine Minute ein Menschenalter ...

Und das Haus wurde wieder zu dem, was es gewesen war, bevor Salamir mit seiner Magie hierhergekommen war: einer Ruine.

Keiner von ihnen sagte noch ein Wort. Aber als Torian aufsah, las er nichts als pures Entsetzen in Garth' Blick.

Das gleiche Gefühl, das – ganz langsam, aber unaufhaltsam wie eine schleichende Krankheit – auch von ihm Besitz ergriff.

Sie hatten den Zauberer begraben und waren unmittelbar darauf aufgebrochen. Es gab nichts mehr, was sie noch auf dem verfallenen Hof gehalten hätte; wohl aber eine Menge, was dafür sprach, ihn so schnell wie möglich zu verlassen. Selbst Torian – der sich aller Logik zum Trotz noch immer beharrlich weigerte, die Möglichkeit *echter* Zauberei zu akzeptieren – spürte den düsteren Hauch, der über dem Karree verkohlter Ruinen lag, und selbst ihm war es, als löse sich eine Last von seiner Seele, nachdem sie den Hof verlassen und auch das kranke Wäldchen wieder hinter sich gelassen hatten. Er verstand plötzlich, warum das tremonische Heer einen Bogen um diesen Wald geschlagen hatte. Er wußte nicht, was es war – aber irgend etwas war hier, sicherlich keine Zauberei, aber etwas Unverständliches und Gefährliches.

Sie sprachen sehr wenig, aber sie waren den Rest der Nacht durchgeritten, so daß sie den Fuß des Gebirges erreichten, noch ehe die Sonne über den Bergen aufging. Das Land war hier längst nicht mehr kahl und von der Hitze ausgedörrt wie am Rand der Staubwüste. Der Boden war fruchtbar, und Wasser stellte kein Problem mehr dar. Immer wieder trafen sie auf kleine, klare Gebirgsbäche, so daß sie und ihre Tiere ihren Durst stillen konnten. Die Lebensmittel, die Garth eingepackt hatte, würden selbst für zwei Männer reichen, bis sie jagbares Wild oder andere Menschen trafen.

Dann wurde es hell, und im ersten Licht des neuen Tages sahen sie den Felsen, den Shyleen beschrieben hatte. Es war eine schlanke Felsspitze, die sich wie das Horn eines Fabeltieres tausend Meter oder höher in den Himmel reckte. Eine Verwechslung war ausgeschlossen; der Berggipfel war so charakteristisch, daß er wie ein Wegweiser wirkte, den jemand eigens für diesen Zweck hier aufgestellt hatte; jemand mit *sehr* großen Händen allerdings. Der Anblick jagte Torian einen kalten Schauer über den Rücken. Jetzt, als sie dem sonderbar geformten Felspfeiler nahe waren, erschien er ihm weniger wie ein Wegweiser als wie eine Drohung; eine letzte – allerletzte – Warnung, lieber nicht weiterzugehen.

Auch die verkrüppelte Kiefer war nicht schwer zu finden, und wie beschrieben entdeckten sie kaum zweihundert Schritte südlich davon den Eingang einer Schlucht, die schmal, aber sehr tief wie eine Wunde im Berg klaffte und in Torian allerlei unangenehme Assoziationen wachrief.

Auch Garth mußte ähnliches empfinden, denn er zügelte sein Pferd und blickte mit unverhohlener Furcht zu dem finsteren Spalt im Felsen hinüber. »Das ist doch Wahnsinn«, sagte er leise. Sein Protest klang schwach – sie hatten nur ein paar Dutzend Worte miteinander gewechselt, seit sie den Hof verlassen hatten, aber er schien genau zu wissen, wie es in Torian aussah. Es war wohl auch nicht schwer zu erraten.

»Wir werden diesem Tempel nicht einmal nahe kommen, wenn er wirklich da ist«, prophezeite er. »Dieser Ort ist wie geschaffen für eine Falle.«

Torian gab gar keine Antwort. Natürlich hatte Garth recht; mehr noch – diese Schlucht war nicht nur wie geschaffen für eine Falle –, sie *war* eine Falle. Drei Kinder und ein einbeiniger Greis konnten dort drinnen eine Armee aufreiben.

Unbehaglich sah er sich um, während sie weiterritten. Bisher hatte er sich kaum Gedanken über die Frage gemacht, wie sie in den Tempel hineinkommen wollten – irgendwie hatte er diesen Punkt wohl verdrängt, wie so vieles, was sich als lebenswichtig erweisen mochte. Nicht zum ersten Mal fragte sich Torian insgeheim, was mit ihm los war. Etwas war mit ihm geschehen, seit sie Rador verlassen hatten. Sein logisches, manchmal schon überpräzises Denken, das ihm sooft Leben und Gesundheit gerettet hatte, ließ ihn mehr und mehr im Stich, und dafür begann er Gedanken zu denken, die ihm fremd waren und ihn erschreckten. Rador hatte sie nicht umgebracht, aber es hatte eine Veränderung in ihm in Gang gesetzt, und er war sich nicht sicher, ob sie ihm gefiel.

Sie ritten ein Stück in den schmalen Paß hinein, der wie eine Kerbe zwei Bergmassive voneinander trennte; kaum breit genug, um nebeneinander zu reiten. Zu beiden Seiten ragten Felswände lotrecht auf, so hoch, daß sie sich über ihren Köpfen gegeneinander zu neigen schienen. Der Himmel war nur noch ein schmaler, leuchtendblauer Strich über ihnen. Torian hatte das Gefühl, lebendig begraben zu sein. Garth hatte recht, dachte er noch einmal: dies *war* ein denkbar günstiger Ort für einen Hinterhalt. Ein einziger Wachtposten konnte den Paß mühelos gegen eine kleine Armee verteidigen, und auch wenn Salamir behauptet hätte, er wäre zuvor nicht bewacht worden, bedeutete das nicht, daß es auch jetzt noch so war.

Er wurde immer nervöser. Mehr als einmal ertappte er sich dabei, sich beinahe gehetzt umzublicken, und mehr als einmal hatte er das Gefühl, von den Wänden erdrückt zu werden. Waren sie nicht schon näher zusammengerückt?

Obwohl die Sonne bereits hoch am Himmel stand, herrschte hier unten eine Dunkelheit, die es fast unmöglich machte, weiter als ein Dutzend Schritte zu sehen. Kein Grashalm, nicht einmal Flechten oder Moose gediehen hier, in dieser ewigen Dämmerung. Höchstens zur Mittagsstunde, wenn die Sonne direkt über dem Gebirge stand, würde sie ihr Licht wenige Minuten lang bis auf den Grund der Klamm werfen, um sie dann wieder in trübes graues Halblicht zurücksinken zu lassen. Torian überlegte, ob er eine der Fackeln entzünden sollte, die sie mitgenommen hatten, entschied sich aber dagegen. Der dunkle Fels würde auch dieses Licht sofort verschlukken. Außerdem konnten Feuerschein und Rauch sie verraten.

Und es war *kalt*.

Hier unten war nichts mehr von der Hitze zu spüren, die in den letzten Wochen ihr ständiger Begleiter gewesen war. Die Felsen schienen Kälte auszuatmen; eine unangenehme Kälte, die sich durch ihre Kleidung fraß und sie frösteln ließ und den Atem der Pferde in kleine Dampfwölkchen verwandelte.

Aber da war auch noch etwas anderes. Etwas, das er bereits auf Kalaars Hof gespürt hatte, aber längst nicht so deutlich wie hier – ein klammer Hauch von Gefahr, der wie auf Spinnenbeinen in seine

Seele kroch. Er glaubte das Alter dieser lebensfeindlichen Welt zu spüren, auf sehr unangenehme, fast bedrohliche Art.

Es war unheimlich. Etwas ... *war hier*, aber er wußte einfach nicht, was. Irgend etwas lauerte in der Stille. Zauberei?

Unsinn, dachte er wütend. Es gab keine Zauberei, basta!

»Wenn es hier einen Wächter gäbe, hätte er uns schon längst gesehen«, sagte er, nicht etwa, weil er das wirklich glaubte, sondern einzig, weil er die Stille nicht mehr ertrug. Garth antwortete nicht, aber die Felswände warfen seine geflüsterten Worte als leises, vielfach verzerrtes Echo zurück, ein Laut, der in Torians Ohren zum höhnischen Kichern dünner böser Kinderstimmen wurde. Seine Hände begannen leicht zu zittern. Er packte die Zügel fester, damit Garth es nicht bemerkte.

»Vielleicht macht es ihm aber auch nur Spaß, sich den Angriff unserer ruhmreichen Armee anzusehen«, antwortete Garth mit einiger Verspätung. »Schließlich sieht man nicht oft zwei Narren, die freiwillig zu ihrem eigenen Begräbnis reiten.«

»Ich glaube nicht, daß es einen Posten gibt«, widersprach Torian nervös. »Cuul hat fast die Hälfte seiner Krieger verloren.«

»Ach«, witzelte Garth. »Dann bete, daß er sie nicht wiederfindet.«

Torian überging die Bemerkung. Garth' Albernheit war nur seine Art, mit der Nervosität fertig zu werden. »Die anderen müssen sich erst erholen«, fuhr er unbeirrt fort. »Es gibt mehrere Wege, die in das Tal hineinführen. Er kann sie nicht alle bewachen lassen. Außerdem hast du recht – er wird kaum damit rechnen, daß wir so verrückt sind, ihn zu verfolgen.« Ein flüchtiges Lächeln glitt über Torians Gesicht. »Es hat auch seine Vorteile, sich närrisch zu benehmen. Vor allem, wenn sich die anderen für überaus intelligent halten und auf Narren nicht vorbereitet sind, weißt du?«

»Ich weiß«, knurrte Garth. »Du kennst doch das Sprichwort, oder? Wer zuletzt lacht, hat wenigstens einen schönen Tod.«

Diesmal lachte Torian wirklich.

Aber er antwortete nicht mehr, als er hörte, was das Echo aus seinem Lachen machte.

Schweigend ritten sie nebeneinanderher, bis sich die Schlucht allmählich verbreiterte. Es wurde heller. Der hellblaue Streifen am Himmel wurde größer, als die Felswände nicht mehr ganz so steil anstiegen und mehr Licht hereinließen. Sie näherten sich dem Ende des Passes.

Garth zügelte sein Pferd und sah sich um.

»Dieser Cuul müßte schon ein ausgesprochener Idiot sein, wenn er nicht wenigstens am Eingang des Tals Wachen aufgestellt hat«, murmelte er. »Da hinten führen zwei andere Pässe auf unseren Weg, so daß man drei Zugänge zugleich kontrollieren kann.«

Vielleicht hat er es nicht nötig, Wachen aufzustellen, dachte Torian bedrückt. Vielleicht gab es andere Mittel und Wege, den Tempel zu schützen. Aber das sprach er nicht aus, sondern sagte in bewußt beiläufigem Ton: »Dieses Risiko müssen wir eben eingehen.«

Garth zog ärgerlich die Brauen zusammen. »Immer mit dem Kopf durch die Wand, auch wenn es Türen gibt, wie? Zur Abwechslung kann man den Kopf aber auch mal zu etwas anderem benutzen, zum Beispiel zum Denken, weißt du?« Er deutete auf ein Geröllfeld, das zu einer überhängenden Felsnase drei, vier Manneslängen über ihren Köpfen führte. »Soweit ich sehen kann, scheint da oben ein Weg entlangzuführen. Von dort müßten wir einen guten Ausblick haben.«

Zweifelnd sah Torian auf. Garth hatte recht – aber die Halde aus Felsschutt erschien ihm fast zu einladend. »Es ist zu steil«, sagte er zweifelnd. »Wir werden höchstens einen Steinschlag auslösen. Den Lärm wird man meilenweit hören.«

Garth sah ihn vielsagend an, zuckte mit den Schultern und stieg vom Pferd.

»Es macht wohl keinen Unterschied, ob wir von einem Pfeil oder von einem Steinschlag getötet werden.«

»Irgendwann wirst du an jemanden geraten, der deinen Humor

nicht versteht«, prophezeite Torian ärgerlich, »und dir die Kehle durchschneidet.«

»Kaum«, witzelte Garth. »Vorher stehle ich ihm nämlich das Messer, weißt du?«

Torian seufzte, stieg dann aber ebenfalls aus dem Sattel. Auch er sah die Pässe, die etwa hundert Meter vor ihm von beiden Seiten in die Schlucht mündeten, aufgerissene, steinerne Mäuler, hinter denen sich weitere Wunden verbargen, die man in das Gebirge geschlagen hatte. Niemand, der sich eine Garde von fünfzig Kriegern hielt, würde einen solchen Zugang völlig unbewacht lassen. Nicht, wenn er nicht total von Sinnen war – oder es nicht nötig hatte.

»Also gut«, stimmte er nach kurzem Zögern zu. »Versuchen wir es.«

Sie trieben die Pferde mit einigen leichten Schlägen in die Richtung zurück, aus der sie gekommen waren. Vorsichtig begannen sie mit dem Aufstieg. Immer wieder kam lockeres Geröll unter ihren Füßen ins Rollen, und einmal verlor Torian den Halt, rutschte um fast eine ganze Körperlänge zurück und schlug sich an einem scharfen Stein die Knie blutig. Aber es ging dennoch besser, als er befürchtet hatte. Zwischen dem losen Geröll gab es immer wieder größere Brocken, an denen sie sich festklammern konnten.

Es dauerte eine gute halbe Stunde, bis sie den Hang erklommen hatten. Keuchend ließen sie sich zu Boden sinken. Ihre Hände waren rissig und bluteten, aber der Erfolg rechtfertigte die Mühe:

Über dem Geröllfeld lag eine kleine Plattform, von der aus sich ein schmaler Pfad zwischen den Felsen durchschlängelte.

Garth kroch bis zum anderen Ende des Felsvorsprunges und blickte in die Tiefe. Mit einem erschöpften Grinsen im Gesicht winkte er Torian zu sich.

»Na?« sagte er. »Meinst du immer noch, daß wir besser dort unten weitergeritten wären?« Er deutete auf die beiden Krieger, die dicht hinter den Mündungen der Seitenpässe Posten bezogen hatten, gerade so, daß sie von den Schatten der Felswände verschluckt wurden; unsichtbar für jeden, der aus dem Paß kam.

Torian knurrte etwas von blinden Hühnern und Körnern, das Garth geflissentlich überhörte, kroch aber geduckt von der Felskante zurück und richtete sich erst auf, als er sicher war, sich außer Sichtweite der Posten zu befinden.

Der Pfad war mit Trümmern übersät, die meisten kaum größer als eine Faust, aber einige auch mehr als mannshoch und dabei so glatt, daß es fast unmöglich war, darüber hinwegzusteigen, wenn man keine Saugnäpfe an Händen und Füßen hatte. Ein paarmal musterte Torian den Dieb, wenn er glaubte, daß dieser es nicht bemerkte. Im Verlauf der letzten Stunde hatte Garth nicht ein einziges Mal mehr versucht, ihn zur Umkehr zu bewegen, und auch sonst schien eine Veränderung mit ihm vorgegangen zu sein. Er machte nicht mehr den Eindruck, als käme er gegen seinen Willen mit, sondern legte eine geradezu grimmige Entschlossenheit an den Tag.

Vielleicht, dachte Torian, hatte er seinen Widerstand aufgegeben, weil er eingesehen hatte, daß es keine Umkehr mehr für sie gab. Es war seltsam – obwohl er sehr froh war, Garth mit seinen Bärenkräften bei sich zu wissen, war ihm gleichzeitig nicht wohl dabei. Er hatte kein Recht, Garth in Gefahr zu bringen. Im Grunde ging dies alles nur ihn an. Das *Baarl* war hinter *ihm* her, Salamir hatte *ihn* gebeten, Shyleen zu retten, und *er* war es gewesen, der den Magier getötet und sich damit den Zorn der ganzen Kaste zugezogen hatte ...

Torian schüttelte die Gedanken ab und richtete seine Aufmerksamkeit wieder auf ihre Umgebung.

Ein kurzes Stück Wegs vor ihnen wurde der Pfad vom Berg verschluckt. Wie ein finsteres Maul klaffte der Eingang zu einer Höhle vor ihnen auf, und wieder erschauerte Torian. Bislang hatten sie wenigstens immer noch ein bißchen Himmel über sich sehen können, einen Teil der vertrauten Welt, der ihm zeigte, daß es noch etwas anderes gab als diese lebensfeindliche Steinöde. Der Gedanke, nun auch dieses letzte bißchen Licht zu verlieren und sich ganz dem Berg auszuliefern, gefiel ihm nicht. Etwas an dieser Umgebung war fremd, anders als alles, was er kannte. Torian lächelte nervös. Er begriff, daß er den Berg fast wie ein Lebewesen betrachtete, wie einen Feind.

Wieder war es Garth, der Entschlossenheit an den Tag legte. Ohne eine Sekunde zu zögern, entzündete der Dieb die mitgebrachte Fackel und trat durch den Felsbogen.

Torian sah noch einmal zurück, wie um einen letzten Blick auf den Tag zu werfen, dann folgte er Garth. Er hatte das Gefühl, in das aufgerissene Maul eines gewaltigen steinernen Drachen zu treten. Schlagartig steigerte sich das Gefühl des Unbehagens. Ein niedriger Stollen, in dem sie nur gebückt stehen konnten, nahm sie auf. Das Licht der Fackel leckte mit rotgelben, unstet hin und her huschenden Zungen über die dunklen Wände, brach sich an winzigen Kanten und Vorsprüngen und schuf eine Vielzahl tanzender Schatten, die von bizarrem Leben erfüllt schienen und eine Spur zu dunkel waren. Torian schauderte. Für einen kurzen, entsetzlichen Moment fühlte er sich an das *Baarl* erinnert.

Aber es war nicht die Kreatur aus Rador. Dies hier war ... *anders.* Es gab eine flüchtige Ähnlichkeit, und doch war dies hier etwas ganz anderes. Das Licht wurde in wenigen Schritten Entfernung von den Wänden aufgesogen, verschluckt wie von finsteren Schwämmen. Dahinter lastete die Dunkelheit wie eine massive Mauer, schwarze Schattentierchen, die unablässig an dem kleinen Kreis aus Licht nagten.

Er streckte die Hand aus, zögerte einen Herzschlag lang und berührte die Wand neben sich. Das Gestein fühlte sich unter seinen Fingern kalt an, kälter und härter, als er erwartet hatte. Fast wie Glas, dachte er schaudernd, als wäre es unter unvorstellbaren Temperaturen geschmolzen und dann wieder erstarrt. Aber er fühlte noch etwas anderes. So hart der Stein war, schien er unter der Berührung für den winzigen Bruchteil einer Sekunde nachgiebig zu werden und wie feuchtes, gummiartiges Fleisch zu pochen und zu pulsieren. Voller Ekel zog er die Hand zurück. Seine Phantasie spielte ihm einen bösen Streich, das mußte es sein.

»Was ist das?« murmelte er. »Dieser Berg, er ...«

Garth blieb stehen und drehte sich herum. Der Fackelschein übergoß sein Gesicht mit flammender Röte und ließ es eingefallen und krank aussehen, eine rote Vision der Furcht, die vor der Dunkelheit auf und ab tanzte. Torian dachte an gigantische Würmer, die irgendwo in diesem Berg herumkrochen und diese Stollen in den Stein fraßen.

»Es ist nichts«, sagte Garth leise, aber mit fast beschwörender Stimme. »Nur Visionen, hörst du?«

»Aber dieser Stollen ... er ist nicht von allein entstanden.« Torians Stimme zitterte. Jeder Schritt kostete ihn mehr Kraft als der vorherige.

»Nein, das ist er nicht«, bestätigte Garth. »Vielleicht haben die Alten ihn angelegt, vielleicht die Schwarzen Magier, aber das ist gleichgültig. Du mußt gegen die Visionen ankämpfen, dann tun sie dir nichts.«

Überrascht starrte Torian den Dieb an. War es wirklich Garth, der so mit ihm sprach? Die Veränderung war nun nicht mehr zu übersehen. Auf bizarre Art schien sich ein Rollentausch vollzogen zu haben. Garth hätte derjenige sein müssen, den die Fremdartigkeit der Umgebung halb wahnsinnig vor Angst werden ließ, doch statt dessen schien ihm das alles vertraut zu sein, und er war es plötzlich, der Torian Mut zusprach und ihn zum Weitergehen zwang. War das wirklich noch Zufall?

Torian stöhnte. Das Denken fiel ihm immer schwerer. Es war, als verströmten die schwarzen Wände etwas, das sein Bewußtsein trübte. Er hob die Hand an den Kopf, stöhnte erneut und machte einen mühsamen Schritt. »Du hast recht«, murmelte er, obwohl er keineswegs überzeugt davon war. Aber das Denken war so mühsam. Es tat beinahe weh. »Gehen wir weiter.«

Nach einigen Dutzend Schritten wurde der Stollen höher, so daß sie nun wenigstens aufrecht gehen konnten. Dafür schien die Dunkelheit noch massiver zu werden. Torian kam sich eingesperrt vor, eingewoben in einen Kokon aus Schwärze, der mit jedem Schritt dichter wurde. Selbst das Atmen fiel ihm schwer.

Er verlor jedes Gefühl für Zeit und Entfernung. Automatisch setzte er einen Fuß vor den anderen und folgte Garth, fast ohne zu wissen, warum er es tat.

Er konnte nicht mehr sagen, wie weit er hinter dem Dieb durch die finstere chtonische Steinwelt gelaufen war, als es plötzlich hell vor ihnen wurde. Es konnte eine knappe Viertelmeile, aber ebensogut auch zwei oder drei gewesen sein. Vielleicht waren sie auf der anderen Seite der Welt, vielleicht im Herzen der Hölle angekommen – er wußte es nicht.

Nun – die andere Seite der Welt war es nicht. Bei der Hölle war er nicht ganz sicher: Der Stollen endete wie abgeschnitten und mündete in eine Höhle, deren Größe alles in den Schatten stellte, was Torian je gesehen hatte. Die Wände ragten mehr als fünfzig Meter hoch auf, ehe sie sich sanft zu neigen begannen und in ein gewaltiges Kuppeldach übergingen, das den ganzen Felsendom wie eine Glocke aus Stein überspannte. Durch eine Vielzahl kleiner Löcher in der Kuppel fiel gedämpftes Tageslicht herein und erfüllte die Grotte mit zwielichtigem Halbdunkel, das Torian nur im ersten Moment hell erschien, bis seine Augen sich daran gewöhnt hatten.

Mehrere Minuten lang blieb er reglos stehen und ließ seinen Blick über die Vorsprünge und Kanten der zernarbten Wände gleiten. Er war fast sicher, daß diese Höhle genauso künstlich angelegt war wie der Stollen, durch den sie gekommen waren. Der Gedanke, daß *irgend jemand* in der Lage wäre, dem Berg eine solche Höhle abzutrotzen, erfüllte ihn mit fast panischer Angst.

»Da hinten scheint so etwas wie ein Ausgang zu sein«, sagte Garth ungeduldig. Er deutete auf ein helles Oval am gegenüberliegenden Ende der Grotte. Die Fackel hatte er gelöscht.

Torian schüttelte seine Lähmung mühsam ab. Ihre Schritte hallten hohl von den Wänden und dem Kuppeldach wider, während sie die Höhle durchquerten. Voller Unbehagen sah er sich um. Er dachte jetzt nicht mehr an schwarze Würmer. Vielleicht war das, was diese Höhle in den Fels gebohrt *(gefressen?)* hatte, schlimmer.

Garth hatte sich nicht geirrt – der helle Fleck entpuppte sich als ein von Wind und Regen glattgeschmirgelter Torbogen, der aus dem Berg hinausführte. Dahinter lag eine kleine Plattform, gerade groß genug, daß sie zu zweit darauf stehen konnten.

Geblendet schloß Torian die Augen, als sie ins helle Sonnenlicht hinaustraten. Es dauerte eine Weile, bis sich seine Augen wieder umgestellt hatten.

Ein großer, rundum von Bergen eingeschlossener Talkessel mit fruchtbaren Wiesen und kleinen Waldflecken breitete sich unter ihnen aus, durch das silberne Band eines Flusses in zwei ungleichmäßige Hälften geteilt. Die Luft war still und warm. Irgendwo lärmten Vögel. Das Bild war sehr friedlich. Und doch ...

Torian trat näher an die Kante der kleinen Felsplattform heran und warf einen Blick in die Tiefe.

Und plötzlich stockte ihm der Atem.

Unter ihnen lag das Ziel ihrer bizarren Wanderung: der Tempel.

Jedenfalls vermutete Torian, daß es sich bei dem monströsen Gebilde, das wie ein wucherndes Geschwür aus Stein aus dem Berg herauswuchs, um den Tempel handelte, eine schier unmöglich anmutende Konstruktion aus ineinander verschachtelten Gebäuden, Plattformen, verschlungenen Wegen, gepflasterten Plätzen, kleinen Gärten und gedrungenen, niedrigen Türmen, als hätte ein zorniger Riese auf die Felswand eingeschlagen, den Stein wie weichen Lehm geknetet, ihn zusammengestaucht und wieder auseinandergerissen, bis dieses bizarre Gebilde entstanden war.

Der Anblick erinnerte Torian an eine Grimasse, ein Dämonengesicht aus Fels, hundert Mannslängen hoch und aus Schwärze und geronnener Furcht geschaffen.

Vielleicht war es nicht einmal ein Zufall, daß die Form dieses entsetzlichen Bauwerkes wirklich an einen Totenschädel erinnerte.

Der Tempel des Toten Gottes!

Es konnte keine passendere Bezeichnung für dieses monströse Gebilde geben. Dieser Tempel war das steingewordene Wort eines zornigen Gottes, der noch im Todeskampf die Welt der Lebenden verflucht hatte. Allein sein Anblick erfüllte Torian mit fast körperlichem Unbehagen.

Ohne ein weiteres Wort drehten sie sich um und gingen in den Berg zurück.

Es wurde nicht besser, auch nachdem sie wieder im Schutz der riesigen Grotte waren und er nur noch Garth und die kalten Felswände sah. Torian fühlte sich ... benommen. Es dauerte Minuten, bis er wieder klar denken konnte. Etwas tief in seiner Seele war durcheinandergeraten beim Anblick des monströsen Dinges dort unten im Tal. Es fiel Torian schwer, sein inneres Gleichgewicht zurückzugewinnen, und es fiel ihm noch schwerer, den Anblick dieser schwarzen Scheußlichkeit aus Lava und Angst zu vergessen. Seine Gedanken bewegten sich im Kreis. Es war, als hätte der bloße Anblick dieses entsetzlichen Tempels etwas in ihm berührt, von dem er bisher noch gar nicht gewußt hatte, daß es existierte.

»Du hast es auch gespürt, nicht wahr?« fragte Garth plötzlich. Seine Stimme klang hohl. Die verwirrende Akustik des Felsendomes verzerrte sie und ließ die Furcht darin noch deutlicher werden. Aber als Torian ihn ansah, entdeckte er keine Furcht in seinem Blick. Nur Sorge. Als hätte er schon im voraus gewußt, was sie erwartete, und sich darauf eingestellt.

Torian nickte schwerfällig. »Ja.«

»Und du willst noch immer hinein.« Es war nicht einmal eine Frage, sondern nur eine Feststellung; wenn auch eine, die den Dieb mit tieferem Schrecken erfüllte, als er zuzugeben bereit war.

Torian antwortete nicht. Auch wenn sich alles in ihm dagegen sträubte, auch nur daran zu *denken,* dieses entsetzliche Etwas dort unten zu betreten – sie waren schon viel zu weit gegangen, um jetzt noch zurück zu können. Es gab auf diesem Weg kein *Zurück.* Er führte nur in eine Richtung.

»Wir müssen warten, bis es dunkel ist«, fuhr Garth fort, als er begriff, daß er keine Antwort bekommen würde. »Bei Tage haben wir überhaupt keine Chance.«

»Und bei Nacht?« murmelte Torian, allerdings so leise, daß Garth die Worte gar nicht hörte. Und eigentlich wollte er auch gar keine Antwort haben.

Der Tag verstrich nur langsam. Es dauerte nicht lange, bis Torian in einen leichten Schlummer fiel, aus dem Garth ihn erst lange nach Mittag weckte. Trotzdem hatte er das Gefühl, die Augen gerade erst geschlossen zu haben. In seinem Mund war ein trockener Geschmack nach Staub und Stein, und seine Augen brannten. Er fühlte sich müder als zuvor.

Trotzdem protestierte er mit keinem Wort, als Garth sich stumm auf dem Lager zusammenrollte, auf dem er bisher gelegen hatte, und ihm auf diese Weise zu verstehen gab, daß er die nächste Wache zu übernehmen hatte. Torian selbst hielt es für ziemlich sinnlos zu wachen – er glaubte kaum, daß es Patrouillen in diesen Bergen gab; die Gefahren, die vielleicht auf sie lauerten, mochten ganz anderer Art sein. Aber das behielt er lieber für sich.

Er stand auf, ging eine Weile unschlüssig in der Grotte auf und ab – immer so, daß er noch in jenem kleinen Bereich natürlicher Helligkeit hinter dem Eingang blieb –, trieb ein wenig Gymnastik, um die Taubheit aus seinen Gliedern und die üblen Gedanken aus seinem Kopf zu vertreiben. Es half nicht viel.

Schließlich trat er auf das Felsplateau hinaus und sah nachdenklich in das Tal hinab. Die Sonne war merklich tiefer gesunken, aber sonst hatte sich nichts verändert. Auch jetzt erfüllte ihn der Anblick des Tempels mit einer sonderbaren Mischung aus schierem Entsetzen einerseits und einer fast morbiden Faszination auf der anderen Seite. Aber diesmal war er zumindest auf den Anblick vorbereitet.

Er zwang sich, das bizarre Gebäude genauer in Augenschein zu nehmen.

Wie beim ersten Mal glaubte er etwas Finsteres, eigentlich Unsichtbares wahrzunehmen, das den steinernen Koloß einhüllte wie ein Vorhang aus Schwärze, der – absurd genug – beinahe unsichtbar war, trotzdem aber nachhaltig verhinderte, daß er Einzelheiten erkannte. Es war, dachte er verwirrt, als schlüge eine unsichtbare Hand seinen Blick beiseite, sobald er versuchte, sich auf ein Detail zu konzentrieren. Er nahm nur den Gesamteindruck wahr.

Aber das allein war schon schlimm genug. Die Gebäude mußten uralt sein, älter als alles, was er jemals gesehen hatte. Vielleicht waren sie nicht einmal von Menschen errichtet worden. An einigen Stellen glaubte er, Ähnlichkeiten mit der verworrenen Architektur Radors zu erkennen, dann wieder erschien er ihm völlig anders, mit nichts zu vergleichen, was er kannte. Es war durchaus möglich, dachte er, daß der Tempel schon den Alten – vielleicht sogar Wesen, die Caracon noch vor der Alten Rasse bevölkert hatten – als Opferstätte und als Ort für Gebete gedient hatte.

Oder einem ganz anderen Zweck ...

Torian verscheuchte den Gedanken und konzentrierte sich wieder auf das Wenige, was ihm der Zauber des Tempels zu erkennen erlaubte.

Vereinzelt entdeckte er Menschen, doch obwohl die Entfernung nicht besonders groß war, blieben sie undeutliche Schemen, so daß er nicht feststellen konnte, ob es sich um Priester, Krieger oder sonstige Diener der Schwarzen handelte. Auch die Pflanzen, die hier und da auf kleinen Terrassen oder bizarr geformten Balkonen wuchsen, kamen ihm fremd vor, genauso unwirklich und falsch wie alles andere.

Nach einigen Minuten wandte er abrupt den Kopf und ging in die Höhle zurück. Unruhig schritt er unter dem gewaltigen Felsendom auf und ab und trat nach kurzer Zeit doch wieder auf die Plattform hinaus. Es war absurd: Auf der einen Seite erschien ihm allein der Gedanke, in den Tempel einzudringen, immer noch unvorstellbar – ganz davon zu schweigen, Shyleen zu finden, sie zu befreien und mit ihr zu fliehen und bei alledem möglichst auch noch am Leben zu bleiben – und gleichzeitig fühlte er sich fast hypnotisch angezogen von diesem schwarzen Lavakoloß dort unten.

Torian fühlte sich hilflos. Der Anblick dieses finsteren Etwas machte ihm angst, und das auch aus ganz praktischen Gründen. Es war unmöglich, etwas zu planen, sich ihr weiteres Vorgehen irgendwie zurechtzulegen. Hätten sie es mit einem einfachen, offenen Tempelgebäude zu tun, wie es sie in Tremon zu Hunderten gab, hätte er keine Sekunde daran gezweifelt, es erstürmen zu können. Garth und er waren keine Anfänger. Selbst eine schwerbewachte Festung hätte ihn nicht so verunsichert wie dieses ... Ding.

Er hätte sich fast wohler gefühlt, hätten sie sich einer solchen gegenübergesehen. Festungen wurden von Menschen erbaut und von Menschen bewacht, und Menschen konnte man überlisten.

Hier aber versagte seine Erfahrung. Sie konnten gegen die Krieger und Priester kämpfen, aber nicht gegen die Macht der finsteren vorzeitlichen Götter, deren Magie bis hier herauf spürbar war. Das steinerne Monument war mehr als nur eine sonderbar geformte, tote Ansammlung von verschachtelten Gebäuden; weit mehr. Die Vergangenheit war an diesem Ort nicht tot, sondern hatte die Jahrtausende überdauert. Etwas von ihrer früheren Macht existierte in diesen Mauern weiter und erfüllte sie mit einer unbegreiflichen Form von ... Leben?

Wenn sie in den Tempel eindrangen, hatten sie es nicht mehr nur mit menschlichen Gegnern zu tun; vielleicht überhaupt nicht. Ihr eigentlicher Gegner war das Erbe der Vergangenheit, das zu Stein erstarrte Böse, das ihre Anwesenheit entdecken und sich mit den ihm eigenen, unbegreiflichen Waffen gegen sie zur Wehr setzen würde.

Torian lächelte bitter, als er begriff, daß er schon längst angefangen hatte, über Magie und Zauberei als real existierende Dinge nachzudenken. Er leugnete beides noch immer, theoretisch jedenfalls. Aber spielte es eine Rolle, ob es nun wirkliche Zauberei war, die sie umbrachte, oder nur etwas, das mächtig und fremd genug war, dafür gehalten zu werden? Er glaubte jetzt zu verstehen, was die Macht der Schwarzen Magier und der anderen Diener Ch'tuons ausmachte. Sie waren vielleicht keine wirklichen Zauberer, und ihre einzige Kunst hieß möglicherweise *Betrug* und *Illusion*, aber sie beherrschten diese Kunst meisterhaft. Ihre Waffen waren nicht Schwert und Bogen, sondern Angst und Terror, und sie führten sie so meisterhaft wie er selbst sein Schwert.

Nur sehr viel gnadenloser.

Der Gott der Priester und Schwarzen Magier war nicht tot, zumindest nicht innerhalb dieses Tals. Er mochte sich von der übrigen Welt abgewendet und seine Macht verloren haben, aber er war längst nicht *besiegt.*

Länger als zwei Stunden stand er da und starrte in das Tal hinab, bis die Schatten endlich länger zu werden begannen und die Sonne sank; viel früher als über der flachen Weite der Wüste. Es wurde rasch kühler, und Torian fror in seinem dünnen Umhang, denn der Wind war schneidend hier oben. Trotzdem wartete er noch eine Weile, bis er sich umwandte und in die Grotte zurückging. Garth brauchte jede Minute Ruhe, die er ihm gönnen konnte. Und er selbst geizte plötzlich mit jeder Sekunde, die er den Moment noch hinauszögern konnte, in dem sie aufbrachen.

Er bückte sich, schüttelte Garth grob an der Schulter und trat einen Schritt zurück, als der Dieb im Halbschlaf nach ihm schlug; wie nach einer Fliege, die er verscheuchen wollte.

»Es ist soweit«, sagte er knapp.

Garth blinzelte schlaftrunken zu ihm hinauf, dann schien er schlagartig wach zu werden. Ohne ein weiteres Wort stand er auf. Er reckte sich ausgiebig, hob Schwertgurt und Mantel auf, legte beides mit umständlichen, übertrieben langsamen Bewegungen an und nickte Torian zu. »Gehen wir.«

Torian hatte das Gefühl, noch etwas sagen zu müssen; aber dann erwiderte er nur stumm Garth' Kopfnicken, hob sein eigenes Schwert auf und folgte dem Dieb.

Die Sonne war vollends untergegangen, als sie nebeneinander auf das Plateau hinaustraten. Trotzdem war es nicht vollkommen dunkel – Mond und Sterne spendeten genug Licht, daß sie zumindest ihre unmittelbare Umgebung erkennen konnten, während sie selbst in ihrer dunklen Kleidung so gut wie unsichtbar sein mußten. Wenigstens ein kleiner Vorteil, dachte Torian. Aber nicht einmal dessen war er sich wirklich sicher.

Torian ging voraus. Der Felssims war schmal, gerade breit genug, um mit den Füßen halbwegs sicheren Halt zu finden. Bei jedem Schritt tastete er den Boden vor sich mit den Fußspitzen ab. Immer wieder lagen kleine Steinchen im Weg, zu klein, um sie zu sehen, aber immerhin groß genug, ihn stolpern zu lassen, wenn er nicht achtgab. Ein einziger Fehltritt, und ihr Angriff auf den Tempel des Toten Gottes würde schneller zu Ende sein, als es ihnen lieb war ...

Dicht an die Felswand gepreßt und sich mit den Fingern an jedem Vorsprung festklammernd, balancierten sie über den Sims. Sie kamen nur langsam voran, und es war eine sehr kräftezehrende Art und Weise, sich zu bewegen. Torian war schon nach wenigen Augenblicken in Schweiß gebadet, und Garth' Atemzüge hinter ihm klangen jetzt mühsamer und lauter. Er vermied es, in den Abgrund aus brodelnder Dunkelheit neben sich zu blicken. Er *wußte,* daß der Abgrund da war, und allein das war eigentlich schon mehr, als er wollte.

Mit quälender Langsamkeit näherten sie sich dem Tempelkomplex. In den meisten Gebäuden brannte mittlerweile Licht, und Torian sah jetzt, daß das Gebäude *wirklich* einem überdimensionalen Totenschädel nachgebildet war. Der Teil, in dem er bei Tageslicht die leeren Augenhöhlen zu erkennen geglaubt hatte, war besonders hell erleuchtet, so daß die Augen in dämonischem Feuer zu glühen schienen; die anderen Lichter dienten dazu, die Konturen der Fratze nachzuzeichnen. Unter normalen Umständen hätte er den Anblick schlichtweg lächerlich gefunden. Aber nichts in diesem entsetzlichen Tal war irgendwie *normal.* Und ...

Er spürte, daß etwas geschah, aber er begriff nicht, was. Und als er es begriff, war es zu spät. Etwas Unsichtbares, Großes löste sich aus dem steinernen Labyrinth des Tempelkomplexes und flatterte zu ihnen herauf.

Sein Denken erlosch.

Es ging nicht schlagartig, sondern langsam, als sauge etwas seine Gedanken auf, um an ihrer Stelle nur Leere und ein fast angenehmes Gefühl der Taubheit zu hinterlassen. Und dann ...

Die Felswand begann sich in irrsinnigem Tempo um ihn herum zu drehen. Gewaltige schwarze Pranken zuckten aus dem Gestein und schlugen auf ihn ein, um ihn in den Abgrund zu stoßen. Torian schrie auf. Mit aller Kraft krallte er sich an den Felsen und schloß die Augen. Er fiel.

Aber er schlug nicht auf.

Und im nächsten Moment war alles ganz anders. Vage durchfuhr ihn die Erinnerung an lotrecht abfallende Felswände und ein Tal, aber die Vision verschwand so schnell, wie sie gekommen war. Er befand sich auf einer sommerlichen Blumenwiese. Neben seinen Füßen plätscherte ein kristallklarer Bach, und er bückte sich, um seine Hände in das kühle Wasser zu tauchen. Tiefer und tiefer beugte er sich hinunter. Von irgendwoher drangen unverständliche Laute an sein Ohr, doch er ignorierte sie. Alles, was er noch wollte, war, von diesem köstlichen Wasser zu trinken. Er mußte davon trinken. Sein Leben hing davon ab.

»Torian, komm zu dir! Um Himmels willen, was ist denn ...«

Die Vision zerplatzte, und er schrie noch einmal gellend auf. Rasend schnell sprang ihn der Abgrund an, er hatte sich bereits zu weit vorgebeugt, um das Gleichgewicht noch zu halten.

»Torian!«

Ein furchtbarer Ruck fuhr durch seine Schultern, als Garth sein Handgelenk packte und von seinem Gewicht um ein Haar selbst mit in die Tiefe gerissen worden wäre. Er glaubte, der Arm würde ihm aus der Schulter gerissen. Garth' Finger waren feucht vor Schweiß, sein Griff tat entsetzlich weh, und trotzdem begann er langsam, aber unerbittlich, weiter abzugleiten, als stürze er nicht einfach, sondern würde in den Abgrund *gesogen.* Torian spürte, wie sein Griff sich lockerte. Von panischer Angst erfüllt, tastete er mit den Füßen und der freien Hand umher, um irgendwo Halt zu finden. Aber die Wand war plötzlich wie Glas; ein bockendes, stählernes Tier, das seine Finger und Zehen von sich stieß.

Endlich ertasteten seine Finger eine kleine Vertiefung. Mit aller Kraft krallte er sich fest. Er spürte, wie seine Nägel brachen. Etwas bohrte sich wie eine glühende Messerklinge in seine Hand. Selbst in seiner Lage erschien ihm der Gedanke noch absurd, aber er war fast sicher, daß der Berg nach ihm *biß*.

Der Schmerz trieb ihm die Tränen in die Augen, als er das Gewicht ein wenig verlagerte. Es dauerte zwei, drei endlos lange Sekunden, bis Garth genügend Kraft geschöpft hatte, ihn vollends auf das schmale Felsband zurückzuziehen.

Keuchend lehnte sich Torian gegen die Wand und schloß die Augen. Garth redete auf ihn ein, aber er verstand die Worte nicht, fing nur Fetzen auf, die keinen Sinn ergaben. Eine Hand klatschte in sein Gesicht, wieder und wieder, ohne ihn aus seiner Benommenheit reißen zu können. Für einen Moment wurde der Wunsch übermächtig, sich der lockenden Dunkelheit hinzugeben, die hinter der Erschöpfung lauerte, aber er wußte, daß er nicht wieder aufwachen würde, wenn er jetzt einschlief. Trotz seiner ungeheuren Kräfte würde Garth ihn nicht noch einmal retten können, wenn er erneut den Halt verlor.

»Nicht mehr ... schlagen«, krächzte er und hob mühsam die Hand. Er massierte seine Schläfen und rieb sich die Augen, bis sie zu brennen begannen. Langsam lichtete sich der Nebel in seinem Kopf. Er konnte wieder halbwegs klar denken.

»Geht es?« fragte Garth knapp. »Wir müssen weiter.«

Torian nickte, stemmte sich hoch und schloß stöhnend die Augen. Seine Hand brannte wie Feuer. Er vermied es mit aller Macht, sie anzusehen. Er hatte Angst, den Verstand zu verlieren, wenn er es tat und *Bißspuren* erkennen sollte.

Er sah nicht noch einmal nach unten, während sie sich weiter an der Wand entlangtasteten. Er versuchte erst gar nicht zu begreifen, was mit ihm geschehen war, aber er wußte, daß es wieder passieren würde, wenn er nach vorne schaute. Es war eine Falle, irgendein unbegreiflicher Verteidigungsmechanismus dieses Höllentempels, gegen den Garth immun zu sein schien, denn Torian bemerkte, daß er selbst mehrmals haßerfüllt in Richtung des Tempels blinzelte, Garth aber nicht.

Torian dachte nicht weiter über dieses neuerliche Rätsel nach. Er brauchte jedes bißchen Kraft, das er noch hatte, für den Abstieg.

Schweigend quälten sie sich weiter. Torian starrte verbissen die Felswand an, manchmal auch Garth' Rücken vor sich, und setzte mechanisch einen Fuß vor den anderen. Der Schmerz in seiner Hand flaute allmählich ab, aber er vermied es trotzdem, sie anzusehen. Mit zusammengebissenen Zähnen und ohne an etwas anderes zu denken als daran, einfach weiterzugehen, folgte er Garth so lange, bis der Dieb plötzlich stehenblieb.

Torian hatte nicht einmal bemerkt, daß der Sims plötzlich endete.

Aber er tat es, und vor ihnen lag kein Stein mehr, sondern ein schwarzes verbogenes Etwas aus Lava und geronnener Finsternis.

Sie hatten den Tempel erreicht.

Das Felsband hatte sie direkt bis an die Wand eines der äußersten, weit aus dem Berg herausragenden Gebäude herangeführt. Vor ihnen erhob sich eine Mauer aus glasierter Gesteinsschmelze, die im Laufe zahlloser Jahrhunderte rissig und porös geworden war. Torian sog scharf die Luft ein, als ihm bewußt wurde, daß die Wand nicht gemauert worden war, sondern aus einer einzigen gewaltigen Platte bestand, die nahtlos mit dem Berg verschmolz, fast als wäre sie daraus hervorgewachsen. Vielleicht war der Gedanke nicht einmal so abwegig.

Wäre der Tempel nicht so ungeheuer groß gewesen, hätte man denken können, er wäre ein Teil des Berges, von dem ein dämonischer Bildhauer geduldig alles überflüssige Gestein weggeschlagen hätte, bis nur noch diese gigantische Totenskulptur übriggeblieben war, ein monströses finsteres Etwas, das nur scheinbar aus einzelnen aneinandergebauten Häusern und Türmen bestand.

Torian zögerte einen Moment, bevor er seine Hand ausstreckte und die Wand berührte. Er wußte nicht, was er erwartet hatte – vielleicht ein ähnliches Gefühl wie bei der Berührung der glasierten Wand im unterirdischen Stollen –, doch unter seinen Fingern spürte er nur ganz normales Gestein, sehr glatt, wie Lava nun einmal war, aber nichts Außergewöhnliches. Die Kante des flachen Daches lag kaum einen Meter über seinem Kopf. Er war fast enttäuscht.

Torian holte federnd Schwung, stieß sich ab und riß im Sprung die Arme nach oben. Seine Finger bekamen die rauhe Kante zu fassen und klammerten sich daran fest. Mit einem Ruck zog er sich hinauf und blieb flach auf das Dach gepreßt liegen. Einige Sekunden lauschte er gebannt. Die einzigen Geräusche, die er hörte, waren sein eigener Atem und Herzschlag, und das Rauschen von Blut in seinen Ohren. Niemand schien ihr Eindringen bemerkt zu haben; bisher.

Er kroch zur gegenüberliegenden Kante des Daches und sah in die Tiefe. Eine halbe Körperlänge unter ihm lag ein weiteres Flachdach, von dem aus es einen bogenförmigen, mit Tuch verhängten Eingang zu einem der Gebäude gab.

Torian hatte genug gesehen. Er kroch zu Garth zurück und bedeutete dem Dieb mit einer Handbewegung, nachzukommen. Er wagte nicht zu reden. In dieser absoluten Totenstille mußte jedes geflüsterte Wort weithin hörbar sein.

Garth brauchte nur Augenblicke, bis er neben ihm war. Lautlos wie Schatten huschten sie vorwärts, ließen sich auf das niedrigere Dach hinunter und blieben neben dem Torbogen stehen. Torian zog sein Schwert, wobei er die Klinge zwischen den Fingern durchgleiten ließ, so daß sie nicht den kleinsten Laut verursachte. Mit einer Hand griff er nach dem Vorhang, schob ihn ein Stück zur Seite und spähte durch den so entstandenen Spalt. Ein langer, von mehreren fast heruntergebrannten Fackeln schwach erleuchteter Gang erstreckte sich vor ihnen.

Lautlos glitten sie in den Korridor, dessen Seiten zahlreiche, allerdings ausnahmslos verschlossene Türen säumten. Garth rüttelte prüfend an einer Klinke und schüttelte den Kopf. Möglicherweise hätten sie sie aufbrechen können – aber der Lärm hätte sie verraten.

»Wir müssen ...«, begann Torian, brach abrupt ab und stieß Garth in eine Türnische.

Keine Sekunde zu spät. Knarrend schwang ein Stück vor ihnen eine Tür auf. Eine Gestalt in einer bodenlangen, braunen Kutte trat auf den Gang. Das Gesicht war unter einer spitzen, weit in die Stirn gezogenen Kapuze verborgen, die Hände waren vor der Brust gefaltet. Ohne auch nur einen Blick in ihre Richtung zu werfen, ging sie ein Stück den Gang entlang und blieb vor einer weiteren Tür stehen. Sie klopfte und murmelte ein paar leise, unverständliche Worte, ehe sie eintrat.

Torian wechselte einen kurzen Blick mit Garth. Der Dieb grinste.

»Ich schätze, du denkst das gleiche wie ich«, flüsterte er.

»Priester war schon immer mein Traumberuf«, gab Torian ebenso leise zurück.

Sie schlichen auf die Tür zu, durch die der Priester verschwunden war. Durch das massive Holz drang kein Laut, aber Torian sah Licht durch einen schmalen Spalt schimmern. Garth nickte ihm kurz zu, drückte die Klinke herunter und stieß die Tür mit einem kraftvollen Ruck auf.

Nebeneinander sprangen sie in den Raum.

Es war ein kleines, karg möbliertes Zimmer mit rauhen Steinwänden. Ein kaum kopfgroßes Fenster gähnte wie ein gezacktes Loch in der Wand, und eine Öllampe spendete dämmriges Licht. Zwei Priester knieten auf niedrigen Holzbänkchen vor einem altarähnlichen Gebilde in einer Ecke. Als die Tür geöffnet wurde, fuhren sie herum.

Torian sprang auf den ersten zu. Er rechnete nicht mit großem Widerstand.

Aber ganz offensichtlich wurden die Priester hier ein wenig anders ausgebildet als in den Kirchen und Klöstern Scrooth', wo sie nur Beten lernten. Blitzartig wich der Mann der Breitseite des Schwertes aus, mit der Torian nach ihm schlug, riß die Kniebank hoch und schleuderte sie ihm wuchtig entgegen.

Torian versuchte noch in der Bewegung auszuweichen, aber es gelang ihm nicht. Die zum Wurfgeschoß umgewandelte Bank knallte schmerzhaft gegen seine Schienbeine und brachte ihn aus dem Gleichgewicht. Von seinem eigenen Schwung nach vorne gerissen, stürzte er zu Boden und schlug mit dem Kopf gegen die Wand. Für die Dauer eines Lidschlages wurde ihm schwarz vor Augen. Er blinzelte, drehte sich schwerfällig herum und schüttelte die Benommenheit ab.

Er war kaum eine halbe Sekunde außer Gefecht gesetzt gewesen, aber die Männer in den braunen Kutten reagierten mit fast übermenschlicher Schnelligkeit. Er sah, wie der Priester in einen Ärmel seiner Kutte griff. Als er die Hand wieder hervorzog, hielt er etwas metallisch Glänzendes zwischen den Fingern. Seine Hand vollführte eine knappe, unglaublich *schnelle* Bewegung.

Torian warf sich verzweifelt zur Seite. Der Wurfdolch verfehlte sein Gesicht um kaum eine Handbreit und prallte klirrend gegen die Wand.

Bevor der Priester nach einem weiteren Dolch greifen konnte, sprang Torian hoch. Er hatte den Priester unterschätzt, aber jetzt war er vorgewarnt. An der verkrampften Haltung seines Gegners erkannte er, daß der Mann zwar mit Waffen umzugehen vermochte, aber kein allzu geübter Kämpfer war.

Torian machte einen halben Schritt nach vorn und täuschte einen Angriff vor. Wiederum reagierte der Priester mit ungeheurer Schnelligkeit – aber nicht besonders klug. Torian wechselte sein Schwert in die andere Hand, wirbelte einmal um die eigene Achse und trat noch aus der Drehung heraus zu. Sein Fuß traf die Hand des Priesters und prellte ihm einen weiteren Wurfdolch aus den Fingern, dann traf seine Faust mit dem Schwertknauf in das Dunkel unter der Kapuze.

Mit einem leisen Stöhnen brach der Priester zusammen. Torian wandte sich um.

Garth' Gegner lag ebenfalls bewußtlos auf dem Boden. Grinsend lehnte der Dieb neben der geschlossenen Tür.

»Wurde auch Zeit«, spottete er. »Du wirst langsam alt, scheint mir.«

»Ich hätte dich wohl besser allein hereingeschickt«, knurrte Torian. »Wie wäre es, wenn du mir mal helfen würdest?«

Er beugte sich über den Priester und schlug die Kapuze zurück. Ein jugendliches, fast noch kindliches Gesicht kam darunter zum Vorschein. Der Priester konnte nicht älter als höchstens sechzehn oder siebzehn Jahre sein. Erster heller Bartflaum zeigte sich auf seinem Kinn.

Torian schüttelte ihn, richtete ihn schließlich auf und riß ihn mit ein paar saftigen Ohrfeigen aus der Ohnmacht. Es tat ihm plötzlich fast leid, den Jungen so hart angegriffen zu haben. Er war sehr froh, daß er ihn nicht getötet hatte.

Stöhnend schlug der Junge die Augen auf. Als er Torian erkannte, fuhr er erschrocken zusammen und versuchte sich loszureißen, aber Torian packte noch fester zu und riß ihn unsanft auf die Beine.

»Laß es, Junge«, sagte er, als der Priester nach ihm zu treten versuchte. »Ich schlage mich nicht gerne mit Kindern, aber ich lasse mich auch nicht gerne von ihnen schlagen.« Er sah, wie der Junge erbleichte, und setzte das finsterste Gesicht auf, das er zustande brachte. »Ich mag es auch nicht, wenn man mich aufzuspießen versucht«, fuhr er fort. »Wenn du mit dem Kopf nur halb so schnell wie mit den Fingern bist, solltest du mir jetzt ganz schnell sagen, wo sich die Tempelpriesterin Shyleen befindet.« Er verzog den Mund zu einem bösen – und wie er hoffte furchteinflößenden – Lächeln. »Ich verliere nämlich ziemlich rasch die Geduld, weißt du?«

Trotzig starrte der Priester ihn an, aber es gelang ihm nicht ganz, seine Furcht zu verbergen. »Von mir erfährst du gar nichts.«

Torian seufzte.

»Findest du nicht, daß du noch ein bißchen zu jung bist, um den Helden zu spielen? Du ...«

»Paß auf!« schrie Garth.

Torian reagierte einen Herzschlag zu spät.

Der Blick des Priesters verklärte sich für einen kurzen Moment – und brach. Gleichzeitig erschlaffte sein Körper. Fassungslos ließ Torian ihn zu Boden gleiten, starrte einen Moment in seine weit offenstehenden, gebrochenen Augen und fühlte ungläubig nach seinem Pulsschlag.

Es gab keinen.

Der Junge war tot.

Garth stürzte sich auf den zweiten Priester, den er niedergeschlagen hatte und riß ihm die Kapuze vom Kopf.

Der Mann war ebenfalls tot.

»Großer Gott«, stammelte Torian. »Was ... was ist geschehen?«

»Sie haben sich selbst umgebracht«, murmelte Garth. Er sah eher wütend als betroffen aus. »Verdammt, ich hätte daran denken müssen! Jeder Priester Ch'tuons erlernt die vollkommene Körperbeherrschung. Sie haben ihren Herzschlag angehalten.«

»Das ist nicht möglich«, keuchte Torian. »Kein Mensch kann ...«

»Doch«, fauchte Garth. »Sie schon. Du siehst doch, daß es geht. Steh nicht so blöd rum, sondern zieh dich endlich um, oder bekommst du plötzlich Skrupel? Wir haben nicht viel Zeit.«

Immer noch zutiefst verwirrt, zog Torian dem Toten die Kutte aus und streifte sie sich über. Die Gewänder waren weit genug geschnitten, daß sie paßten. Sogar der hünenhafte Dieb hatte keine Probleme. Torian fühlte sich nicht besonders wohl in der Kleidung eines Toten, und das hatte ganz und gar nichts mit Pietät zu tun. Diese Kleider waren so fremdartig und ... unangenehm wie dieser ganze verfluchte Tempel. Noch immer zutiefst verstört – und weit mehr erschrocken, als er zuzugeben bereit war –, blickte er ein letztes Mal auf die beiden Toten hinab und trat dann neben den Dieb.

Garth warf einen sichernden Blick auf den Gang, bevor sie das Zimmer verließen. Mit hochgeschlagenen Kapuzen hasteten sie weiter und tauchten in einen anderen Korridor ein, an dessen Ende eine einzelne Fackel brannte. Der Gang war völlig kahl, es gab hier weder Fenster noch abzweigende Türen. Der Tempel schien zu einem Gutteil aus nichts anderem als leeren Gängen zu bestehen. Und doch hatte Torian nach wenigen Schritten das Gefühl, beobachtet zu werden ...

Unbehaglich wandte er ein paarmal den Kopf und sah zurück, aber der Gang hinter ihnen war leer. Trotzdem wurde das Gefühl eher stärker; er glaubte, die lauernden Blicke eines unsichtbaren Beobachters wie die Berührung einer eisigen Hand in seinem Nacken zu spüren.

Ärgerlich verscheuchte er die Vorstellung. Es war nicht mehr als eine Illusion, mit der das Böse, das sich in den Mauern des Tempels manifestiert hatte, ihn zu narren versuchte. Ein weiterer Trick dieses Tempels, sich unliebsamer Besucher zu erwehren, mehr nicht. Nervös schloß er zu Garth auf. Aber seine Hand tastete unter der Kutte nach dem Schwert, ohne daß er die Bewegung zu unterdrücken vermochte.

Sie erreichten das Ende des Ganges und gingen in einen weiteren

Korridor hinein, der dem ersten völlig zu gleichen schien. Auch hier brannte nur am anderen Ende eine Fackel. Und auch hier ...

Torian fuhr wie unter einem Hieb zusammen, als er begriff. Entsetzt blieb er stehen. »Das ... das ist doch nicht möglich!« flüsterte er. Seine Augen wurden groß, als er sich herumdrehte und die schier endlose Phalanx der Gänge sah, die halbkreisförmig hinter ihnen abzweigten, einer ein perfektes Ebenbild des anderen, lang und kahl und mit einer brennenden Fackel am Ende.

»Bei allen Göttern«, ächzte Garth. Er schlug seine Kapuze zurück, um besser sehen zu können. Es war das erste Mal, seit sie den Berg erreicht hatten, daß Torian eine Gefühlsreaktion bei ihm entdeckte, die über bloßen Sarkasmus hinausging. Es war absurd – aber es erfüllte ihn mit einem Gefühl irrwitziger, so starker Erleichterung, daß er für einen kurzen Moment sogar seine Umgebung vergaß. Die unheimliche Verwandlung, die der Dieb durchgemacht hatte, hatte ihn mehr erschreckt, als ihm selbst bisher klargeworden war. Die ganze Zeit über hatte er das Gefühl gehabt, einem Fremden zu folgen, jemandem, der aussah wie Garth und der sich auch so bewegte, aber dem die Fähigkeit zu *fühlen* fehlte. Nichts schien ihn überraschen zu können. Fast, als wäre er schon einmal hiergewesen, und dies alles ihm vertraut, ohne daß er sich bemühte, es allzu offen zu zeigen.

Sein plötzliches Entsetzen aber war echt, und in seinen Augen spiegelte sich mit einem Mal eine so abgrundtiefe Furcht, daß Torians Erleichterung jäh in das Gegenteil umschlug.

Mit zwei raschen Schritten trat der Dieb an eine Wand und ließ seine Finger über das Gestein gleiten. Er trat in einen der Gänge, berührte auch dort die Wand, fuhr sofort wieder herum und hastete in einen anderen Gang.

»Das ... das ist Zauberei!« keuchte er. »Torian, das ist unmöglich! Wir sind an keiner einzigen Abzweigung vorbeigekommen, das weiß ich genau!«

»Ich ... ich habe ebenfalls keine gesehen«, erwiderte Torian mühsam. Ein Gefühl immer stärker werdender Hysterie begann sich in ihm breitzumachen. »Wie kann denn plötzlich …« Er brach verwirrt ab und blickte sich noch einmal um. Auch vor und neben ihnen mündeten nun wie aus dem Nichts zahlreiche Gänge, so daß sie im Mittelpunkt von mehr als drei Dutzend Korridoren standen. Unsicher trat er ebenfalls auf einen der Gänge zu, die vorher mit Sicherheit *nicht* dagewesen waren.

Mit aller Macht klammerte er sich an die Hoffnung, nur einer optischen Täuschung aufgesessen zu sein und im nächsten Moment gegen eine unsichtbare, massive Wand zu prallen.

Aber nichts dergleichen geschah. Nichts hinderte ihn am Weitergehen. Die Gänge waren ebenso real wie die Mauern zuvor.

Und trotzdem war es unmöglich!

»Was geschieht mit uns, Garth? Was hat das alles zu bedeuten?« murmelte er.

Hilflos hob der Dieb die Schultern. »Ich weiß es nicht. Aber wir werden es herausfinden. Komm, wir können hier nicht bleiben.«

Er wandte sich zum Gehen, aber Torian hielt ihn noch einmal zurück.

»Warte«, sagte er hastig, als Garth sich mit einem Ruck freimachen wollte. »Ich weiß nicht, was mit dir los ist, aber du verschweigst mir etwas. Sag mir endlich, was mit dir geschehen ist.«

»Ich weiß nicht, was du …«

»Verkauf mich nicht für dumm!« unterbrach Torian ihn scharf. »Das ist kaum der Moment für irgendwelche Spielchen. Du weißt genau, was ich meine. Warum hast du dich mit einem Mal entschieden, mir zu helfen? Woher diese plötzliche Energie? Und was weißt du über diesen Tempel? Es war doch kein Zufall, daß wir den unterirdischen Stollen gefunden haben. Solche Zufälle gibt es nicht. Du *wußtest,* daß er da ist und daß wir auf diesem Weg in den Tempel kommen. Woher, Garth? Was ist los mit dir?«

Garth starrte ihn hilflos an. Für einen ganz kurzen Moment machte sich auf seinem Gesicht ein Ausdruck von Bestürzung breit, fast so etwas wie jähes Begreifen, dann verzerrte es sich zu einer Grimasse des Schreckens. Er hob die Hand und massierte verwirrt seine Stirn.

»Ich ... ich weiß es nicht«, stieß er gequält hervor. »Ich meinte den Weg gesehen zu haben und ...«

Er brach ab. Ein Ruck ging durch seine Gestalt. Er straffte sich. »Es war einfach ein Versuch. Wir konnten nicht weiter durch die Schlucht reiten, das hätte jeder Idiot erkannt. Und Angst habe ich noch genauso wie vorher, das kannst du mir glauben. Und schließlich warst *du* es doch, der mir erklärt hat, wie wichtig unser Auftrag ist. Also sehen wir zu, daß wir Shyleen finden – oder?«

Torian musterte ihn einige Sekunden lang durchdringend. Er schwieg, obwohl es viel gegeben hätte, was er hätte sagen können. Er hatte Garth' Selbstsicherheit für einen Moment erschüttern können, aber der Augenblick war vorbei. Und doch hatte Garth ihm etwas verraten, vielleicht mehr, als ihm selbst bewußt wurde. Er hatte bestätigt, daß etwas mit ihm nicht mehr stimmte; weniger durch seine Worte als durch sein Verhalten. Der Schrecken auf Garth' Gesicht, als er selbst für einen Augenblick die Wahrheit erkannt hatte, war echt gewesen, aber viel wichtiger war das Erschlaffen seiner Züge gewesen, das seinem Gesicht für einen Augenblick einen so maskenhaften, leblosen Ausdruck verliehen hatte. Torian hatte es schon einmal gesehen, vor nicht einmal einem Tag. Und endlich begriff er.

Visionsartig erlebte er noch einmal Salamirs Tod, sah, wie der Magier sich in seinen Armen aufbäumte und im Augenblick seines Todes Garth fast beschwörend anstarrte. *Etwas* mußte in diesem Moment schon geschehen sein, das erst bei Erreichen des Berges seine Macht entfaltet hatte. Noch im Augenblick seines Todes hatte Salamir den Dieb mit einem Bann belegt, um zu verhindern, daß Garth noch einmal von seiner Angst überwältigt wurde und floh.

Torian wußte nicht, wie Garth' Auftrag lautete und welche Wirkung Salamirs Bann wirklich hatte. Bislang hatte er ihnen geholfen, ihnen den richtigen Weg gewiesen; aber zumindest von diesem Labyrinth hatte Salamir offensichtlich nichts gewußt.

Wütend ballte Torian die Fäuste. Salamir hatte Garth seelisch vergewaltigt, ihn zu einer Marionette gemacht, auch wenn es in bester Absicht geschehen war. Torian versuchte Haß auf den Magier zu empfinden, aber wie zuvor gelang es ihm auch jetzt nicht. Trotz seiner ungeheuren Kräfte war Salamir ein alter, verbitterter Mann gewesen, der sein Leben geopfert hatte, weil er eine Gefahr erkannt hatte, aber zu schwach gewesen war, sie erfolgreich zu bekämpfen. Die Entscheidung, eine solche Verantwortung in die Hände zweier Menschen zu legen, die nicht annähernd seine Kraft besaßen, mußte aus reiner Verzweiflung geboren sein. Von Salamirs Standpunkt aus war es vielleicht sogar verständlich, daß er sich mit allen ihm zur Verfügung stehenden Mitteln abzusichern versuchte.

Aber das gab ihm noch lange nicht das Recht, einen Menschen in eine Puppe zu verwandeln, dachte Torian wütend.

Und jetzt fielen ihm noch andere Veränderungen auf: Garth bewegte sich langsamer als gewohnt, eine kaum wahrnehmbare Winzigkeit nur, doch mochten auch diese Bruchteile von Sekunden in einem Kampf über Leben und Tod entscheiden.

Was noch? dachte er. Was würde er noch an Garth bemerken – vielleicht zu spät?

Einen Moment lang überlegte er, Garth einfach die Wahrheit zu sagen und abzuwarten, was geschah, verwarf den Gedanken aber fast so schnell, wie er ihm gekommen war. Er wußte nicht, was geschehen würde, selbst wenn es ihm gelänge – was nicht sehr wahrscheinlich war –, den Bann zu brechen.

Aber er nahm sich vor, in Zukunft noch besser auf den Dieb zu achten, um eventuelle weitere Folgen von Salamirs Tun frühzeitig zu erkennen.

»Wir müssen weg hier«, drängte der Dieb noch einmal. »Wer auch immer diese Falle aufgestellt hat, weiß, daß wir hier sind.«

»Und wohin?« fragte Torian. »Du weißt nicht zufällig, welches der richtige Weg ist?«

»Nein.« Garth schüttelte den Kopf. Wenn er den lauernden Unterton in seinen Worten überhaupt gehört hatte, verstand er ihn nicht. »Vielleicht gibt es so etwas wie einen richtigen Weg gar nicht«, knurrte er. »Jedenfalls kommen wir *hier* nicht weiter. Aber da wir hereingekommen sind, müssen wir auf gleichem Weg auch wieder hinauskommen. Versuchen wir zurückzugehen und einen anderen Eingang zu finden. Ich glaube, wir sind von dort gekommen.«

Er deutete scheinbar wahllos auf einen Gang. Torian hatte längst die Orientierung verloren und zuckte deshalb nur mit den Schultern. Zur Sicherheit schlug er dicht über dem Boden mit dem Schwert eine kleine Kerbe in die Wand, dann drangen sie in den Gang ein.

Nach einigen Schritten blieb Torian stehen und sah zurück, eigentlich, ohne selbst zu wissen, warum. Wieder zweigten direkt hinter ihnen mehr als ein Dutzend verschiedener Gänge ab.

Und jeder einzelne zeigte wenige Fingerbreit über dem Boden eine Kerbe.

Torian wußte längst schon nicht mehr, wie lange sie bereits durch das Gewirr der Gänge geirrt waren. Von jedem Gang, den sie betraten, zweigten schon nach wenigen Schritten Dutzende neue ab, die völlig identisch waren, und verzweigten sich zu einem Labyrinth unvorstellbaren Ausmaßes. Sie versuchten in eine Richtung zu gehen, doch spätestens am Ende eines Ganges mußten sie sich für eine neue entscheiden.

Einige Male brachte Torian weitere Markierungen an, damit sie wenigstens erkannten, wenn sie im Kreis liefen. Es half nichts. Jeder neue Gang, in den sie traten, trug die gleiche Markierung.

Sie sprachen nicht mehr miteinander, denn jedes Wort wäre sinnlos gewesen. Torian wußte, daß sie verloren waren, wenn kein Wunder geschah. Das Labyrinth war nicht real, sondern eine weitere Falle, die nur in ihren Köpfen existierte. Es war zu groß, um in einem der Gebäude Platz zu finden, und nur eine weitere Illusion, in der sie gefangen waren.

Aber es machte keinen Unterschied, ob sie in einem realen oder einem irrealen Labyrinth verhungerten. Garth hatte sich geirrt. Sie würden keinen Ausweg finden, weil es keinen gab. Das Labyrinth hatte sie eingelassen und sich hinter ihnen geschlossen.

Dicht an einer Gabelung ließ er sich zu Boden sinken. Seine Kräfte waren noch nicht erschöpft, im Gegenteil, er fühlte sich genauso stark wie vor ein paar Stunden, aber es war eine trügerische Stärke, jene Kraft, die die Angst gebar und der irgendwann eine ebenso tiefe Erschöpfung folgen würde. Es hatte keinen Sinn, weiter blindlings umherzuirren.

Garth ging noch einige Schritte, kehrte dann um und setzte sich ebenfalls. »Sieht schlecht aus«, brummte er.

»Was du nicht sagst«, entgegnete Torian bissig. »Fällt dir nicht vielleicht ein Zauberspruch ein, der uns hier rausbringt? Oder würde etwa gar der große Salamir vor diesem Labyrinth kapitulieren?«

Etwas an der Betonung der Worte ließ Garth erkennen, daß sich mehr als nur Hohn hinter der Frage verbarg. Seine Augen verengten sich. »Was soll das bedeuten?« fragte er.

»Nichts, vergiß es.« Torian ließ seine Worte bewußt beiläufig klingen und wandte seinen Blick ab, in Wirklichkeit aber beobachtete er Garth verstohlen aus den Augenwinkeln. Garth' Reaktion schien zu beweisen, daß Salamir seinen freien Willen nicht ganz hatte ausschalten können – oder wollen. Er hoffte, Garth würde auf eine Erklärung drängen, aber nach wenigen Sekunden machte sich wieder Gleichgültigkeit auf dem Gesicht des Diebes breit.

»Keine Zaubersprüche«, erklärte er matt. »Uns bleibt wohl nichts anderes übrig, als zu warten, bis Cuul mit seinen Schergen auftaucht.« Er zog eine Grimasse. »Das geht wenigstens schneller als verhungern.«

Torian lachte humorlos. »Ich fürchte, wir werden sehr lange warten müssen. Für diese Falle sind nicht die Priester verantwortlich.«

»Ach nein? Wer denn sonst?«

»Das weißt du so gut wie ich.« Torian schlug wütend mit der Faust gegen die Wand. Es gab einen dumpfen Laut, der wie das Grollen eines zornigen Riesen klang. »Es ist der Tempel selbst. Dieselbe Macht, die für die anderen Illusionen verantwortlich war. Die Magie der Schwarzen oder meinetwegen ihrer Götter. Das Böse, das den Tempel erfüllt. Nenn es, wie du willst.«

»Wie pathetisch«, spottete Garth. »Und das von dir. Ich denke, der große Torian Carr Conn glaubt nicht an *Magie*?«

»Ich meine es ernst«, fauchte Torian verärgert. »Dieser Tempel ist viel mehr als nur toter Stein. Und wenn du mir ...«

»Still!« zischte Garth und packte sein Schwert fester. Gleichzeitig sprang er auf.

Torian tat es ihm gleich. Auch er hörte das Geräusch; ein leises Schaben und Gleiten, das sich ihnen näherte und zu schlurfenden Schritten wurde. Wer auch immer es verursachte, gab sich keine Mühe, besonders leise zu sein. Die Schritte klangen nicht gerade nach den schweren Tritten der Krieger oder dem federnden Schritt der Priester, aber in dieser Umgebung war es vielleicht klüger, alles Unbekannte erst einmal als Gefahr zu betrachten.

Torian huschte lautlos auf die Gangbiegung zu und preßte sich mit zum Schlag erhobenem Schwert an die Wand. Ohne daß sie sich absprechen mußten, postierte sich Garth zwei Schritte hinter ihm, als wären sie ein seit Jahren aufeinander eingespieltes Team.

Torian lauschte den Schritten und versuchte an ihrem Klang die Entfernung abzuschätzen. Als der Unbekannte sich direkt hinter der Biegung befinden mußte, sprang er vor. Im zwielichtigen Schein der Fackel sah er etwas Kleines, Dunkles und versetzte dem Wesen mit dem Schwertknauf einen wuchtigen Stoß, der es direkt auf

Garth zutrieb. Noch bevor der Unbekannte begriff, wie ihm geschah, lag er bereits auf dem Boden, und zwei Schwertspitzen waren auf seine Kehle gerichtet. Ein hohes, ängstliches Wimmern kam über seine Lippen.

Es war weder ein Krieger noch ein Priester.

Das Wesen war ein Zwerg, kaum größer als ein Kind, mit bräunlicher, runzeliger Haut, die wie trockenes Pergament aussah, kahlem Schädel und knopfgroßen Augen, in denen Furcht geschrieben stand, die aber nach einem Moment der Überraschung einer fast trotzigen Verwunderung wich.

»Was wollt ihr von mir?« keifte der Gnom mit schriller Stimme und entblößte beim Sprechen faulige Stümpfe, die wohl einmal Zähne gewesen waren. »Was fällt euch ein, mich so zu erschrecken?«

Es fiel Torian schwer, dem Blick der treuherzigen Kinderaugen standzuhalten. Einem ersten Impuls folgend hob er das Schwert ein wenig an, senkte die Klinge dann aber sofort wieder. Die schlechten Erfahrungen mit den Priestern hatten ihn noch vorsichtiger werden lassen. Noch einmal würde er einen Gegner nicht unterschätzen. »Das gleiche wollte ich dich fragen«, gab er scharf zurück.

»Ich bin Krila«, antwortete der Gnom. »Da freut man sich, nach so vielen Jahren endlich wieder jemanden zu treffen, mit dem man ein Schwätzchen halten kann, und ich gerate ausgerechnet an solche groben Klötze.« Er schüttelte mißbilligend den Kopf, soweit es die beiden Schwertklingen zuließen. »Also wirklich, nett ist das nicht.«

Nur mit Mühe konnte Torian ein Grinsen unterdrücken. Er wechselte einen raschen Blick mit Garth. Der Dieb zuckte nur hilflos mit den Schultern. Der Gnom machte alles andere als einen gefährlichen Eindruck, aber Torian blieb trotzdem weiterhin mißtrauisch.

»Was machst du hier?« knurrte er.

»Na was schon? Es ist ja so entsetzlich langweilig, seit ich in dieses verdammte Labyrinth geraten bin. Aber jetzt seid ihr ja da. Ihr solltet euch wirklich mit mir vertragen, denn ich glaube, wir werden ziemlich lange miteinander auskommen müssen.« Er stieß ein mekkerndes Gelächter aus. »Eine Ewigkeit ist nämlich eine ganz schön lange Zeit, wißt ihr?«

Garth bückte sich, packte den Gnom und hob ihn mühelos mit einer Hand hoch. Hilflos zappelte das Wesen im Griff des Hünen.

»Halt uns nicht zum Narren, oder ich laß dich glatt in der Luft verhungern«, drohte Garth.

Wieder begann der Gnom schrill zu lachen.

»Verhungern, pah. Ihr seid noch nicht lange hier, wie?« Er kicherte. »Ich glaube, ihr habt es wohl immer noch nicht kapiert, wie? Hier kann keiner sterben, nur leiden.« In einer unmöglich anmutenden Bewegung bog und wand er seinen Körper und rutschte plötzlich aus Garth' Griff. Unsanft plumpste er aus einem halben Meter Höhe zu Boden, rappelte sich sofort wieder auf und stemmte die Fäuste in die Hüften. »Das Labyrinth läßt niemanden sterben. Genau wie ich werdet ihr ewig leben und für ewig in diesen Mauern gefangen sein. Und in ein paar Jahren werdet ihr genauso aussehen wie ich.«

»Das ... das ist nicht wahr!« murmelte Torian. »Du bist verrückt und ...«

»Verrückt? Was meint ihr, wie verrückt ihr bald sein werdet, wenn eure Körper sich selbst verzehren. Eure Haut wird austrocknen, euer Fleisch verdorren und eure Knochen ...«

Torian hob die Hand, als wolle er nach dem Zwerg schlagen, und der Gnom brachte sich mit einem raschen Satz in Sicherheit.

Garth packte Torians Hand und drückte sie herunter.

»Er hat recht«, sagte er ruhig. »Daran kannst du auch mit Schlägen nichts ändern.«

Torian atmete ein paarmal tief durch und zwang sich zur Ruhe. Er hatte gelernt, seine Gefühle zu beherrschen, auch und gerade, wenn er besonders aufgeregt war, aber diesmal fiel es ihm schwer, viel schwerer als gewöhnlich.

»So gefällt mir das schon besser«, sagte der Gnom. »Wenn ich nun also weitererzählen kann, was mit euch …«

Torian warf ihm einen vernichtenden Blick zu.

»Schon gut, schon gut«, maulte der Kleine. »Am besten wärt ihr gar nicht gekommen. Wenn ich mir vorstelle, euch jetzt für ein paar Jahrhunderte zu ertragen, brrr.« Er schüttelte sich. »Vielleicht ist es besser, wenn ihr direkt wieder verschwindet.«

»Liebend gern«, spottete Garth. »Du brauchst uns nur den Ausgang zu zeigen, und wir sind sofort wieder weg.«

»Und was bekomme ich dafür?« Ein gieriges Funkeln trat in die Augen des Gnoms.

Torian blinzelte verwirrt. Krilas Stimme war frei von jeglichem Spott. »Du willst damit sagen, daß es tatsächlich …«

»Schließlich seid ihr hereingekommen, also gibt es auch einen Ausgang. Aber allein könnt ihr suchen, bis ihr schwarz werdet.« Krila kicherte irr. »Wortwörtlich. Ich habe selber mehr als zwei Jahrhunderte gebraucht.«

»Warum bist du nicht schon längst abgehauen, wenn du den Weg kennst?« fragte Garth mißtrauisch.

»Es geht nicht«, antwortete der Gnom. Ein Ausdruck von Trauer machte sich auf seinem Gesicht breit. »Das Labyrinth gibt niemanden mehr frei, der sich länger als ein paar Tage hier aufgehalten hat. Es erhält euch am Leben, aber es fordert auch seinen Preis.«

»Dann bring uns hier heraus«, sagte Torian. »Dann bist du uns los.«

»Wir haben uns aber noch nicht über meinen Preis geeinigt.« Krila grinste unverschämt und deutete auf ihre Schwerter. »Die gefallen mir. Wenn noch mal jemand herkommt, brauche ich mir wenigstens nicht alles gefallen zu lassen. Gebt sie mir, und ich führe euch hinaus.«

Entschieden schüttelte Torian den Kopf. »Kommt überhaupt nicht in Frage. Wir brauchen die Waffen.«

Das Grinsen des Gnoms wurde noch unverschämter. »Natürlich,

ihr braucht sie ja beim Suchen. Dann seht mal zu, wie ihr hinausfindet. Und denkt dran, ihr habt nicht viel Zeit. Das heißt – eigentlich habt ihr alle Zeit der Welt.«

Wieder mußte sich Torian mühsam beherrschen, dem Zwerg das unverschämte Grinsen nicht einfach aus dem Gesicht zu schlagen. Er verstand selbst nicht, wieso Krilas Anblick solche Aggressivität in ihm weckte. Es mußte an dem Tempel liegen, an der Aura des Bösen, die das Labyrinth erfüllte und sich immer stärker auch in seine Seele stahl und sie zu vergiften begann.

Vielleicht wurde er auch einfach nur verrückt.

»Wir haben keine andere Wahl«, sagte Garth. »Wir können uns später neue Waffen beschaffen.«

»Wir können auch warten, daß die Priester uns hier herausholen«, gab Torian wütend zurück, obwohl es das Gegenteil von dem war, was er noch vor kurzem gesagt hatte. »Cuul wird sich die Gelegenheit nicht entgehen lassen, uns in die Hände zu bekommen.«

»Dummkopf«, sagte Krila gelassen. »Nicht einmal Cuul persönlich würde sich hierher wagen. Der Tempel ist uralt, und die Priester haben ihn nur übernommen. Auch nach einem Jahrtausend haben sie noch nicht die ganze Anlage erforschen können. Selbst ihnen droht hier noch Gefahr. Also, was ist nun?«

Garth reichte dem Gnom sein Schwert. Torian zögerte kurz, murmelte einen bösen Fluch und tat es ihm dann gleich. Es waren primitive Schwerter, zu leicht und zu schlecht ausbalanciert, als daß ihm ernsthaft etwas daran liegen würde, aber es waren die einzigen Waffen, die sie besaßen.

Bewundernd strich Krila über die Klingen, nickte zufrieden und klemmte sich die Schwerter unter den Arm. Sie waren um ein gutes Drittel länger als seine Beine, so daß er sie nicht in den Gürtel stekken konnte.

»Hier lang«, sagte er und deutete auffordernd in die Richtung, aus der er gekommen war.

Torian wußte im nachhinein nicht mehr zu sagen, wie lange sie ihm durch das steinerne Labyrinth gefolgt waren. Jeder Gang sah genauso aus wie der vorige, aber Krila fand sich mit traumwandlerischer Sicherheit darin zurecht. Nicht ein einziges Mal blieb er stehen, um sich im Gewirr der abzweigenden Gänge zu orientieren, nicht ein einziges Mal war ihm ein Zögern oder auch nur ein kurzer Moment der Unsicherheit anzumerken.

Die ganze Zeit über ließ Torian ihn keine Sekunde aus den Augen. Er konnte immer noch nicht an den Zufall glauben, der ihnen den Gnom als Lebensretter geschickt hatte, aber er fand keinen Grund, aus dem Krila sie belügen sollte, sosehr er sich auch das Gehirn zermarterte. Etwas stimmte nicht, aber er wußte nicht, was ihn störte. Die Falle war bereits perfekt, ihre Lage konnte sich nicht noch mehr verschlechtern. Der Gnom bot ihnen wenigstens noch eine kleine Chance.

Schließlich blieb Krila vor einer Wand stehen und deutete darauf. »Hier ist es«, erklärte er triumphierend.

Diesmal packte Torian so schnell zu, daß der Gnom nicht mehr ausweichen konnte. »Ich habe die ganze Zeit geahnt, daß du nur ...«

Ein überraschter Ausruf Garth' ließ ihn verstummen. Der Dieb hatte die Wand berührt, ohne auf Widerstand zu stoßen. Seine rechte Hand war bis zum Gelenk in dem massiven Fels verschwunden.

»Grobian!« schimpfte Krila. »Natürlich sieht man den Ausgang nicht, sonst würde ja selbst ein Dummkopf wie du ihn sofort finden. Laß mich jetzt endlich runter und verschwinde.«

»Es ... tut mir leid«, sagte Torian stockend und setzte den Gnom vorsichtig ab. Er ärgerte sich wirklich über seine Grobheit – und fühlte sich hilflos wie selten zuvor. »Du kannst wirklich nicht mit uns kommen?«

»Nein, das habe ich doch schon erklärt. Aber wenn es euch nicht zuviel Mühe macht, könntet ihr vielleicht den Tempel zerstören, dann wäre auch meine Gefangenschaft beendet.« Krila lächelte gequält. »Aber eben nur, wenn es euch nicht zuviel Mühe macht.«

»Wenn du uns wenigstens ein Schwert läßt, sind unsere Chancen dazu schon wesentlich größer«, erwiderte Torian im gleichen Tonfall. »Es muß doch lästig für dich sein, dauernd zwei der schweren Dinger mit dir herumzuschleppen. Du kannst sowieso höchstens mit einem kämpfen.«

Der Gnom schüttelte den Kopf. »Kommt nicht in Frage.«

Einen Moment spielte Torian mit dem Gedanken, sich die Waffen einfach mit Gewalt zurückzuholen, aber abgesehen davon, daß es ein mehr als schäbiger Lohn für die Hilfe wäre, hätte er den flinken Gnom wohl auch kaum erwischt. Und er hatte keine besondere Lust, ihm nachzulaufen. Besonders nicht in *dieser* Umgebung.

Garth schritt vollends durch die Wand, und Torian folgte ihm.

Es war, als schritte er durch Watte. Er fühlte einen starken Sog und wollte zurückweichen, von plötzlicher Panik erfaßt, als irgend etwas ihn nach vorne riß, aber es gelang ihm nicht mehr. Im selben Moment, in dem die Wand ihn vollends verschluckte, glaubte er, sein Körper würde in alle Richtungen zugleich auseinandergerissen. Er wollte schreien, doch nicht einmal das gelang ihm. Ein brüllender, sengend heißer Feuersturm fauchte über ihn hinweg und hüllte ihn in einen Mantel aus wabernder Höllenglut. Jede Faser seines Körpers schien zu brennen, und ein aus dem Nichts einsetzender Orkan riß ihn mit sich fort, immer noch tiefer hinein in diese Hölle aus unerträglicher Hitze und greller Helligkeit.

Ewigkeiten schienen zu vergehen, bis sein Sturz durch die Unendlichkeit endete. Unter sich fühlte er wieder harten Boden, aber immer noch schien sein Körper in Flammen und verzehrende Glut gebadet. Schreiend wälzte er sich herum. Es dauerte endlose Minuten, bis der Schmerz abklang.

»Eine beeindruckende Vorstellung«, sagte jemand.

Mühsam hob Torian den Kopf.

Er war nicht einmal besonders überrascht.

Umgeben von einem Dutzend seiner Krieger stand Cuul vor ihm.

Ein halbes Dutzend Schwertklingen folgte seinen Bewegungen, als Torian aufstand. Er wollte instinktiv zurückweichen, doch in seinem Rücken spürte er nur eine massive Wand, wo gerade noch der Zugang zu dem Labyrinth gewesen war.

»Ich hätte es wissen müssen«, knurrte Garth neben ihm. »Es war eine so plumpe Falle, daß nicht einmal ein Kind darauf hereingefallen wäre, aber ich habe es vor lauter Freude nicht wahrhaben wollen.«

»Warum?« fragte Torian tonlos.

Cuul lachte, ein böses, gemeines Lachen, ein Laut wie das Knistern trockener Blätter.

»Krila hat die Wahrheit gesagt. Es gibt auch für uns hier noch Orte, an denen unsere Macht endet. Der Tempel gibt ein Opfer von allein nicht wieder frei, so erschuf ich durch meine Geisteskraft den Gnom und schickte ihn in das Labyrinth. Ihr müßt zugeben, daß er seine Aufgabe gut gemacht hat, nicht wahr? Er hat euch nicht nur zu mir geführt, sondern euch auch noch entwaffnet.«

Zornig und hilflos sah Torian sich um. Hinter ihm befand sich nur die Mauer. Der Weg nach vorne wurde ihm von Cuul und den Kriegern versperrt. Sie hielten Schwerter in der Hand, und Torian hatte in der vergangenen Nacht erlebt, wie gut sie damit umzugehen verstanden. Waffenlos hatten Garth und er keine Chance.

Bewaffnet wahrscheinlich auch nicht. Aber er hätte sich mit einem Schwert in der Hand einfach wohler gefühlt.

Der Priester deutete seinen Blick richtig.

»Laß es«, sagte er lächelnd. »Ihr kämt keine drei Schritte weit.«

Kampfeslustig streckte Garth das Kinn vor und ballte die Fäuste. »Eigentlich ist es mir egal, wie wir sterben«, knurrte er. »Oder bist du zufällig hergekommen, um uns ans Tor zu geleiten und unserer Wege ziehen zu lassen?« Im nächsten Moment stieß er sich ab und warf sich mit weit ausgebreiteten Armen auf Cuul.

Die Bewegung war so schnell, daß die Krieger um eine Winzigkeit zu spät reagierten. Der Dieb riß mehr als die Hälfte von ihnen und den Priester mit sich zu Boden.

»Lauf!« schrie er.

Torian reagierte augenblicklich. Er hetzte los, an dem Knäuel ineinander verschlungener Leiber vorbei, rannte einen weiteren Krieger kurzerhand über den Haufen und stieß noch einen weiteren um, der von dem unerwarteten Angriff völlig überrascht wurde. Aus den Augenwinkeln sah er eine Schwertklinge niedersausen und duckte sich darunter hinweg. Er versetzte dem Krieger einen harten Schlag und riß ihm das Schwert aus der Hand.

Sofort fuhr er herum und parierte einen weiteren Hieb. Sein Gegenangriff kam so schnell, daß der Mann keine Chance zum Ausweichen mehr hatte. Das Schwert traf seinen Arm und riß kaum verheilte Wunden wieder auf.

Der Weg war frei, und Torian stürmte durch die entstandene Lükke, bevor sie sich wieder schließen konnte. Erst zu spät erkannte er die Falle, in die er gelockt wurde. Ein vorgestreckter Fuß verhakte sich an seinem Bein. Er stolperte, rang vergeblich um sein Gleichgewicht und stürzte schwer zu Boden. Der Aufprall auf die steinernen Fliesen preßte ihm die Luft aus den Lungen. Bevor er sich wieder aufrappeln konnte, waren die Krieger über ihm. Schläge und Tritte hagelten auf ihn herab. Jemand drehte ihm den Arm mit brutaler Gewalt auf den Rücken und wand ihm das Schwert aus den Fingern. Torian schrie vor Schmerz, bäumte sich verzweifelt auf und versuchte seinen Arm loszureißen.

Ein Tritt traf seine Rippen und trieb ihm auch das letzte bißchen Luft aus den Lungen. Torian schrie erneut auf. Er packte blindlings zu, bekam den Fuß zu fassen und verdrehte ihn samt dem daranhängenden Mann.

Instinktiv riß er die Hände hoch, um sein Gesicht zu schützen, aber er hätte ein Dutzend und mehr Arme gebraucht, um die Schläge abzuwehren. Seine Augen begannen zuzuschwellen, und seine

Lippe war aufgeplatzt. In seinem Mund war der metallischsüße Geschmack von Blut.

Während er nur noch blindlings um sich schlug und trat, gingen die Krieger berechnend vor; kalt wie Maschinen. Jeder Schlag war genau gezielt; keiner war hart genug, ihm das Bewußtsein zu rauben, aber jeder einzelne Treffer war schmerzhaft genug, daß er sich auf dem Boden zusammenkrümmte.

Blutige Schleier tanzten vor seinen verquollenen Augen. Er wehrte sich längst nicht mehr, auch dann nicht, als sie endlich aufhörten, ihn zu schlagen. Seine Beine waren taub und gefühllos, und als sich der Griff der Krieger für einen Augenblick lockerte, wäre er vor Schwäche fast zusammengebrochen. Er wurde vorwärts geschleift, bis sich Cuuls Gesicht aus dem roten Nebel vor seinem Blick schälte.

»Ihr Narren«, sagte der Priester verächtlich. »Das hättet ihr euch ersparen können. Aber ihr habt es ja nicht anders gewollt. Schafft sie fort!«

Wieder wurde Torian herumgerissen und grob weggeschleift. Er verlor endgültig das Bewußtsein.

Das Erwachen war eine Qual. Sein Körper schien in ein Netz aus Feuer eingewoben zu sein, und in seinem Kopf hämmerte ein entsetzlicher Schmerz, der ihm die Tränen unter den geschlossenen Lidern hervortrieb. Torian war in Schweiß gebadet.

Mühsam öffnete er die Augen, sah eine graue Steindecke über sich und versuchte sich aufzurichten, aber es ging nicht. Ein Seil war mehrfach um seinen Körper geschlungen und fesselte ihn so fest auf eine harte Unterlage, daß er kaum einen Finger rühren konnte. Mit äußerster Anstrengung gelang es ihm immerhin, den Kopf ein wenig zu drehen, so daß er mehr von seiner Umgebung erkennen konnte.

Er befand sich in einer großen Halle, so groß, daß der Lichtschein des Feuers, das in einer mit Öl gefüllten Schale neben ihm brannte, sie nicht annähernd zu erleuchten vermochte. Die Wände verloren sich irgendwo hinter dem erstickenden Mantel aus Finsternis und Schweigen, und auch die Decke war so hoch, daß sie fast unsichtbar blieb. Die Halle mußte wahrhaft gigantisch sein, denn sein leises Stöhnen wurde als vielfach verzerrtes Echo von den Wänden zurückgeworfen, aber trotz ihrer nicht abzuschätzenden Größe fühlte sich Torian von den Wänden erdrückt, als befände er sich in einer engen unterirdischen Gruft, in der man ihn bei lebendigem Leibe begraben hätte.

Kaum einen Meter neben ihm lag Garth. Auch er war auf einen schwarzen, quaderförmigen Felsklotz gefesselt, der Torian unangenehm an einen Opferaltar erinnerte. Das unstet huschende Licht verwandelte sein verquollenes, fiebrig glänzendes Gesicht in eine unförmige, von tanzenden Schatten erfüllte Totenmaske. Der Dieb war nicht bei Bewußtsein, aber die Schmerzen mußten ihn bis in seine Träume verfolgen, denn sein Körper zuckte wie in Krämpfen; von Zeit zu Zeit stieß er ein gedämpftes Stöhnen aus, und seine Lippen formten unhörbare Worte.

Noch während seines Fluchtversuches hatte Torian gesehen, wie ein Schwert Garth längs an der Brust traf und ihn zwar nicht durchbohrte, aber ihm eine stark blutende Fleischwunde zufügte. Trotzdem hatten die Krieger weiter auf ihn eingeschlagen.

Aber man hatte sie während ihrer Bewußtlosigkeit auch versorgt. Ein Verband spannte sich unter den Fesseln um Garth' Brust. Das Blut war aus seinem Gesicht gewischt worden. Als Torian probehalber sein Kinn vorschob, bereitete ihm die Bewegung zwar Schmerzen, aber er spürte nicht das typische Spannen, das eingetrocknetes Blut auf der Haut verursachte.

Irgendwo vor ihm wurde ein schwerer Riegel zurückgezogen, dann schwang ein Portal auf, das dem schweren Ächzen der Scharniere zufolge gewaltig sein mußte. Schritte näherten sich, doch sosehr er sich auch anstrengte, es gelang Torian nicht, den Kopf zu heben und einen Blick auf die Ankömmlinge zu werfen. Er konzentrierte sich ganz auf die Geräusche. Es mußte sich um drei Menschen handeln; zwei, die die schweren Stiefel von Kriegern trugen, und eine weitere Person, deren Schritte fast lautlos waren.

»Es ist gut«, vernahm er eine weibliche Stimme. »Geht jetzt und laßt uns allein.«

Shyleen.

»Wie ihr wünscht, Herrin.« Die beiden Krieger entfernten sich und schlossen das Portal hinter sich wieder. Torian wartete, bis der Riegel einrastete.

»Shyleen«, murmelte er. »Was ...«

»Uns bleibt nicht viel Zeit«, unterbrach ihn Shyleen. Sie beugte sich über ihn, so daß er ihr Gesicht sehen konnte. Der Ausdruck von Sorge darauf war nicht gespielt.

»Cuul wollte mich erst überhaupt nicht zu euch lassen, aber ich konnte ihn überzeugen, daß ich die Vorbereitungen für die Opferung nur allein treffen kann. Auch er muß sich der Autorität der obersten Opferpriesterin fügen, obwohl er mir mißtraut.«

»Wenigstens etwas, das ich mit ihm gemein habe«, knurrte Torian. »Offenbar hat der kleine Ausflug deinem Ansehen wenig geschadet.«

»Niemand kann mir etwas antun, denn sie brauchen mich. Ich konnte den Priesterrat überzeugen, daß mein Vater mich zu der Flucht gezwungen hat. Cuul glaubt mir nicht, aber das spielt jetzt keine Rolle. Man hat beschlossen, euch auf dem Altar Ch'tuons zu opfern. Es waren andere Opfer vorgesehen, doch nun hat sich der Rat für euch entschieden.«

»Offenbar hattet ihr genau das ja auch geplant. Hat dein Vater uns deshalb hergeschickt?« fragte Torian böse. Er sah, wie Shyleen zusammenfuhr, aber das steigerte seinen Zorn nur noch. Es tat gut, jemandem weh zu tun. »Was sollte das alles? Ihr wußtet genau, daß wir keine Chance hatten. Wozu diese ganze Komödie?«

»Ich habe keine Zeit, alles zu erklären. Das Ritual soll noch heute stattfinden. Glaub mir, nichts geschah zufällig, und euch wird nichts geschehen, wenn ihr euch ruhig verhaltet. Die Wachen sollten euch entdecken und fangen, das ist richtig, aber uns blieb keine andere Wahl. Alles hatte seinen Sinn.«

»Natürlich, und was wir davon halten, interessiert ja keinen.« Torian schnaubte wütend. Der Ausdruck von Trauer in Shyleens Augen wurde tiefer, und Torian glaubte zu spüren, daß er ihr unrecht tat. Aber das war ihm im Moment herzlich egal. Wütend bäumte er sich auf und zerrte an seinen Fesseln. »Es reicht ja schließlich auch, wenn wir sterben.«

»Bitte, Torian, du mußt mir vertrauen.« Ein gequälter Ausdruck erschien auf ihrem Gesicht. Sie streckte die Hand aus und berührte ihn flüchtig an der Wange, aber sie wurde blaß und zog die Hand überhastet wieder zurück, als ihre Blicke sich kreuzten. Für einen Moment blitzte wieder der alte Hochmut in ihrem Blick auf, verschwand aber ebenso schnell, wie er gekommen war. »Vertrau mir«, sagte sie noch einmal und fast flehend.

»Dir vertrauen?« Torian lachte schrill, aber es klang eher wie ein verzweifelter Schrei. Er war hilflos und ihr auf Gedeih und Verderb ausgeliefert – und sie bat ihn, ihr zu *vertrauen!* Er fühlte sich betrogen, schlimmer noch, als Figur in einem Spiel mißbraucht, dessen Sinn und Regeln er nicht zu durchschauen vermochte. Man hatte ihn belogen, von Anfang an, und wenn er geglaubt hatte, frei denken und entscheiden zu können, so war auch das nicht mehr als eine Täuschung gewesen. Jeder seiner Gedanken, jeder Schritt, den er gemacht hatte, war ebenso geplant gewesen wie die Gedanken und Handlungen Garth', nur daß der Dieb dazu gezwungen worden war, während Torian sich selbst eingebildet hatte, aus freiem Willen zu handeln.

»Dir vertrauen«, sagte er noch einmal, und er legte jedes bißchen Verachtung in diese beiden Worte, das er aufbringen konnte.

Er sah, daß die Worte sie wie Peitschenhiebe trafen, aber zum Teufel, er *wollte* ihr weh tun. »Noch ein paar Lügen, ja?« höhnte er. »Wem haben wir denn alles zu verdanken? Du hast uns doch von Anfang an nur benutzt. Was willst du noch von uns? Töte uns doch endlich. Warum all diese Umstände? Es wäre einfacher gewesen, wenn du uns schon bei unserer ersten Begegnung umgebracht hättest.«

»Du Narr!« zischte sie und erbleichte noch mehr. »Ich kann die Sache auch ohne deine Hilfe zu einem Ende bringen. Am liebsten würde ich ...«

Sie verstummte, als das Portal erneut geöffnet wurde und Cuul die Halle betrat. Mit raschen Schritten durchquerte er den gewaltigen Raum. »Bist du endlich soweit, Priesterin?«

»Kein Wort zu ihm«, flüsterte Shyleen. Laut wandte sie sich an den Oberpriester: »Ich konnte ihnen den Trank des Vergessens bislang nicht geben. Der andere ist immer noch bewußtlos.«

»Das läßt sich ändern.« Cuul trat in Torians Blickfeld, blieb vor dem Dieb stehen und schlug ihm ein paarmal mit der flachen Hand ins Gesicht. Garth stöhnte auf und ließ den Kopf zur andern Seite sinken, wachte aber nicht auf.

»Deine Leute haben offenbar etwas zu gründlich gearbeitet«, sagte Shyleen. »Sie verstehen sich anscheinend besser auf das Umbringen als auf das Gefangennehmen.«

»Hüte deine Zunge, Hexe«, sagte Cuul drohend. »Sobald du deine Aufgabe erfüllt hast, bist auch du nicht mehr unersetzlich. Im Gegenteil, du wirst höchst überflüssig.«

Shyleen lächelte kalt. »Willst du mir drohen, Cuul?« fragte sie. »Noch bin ich Opferpriesterin, und selbst du hast dich meinen Anordnungen zu beugen.«

»Noch, du sagst es«, erwiderte er mit einem übertrieben freundlichen Lächeln. »Ich drohe nicht, sondern zähle Tatsachen auf. Für Verräter gibt es keinen Platz bei uns.«

Noch einmal schlug er Garth. Diesmal gelang es ihm, den Dieb aus der Ohnmacht zu reißen, wenngleich Garth' Blick leer blieb und er von seiner Umgebung nichts wahrzunehmen schien.

»Na also«, sagte Cuul zufrieden. »Und jetzt gib ihnen den Trank.«

Shyleen warf ihm einen haßerfüllten Blick zu und hob eine kleine Tonschale vom Boden auf, die sie Garth an die Lippen setzte.

»Nicht trinken!« brüllte Torian verzweifelt. »Tu es nicht, Garth!«

Aber Garth schluckte instinktiv, als etwas von der Flüssigkeit in der Schale über seine Lippen gelangte.

Eine Sekunde später riß er die Augen ganz auf und begann zu schreien. Ein Ruck ging durch seinen Körper. Er bäumte sich auf, soweit es die Fesseln zuließen, erschlaffte noch in der Bewegung wieder und sank bewußtlos zurück.

»Und nun zu dir«, sagte Cuul und trat neben Torian. »Trinkst du freiwillig, oder willst du deine kleine Rebellion noch weiter fortsetzen?«

»Was ist das für ein Teufelszeug?« keuchte Torian.

»Kein Teufelszeug.« Cuul schüttelte mit gespieltem Bedauern den Kopf. »Nur eine Beruhigungsdroge, die euch den Göttern weiht.«

»Trink doch selbst«, entgegnete Torian trotzig. »Du scheinst das Zeug viel ...«

Weiter kam er nicht. Blitzschnell packte Cuul seinen Kopf und riß ihm den Mund auf.

Vielleicht hätte er es besser nicht getan, denn Torian reagierte etwas anders, als er erwartet hatte.

Er biß zu.

Der Priester stieß einen wütenden Schrei aus, als sich die Zähne in seine Finger gruben, ließ aber nicht los. Und er war stärker. Langsam preßte er Torians Kiefer auseinander. Shyleen setzte Torian die Schale an die Lippen und kippte ihm die restliche Flüssigkeit in den Mund.

Er mußte schlucken, als die Flüssigkeit seinen Gaumen erreichte. Wie Feuer rann sie durch seine Kehle und explodierte in seinem Magen. Er würgte und hustete, versuchte sich zu erbrechen, aber es half nichts. Blitzschnell breitete sich die Droge in seinem Körper aus, erfüllte ihn mit wohltuender Schläfrigkeit und lähmte nach wenigen Sekunden auch sein Denken. Torian verlor nicht das Bewußtsein, aber er glitt in eine Art Trance, in der alles um ihn herum zur Bedeutungslosigkeit verblaßte. Er fühlte sich von allem losgelöst, sein Geist schwebte in einem Meer aus Farben, und ein tiefes Glücksgefühl übermannte ihn. Es gab keine Probleme und keinen Schmerz mehr, alles war gleichgültig. Er wußte, daß es nur eine von der Droge hervorgerufene Illusion war, und genauso wußte er auch, daß er sterben würde, aber der Gedanke daran löste keine Furcht mehr in ihm aus.

Die Zeit verlor sich zu einem abstrakten Begriff ohne jegliche Bedeutung, und deshalb wußte er nicht, ob Stunden oder nur Minuten vergangen waren, bis er wieder Schritte vernahm; die Schritte vieler Menschen, die in die Halle strömten und auf knarrenden Holzbänken Platz nahmen. Es mußten Dutzende, wenn nicht gar Hunderte sein. Gedämpftes Stimmengemurmel erfüllte die Luft. Fackeln und weitere Ölfeuer wurden entzündet und tauchten den Raum in trübe Helligkeit.

Wieder schienen Ewigkeiten zu vergehen, bis Cuul zusammen mit Shyleen vor die Altäre trat und zu sprechen begann. Augenblicklich kehrte Ruhe ein, aber dennoch gelang es Torian nicht, die Worte des Priesters zu verstehen. Sein Blick glitt zu Garth hinüber. Die Bewegung fiel ihm schwer, unglaublich schwer, als hätte jemand die Verbindung zwischen seinem Gehirn und dem Körper getrennt.

Der Dieb war nicht mehr ohnmächtig, sondern befand sich irgendwo in einem Zustand zwischen Wachen und Schlafen. Seine Augen waren halb geöffnet, auf seinem Gesicht lag ein ruhiger, verklärter Ausdruck. Die Droge hatte auch ihn von seinen Schmerzen befreit. Gleichgültig wandte Torian den Kopf wieder ab.

Jemand entzündete Kräuter, deren aromatischer Duft ihm in die Nase stieg und sein Wohlbefinden noch vertiefte. Rauch stieg auf und hüllte ihn ein. Seine Phantasie veränderte die Schwaden, formte sie zu Gesichtern und Gestalten, die sich ihm näherten. Shyleen murmelte etwas in einer fremden Sprache. Die Worte wurden lauter und melodischer, schienen ineinanderzufließen und steigerten sich zu einem rhythmischen Gesang.

Irgend etwas geschah ...

Die Worte der Priesterin berührten etwas tief in Torians Seele. Die Berührung war nur tastend und geradezu spielerisch, aber sie war entsetzlich genug, den Schleier von Mattigkeit und trügerischem Frieden um ihn zu zerreißen. Er wollte vor Entsetzen schreien, doch seine Kehle war wie zugeschnürt. Sein Körper gehorchte ihm nicht mehr.

Die tastenden Fühler zogen sich aus seinem Geist zurück, doch es war nicht mehr als ein kurzes Atemholen. Kaum einen Herzschlag später fielen sie erneut über ihn her, diesmal noch gieriger als zuvor. Etwas Unsichtbares, Körperloses berührte seine Seele und veränderte *etwas* in ihm. Torian wurde von grenzenlosem Abscheu erfüllt. Die fremde Macht ergriff Besitz von ihm, tastete immer tiefer in verborgene Bereiche seines Bewußtseins und förderte Dinge zutage, die ihm selbst fremd waren.

Er fühlte sich besudelt, und für Sekunden verspürte er nur noch den Wunsch zu sterben. Aber er starb nicht, er verlor nicht einmal das Bewußtsein, sondern war dazu verdammt, alles mitzuerleben.

Diesmal dauerte es länger, bis der fremde Einfluß schwand. Immer noch war Torian vor Grauen wie gelähmt. Shyleens dumpfer Gesang drang wie aus weiter Ferne an sein Ohr. Als wäre etwas von der wabernden Schwärze immer noch in ihm, nahm er seine Umgebung nur noch verändert wahr. Alles war anders geworden, alle Laute klangen schrill und fremd, die Konturen, die er sah, schienen auf sinnverwirrende Art in sich gekrümmt und verdreht, und selbst das Licht schien drohender, irgendwie härter geworden zu sein. Ein kalter, bläulicher Schein, der sich noch durch seine Lider fraß und ein Abbild der Opferhalle auf seine Netzhäute projizierte, als er die Augen gequält zusammenkniff. Auch jetzt sah Torian noch die

Konturen Shyleens und Cuuls und die Schatten, die die Flammen über die Wände und die Decke tanzen ließen. Schatten, die sich immer dichter zusammenballten und näher krochen, die von huschender Bewegung erfüllt waren und mit gierigen, tentakelartigen Armen nach ihm peitschten.

Eine mühsam verdrängte Erinnerung glomm in Torian auf. Es ... war nicht das erste Mal, daß er dies erlebte. Er kannte diese Fremdartigkeit, die dräuenden Schatten, die die Finsternis erfüllten. Es war ...

Das *Baarl*!

Es war zurückgekehrt, hatte seine Fährte wieder aufgenommen und ihn hier gefunden!

Im selben Moment brach die Dunkelheit wie eine schwarze Flutwelle über ihn herein. Diesmal war es kein vorsichtiges Tasten wie zuvor, sondern ein einziger gewaltiger Hieb, der sein Bewußtsein traf und es mit sich fortriß.

Das also ist der Tod! dachte Torian. Sonderbar – er hatte gar keine Angst; alles, was er spürte, war eine Art beinahe wissenschaftlicher Neugier. Er hatte das Gefühl, durch ein gewaltiges saugendes Nichts zu wirbeln, eine Leere, in der er sich verlieren mußte wie ein Tropfen Wasser in der Wüste und in der nichts als das große Vergessen existierte.

Aber es war nicht der Tod. Irgendwann endete sein Sturz; so jäh, wie er begonnen hatte. Das schreckliche Empfinden des Fallens war fort, aber absurderweise hatte er auch nicht das Gefühl zu ruhen – es war ein sonderbarer Trancezustand, ein Schweben zwischen hier und nirgendwo, zwischen Wachen und Schlaf, vielleicht wirklich Leben und Tod.

Aber diesmal – doch – gewann das Leben den Kampf. Kühle, wohltuende Dunkelheit hüllte ihn ein, an der nichts Erschreckendes mehr war; eine Dunkelheit sonderbar beschützender, freundlicher Art. Er fühlte nichts, nicht einmal seinen Körper. Und doch ...

Er war nicht allein. Etwas war da, etwas Monströses, unsichtbar Lauerndes. Die Dunkelheit war mehr als nur das Fehlen von Licht und Farbe und allen anderen Empfindungen. Die Finsternis *lebte,* nicht in dem Sinne, in dem er das Wort bisher benutzt hatte, sondern auf eine andere, völlig fremde Art, die nichts mit Leben im menschlichen Sinne gemein hatte, vielleicht sein natürlicher Feind war.

Was immer es war – es kam näher. Unsichtbare Finger aus Schatten und Nichts griffen nach seinem Geist, tasteten, sondierten, zogen sich für einen Moment wieder zurück und packten dann noch einmal zu, jetzt mit schmerzhafter Kraft. Ganz instinktiv setzte Torian sich zur Wehr, aber wie schon einmal zuvor brach es seinen Widerstand mit einem einzigen peitschenden Hieb. Fast spielerisch drang der fremde Geist weiter vor, erforschte die tiefsten und geheimsten Abgründe seiner Seele und hinterließ nichts als Dunkelheit und eine schreckliche saugende Leere. Dies war die Welt des *Baarl*, aber etwas war nicht so, wie es sein mußte. Er wußte nicht, wie er die Kraft aufbrachte, auf welchem Wege es geschah – er hatte keine Sinnesorgane mehr, weil er auch keinen Körper hatte, in diesem entsetzlichen Zwischenraum –, aber es ging.

Er hatte sich getäuscht. Dies *war* die Welt des *Baarl*, aber nicht die Kreatur aus Rador war über ihn hergefallen und hatte ihn verschlungen.

Es war der Berg.

Torian erkannte, daß er recht gehabt hatte mit allen Ängsten, seinen wahnwitzigen Vermutungen, die er über den Tempel angestellt hatte. Er erkannte es im selben Moment, in dem er eins wurde mit der Schwärze, mit dem unbegreiflichen Wesen verschmolz, das irgendwann diese Form angenommen hatte und zu Stein erstarrt war, um die Zeiten zu überdauern. Er spürte den abgrundtiefen, grenzenlosen Haß, den es allem Lebendigen gegenüber empfand, die tödliche Verachtung, die es selbst den Priestern und Kriegern entgegenbrachte, Wesen, die wie Maden in seinem Leib umherkrabbelten und an ihrer eigenen Vernichtung wirkten, ohne es auch nur zu ahnen. Er erkannte die Wahrheit. Cuuls Lohn und der seiner Helfer war der Tod, denn dieses *Ding* – er weigerte sich selbst in Gedanken, es mit irgendeinem Namen zu belegen, denn dadurch hätte er ihm mehr Menschlichkeit zugebilligt, es zu einem Teil seiner Welt gemacht – kannte kein Erbarmen; keine Gefühle außer Haß und Zorn, ein Zorn, der Millionen und Abermillionen Jahre alt war.

Torian erkannte all dies mit entsetzlicher Klarheit, denn er war ein Teil des *Dinges* geworden, wenn auch nur für einen Bruchteil einer Sekunde. Er spürte, wie das Leben in ihn zurückströmte, wie sich der uralte Stein wieder in zuckendes, pulsierendes Fleisch verwandelte. Eine brodelnde Masse aus den Abgründen hinter der Zeit, geweckt durch die Beschwörung Shyleens und Cuuls Tun, und gestärkt durch sein eigenes Leben, das mit jeder Sekunde schneller aus ihm herausströmte und die Schwärze nährte wie Blut einen Vampir.

Aber da war noch etwas anderes; ebenso schrecklich wie der monströse Dämonenleib, und es war ihm gefolgt, ihm auf seinen plumpen, unförmigen Elefantenfüßen nachgekrochen, getrieben von seiner unersättlichen Gier nach Blut und Leben, weil es nichts anderes kannte als die Erfüllung seines Auftrages, nur lebte, um zu töten. Nur dazu erschaffen worden war. Ein Geschöpf ohne jeden Verstand, nur zum Morden geschaffen, das nicht begriff, in welches Verderben es kroch und welches Verderben es selbst mit sich schleppte.

Das *Baarl*!

Und jetzt endlich begriff Torian den Plan Shyleens!

Die Nacht zerriß, als die beiden dämonischen Ungeheuer aufeinanderprallten, mit einem Brüllen, das die Welt in ihren Grundfesten zu erschüttern schien.

Die beiden dämonischen Kreaturen entstammten der gleichen uralten Magie und stießen aufeinander wie zwei gleiche Pole eines Magneten. So wie Feuer Feuer löschen konnte, indem sich die Flammen gegenseitig verzehrten, vernichteten sich die beiden uralten Kreaturen gegenseitig im Bruchteil einer Sekunde. Ein gleißendes Licht flammte in der Schwärze auf, so grell und verzehrend wie im Herzen einer Sonne. Es verbrannte das *Baarl* im Bruchteil einer Sekunde, aber der einmal begonnene Prozeß ließ sich nicht mehr stoppen. Das Licht breitete sich weiter aus, brannte und fraß sich immer tiefer in das schwarze Wallen des dämonischen Gottes hinein.

Und das Licht zerriß auch die Schwärze, die ihn eingehüllt hatte. Plötzlich konnte er wieder sehen, sehen, hören und fühlen, wenn auch auf gänzlich andere Art als gewohnt. Für die Dauer eines Herzschlages sah er die Opferhalle unter sich, seinen *eigenen reglosen Körper auf dem Altar*, hatte wieder das Gefühl zu fallen, so schnell, als würde er in die Tiefe gerissen, dann war es vorbei. Er sah wieder mit seinen eigenen Augen, spürte die Kälte des Steins und die Fesseln, die in seine Haut schnitten.

Shyleen hatte sich über ihn gebeugt und zerschnitt die Schnüre mit einem Messer. Das Blut schoß kribbelnd in seine Hände und Füße. Torian stützte sich auf und verlor den Halt, als seine Arme unter dem Gewicht seines Körpers einknickten. Hilflos stürzte er vom Altar hinunter und blieb stöhnend liegen. Eine unsichtbare Ameisenarmee schien unter seiner Haut entlangzumarschieren, als das Leben in seine tauben Glieder zurückkehrte.

In der Halle tobte das Chaos.

Erdstöße erschütterten in rascher Folge den Boden, leichte Beben nur, wie das Zucken von Fleisch, das der Stein in Wirklichkeit war und in das er sich zurückverwandelte, aber sehr schnell und fast konvulsivisch, als litte der Berg entsetzliche Schmerzen. Doch die Beben nahmen rasch an Kraft zu. Die Priester – Torian sah jetzt, daß es mehrere hundert sein mußten – waren schreiend aufgesprungen und drängten auf das Portal zu. In ihrer Panik behinderten sie sich gegenseitig. Einige wenige Krieger, die noch nicht geflohen waren, versuchten wenigstens, etwas Ordnung in das Chaos zu bringen. Sie wurden einfach niedergerannt.

»Garth«, stöhnte Torian. Mühsam zog er sich an der Kante des schwarzen Altarsteines in die Höhe und wankte auf den Dieb zu, der noch immer in Trance auf dem zweiten Altar lag.

Sein Atem ging in schnellen, keuchenden Stößen; namenloser Schrecken verzerrte sein Gesicht. Die Augen lagen wie tote Glasmurmeln in den Höhlen. Er war nicht bei sich, aber er war auch nicht bewußtlos, sondern schien wie Torian zuvor in einem entsetzlichen Reich zwischen den Wirklichkeiten gefangen. Und der Ausdruck in seinen Augen sagte ihm, daß er das gleiche durchmachte. Vielleicht Schlimmeres.

»Komm!« schrie Shyleen. In ihrer Stimme schwang nackte Panik. »Es ist zu spät! Du kannst ihm nicht mehr helfen.«

Torian riß ihr das Messer aus der Hand und versetzte ihr einen groben Stoß, als sie ihn wegzuzerren versuchte. Wie besessen säbelte er an Garth' Fesseln herum. Die Schnüre waren dünn, aber außerordentlich zäh; ein paarmal glitt sein Messer ab und fügte Garth tiefe, blutende Schnitte zu. Aber der Dieb reagierte nicht einmal auf den Schmerz.

Endlich hatte er es geschafft und wuchtete sich den leblosen Körper auf die Schultern. Garth war fast doppelt so schwer wie er, aber die Angst verlieh Torian zusätzliche Kräfte.

Wieder erschütterte ein Erdstoß die Halle. Einer der mächtigen Pfeiler, die das Kuppeldach stützten, zersplitterte wie Glas. Gesteinsbrocken lösten sich von der Decke und begruben mehr als ein Dutzend Menschen unter sich. Kaum hatten sie den Boden erreicht, zerflossen die Trümmer wie zäher Sirup und krochen auf die Überlebenden zu. Torian sah rasch weg. Er *wollte* gar nicht wissen, was hier geschah.

Das Portal war gewaltig, breit genug, daß zehn Männer nebeneinander hindurchschreiten konnten, aber die Panik löschte jedes klare Denken aus. Jeder versuchte gleichzeitig der Hölle zu entkommen, und nur die wenigen Priester, die in den hinteren Reihen gesessen hatten, schafften es tatsächlich. Die Flügel des Portals waren nach innen geöffnet, und unter dem Druck der Menge schwangen sie jetzt langsam wieder zu; zerquetschten Körper und rasteten schließlich ein. Immer noch drängten die Menschen von hinten nach und verhinderten, daß das Portal wieder geöffnet werden konnte.

Ein neuer Erdstoß traf die Halle, und diesmal war er so hart wie der Hieb eines Schmiedehammers. Risse durchzogen den Boden, rasten wie schwarze eckige Schlangen auf die Menschen zu und ließen sie in klaffende Krater stürzen, bevor die Erde sich wieder schloß. Die Erschütterungen schnitten wie gezackte Blitze in die Wände und ließen sie zerbersten. Wie eine gigantische Hand neigte sich eine Mauer auf die Priester hinunter, verwandelte sich in protoplasmisches Fleisch und krümmte sich zu einer Faust, die die Menschen mit einem Mantel aus Schwärze und ewigem Schweigen umschloß. Einige taumelten noch wie unförmige gräßliche Ungeheuer ein paar Schritte weit, bevor sie zusammenbrachen und in der schwarzen Masse versanken. Kaum zwei Meter vor Torian und Shyleen zerbarst ein Felsbrocken mit peitschendem Knall auf dem Boden und verwandelte sich in schwarzen Schlamm, der ihm schlangengleich entgegenzüngelte, schwarzes, zerfallendes Fleisch, das noch im Todeskampf alles vernichtete, dessen es habhaft werden konnte. Der Tempel starb. Aber er starb nicht allein.

»Weg hier!« kreischte Shyleen. Sie packte ihn am Arm. Diesmal sträubte Torian sich nicht mehr. Er wankte hinter ihr her auf einen Vorhang hinter den Altären zu, unter Garth' Zentnerlast fast zusammenbrechend und keuchend vor Anstrengung. Shyleen schlug den Stoff zur Seite. Eine schmaler Durchgang wurde dahinter sichtbar. Torian wankte hinter der Priesterin her und erreichte einen Korridor, während hinter ihm das Sterben seinen Fortgang nahm. Garth' Körper schien mit jeder Sekunde schwerer zu werden. Torian wußte selbst nicht mehr, wie er es schaffte, immer noch einen Fuß vor den anderen zu setzen und weiterzugehen.

Immer wieder erbebte die Erde, ein letztes Aufbäumen des sterbenden Giganten, der nach Äonen geduldigen Wartens nun den Tod kennenlernte. Die Wände pulsierten, und Torian brauchte sie nicht zu berühren, um zu wissen, daß sie sich gleich dem Boden nachgiebig und zäh wie klebriger Morast anfühlen würden. An einigen Stellen waren sie durchscheinend wie dünne Hautlappen geworden, an anderen begannen sie zu glühen unter der Macht des feurigen Lichtes, das den Körper des Dämonen von innen heraus verzehrte. Flammen leckten wie gierige Zungen aus dem Gestein.

Menschen hasteten schreiend über den Gang; viele von ihnen waren Frauen in seltsamen Gewändern, doch es befanden sich auch Priester, Krieger und andere Männer unter ihnen. Erst jetzt begann Torian zu ahnen, wie groß der Tempel wirklich war. Es war nicht einfach nur ein Tempel, sondern eine Stadt, Heimstatt für viele hundert, wenn nicht gar Tausende Menschen, die abgeschlossen von der Außenwelt in seinen Mauern lebten.

Und sie alle traf die Katastrophe aus heiterem Himmel. Sie hatten den Versprechen der Schwarzen Magier geglaubt und begriffen erst jetzt, wie grausam man sie getäuscht hatte.

Immerhin gab ihnen diese Panik eine Chance – niemand nahm Notiz von Torian, die Menschen dachten nur noch an Flucht, um wenigstens ihr Leben retten zu können.

Shyleen war ein Stück vorausgeeilt, und er befürchtete schon, sie würde ihn im Stich lassen. Er hatte seine Aufgabe erfüllt und war wertlos für sie geworden, nicht mehr als ein hinderliches Anhängsel, da er sich durch seinen Versuch, auch Garth zu retten, viel langsamer als sie bewegte. Er wunderte sich selbst, als er sah, wie sie stehenblieb und auf ihn wartete.

Einen knappen Schritt hinter ihm zerbarst die Wand mit einem gewaltigen Schlag. Eine weißglühende Lohe schoß brüllend aus der gezackten Wunde, in die sich der scheinbar so massive Fels verwandelte, traf seinen Rücken wie ein Faustschlag und schleuderte ihn nach vorne. Torian brach zusammen, wurde halb unter Garth' Gewicht begraben und kroch verzweifelt weiter, um der sengenden Glut zu entgehen, die seine Kleidung schwelen ließ. Seine Hände versanken bis zu den Gelenken in der teerigen

Masse, doch er war schon zu erschöpft, um noch Ekel zu empfinden.

Er versuchte, sich wieder auf die Beine zu stemmen, aber seine Glieder versagten ihm den Dienst. Er war am Ende seiner Kräfte.

Mühsam wälzte er den reglosen Körper des Diebes von sich. Er wußte nicht einmal, ob Garth überhaupt noch lebte. Er hatte für Garth getan, was er konnte, nun konnte er nur noch versuchen, sein eigenes Leben zu retten.

Plötzlich war Shyleen neben ihm. Sie schrie etwas, doch das ungeheure Brüllen und Fauchen der Flammen machte jede Verständigung unmöglich. Sie ergriff seine Hand und riß ihn mit einem Ruck auf die Beine.

Ein Krieger rannte vorbei. Shyleen bekam seinen Arm zu packen. Der Mann wollte sich losreißen, doch sie hielt ihn fest und zwang ihn, sie anzusehen. Ihr Blick bohrte sich in den des Mannes. Und irgend etwas darin erlosch.

Wortlos hob er Garth auf und lud ihn sich auf die Schultern. Er schien sein Gewicht nicht einmal zu spüren.

Sie eilten weiter. Garth' Gewicht schien dem Krieger nichts auszumachen, scheinbar mühelos hielt er mit ihrem Tempo Schritt. Aber Torian wußte, daß es allein an Shyleens Bann lag, der alle Kräfte im Unterbewußtsein des Mannes mobilisierte; Kräfte, auf die ein Mensch kurzfristig zurückgreifen konnte, für die er aber einen hohen Preis zahlen mußte. Der Krieger würde sterben.

Der Gedanke berührte ihn kaum. Er hatte zu viele Menschen in den letzten Minuten sterben sehen.

»Hier lang!« befahl Shyleen und deutete auf eine Abzweigung. Sie drangen in einen Gang ein, der so schmal war, daß sie nur hintereinander laufen konnten. Torian taumelte immer weiter durch den zuckenden Berg, blind vor Furcht und Angst und Erschöpfung. Manchmal bäumte sich der Boden auf wie ein Boot auf stürmischer See, so daß sie nur noch auf Händen und Füßen weiterkriechen konnten. Überall um sie herum tobten Flammen. Mannshohe zerborstene Trümmerstücke und glühende Feuerbarrieren versperrten ihnen immer wieder den Weg und zwangen sie mehr als einmal, umzukehren und einen neuen Weg zu suchen. Die Hitze stieg ins Unerträgliche.

Längst schon bewegten sie sich nicht mehr durch Gänge und Gebäude aus Fels. Um sie herum war nur noch das brennende Fleisch der gigantischen Kreatur. Torian begriff nicht, wieso sie selbst noch lebten. Shyleen mußte sie auf irgendeine Art schützen, mit der Kraft einer Magie, an die er sich immer noch zu glauben weigerte.

Irgendwann gelangten sie ins Freie, aber die Hitze holte sie selbst hier draußen noch ein. Sie schleppten sich über einen felsigen Pfad in das Tal hinunter, bis Torian schließlich nicht mehr konnte und sich im Schutz eines großen Felsens zu Boden sinken ließ. Sein letzter Blick galt der monströsen Kreatur des Tempels.

Der Berg stand in Flammen, ein unförmiger, unvorstellbar großer Leichnam, der sich noch ein letztes Mal mit einem urwelthaften Brüllen aufbäumte und dann zusammenbrach; alles, was sich noch in seinem Inneren befand, unter sich begrabend. Selbst der Himmel über dem Gebirge schien Feuer gefangen zu haben; färbte sich rot im Widerschein des gewaltigen Brandherdes, und die wenigen Wolken sahen aus wie blutgetränkte Wattebäusche.

Der Berg brannte immer noch, als die Sonne aufging, und Torian wußte auch, daß er noch lange brennen würde. Es war kein normales Feuer, so wenig, wie irgend etwas in diesem Tal *normal* war. Die Flammen würden nicht eher verlöschen, bis sie den Körper des Dämons vollkommen aufgezehrt hatten.

Neben ihm lagen Shyleen, zusammengekauert wie ein kleines Kind, und einige Schritte entfernt Garth und der Mann, der ihn getragen hatte. Der Krieger war tot.

Torian kroch zu dem Dieb hinüber und berührte seine Hand. Garth' Haut fühlte sich trocken an, so heiß und rissig wie schwelendes Pergament. Zeichen des Fiebers, das auch in seinem Körper wühlte.

Das Fieber würde er überstehen. Seine Verletzungen waren nicht sehr ernst, und Garth war stark. Nein, das war es nicht, was Torian erschreckte. Die schlimmste, tiefste Wunde war unsichtbar.

Es war Stunden her, seit sie den brennenden Tempel verlassen hatten. Aber in seinen Augen war noch immer kein Funken von Leben zu erkennen. Auf seinem Gesicht lag der dümmliche Ausdruck eines Idioten.

»Er ist tot«, sagte eine leise Stimme. Torian hatte die Priesterin nicht einmal kommen gehört. Er hatte nicht einmal bemerkt, daß sie aus ihrer Starre erwacht war. Es interessierte ihn auch nicht. Er sah nicht auf.

»Sein Körper lebt, aber es ist nicht mehr als eine leere Hülle. Sein Geist ist ausgebrannt, Torian. Vernichtet. Er hatte nicht deine Widerstandskraft, die Verschmelzung mit dem Dämon zu überstehen.« Sie sprach kalt, ohne jedes echte Gefühl in der Stimme.

Torian schüttelte den Kopf.

»Das ist nicht wahr«, flüsterte er.

Es durfte nicht wahr sein. Es war nicht richtig, daß er lebte, während Garth tot sein sollte. *Tot!* Das Wort hallte in seinem Geist wider, ohne daß er seinen Sinn wirklich begreifen konnte. Er weigerte sich einfach.

»Du mußte ihm helfen«, sagte er leise. Er sah Shyleen jetzt doch an, und sein Blick war fast flehend. »Wozu bist du die Tochter eines Magiers?«

Shyleen schüttelte den Kopf. »Ich kann es nicht«, erklärte sie. »Dazu wäre eine Magie nötig, die viel stärker als meine ist. Ein Schwarzer könnte es vielleicht, aber nicht einmal das ...«

»Dann suchen wir einen!« sagte Torian. »Garth ist mein Freund, verstehst du, mein Freund.« Er schüttelte den Kopf, suchte nach Worten, die den entsetzlich kalten Schmerz in seinem Inneren wirklich auszudrücken vermochten, und fand keine.

»Nein, natürlich verstehst du das nicht«, sagte er schließlich. Seine Stimme wurde bitter. »Du weißt ja nicht einmal, was Freundschaft ist. Aber wenn es einen Weg zu seiner Rettung gibt, dann werde ich ihn finden, und wenn ich dazu bis in die entferntesten Winkel von Caracon kriechen müßte.«

Shyleen gab keine Antwort, sondern sah ihn nur einige Sekunden lang stumm und beinahe mitleidig an, dann wandte sie sich abrupt um.

»Warte hier«, sagte sie, als sie einige Schritte weit gegangen war. »Ich habe schon gestern Pferde und Proviant für uns versteckt.«

Torian starrte ihr nach, als sie in das Tal hinabschritt, und versuchte Klarheit über seine Gefühle ihr gegenüber zu gewinnen. Sie hatte ihn mißbraucht und trug die Schuld an Garth' Schicksal. Er müßte sie abgrundtief hassen, aber es gelang ihm nicht; nicht wirklich. Er konnte sie nicht einmal verachten. Letztlich war sie selbst nur Opfer in einem anderen, viel gewaltigeren Spiel, auch wenn sie das noch nicht erkannt hatte und niemals zugeben würde.

Er stemmte sich hoch. Trotz der Hitze, mit der das Höllenfeuer den Talkessel noch immer erfüllte, wurde ihm plötzlich kalt.

Sehr kalt.

Die Katakomben der letzten Nacht

Der Himmel sah aus wie eine schmutzige Wolldecke, grau und zerknittert und so tief, daß man meinte, ihn anfassen zu können, wenn man nur den Arm ausstreckte. In der Luft lag der schwere Geruch eines bevorstehenden Gewitters. Dunkle Wolken ballten sich weit draußen über dem Meer zusammen. Der Wind nahm zu, in wenigen Minuten würde er zum Sturm werden. Haushohe Brecher schmetterten mit solcher Wucht gegen die Klippen, daß die Gischt fast bis zur Uferstraße hinaufspritzte. Es war kalt. Der Sturm hatte die Möwen vom Himmel gewischt. Selbst das Licht wirkte grau.

Besorgt sah Torian auf das Meer hinaus, wo sich immer gewaltigere Wolkengebirge auftürmten, die den Tag schon am frühen Vormittag zur Nacht werden ließen. Selbst hier, noch Meilen vom Zentrum des Sturmes entfernt, begannen die Schatten schon finsterer zu werden.

Er sog ein paarmal prüfend die Luft ein und beobachtete weiter die heranjagenden Wolken. Am Horizont zeigte sich erstes Wetterleuchten, und dann und wann glaubte er das schwache Echo eines noch weit entfernten, aber mächtigen Donners zu hören. Auf See tobte das Unwetter bereits. Es konnte nicht mehr lange dauern, bis es mit aller Macht über das Land hereinbrach. Er hatte kein besonderes Verlangen danach, dann noch hierzusein.

Garth drängte sein Pferd näher an ihn heran und rief etwas. Der Sturm riß ihm die Worte von den Lippen, so daß Torian nur Fetzen verstand.

» ...zu weit ... schaffen ... nicht ... Versteck ...«

Torian nickte. Garth hatte vollkommen recht – sie mußten irgendwo einen Unterschlupf finden, und zwar schnell. Er hatte die Gewalt solcher Küstengewitter noch nicht selbst erlebt, aber er hatte genug darüber gehört, um auf diese Erfahrung getrost verzichten zu können. Armar lag noch gute zwei Meilen entfernt; eine lächerliche Entfernung, wenn man die weit mehr als hundert Meilen bedachte, die sie in den vergangenen Tagen zurückgelegt hatten, aber mindestens eineinhalb Meilen zuviel, um die Stadt rechtzeitig zu erreichen und hinter ihren Mauern Schutz vor dem Unwetter zu finden.

Er blickte zu Shyleen zurück. Die ehemalige Priesterin war ein Stück zurückgefallen. Sie litt am meisten unter der Anstrengung des Gewaltrittes. Sie bemühte sich fast krampfhaft, nicht zu zeigen, daß sie es nicht gewohnt war, lange im Sattel zu sitzen. Torian bewunderte ihre Willenskraft insgeheim, wenn er sich auch hütete, sich von seinen Gefühlen etwas anmerken zu lassen. Jede andere Frau mit Shyleens Vorgeschichte und körperlicher Verfassung hätte längst aufgegeben, doch die Expriesterin hatte bisher nicht einmal einen Laut der Klage hören lassen. Während der ersten Tage hatte Torian mit fast diebischem Vergnügen beobachtet, wie sie sich aus falsch verstandenem Stolz besonders aufrecht hielt, wodurch ihre Muskeln noch schneller als normal verkrampften. Doch mittlerweile war sein Vergnügen einer flüchtigen Hochachtung gewichen, weil sie kein einziges Mal um eine längere Pause oder ein langsameres Tempo gebeten hatte, obwohl sie längst wundgeritten sein mußte und ihr wahrscheinlich jeder einzelne Knochen im Leib weh tat.

Er verscheuchte den Gedanken und lenkte sein Pferd mit sanftem Schenkeldruck von der gepflasterten Uferstraße hinunter. Wenn sie irgendwo einen Unterschlupf finden konnten, dann nur in den Hügeln, die die Straße zum Land hin säumten.

Der Regen holte sie ein. Die ersten Tropfen fielen und wurden binnen weniger Sekunden zu einer wahren Sintflut aus eisigem Wasser. Der Himmel hatte seine Schleusen geöffnet. Das Wasser fiel wie eine nebelige Wand, die die Sicht auf wenige Meter begrenzte. Der Boden unter den Hufen ihrer Pferde verwandelte sich binnen Augenblicken in sumpfigen Morast, und dort, wo die Erde zu hart war, das Wasser aufzusaugen, entstanden kleine, rasende Sturzbäche.

Torian zog die Kapuze weiter in die Stirn. Tief über den Hals des Pferdes gebeugt, ritt er weiter. Zwischendurch richtete er sich immer wieder kurz auf, schirmte die Augen mit der Hand ab und blickte sich nach einem geschützten Platz um. Die Regentropfen stachen wie winzige Nadeln in seine Haut. Es tat weh, wenn sie seine Augen trafen. Allmählich begann er zu begreifen, warum Garth ihn so eindringlich gewarnt hatte. Obwohl er bereits bis auf die Haut durchnäßt war, war das alles nur eine Kostprobe; das Unwetter hatte sie mit seinen Ausläufern kaum gestreift, wie die langen Pausen zwischen Blitz und Donner zeigten.

Seine Kleider waren binnen Augenblicken durchnäßt, und die Kälte ließ ihn den eisigen Biß des Windes doppelt schmerzhaft spüren. Torian duckte sich noch tiefer über den Hals seines Pferdes. Der Sturm zerrte an seinen Haaren und Kleidern und war inzwischen so stark geworden, daß er ihn fast aus dem Sattel wehte. Für einen Moment versuchte er sich vorzustellen, welche Gewalten erst im Zentrum des Unwetters toben mochten, verdrängte den Gedanken aber sofort wieder. Vielleicht war es besser, sich darauf zu konzentrieren, einen Unterschlupf zu finden. Und zwar *schnell*.

Trotzdem wäre er um ein Haar an der Höhle vorbeigeritten, denn die Sicht wurde immer schlechter. Dazu kam das Heulen des Windes, das rasch zu einem solchen Getöse anwuchs, daß eine Verständigung – selbst schreiend – kaum mehr möglich war. Die drei Reiter tasteten sich fast blind durch ein Chaos aus beinahe waagerecht peitschenden Regenschleiern und Kälte und grauem Licht und dem Gebrüll des Sturmes. Erst im allerletzten Moment entdeckte Torian den länglichen, kaum zehn Schritte entfernten Riß in der dem Meer abgewandten Flanke eines Hügels und zügelte sein Pferd.

Er schirmte die Augen mit der Hand ab und sah genauer hin. Der Riß im feuchtglänzenden Gestein war schmal, aber offensichtlich sehr tief, und er mußte ein gutes Stück in den Hügel hineinführen. Torian begriff plötzlich, welches Glück sie gehabt hatten, ihn überhaupt zu sehen. Normalerweise mußte er so gut wie unsichtbar sein, verborgen hinter mannshohem Gestrüpp und ineinander verschlungenen Dornenranken, aber der Regen hatte das Unkraut niedergeknüppelt und der Sturm die Ranken zur Seite gerissen. Für einen ganz kurzen Moment kam ihm dieser Zufall beinahe etwas *zu* groß vor, aber dann schalt er sich selbst in Gedanken einen Idioten. Zuviel Mißtrauen konnte ebenso tödlich sein wie zuwenig.

Mühsam richtete er sich im Sattel auf und blickte zurück. Der Sturm traf ihn wie ein Faustschlag, als er ihm das Gesicht zuwandte. Er preßte die Hand vor die Augen und blinzelte zwischen den Fingern hindurch, konnte aber trotzdem kaum sehen. Wind und nadelspitze Regentropfen trieben ihm die Tränen in die Augen, und für einen ganz kurzen Moment wurde es so schlimm, daß er kaum mehr atmen konnte.

Shyleen und Garth waren dicht hinter ihm; zwei über ihren Pferden zusammengesunkene Gestalten, die von der Wand aus fallendem Wasser zu verschwimmenden Silhouetten verzerrt wurden. Stumm deutete er auf die Höhle und hoffte, daß die beiden die Geste sahen und richtig verstanden. Es war unmöglich, sich mit Worten zu verständigen.

Garth hob den Kopf und änderte seine Richtung, während Shyleen überhaupt nicht reagierte. Torian ritt das kurze Stück zurück, packte die Zügel ihres Reittieres und zwang es herum. Der plötzliche Ruck ließ das Mädchen fast aus dem Sattel stürzen, aber es gelang ihr gerade noch rechtzeitig, sich an der zottigen Mähne des Pferdes festzuklammern. Erschrocken sah sie zu ihm auf. Torian gestikulierte erneut in die Richtung, in die Garth bereits ritt, und diesmal verstand Shyleen. Aber sie reagierte nicht. Vielleicht war ihre Kraft einfach aufgebraucht.

Die letzten zehn Meter wurden die schwersten ihres bisherigen Weges. Shyleen erwachte endlich aus ihrem Dämmerzustand und leistete wenigstens keinen Widerstand mehr, aber es war, als versuche das Unwetter noch einmal mit aller Kraft, sie am Erreichen der Höhle zu hindern.

Eine brüllende Wand aus Sturm schlug ihnen entgegen und zwang sie zur Seite. Diesmal konnte sich selbst Torian nur mit knapper Not auf dem Rücken seines Pferdes halten, während es Shyleen nicht mehr gelang. Ihr Pferd scheute. Shyleen schrie auf – Torian hörte es nicht, aber er sah, wie sich ihr Mund öffnete und ihr Gesicht zu einer Grimasse des Schreckens verzerrte, dann verloren ihre Finger endgültig den Halt, und sie wurde aus dem Sattel geschleudert. Noch während sie fiel, packte sie der Sturm mit unsichtbaren Händen und wirbelte sie durch die Luft, bevor sie unsanft in den Morast stürzte und reglos liegenblieb. Ihr Pferd stob in wilder Panik davon und verschwand im Sturm.

Torian stieß einen wütenden Fluch aus, packte Garth am Arm und drückte ihm die Zügel seines Reittieres in die Finger. Er sank bis zu den Knöcheln im aufgeweichten Boden ein und mußte sich mühsam gegen den Wind vorwärts kämpfen, der wie mit Eisfäusten auf sein Gesicht einschlug. Geduckt arbeitete er sich zu Shyleen vor. Sie war bewußtlos. Auf ihrem Gesicht war Blut, und in ihrem rechten Arm klaffte ein Riß, der heftig blutete. Aber zumindest *lebte* sie noch, und das war bei einem so üblen Sturz wie dem ihren schon fast mehr, als man erwarten konnte. Wäre sie statt in den weichen Morast auf einen Felsen gestürzt ...

Torian zog es vor, den Gedanken nicht weiter zu verfolgen, hob Shyleen statt dessen hoch und taumelte hinter Garth her. Wie ein letzter bösartiger Hieb traf ihn eine weitere Bö und schleuderte ihn mehr durch den Felsriß, als daß er aus eigener Kraft ging. Keuchend sank er dicht hinter dem Höhleneingang in die Knie, kämpfte einen Moment lang vergeblich um sein Gleichgewicht und spürte kaum noch, wie ihm Garth seine reglose Last abnahm.

Es dauerte lange, bis sich sein hämmernder Pulsschlag wieder so weit beruhigt hatte, daß er die Kraft aufbrachte, sich umzusehen. Viel war es allerdings nicht, was er erkannte; die Dunkelheit hier drinnen war fast vollkommen. Die Höhle war größer, als er erwartet hatte. Ein Hohlraum von mehr als zwanzig Fuß Breite und gut zehn

Fuß Höhe, der sich wie ein Schlauch in den Hügel hineinwand und dabei verengte, ehe er in ungewissem Dunkel verschwand. Sie fanden nicht nur selbst darin Schutz, sondern auch die Pferde. Torian fragte sich beunruhigt, ob sie wohl die einzigen waren, die in diesem Felsriß Schutz vor dem Orkan gesucht hatten. Ganz instinktiv tastete seine Hand nach dem Schwert an seiner Seite.

Das Toben des Sturmes war hier nur noch als gedämpftes Heulen zu vernehmen, aber wie zum Ausgleich begann der Boden unter ihnen nun ganz leicht, aber in schnellem Rhythmus zu vibrieren. Der Orkan war heftig genug, die ganze Küste zu erschüttern. Torian war plötzlich fast froh, daß sie nicht in Armar waren. Er war nicht mehr sicher, ob die Stadtmauern einem solchen Sturm trotzen konnten ...

Garth legte Shyleen wenig sanft auf dem Boden ab, zog eine Fakkel aus den Satteltaschen und entzündete sie, während sich Torian um die Bewußtlose kümmerte. Ihr Arm blutete noch immer heftig, aber die Wunde sah schlimmer aus, als sie in Wirklichkeit war. Sie hatte sich einen langen, aber nicht besonders tiefen Riß zugezogen, der rasch heilen und vermutlich nicht einmal eine Narbe zurücklassen würde. Aber das war nur eine von zahllosen kleinen Wunden, und ihr Allgemeinzustand war schlecht.

»Gib mir etwas Brennmoos«, bat er. »Wir müssen die Wunde reinigen.«

Garth reichte ihm einige Stränge der grauen Masse. Torian zog sie mit spitzen Fingern auseinander, beugte sich über Shyleen und preßte das Moos auf die Wunde.

Der Schmerz war stark genug, Shyleen aus ihrer Ohnmacht zu reißen. Stöhnend schlug sie die Augen auf und versuchte instinktiv, seine Hand abzustreifen. Ihr Gesicht war grau vor Schmerz und Erschöpfung. Sie sah plötzlich sehr viel älter aus, als sie war.

»Bleib liegen«, sagte Torian und drückte sie mit der freien Hand auf den Boden zurück. »Der Schmerz läßt gleich nach. Es muß sein.«

Shyleen nickte und biß die Zähne zusammen. Wieder mußte Torian ihre Kraft bewundern. Das Brennmoos trug seinen Namen wirklich zu Recht. Es gab kaum etwas Besseres, eine Wunde zu reinigen und Brand oder Entzündungen zu verhindern, aber er wußte auch aus eigener Erfahrung, *wie* sehr seine Berührung schmerzte. Trotzdem gab Shyleen nicht den kleinsten Laut von sich. Erst als er fertig war und aus einem Streifen Stoff einen behelfsmäßigen Verband anlegte, atmete sie hörbar auf.

»Endlich fertig, du Schlächter?« stöhnte sie. Sie versuchte zu lächeln, aber es mißlang kläglich. »Warum bist du nicht Heilkundiger geworden, wenn es dir solchen Spaß macht, hilflose junge Mädchen zu quälen?«

Torian lächelte pflichtschuldig, streifte seinen Umhang von den Schultern und legte ihn zusammengerollt unter Shyleens Kopf, ehe er aufstand und zum Ausgang der Höhle zurückging.

»Das hätten wir uns alles sparen können, wenn ihr auf mich gehört hättet«, brummte Garth.

Torian antwortete nichts, sondern blickte schweigend in den Regen hinaus. Das Unwetter war noch schwerer geworden. Der Regen war in Hagel übergegangen; taubeneigroße Körner, die beim Aufprall kleine Krater in die schlammige Erde rissen und einen neuen Ton in das Konzert des Orkanes brachten: ein dumpfes, rasendes Hämmern wie Hufschlag. Torian schauderte, als ihm abermals klar wurde, *welches* Glück sie gehabt hatten. Ungeschützt hätten sie diesen Hagelsturm kaum unverletzt überstanden. Möglicherweise gar nicht. Der Sturm fegte über die Hügel, entwurzelte Büsche und sogar ganze Bäume. Blitz auf Blitz zuckte vom Himmel und zerriß die Dunkelheit. Fast ununterbrochen grollte der Donner so laut, daß Torian glaubte, die Erde beben zu spüren. Es klang wie das Brüllen eines zornigen Drachen.

Gedankenverloren starrte er in die tobenden Gewalten hinaus und zuckte zusammen, als sich eine Hand auf seine Schulter legte. Er hatte Garth nicht einmal kommen hören.

»Ich habe schon manches Küstengewitter erlebt«, sagte Garth kopfschüttelnd. Er mußte schreien, um sich überhaupt verständlich zu machen. »Aber das hier übertrifft alles, was ich bisher gesehen habe. Verdammt, ich glaube, die Welt geht unter.«

Torian wandte sich um. Begriff Garth denn nicht, daß er sich nicht unterhalten wollte? »Wir müssen ein Feuer machen«, sagte er. »Ich sehe nach, ob ich etwas Brennbares finde.«

Hastig entzündete er eine weitere Fackel und trat einige Schritte tiefer in die Höhle hinein. Es war nicht mehr als eine Flucht, und er versuchte nicht mal sonderlich geschickt, das zu verbergen. Auf dem Boden lag genug trockenes Holz und Reisig, doch in Wahrheit ging es ihm gar nicht um Brennmaterial. Er wollte einfach nur ein paar Minuten allein sein. Garth hatte mit seinem Vorwurf recht, aber Torian war zu stolz, seinen Fehler einzugestehen. Er hatte Armar so schnell wie möglich erreichen wollen, doch jetzt, wo das Ziel in greifbarer Nähe lag, wünschte er sich plötzlich, noch weit, weit entfernt zu sein. Im Grunde war die Hafenstadt gar kein Ziel, sondern nur eine Zwischenstation. Sein Leben bestand nur aus Flucht, so weit er sich erinnern konnte. Zumindest, so weit er sich erinnern *wollte.* Wie hatte Garth erschrocken gesagt, als er erkannt hatte, mit wem er es zu tun hatte? *Torian Carr Conn, der berüchtigste Killer im Umkreis von zehntausend Meilen!* Er hatte das Entsetzen, das bei diesen Worten in seinem Blick gewesen war, nicht vergessen.

Die Höhle verengte sich rasch zu einem schmalen Stollen, der in vielen Windungen tiefer in den Hügel hineinführte. Ein paarmal glaubte Torian aus den Augenwinkeln heraus huschende, blitzartige Bewegungen wahrzunehmen, doch sobald er genauer hinsah, stellte er fest, daß es sich nur um das Fackellicht handelte, das sich an Kanten und Vorsprüngen brach und ihm einen Streich spielte. Seine Nerven waren überreizt, und der anstrengende Ritt hatte auch ihn stärker erschöpft, als er sich bislang einzugestehen bereit gewesen war. Aber viel schlimmer als die körperliche Erschöpfung war die Müdigkeit in seinem Inneren, der Wunsch, sich endlich irgendwo in Frieden niederlassen zu können.

Frieden ...

Torian lachte, sehr leise und sehr, sehr bitter. Offenbar hatten die Götter ihm ein anderes Schicksal zugedacht.

Der erste Abschnitt seiner Flucht hatte ein Ende gefunden, als er sich als Söldner für das scroothische Heer anwerben ließ. Aber seine Abteilung war vernichtet worden, und er hatte sich mit Garth zusammengetan, dem einzigen Überlebenden auf tremonischer Seite, ein Mann, der sein Feind gewesen war und von dem er sich wünschte, daß er jetzt sein Freund war. Garth, genannt »Die Hand«, ein steckbrieflich gesuchter Dieb. Gemeinsam hatten sie die Flucht fortgesetzt; erst vor den Kriegstreibern beider Länder und, seit sie Shyleen aus dem Tempel des Toten Gottes befreit hatten, auch vor den Schwarzen Magiern.

Bei ihren menschlichen Häschern würden sie irgendwann in Vergessenheit geraten, aber die Magier würden sie bis zu ihrem Tode jagen, das war ihm klar. Und vielleicht noch darüber hinaus. Ihre einzige Chance bestand darin, möglichst weit aus diesem Teil der Welt zu fliehen, wenn sie nicht Selbstmord begehen wollten.

Wieder versuchte Torian, die trüben Gedanken abzuschütteln, und konzentrierte sich auf das wenige, was er im blassen Licht der Fackeln von seiner Umgebung erkennen konnte.

Die Höhle erinnerte ihn auf unangenehme Weise an die Gänge und Grotten im Tempel des Toten Gottes, doch sie waren zugleich ganz anders. Auch hier gab es Spuren künstlicher Bearbeitung, aber sie waren uralt, und das Gestein war *wirklicher* Fels und nicht das vor Äonen zu Stein erstarrte Fleisch einer dämonischen Kreatur.

Die Ähnlichkeit hatte andere Ursachen. Etwas war hier sonderbar *falsch*, ohne daß Torian das Gefühl in Worte fassen konnte. Er entdeckte Winkel und Krümmungen, die nicht auf natürliche Weise entstanden sein konnten und sonderbar falsch wirkten, ohne daß er sagen konnte, warum, sinnverwirrende Linien, wie sie den Bauwerken der Alten Rasse eigen waren. Einen Herzschlag lang fragte sich Torian, ob es wirklich Zufall war, daß er innerhalb kürzester Zeit mehrfach auf Spuren der vor mehr als tausend Jahren untergegangenen Alten Rasse stieß, während er noch vor wenigen Wochen nicht einmal gewußt hatte, daß es sie gab. Der Gedanke kam ihm fast lächerlich vor, aber – hatten sie irgend etwas geweckt in Rador?

Allein die Erinnerung an die Geisterstadt ließ ihn wieder vorsichtiger werden; er war in den letzten Minuten sträflich nachlässig gewesen. Auch wenn es im Augenblick keine Anzeichen für eine konkrete Gefahr gab, bedeutete das nicht, daß die Höhle völlig harmlos war. Wenn es überhaupt nur eine Höhle war.

Als wäre der Gedanke ein Auslöser, entdeckte er vor sich auf dem Boden einen Haufen verblichener Knochen. In einem automatischen Reflex zuckte seine Hand zum Schwert und zog es aus der Scheide. Das Schleifen des Metalls hallte überlaut von den schwarzen Felswänden zurück. Vorsichtig ging Torian in die Hocke, hob die Fackel ein wenig höher und berührte den Knochenhaufen mit der Spitze seines Schwertes.

Es waren die Knochen eines nicht besonders großen Tieres, vermutlich eines Hundes, dem aber der Schädel fehlte, so daß er nicht völlig sicher sein konnte. Sie mußten schon lange hier liegen, denn das Fleisch war restlos verwest.

Oder abgenagt ...

Torian schauderte. Sicher – es gab harmlose Insekten, die einen Kadaver innerhalb weniger Stunden skelettieren konnten, aber auch eine Menge sehr viel weniger harmloser Wesen, die das in noch kürzerer Zeit fertigbrachten; und denen es herzlich egal war, ob sie einen streunenden Hund oder einen flüchtigen tremonischen Deserteur zwischen die Zähne – oder was auch immer – bekamen. Torian stocherte mit der Schwertspitze in dem Haufen herum, aber er fand keinerlei Spuren, keinen Hinweis, weder auf die eine noch auf die andere Möglichkeit. Es mochte sein, daß sich das Tier zum Sterben in die Höhle zurückgezogen hatte, wie es gelegentlich geschah, aber er wußte nicht, ob dies auch Hunde taten. Ebensogut war möglich, daß es hier getötet oder bereits tot hierhergeschleppt worden war.

Er stand auf, hob die Fackel ein wenig höher und ging weiter, allerdings sehr viel langsamer als bisher.

Nach ein paar Schritten fand er einen weiteren Knochenhaufen. Diesmal handelte es sich um den Kadaver eines Pferdes, und er war ebenso säuberlich abgenagt wie der erste.

Kurze Zeit darauf einen dritten, der ihn sehr unangenehm an die Überreste eines Menschen erinnerte ...

Nein – das war kein Zufall mehr. Und auch die aasfressenden Insekten erschienen ihm jetzt wenig wahrscheinlich. Im günstigsten Fall mußte die Höhle einem Raubtier als Unterschlupf gedient haben.

Und in allen weniger günstigen Fällen ...

Torian packte sein Schwert fester und schwenkte die Fackel über seinem Kopf, um auch die entferntesten Ecken und Winkel auszuleuchten. Er lauschte. Abgesehen vom fernen Grollen des Donners, das nur gedämpft hierherdrang, war es totenstill, aber das war kein Beweis dafür, daß die Höhle wirklich verlassen war. Es wäre bodenloser Leichtsinn, allein weiterzugehen. Ein Raubtier, das schnell genug war, ein Pferd zu fangen, und stark genug, es zu töten, stellte auch für einen Menschen eine Gefahr dar. Selbst für einen Menschen, der eine gut einen Meter lange Überraschung aus Stahl für den hungrigen Bewohner dieser Höhle in der Hand hielt.

Und trotzdem kehrte er nicht um.

Er konnte es nicht.

Alles in ihm schrie danach, auf der Stelle kehrtzumachen und zu Garth und Shyleen zurückzugehen, aber statt dessen tat er einen Schritt nach vorne, dann einen weiteren und noch einen. Er konnte nicht zurück. Etwas, das stärker war als seine Vernunft, zog ihn mit unwiderstehlicher Gewalt vorwärts, tiefer in die ungewisse Dunkelheit hinein, die das rote Licht seiner Fackel aufsog wie ein Schwamm das Wasser. Seine Nerven waren zum Zerreißen gespannt, und er hielt das Schwert kampfbereit in der Hand, aber trotzdem entdeckte er die Falle erst zu spät. Wieder nahm er aus den Augenwinkeln eine vage Bewegung wahr, aber diesmal war sie real.

Mit unheimlicher Präzision fiel das Netz auf ihn herab.

Verzweifelt versuchte Torian, sich zur Seite zu werfen. Er ließ die Fackel fallen und hieb mit dem Schwert zu, war aber trotzdem zu langsam. Wie ein Schleier hüllte ihn das Netz ein. Die Fäden klebten sofort an seiner Haut und Kleidung fest, als wären sie mit Leim bestrichen. Mit aller Kraft zerrte Torian daran, ohne einen einzigen Faden zerreißen zu können. Obwohl kaum halb so dick wie sein kleiner Finger, waren sie fest wie Draht. Die Maschen waren zu eng geknüpft, als daß er sein Schwert einsetzen konnte. Mit jeder Bewegung verstrickte er sich mehr in das Netz, bis er plötzlich das Gleichgewicht verlor und zu Boden stürzte.

Torian zwang sich mit aller Kraft zur Ruhe und versuchte seine Hand so zu drehen, daß er mit der Schwertklinge an die Fäden herankam, um sie durchzuschneiden. Sein Herz jagte. Für einen Moment drohte ihn Panik zu übermannen; er wollte schreien, dachte im letzten Moment daran, daß vielleicht gerade dies den Besitzer dieses Netzes endgültig herbeirufen konnte, und zwang sich mit aller Willenskraft zur Ruhe.

Torian war sicher, daß diese Falle nicht von Menschen aufgestellt worden war. Ein entsetzlicher Verdacht stieg in ihm auf, aber er verdrängte den Gedanken sofort wieder. Es gab einen Grund für diese Falle, wenn nämlich im Hintergrund der Höhle etwas verborgen war, das zu schützen die Mühe lohnte. Er klammerte sich an diese Hoffnung, obwohl eine bösartige Stimme in seinem Kopf ihm zuflüsterte, daß er sich selbst zu betrügen versuchte.

Dann sah er, wie sich vor ihm ein Paar gewaltiger Facettenaugen aus der Finsternis schälten, und seine verzweifelte Hoffnung brach wie ein Kartenhaus zusammen. Gierig starrten ihn die im Widerschein der Flamme rötlich glühenden Augen an. Hinter ihnen schien die Dunkelheit zu widerlich pulsierendem, finsterem Leben erwacht zu sein. Nachtschwarz hob sich der monströse Körper der Kreatur gegen die Felswand ab.

Torian begann gellend zu schreien.

Das Wesen war eine Blutspinne!

Eine Woge grauer Panik fegte auch den letzten Rest klaren Denkens beiseite. Torian schrie, warf sich herum, zerrte wie von Sinnen an den klebrigen Fäden des Spinnennetzes; mit dem einzigen Ergebnis allerdings, daß er sich immer fester und fester in das feinmaschige Gespinst einspann. Verzweifelt versuchte er sein Schwert freizubekommen. Es gelang ihm genausowenig wie vorher. So dünn und lächerlich das blaßweiße Netz aussah, seine Fäden waren so fest, als wäre es aus Stahl. Ein Teil der widerwärtigen Masse bedeckte sein Gesicht, so daß er kaum noch atmen konnte.

Die Blutspinne wußte offensichtlich um seine Hilflosigkeit. Sie kam näher, aber sie bewegte sich völlig ohne Hast, ja fast gemächlich. Der tonnenartige, von schwarzglänzenden Hornschuppen bedeckte Körper ruhte auf acht dichtbehaarten Beinen, jedes so dick und fast doppelt so lang wie das eines Menschen und mit zahllosen, sich in geheimnisvollem Takt bewegenden Gelenken, die dem Gang der Spinne einen Anschein von Unbeholfenheit verliehen, der nur zu falsch war. Ohne sichtbaren Hals wuchs der gigantische, ebenfalls gepanzerte Kopf mit den bösartig funkelnden Facettenaugen aus dem Panzerleib hervor. Die dünnen, wie die Beine vielfach geknickten Fühler über den beiden großen und sechs kleinen Augen des Ungeheuers zitterten, als nehme es damit Witterung auf. Wahrscheinlich tat es genau dies.

Die Kreatur stieß einen hohen, halb zischenden, halb fauchenden Laut aus, kam gemächlich näher gekrochen und verhielt. Ihre blitzenden Facettenaugen musterten Torian mit einem Ausdruck, der eine fast menschliche Neugier zu beinhalten schien. Als sie ihr Maul öffnete, züngelte ein dünner Schlauch mit einwärts gebogenen Widerhaken hervor wie eine monströse Zunge: der Saugrüssel des Ungeheuers. Plötzlich verstand Torian, *was* die drei Skelette, die er gefunden hatte, so überaus penibel gesäubert hatte. Etwas, das er in wenigen Augenblicken am eigenen Leibe kennenlernen würde, wenn kein Wunder geschah.

Torian schrie noch immer wie von Sinnen, auch wenn er wußte, daß Garth ihn unmöglich hören konnte. Das massive Gestein verschluckte jeden Laut, und wenn doch etwas bis zum Eingang der Höhle vordringen sollte, so wurde es vom Lärm des Sturmes übertönt. Nein – Hilfe durfte er keine erwarten. Er hatte alle Warnungen seines Verstandes mißachtet und war blindlings in die Falle der Spinne gelaufen.

Mühsam kämpfte er die Panik zurück, hörte auf, sich gegen das Netz zu stemmen, und versuchte sich zu erinnern, was er über Blutspinnen wußte. Viel war es nicht – eigentlich kaum mehr, als daß sie als ausgestorben galten. Nun, das mochte durchaus daran liegen, daß es nur wenige Menschen gab, die eine Begegnung mit ihnen überlebten und davon berichten konnten. Den größten Teil ihres Lebens verbrachten Blutspinnen in tiefem Schlaf. Sie lebten fast nur in unterirdischen Höhlen und krochen wie Schildkröten in ihren nahezu unzerstörbaren Panzer, wenn sie sich bedroht fühlten. Nur wenn ein Opfer zufällig in ihre unmittelbare Nähe geriet oder sich gar ein Idiot wie er in ihrem Netz verfing, erwachten sie, töteten ihre Beute und verfielen anschließend wieder in manchmal jahrelangen Tiefschlaf.

Sein dürftiges Wissen nutzte Torian nichts, denn leider hatte er wenig darüber erfahren, wie man Blutspinnen abschrecken oder gar töten konnte. *Wenn* man es überhaupt konnte. Und je länger Torian das häßliche Ungeheuer anstarrte, desto mehr bezweifelte er dies. Selbst wenn er nicht in diesem verdammten Netz gefangen gewesen wäre und sein Schwert und seine volle Bewegungsfreiheit gehabt hätte, wären seine Chancen eher erbärmlich gewesen, *diese* Bestie zu töten ...

Und dazu kam noch etwas.

Wenn er einen schwachen Punkt hatte, etwas, das stärker war als jedes klare Denken, so waren es *Spinnen.* Er haßte sie, haßte sie wie die Pest und mit jeder Faser seiner Seele. Es war keine gewöhnliche Furcht, sondern schlichte, grundlose panische Angst, die sein Denken lähmte. Schon eine normale Spinne ließ ihn vor Ekel schaudern. Der Anblick der hundertfach größeren – und entsprechend gefährlicheren – Blutspinne trieb ihn an den Rand des Wahnsinns. Etwas in ihm erstarrte beim Anblick des widerlichen Tieres zu Eis.

Noch einmal zerrte er mit aller Kraft an den Maschen, um seine Schwerthand wenigstens ein bißchen freier bewegen zu können. Die Fäden dehnten sich wie zähes Gummi, und für einen Moment flackerte noch einmal die Hoffnung in ihm auf, sie überdehnen und zerreißen zu können. Aber er schaffte es nicht. Die Kraft für den letzten, entscheidenden Ruck fehlte. Nach einigen Sekunden mußte er erschöpft aufgeben.

Währenddessen starrte ihn die Blutspinne unverwandt an, auf eine Art und Weise, als amüsiere sie sich über seine sinnlosen Anstrengungen. Fast glaubte Torian, in ihren Augen so etwas wie boshafte Intelligenz funkeln zu sehen. Dann kam sie – ganz langsam – näher, blieb wieder stehen und machte einen weiteren Schritt. Zögernd streckte sie einen Fühler aus und berührte ihn beinahe sanft, tastete wie prüfend über seinen Körper und stieß erneut dieses schreckliche zischelnde Fauchen aus, während sie weiterkroch und sich langsam über ihn schob.

Der Anblick brachte Torian fast um den Verstand. Allein der Gedanke, daß es sich bei dem sanften Tasten um die Berührung eines *Spinnenfühlers* handelte, ließ unbeschreiblichen Ekel in ihm aufsteigen. Wie besessen wand er sich hin und her, schlug und trat um sich, soweit es die Fäden zuließen, ohne auch nur zu begreifen, daß er sich dadurch noch hilfloser machte. Immer noch schrie er so laut und gellend, wie er nur konnte, und registrierte fast verwundert, daß er immer noch nicht über den schmalen Grat gestürzt war, der ihn noch vom Wahnsinn trennte.

Die alptraumhafte Kreatur stand jetzt direkt über ihm. Das Fell ihrer Beine streifte sein Gesicht, und diese Berührung allein reichte fast aus, ihn verrückt werden zu lassen: sie war weich und sanft wie das Streicheln von Katzenfell, gleichzeitig aber auch unbeschreiblich ekelhaft. Die Spinne öffnete das Maul und entblößte erneut den furchtbaren Rüssel, von dessen Ende eine wasserklare, ätzend riechende Flüssigkeit herabtropfte. Wie eine schuppige augenlose Schlange bewegte er sich vor Torians Gesicht auf und ab, schien nach einer Stelle zu suchen, an der er in den Körper seines hilflosen Opfers eindringen und sein ätzendes Gift versprühen konnte.

Aber das Ungeheuer griff nicht an.

Statt dessen klafften einige Schuppen an seinem Leib auseinander. Ein dolchspitzer Stachel glitt wie ein Speer dazwischen hervor. Auch an seinem Ende glitzerte ein Tropfen jener wasserhellen, nach Säure und Tod riechenden Flüssigkeit.

Torians Schrei brach ab, als das Entsetzen ihm die Kehle zuschnürte. Wie hypnotisiert starrte er auf den schwarz glänzenden Stachel und schloß schließlich die Augen.

Das also ist das Ende! dachte er. Er war beinahe dankbar. In den letzten Sekunden hatte er begriffen, daß es durchaus Dinge gab, die schlimmer waren als der Tod. Viel schlimmer.

Mit spielerischer Leichtigkeit drang der Stachel durch sein stählernes Kettenhemd und bohrte sich dicht über dem Herzen in seine Brust.

Es tat nicht einmal weh. Torian fühlte die hornige Spitze, die wenige Zentimeter tief in seine Haut und dann sein Fleisch eingedrungen war, biß die Zähne zusammen und wartete darauf, daß der Schmerz begann, der unweigerlich kommen mußte, wenn das ätzende Gift der Riesenspinne sein Fleisch auflöste, vielleicht auch – wenn das Schicksal gnädig war –, daß es seinem Leben mit einem kurzen, heftigen Stich ein Ende setzte.

Doch nichts von alledem geschah. Einige endlos lange Sekunden verharrte die Blutspinne völlig bewegungslos über ihm, als wäre sie erstarrt. Dann glitt der Stachel wieder aus seinem Fleisch heraus, abermals ohne daß er auch nur den mindesten Schmerz spürte.

Vorsichtig hob Torian die Lider – und blickte genau in die starren Facettenaugen des Tieres. Wieder wollte er schreien, doch etwas Körperloses schien mit dem Blick der übergroßen Augen in seinen Geist zu kriechen und ihn ...

»Torian!«

Mit einem wütenden Fauchen hob die Spinne den Kopf und prallte zurück, als der Schrei durch den steinernen Gang hallte. Mit dem Schwert in der einen und einer Fackel in der anderen Hand bog Garth um die Krümmung.

Er erstarrte, als er die gigantische Kreatur erblickte, doch seine Lähmung währte kaum einen Herzschlag lang. Mit einem gellenden Kampfschrei auf den Lippen und mit gesenkten Schultern wie ein angreifender Stier sprang er vor und stieß mit Fackel und Schwert gleichzeitig nach dem riesigen achtbeinigen Tier.

Die Blutspinne wich weiter zurück. In maßloser Wut peitschten ihre Fühler durch die Luft. Aber sie griff nicht an, obwohl selbst ein Riese wie Garth kaum ein ernst zu nehmender Gegner für sie gewesen wäre. Das unerwartete Auftauchen eines zweiten Gegners schien sie zu verwirren. Ein paarmal schlug sie mit ihren Fühlern und Beinen in Garth' Richtung, doch waren das keine entschlossenen Angriffe, sondern Warnungen. Was Torian über diese Tiere gehört hatte, schien zu stimmen – sie waren groß und ungeheuer stark, aber nicht sonderlich mutig.

Mühelos wich Garth den peitschenden Fühlern aus und schlug mit der Fackel zu. Funken stoben auf, als er eines der Beine traf, und ein durchdringender Gestank nach verschmortem Fell breitete sich aus.

Noch einmal fauchte die Blutspinne, wenn auch nur vor Wut, denn auch unter dem schwarzen Fell ihrer Beine befanden sich stahlharte Panzerplatten. Dann floh sie. Langsam, ohne Garth auch nur einen Moment aus den Augen zu lassen, kroch sie rückwärts in den Stollen zurück, bis sie hinter einer Biegung verschwand.

Garth war mit einem Satz neben Torian, legte vorsichtig die Fackel aus der Hand – wobei er sorgfältig darauf achtete, daß sie nicht ausging – und zerrte mit beiden Händen an dem klebrigen Gespinst, das Torian einhüllte wie ein weißer Kokon.

Aber selbst seine ungeheuerlichen Körperkräfte kapitulierten vor der Festigkeit des so täuschend feinen Gewebes. Er fluchte, hob das Schwert und ließ die Klinge mit aller Gewalt dicht neben Torians Gesicht auf den Fels krachen. Funken stoben auf, und ein Metallsplitter traf Torians Wange und riß eine dünne blutige Wunde hinein.

Das Netz zerriß nicht.

»Die Fackel!« stöhnte Torian. »Versuch es ... zu verbrennen! Schnell! Sie ... sie wird zurückkommen.«

Seine eigene Stimme kam ihm wie die eines Fremden vor; er verstand kaum mehr, woher er noch die Kraft hatte, überhaupt zu reden. Alles in ihm war Ekel und panische Angst. Er konnte nicht mehr denken.

Garth knurrte etwas, das er nicht verstand, schwang abermals sein Schwert und schlug noch einmal und mit noch größerer Kraft zu. Diesmal gelang es ihm, ein paar der dünnen Fäden zu zerschneiden, aber sein Schwert bekam einige deutliche Scharten ab; die Waffe würde zerbrechen, lange ehe er Torian auf diese Weise befreit hatte. Garth schnaubte, schob sein Schwert mit sichtbarem Widerwillen in den Gürtel zurück und griff nach der Fackel. Ein bedrohliches Schaben von Horn erklang aus dem hinteren Teil des Stollens.

Garth fuhr zusammen, wurde blaß und berührte hastig mit der Fackel eine der Maschen.

Der Erfolg war ebenso verblüffend wie gespenstisch: Mit leisem Knistern fing die Masse Feuer. Blitzartig fraß sich die Glut weiter, griff in Sekundenschnelle auf das gesamte Netz über und ließ es aufflammen wie eine Karbidflamme, hell und weiß und fast ohne spürbare Hitze. Zurück blieb nur pulverige Asche. Alles ging so schnell, daß Torian kaum etwas davon spürte, selbst als die Flammen sein Gesicht und seine Hände streiften.

»Schnell jetzt!« Garth warf die Fackel fort und riß ihn auf die Füße. »Bevor das Vieh zurückkommt!«

Torian lief los – genauer gesagt, er *versuchte* es.

Die Schwäche sprang ihn an wie ein Raubtier. Schwindel überwältigte ihn und ließ den Stollen einen irrsinnigen Tanz um ihn herum vollführen. Seine Beine gaben unter dem Gewicht seines Körpers nach, er taumelte, griff haltsuchend um sich und fiel wieder auf die Knie nieder. Übelkeit stieg in ihm auf. Das Blut rauschte in seinen Ohren, und ein dumpfer Druck machte sich hinter seiner Stirn breit. In seinen Gliedern lastete eine bleierne, betäubende Schwere. Er krümmte sich, schlug Garth' hilfreich ausgestreckte Hand beiseite und übergab sich würgend, immer und immer wieder, bis sein Magen längst leer war und er nur noch bittere Galle hervorwürgte.

Selbst hinterher nahm die Übelkeit nicht ab; im Gegenteil. Er fühlte sich schwach und ausgelaugt, als hätte er tagelang mit schwerem Fieber dagelegen. Alles drehte sich vor seinen Augen. Noch einmal, diesmal wesentlich vorsichtiger als beim ersten Mal, stemmte er sich hoch.

»Was ist?« fragte Garth besorgt und griff zu, um ihn zu stützen.

»Nichts«, stöhnte Torian. »Es ist ... nichts.« Er schüttelte benommen den Kopf. Mühsam quälte er sich auf die Beine und machte ein paar zögernde Schritte. Allmählich gewann er seine Kraft und die Kontrolle über seine Glieder zurück. Nur die Angst blieb. Diese entsetzliche Angst. »Ich kann allein gehen«, stöhnte er.

Garth musterte ihn skeptisch, ließ ihn aber nach einigen Sekunden los. »Wir müssen an den Eingang zurück«, sagte er knapp. »Hier behindern wir uns bei einem Kampf nur gegenseitig.« Er lächelte humorlos. »Vielleicht kommt deine haarige Freundin ja zurück.«

Sie gingen los. Auf den ersten Metern mußte sich Torian an den Wänden abstützen. Er preßte die Zähne so fest zusammen, daß es schmerzte, um die Benommenheit zu vertreiben. Hinter ihnen erscholl wieder das Schaben von Horn. Die Blutspinne hatte ihre Flucht entdeckt und folgte ihnen.

Der Gedanke verlieh Torian neue Kraft. Die Angst trieb ihn schneller voran. Trotzdem mußte Garth immer wieder stehenbleiben und auf ihn warten.

»Du kannst von Glück sagen, daß ich nachsehen wollte, wo du so lange bleibst«, murmelte er mit einem furchtsamen Blick in die Dunkelheit hinter ihnen. Seine Stimme zitterte. »Das war eine Blutspinne, nicht wahr?«

Torian nickte, und Garth fuhr fort: »Aber das kann nicht sein. Sie sind seit Jahrhunderten ausgestorben!«

»Sag das der Spinne«, fauchte Torian. »Vielleicht glaubt sie dir ja und sieht ein, daß sie nur noch eine Legende ist.«

Garth bedachte ihn mit einem sehr sonderbaren, beinahe besorgten Blick, zog es aber vor, nichts mehr darauf zu antworten. Sie hasteten weiter.

Auf dem Hinweg war Torian der Stollen nicht annähernd so lang vorgekommen wie jetzt. Der Stollen schien kein Ende zu nehmen, und ein paarmal glaubte er Felsformationen zu erkennen, die auf dem Weg hierher ganz bestimmt *nicht* dagewesen waren. Aber schließlich wurde es vor ihm hell, und dann wichen die Wände seitlich zurück. Er taumelte noch ein paar Schritte weit in die Höhle hinein und brach neben dem Feuer zusammen. Nur schwach registrierte er, daß Shyleen wach war und zusammengekauert neben dem Feuer hockte. Seltsamerweise sah sie nicht einmal auf, als er neben ihr auf die Knie fiel, aber er war viel zu benommen, um diesem Gedanken Beachtung zu schenken. Die Übelkeit kam zurück. Und der Ekel.

Das Mädchen sprang erschrocken auf und rief etwas, das er nicht verstand. Sein Herz raste; jeder Atemzug brannte wie Feuer in seiner Lunge, als atme er flüssige Lava. Schon der kurze Lauf hatte ihn so sehr erschöpft, daß sich dunkle Schleier vor seine Augen senkten. Aber es war eine Dunkelheit, in der sich *etwas bewegte.* Etwas Haariges, Schwarzes.

Mit einem kehligen Schrei riß Torian die Augen auf und fuhr hoch. Der schwarze Spinnenleib verschwand und wurde zu Shyleens Gesicht, das besorgt auf ihn herabblickte. Großer Gott, was geschah mit ihm? Verlor er jetzt wirklich den Verstand?

»Alles in Ordnung?« Garth trat zögernd neben Shyleen und blickte auf ihn hinunter. Er musterte ihn besorgt, aber sein Blick wanderte auch immer wieder mit noch größerer Sorge in das Dunkel im hinteren Teil der Höhle. Er hatte die Spinne sowenig vergessen wie Torian.

Torian nickte mühsam, auf eine Art, die sowohl Zustimmung als auch das genaue Gegenteil ausdrücken konnte – und das war es auch genau, was er empfand. In *Ordnung?* Er wußte nicht, ob er überhaupt jemals wieder in *Ordnung* kommen würde. Im Moment hatte er sogar Angst davor, die Augen zu schließen.

Garth reichte ihm eine Decke. Torian wickelte sich zitternd hinein, kroch ein Stück näher an das Feuer heran und fuhr erschrocken hoch.

»Die Spinne! Sie ...«

»Sie wird nicht kommen«, unterbrach ihn Garth. »Blutspinnen sind Fallensteller, keine Jäger.«

Shyleen hob müde den Kopf und blickte ihn an, aber ihre Augen waren leer. Alles Leben schien daraus gewichen zu sein. Sie sah ihn an, aber Torian war sicher, daß sie ihn nicht erkannte. Diesmal erschrak er wirklich.

»Was ist mit ihr?« fragte er.

Garth zuckte mit den Achseln und blickte erneut zum Stollen zurück, ehe er antwortete. Offensichtlich war er sowenig von seinem Wissen über ausgestorbene Riesenspinnen überzeugt wie Torian.

»Ich weiß es nicht«, sagte er schließlich. »Ihr Zustand hat sich verschlechtert, kaum daß du weggegangen warst. Das war auch der Hauptgrund, aus dem ich dir gefolgt bin.« Er deutete mit einer Kopfbewegung auf sie hinunter. »Sie hat eine üble Platzwunde am Hinterkopf. Muß wohl auf einen Stein geschlagen sein, als sie vom Pferd fiel.«

Torian wickelte sich zitternd aus seiner Decke, hob die Hand und tastete behutsam über Shyleens Kopf. Haut und Haare waren mit klebrigem Morast verschmiert, ab es gelang ihm, die Wunde durch vorsichtiges Tasten zu finden. Wieder stöhnte Shyleen auf.

»Komm mal her mit der Fackel«, bat Torian.

Garth gehorchte. Torian strich vorsichtig Shyleens Haar zur Seite. Die Wunde war da, wie Garth gesagt hatte. Sie war nicht einmal besonders groß, aber was besagte das schon?

»Nun?« fragte Garth.

Torian antwortete nicht gleich. Er war kein Heilkundiger, aber sein Leben als Krieger brachte es mit sich, daß er sich ein wenig mit Verletzungen aller Art auskannte. Und man mußte kein Arzt sein, um zu erkennen, daß Shyleen sich mindestens eine schwere Gehirnerschütterung zugezogen hatte. Vielleicht Schlimmeres.

Der Gedanke, daß sie möglicherweise sterben konnte, erschreckte ihn mehr, als er erwartet hatte. Behutsam tupfte er Blut und Schmutz von den Wundrändern.

»Was hat sie?« fragte Garth noch einmal. »Der Schädelknochen ... ist er gebrochen?«

»Ich weiß es nicht.« Hilflos hob Torian die Schultern. »Vielleicht ja, vielleicht nein. Ich bin kein Heiler. Ich habe mehr Erfahrung darin, Schädel einzuschlagen, weißt du?« fügte er wütend hinzu.

Er sah, wie Garth zusammenfuhr und etwas in seinem Blick erlosch, und seine Worte taten ihm im selben Augenblick wieder leid.

»Es war nicht so gemeint«, fuhr er fort, in sehr viel versöhnlicherem Tonfall. »Aber wir sollten sie so schnell wie möglich zu einem Heiler bringen.«

Seine Stimme klang rauh und fremd in seinen Ohren, und es lag nur zu einem Teil an der seltsamen Akustik in der Höhle. Er hatte die Worte mehr zu seiner eigenen Beruhigung gesprochen, als daß er wirklich daran glaubte. Wenn der Schädelknochen wirklich gebrochen war, konnte kein Heiler der Welt Shyleen noch helfen. Dann war es ein Wunder, daß sie überhaupt noch lebte.

Und er, Torian, trug die Schuld an allem. Er war es gewesen, der Garth' Warnung vor dem heraufziehenden Unwetter im wahrsten Sinne des Wortes in den Wind geschlagen hatte, um Armar noch an diesem Tag zu erreichen; und er war froh gewesen, dabei noch von Shyleen unterstützt worden zu sein, auch wenn er genau gewußt hatte, daß nur Trotz und kindischer Stolz aus ihren Worten sprachen. Der alberne Wunsch, ihnen zu beweisen, daß sie die gleichen Strapazen wie ein Mann zu ertragen vermochte.

Torian machte sich bittere Vorwürfe, daß er nicht auf Garth gehört hatte. Shyleen war ein dummes Kind, trotz allem, aber er, der erfahrene Krieger, hätte die Gefahr erkennen müssen. Wenn überhaupt, dann hätte *er* verdient, mit eingeschlagenem Schädel dort zu liegen.

Mechanisch reinigte er die Wunde weiter und versuchte, wenigstens die Blutung zu stillen. Es war das einzige, was er im Augenblick für sie tun konnte. Noch während er damit beschäftigt war, schlug Shyleen abermals die Augen auf, doch es war wieder nicht viel mehr als ein Reflex. Ihr Blick blieb weiter verschleiert und auf entsetzliche Weise leer. Ein qualvolles Stöhnen entrang sich ihrer Kehle. Sie hustete. Nach kaum einer Minute sank sie wieder zurück und verlor erneut das Bewußtsein. Ihr Atem ging ebenso flach und unregelmäßig wie ihr Herzschlag.

Torian richtete sich auf und schloß müde die Augen. Er versuchte sich darüber klarzuwerden, was das Mädchen ihm *wirklich* bedeutete. Doch wie schon sooft in den letzten Tagen schienen seine Gedanken gegen eine Mauer zu prallen, sobald er über diese Frage nachdachte. Zusammen mit ihrem Vater hatte sie Garth und ihn belogen, sie wie Figuren auf einem Spielfeld hin und her geschoben und als Werkzeug im Kampf gegen eine Kreatur der Alten mißbraucht. Um ein Haar hätte Garth dabei das Leben verloren. Torian müßte sie hassen oder zumindest verachten, aber wie zuvor gelang ihm weder das eine noch das andere.

Liebte er sie?

Kaum.

Er war kein Mann, der sich verliebte, zumindest nicht so schnell. In seinem Leben war kein Platz für Liebe. Und selbst wenn – Shyleen war nicht einmal der Typ Frau, den er bevorzugte. Sie war nicht einmal besonders hübsch. Und trotzdem fühlte er sich auf sonderbare Art zu ihr hingezogen. Das Gefühl verwirrte ihn, und zumeist verbarg er es hinter Spott und derben Worten, aber der Anblick ihres reglosen, leichenblassen Gesichtes erfüllte ihn mit Schmerz.

Er stand auf, sah noch einmal in die Höhle zurück und trat schließlich an den Ausgang. Das Unwetter hatte nachgelassen und zog langsam weiter. In einigen Stunden würde der Himmel wahrscheinlich wieder so klar wie am Morgen sein. Am liebsten wäre Torian schon jetzt in den Regen hinausgerannt. Er wollte weg von Shyleen, um ihrem Leiden nicht länger zusehen zu müssen; und er wollte auch weg von Garth, dessen Verzweiflung ihm wie ein Spiegelbild seiner eigenen Hilflosigkeit erschien, er wollte ...

Ja, zum Teufel, was *wollte* er eigentlich? Vielleicht vor sich selbst davonlaufen?

Lange, sehr lange stand er einfach so da und starrte in den Regen hinaus, dann ging er zurück zu Shyleen und Garth und setzte sich mit untergeschlagenen Beinen ans Feuer. Die Flammen vertrieben die Kälte aus seinen Gliedern, aber sie ließen ihn auch seine Schwäche und Erschöpfung um so deutlicher spüren. Bleierne Müdigkeit breitete sich in ihm aus. Mit aller Macht kämpfte er dagegen an, konnte aber nicht verhindern, daß ihm der Kopf immer wieder auf die Brust sank. Er hatte Angst davor, die Augen zu schließen. Angst, daß die Spinne zurückkam, und sei es nur in seinen Träumen.

Irgendwann schlief er trotz der unbequemen Stellung ein.

Und natürlich träumte er – in wirren, unzusammenhängenden Bildern und in den düsteren Farben der Furcht. In seinen Träumen begegnete er erneut der Blutspinne, spürte ihren Stachel, der ihm seine Kraft raubte, doch sie veränderte sich, wurde zu etwas gänzlich anderem. Er befand sich wieder im Tempel des Toten Gottes. Das Gestein pulsierte wie finsteres Fleisch, wurde zu einer Wolke aus gestaltgewordener Schwärze, die ihn einhüllte und *in ihn hineinkroch.* Er wurde eins mit der Dunkelheit; seine Gedanken krochen wie bösartige, kleine, eigenständige Wesen auf den klebrigen Fäden eines unvorstellbar großen Spinnennetzes umher, drangen immer weiter vor und breiteten sich wie ein verderblicher Hauch über ganz Caracon aus. Dann sah er Shyleen, umschlang sie mit rauchigen Schattenfingern und spürte, wie die Lebenskraft aus ihrem Körper strömte und in seinen eindrang. Eine ungeheure Macht war in ihm. Sie wuchs mit jeder Sekunde.

Mit einem leisen Schrei fuhr Torian hoch. Es dauerte einen Moment, bis er begriff, daß er geträumt hatte, aber er begriff auch im selben Moment, daß dieser Traum anders gewesen war als die meisten anderen: er konnte sich an alle Einzelheiten erinnern. Und trotz seiner völlig unlogischen, widersinnigen Handlung war er auf entsetzliche Weise *real* gewesen.

Mit dem Handrücken wischte er sich über die Augen, um den Rest von Schlaf daraus zu vertreiben, und blickte zum Ausgang. Es hatte aufgehört zu regnen, und wenn sich das Unwetter auch noch nicht völlig verzogen hatte, so war die Wolkendecke doch so weit aufgerissen, daß hier und da bereits die Sonne durchschien. Sie stand bereits tief am Horizont.

»Drei oder vier Stunden«, sagte Garth, als hätte er Torians Frage geahnt. Es war auch nicht schwer gewesen, sie zu erraten. Torian richtete sich auf und drehte sich mühsam zu Garth um.

Der Dieb saß neben Shyleen auf der anderen Seite des heruntergebrannten Feuers und starrte in die Glut. Er sah sehr müde aus.

»Warum hast du mich nicht geweckt?« fragte Torian matt.

Garth sah nicht einmal auf. »Ich habe dich schlafen lassen, weil du es wohl nötiger hattest als ich. Es hat gerade erst aufgehört zu regnen.«

»Danke«, murmelte Torian. Jedes weitere Wort war überflüssig. Und der Schlaf hatte ihm wirklich gutgetan. Er fühlte sich frischer und fast ausgeruht, als hätte er einen ganzen Tag und eine Nacht hindurch geschlafen, auch wenn er wußte, daß dieses Gefühl nur eine trügerische – und gefährliche – Illusion war. Er hatte seinen Traum noch nicht ganz abgeschüttelt. Ein paar der grauen Spinnenfäden schienen sich in seinem Geist verfangen zu haben und sein Denken zu behindern. Nur langsam fand er wieder in die Wirklichkeit zurück. Einen Moment lang fragte er sich, ob nicht vielleicht alles nur ein Traum gewesen war. Aber dann fuhr seine Hand über die winzige Wunde in seiner Brust. Sie war da. Träume pflegten in den allerwenigsten Fällen zu stechen.

Garth' Blick folgte der Bewegung. »Bist du verletzt?« fragte er.

Torian schüttelte den Kopf und senkte hastig die Hand. »Es ist nichts«, antwortete er. »Nur ein Kratzer.« Und nur um Garth daran zu hindern, sich den *Kratzer* vielleicht ansehen zu wollen, fuhr er fort: »Woher hat die Blutspinne eigentlich ihren Namen?«

»Keine Ahnung«, erklärte Garth achselzuckend. »Wieso interessierst du dich dafür?«

Torian winkte ab. Er kannte die Antwort, hatte sie in seinem Traum gesehen, und sie war so einfach wie schrecklich: Was er für einen Stachel gehalten hatte, war in Wirklichkeit ein Rüssel gewesen. Die Spinne hatte ihm einen Teil seines Blutes ausgesaugt wie ein großer achtbeiniger Vampir. Daher auch seine Schwäche. Wahrscheinlich hätte er nicht einmal mehr aus eigener Kraft aufstehen können, wenn Garth ein paar Sekunden später gekommen wäre.

»Vergiß es. Wie geht es ihr?« wechselte Torian mit einem Blick auf Shyleen das Thema.

Garth zuckte abermals mit den Achseln. »Unverändert«, antwortete er. »Wir werden sie auf dem Pferd festbinden müssen. Aber selbst wenn wir eine Bahre bauen, bezweifle ich, daß sie den Transport überleben wird. Trotzdem müssen wir sie nach Armar bringen.«

»Und wenn einer von uns losreitet und einen Heiler holt?« schlug Torian vor.

Garth schüttelte den Kopf. »Keine Chance. In ein, zwei Stunden geht die Sonne unter. Kein wirklicher Heiler wird um diese Zeit noch die Stadt verlassen, und mit einem Quacksalber ist uns nicht gedient. Das Mädchen muß nach Armar.«

Torian stand auf und reckte sich. Die Schwäche war vollends aus seinen Gliedern verschwunden, er fühlte sich wieder fast so kräftig wie vor ihrer Flucht in die Höhle. Ein wenig wunderte er sich selbst über diese erstaunliche Regeneration, verscheuchte den Gedanken aber sofort. Vielleicht sollte er aufhören, hinter allem und jedem eine Falle zu wittern, und einfach dankbar für die kleinen Geschenke sein, die einem das Schicksal dann und wann machte.

Wortlos begann er, feste Äste zusammenzusuchen. Mit dem Zaumzeug des Pferdes band er sie zu einem Gestell zusammen, das man mit viel Phantasie und noch mehr gutem Willen als Bahre bezeichnen konnte, das Shyleen aber immerhin eine etwas bequemere Lage auf dem Pferderücken verschaffen würde.

Vorsichtig banden sie das Mädchen darauf fest und verließen die Höhle.

Sie kamen nur langsam vorwärts. Das Unwetter hatte die Straße überschwemmt, und das abfließende Wasser hatte einen Teil des lehmigen Erdreiches mit sich fortgerissen. Die Straße hatte sich schon vorher in keinem besonders guten Zustand befunden – jetzt war sie über große Strecken hinweg einfach verschwunden.

Immer wieder musterte Torian besorgt das bewußtlose Mädchen. Jeder Hufschlag rief neue Erschütterungen hervor, die sie wie ein Hammerschlag treffen mußten. Ihr Gesicht glänzte fiebrig, und ihr Körper wurde von Krämpfen und Schüttelfrost gebeutelt. Sie hatten Shyleen in Decken gehüllt und mit Lederriemen locker auf der Bahre festgebunden. Als sie trotzdem von dem Gestell zu rutschen drohte, griff Torian zu und legte sie wieder in die alte Position. Ihre Haut fühlte sich heiß und trocken an, als er dabei ihr Gesicht berührte.

»Wir sind zu langsam«, sagte Garth besorgt. Er blinzelte zur Sonne hinauf. Die Wolken waren fast vollends verschwunden, aber in ihrem Gefolge kroch Nebel vom Meer her auf das Land zu. Trüber, grauer Nebel, der beständig zunahm, die Brandung bereits unter einem milchigen Tuch begraben hatte und lautlos an den Klippen in die Höhe kletterte. »Bei Sonnenuntergang werden die Stadttore geschlossen.«

»Noch knapp eine Stunde«, überlegte Torian. Das Sonnenlicht tat seinen Augen weh. Nach der Dunkelheit in der Höhle hatte er sich immer noch nicht daran gewöhnt. Seine Augen brannten bei jedem Lidschlag, und er brauchte keinen Spiegel, um zu wissen, daß sie entzündet waren. Eine Nachwirkung des kurzen Schlafes, der ihn eher Kraft gekostet als ihm neue verliehen hatte. Das trügerische Gefühl von Stärke war längst aufgezehrt, und nun spürte er seine Müdigkeit noch deutlicher als zuvor.

»Gehen wir durch die Hügel«, schlug er vor. »Das Pferd wird mit dem Morast besser fertig als mit den Steinen. Außerdem dämpft er die Erschütterungen.«

Nach kurzem Zögern stimmte Garth zu.

Sie kamen nicht viel schneller voran, denn bei jedem Schritt sanken sie bis über die Knöchel in das sumpfige Erdreich ein, und schon nach kurzer Zeit begannen Torians Beine unter der Anstrengung zu schmerzen. Aber das Pferd bewegte sich ruhiger, so daß Shyleen nicht mehr auf der Bahre hin und her rutschte.

Torian behielt recht mit seiner Schätzung. Nach fast genau einer Stunde berührte die Sonne mit ihrem unteren Rand die Hügel und versank so rasch dahinter, daß man ihre Bewegung mit bloßem Auge verfolgen konnte. Der Nebel hatte die Klippen inzwischen erklommen, flutete über die Uferstraße und bewegte sich in wabernden Schwaden auf die Hügelkette und das dahinter liegende Land zu.

Mit den letzten Strahlen der Sonne sah Torian von einem Hügel aus ein Stück vor und schräg unter sich die Dächer Armars glänzen. Und er sah, wie die wuchtigen Stadttore geschlossen wurden.

Die Sonne ging unter, aber es wurde noch nicht richtig dunkel. Der Himmel glühte in einem düsteren, beinahe blutigen Rot nach und tauchte das Land in trübes Zwielicht und tiefe, beinahe lebendig wirkende Schatten, die Torians Augen wohltaten, aber die Furcht in seiner Seele ins Unerträgliche steigerten.

»Und nun?« fragte er niedergeschlagen – und eigentlich nur, um überhaupt etwas zu sagen und sich nicht außer durch die Dämmerung auch noch durch die Stille verängstigen zu lassen. »Irgendeine Idee, du Meisterdieb? Wir können wohl schlecht an die Tore klopfen und um Einlaß betteln.« Sein Spott traf nicht, weil seine Stimme zitterte und sein Gesicht so blaß war, daß Garth es selbst im flakkernden Dämmerlicht sehen mußte.

»Nein, bestimmt nicht«, erwiderte der Dieb grimmig. »Es sind mit Sicherheit Schwarze Magier in der Stadt, und ich habe keine Lust, sie sofort auf uns aufmerksam zu machen. Aber es gibt noch andere Wege nach Armar. Schließlich bin ich nicht umsonst Garth, Die Hand, der berüchtigtste Dieb in ganz ...« Er brach ab, als er sah, wie Torian die Augen verdrehte. »Schon gut«, maulte er. »Auf jeden Fall weiß ich einen Weg in die Stadt.«

Torian blickte besorgt auf die reglose Shyleen, ehe er sich wieder an Garth wandte. »Und wie?«

Garth machte eine komplizierte Handbewegung auf Armar zu. »Es gibt geheime Zugänge. Gelegentlich kommt es vor, daß jemand ganz dringend und heimlich aus der Stadt verschwinden muß, weißt du?«

»Was ist mit den Wachen?«

»Welche Wachen?« Garth schüttelte den Kopf. »Wir befinden uns im Herzen von Tremon. Hier gibt es keine Feinde, vor denen sich die Stadt schützen müßte. Gefahr droht allerhöchstens vom Meer her, aber kein Pirat wäre so verrückt, die Stadt anzugreifen, und jede feindliche Flotte würde lange vor ihrer Ankunft entdeckt. Wachen wären völlig überflüssig.« Er lachte leise und unecht. »Sie müßten höchstens die Umgebung vor dem Gesindel in der Stadt schützen.«

Torian gab es auf. Er war fremd hier und kannte sich weder mit den örtlichen Gegebenheiten noch den Sitten und Gebräuchen der Menschen aus. Was blieb ihm anderes übrig, als Garth einfach zu vertrauen? Und wenn er ehrlich zu sich war, dann hätte er sich im Moment wahrscheinlich auch mit dem Teufel persönlich eingelassen, um Shyleens Leben zu retten. Sie gingen weiter.

Als sie nahe genug herangekommen waren, konnte er sehen, in welch schlechtem Zustand die Mauern waren; trotz ihrer beeindruckenden Höhe und Massigkeit. Armar mochte früher einmal eine gewaltige Festung gewesen sein, aber das mußte ein Menschenalter oder länger zurückliegen. Heute war es wenig mehr als eine Ruine, wenn auch eine gewaltige Ruine. Seine Mauern waren zerklüftet und mit Moos, Grasbüscheln und kleinen, drahtigen Büschen bewachsen, vielfach waren Steine aus dem Wall herausgebrochen, und an einer Stelle hatte gar eine Krüppelkiefer ihre Wurzeln in das Mauerwerk gekrallt, ohne daß sich jemand die Mühe gemacht hätte, sie zu entfernen. Für einen geschickten Kletterer wäre es kein Problem hinaufzuklettern. Trotzdem war nirgendwo auf der Mauerkrone eine Bewegung zu bemerken, soweit sie inmitten der treibenden Nebelschwaden überhaupt noch zu erkennen war. Garth schien recht zu haben. Es gab keine Wachen.

Der Nebel erwies sich jetzt als ein unerwarteter Verbündeter, denn er verschluckte den Hufschlag des Pferdes und breitete seinen schweren Mantel über sie, der sie auch vor zufälliger Entdeckung schützte. Dennoch blieb Torian weiterhin mißtrauisch. Dies alles hier schien ihm beinahe *zu* einladend. Eine friedliche Stadt, die den Krieg allenfalls vom Hörensagen kannte, stellte fast so etwas wie eine fremde Welt für ihn dar.

Eine Weile zogen sie am Fuß der Mauer entlang, bis Garth plötzlich stehenblieb und den Arm hob. Seine Hand deutete auf eine Stelle im Nebel, an der Torian absolut nichts Außergewöhnliches erkennen konnte.

»Hier ist es«, sagte er. Obwohl Torian dicht an die Wand herantrat, konnte er nichts Besonderes entdecken. Garth hob einen Stein auf und schlug damit in einem bestimmten Rhythmus gegen das Mauerwerk. Die Schläge hallten merkwürdig hohl, ein Zeichen, daß das Gestein nicht so massiv war, wie es auf den ersten Blick aussah.

Die Reaktion ließ nicht lange auf sich warten. Einer der Steine wurde nach innen weggezogen, so daß ein Guckloch entstand. Ein junges, mißtrauisch dreinblickendes Gesicht kam dahinter zum Vorschein. Garth wechselte einige Worte in einer Torian fremden Sprache mit dem Unbekannten und begann heftig zu gestikulieren. Polternde Schritte klangen auf, dann erschien ein anderes, bärtiges Gesicht hinter der Öffnung.

»Garth!« brüllte der Mann.

Im nächsten Moment öffnete sich eine verborgene Tür in der Mauer. Der Bärtige, ein wohlbeleibter Hüne und kaum kleiner als Garth, schloß den Dieb in die Arme und klopfte ihm lachend auf die Schultern. Jeder dieser freundschaftlichen Schläge hätte ausgereicht, einen Mann von anderer Statur als Garth zu Boden gehen zu lassen, wie Torian nicht ohne ein leichtes Schaudern registrierte. Als sich der Mann mit ausgebreiteten Armen zu ihm umwandte, trat er sicherheitshalber einen Schritt zurück. Sein Verhalten mochte unhöflich erscheinen, in jedem Fall war es seiner Gesundheit wohl zuträglicher. Gegenüber den beiden Hünen kam er sich geradezu winzig vor, obwohl er selbst immerhin noch um einige Fingerbreit größer war als die meisten anderen Menschen.

»Der Kleine heißt Torian«, stellte Garth vor. »Und das ist Boron, ein ... äh, Kollege.«

»Garth' Freunde sind auch meine Freunde«, versicherte Boron. »Du brauchst keine Angst zu haben.«

»Ich fürchte auch weniger deine Feindschaft als deine Freundschaft«, antwortete Torian. Vorsichtshalber trat er noch einen Schritt zurück und fügte mit einem leisen Lächeln hinzu: »Ein Zwerg wie ich muß auf seine Schultern aufpassen.«

Boron starrte ihn einen Moment verblüfft an, ließ dann plötzlich die Arme sinken und begann schallend zu lachen. »Kommt endlich herein«, forderte er. »Du mußt mir erzählen, wie es dir in den letzten Jahren ergangen ist, Garth. Ich habe gehört, du wärest tot.«

»War ich auch«, erwiderte Garth ernsthaft. »Zumindest für gewisse Leute, die ... ähm, darauf brannten, mich wiederzusehen.« Er grinste, wurde schlagartig wieder ernst und deutete auf die Bahre, auf der Shyleen lag. »Ich erzähle dir alles«, fuhr er in sehr viel ernsterem Tonfall fort. »Später. Jetzt müssen wir uns um sie kümmern. Sie ist schwer verletzt und braucht die Hilfe eines guten Heilers.«

»Wer ist sie?« fragte Boron, noch immer lächelnd, aber mit dem gleichen plötzlichen Ernst in der Stimme wie Garth.

»Eine Freundin«, sagte Torian rasch, ehe Garth antworten konnte. Boron sah irritiert auf, maß erst ihn und dann wieder Shyleen mit einem langen Blick und nickte schließlich. »Ich werde jemanden finden, der sich ihrer annimmt.«

»Nicht jemanden«, sagte Torian scharf. »Einen Heiler, Boron. Einen *guten* Heiler, keinen Quacksalber.«

Zu seiner eigenen Überraschung ignorierte Boron seinen aggressiven Ton. »Arkela wird sich um sie kümmern«, sagte er. Er gab einigen Männern, die hinter im standen, einen Wink. »Arkela ist zwar selbst keine Heilerin, aber dafür war es ihr Bruder«, erklärte er, als er die Zweifel in Torians Gesicht bemerkte. »Sie ist viele Jahre mit ihm durch das Land gezogen und versteht mindestens ebensoviel von Heilkräften wie er.«

»Vertrau ihm«, zischte Garth hastig, als Torian abermals auffahren wollte. »Wenn ihr jemand helfen kann, dann Boron. Ihm gehört praktisch die Stadt.«

Torians Zweifel waren damit keineswegs beseitigt, aber er sträubte sich nicht länger und folgte Boron durch das Tor. Dahinter lag eine Art Stall. Durch eine Tür gelangten sie in einen karg eingerichteten Wohnraum, während hinter ihnen einige Burschen vorsichtig Shyleens Bahre losbanden und behutsam forttrugen.

»Setzt euch«, ermunterte Boron. »Ich lasse etwas zu essen und zu trinken bringen. Ihr seht aus, als könntet ihr beides gebrauchen.«

»Wer ist der Kerl?« fragte Torian, nachdem Boron gegangen war. »Wohin sind wir hier überhaupt geraten?«

»Boron ist das Oberhaupt der Diebesgilde«, erklärte Garth seufzend. »Zumindest war er es, bis es dem Statthalter von Armar in einem Handstreich gelang, fast die gesamte Organisation zu zerschlagen.« Er spie aus. »Bei dieser Gelegenheit preßte man mich und die meisten anderen ins tremonische Heer. Was du hier siehst, sind die traurigen Überreste unserer Gilde.«

»Gerade hast du noch behauptet, ihm gehöre die Stadt«, sagte Torian mißtrauisch.

»Tut sie auch«, sagte eine Stimme hinter ihm. »Aber man hat sie mir gestohlen – was soll ich machen?«

Torian fuhr erschrocken herum und sah, daß Boron bereits zurück war. Trotz seiner Größe hatte er sich so leise bewegt, daß Torian es nicht einmal gehört hatte.

»Du belauschst uns?« fragte er anklagend.

Boron grinste. »Ach woher. Ich bin größer als du. Also habe ich auch größere Ohren.« Er lud ein Tablett mit Wein und Brot und dünnen Scheiben kalten Bratens vor Torian ab und fuhr mit einer erklärenden Geste auf Garth und an dessen Worte anknüpfend fort: »Wir haben uns wieder einigermaßen gefangen, aber von unserer früheren Macht und unserem Reichtum sind wir noch weit entfernt. Aber das heißt nicht, daß wir wehrlos wären. Nur fehlen uns solche

Meisterdiebe wie Die Hand. Da du nun wieder da bist, wird sich vieles ändern.«

»Daraus wird nichts«, widersprach Torian impulsiv.

Garth sah ihn überrascht an, und auch zwischen Borons Brauen entstand eine steile Falte. »Was bist du?« fragte er. »Sein Freund oder seine Amme?«

»Etwas von beidem«, antwortete Torian kalt. »Wir haben Wichtigeres zu tun, Boron. Nichts gegen euch und euren Streit mit dem Statthalter, aber ...«

»Torian hat recht«, fiel ihm Garth ins Wort. »Wir wären nur eine Gefahr für euch. Man hält mich zwar für tot, aber der Boden hier ist mir trotzdem zu heiß. Wir sind nur hier, um eine Schiffspassage in die westlichen Länder zu suchen.«

»Darüber ... reden wir noch«, sagte Boron zögernd. Er gab sich keine besondere Mühe, seine Enttäuschung zu verhehlen. »Du kannst uns nicht gleich wieder im Stich lassen, nachdem du gerade erst zurückgekommen bist.«

»Ich fürchte, uns bleibt nichts anderes übrig«, antwortete Garth kauend. »Sobald sich herumspricht, daß ich noch lebe, wird man erneut Jagd auf mich machen. Wir haben beide, nun ja, *Feinde*.«

Torian warf ihm einen mahnenden Blick zu, aber Boron schien die besondere Betonung des letzten Wortes entgangen zu sein.

»Wie du meinst«, sagte er. »Es ist eure Entscheidung.« Plötzlich hellte sich sein Gesicht auf. »Aber zumindest werdet ihr bleiben müssen, bis eure Freundin gesund ist.«

»Ein paar Tage, ja«, knurrte Torian. »Allerhöchstens.«

Boron zuckte mit den Schultern. »Das ist mehr als nichts. Wer ist dieses Mädchen?«

»Eine Bekannte«, antwortete Torian rasch. Es war unnötig, Boron allzuviel zu verraten. Er kannte Boron nicht, und Garth war für seinen Geschmack bereits viel zu vertrauensselig. »Sie ist vom Pferd gestürzt und mit dem Kopf aufgeschlagen.«

»Arkela wird alles Menschenmögliche für sie tun«, versicherte

Boron. »Ihr braucht euch keine Sorgen um sie zu machen. Und was eine Passage betrifft, solltet ihr euch bei Kaam umhören. Bei ihm findet ihr auch eine Unterkunft. Das ist sicherer als hier.«

»Wer ist dieser Kaam?«

»Er besitzt eine Schenke«, antwortete Garth. »Und nebenbei ist er noch der größte Hehler und Schmuggler Armars. Das schlimmste Schlitzohr, das du dir vorstellen kannst, aber er ist absolut diskret und besitzt die denkbar besten Kontakte.« Er gähnte ungeniert und leerte seinen Weinkrug in einem Zug. »Am besten brechen wir direkt auf. Ich bin hundemüde. Morgen können wir über alles sprechen.«

»Was wird aus Shyleen?« Torian rührte sich nicht.

»Sie kann hierbleiben«, bot Boron an. »In ihrem Zustand könnt ihr sie nicht durch die halbe Stadt schleppen.«

Torian zögerte. Es gefiel ihm gar nicht, das Mädchen allein zurückzulassen. Aber Boron hatte recht, und so nickte er schließlich. »Vorher will ich sie noch einmal sehen.«

»Dann kommt.«

Sie folgten Boron über einen Flur, bis sie eine kleine Kammer erreichten, wo man Shyleen ein Lager errichtet hatte. Eine alte Frau mit schlohweißem Haar befand sich bei ihr.

»Wie geht es ihr?« fragte Torian.

Arkela wandte ihm ihr runzeliges Gesicht zu. Trotz ihres hohen Alters – Torian schätzte sie auf mindestens achtzig Jahre – war der Blick ihrer Augen klar. Ein fast jugendliches Feuer brannte darin.

»Sie hat ungeheures Glück gehabt. Der Knochen scheint unverletzt zu sein, aber sie braucht viel Ruhe. Ein oder zwei Wochen lang wird sie nicht aufstehen können, und auch dann muß sie sich noch sehr schonen.«

»Ein oder zwei Wochen?« echote Torian erschrocken. »Das ist völlig unmöglich!« Mißtrauisch wandte er sich an Boron. »Hast du ...?«

»Natürlich«, antwortete Boron ernsthaft. »Ich habe nicht nur große Ohren, sondern auch die Fähigkeit, mich zu teilen, wobei meine zweite Hälfte unsichtbar bleibt. Die habe ich vorgeschickt, um Arkela zu instruieren, weißt du?«

Torian hielt seinem Blick einen Herzschlag lang stand, dann lächelte er verlegen und wandte sich wieder um. Er war ein Narr, diesem Mann Vorwürfe zu machen, statt sich darüber zu freuen, daß Shyleen außer Gefahr war. Ein oder zwei Wochen ...? Nun, man würde sehen.

Er betrachtete Shyleens blasses Gesicht einige Sekunden lang und wandte sich dann abrupt ab.

»Gehen wir!« sagte er.

Wie graue Watte aus Spinnweben hing der Nebel zwischen den Häusern und tränkte die Luft mit Feuchtigkeit. In dichten Schwaden trieb er durch die menschenleeren Gassen und formte gespenstische Fratzen, wenn er von einem Windstoß für wenige Sekunden zu quirlendem Leben erweckt wurde, schien mit faserigen vielfingrigen Händen nach Torian und Garth zu greifen und bildete vergängliche Formen und Umrisse, die alles oder auch nichts bedeuten konnten. Die Straßen waren mit Schmutz und Unrat übersät, und überall lagen zerborstene Lehmziegel, die das Unwetter von den Häusern gerissen hatte. Alles war feucht und klamm und wirkte auf sehr unangenehme Art klebrig. Die Kälte war nicht einmal sehr intensiv, aber sie kroch unaufhaltsam durch jedes noch so dicke Kleidungsstück.

Wasser schwappte in Torians Schuhe. Der Regen hatte das Erdreich selbst hier, hinter den schützenden Mauern der Stadt, in schlammigen Morast verwandelt, in den sie bei jedem Schritt bis an die Knöchel einsanken, so daß das Gehen zur Qual wurde und große Kraft kostete. Der Nebel verschluckte das saugende Schmatzen ihrer Schritte in den engen Straßenschluchten. Hier und da war er so dicht, daß Torian kaum die jenseitige Häuserwand erkennen konnte. Immerhin erkannte er, daß es sich um kleine heruntergekommene Baracken handelte, die so verschachtelt erbaut waren, daß sie an eine Herde von Tieren erinnerten, die sich schutzsuchend aneinanderdrängten. Sehr schmutzige Tiere und sehr ängstliche. Gelegentlich fiel irgendwo ein schwacher Streifen Licht wie ein Gruß aus einer anderen Welt zwischen den Läden oder den Brettern hervor, die an ihrer Stelle vor die Fenster genagelt waren. So beeindruckend und groß Armar von weitem erschien, als so erbärmlich entpuppte es sich von innen. Wenn diese Stadt jemals so etwas wie eine Blütezeit erlebt hatte, dann mußte sie lange, sehr lange vorüber sein.

»Mir gefällt das nicht«, flüsterte Torian, von einer unerklärlichen Scheu gepackt, laut zu sprechen. Fröstelnd zog er den Mantel noch enger um die Schultern. Der Nebel war allgegenwärtig. Mit Macht mußte er gegen die verrückte Vorstellung ankämpfen, daß er nicht nur unter seine Kleidung kroch, sondern auch in seinen Körper eindrang. »Ich komme mir vor wie in einer unbewohnten Geisterstadt.« *Wenn sie das wenigstens wäre,* fügte er in Gedanken hinzu: *Unbewohnt.*

Garth hob die Schultern und sah sich unbehaglich um, aber es war ein ganz anderes Unbehagen als das, das Torian gepackt hatte. »Wir befinden uns im Elendsviertel«, sagte er, als wäre das bereits Erklärung genug. »Nachts treiben sich hier höchstens ein paar Halsabschneider herum«, fügte er nach einigen Sekunden hinzu. »Hast du Angst?«

»Unsinn«, knurrte Torian barsch. »Wenn es hier wenigstens noch ein paar Halsabschneider gäbe, würde ich mich wohler fühlen. Aber hier sind ja nicht einmal Ratten.« Er sah sich demonstrativ um, ohne indes mehr als ein paar graue Fetzen und schwarzen, feuchtglänzenden Stein zu erblicken. »Ich kenne genügend Elendsviertel in allen möglichen Städten«, fuhr er fort. »Nirgendwo ist es um diese Zeit so ruhig, nicht einmal bei solchem Wetter.«

Die Menschen – wenn es in diesem Teil der Stadt überhaupt so etwas wie Menschen gab – schienen sich geradezu verkrochen zu haben. Als hätten sie panische Angst vor irgend etwas. Dem Nebel?

Garth zuckte nervös mit den Achseln und sah weg.

»Wie weit ist es noch?« fragte Torian nach einer Weile.

»Ein ganzes Stück«, gab Garth gedämpft zurück. »Bei allen finsteren Göttern, ich wünschte allmählich auch, wir wären schon da.«

Schweigend schritten sie weiter die morastige Straße entlang. Torian ertappte sich dabei, daß seine Hand immer wieder zum Schwertknauf kroch. Irgendwo begann eine Katze lautstark ihren Liebeskummer zu beklagen. Wie jeder Laut klang es unheimlich und verzerrt, fast wie der Schrei eines Kindes. Dennoch atmete Torian nach dem ersten Schrecken erleichtert auf. Das ganz profane Liebeswerben der Katze machte ihm bewußt, daß Armar trotz allem eine lebendige Stadt war, die sich wahrscheinlich bei Tage von einer anderen Seite präsentierte als in dieser nebeldurchwobenen Dunkelheit.

»Hier entlang.« Garth deutete in eine schmale Gasse zwischen zwei Häusern. Torian nickte und folgte ihm; doch bevor er in die Gasse trat, blickte er noch einmal zurück; warum, wußte er selbst nicht genau zu sagen.

Der Anblick traf ihn wie ein Schlag.

Sie waren nicht mehr allein.

Ein Windstoß riß die Nebelwand für einige Sekunden ein wenig auf; gerade genug, um ein Dutzend Schritte weit sehen zu können.

Inmitten der durcheinanderwirbelnden Schwaden zeichneten sich fünf Gestalten ab, zu weit und zu undeutlich, um sie genauer zu erkennen, aber auch zu nahe und zu deutlich, um nur ein Trugbild zu sein.

Blitzartig griff Torian zum Schwert und riß die Waffe aus der Scheide. Gleichzeitig wurde ihm bewußt, daß er sich völlig falsch verhielt. Er hatte die Straßenräuber durch seine überhastete Reaktion gewarnt, statt sie herankommen und in eine Falle laufen zu lassen.

Aber noch während er sich selbst einen Narren schalt, wußte er bereits, daß sie es nicht mit gewöhnlichen Dieben zu tun hatten. Er konnte sich nicht erklären, woher er das wußte, er *wußte* es einfach; es war ein so untrügliches Gefühl, daß es nicht nur an Sicherheit grenzte, sondern *war*. Obwohl – oder vielleicht gerade weil – er die Gestalten nur schemenhaft erkennen konnte, strahlte etwas Unheimliches von ihnen aus, eine stumme, fast körperlich spürbare Bedrohung. Ihre Konturen blieben unscharf und zerfranst, flossen wie huschende Schatten ineinander und verzerrten sich wieder zu etwas völlig anderem, Fremdem. Es sah aus, als hätte die Dunkelheit selbst auf gespenstische Art Gestalt angenommen. Und lautlos und schwebend wie Gespenster kamen die Schatten näher; Kreaturen des Nebels, die kaum mehr Substanz als dieser hatten.

Torian versuchte sich selbst mit dem Gedanken zu beruhigen, daß dieser Eindruck nur vom Nebel hervorgerufen wurde, aber er war machtlos gegen das eisige Entsetzen, das ihn gepackt hatte. Er war unfähig, auch nur einen Schritt zu tun. Seine Reflexe versagten. Er hatte nur noch Angst.

Garth' Hand krampfte sich schmerzhaft fest um seinen Schwertarm.

»Was ... was ist das?« stieß der Dieb hervor.

Wie zur Antwort flaute der Wind ab. Der Nebel senkte sich wieder wie ein milchiger Vorhang auf die Gestalten herab und verbarg sie vor ihren Blicken, doch Torian wußte, daß sie immer noch da waren und lautlos näher geschlichen kamen. Nun, da er sie nicht mehr sehen konnte, fiel auch die Erstarrung von ihm ab.

»Weg hier!« keuchte er und versetzte Garth einen Stoß.

Sie rannten die Gasse entlang, die nach wenigen Metern in eine breite, gepflasterte Straße mündete. Soweit es im Nebel zu erkennen war, waren die Häuser hier größer, und ihre Fassaden sahen etwas weniger heruntergekommen aus. Sie hatten das Elendsviertel verlassen, und wenn sie auch nicht gerade eine der noblen Prachtalleen erreicht hatten, so wirkte die Umgebung doch sehr viel vertrauenerweckender. Es schien Torian fast, als hätten sie mit der Grenze zu den Slums zugleich auch ein unsichtbares Portal durchschritten, an dessen Schwelle die Aura des Schweigens und der Angst hinter ihnen zurückblieb.

Trotzdem sah er immer wieder zurück. Aber die Straße hinter ihnen war leer.

Sie war nicht verlassen. Vereinzelt hasteten Menschen an ihnen vorbei. Der Nebel machte auch aus ihnen gesichtslose, anonyme Schemen, aber ihnen fehlte die Ausstrahlung des Bedrohlichen, die von den fünf unheimlichen Gestalten ausgegangen war. Fast erschien es Torian sogar, als wären die Schwaden hier weniger dicht als im Elendsviertel.

Eine Gruppe patrouillierender Soldaten kam ihnen entgegen. Auch wenn Torian gewöhnlich um alles, was mit Uniformen zu tun hatte, einen möglichst großen Bogen machte, erleichterte ihr Anblick ihn jetzt beinahe. Niemand kannte ihn hier, und auch Garth wurde für tot gehalten. In dem Nebel konnte sie ohnehin niemand erkennen, so daß ihnen keine unmittelbare Gefahr drohte. Trotzdem wandten sie die Gesichter ab, bis die Patrouille vorbei war. Kurze Zeit später verklang auch das Hallen der schweren Stiefel hinter ihnen. Torian atmete hörbar auf, und auch Garth entspannte sich.

»Dort ist es«, sagte Garth und deutete auf ein Eckhaus, das wie der Rammsporn eines gemauerten Schiffes ein wenig aus dem Häuserblock hervorwuchs.

Ein von einer flackernden Öllampe dürftig beleuchtetes Schild schwang über der Tür knarrend hin und her. Die Schrift darauf war längst verblaßt und so unleserlich geworden, daß sich die Buchstaben nicht einmal mehr erahnen ließen. Gedämpftes Stimmengemurmel und vereinzeltes Lachen drang aus dem Inneren der Schenke.

Torian stieß die Holztür auf und trat ein.

Ein Duft, gemischt aus Schweiß, gebratenem Fleisch, Tabakrauch, Wein und abgestandenem Bier, schlug ihnen entgegen, der unbeschreibliche Gestank einer Hafenkneipe, der überall auf der Welt gleich war. In diesem Moment begrüßte Torian ihn fast, obgleich er ihm auf der anderen Seite beinahe den Magen umdrehte. Aber er war nach allem ein Stück Realität, etwas, das er kannte und einschätzen konnte und das nicht mit dürren Spinnenbeinen der Furcht nach seiner Seele griff und ihn lähmte.

In der Schenke waren überraschend viele Menschen, die meisten mit Gesichtern und Händen, wie man sie in einer Hafenstadt anzutreffen erwartete: von Wind und Salzwasser gegerbt und grob, viele in den typischen Kleidern von Fischern oder Matrosen. Einige wandten die Köpfe und warfen Torian gelangweilte, aber auch abschätzende Blicke zu. Das Interesse an den beiden Neuankömmlingen verging allerdings so rasch, wie es gekommen war. Jedermann erkannte wohl, daß bei diesen beiden nicht viel zu holen war, außer einem eingeschlagenen Schädel vielleicht.

Garth drängte sich an Torian vorbei und bahnte ihnen mit seinen Schultern und Ellenbogen einen Weg zum Tresen. Zum Ausgleich kassierte auch Torian von den Umstehenden einige unsanfte Knüffe, die er aber wohlweislich ignorierte. Da an der Theke kein Platz frei war, schob Garth kurzerhand zwei der Männer zur Seite. Angesichts seiner massigen Statur verzichteten sie auf jeden Protest und beschränkten sich darauf, ihm einige böse Blicke zuzuwerfen. Torian runzelte die Stirn, schwieg aber. Es mochte sein, daß Garth besser als er wußte, wie man sich hier zu benehmen hatte, aber er hielt nicht viel davon, unnötigen Streit zu provozieren.

Der Wirt kam herbeigeschlurft, ein langer, unglaublich dürrer Kerl, der aussah, als ob ihn jeder Windstoß aus den Schuhen heben würde. Auf seinem Gesicht lag ein überaus dämliches Grinsen, und er hielt die Augen halb geschlossen, als würde er jeden Moment im Stehen einschlafen.

»Was soll's sein«, nuschelte er so undeutlich, daß Torian seine Worte mit viel Phantasie gerade noch verstehen konnte.

»Zwei Bier und einen ordentlichen Braten«, bestellte Garth. »Aber ein gutes Stück. Rind oder Schwein. Laß dir nicht einfallen, uns deinen üblichen Rattenbraten zu servieren.«

Der Hagere, bei dem es sich nur um Kaam handeln konnte, schüttelte träge den Kopf. »Wir ham nur Fisch.«

»Hätte ich mir denken können«, seufzte Garth. »Dann eben Fisch. Aber schnell.« Der Wirt verdrehte ergeben die Augen und entfernte sich.

»Das ist Kaam«, erklärte Garth, nachdem sie beide einen Krug Bier bekommen hatten. »Laß dich von seinem blöden Grinsen nicht täuschen. Er ist genauso intelligent, wie er dumm aussieht. Außerdem habe ich noch nie jemanden gesehen, der geschickter mit einem Wurfmesser umgehen kann.«

»Dafür scheint es mit seinem Gedächtnis nicht zum besten bestellt zu sein«, erwiderte Torian. »Oder seine Wiedersehensfreude hält sich sehr in Grenzen.«

Garth zog eine Grimasse. »Unsinn! Natürlich hat er mich erkannt. Aber bei so vielen neugierigen Ohren ringsum ist es manchmal besser, so etwas nicht offen zu zeigen, weißt du? Wir sollten selbst auch nicht davon sprechen.«

Torian blickte sich unauffällig um. Die Menschen saßen und standen in Gruppen zusammen, würfelten, lachten und grölten Seemannslieder. Niemand schien von den beiden Fremden Notiz zu nehmen, aber was besagte das schon? Er wäre schon ein dutzendmal umgebracht worden, hätte er sich auf den *Schein* verlassen. Spelunken wie diese waren ein Paradies für Gauner und Spitzel, die nichts weiter taten als lauschen und die jede noch so unwichtige Information in bare Münze zu verwandeln verstanden. Die Nachricht, daß Garth noch lebte, wäre einigen Leuten mit Sicherheit einen ganz hübschen Batzen Geld wert.

Ein Betrunkener kam herangetaumelt, stolperte dicht vor Torian und klammerte sich haltsuchend an ihm fest, bevor er mit einer gemurmelten Entschuldigung weitertorkelte. Garth grinste und wog einen Lederbeutel in der Hand, in dem einige Münzen klimperten.

»Sei froh, daß du nichts Wertvolles bei dir hast«, sagte er kopfschüttelnd und ließ den Beutel in der Tasche verschwinden. »Der

Kerl hat recht geschickte Finger, aber ansonsten ist er ein absoluter Amateur. Findet nichts und läßt sich selbst noch beklauen. Boron kann einem leid tun, wenn er auf solche Leute angewiesen ist.«

»Ich habe nicht mal gesehen, daß du ihn berührt hast«, sagte Torian. »Verstößt es nicht gegen deine Berufsehre, einen Kollegen zu beklauen?«

Garth kicherte. »Im Gegenteil. Ich beklaue nur Reiche oder andere Diebe. Das stellt wenigstens eine sportliche Anforderung dar. Noch so ein paar Anfänger, und wir haben das Geld für die Schiffspassage zusammen.«

Torian verkniff sich eine Antwort. Gegen Garth' Argumentation – so fadenscheinig sie war – kam er ohnehin nicht an. Er trank einen Schluck. Das Bier schmeckte dünn und schal. Es befand sich zuviel Wasser darin, aber dafür war der Krug auch nur zu zwei Dritteln gefüllt. Außerdem war es warm.

Seufzend leerte er ihn und bestellte einen neuen, nachdem er sich den Schaum vom Mund gewischt hatte.

Ein junges Mädchen, das Kaam hinter der Theke half, brachte ihnen das Essen. Ihrer aufreizenden Kleidung und den Falten zufolge, die sich trotz ihrer Jugend bereits in ihr Gesicht gegraben hatten, schienen Bier und Fisch nicht das einzige zu sein, was sie zu verkaufen hatte.

Unschlüssig betrachtete Torian seinen Teller. Er hatte Fisch noch nie sonderlich gemocht, probierte einen Happen und verzog angewidert das Gesicht. »Jetzt weiß ich auch, wieso hier so viel los ist«, sagte er mit gespieltem Ernst. »Kaam vergiftet seine Gäste, damit niemand erzählen kann, was für einen Fraß er hier verkauft.«

»Und zu welchem Preis«, fügte Garth im gleichen Tonfall hinzu. Mißtrauisch beäugte er seinen Fisch, drehte ihn mit spitzen Fingern herum und roch daran. »Der ist wohl auch schon ein bißchen länger tot«, kommentierte er, riß dann aber doch einen großen Streifen Fleisch ab und stopfte ihn sich in den Mund. »Was soll's, ist ja quasi geschenkt.«

Torian würgte noch einige Bissen gegen den schlimmsten Hunger hinunter, dann schob er den Teller von sich und spülte den schlechten Geschmack des Fisches mit dem etwas weniger schlechten Geschmack des Bieres hinunter. Garth rülpste ungeniert. Von seinem Fisch waren nur noch ein paar Gräten übrig.

»Kümmern wir uns um unsere Passage. Kaam wird schon auf uns warten«, sagte er und wischte sich die fettigen Finger an der Hose ab. Er deutete unauffällig auf eine Tür im Hintergrund des Raumes. »Wir müssen außen rum, damit es nicht auffällt.«

Sie drängten sich durch die Menge zum Ausgang und verließen die Schenke. Nach der stickigen Wärme im Inneren kam Torian die frische Nachtluft eisig vor, obwohl der Nebel immer noch wie eine Glocke über der Stadt lastete. Er atmete ein paarmal tief durch. Was er roch, waren Meer und Kälte und Nebel. Aber auch noch etwas anderes ... Er verscheuchte den Gedanken.

»Hier lang«, sagte Garth und führte ihn um das Gebäude herum in eine schmale Gasse, bis sie ein kleines Tor an der Seitenwand erreichten. Noch bevor er die Hand hob, um anzuklopfen, wurde es von dem Mädchen geöffnet. »Kommt herein.«

Sie gelangten auf einen mit Schmutz und Unrat übersäten Hof und von dort aus wieder ins Haus hinein. Das Mädchen führte sie in ein Zimmer, wo Kaam bereits auf sie wartete.

»Kümmere dich so lange allein um die Gäste«, befahl er mit barscher Stimme, bevor er sich an Garth wandte. Er schüttelte den Kopf. Von dem verschlafenen Ausdruck in seinem Blick war nichts mehr geblieben.

»Garth, Die Hand. Freut mich, dich wiederzusehen, ehrlich. In letzter Zeit treibt sich nur noch primitives Gesindel in der Stadt herum. Die ganze Arbeit macht keinen Spaß mehr. Aber ich habe nie geglaubt, daß du tot bist. Es wäre ein schlechter Witz, wenn ein Mann von deiner Begabung ausgerechnet auf einem Schlachtfeld sterben würde.«

Jetzt, wo sie allein waren, erwies sich Kaam als ebenso geschwätzig, wie er sich vorher wortkarg gegeben hatte. Er sprach schnell – und fast, ohne Luft zu holen –, aber wenigstens waren seine Worte jetzt klar zu verstehen. Auch machte er nicht mehr den Eindruck, als ob er jeden Moment einschlafen würde. Im Gegenteil, er wirkte so hellwach, wie er es wahrscheinlich die ganze Zeit über gewesen war.

»Hast du schon mit Boron gesprochen?« erkundigte er sich und fuhr fort, ohne eine Antwort abzuwarten: »Er wird sich freuen, dich zu sehen. Der Alte hat die Hoffnung auf bessere Zeiten noch nicht aufgegeben. Aber kommen wir zu dir. Du bist doch bestimmt nicht mit leeren Händen gekommen. Was hast du ...«

»Nichts«, unterbrach Garth seinen Redefluß. »Ich habe Boron schon getroffen. Das Geschäft sieht schlecht aus, aber ich habe keine Lust, mich wieder in Armar niederzulassen. Mach dir keine falschen Hoffnungen.«

»Du willst nicht ...« Kaam schüttelte den Kopf. »Das ist nicht dein Ernst. Trinken wir erst einmal auf das Wiedersehen. Kyla, bring uns Wein. Aber einen guten Tropfen.«

Das Mädchen brachte eine bauchige Flasche und drei Becher herein. Torian kostete einen Schluck. Der Wein war trocken und schmeckte ein wenig harzig. Kein Spitzenwein, aber um ein Vielfaches besser als der gesüßte Essig, den Boron ihnen vorgesetzt hatte. Trotzdem trank er nur wenig. Er spürte bereits die Wirkung des ungewohnten Alkohols und wollte einen klaren Kopf behalten.

»Also, warum bist du gekommen?« fragte Kaam.

»Zunächst mal brauchen Torian und ich ein Quartier für ein paar Tage«, erklärte Garth.

»Kein Problem, du weißt doch, mein Haus steht dir immer offen. Sogar zu einem Freundschaftspreis.«

Garth ignorierte den letzten Satz. »Dann brauchen wir eine Schiffspassage. Entweder zu den freien Städten im Süden oder in die Westländer. Der Statthalter ist nicht gut auf mich zu sprechen, und vom Krieg haben wir die Schnauze voll.«

»Kann ich verstehen«, brummte Kaam nach einer kurzen Pause

und versuchte vergeblich, seiner Stimme einen mitfühlenden Unterton zu verleihen. »Eine Schiffspassage – hmmm. Laß mich überlegen. Es liegen eine Menge Schiffe im Hafen, aber an eurer Stelle würde ich auf keines auch nur einen Fuß setzen. Kriegsschiffe oder Seelenverkäufer, kannst es dir aussuchen. Bei einigen könnte es euch auch passieren, daß ihr ganz gegen euren Willen plötzlich zur Mannschaft gehört. Da gibt es einige Kapitäne, die rekrutieren ihre ...«

»Erspar uns die Einzelheiten«, schnitt Torian ihm das Wort ab. »Kannst du uns etwas vermitteln oder nicht?«

Kaam musterte ihn, als hätte er ein seltenes Tier vor sich. »Nicht gerade sehr höflich, dein Freund«, sagte er, an Garth gewandt. »An deiner Stelle würde ich mir meine Freunde ...«

»Torian hat recht. Wir haben eine weite Reise hinter uns und sind müde.« Garth lächelte verzeihend. »Wie sieht es aus mit der Passage?«

»Mal sehen. Soweit ich gehört habe, wird Harlon mit seiner NOVATAN in den nächsten Tagen einlaufen. Er könnte euch nach Tais bringen. Von dort kommt ihr mühelos in die Westländer weiter.«

»Harlon?« Garth schluckte. »Der Verrückte? Bist du von Sinnen, Kaam? Ich habe keine Lust, auf einer fünftägigen Reise zehn Handelsschiffe zu überfallen.«

»Aber, aber, so darfst du das nicht sehen«, widersprach Kaam grinsend. »Harlon überfällt keine Schiffe, sondern sichert ihnen gegen ein kleines Entgelt die freie Weiterfahrt. Etwas Besseres kann ich euch zur Zeit nicht bieten.«

Garth leerte seinen Becher und stand auf.

»Am besten unterhalten wir uns morgen weiter. Was ist mit dem Quartier?«

Kaam seufzte. »Nicht, daß ich dir nicht traue, Garth, das darfst du nicht denken. Aber falls die Soldaten dich erwischen sollten, stehe ich dumm da. Eine kleine Vorauszahlung wäre da wohl angebracht.«

»Halsabschneider«, knurrte der Dieb und warf ihm den Lederbeutel zu. Mit geschickten Fingern zählte Kaam die Münzen und betrachtete den Beutel genauer.

»Den kenne ich doch! Woher ...«

»Du mußt dich täuschen«, unterbrach ihn Garth. »Es gibt viele Beutel wie den da.«

Kaam seufzte erneut, ehe er den Beutel in der Tasche verschwinden ließ. »Na, mir soll's egal sein, ich bin nur gespannt, wie Kron seine Zeche heute zahlen will. Da siehst du, was du für einen stümperhaften Nachwuchs hinterlassen hast. Willst du es dir nicht vielleicht doch noch einmal ...«

»Das Zimmer«, erinnerte Garth sanft.

»Schon gut. Die Fürstensuite ist leider schon belegt, aber mal sehen, was ich machen kann«, sagte Kaam mit einem süffisanten Lächeln. »Kyla, bring meine Freunde auf ihr Zimmer.«

Das Mädchen kam mit einer Kerze in der Hand herangehuscht. Es verbeugte sich scheu und wischte sich die Hände an der Schürze ab, bevor es sie die eine nur dürftig erleuchtete Treppe hinaufführte und eine Tür aufschloß.

»Ich hoffe, es gefällt euch«, sagte sie in einem Ton, der die Hoffnung ausdrückte, sie möchten ihren Unmut über die miserable Kaschemme nicht an ihr auslassen. Es gab zwei einfache Lager, deren Stroh dem Gestank nach schon seit geraumer Zeit auf den Misthaufen gehört hätte; außerdem einen morschen Tisch mit einer Schüssel, deren Wasser ebenfalls alles andere als frisch und sauber war, wie Torian mit einem mißbilligenden Blick feststellte.

»Was war das hier früher?« fragte Torian. »Ein Schweinestall?«

»Das ist noch das beste Zimmer«, versicherte Kyla rasch und stellte die Kerze auf den Tisch. »Wenn ich noch etwas für euch tun kann ...«

»Schon gut«, entgegnete Garth und drückte ihr eine Münze in die Hand. Mit einem erleichterten Aufatmen wandte sich das Mädchen um und schloß beinahe hastig die Tür hinter sich.

»Wirklich eine fürstliche Unterkunft«, knurrte Torian. Er hielt sich demonstrativ die Nase zu, während er seinen Umhang auf einem Lager ausbreitete und sich darauf sinken ließ. »Wenn das das beste Zimmer ist, möchte ich die anderen nicht erst sehen.«

»Wenigstens sind wir hier sicher untergebracht«, antwortete Garth.

»Hoffentlich.« Torian legte das Schwert griffbereit neben sich, wie er es sich seit vielen Jahren angewöhnt hatte, ließ sich aufs Bett sinken und verschränkte die Hände hinter dem Kopf. Er war müde, aber mit einem Male hatte er wieder Angst einzuschlafen.

»Ist dieser Harlon wirklich so schlimm, wie du behauptet hast?« fragte er in die Dunkelheit hinein.

Die einzige Antwort bestand in einem lautstarken Schnarcher, der ganz und gar nicht echt war, aber deutlich machte, daß Garth jetzt nicht mehr reden wollte.

Torian seufzte, drehte sich auf die Seite und schloß die Augen. Es dauerte nicht einmal eine Minute, bis er eingeschlafen war.

Auch in dieser Nacht wurde er wieder von Alpträumen heimgesucht, und wie zuvor geschah es in unzusammenhängenden Bildern.

Torian sah sich selbst am Grund einer Schlucht stehen, so tief, daß das Sonnenlicht ihren Boden niemals erreichte. Neben ihm ragten zyklopische Felswände auf, die sich mit wachsender Höhe gegeneinander zu neigen schienen, so daß nur ein schmaler Streifen Himmel sichtbar war, wenn er den Kopf ganz in den Nacken legte. Die Wände schienen zu pulsieren, und es dauerte einige Sekunden, bis er begriff, daß es nicht nur Einbildung war. Die Felsen bewegten sich wirklich aufeinander zu, so daß der schmale Lichtstreifen immer kleiner wurde und schließlich ganz verschwand. Dennoch konnte Torian sehen, daß die Felsen immer noch weiter miteinander verschmolzen, rings um ihn herum in rasendem Tempo zusammenwuchsen und ihn unter Tausenden Tonnen Gestein zu begraben drohten. Spinnengleich kroch er durch winzige Spalten und Höhlen, um dem Gefängnis doch noch zu entrinnen.

Das Bild wechselte. Er sah sich auf dem Gipfel des Berges stehen und sah etwas aus den zerklüfteten Felsen herauskriechen, etwas, von dem er im ersten Moment glaubte, er wäre es selbst, doch dann kam es näher und er sah, daß das *Ding* nichts mehr mit ...

Mit einem Ruck fuhr er hoch. Diesmal brauchte er nicht länger als eine Sekunde, um die klebrigen Traumfäden abzuschütteln und in die Realität zurückzufinden.

Etwas hatte ihn geweckt.

Im Zimmer herrschte das zwielichtige Halbdunkel der Morgendämmerung. Es würde nicht mehr lange dauern, bis die Sonne aufging. Trotz der frühen Stunde war es bereits warm und stickig. Aber da war noch etwas ...

Aufmerksam lauschte er.

Das Geräusch wiederholte sich. Es lag dicht am Rande des gerade noch Wahrnehmbaren; ein leises Tappen wie von weichen, *feuchten* Füßen, das vom Gang her an seine Ohren drang.

In einer einzigen geschmeidigen Bewegung sprang Torian auf und griff nach dem Schwert. Er zog es aus der Scheide, wobei er das Geräusch dämpfte, indem er die Klinge zwischen den Fingern hindurchgleiten ließ. Mit einem Schritt war er bei Garth und weckte ihn durch ein leichtes Rütteln an der Schulter. Schlaftrunken richtete sich der Dieb auf.

»Was ...«

Unter der Wucht eines ungeheuer harten Trittes flog die Tür auf, wurde halb aus den Angeln gerissen und prallte krachend gegen die Wand. Zwei, drei, schließlich fünf schemenhafte Gestalten glitten aus der Dunkelheit des Flures ins Zimmer.

Torian war nicht mal besonders überrascht, als er die Männer wiedererkannte, die ihnen am vergangenen Abend durch den Nebel gefolgt waren. Er konnte sie auch jetzt nicht wirklich *sehen.* Etwas war immer noch um sie, das sie mehr zu Schemen denn zu Menschen werden ließ. Sie waren von Kopf bis Fuß in enganliegende braune Kleidung gehüllt, die ihnen selbst jetzt noch etwas Schattenhaftes verlieh. Selbst ihre Gesichter waren hinter dunklem Stoff verborgen, der nicht einmal Schlitze für die Augen frei ließ, so daß Torian sich fragte, wie sie überhaupt sehen konnten. In ihren Händen funkelten Schwerter, die keinen Zweifel an dem Grund ihres Eindringens ließen.

Torian sprang aus dem Stand vor. Noch bevor die Eindringlinge ihre Waffen hochgerissen hatten, traf sein Fuß den ersten gegen die Brust. Er warf sich noch im Sprung herum und hieb nach dem Schwert des zweiten. Die Waffen prallten aufeinander. Unter der Wucht des Hiebes zersprang die Klinge des Unbekannten wie Glas, der Mann taumelte zurück, prallte schwer gegen die Wand und umklammerte sein geprelltes Handgelenk mit der Linken.

Torian rollte sich ab, trat nach dem Bein eines weiteren Angreifers und kam mit einer geschmeidigen Bewegung wieder auf die Füße. Alles hatte wenig länger als eine Sekunde gedauert.

Die Männer wurden von der ungestümen Gewalt seines Angriffs völlig überrascht. Sie hatten geglaubt, auf schlafende, wehrlose Opfer zu treffen, doch sie überwanden ihren Schock blitzschnell und bewiesen, daß sie durchaus zu kämpfen verstanden.

Torian duckte sich unter einem Hieb durch und parierte einen weiteren mit dem Schwert. Es gelang ihm nicht ganz, die Waffe in die richtige Position zu bringen; statt an seiner Klinge abzugleiten, explodierte die ganze ungeheure Wucht des Schlages in seinem Handgelenk und lähmte es für Sekunden. Er schrie auf, als ein furchtbarer Schmerz durch seinen Arm raste. Blitzschnell wechselte er die Waffe in die andere Hand, sprang ein paar Schritte zurück und wäre um ein Haar über sein eigenes Bett gestolpert. Einem zweiten, nach seinem Kopf gezielten Schlag konnte er nur entgehen, indem er sich fallen ließ. Das Schwert zischte dicht über seinen Kopf hinweg.

Instinktiv fing Torian den Sturz mit den Händen ab, und erneut zuckte ein feuriger Schmerz durch seinen Arm, als das verletzte

Handgelenk unter seinem Körper wegknickte. Sofort wälzte er sich auf den Rücken. Direkt über sich sah er einen der Schatten aufwachsen, das Schwert bereits zum Schlag erhoben, und mit entsetzlicher Deutlichkeit wurde Torian klar, daß er nicht mehr ausweichen konnte.

Etwas Silbernes, Kleines fegte über ihm durch die Luft, fand mit tödlicher Präzision den schmalen Spalt zwischen Brustpanzer und Gesichtsschutz des Mannes und tötete ihn auf der Stelle. So lautlos, wie er gekämpft hatte, brach der Angreifer in die Knie und fiel zur Seite. Aus seiner Kehle ragte der zitternde Griff eines kleinen Wurfdolches.

Erst jetzt konnte Torian seine Lähmung abschütteln und sich zur Seite rollen. Der Unbekannte brach kaum eine Handbreit neben ihm zusammen. Garth schleuderte einen weiteren Dolch, doch diesmal verfehlte er sein Ziel. Die Waffe hämmerte wirkungslos in die Wand. Der Dieb sprang vor, trieb zwei weitere Angreifer mit wuchtigen Streichen zurück und zog Torian mit einem Ruck auf die Beine.

Torian tänzelte zwei, drei Schritte zurück und griff unvermittelt wieder an. Er täuschte einen geraden Stich vor, riß die Klinge in einer unmöglich anmutenden Bewegung herum und stieß sie einem Angreifer in die Schulter. Der Mann taumelte zurück und riß im Fallen noch einen weiteren Angreifer mit sich zu Boden.

Torian gewann für einige Sekunden Luft. Er schlug ein Schwert beiseite, das auf Garth gezielt war, dann mußte er sich wieder seinen eigenen Gegnern zuwenden. Trotz des zahlenmäßigen Ungleichgewichts begriff er nicht, wieso auch nur einer der Männer noch auf den Beinen stand. Sie hatten alle mehr oder minder schwere Verletzungen davongetragen, doch mit Ausnahme des Toten war niemandem auch nur eine Behinderung anzumerken. Selbst der Mann mit der durchbohrten Schulter wechselte lediglich das Schwert in die andere Hand und kämpfte ohne einen Laut des Schmerzes weiter.

Der Kampf begann gespenstische Formen anzunehmen. Torian

hatte es längst aufgegeben, seine Gegner nur verletzen zu wollen. Wenn es überhaupt *Menschen* waren, gegen die sie fochten, dann solche, die das Wort Schmerz nicht kannten. Immer weiter wurde Garth zurückgedrängt, und auch Torian erging es nicht anders, obwohl sie immer wieder Ausfälle machten und den Unbekannten neue Wunden schlugen, die jeden anderen Gegner zumindest kampfunfähig gemacht hätten. Trotz der Tücher vor dem Gesicht schienen sie in dem herrschenden Halbdunkel ohne jede Schwierigkeit sehen zu können. *Gegen was kämpften sie?*

Torian spürte, wie seine Kräfte allmählich nachließen. Nur noch mit Mühe brachte er sein Schwert hoch, um die unermüdlich auf ihn einprasselnden Hiebe zu parieren. Mehr als einmal hatte er den Unbekannten schon Gelegenheit geboten, ihn zu töten, aber sie hatten ihre Chance stets einen Sekundenbruchteil zu spät erkannt, so daß er sich doch noch rechtzeitig in Sicherheit bringen konnte. Niemand hörte den Lärm; offensichtlich waren sie die einzigen Gäste in diesem Flügel des Hauses, so daß sie nicht auf Hilfe von außen hoffen durften.

Gehetzt sah er sich nach Garth um. Es war dem Dieb gelungen, einen der Unbekannten in die Ecke neben der Tür zu drängen. Er hob das Schwert zu einem vernichtenden Hieb, fuhr dann aber blitzschnell herum und schlug statt dessen nach seinem zweiten Gegner.

Er sah die Falle zu spät. Der Unbekannte wich mit unglaublicher Schnelligkeit zur Seite und schmetterte dem Dieb die Breitseite seines Schwertes gegen den Hinterkopf. Garth keuchte, taumelte einen halben Schritt zur Seite und brach wie ein gefällter Baum zusammen.

»Garth!« brüllte Torian. Er wollte herumfahren, um Garth zu Hilfe zu eilen, aber er kam nicht mehr dazu. Seine sekundenlange Unachtsamkeit rächte sich. Es gelang ihm, dem tödlichen Stoß auszuweichen, aber die Klinge traf seinen linken Arm. Es war nur eine unbedeutende Fleischwunde, kaum mehr als ein Kratzer, den er normalerweise kaum gespürt hätte, doch jetzt zuckte ein unbeschreiblicher Schmerz durch seinen Arm.

Er begriff selbst nicht, was geschah. Der Schmerz war unvorstellbar, gräßlicher, als würde sein Arm in siedendes Öl getaucht. Torian öffnete den Mund zu einem Schrei, brachte aber nur ein wimmerndes Stöhnen zustande. Das verwüstete Zimmer und die vier lederbraunen Angreifer begannen vor seinen Augen zu verschwimmen.

Dafür spürte er, wie etwas anderes, etwas *in ihm* auf den Schmerz reagierte und lautlos zu schreien begann. Der Schrei gellte in seinen Gedanken auf, durchzog seinen gesamten Körper und brachte ihn zum Vibrieren.

Etwas in ihm zerbrach.

Erwachte ...

Alles ging so schnell, daß Torian selbst kaum begriff, was mit ihm geschah. Die Bewegungen seiner Gegner schienen zu gefrieren, als liefe die Zeit für sie um ein Vielfaches langsamer ab. Sein Schwert zuckte hoch, fuhr um die Waffe eines der Unbekannten herum, züngelte nach seinem Gesicht und tötete ihn auf der Stelle. Gleichzeitig riß Torian das Bein hoch, brach mühelos durch die Deckung eines zweiten und schleuderte seinen Kopf so kraftvoll in den Nacken, daß das Genick mit einem widerlichen Knacken brach.

Alles, was er noch empfand, war Haß; gräßlicher, alles verzehrender Haß, gepaart allerhöchstens mit Unverständnis und einem ganz schwachen Entsetzen über die Kraft, die plötzlich in ihm war. Nicht mehr die Kraft eines Menschen.

Er wirbelte einmal um die eigene Achse, wich geradezu mühelos einem Schwertstreich aus und enthauptete den Mann mit einem einzigen Hieb.

Der letzte überlebende Angreifer begriff endlich, daß er auf verlorenem Posten stand, und versuchte sein Leben zu retten. Ohne einen Laut von sich zu geben, warf er sich herum und hetzte auf die Tür zu.

Torian hechtete mit einem gewaltigen Satz hinter ihm her, kam dicht hinter ihm auf und rollte sich ab. Den ganzen Schwung der Drehung ausnutzend, trieb er dem Unbekannten das Schwert bis zum Heft in den Rücken und riß es wieder zurück. Der Mann starb lautlos und schnell, aber der Anblick brachte Torian schier um den Verstand. Einen Herzschlag lang spürte er das unbändige Verlangen, sein Gesicht in das Blut zu tauchen und ...

Es war diese Vorstellung, die ihn in die Wirklichkeit zurückriß. Mit aller Kraft kämpfte er gegen das Fremde an und drängte es in einer letzten gewaltigen Anstrengung dorthin zurück, wo es hergekommen war.

Im selben Moment begriff Torian, was er getan hatte, und fast im selben Moment erlosch auch seine Kraft, als wäre es nur das Fremde, Böse in ihm gewesen, das sie ihm geliehen hatte.

Das Schwert schien plötzlich Tonnen zu wiegen. Er taumelte zurück, ließ die Waffe angeekelt fallen und begann seine Hände an der Hose zu reiben, immer und immer wieder und ohne daß er imstande gewesen wäre, die Bewegung aufzuhalten; fast, als fühle er sich schon durch die Berührung mit der Waffe besudelt. Keuchend sank er in die Knie und barg das Gesicht in den Händen.

Was hatte er getan?!

Er hatte schon viele Männer getötet, starke und schwache, gute und schlechte, aber noch niemals *so*! Nie zuvor hatte er einen Fliehenden von hinten abgeschlachtet. Genau das war es gewesen: ein Schlachten, das nichts mehr mit einem Kampf zu tun hatte. Die Männer hatten nicht den Hauch einer Chance gehabt gegen das, was plötzlich aus ihm herausgebrochen war. Und das allerschlimmste war: er hatte es genossen!

Torian stöhnte, als er sich an die Schwärze zu erinnern versuchte, die so plötzlich Macht über ihn erlangt hatte. Er hatte derartiges noch nie erlebt, und er begriff auch jetzt nicht, was geschehen war. Aber allein die Erinnerung ließ ihn erneut schaudern. Wie ein eigenständiges Wesen kroch seine Hand zur linken Schulter und tastete unter den Harnisch; ohne daß er wußte, warum, fühlte er nach der Stelle, an der ihn der Stachel der Spinne durchbohrt hatte.

Da ... war etwas. Eine kleine Schwellung, die unter seinen Fingerspitzen in unstetem Rhythmus pochte und wie ein winziges zweites Herz pulsierte, im gleichen Takt wie sein eigenes, aber schneller, aggressiver.

»Nein!« keuchte Torian. Ein entsetzlicher Verdacht keimte in ihm auf, ohne daß er in der Lage war, ihn wirklich zu verstehen, geschweige denn, in Worte zu fassen. Der Gedanke entglitt ihm schneller, als er ihn zu fassen vermochte, aber er verschwand nicht vollends. Zurück blieben Leere und das flüchtige Gefühl, etwas Wichtiges verloren zu haben. Dort, wo sein Gedächtnis sein sollte, gähnte nur ein tiefes schwarzes Loch, das sich langsam mit Panik und abgrundtiefem Ekel zu füllen begann. *Was geschah mit ihm? WAS?!*

Zutiefst verstört wankte Torian ins Zimmer zurück und sah sich um. Die fünf Männer waren tot, waren von ihm in einem verzweifelten Kampf unter Aufbietung aller Kräfte besiegt worden. Es gab nichts Unheimliches daran. Er hatte Glück gehabt, das war alles.

Er beugte sich über einen der Toten und riß ihm das Tuch vom Gesicht. Was er im Licht der nun immer rascher heraufziehenden Morgendämmerung sah, ließ ihn aufstöhnen.

Das Gesicht des Mannes wirkte auf erschreckende Art ... *unfertig.*

Der Unbekannte hatte Mund und Nase und Augen, aber seine Züge waren nur angedeutet, nicht ausgeprägt. Es sah aus, als hätte man den Schädel eines Säuglings so weit vergrößert, bis er auf den Körper eines Erwachsenen paßte. Und noch etwas fiel Torian auf. Die Haut des Mannes war so bleich, als wäre er schon seit Tagen tot. Sie sah abstoßend weiß und schwammig aus, ihr fehlte jede noch so winzige Nuance natürlicher Sonnenbräune. Kein Bartwuchs.

Torian hob widerstrebend die Hand und berührte das fremdartige Gesicht. Es war ein Gefühl, als ob er in aufgequollenen Hefeteig gegriffen hätte. Er überwand seinen Abscheu und versuchte die wimperlosen Augen des Mannes zu öffnen.

Es ging nicht.

Verwirrt hob Torian die Hand, schüttelte den Kopf und versuchte es noch einmal.

Das Ergebnis war das gleiche. Es ging nicht.

Der Mann hatte keine Augen ...

Eine eisige Hand schien über Torians Rücken zu fahren, als er begriff, daß es nicht nur ein böser Scherz war, den ihm seine überreizten Nerven spielten. Wo sich bei einem normalen Menschen die Lider befanden, gab es nur eine durchgehende Hautfläche, die nahtlos mit der Haut an Stirn und Wangen verwachsen war.

Der Unbekannte war blind, mehr noch – er hatte niemals Augen gehabt!

Torian kroch zu einem anderen Mann und riß auch ihm das Tuch vom Gesicht. Das Bild war das gleiche.

Aber das war ... unmöglich! dachte er hysterisch. Völlig ausgeschlossen! Er zweifelte nicht daran, daß auch die anderen drei Männer blind waren, aber das änderte nichts daran, daß das einfach nicht möglich war. Es war undenkbar, daß sich die Natur gleich fünfmal hintereinander den gleichen bösen Scherz erlaubt haben sollte.

Zauberei?

Torian schluckte nervös. Obgleich er mehr als genug Beweise für das Gegenteil bekommen hatte, weigerte er sich immer noch, *wirklich* an Zauberei und Schwarze Magie zu glauben.

Nein – irgend etwas ging hier nicht mit rechten Dingen zu. Und er würde herausfinden, was.

Die Männer waren blind gewesen, das stand fest. Aber wieso hatten sie kämpfen können?

Hatten sie ... *gehört,* was er tat?

Alles in Torian sträubte sich gegen diese Vorstellung, aber es war die einzige logische Erklärung. Dadurch erklärten sich auch ihr gelegentliches Zögern und ihre Unfähigkeit, seine Blößen auszunutzen, wenn es ihm nicht gelungen war, sein Schwert schnell genug hochzureißen. Sie hatten immer nur *ungefähr* gewußt, wo er sich befand.

Trotzdem blieb es unfaßbar.

Er stand auf, um zu Garth hinüberzugehen, als die Sonne über den Dächern Armars aufging. Sein Blick streifte das Fenster.

Und er schrie auf.

Das Licht stach wie ein Speer aus gleißender Helligkeit in seine Augen. Noch nie zuvor war ihm Licht so grell vorgekommen. Keuchend vor Schmerz und Überraschung riß er die Arme vors Gesicht. Er war es gewohnt, Schmerzen stumm zu ertragen, aber dies war fast mehr, als er aushalten konnte. Seine Augen brannten, als wären sie mit Säure verbrannt. Rasender Schmerz pochte zwischen seinen Schläfen.

Blind taumelte er im Zimmer umher und merkte kaum, daß er stürzte und hart auf dem Boden aufschlug. Er fand nicht mehr die Kraft, sich aufzurichten, sondern kroch weiter, bis er den toten Winkel neben dem Fenster erreichte, den einzigen Ort, an dem er nicht direkt den unerträglich grellen Strahlen ausgesetzt war. Winselnd kauerte er sich in die Ecke und wartete darauf, daß der entsetzliche Schmerz endlich aufhörte.

Blind tastete er mit der freien Hand über die Wand, bis er den Vorhang zu fassen bekam. Torian zerrte daran, bis er das Fenster weitgehend verdeckte und ihm wenigstens ein klein wenig Linderung brachte.

Ganz langsam nur ließ der Schmerz nach; zumindest so weit, daß er wieder denken konnte. Schon am vergangenen Abend hatte er das Licht schlecht vertragen können. Aber diesmal lag es nicht am fehlenden Schlaf. Etwas war mit seinen Augen geschehen, daß das Sonnenlicht ihm solche unerträglichen Qualen bereitete.

Er hob den Kopf aus der Armbeuge und öffnete vorsichtig die Lider. Sofort stach der Schmerz wieder in seine Pupillen, nicht mehr ganz so unerträglich wie vorher, aber immer noch schlimm genug, ihm die Tränen in die Augen zu treiben. Trotzdem zwang er sich, das Gesicht nicht mit den Händen zu bedecken. Statt dessen ließ er sich nach vorne fallen, genau in das sengende Sonnenlicht hinein.

Der Schmerz steigerte sich ins Unermeßliche. Torian hatte das Gefühl, bei lebendigem Leibe zu verbrennen. In rasender Agonie schlug und trat er um sich, hämmerte schreiend mit den Fäusten auf den Boden und versuchte, sich in den schützenden Schatten zurückzuwälzen. Er wußte selbst nicht, woher er die Kraft nahm, die Hände von seinem Gesicht fernzuhalten. Über seine Lider besaß er längst keine Kontrolle mehr, aber das Licht fraß sich mühelos durch seine zusammengekniffenen Lider hindurch, weißglühende Lanzen, die tief in seinen Schädel drangen.

Es dauerte nur wenige Herzschläge, bis die Schmerzen wieder nachließen, doch Torian kamen sie wie eine Ewigkeit vor. Stöhnend vor Schmerz zwang er sich, die Lider zu öffnen. Tränen schossen ihm in die Augen und woben einen nebeligen Schleier vor seinem Blick. Tief in sich vernahm er einen gellenden Schrei – und dann war der Schmerz schlagartig verschwunden.

Was immer es war, er hatte es besiegt. Für dieses Mal.

Stöhnend massierte er seine Schläfen. Was auch immer ihm den entsetzlichen Schmerz zugefügt hatte, war nicht vernichtet. Er hatte es bezwungen, es aus seinem Bewußtsein verdrängt, aber es lauerte immer noch irgendwo tief in ihm und wartete auf einen Moment, in dem es erneut über ihn herfallen konnte; ein schleichendes Gift, das Zeit brauchte, um seine volle Wirkung zu entfalten.

Aber der Moment würde kommen. Und Torian fürchtete ihn so, wie er noch nie im Leben etwas gefürchtet hatte.

Vielleicht, weil er jetzt wußte, was es war. Nicht bewußt – das Wissen war da, deutlich formuliert und mit gnadenloser Klarheit, aber etwas in ihm hinderte ihn noch daran, danach zu greifen. Vielleicht schützte es ihn auch nur davor, die Wahrheit wirklich zu begreifen und auf der Stelle den Verstand zu verlieren.

Aber wie lange noch?

Garth hatte eine mächtige Beule, aber er war nicht schwer verletzt; Torian rüttelte ihn ein paarmal an der Schulter und weckte ihn schließlich mit einer sanften Ohrfeige aus seiner Benommenheit. Garth schlug stöhnend die Augen auf, hob die Hand an den Kopf und fuhr zusammen, als er die Schwellung unter seinem Haar berührte.

»O verdammt«, murmelte er. »Was ... was ist passiert?«

»Das siehst du doch«, knurrte Torian, setzte sich zurück und massierte seinen Arm. »Ich habe etwas aufgeräumt, nachdem du dich wieder schlafen gelegt hast.«

Garth blinzelte verstört, fuhr mit einem Ruck hoch und sog scharf die Luft ein, als er sah, daß sich das Zimmer in ein Schlachtfeld verwandelt hatte. »Sie ...«

»Sie sind tot«, unterbrach ihn Torian, noch immer lächelnd, aber mit einer ganz genau berechneten Spur von Kälte in der Stimme. »Ich hatte keine Wahl.«

Garth schwieg, aber es war unschwer zu erkennen, wie sehr ihn der Anblick erschütterte.

»Kanntest du diese Männer?« fragte Torian.

Garth schüttelte benommen den Kopf. »Nein«, sagte er sehr leise und erst nach einer geraumen Weile. »Ich habe keine Ahnung, wer ... Großer Gott, Torian, du hast sie ... alle getötet?«

Seine Worte – und vor allem die Betonung, in der er sie sprach – trafen Torian wie eine Ohrfeige. Und schlimmer war vielleicht noch das, was er *nicht* aussprach. »Was hast du erwartet?« erwiderte er kalt. »Ich bin Torian Carr Conn.«

Diesmal war es Garth, der betroffen zusammenfuhr. »Verzeih«, sagte er hastig. »Ich ... ich habe es nicht so gemeint. Aber es wäre besser gewesen, wenn wenigstens einer von ihnen ...«

»Überlebt hätte?« fragte Torian, als Garth nicht weitersprach. »Wozu? Um Fragen zu beantworten?«

Garth nickte, und Torian lachte bitter. »Das hätten sie kaum getan«, sagte er. »Ich bin nicht sicher, ob sie sprechen konnten.«

»Wie meinst du das?«

»Schau sie dir genauer an«, sagte Torian ruhig.

Garth starrte ihn noch einen Herzschlag lang irritiert an, dann erhob er sich auf Hände und Knie, kroch zu einem der Toten hinüber und sog erschrocken die Luft ein. Plötzlich fuhr er hoch, hastete zu einem zweiten, dritten.

»Sie sind blind«, murmelte er. »Sie sind ... alle blind! Aber wie ist das möglich? Sie haben doch wie Besessene gekämpft!«

Torian seufzte. »Ich hatte gehofft, daß du die Antwort wüßtest«, sagte er. »Verdammt, ich habe keine Ahnung, wer die Männer sind, wer sie geschickt hat und erst recht nicht, warum sie uns umbringen wollten. Allmählich begreife ich überhaupt nichts mehr. Aber offenbar ist die Unterkunft hier doch nicht so sicher, wie du geglaubt hast.«

Kopfschüttelnd richtete Garth sich auf und kam zu ihm zurück.

»Soldaten der Stadtwache sind das jedenfalls nicht«, sagte er überzeugt. »Und auch keine einfachen gedungenen Mörder. Ich habe noch nie von *blinden* Killern gehört, die besser als mancher Krieger zu kämpfen verstehen.« Er zögerte einen Moment und dachte nach. »Es sind die fünf, die wir gestern abend gesehen haben, nicht wahr?«

Torian nickte. »Ich glaube schon.«

»Ich war mir sicher, wir hätten sie im Nebel abgeschüttelt«, fuhr Garth fort. »In dieser Brühe können sie uns nicht einmal gehört haben. Ich möchte wissen, wie sie unsere Spur wiedergefunden haben.«

»Vielleicht mußten sie das gar nicht«, murmelte Torian. »Diese Schenke hier ist dein Stammlokal, nicht?«

»Niemand hier weiß, daß ich noch lebe«, erwiderte Garth, eine Spur zu überzeugt, wie Torian fand.

»Irgendwer in der Schenke hat uns erkannt und verraten«, behauptete Torian. »Ob man dich nun für tot hielt oder nicht. Aber das«, fügte er mit leicht erhobener Stimme und einer besänftigenden

Geste hinzu, als Garth abermals auffahren wollte, »erklärt noch nicht, wieso sie uns überhaupt gefolgt sind. Sie waren hinter uns her, *bevor* wir hierherkamen, vergiß das nicht. Vielleicht schon vom Haus deines sogenannten Freundes aus.«

»Boron hat nichts damit zu tun«, widersprach Garth heftig. »Ich kenne ihn seit Jahren. Er würde mich niemals verraten.«

»Auch nicht, wenn er es muß?«

»Auch dann nicht«, sagte Garth.

Torian öffnete den Mund, schluckte seine Entgegnung dann aber doch hinunter. Er spürte, daß es sinnlos war, mit Garth über diesen Punkt zu diskutieren. Offenbar konnte Garth sich einen Verrat Borons ebensowenig vorstellen, wie er selbst es bei Garth vermocht hätte.

»Vielleicht haben sie auch schon vor unserer Ankunft auf uns gewartet«, sagte er deshalb, obwohl er selbst spürte, wie dünn diese Erklärung klang. »Immerhin haben wir mächtige Feinde. Wir sollten zusehen, daß wir so schnell wie möglich wieder aus der Stadt verschwinden. Offenbar haben wir ein Talent, zielsicher in jedes erreichbare Wespennest zu stechen.«

»Wir?« brummte Garth. »*Du* hast dieses Talent. Du scheinst ein Naturtalent zu sein. Und ich ein Idiot, dich nicht längst zur Hölle geschickt zu haben. Vielleicht sollte ich mich besser freiwillig dem Kommandanten stellen und wieder in die Söldnerlisten eintragen lassen. So ein gemütlicher Krieg ist die reinste Entspannung gegen ein paar Tage in deiner Nähe.«

Er verdrehte die Augen, seufzte übertrieben und wurde dann übergangslos ernst. »Zeig mir deinen Arm. Du blutest.«

Torian hatte gar nicht mehr an die Verletzung gedacht, die einer der Unbekannten ihm beigebracht hatte. Erst jetzt, nachdem Garth ihn daran erinnert hatte, spürte er das Brennen der Wunde wieder, lange nicht mehr so entsetzlich wie am Anfang, aber noch immer schlimm genug. Sein Arm war blutüberströmt.

Der Dieb streckte die Hand nach seinem Arm aus, aber Torian

schüttelte nur den Kopf und riß einen Stoffstreifen aus seinem Umhang, den er zu einem provisorischen Verband knotete. »Nur ein Kratzer«, erklärte er und winkte ab.

Garth runzelte die Stirn, schwieg aber. Er stand auf. »Kaam muß uns helfen, die Leichen zu beseitigen. Ich möchte überhaupt gerne wissen, wo er steckt.«

Sie verließen das Zimmer. Das Sonnenlicht fügte Torian zwar keine Schmerzen mehr zu, aber es bereitete ihm auch jetzt noch Unbehagen. Das Halbdunkel des Flures kam ihm vor wie eine lindernde Hand aus Schatten.

Doch er spürte auch, wie das finstere Etwas in ihm schlagartig an Macht gewann und das Dämmerlicht mit einem stummen, freudigen Schrei willkommen hieß. Dürre Spinnenfinger tasteten nach seinem Geist, während sie die Treppe hinunterschritten. Torian krampfte die Hände so fest zu Fäusten zusammen, daß die Nägel in sein Fleisch schnitten, und er begrüßte den Schmerz, der ihm half, gegen die unverständlichen, fremden Gedanken anzukämpfen und sie wieder tief in sich zu vergraben. Was, um alles in der Welt, geschah bloß mit ihm?

Unauffällig musterte er Garth. Er wollte dem Dieb von dem *Ding* in seinem Inneren und den Schmerzen, die das Sonnenlicht ihm zugefügt hatte, erzählen, aber wie schon mehrmals zuvor konnte er es nicht. Etwas, das stärker war als sein Wille, hielt ihn davon ab.

Vielleicht wäre es ihm sogar gelungen, wenn sie nicht in diesem Moment den Schankraum erreicht hätten und über Kaam gestolpert wären.

Im wahrsten Sinne des Wortes.

Er lag reglos auf dem Boden, gekleidet in ein fremdartig aussehendes, schreiend buntes Nachtgewand aus glänzender Seide, das sich langsam mit dem Blut tränkte, das eine große Lache unter seinem Körper bildete. Noch im Tode hielt er die Faust um einen Wurfdolch gekrampft. Nicht einmal seine Schnelligkeit im Umgang mit diesen Waffen hatte ihm etwas gegen die blinden Mörder genutzt. Sie hatten ihm die Kehle durchgeschnitten.

Schaudernd wandte Torian den Blick ab. Und fuhr erschrocken zusammen. »Das Mädchen!«

Garth stürmte durch die Tür hinter der Theke. Als er nach einigen Sekunden zurückkehrte, war sein Gesicht blaß. »Diese Bestien haben auch sie umgebracht. Wir müssen ...«

Ein wuchtiger Schlag ließ die Tür erbeben. Torian und Garth fuhren in einer einzigen Bewegung herum; eine halbe Sekunde, ehe auch hinter ihren Rücken das Geräusch splitternden Holzes laut wurde und auf sehr drastische Weise bewies, daß das Haus umstellt war.

»Im Namen des Statthalters, aufmachen!« brüllte jemand. »Wir wissen, daß du dort drinnen bist, Garth. Komm heraus, oder wir brechen die Tür auf!«

Mit zwei raschen Sätzen erreichte Torian eines der Fenster neben der Tür und spähte zwischen den vorgelegten Läden hindurch. Obwohl das grelle Sonnenlicht auf der Straße ihn auch jetzt wieder peinigte und ihn so stark blendete, daß er außer verschwommenen Schemen und bunten Kreisen kaum etwas sah, wandte er den Kopf nicht ab. Seine Augen tränten, aber nach einigen Sekunden schälten sich die Umrisse eines guten Dutzends uniformierter Soldaten aus der gleißenden Lichtflut.

»Es sind zu viele«, sagte er kopfschüttelnd. »Sinnlos, zu kämpfen.«

»Zu spät.« Garth deutete auf die Tür, deren Holz von wuchtigen Schwerthieben gespalten wurde, und duckte sich.

»Hier rein.« Er riß einen kleinen Verschlag unter der gedrungenen Theke auf und stieß Torian hinein, bevor er selbst hinterherkletterte.

Der Verschlag war für Wein- und Bierfässer gedacht; ein kleines, nur halb unterirdisches Loch, das man kaum als Raum bezeichnen konnte. Sie kauerten sich auf dem festgestampften Lehmboden zusammen, während die Soldaten die Tür kurzerhand aus den Angeln schlugen. Der Holzboden bebte unter den Schritten schwerer Stiefel. Torian wagte kaum zu atmen. Auch über ihren Köpfen waren jetzt polternde Schritte, dann hörte Torian einen gedämpften, sehr erschrockenen Schrei.

»Sie haben Kaam umgebracht«, rief eine Stimme.

»Durchsucht das Haus!« befahl eine andere, wohl die des Kommandanten des Trupps. »Sie müssen noch hier sein.«

Einige Soldaten polterten die Treppe hinauf, die anderen durchsuchten die Räume im Erdgeschoß. Noch kam niemand auf die Idee, unter der Theke nachzusehen, aber lange würde auch dieses Versteck nicht unentdeckt bleiben, darüber war sich Torian im klaren. Seine Hand tastete im Dunkeln nach dem Schwert und schmiegte sich darum, und ...

Nein! dachte er entsetzt. *Nicht schon wieder!* Er konnte dieses Etwas in sich nicht noch einmal entfesseln. Nicht einmal, wenn sein Leben davon abhinge. Er war nicht sicher, ob er noch einmal die Kraft aufbringen würde, es zurückzudrängen.

Es dauerte nicht lange, bis die Soldaten zurückkehrten und Bericht erstatteten. Torian konnte nicht verstehen, was sie sagten, aber ihr kleinlauter, beinahe ängstlicher Tonfall und die ungehemmten Flüche, mit denen der Kommandant darauf antwortete, machten es überflüssig, die Worte zu verstehen. Torian begriff, daß sie von diesen Männern keine Gnade zu erwarten hatten, wenn sie ihnen in die Hände fielen. Er konnte es ihnen nicht einmal verdenken nach dem, was sie oben gesehen haben mußten.

»Das ist ein verdammtes abgekartetes Spiel«, flüsterte er. »Die stempeln uns zu Massenmördern, wenn sie uns schon nicht kriegen können.«

»Und wir werden kaum Gelegenheit haben, alles aufzuklären«, gab Garth zurück. Torian spürte, wie er in der Dunkelheit neben ihm nickte. »Die hängen uns, bevor wir ein Wort sagen können. Jemand möchte uns anscheinend ganz wahnsinnig gern tot sehen. Wir ...«

»Still!« zischte Torian. Garth verstummte mitten im Wort. Er atmete nicht mal mehr.

Die Schritte zweier Männer näherten sich der Theke. Torian hörte, wie eine Hand auf das schartige Holz klatschte. Einer der Männer sagte etwas, das er nicht verstand, und der andere antwortete mit einem halblauten, rauhen Lachen darauf.

Torian spannte sich. Wenn es sein mußte, würden sie kämpfen – aber er flehte alle Götter an, daß er nicht noch einmal gezwungen sein würde zu töten, nicht auf diese entsetzliche Art.

Möglicherweise wurde sein Gebet erhört; wahrscheinlich aber war es nur Zufall und die Folge von Kaams Feigheit. Torian verlagerte sein Körpergewicht, um in die richtige Position für einen raschen Sprung ins Freie zu kommen, lehnte sich mit der Schulter gegen die Tür – und unterdrückte im allerletzten Moment einen erschrockenen Ausruf, als der Boden unter seinen Füßen nachgab.

Was er für natürlich gewachsenen Erdboden gehalten hatte, das entpuppte sich als eine dünne Lehmschicht, unter der der Zugang zu einem schmalen Stollen verborgen war. Torians Hände ertasteten eine verrottete, fast senkrecht in die Tiefe führende Holzleiter. Ein Schwall faulig riechender Luft schlug ihm entgegen, als er sich nach unten beugte und vergeblich versuchte, mehr als schwarze Schatten zu erkennen.

»Was, zum Teufel, ist das?« flüsterte er.

Garth bewegte sich unruhig neben ihm. »Vielleicht ein Vorratsraum«, wisperte er. »Oder ein Fluchttunnel. Kaam ist ein vorsichtiger Mann. Oder war es.«

Über ihnen scharrte Metall über das Holz der Theke, und der Laut brachte Torian davon ab, sich länger den Kopf über das »was« dieses jäh aufgetauchten Fluchtweges zu zerbrechen. Sie mußten es einfach riskieren.

Entschlossen rollte er ein zentnerschweres Faß zur Seite – und so, daß es die Klappe wenigstens für Augenblicke blockieren würde, sollten die Soldaten den Verschlag entdecken und ihn durchsuchen wollen –, tastete im Dunkeln mit dem Fuß nach der obersten Sprosse und begann rasch die Leiter hinunterzusteigen. Die altersschwache Konstruktion bebte und zitterte unter seinem Gewicht, als wolle sie jeden Moment zusammenbrechen, und er hoffte inständig, daß Garth ihm nicht unmittelbar folgte.

Glücklicherweise führte der Weg nur ein knappes Dutzend Stufen weit in die Tiefe, ehe unter seinem tastenden Fuß wieder fester Lehmboden war. Torian trat rasch einen Schritt von der Leiter zurück, gab Garth mit einem halblauten Ruf zu verstehen, daß er ihm folgen konnte, und sah sich um.

Es war nicht vollständig dunkel. Es gab keine direkte Lichtquelle, aber ein blasses, graues Leuchten hing in der Luft, in dem er seine Umgebung zwar mehr erahnte, als er sie wirklich sah, zumindest aber nicht vollständig blind war. Er erkannte, daß die Leiter in einem roh ausgeschachteten Hohlraum endete, der vollständig leer war. An der gegenüberliegenden Wand befand sich der Durchgang zu einem weiteren Tunnel, der allerdings so niedrig war, daß man darin nur kriechen konnte. Es *war* ein Fluchtweg, den Kaam für alle Fälle angelegt hatte. Ihm nutzte er nichts mehr, aber Garth und ihm würde er vielleicht das Leben retten.

Ungeduldig wartete er, bis Garth zu ihm herabgestiegen war, dann deutete er wortlos auf den Stollen. Garth blinzelte verwirrt. Er mußte nicht einmal etwas sagen, damit Torian begriff, daß *er* den Gang nicht sah. Mehr noch – er sah überhaupt nichts ...

Aber wieder kam er nicht dazu, irgendwelche Einwände vorzubringen, denn über ihnen wurde es laut. Überraschte Schreie klangen auf, dann das Splittern von Holz. Die Soldaten hatten den Verschlag entdeckt.

Torian zögerte nicht länger, sondern ergriff Garth kurzerhand am Arm und riß ihn einfach mit sich. Mit purer Gewalt zwang er ihn auf die Knie herab und versetzte ihm einen Stoß, der ihn halbwegs in den Tunnel hineinschleuderte. Garth prallte unsanft mit dem Schädel gegen die Wand, grunzte überrascht – und begann ganz automatisch loszukriechen. Erneut fiel Torian auf, *wie* eng der Fluchttunnel geraten war. Er war für einen Mann von Kaams Statur gemacht, nicht für einen breitschultrigen Riesen wie Garth, und einen Moment lang rechnete er ernsthaft damit, daß der Dieb wie ein Korken im Flaschenhals einfach darin steckenbleiben würde.

Aber sie hatten Glück: Garth ächzte und schnaubte, aber er blieb nicht stecken.

Torian sah nervös zur Leiter zurück, ehe er dem Dieb folgte. Die Stimmen über ihnen wurden lauter. Noch folgte ihnen niemand, aber es konnte nur noch Augenblicke dauern. Er zögerte einen Moment, dann zog er mit einem entschlossenen Ruck seine Waffe aus dem Gürtel und ließ die Klinge wuchtig auf das morsche Holz krachen. Die Leiter zerbarst schon unter dem ersten Hieb. Lange würden sich die Verfolger davon sicher nicht aufhalten lassen, aber vielleicht waren wenige Minuten schon die Frist, die über Leben und Tod entschied. Torian steckte seine Waffe ein und folgte Garth.

Auch das letzte bißchen Licht verschwand, nachdem er wenige Schritte tief in den Stollen eingedrungen war. Er hörte Garth dicht vor sich schnaubend entlangkriechen, und ab und zu lösten sich kleine Steine von der Decke und rieselten auf ihn herab, aber auch er war jetzt vollkommen blind.

Er wußte nicht, wie lange sie durch den engen Stollen krochen, jeden Moment darauf gefaßt, an eine Stelle zu kommen, an der der Gang zu eng wurde, um weiterzukriechen, oder von einem Pfeil oder einem Schwert in den Rücken getroffen zu werden – was war, wenn die Soldaten den Stollen entdeckten und vorsichtshalber erst einmal ein paar Pfeile hineinschossen, ehe sie ihnen folgten? –, aber es konnten nur Minuten gewesen sein, obgleich sie ihnen hinterher wie Stunden vorkamen. Nach einer Weile begann der Boden unter ihren Händen und Knien sanft anzusteigen, und kurz darauf wurde es vor ihnen wieder hell. Dann begann sich der Stollen auszuweiten, und ganz plötzlich war wieder Holz unter ihnen.

Garth richtete sich mit einem erleichterten Seufzer wieder auf. Sie waren in einem kleinen, mit Kisten und Fässern und großen in Leinen eingeschlagenen Bündeln vollgestopften Raum, offensichtlich Kaams Keller, in dem er nicht nur seine Lebensmittelvorräte, sondern vor allem seine Hehlerware verstaute. Garth verschenkte allerdings an all die aufgehäuften Kostbarkeiten keinen Blick, sondern deutete stumm auf eine kleine Klappe, die in die Decke eingelassen war. Es gab keine Leiter, aber der Raum war so niedrig, daß Garth nur die Hände auszustrecken brauchte, um sie zu erreichen. Mit einem einzigen Ruck riß er den Riegel auf, griff nach oben und zog sich mit einer kraftvollen Bewegung in die Höhe. Augenblicke später tauchte seine Hand auf und streckte sich nach Torian aus.

Torian packte sie und stieß sich vom Boden ab. Er fand mit dem Fuß Halt an der Wand und hangelte sich vollends durch die Öffnung.

Sie befanden sich in einem schmalen, an einen Kamin gemahnenden senkrechten Schacht. Rostige Steigeisen in der Wand führten weiter in die Höhe, und von oben schimmerte helles Tageslicht, das wie dünne weiße Nadeln in Torians Augen stach.

Hastig kletterten sie weiter und fanden sich nach wenigen Augenblicken auf dem Dachboden des Hauses wieder. Torian zollte Kaam im stillen Respekt für diesen Fluchtweg – wer würde schon auf dem Dachboden nach jemandem Ausschau halten, der *in der Erde* verschwunden war? Er seufzte. Leider hatte Kaam all seine List wenig genutzt. Und wenn sie Pech hatten, ihnen auch nicht.

Mißtrauisch sah er sich um. Es gab keinen sichtbaren Ausgang, aber er konnte sich auch nicht vorstellen, daß der Weg einfach im Nichts endete. Hölzerne Pfosten stützten den spitzen Giebel des mit Strohbündeln gedeckten Daches. Garth schlug ein paarmal kraftvoll auf die Bündel ein, bis er eine ausreichend große Öffnung geschaffen hatte, daß er sich hindurchzwängen konnte. Torian schüttelte den Kopf, folgte dem Dieb dann aber. Kaam würde sich kaum bei ihnen beschweren, daß sie sein Dach eingeschlagen hatten.

Ein eisiger Wind schlug ihm entgegen, als er hinter Garth auf das Dach kletterte, und das Sonnenlicht trieb ihm die Tränen in die Augen. Stöhnend biß er die Zähne zusammen, richtete sich halb blind auf und balancierte hinter dem Dieb über das steile, abschüssige Dach, bis sie den Knick erreichten, an dem es in das des Nebengebäudes überging. Durch die schmale Blechrinne hasteten sie bis zur Dachkante. Torian warf einen Blick in die Tiefe – und riß den Kopf blitzschnell wieder zurück. Er konnte immer noch nicht richtig sehen, aber es gehörte wahrlich nicht viel Phantasie dazu, sich auszumalen, worum es sich bei dem halben Dutzend finsterer Schatten dort unten auf der Straße handelte. Wenn einer von ihnen auch nur nach oben sah ...

Torian ließ sich auf Hände und Knie nieder, um auf den glatten Strohbündeln besseren Halt zu finden. Garth schloß sich ihm wortlos an. Offensichtlich hatte er die Soldaten auch gesehen.

Es wurde zu einem verzweifelten Wettlauf mit dem Tod. Das Stroh war nicht nur glatt – es war wie eine vereiste Rutschbahn. Es dauerte ein paar kostbare Sekunden, in denen sie immer wieder zurückglitten, bis Garth die einzig praktikable Form fand, überhaupt von der Stelle zu kommen. Er stieß sein Schwert mit vorgestreckten Armen tief ins Dach hinein, zog sich daran in die Höhe und wiederholte die Prozedur. Der Vorgang war zeitraubend und kräftezehrend, aber immerhin kamen sie überhaupt voran.

Trotzdem glich es einem Wunder, daß sie den First unbeschadet erreichten und den Abstieg auf der anderen Seite beginnen konnten – auf die gleiche Weise und jetzt rückwärts, so daß das Ganze noch ein bißchen schwerer wurde. Um ein Haar wäre Torian über die hölzerne Regenrinne hinausgerutscht, hätte er nicht im letzten Moment mit den Füßen Halt gefunden. Er drehte sich um.

Unter ihnen erstreckte sich eine schmale Gasse. Das Gebäude auf der anderen Seite hatte ein Flachdach. Es lag nur knappe drei Meter entfernt und einen guten Meter tiefer. Keine unüberwindliche Distanz – aber das Dach war glatt wie Eis, und zu allem Überfluß waren da noch die Soldaten. Sie durften nicht das kleinste verräterische Geräusch machen.

»Das ist Wahnsinn«, keuchte Torian.

»Laß dir meinetwegen von den Kerlen den Schädel einschlagen«, knurrte Garth. »Die da unten werden keine Zeit zum Zielen haben. Wir können es schaffen.«

Torian blickte zurück. Ihnen blieb keine andere Wahl, als zu springen. Von den Soldaten war noch keine Spur zu sehen, aber sie müßten schon blind und dämlich sein, wenn sie nicht irgendwann hier oben auftauchten. Und leider waren sie wahrscheinlich weder das eine noch das andere.

Dicht neben ihnen befand sich ein Mauervorsprung, der unter dem Dach hervorragte. Sie arbeiteten sich dahin vor und kamen darauf zu stehen.

Torian ging in die Hocke und federte ein paarmal in den Knien, wobei er sich bemühte, sich ganz auf den Sprung zu konzentrieren. Gleichzeitig mit Garth stieß er sich ab und riß noch im Sprung die Arme nach vorne, um zusätzlichen Schwung zu bekommen.

Der Aufprall war fürchterlich. Torian hatte sich verschätzt, was die Entfernung und seinen eigenen Schwung anging. Seine Beine knickten ein, er fiel, prallte schmerzhaft auf, schlug mit dem Gesicht auf den Boden und schlitterte hilflos auf die Dachkante zu. Ein sengender Schmerz zuckte durch sein Rückgrat, dann prallte er erneut auf und überschlug sich ein paarmal, bis ein niedriges Mäuerchen ihn unsanft stoppte.

Sein Herz raste, als wolle es aus seiner Brust brechen. Keuchend blieb er liegen und fragte sich ein paar Herzschläge lang allen Ernstes, wieso er überhaupt noch am Leben war. Es schien keinen Knochen in seinem Körper zu geben, der *nicht* weh tat. Die Wunde an seinem Arm, die eben erst aufgehört hatte zu bluten, war wieder aufgebrochen, und sein verletztes Bein brannte höllisch; von den unzähligen Prellungen, Quetschungen und Hautabschürfungen, die er sich am ganzen Körper zugezogen hatte, gar nicht erst zu reden. Zögernd bewegte er Arme und Beine. Zumindest schien nichts gebrochen zu sein. Das Licht tat entsetzlich weh in seinen Augen.

»Willst du hier überwintern?« fragte Garth grob und wies auf die Fenster der Schenke, die sich fast auf gleicher Höhe befanden. »Was glaubst du, wie lange sie brauchen, um uns zu sehen?«

Torian bedachte ihn mit einem zornigen Blick, stemmte sich hoch und schaute über das Mäuerchen. Kaum einen Meter tiefer lag ein weiteres Flachdach. Sie ließen sich hinuntergleiten und balancierten über eine Mauerkrone zu einem weiteren Dach. Die Häuser waren hier so verschachtelt und ineinander verwinkelt, daß sie ein regelrechtes Labyrinth bildeten. Als sie fast den gesamten Block von Dach zu Dach huschend überwunden hatten, sprang Garth behende in einen mit Schmutz und Unrat übersäten Hinterhof hinab, der auf drei Seiten von Hauswänden und an der vierten von einer Mauer begrenzt wurde, in der ein Torbogen gähnte. Ein paar Ratten quiekten protestierend und brachten sich rasch in Sicherheit. Es stank nach Moder, Urin und Verwesung.

Mit seinem geprellten Bein wagte es Torian nicht, Garth auf die gleiche Art zu folgen. Statt dessen ließ er sich vorsichtig an der Wand in die Tiefe gleiten, bis er nur noch mit den Fingerspitzen an der Kante hing und Garth seine Beine von unten umklammern konnte. Als er sich fallen ließ, fing der Dieb ihn mühelos auf.

Torian ließ sich auf einem leeren Faß nieder und massierte stöhnend sein Bein. Er fühlte sich wie gerädert, als ob seine Kraft mit jedem Blutstropfen, der aus einem der unzähligen kleinen Kratzer und Abschürfungen sickerte, aus ihm herausfließen würde. Aber es lag nicht an den Verletzungen, und wenn, dann nur zum kleinsten Teil.

Es war die Sonne.

Die Sonne, die wie ein loderndes böses Auge am Himmel hing und immer noch erbarmungslos Helligkeit auf ihn herabsengte. Mit jeder Sekunde entzog sie ihm mehr Kraft und erfüllte seine Glieder mit lähmender Müdigkeit.

Alles in Torian schrie danach, sich in den kühlen Schatten der Mauer in seinem Rücken zurückzulehnen, doch er widerstand der Versuchung. Jedes Gefühl von Kraft wäre trügerisch gewesen und hätte in Wirklichkeit nur dem finsteren *Ding* in ihm genutzt. Schon jetzt begann es sich zu erholen, doch das Licht machte ihm schwerer zu schaffen als seinem Träger. Die Sonne half Torian, es zurückzudrängen und seinen freien Willen zu behalten. Aber es tat entsetzlich weh.

»Was nun?« fragte er mühsam.

»Wir müssen zu Boron. Inzwischen habe auch ich ein paar recht unangenehme Fragen an ihn«, grollte Garth. »Aber er ist der einzige, bei dem wir in Sicherheit sind.«

»So sicher wie bei Kaam?« fragte Torian. Seine Augen tränten. Er konnte kaum noch denken.

Der Dieb winkte unwirsch ab und sah sich um. Hinter einigen Fenstern waren huschende Bewegungen zu erkennen. Sie waren auch hier nicht wirklich sicher. »Wir müssen weiter. Es wird nicht lange dauern, bis die Soldaten den ganzen Block abgeriegelt haben. Kannst du mit deinem Bein laufen?«

»Ich muß wohl.« Torian stand auf, biß die Zähne zusammen und machte einen vorsichtigen Schritt. Es tat weh, aber es ging. Sie verließen den Hof und traten in eine Gasse hinaus.

Bei Tage machte Armar einen völlig anderen Eindruck als in der Nacht, wo nur vereinzelte Gestalten durch den Nebel gehuscht waren. Jetzt war die Straße von pulsierendem Leben erfüllt. Händler hatten Verkaufsstände aufgebaut und priesen lautstark ihre Waren an. Meist waren es Fischbuden, aus denen es nach Fischen und Innereien stank. An anderen Stellen wurde der Fisch gebraten oder geräuchert und verpestete die Luft mit einem nur wenig unangenehmeren Gestank. Die Hitze lastete wie eine Decke aus geschmolzenem Blei über der Stadt und hielt den Brodem der verschiedenen Gerüche in den Straßen. Und das Licht. Dieses entsetzliche Licht!

Torian schnaubte ein paarmal durch die Nase. Der Gestank ließ ihn fast ohnmächtig werden. Er war oft über Marktplätze geschlendert, aber noch niemals waren ihm die Gerüche so deutlich aufgefallen. Er roch alles, Fisch, angefaultes Gemüse, den Schweiß der Menschen, selbst den Kot, den Hunde am Straßenrand hinterlassen hatten. Alles drang mit überdeutlicher Intensität in seine Nase und ließ ihn schwindeln, als hätte sein Geruchssinn mit einem Mal um das Hundertfache an Schärfe zugenommen. Vielleicht nicht nur sein Geruchssinn. Es war erschreckend, aber im gleichen Maße, in dem es ihm immer schwerer fiel zu denken, schienen seine Instinkte an Schärfe zuzunehmen. *Ich verwandele mich*, dachte er hysterisch. *Ich verwandele mich in ein Tier!*

Zahlreiche Menschen drängten sich vor den Ständen, und schon nach wenigen Sekunden wurden Torian und Garth von der Menge aufgenommen und mitgerissen. Sie ließen sich treiben, das Menschengewirr schützte sie vor jeder Verfolgung. Torian widmete den Ständen nur einen flüchtigen Blick und versuchte, den Gestank aus seiner Nase zu verdrängen.

»Verstehst du nun, warum ich damals so lange hiergeblieben bin?« raunte Garth ihm zu. So schnell, daß Torian der Bewegung mit den Augen kaum folgen konnte, ließ er seine Hand unter das kostbar aussehende Gewand eines übergewichtigen Glatzkopfes gleiten. Als er sie wieder zurückzog, hielt er eine wohlgefüllte Börse in der Hand, die er in seinem Gürtel verstaute. »Das Geld liegt hier auf der Straße. Man braucht es nur aufzuheben. Und wir brauchen schließlich welches für die Schiffspassage«, fügte er mit einem fast entschuldigenden Seitenblick in Torians Richtung hinzu.

Ein paarmal sahen sie ein Stück entfernt Soldaten, die sich rücksichtslos durch die Menge drängten, und wechselten rasch die Richtung. Aber sie kamen niemals wirklich in Gefahr, was sichtlich auch daran lag, daß die Krieger nicht genau wußten, nach wem sie überhaupt suchten. Nach zahlreichen Umwegen – Torian hatte längst auch den letzten Rest Orientierung verloren und ließ sich allein von Garth führen – erreichten sie schließlich das Elendsviertel.

Ebenso wie der Rest der Stadt zeigten auch die Slums bei Tage ein anderes Gesicht als in der Nacht, wenn es auch nicht unbedingt viel ansehnlicher war. Zwar fehlte der klamme Hauch der Angst, der mit dem Nebel herangekrochen war, aber dafür verbargen die undurchdringlichen Schwaden das Elend auch nicht mehr unter einem barmherzigen Mantel. Die Häuser waren in einem noch viel schlimmeren Zustand, als Torian in der Nacht geglaubt hatte. Die meisten waren nicht mehr als Ruinen, zerfallene Baracken, in denen der Gestank von Fäulnis, Krankheit und Tod nistete. Rattenlöcher, in denen keine Menschen hausen konnten, ohne zugrunde zu gehen.

In stinkende Lumpen gehüllte Frauen und alte Männer mit eingefallenen, von Hunger und Seuchen gezeichneten Gesichtern und ausgemergelten Körpern kauerten in den Gassen. Sie starrten die Fremden mit trüben Augen an, in denen der Funke des Lebens längst erloschen war. Einige streckten ihnen flehend die dürren Arme entgegen, aber die meisten waren selbst dafür zu apathisch.

»Das ist der zweite Grund, weshalb ich so lange hiergeblieben bin«, sagte Garth mit belegter Stimme. »Und auch der Grund, weshalb wir Diebe niemals so reich geworden sind, wie viele glauben.«

Er zog den Beutel aus dem Gürtel und drückte einigen der Gestalten Münzen in die Hände. Torian widersprach mit keinem Wort. Er hätte nicht anders gehandelt. Um die Passage konnten sie sich auch später noch kümmern.

Lange bevor sie ihr Ziel erreichten, war der Beutel leer.

Sie erreichten unbehelligt Borons Haus, und noch bevor sie an die Tür klopfen konnten, wurde sie bereits von innen geöffnet. Boron winkte sie herein und sah hastig auf die Straße, bevor er die Tür wieder schloß und einen gewaltigen Riegel vorlegte, der massiv genug schien, selbst dem Ansturm einer ganzen Armee standzuhalten.

Erst dann wandte er sich Garth und Torian zu. Seine Augen blitzten vor Zorn.

»Seid ihr verrückt geworden, so offen hierherzukommen?« fauchte er. »Ich habe doch ausdrücklich gesagt, daß ich euch bei Kaam abholen lasse. Wollt ihr mir unbedingt die Soldaten auf den Hals hetzen?«

Kalte Wut schoß in Torian hoch. Er trat einen Schritt vor und packte Boron grob am Kragen seines Lederwamses.

Zumindest versuchte er es. Aber statt Boron zu sich herabzuzerren, verlor er plötzlich selbst den Boden unter den Füßen und fand sich hilflos im Griff des hünenhaften Diebes zappelnd. Boron drückte nicht einmal richtig zu, aber sein Griff war trotzdem hart genug, Torian die Luft abzuschnüren.

»Versuch das nicht noch einmal, du Zwerg«, sagte Boron. »Sonst werde ich nämlich ungemütlich, verstanden?«

»Hör auf!« befahl Garth. Er sprach nicht einmal sehr laut, aber in seiner Stimme war plötzlich eine schneidende Schärfe, wie Torian sie noch nie bei ihm erlebt hatte. Selbst Boron war so verdutzt, daß er Torian fast – aber eben nur fast – sanft auf den Boden sinken ließ. Torian wich hastig einen Schritt zurück und massierte seinen schmerzenden Hals. Er hatte sich schon oft gefragt, ob er eines Tages einem Mann begegnen würde, der noch stärker war als Garth. Mit Boron schien er diesen Mann gefunden zu haben.

»Uns ist niemand gefolgt«, fuhr Garth fort. »Dafür dürftest du mich gut genug kennen. Wir wären nicht hergekommen, wenn es nicht wirklich wichtig gewesen wäre.« Er legte eine ganz kleine, aber bedeutungsschwere Pause ein. »Kaam ist tot.«

»Tot?« Boron keuchte ungläubig. »Was sagst du da? Aber das ist unmöglich! Niemand würde es wagen ...«

Garth schnitt ihm mit einer ärgerlichen Geste das Wort ab. »Jemand *hat* es gewagt«, sagte er bestimmt. »Kaam ist tot und seine Tochter auch. Und man macht uns dafür verantwortlich, nachdem seine Mörder erst versucht haben, uns ebenfalls die Kehle durchzuschneiden. Hast du dich jetzt endlich so weit abgekühlt, daß wir wie vernünftige Menschen miteinander sprechen können?«

Wortlos wandte sich Boron um und stapfte vor ihnen her in das Zimmer, in dem sie bereits am vergangenen Abend zusammengesessen hatten. Unwirsch scheuchte er einige Männer und Frauen hinaus, ließ sich schwer auf einen Stuhl fallen und trank einen gewaltigen Schluck Wein direkt aus der Flasche, ehe er sich wieder an Garth wandte. Aller Zorn war aus seinem Blick gewichen. Er wirkte erschüttert; nein, dachte Torian, mehr noch, verletzt. Es war schwer vorstellbar, bei zwei so ungleichen Männern wie Boron und Kaam – aber Torian war sicher, daß sie mehr als nur *Kollegen* gewesen waren.

»Erzählt«, bat er, nachdem er die Flasche abgesetzt und sich mit der Hand über den Mund gewischt hatte. Sein Blick irrte zwischen Garth' und Torians Gesicht hin und her. Er kämpfte sichtlich um seine Fassung. »Was ist passiert?«

»Genau das wollten wir eigentlich von dir erfahren«, erwiderte Garth ruhig. »Gestern abend haben sich fünf Gestalten auf unsere Fährte geheftet, gar nicht weit von hier entfernt. Wir haben sie im Nebel abschütteln können, aber heute früh haben sie die Schenke überfallen. Es waren keine einfachen Mörder, Boron. Sie waren ... sonderbar.«

»Sonderbar?« Boron runzelte demonstrativ die Stirn. »Was soll das heißen?«

»Sie waren blind«, antwortete Torian an Garth' Stelle. »Aber sie kämpften wie ...«

»Blind?« Boron fuhr so heftig von seinem Stuhl hoch, daß das Möbelstück umfiel. Alle Farbe wich aus seinem Gesicht. »Was redest du da? Blind, sagst du?« Torian schluckte die bissige Bemerkung hinunter, die ihm auf der Zunge lag. Borons Reaktion zeigte deutlich genug, daß die Männer keine Fremden für ihn waren. Und nicht unbedingt seine Freunde.

»Sie hatten keine Augen«, bestätigte er. »Du kennst sie?«

Boron nickte, schwieg aber. Sein Atem ging schnell.

»Was weißt du über sie?« fragte Garth. »Wer sind die Männer?«

Boron trank erneut einen Schluck. Seine Hände zitterten so stark, daß der Flaschenhals gegen seine Zähne klapperte. Ein Teil des Weines lief ihm wieder aus dem Mund, ohne daß er es merkte.

»Ich weiß nichts«, sagte er. »Ich ...«

Torians Geduld war endgültig aufgebraucht. Bevor Boron auch nur eine Abwehrbewegung machen konnte, hatte Torian sein Schwert gezogen und setzte ihm die Spitze auf die Kehle. Mit einem Schrei prallte der Dieb zurück, doch Torian vollzog die Bewegung unbarmherzig mit.

»Vielleicht frischt das deine Erinnerung etwas auf«, sagte er kalt. »Du weißt etwas über diese Männer. Und du solltest möglichst schnell mit der Sprache herausrücken. Ich werde nämlich ziemlich nervös und ungeduldig, wenn man mich schon vor dem Frühstück aufzuschlitzen versucht, mußt du wissen. Das ist so eine Schwäche bei uns Zwergen.«

Boron warf einen hilfesuchenden Blick zu Garth hinüber, doch dieser machte keinerlei Anstalten, ihm zu helfen, sondern lächelte nur freundlich. Zwei weitere Diebe, von dem Schrei herbeigelockt, stürmten ins Zimmer, erstarrten aber, als sie die Situation erkannten, und blieben neben der Tür stehen.

»Also gut«, gab Boron nach einigen Sekunden nach. »Ich sage euch, was ich weiß. Es ist nicht viel, und es bringt Unglück, darüber zu sprechen.«

»Red nicht lange um den Brei herum«, forderte Torian, ohne das Schwert zu senken oder die Diebe an der Tür auch nur eine Sekunde aus den Augen zu lassen. »Sonst bringt es nämlich *dir* Unglück, *nicht* darüber zu sprechen.«

»Es heißt, daß es unter der Stadt ein gewaltiges System von Katakomben gibt«, berichtete Boron. Seine Stimme war zu einem leisen Flüstern abgesunken. »Ich ... ich weiß nicht, was davon wahr ist und was nicht. Aber es gibt viele, die behaupten, es gebe eine gigantische unterirdische Anlage, vielleicht größer als Armar selbst. Es soll Menschen dort unten geben, die Cra'thal. Ein ganzes Volk, das sich schon vor Jahrhunderten dorthin zurückgezogen und eine eigene Zivilisation gegründet hat.«

»Geschwätz«, knurrte Torian. »Wir sind nicht gekommen, um uns Ammenmärchen anzuhören. Wer waren die Blinden?«

»Laß ihn«, mischte sich Garth ein. »Ich kenne Boron. Er ist ein Schlitzohr, aber kein Lügner.« Er machte eine besänftigende Bewegung und wandte sich selbst an Boron. »Wieso habe ich von diesen Gerüchten nie etwas gehört? Ich war schließlich lange genug in der Stadt.«

»Es hat sich vieles in den letzten Jahren verändert«, fuhr Boron mit brüchiger Stimme fort. »Etwas geht in den letzten Monaten in Armar vor, aber niemand weiß, was es ist. Die Blinden sind mehrfach gesehen worden, und meist brachten sie nur Tod und Unheil. Es sind die Cra'thal, die Nachkommen der Menschen, die sich damals in den Katakomben verkrochen haben. Sie leben seit Generationen in völliger Finsternis, so daß sie ihr Augenlicht verloren haben. Ihre Augen verkümmerten, doch sie haben andere Fähigkeiten zur Orientierung ausgebildet. Man sagt, daß sie magische Fähigkeiten besitzen und trotz ihrer Blindheit unbesiegbare Kämpfer sind.«

»Nicht ganz«, brummte Torian. »Sie sterben nicht anders als normale Menschen auch.«

»Sie ster ...« Boron krümmte sich zusammen, als hätte er einen Schlag bekommen. »Soll das heißen, daß ihr sie ... *getötet* habt?«

»Genau das«, sagte Torian kalt.

»Ihr Narren!« Borons Stimme wurde zu einem schrillen Kreischen. »Dann seid ihr schon jetzt tot. Ihre Brüder werden nicht eher Ruhe geben, bis sie sich gerächt haben.«

»Noch sind wir am Leben, aber wir wären es wohl kaum noch, wenn wir diese Cra'thal nicht erschlagen hätten.«

»Sie werden sich rächen«, murmelte Boron, als hätte er Torians Worte überhaupt nicht gehört. »Und sie werden niemanden verschonen, der euch hilft. Ein einziges Mal ist es einem Krieger gelungen, einen Cra'thal zu töten. Einen Tag später war er tot, ebenso wie seine Familie und alle seine Freunde. Und ihr kommt ausgerechnet her zu mir! Geht, verlaßt mein Haus, sofort, bevor ...«

»Du hast deine Geschichte noch nicht zu Ende erzählt«, unterbrach ihn Torian kalt und hob das Schwert ein wenig an, so daß die Spitze wieder direkt auf Borons Kehle wies. »Was hat es mit diesen Cra'thal auf sich?«

Boron starrte ihn einen Herzschlag lang haßerfüllt an, dann senkte er den Blick.

»Ihr Name heißt übersetzt *Die Jünger der Letzten Nacht*«, berichtete er mit furchterfüllter Stimme. »Es heißt, sie stünden mit finsteren Mächten im Bunde. Ein Heer der Finsternis, das irgendwann aus den Katakomben aufsteigen und Caracon verwüsten wird, wenn die Letzte Nacht, der Weltuntergang, gekommen ist. In letzter Zeit sind einige von ihnen in Armar aufgetaucht und haben Chaos und Verwirrung gestiftet, besonders in den Slums. Immer kamen sie nachts. Die Menschen haben panische Angst und verkriechen sich bei Einbruch der Dämmerung in ihren Häusern. Bitte, geht jetzt, bevor ihr mich mit ins Verderben reißt. Seht zu, daß ihr so schnell wie möglich aus Armar flieht, dann habt ihr vielleicht noch eine Chance. Ich ...«

Etwas warnte Torian. Er spürte die Gefahr den Bruchteil einer Sekunde, bevor es geschah, aber wieder kam seine Reaktion zu spät.

Lautlos wie Schatten glitten die Gestalten in den Raum.

Wieder waren es fünf, und wieder waren sie auf die gleiche Weise gekleidet wie ihre toten Kameraden. Die beiden Diebe neben der Tür kamen nicht mal dazu, sich dem neuen Feind zuzuwenden, bevor sie blutüberströmt zusammenbrachen. Sie waren tot, noch bevor sie auf dem Boden aufschlugen.

Instinktiv ließ sich Torian zur Seite fallen. Ein Schwerthieb spaltete die Rückenlehne des Stuhles, vor dem er gestanden hatte. Aus den Augenwinkeln sah er ein weiteres Schwert heranpfeifen, riß seine eigene Waffe hoch und parierte den Hieb noch im Fallen. Er keuchte, als die Klingen funkenstiebend aufeinandertrafen und ihm das Schwert fast aus der Hand geprellt worden wäre. Wieder spürte er die ungeheuerliche Kraft der blinden Krieger.

Blindlings trat er um sich, traf einen der Cra'thal und brachte ihn zu Fall, während er selbst auf die Beine federte.

Auch Garth und Boron hatten zu ihren Waffen gegriffen, doch sie wurden von den Angreifern mit wuchtigen Streichen zurückgedrängt. Trotz ihrer gewaltigen Kräfte besaßen sie keine Chance gegen die unheimlichen, übermenschlich schnellen Katakombenwesen.

Es geschah wieder. Torian wollte sich dagegen wehren, aber die finstere Macht in seinem Inneren war stärker. Wie schon beim Kampf in ihrem Nachtquartier schien die Zeit plötzlich langsamer abzulaufen. Die Bewegungen der Angreifer wirkten abgehackt und hatten mit einem Male nichts mehr von ihrer tödlichen Schnelligkeit.

Er unterlief einen Schwerthieb und tötete den *Jünger* mit einem raschen Stich. Eine weitere Klinge zischte von der linken Seite heran, doch es war nur ein Scheinangriff. Torian durchschaute die Finte und wich nicht zurück. Statt dessen sprang er auf den Mann zu, als dieser sein Schwert in die andere Hand wechselte, und erschlug ihn mit einem gewaltigen Hieb. Eine Kombination blitzschneller Schläge trieb die anderen Cra'thal zurück.

Boron rannte auf die Tür zu. Garth versuchte ihm zu folgen, doch einer der Cra'thal bekam ihn zu packen und versetzte ihm mit dem Schwertknauf einen Schlag gegen das Kinn, der Garth zusammenbrechen ließ.

Beinahe ohne irgendein Gefühl drang Torian weiter auf die Cra'thal ein. Er wußte, daß er ihnen überlegen war, und er nutzte die fremde Macht in seinem Inneren gnadenlos aus. Ihm ging es längst nicht mehr darum, sein Leben zu retten. Er wollte nur noch töten, jeden der Männer erschlagen, jeden der Cra'thal und jeden anderen, der sich ihm in den Weg stellen würde, sein Leben retten und vor allem das des ...

Der Gedanke ließ ihn zusammenzucken. Entsetzt begriff er, was er tat und was geschehen würde, wenn er der fremden Macht weiterhin gestattete, sein Handeln zu bestimmen.

Die drei noch lebenden Cra'thal erkannten, daß irgend etwas in ihm vorging, und sie nutzten den Augenblick des Zögerns kaltblütig aus. Erst im letzten Moment konnte sich Torian mit einem raschen Sprung vor ihren Klingen in Sicherheit bringen. Er stolperte über die Leiche eines der Diebe, fand mit rudernden Armen sein Gleichgewicht wieder und parierte einen Streich, der ihm glatt den Kopf von den Schultern getrennt hätte.

»Wir müssen fliehen!« schrie Boron und packte seinen freien Arm. Etwas in Torian sträubte sich dagegen. Er wußte, daß er die Cra'thal töten konnte, wenn er es wirklich wollte und dem fremden Einfluß nachgab, aber er kämpfte dagegen an. Noch einmal trieb er die Blinden mit einem wütenden Gegenangriff zurück, dann warf er sich herum und folgte Boron. Hinter sich verriegelte er hastig die Tür, was ihnen ein paar Sekunden Vorsprung verschaffte.

Immer noch tobte in seinem Inneren ein erbitterter Kampf. Der finstere Einfluß war diesmal ungleich stärker als beim letzten Mal. Wie in Trance taumelte Torian hinter Boron her. Die anderen Diebe und die wenigen Frauen, die sich bei ihrer Ankunft noch in dem Gebäude aufgehalten hatten, waren bereits in heller Panik geflohen.

Torian schrie auf und krümmte sich, als Boron eine Tür öffnete und heller Sonnenschein hereinfiel. Diesmal war der Schmerz zu schlimm, als daß er ihn niederringen konnte, doch Boron packte ihn kurzerhand und zerrte ihn mit sich.

Die brodelnde Finsternis in Torians Gedanken wich zurück, aber der Schmerz blieb. Er schlug die Hände vors Gesicht und rannte blind weiter. So schnell, wie die Blinden sich zuvor bewegt hatten, hätten sie sie längst einholen müssen. Etwas war nicht so, wie es sein sollte, aber er war zu schwach, darüber nachzudenken. Sie hetzten durch menschenleere Gassen, bis Boron ihn in die wohltuende Dunkelheit einer verlassenen Ruine stieß, ihn eine steile Treppe hinunterführte und nach einigen hundert Metern schließlich losließ.

Keuchend und dicht am Rande einer Ohnmacht brach Torian zusammen. Es dauerte lange, eine halbe Ewigkeit, wie es ihm erschien, bis er wieder halbwegs bei Verstand war.

Gerade noch im richtigen Moment, um den Schlag kommen zu sehen.

Aber nicht mehr rechtzeitig genug, um ihm auszuweichen.

Er blieb nicht sehr lange bewußtlos. Als er erwachte, lag er im Dunkeln, eingehüllt in eine Decke aus wohltuender Schwärze, die so vollkommen war, daß er nicht einmal seine Hand sah, als er sie dicht vors Gesicht hielt. Die Finsternis hätte ihm allen Erfahrungen der letzten Stunden zufolge neue Kraft spenden müssen, aber sie tat es nicht, sondern erfüllte ihn mit einem Unbehagen, das dicht an der Grenze zu unkontrollierbarer Angst lag.

Torian lauschte in sich hinein. Das Fremde war erloschen. Alles, was er fühlte, waren Müdigkeit und ein schwacher Nachhall des erlittenen Schmerzes.

Wie schon zuvor fand er auch jetzt keine Erklärung für das, was geschehen war. Seine Gedanken stießen an eine massive Mauer, sobald er sich in dieser Richtung zu konzentrieren versuchte. Er hatte Dinge getan, die er nicht begriff und für die er sich selbst verabscheute. Selbst wenn es ihm gelingen sollte, den fremden Einfluß irgendwann wieder abzuschütteln, würde immer ein Schatten davon in seiner Seele zurückbleiben, und er würde nicht mehr derselbe sein wie früher.

Torian verdrängte den Gedanken.

»Boron!« rief er leise. Als dumpfes Echo hallte der Ruf von den Wänden wider und zeigte ihm, daß er sich in einer großen Halle befinden mußte. Aber er bekam keine Antwort; auch nicht, als er noch einmal rief.

In seinem Rücken befand sich eine kalte, rauhe Wand. Torian stand auf und ging einige Schritte weit in die entgegengesetzte Richtung, ohne die gegenüberliegende Wand zu erreichen. Um nicht in der Finsternis die Orientierung zu verlieren, kehrte er an seinen Ausgangspunkt zurück. Unter dem Mantel aus Schwärze mochten sich Gefahren verbergen, denen er wehrlos ausgeliefert war, solange er nicht sehen konnte. Boron würde zurückkehren, dessen war er sich sicher. Es wäre sinnlos, ihn hier allein zurückzulassen, es sei denn ...

Torian versuchte sich den Weg ins Gedächtnis zurückzurufen, den sie gerannt waren. Es gelang ihm nicht. Das einzige, an das er sich noch erinnern konnte, war, daß sie eine lange steile Treppe hinuntergestiegen waren. Aber wo befand er sich jetzt? Im Keller eines der Häuser? Oder bereits in den Katakomben, von denen Boron erzählt hatte?

Hatte der Dieb ihn hierhergeführt und sich selbst überlassen, um ihn zu opfern, um vielleicht so die Rache der Cra'thal von sich abzuwenden?

Torian beschloß, nicht länger zu warten. Er tastete sich an der Wand entlang, den Boden vor sich bei jedem Schritt erst sorgfältig mit den Fußspitzen prüfend. Die Halle mußte wirklich gigantisch sein, ein gewaltiges unterirdisches Gewölbe, denn erst nachdem er mehr als hundert Schritte in eine Richtung gegangen war, erreichte er eine Ecke und tastete sich an einer weiteren Wand entlang.

Irgendwo vor ihm war ein Geräusch.

Torian blieb stehen und lauschte mit angehaltenem Atem. Schritte näherten sich ihm, doch sie waren noch weit entfernt, und was er hörte, war nur ein Echo, zu verzerrt und zu leise, um es zu identifizieren. Er zog sein Schwert und hastete noch schneller voran als bisher, bis er an eine Felskante gelangte und seine Hand ins Leere tastete. Er hatte die Mündung eines Stollens erreicht, aus dem die Schritte aufklangen. Als er die Hand vorstreckte, konnte er mit der Schwertspitze die gegenüberliegende Wand berühren.

Er starrte in die Dunkelheit, versuchte abzuschätzen, wie weit die Schritte noch entfernt waren. Es war unmöglich. Die Echos verzerrten jeden Laut zur Unkenntlichkeit. Jedes Geräusch mußte hier unten weithin hörbar sein, aber es war unmöglich zu erkennen. Alles war anders. Seine Erfahrungen und sein Wissen nutzten ihm hier nichts. Und wer immer sich ihm näherte, schien dies genau zu wissen, denn er gab sich keinerlei Mühe, besonders leise zu sein.

Torian wußte, daß auch er selbst längst gehört worden war. Trotzdem preßte er sich neben dem Stollen an die Wand.

Nach einer Weile konnte er immerhin erkennen, daß es sich um die Schritte einer einzelnen Person handelte. Dann fiel der schwache Lichtschein einer Fackel aus dem Stollen. Torian hielt den Atem an und hob sein Schwert. Entweder hatte der Unbekannte ihn wirklich noch nicht gehört, oder er fürchtete sich nicht.

»Torian?« Es war eine Stimme, die er kannte.

Borons Stimme.

Im ersten Moment wollte Torian aufatmen, aber dann trat der Dieb vollends aus dem Stollen.

Eine eisige Hand schien nach Torians Herz zu greifen. Er erkannte, daß die Gestalt nicht Boron war; zumindest nicht mehr.

Anstelle des abgewetzten Lederwamses trug er nun eine Art Kutte; einen nachtschwarzen Mantel, der sich in ständiger unfaßbarer Bewegung zu befinden schien, fast als *lebte* er. Die Kapuze war zurückgeschlagen, so daß Torian das Gesicht sehen konnte. Es schien sich nicht verändert zu haben, bis ihn ein Blick aus den dunklen Augen traf, in denen ein lichtloses, verzehrendes Feuer zu lodern schien.

Boron machte sich nicht einmal die Mühe, seinem Hieb auszuweichen. Das böse Lächeln in seinen Augen nahm beinahe noch zu, als er sah, wie Torian das Schwert hob und nach ihm zu schlagen versuchte.

Die Klinge erreichte ihr Ziel niemals. Boron murmelte ein einzelnes, düster klingendes Wort, und alle Kraft wich aus Torians Armen. Die Waffe schien plötzlich Zentner zu wiegen. Er taumelte, verlor, durch den Schwung seiner eigenen Bewegung nach vorne gerissen, das Gleichgewicht und fiel dicht vor Boron auf die Knie. Das Schwert entglitt seinen Händen und klirrte auf den Boden.

»Narr«, sagte Boron kalt. Er lachte, hob den Fuß und versetzte Torian einen Stoß vor die Brust, der ihn haltlos nach hinten kippen ließ.

»Hast du wirklich geglaubt, einen Schwarzen Magier mit einem *Schwert* töten zu können?«

»Ich habe es schon einmal getan«, erwiderte Torian. Seine Stimme war kaum mehr als ein Flüstern, und er war fast selbst überrascht, sich reden zu hören. Er war schockiert, so verstört und überrascht wie niemals zuvor in seinem Leben. Boron. Boron war ein Schwarzer Magier. Es war alles Lüge!

»Ich weiß«, antwortete Boron ungerührt. »Aus diesem Grund bist du hier.« Er trat einen Schritt zurück, machte eine ungeduldige Bewegung mit der Linken und wartete, bis sich Torian mühsam hochgestemmt hatte. Sein Blick war kalt, aber es lag auch ein gewisser, nicht mal widerwilliger Respekt darin. Offensichtlich wußte er ganz genau, mit wem er es zu tun hatte.

»Warum?« fragte Torian mit leiser, brüchiger Stimme. Das Reden fiel ihm noch immer schwer. Er hatte das Gefühl, den Boden unter den Füßen zu verlieren. Nicht nur aus rein körperlicher Schwäche lehnte er sich gegen die Wand.

Boron lachte; nicht auf die zynische, kalte Art, wie Torian es erwartet hatte, sondern fast väterlich wohlwollend.

»Du wirst alles erfahren«, sagte er. »Der Rat der Magier erwartet dich bereits. Kommst du freiwillig mit, oder willst du dein kleines Spielchen fortsetzen? Es ist nicht nötig«, fügte er rasch hinzu, »uns zu beweisen, wie gut du zu kämpfen verstehst, Torian Carr Conn. Wir kennen deinen Ruf.«

»Dann ... dann sag mir wenigstens, wo Garth und Shyleen sind«, sagte Torian. »Und was mit dem wahren Boron geschehen ist.«

Boron seufzte. »Du begreifst offenbar immer noch nichts, oder stellst du dich nur dumm? Ich *bin* Boron. Ich war es immer. Ich habe diese lächerliche Diebesgilde aufgebaut, weil ich auf diese Art am besten über alles unterrichtet bin, was in der Stadt geschieht.« Er lachte. Trotz allem klang es ehrlich amüsiert. »Du magst eine Menge vom Kämpfen und Überleben verstehen, Torian, aber von der Kunst der Intrige verstehst du nichts. Du kannst einen Gegner vernichten, indem du ihn bekämpfst. Oder ihn dir zunutze machen, indem du ihn für dich arbeiten läßt. Und was deine Freunde angeht«, er machte eine komplizierte Handbewegung, deren Bedeutung Torian nicht verstand, »sie sind in sicherem Gewahrsam. Ihnen ist nichts geschehen. Bisher.«

»Und Shyleen?«

Boron lächelte flüchtig. »Sie bedeutet dir viel«, behauptete er. »Aber sei beruhigt. Wir haben sie geheilt. Was ihr weiteres Schicksal angeht, das hängt auch von dir ab.«

»Du willst mich erpressen?« Torian legte soviel Verachtung in diese Worte, wie er noch konnte. Sehr viel war es allerdings nicht. »Was sollte ein Magier wohl von einem schwachen Menschen wie mir wollen? Genügt nicht eine Handbewegung, um mich wie eine Puppe zu allem zu zwingen?« Sein Spott prallte an Boron ab. Der Magier musterte ihn nur geringschätzig.

»Du hast wirklich nichts begriffen«, sagte er. »Von dir wollen wir überhaupt nichts.«

»So?«

»So«, bestätigte Boron. »Du überschätzt dich, Torian Carr Conn. Du hast einen der Unseren getötet, das ist richtig, und dir unseren Zorn zugezogen, auch das ist richtig. Trotzdem würden wir kaum all unsere Macht einsetzen, nur um einen Mann zu stellen, der aus reinem Glück ein besonders leichtsinniges Mitglied unserer Gilde getötet hat. So etwas ist schon mehr als einmal vorgekommen, und es wird wieder passieren. Nein – wir wollen nichts von dir. Wir wollen das, was in dir ist.«

»Das, was ...« Torian konnte nicht verhindern, daß sich der Schrecken auf seinem Gesicht deutlich widerspiegelte. »Du weißt von dem *Ding*?«

Boron verdrehte in übertrieben geschauspielertem Entsetzen die Augen. »Natürlich, und jetzt komm endlich. Meine Geduld ist bald erschöpft.«

Ohne ein weiteres Wort wandte er sich ab. Torian griff nach seinem Arm. Aber er versuchte es nur einmal.

Im selben Moment, in dem er Borons Umhang berührte, kroch eisige Kälte in seine Finger und ließ sie taub werden. Er riß seine Hand zurück. Boron lachte leise.

»Und wenn ich mich weigere?« fragte Torian trotzig. »Wenn du von dem *Ding* weißt, dann weißt du auch, daß ich dich vernichten könnte.«

»So? Könntest du das?« Boron lachte erneut. Diesmal klang es eindeutig mitleidig. »Warum versuchst du es nicht? Du wirst kaum meine eigene Kraft gegen mich einsetzen können.«

»Deine ...«

Boron unterbrach ihn mit einer unwilligen Geste. »Genug jetzt. Du wirst alles erfahren, und je eher du mir folgst, um so schneller. Muß ich dich erst zwingen?«

Einen Moment lang war Torian ernsthaft versucht, es auf eine Kraftprobe ankommen zu lassen. Aber dann begriff er, daß Boron jedes einzelne Wort so meinte, wie er es gesagt hatte. Ohne ein weiteres Wort trat er hinter den Schwarzen Magier.

Ohne sich der Bewegung überhaupt bewußt zu sein, griff er mit der Hand nach seiner Schulter. Die Schwellung, die sich dicht neben seinem Herzen unter der Haut gebildet hatte, war größer geworden. Sie war jetzt von ovaler, fast faustgroßer Form.

Ein wenig erinnerte sie an ein Ei ...

Wieder war Torian unfähig, wahres Entsetzen zu empfinden, und wieder entglitt ihm der Gedanke fast schneller, als er ihn fassen konnte. Aber er wußte jetzt, daß er die Lösung die ganze Zeit über gewußt hatte. Nur war die Wahrheit einfach zu entsetzlich, als daß er sie akzeptieren konnte. Selbst jetzt noch.

Boron führte ihn durch ein wahres Labyrinth von Stollen, Treppen und Gewölben. Torian fiel auf, daß sie sich immer weiter nach unten bewegten, während sie in die lichtlosen Tiefen der Katakomben vordrangen. Längst schon mußten sie sich mehrere hundert Fuß tief unter der Erde befinden, und ein Ende des Weges war noch nicht abzusehen. Die Fackel riß immer nur einen winzigen Ausschnitt der Felswelt aus dem Dunkel, aber er war froh, daß er nicht mehr sah. Gelegentlich glaubte er einen Winkel oder eine Linie der gleichen sinnverwirrenden Geometrie zu entdecken, wie er sie in Rador und im Tempel des Toten Gottes gesehen hatte, die Geometrie der Alten, die nicht ganz menschlich war, aber auch nicht so fremd, daß seine Sinne sie gar nicht mehr wahrnehmen konnten. Er war fast sicher, daß die Fackel nur seinetwegen brannte und er genau das sehen sollte, was er sah: die Katakomben der Letzten Nacht, die möglicherweise noch gewaltiger waren, als Boron behauptet hatte, vielleicht eine zweite Stadt unter der Stadt, die auf ihre Art ebenso verwinkelt und unüberschaubar war wie die Gassen und Höfe Armars, nur fremder, *feindseliger.*

»Es *ist* eine Stadt«, sagte Boron unvermittelt. »Dies ist das eigentliche Armar, das vor mehr als tausend Jahren unterging. Auf seinen Trümmern wurde die neue Stadt errichtet.«

»Du ... liest meine Gedanken?« fragte Torian alarmiert.

»Nein.« Boron schüttelte amüsiert den Kopf. »Aber es ist nicht schwer zu erraten, an was du denkst.« Er schwenkte die Fackel im Kreis, aber das Licht reichte trotzdem nicht aus, die Wände und die Decke des Gewölbes, das sie gerade durchquerten, sichtbar zu machen. »Armar, die Mächtige, untergegangen wie alle Bauwerke der Alten. Aber wir werden wieder über Caracon herrschen, eines Tages.«

Torian entging nicht, daß der Magier *wir* gesagt hatte, aber er verfolgte den Gedanken nicht weiter. Garth hat recht gehabt, dachte er benommen. Er hatte es nicht wahrhaben wollen, aber alles war so, wie Garth behauptet hatte, vielleicht noch schlimmer. Die Schwarzen griffen wirklich nach der Macht, nicht nur nach der Macht über Armar oder Scrooth oder Tremon, sondern über nichts weniger als die ganze Welt. Und die Menschen waren ahnungslos. Am Fürstenhof Tidores, der Hauptstadt Tremons, hielt man die Magier für treue Verbündete, ohne zu ahnen, daß sie längst die wahren Herrscher des Landes waren. Wo noch? Wie weit reichte der unsichtbare Arm der Magierkaste bereits?

Er wußte hinterher nicht, wie lange sie durch die untergegangene Stadt gingen, aber je tiefer sie kamen, desto deutlicher war zu erkennen, daß es sich nicht um ein Labyrinth aus Stollen und Grotten handelte. Es waren Gebäude und Straßen, wenn auch von absoluter Fremdartigkeit und begraben unter Tausenden und Abertausenden Tonnen von Gestein. Die Last des Felsenhimmels hatte die Gebäude wie die Faustschläge eines zornigen Riesen zusammengestaucht. Es war ein Wunder, daß sie überhaupt noch existierten, aber gerade dieser Umstand unterstrich ihre Fremdartigkeit noch. Der Lichtschein der Fackel reichte nicht weit, aber was er sah, weckte in Torian nicht die Neugier auf mehr. Diese Welt war nicht für Menschen bestimmt. Sie war nicht von Menschen gebaut und nicht dafür gedacht, von Menschen bewohnt zu werden. Es erschien ihm undenkbar, daß hier unten ein ganzes Volk leben sollte, aber vielleicht waren die *Jünger der Letzten Nacht* ja auch längst keine Menschen mehr, auch wenn sie so aussahen.

Irgendwann – nach Stunden, wie es Torian vorkam, aber sicher war er sich nicht, denn auch die Zeit schien in dieser lichtlosen Welt unter der Welt anderen Gesetzen zu gehorchen – gelangten sie in den bewohnten Teil der Katakomben. Es gab nur vereinzelte Hinweise: die Überreste eines Lagerfeuers oder einer Mahlzeit. Die Anzeichen eines normalen, alltäglichen Lebens hätten ihn beruhigen müssen, aber sie verstärkten in Torian nur den Eindruck der Fremdartigkeit. Keiner der *Jünger* war zu sehen, aber er spürte, daß sie da waren, daß sie irgendwo außerhalb des kleinen Lichtkreises lautlos wie Schatten durch die Finsternis schlichen.

Vor ihnen schälte sich ein gewaltiges Portal aus der Dunkelheit. Auf jeder Seite standen zwei der Blinden. Auf eine Handbewegung Borons hin sprangen sie vor und öffneten einen Flügel des Portals.

Torian trat in eine große Halle, die von zahlreichen Fackeln beleuchtet wurde. Zwölf Gestalten, in die gleichen dunklen Kutten wie Boron gehüllt, saßen an einem langen halbrunden Tisch. Ein Platz in ihrer Mitte war noch frei. Zögernd trat Torian näher. Boron ging an ihm vorbei und setzte sich auf den freien Platz zwischen den anderen Magiern.

Minutenlang herrschte Schweigen, aber es war ein Schweigen sehr unangenehmer, beinahe beredter Art; eine Stille, als unterhielten sich die Magier auf eine ihm verschlossene Art. Torian ließ seinen Blick über die Reihe der versammelten Magier gleiten. Zumeist entdeckte er nur brodelnde Schwärze unter den Kapuzen, wo Gesichter sein sollten; gelegentlich, wenn das Licht der Fackeln dazu ausreichte, ein dunkles Augenpaar oder faltige, an altes Pergament erinnernde Haut. Eine Aura unsichtbarer, aber dafür um so deutlicher spürbarer Macht erfüllte die Luft.

Torian fühlte nur Leere in sich. Er kam sich vor, als wäre er in einem besonders realistischen Alptraum gefangen, hatte das Gefühl, in einen endlos tiefen Schacht zu stürzen. Vor wenigen Wochen erst hatte er zum ersten Mal einen Schwarzen Magier gesehen, und wenn es nach ihm gegangen wäre, wäre dies auch die einzige Begegnung geblieben.

Leider ging es nicht nach ihm. Statt dessen stand er nun gleich dreizehn Magiern gegenüber, Wesen mit einer Macht, die der von Göttern gleichkam, die durch einen Wink ganze Städte in Schutt und Asche legen konnten, mit einem Lidzucken ein Leben auslöschen. Er hatte zwei ihrer Brüder und eine ihrer dämonischen Götzenkreaturen getötet. Sie mußten ihn hassen, ganz gleich, was Boron behauptete, doch er spürte, daß die Blicke, die sie ihm unter den

Kapuzen hervor zuwarfen, nicht feindselig waren. Sie betrachteten ihn eher auf die Art, auf die man ein besonders seltenes und interessantes Tier mustert.

Meistens, kurz bevor man es zertrat, fügte Torian in Gedanken düster hinzu.

Trotzdem hatte er keine Angst.

Es war seltsam – jeder der Schwarzen vermochte ihn schneller zu töten, als er sein Schwert ziehen könnte, und er hatte ihnen mehr als genug Gründe geliefert, es zu tun. Es war kein Zufall, daß man ihm die Waffe nicht einmal abgenommen hatte. Eine weitere Demonstration ihrer Überlegenheit.

Seine Ruhe erschreckte Torian beinahe selbst, wenn es auch eher eine *Betäubung* als echte *Ruhe* war. Es gab keinen Grund, Furcht zu empfinden, weil es keine Hoffnung mehr gab. Er war schon tot, auch wenn er es im Moment noch nicht merkte. Sein Todesurteil stand fest, seit Boron ihn in die Katakomben geführt hatte. Wenn man ihn noch nicht getötet hatte, dann nur, um ihn vor seinem Tode noch mehr zu demütigen. Nein, es konnte keine Hoffnung mehr geben. Selbst sein Haß war vergangen. Alles, was er noch wollte, waren Antworten.

»Also gut, hier bin ich«, sagte er, mühsam darum bemüht, das Zittern in seiner Stimme zu unterdrücken. »Warum bringt ihr mich nicht endlich um?«

Er hatte eine wütende Reaktion auf seine provozierende Frage erwartet, doch erst nach Sekunden, die ihm wie Ewigkeiten vorkamen, schüttelte Boron fast mitleidig den Kopf.

»Wir haben geglaubt, du wärst anders als die übrigen Menschen, Torian, doch du bist ein mindestens ebensolcher Narr wie sie«, sagte er. »Wofür hältst du uns?« Er starrte Torian durchdringend an. Als er weitersprach, klang seine Stimme fast vorwurfsvoll. »Für eiskalte Killer, denen das Töten Spaß macht? Glaubst du, ein nach Jahrhunderten währendes Leben würde nicht auch Weisheit und eine geistige Reife hervorbringen? Keinem von uns macht das Töten Spaß.

Wir sind schließlich keine Menschen.« Die letzten Worte sprach er mit einer so beiläufigen Betonung aus, daß Torian ihren Sinn im ersten Augenblick gar nicht begriff.

Verwirrt starrte Torian ihn an. Er wußte selbst nicht, was er erwartet hatte, aber jedenfalls keine Antwort wie *diese.* Es fiel ihm schwer, überhaupt zu sprechen. Und als er es tat, war es bloßer Trotz, der ihm die Worte diktierte. »Die Falle in Rador ... Der Magier schwor, jeden Garianer zu töten. Ist das eure *Reife?*«

Boron machte eine abfällige Handbewegung.

»Sein Geist war verwirrt. Rache ist ein schlechtes Motiv. Du hast den Untergang Radors miterlebt. Hunderttausende von uns starben, wurden von den Garianern niedergemetzelt, gleich ob Frauen, Greise oder Kinder. Aber sollen wir jeden Menschen hassen, nur weil ihr von den Garianern abstammt und wir die letzten Überlebenden der Alten Rasse sind? Wir mögen hart erscheinen und müssen es wohl auch sein, aber wir sind nicht grausam. Manchmal müssen wir es sein, aber es bereitet uns sowenig Freude wie euch.«

»Nein«, sagte Torian mit einer Ruhe, von der er selbst nicht wußte, woher er sie nahm. »Grausam seid ihr nicht. Deshalb haben eure Jünger wohl auch Kaam die Kehle durchgeschnitten. Und deshalb mußten die beiden Diebe sterben. Und wahrscheinlich noch ein paar hundert andere Menschen.«

»Es war notwendig«, erklärte einer der Magier rechts neben Boron. Torian sog überrascht die Luft ein, als ihm bewußt wurde, daß es sich um eine Frau handelte. »Wir töten nicht aus Freude, sondern nur, wenn es nötig ist, und in diesem Fall war es nötig, denn wir mußten deinen Haß schüren, um das zu wecken, was du in dir trägst. Die Brut der Blutspinne.«

Die Brut der Blutspinne!

Dumpf hallten ihre Worte hinter Torians Stirn wider. Diesmal gab es nichts, was seine Gedanken beeinflußte und ablenkte, und doch dauerte es noch immer mehrere Sekunden, bis er endlich begriff.

Er hatte nie erfahren, wie Blutspinnen sich fortpflanzten – wozu auch? Nun wußte er es. Die Erklärung war so einfach wie gräßlich.

Sie legten Eier.

In lebende Opfer.

Sie versenkten ihre Eier in die Körper ihrer Opfer. Hätte Garth ihn nicht befreit, wäre er hilflos im Netz der Spinne gefangen gewesen, bis ihre Brut herangewachsen war. Deshalb auch hatte ihn die Kreatur nicht getötet, als sie die Gelegenheit dazu gehabt hatte. Sie brauchte ihn.

Als *Amme* ...

Torian wurde übel. Seine Knie begannen zu zittern, so heftig, daß er sich an der Tischkante festhalten mußte, um nicht zu stürzen.

»Nichts war Zufall«, fuhr die Magierin fort. »Wir haben den Sturm beschworen, und wir haben euch den Weg zu der Höhle gewiesen.«

»Sie gehört mit zu den Katakomben, nicht wahr?« murmelte Torian. Wieder erfaßte ihn Schwindel. Es war einfach zuviel. Er konnte, er *wollte* dies alles nicht wissen, versuchte selbst jetzt noch verzweifelt, die Augen vor der Wahrheit zu verschließen. Er empfand nicht einmal mehr Staunen, als er sich die wahre Größe des unterirdischen Labyrinths vorzustellen versuchte. Immerhin lag die Höhle fast zwei Meilen von Armar entfernt.

»Aber warum alles?« murmelte er. »Warum ... warum nicht irgendein Tier?«

»Es geht nicht nur um die Brut«, erklärte Boron sanft. Er sprach jetzt ganz leise, in fast väterlicher Art. »In einem Tierkörper würde sie heranwachsen und irgendwann schlüpfen. Sicher auch im Körper irgendeines Menschen. Wir ... haben lange auf jemanden wie dich gewartet. Dein Geist ist stark, Torian Carr Conn. Stärker als der der meisten anderen. Auf seine Art so stark wie der unsere, wenn deine Begabungen auch gänzlich anderer Art sind.«

Torian lachte bitter. Es klang wie ein Schrei. »War ich ... gutes Zuchtmaterial?« fragte er böse.

Boron ignorierte seine Frage. »Dein Bewußtsein ist stark genug, dies zu verhindern«, fuhr er ungerührt fort. »Die Brut wird in dir selbst aufgehen. Was du bisher verspürt hast, war erst ein Bruchteil der Macht, über die du einst verfügen wirst. Eine Macht, die stärker als die unsere sein wird, denn jeder von uns hat einen Teil seiner Kraft an die Blutspinne abgegeben. Seit Jahrzehnten warten wir auf jemanden, der geistig stark genug ist, diese Kraft zu beherrschen. Du hast bewiesen, daß du es kannst. Um dies zu erproben, schickten wir unsere Diener. Sie sollten dich angreifen, um die Macht der Spinne zu wecken.«

»Und wenn ich nicht stark genug gewesen wäre?« fragte Torian. Die Gedanken wirbelten wild in seinem Kopf durcheinander.

»Hätten sie dich getötet.« Boron sagte es ohne einen Funken von Gefühl in der Stimme. »Wahrscheinlich denkst du jetzt daran, diese Macht gegen uns einzusetzen. Versuche es nicht. Du wirst dich entscheiden müssen, und diese Entscheidung wird endgültig sein. Hast du dich einmal für uns entschieden, gibt es kein Zurück mehr. Aber du wirst es nicht bereuen. Wir werden diese Welt wieder beherrschen. Die alten Zeiten werden zurückkommen. Wir sind nur noch wenige, keine tausend und über ganz Caracon verstreut, aber eines Tages werden wir wieder eine starke Rasse sein. Es liegt an dir, ob du dann an unserer Seite herrschen willst. Du wirst reicher und mächtiger als jeder andere Mensch sein.«

Torian schwieg noch, als Boron geendet hatte. Seine Kehle war wie zugeschnürt. Es dauerte lange, bis er sich so weit gefaßt hatte, daß er die Frage stellen konnte, die ihm auf der Zunge brannte.

»Und wenn ich mich weigere?«

»Es wäre besser, du würdest es nicht tun«, antwortete einer der Magier. »Alles wäre einfacher, wenn du uns freiwillig helfen würdest, aber wir brauchen nur die Macht in dir, nicht deinen Verstand. Bevor wir ein Risiko eingingen, würden wir dein Bewußtsein auslöschen. Selbst als lallender Idiot wärest du für uns noch von Nutzen. Überlege es dir.«

Das Portal wurde geöffnet. Zwei *Jünger* packten Torian. Er wehrte sich nicht.

»Schafft ihn fort!« befahl Boron.

Ein weiteres Mal wurde Torian überrascht, als er sah, wohin man ihn brachte. Es war kein finsteres Verlies, wie er erwartet hatte, sondern ein großer, beinahe schon komfortabel eingerichteter Raum, der von mehreren Fackeln erleuchtet wurde. Was freilich nichts daran änderte, daß auch das nobelste Gefängnis letztlich nichts anderes als ein Gefängnis blieb.

Einer seiner unheimlichen augenlosen Begleiter streckte fordernd die Hand aus.

Torian begriff den Sinn der Geste. Er zögerte, verwarf den Gedanken an Widerstand aber sofort wieder. Er könnte die beiden Cra'thal ohne große Schwierigkeiten überwältigen – aber was würde ihm das wohl nutzen? Von den Magiern, die jeden Fluchtversuch sofort vereiteln würden, ganz abgesehen, hätte er sich schon nach wenigen Schritten in diesem Labyrinth hoffnungslos verirrt. Die *Katakomben der Letzten Nacht* waren ein Gefängnis, das keine Mauern brauchte.

So beschränkte er sich darauf, die beiden Männer so böse wie möglich anzustarren – was sie sicherlich ungeheuer beeindruckte, da sie es nicht sehen konnten –, während er einem von ihnen die Waffe überreichte. Ohne ein weiteres Wort zogen sie sich zurück. Er hörte, wie ein Riegel einrastete, nachdem sie die Tür hinter sich zugezogen hatten.

Neugierig sah er sich um. Sein Gefängnis war wirklich komfortabel – zehnmal sauberer, als es das stinkende Loch gewesen war, in dem sie in Kaams Schenke übernachtet hatten. Weiche Teppiche lagen auf dem Boden. Es gab einen mit kunstvollen Schnitzereien versehenen Tisch, auf dem ein Krug Wasser und eine Schale mit Früchten standen. Erst jetzt spürte Torian, wie hungrig und durstig er war. Mißtrauisch betrachtete er eine Frucht und biß nach kurzem Zögern hinein. Die Frucht schmeckte fremdartig, aber gut, und nachdem er den ersten Bissen hinuntergeschluckt hatte, schalt er sich selbst einen Narren. Die Magier waren sicherlich nicht darauf angewiesen, ihn zu *vergiften.*

In einer Ecke des Raumes stand ein bronzenes Bett mit dicken Federdecken. Darauf lag frische Kleidung; Hosen aus festem Stoff, lederne Stiefel, ein Kettenhemd, das sich überraschend leicht anfühlte, obwohl es aus festem Stahl bestand, und ein prachtvolles Cape. Die Magier verstanden zu leben, das mußte man ihnen lassen.

Torian zuckte ergeben mit den Achseln und streifte die zerschlissenen Fetzen ab, die er in letzter Zeit als Kleidung getragen hatte. Er war sich bewußt, daß die Magier ihm alles keineswegs aus Nächstenliebe boten, sondern um ihn zu ködern, aber das war ihm egal. Er wäre wirklich ein Narr, auf diese Annehmlichkeiten zu verzichten. Sollten Boron und die anderen ruhig denken, daß er sich durch ein paar freundliche Gesten auf ihre Seite ziehen ließ. Um den Preis eines Paares neuer Hosen war er jedenfalls nicht zu kaufen.

Während er sich umkleidete, betrachtete Torian die Schwellung, die sich an seiner Schulter gebildet hatte. Er betrachtete sie ohne Schrecken, sondern von einer fast wissenschaftlichen Neugier erfüllt. Die unsichtbare Wand in seinem Gehirn, die ihn bislang vor der Wahrheit geschützt hatte, war gefallen, aber dahinter war nur Leere. Der Gedanke, daß es sich bei der Schwellung um die Brut der Blutspinne handelte, die Brut, die *in seinem Körper heranwuchs,* war einfach zu abstrakt, als daß er ihn wirklich zu begreifen vermochte.

Torian kleidete sich neu an und ließ sich mit hinter dem Kopf verschränkten Armen aufs Bett sinken. Er hatte kaum die Hälfte von dem verstanden, was die Magier ihm erzählt hatten, aber auch das hatte genügt, sein inneres Gleichgewicht gründlich zu erschüttern. Sonderbar – am wenigsten machten ihm noch sein eigenes Schicksal und die ihm zugedachte Rolle zu schaffen. Etwas in ihm wehrte sich instinktiv dagegen, darüber nachzudenken; vielleicht als Schutz vor dem drohenden Wahnsinn, der sich in diesen Gedanken verbarg. Vielleicht hatte er auch einfach bereits aufgegeben, auf einer tieferen Ebene seines Denkens. Sein Weltbild hatte Risse bekommen, und wenn die Magier *das* durch die Wahl ihrer Worte bezweckt hatten – woran er nicht zweifelte –, nun, so hatten sie zumindest *dieses* Ziel erreicht.

Bislang war für ihn völlig klar gewesen, daß er auf der richtigen Seite stand: auf der der Menschen, die gegen eine unmenschliche Gefahr aus der Vergangenheit kämpften. Die Schwarzen waren ihm als Gruppe rachsüchtiger, von Haß zerfressener Wesen von übermenschlicher Stärke erschienen; eine tödliche Gefahr für alles Lebende, die es zu bekämpfen galt. Er wußte nicht, wer den vernichtenden Krieg in grauer Vorzeit angefangen hatte, und es war ihm auch herzlich egal, aber er hatte in Rador miterlebt, mit welcher Grausamkeit die Garianer – die *Menschen,* korrigierte er sich in Gedanken – gewütet hatten. Eine Weile wehrte er sich gegen den Gedanken, denn er tat weh – aber er mußte zugeben, daß er nicht mehr völlig sicher war, auf der richtigen Seite zu stehen. Es war keine besonders erhebende Vorstellung, zu den bösen Jungs zu gehören, ohne es auch nur zu wissen. Aber was er gesehen hatte, waren mordgierige, brennende Barbaren gewesen, die eine hochstehende Kultur vernichteten.

Trotzdem würde er den Magiern nicht helfen, Caracon zurückzuerobern, mochten sie hundertmal die Überlebenden eines Volkes sein, dem einst Unrecht geschehen war. Er konnte es nicht. Er wollte es auch nicht.

Vielleicht einfach deshalb, weil er selbst ein Mensch war. Und weil er selbst gespürt hatte, wie fremd die finstere Macht hinter den Magiern war. Nicht einmal böse, aber so *fremd*, so vollkommen *anders,* daß ein Zusammenleben, ja selbst eine friedliche Koexistenz, einfach ausgeschlossen war. Die Menschen und die Magier, das waren Feuer und Wasser, Licht und Dunkelheit. Beides zusammen war unmöglich. Und er hatte nicht einmal die Möglichkeit zu wählen.

Torians Gedanken verwirrten sich; begannen sich im Kreis zu drehen. Zu viel war in den letzten Stunden auf ihn eingestürmt. Er spürte, wie Müdigkeit sein Denken mehr und mehr auslöschte, bis er irgendwann selbst nicht mehr wußte, was er dachte, und in einen tiefen und traumlosen Schlaf sank.

Als er erwachte, war er nicht mehr allein. Er wußte es, noch bevor er die Augen aufschlug. Die gleiche Aura unbegreiflicher Macht, die er vor dem Rat der Magier gespürt hatte, erfüllte das Zimmer.

Boron saß auf einem Stuhl. Er hatte die Kapuze zurückgeschlagen und sah ihn an.

»Wie lange habe ich geschlafen?« fragte Torian verwirrt und blinzelte ein paarmal, um die Benommenheit abzuschütteln, bevor er sich aufsetzte und die Beine vom Bett schwang.

»Ein paar Stunden. Möchtest du etwas essen?«

»Nein.« Torian schüttelte den Kopf und stand ganz auf. »Was willst du? Eine Antwort auf eure Forderung?«

Boron lächelte milde.

»Das hat noch Zeit. Aber du solltest wirklich gründlich darüber nachdenken. Es hängt viel von deiner Antwort ab, in erster Linie für dich. Ich bin gekommen, um allein mit dir darüber zu sprechen.«

»Es gibt nichts zu besprechen. Du kannst dir deinen Atem sparen. Ich werde euch niemals freiwillig dienen.«

»Wie pathetisch«, sagte Boron lächelnd. Er schüttelte den Kopf. »Aber es geht gar nicht darum, uns zu dienen«, erwiderte Boron ruhig. »Stolz ist eine feine Sache, wenn man ihn sich leisten kann. Was glaubst du mit deiner kleinen Rebellion zu erreichen? Es ist ein Kinderspiel für uns, deinen Willen zu brechen.«

»Dann tut es doch!« sagte Torian wütend.

»Aber wir wollen es nicht«, erwiderte Boron geduldig. »Was wir dir bieten, ist eine Partnerschaft. Es steht in deiner Macht, den Krieg zwischen Tremon und Scrooth zu beenden und unnötiges

Blutvergießen zu vermeiden. Andernfalls wird Scrooth fallen und mit ihm alle anderen Länder, die sich uns widersetzen. Aber bis dahin wird es noch Tausende Tote auf allen Seiten geben.«

Die Gedankensprünge des Magiers verwirrten Torian. Boron jonglierte mit Worten, wie es ihm gefiel, und er beherrschte dieses Gebiet besser als Torian. Zum ersten Mal kam ihm in den Sinn, daß Worte vielleicht eine ebenso gefährliche Waffe sein mochten wie sein Schwert. Und daß Boron ein Meister in dieser Art des Kämpfens war.

»Es gibt Dinge, für die zu kämpfen sich lohnt«, stieß er hervor. »Beispielsweise für die Freiheit.«

»Freiheit«, wiederholte Boron verächtlich. Es klang wie ein Schimpfwort. »Ein leeres Wort, unter dem jeder etwas anderes versteht. Wir wollen Caracon nicht versklaven. Jede Gewaltherrschaft bricht eines Tages. Wenn es nichts weiter ist, kannst du den Thron von Scrooth haben und den der anderen Länder noch dazu. Herrsche, wie du es für richtig hältst, hart oder milde, es bleibt sich gleich. Laß zur Not das Volk in dem Glauben, selbst zu herrschen. Es gibt subtilere Formen der Unterdrückung als offene Tyrannei. Wir sind nicht an weltlicher Macht interessiert.«

»Ach nein, natürlich nicht«, höhnte Torian, obwohl er spürte, wie er mehr und mehr an Boden verlor. Boron drängte ihn mit Worten in die Ecke wie ein geschickter Fechter seinen Gegner mit dem Schwert. »Warum dann der ganze Krieg, wenn ihr ihn doch gar nicht gewinnen wollt?«

»Unsinn«, entgegnete Boron unwirsch. »Natürlich wollen wir ihn gewinnen, aber es geht uns nicht um Macht. Alles, was wir wollen, sind die ...« Er brach ab und suchte einen Moment nach Worten. »Die Seelen der Menschen«, sagte er schließlich. »Das trifft die Sache am ehesten. Unsere Macht mag dir wie die von Göttern erscheinen, aber wir dienen selbst nur anderen, die noch viel mächtiger sind.«

»Ja, Ch'tuon und anderen Dämonen«, murmelte Torian.

»Du nennst sie Dämonen, aber sie sind ebensosehr Götter wie die der Menschen«, widersprach Boron. »Oder sowenig, wie du willst. Und sie sind Götter, die wirklich existieren. Sie mögen härter sein als die Wesen, die ihr anbetet, aber das ist nur eine Frage des Standpunktes. Das Starke allein wird überleben, während das Schwache untergeht. Dieses Gesetz hat die Natur gemacht, Torian, nicht wir. Unsere Götter leben, während ihr nicht einmal wißt, ob es eure Götter überhaupt gibt.«

»Ich glaube an überhaupt keine Götter«, sagte Torian ruhig. »Aber ich weiß, was passiert, wenn Ch'tuon und seine Kreaturen aus ihrem Schlaf erwachen. Vielleicht würdet ihr die Menschheit nicht versklaven wollen, aber sie würden es tun, und ich werde nicht dazu beitragen.«

Er begann unruhig im Zimmer auf und ab zu gehen. Boron musterte ihn spöttisch.

»Du versuchst dir selbst etwas vorzumachen«, sagte er nach einer Weile. »Vor allem geht es gar nicht darum, ob du uns nun freiwillig hilfst oder nicht. Das Ergebnis bleibt sich gleich. Wenn ich mit dir spreche, dann nur, um dir zu helfen.«

»Wie rührend«, knurrte Torian. »Warum schenkst du mir nicht gleich einen Blumenstrauß, um dich bei mir einzuschmeicheln? Wer weiß, vielleicht breche ich doch noch mit meinen Prinzipien und heirate dich.«

»Du glaubst mir nicht«, stellte Boron unbeeindruckt fest. »Das ist bedauerlich, aber verständlich. Nun gut, vielleicht kann ich dich doch noch überzeugen, daß wir nicht die menschenfressenden Ungeheuer sind, die du in uns siehst. Komm mit.«

Der Magier öffnete die Tür. Torian griff nach einer Fackel und folgte ihm mit gemischten Gefühlen in den Stollen hinaus, von dem er wußte, daß es sich in Wirklichkeit um eine uralte Straße handelte. Sein Mißtrauen Boron gegenüber war keineswegs geringer geworden, denn er wußte, daß alles, was der Magier tat und sagte, kühler Berechnung entsprang.

Vielleicht hatte er aber auch nur Angst davor, daß Boron im *Recht* sein könnte.

»Als ich dir erstmals von den Cra'thal erzählte, wolltest du mir nicht glauben, daß ein Volk hier unten wirklich existieren kann«, fuhr Boron fort, während sie durch das Straßenlabyrinth gingen. »Mittlerweile weißt du es, und ich möchte, daß du sie näher kennenlernst.«

»Was sind sie für Wesen?« erkundigte sich Torian. »Wirklich Menschen, die sich hier niedergelassen haben?«

»Nicht ... ganz«, antwortete Boron gedehnt. Er lächelte. »Ich sagte schon, daß es nur noch wenige von uns gibt. Wir haben den Untergang der Alten Rasse aufgrund unserer Magie überlebt, aber wir haben einen hohen Preis für diese Kräfte zahlen müssen, denn wir sind unfähig, uns fortzupflanzen. Was glaubst du, warum es nur so wenige von uns gibt und warum beinahe nur Greise? Laß dich von meinem Äußeren nicht täuschen. Ich bin nicht jünger als die anderen. Einzig Ch'tuon kann uns helfen. Verstehst du nun, warum wir alles daransetzen, ihn aus seinem Schlaf zu reißen? Es ist allein eine Frage des Überlebens. Auch wir sind nicht unsterblich, wie du wohl am besten weißt.«

»Und diese Wesen hier ...« Ein ungeheuerlicher Verdacht stieg in Torian auf.

Boron nickte.

»Ja. Wir haben auf magischem Wege versucht, unsere Gene in die Körper menschlicher Frauen zu verpflanzen. Das Experiment als solches gelang, aber es brachte nicht den gewünschten Erfolg. Anscheinend sind sich unsere Rassen trotz der äußerlichen Ähnlichkeit doch zu fremd. Wir zeugten diese Zwitterwesen. Kreaturen, deren magische Kräfte sich darauf beschränken, daß sie ohne ihre verkümmerten Augen sehen können. Sie sind nicht viel intelligenter als Tiere, doch dafür sind sie uns treu ergeben. So, wir sind am Ziel.«

Boron blieb stehen, um Torian Gelegenheit zu geben, sich in aller Ruhe umzusehen. Sie hatten eine Art Dorf innerhalb der Katakomben erreicht. Große, bogenförmige Öffnungen klafften in den Wänden der Häuser, die sich um einen freien Platz herum gruppierten. Mehr als zwei Dutzend Cra'thal hielten sich dort auf, überwiegend Frauen, die einfachen, stupide anmutenden Tätigkeiten nachgingen. Keines der Wesen trug die hautengen braunen Kleidungsstücke, in denen Torian sie bisher nur gesehen hatte. Statt dessen waren sie in Lumpen gehüllt. In den Häusern entdeckte Torian primitive Lagerstätten. Der Gestank von Urin und Kot schlug ihm entgegen. Tiere, dachte er entsetzt. Die Cra'thal mochten menschliche Wesen sein, aber die Magier hielten sie wie Tiere. Es widerte ihn an, und dieses Gefühl weckte Schuld in ihm. Sein Zorn auf die Schwarzen Magier wuchs. Wie hatte Boron gesagt? *Wir sind schließlich keine Menschen?*

Niemand nahm von ihm und dem Magier Notiz.

»Was ist das hier?« fragte er bitter. »Euer Zoo? Hast du mich hergeführt, um mir das zu zeigen?«

»Genau deshalb«, antwortete Boron. »Ich sagte dir schon, sie sind nicht sehr viel intelligenter als Tiere. Zwar haben sie gelernt zu kämpfen, aber ansonsten sind sie ohne jeden Nutzen für uns. Maschinen, wenn du so willst, nur aus Fleisch und Blut statt aus Stahl. Wenn wir wirklich grausam wären, hätten wir sie längst getötet, wie ihr Menschen es mit solchen Mißgeburten wahrscheinlich gemacht hättet. Aber wir haben ihnen Gelegenheit gegeben, hier eine Art eigener Zivilisation aufzubauen. Sie leben nach Regeln, die sie sich selbst gegeben haben, und wir lassen ihnen fast alle Freiheiten. Ist das nicht humaner als das, was du in den Slums des neuen Armar gesehen hast? Dort oben leben denkende Menschen, hier nur Tiere. Und trotzdem fühlen sich diese Tiere mit Sicherheit wohler und freier. Wir behandeln sie besser als ihr euch untereinander. Also erzähle nicht noch einmal, wir würden euch versklaven, wenn wir an die Macht kämen.«

Verwirrt schwieg Torian. Borons Argumentation enthielt einen fundamentalen Fehler, das spürte er, aber er war nicht in der Lage, den Finger darauf zu legen. So zog er es vor zu schweigen. Er folgte dem Magier über den Platz auf ein besonders großes Gebäude zu.

»Es ist eine Art Tempel«, erklärte Boron, während er ein Stück Vorhang vor dem Eingang zur Seite schob. »Ein Heiligtum dieser Kreaturen. Du hast die ganze Zeit über nicht mehr nach deinen Freunden gefragt. Wenn ich dich schon nicht mit Worten überzeugen kann, dann wird das hier deine Entscheidung vielleicht beschleunigen.«

Er packte Torian und versetzte ihm einen heftigen Stoß, der ihn in das Gebäude taumeln ließ. Mit wild rudernden Armen fand Torian das Gleichgewicht wieder und sah sich um. Er befand sich in einem gewaltigen Gewölbe, das von Fackeln und mehreren offenen Feuern erleuchtet wurde. Die Halle war leer bis auf ein monströses Gebilde im Hintergrund, das er im ersten Moment nicht richtig erkennen konnte. Eigentlich *wollte* er es auch nicht.

»Geh ruhig näher heran«, sagte Boron.

Zögernd folgte Torian der Aufforderung. Erst als er fast die Hälfte der Halle durchquert hatte, erkannte er, daß es sich bei dem Gebilde um einen überdimensionalen Thron handelte.

Und darauf saß eine Gestalt.

Obwohl es sich um einen wahren Hünen handelte, wirkte er auf der steinernen Monstrosität winzig und verloren, und es dauerte Sekunden, bis Torian ihn überhaupt entdeckte. Und auch dann dauerte es noch einmal mehrere Sekunden, bis er die muskelbepackte, bis auf einen Lendenschurz nackte Gestalt erkannte.

»Garth«, preßte er hervor. Er wollte den Namen laut brüllen und auf den Dieb zulaufen, aber seine Kehle war wie zugeschnürt, und Boron hielt ihn mit eisernem Griff zurück.

Ein Stück neben dem Thron wurde eine Tür geöffnet, und eine weitere Gestalt trat in die Halle. Es handelte sich um ein junges Mädchen, auch sie fast nackt. Ohne aufzusehen, ging sie auf den Thron zu und ließ sich davor demütig auf die Knie sinken.

Es war Shyleen.

Torian erkannte sie sofort. In seinem Inneren tobte ein wahrer Orkan von Gefühlen, die Freunde wiedergefunden zu haben. Er wollte sich losreißen, doch Borons Griff war hart wie ein Schraubstock.

»Schau sie dir an«, sagte der Magier. »Ein einziger gedanklicher Befehl von uns hat gereicht, ihren Willen zu brechen. Garth genießt es, von den Cra'thal als Halbgott verehrt zu werden. Das Mädchen spielt seine Rolle als ergebene Sklavin wunderbar, nicht wahr? Was hältst du davon, wenn ich sie den Cra'thal zum Geschenk mache? Trotz allem kennen sie auch menschliche Bedürfnisse, und Shyleen ist ziemlich hübsch.«

»Bestie«, zischte Torian. »Ich wußte, daß ich mich in dir nicht getäuscht habe. Du ... du bist schlimmer als ein Tier.«

Boron lachte. Torians hilfloser Zorn schien ihn zu amüsieren. »Eine Bestie? Wie du meinst, aber ich habe nicht gelogen. Ein Wort von dir genügt, und deine Freunde sind wieder frei. Und wie würde es dir gefallen, selbst auf einem Thron zu sitzen und verehrt zu werden? Du wirst unsterblich und fast unbegrenzt mächtig sein. Oder, wenn du willst, auch ein gerechter und geliebter Herrscher. Du hast die Wahl. Andernfalls bleiben deine Freunde, was sie sind, und du wirst zu einem lallenden Idioten, der nicht mal weiß, daß er uns hilft.«

Von grenzenlosem Haß erfüllt, wandte Torian den Blick ab.

»Natürlich könnten deine Freunde auch sterben«, sprach Boron weiter. »Wie würde es dir gefallen, Garth selbst zu töten? Ich glaube, das wäre sogar eine recht gute Idee. Vielleicht würdest du dann vernünftig.«

Er machte eine knappe Geste. Der Dieb erhob sich von seinem Thron und kam mit raschen Schritten näher. Seine Augen zeigten keinerlei Gefühl, waren wie tote Glasmurmeln.

Boron griff unter seine Kutte. Als er den Arm wieder hervorzog, hielt er zwei Kurzschwerter in der Hand, von denen er Garth eines reichte und Torian das andere entgegenstreckte.

»Du bist verrückt«, keuchte Torian. »Glaubst du ernsthaft, ich würde ...«

»Natürlich kannst du selbst sterben, wenn dir das lieber ist«, unterbrach Boron ihn kalt. Er warf Torian das Schwert vor die Füße und wandte sich an Garth. »Töte ihn!« befahl er.

Garth zögerte keinen Moment, dem Befehl zu folgen. Torian ließ sich blitzschnell zur Seite fallen, als er die Klinge in einem Halbkreis auf sich zufliegen sah. Er packte das auf dem Boden liegende Schwert, rollte sich ab und kam wieder auf die Beine.

Mit ein paar wilden Hieben verschaffte er sich Luft. Garth machte sich nicht einmal die Mühe, die Hiebe zu parieren, sondern wich nur ein paar Schritte zurück. Immer noch war sein Gesicht kalt und ausdruckslos wie das einer Puppe. Aber seine Bewegungen waren schnell und kraftvoll wie immer. Die ersten Schwerthiebe waren nicht mehr als eine Spielerei gewesen. Es würde keinen Kampf geben, kein langes Kreuzen der Klingen, sondern nur einen einzigen wirklichen Angriff, das begriff Torian plötzlich. Und er hatte keine sehr große Hoffnung, der Sieger in diesem ungleichen Kampf zu bleiben.

Sie hatten sich gegenseitig im Kampf gesehen und wußten, wie stark der andere war. Garth' Vorteil an Körperkraft machte Torian mit seiner Schnelligkeit wett. Aber er wußte, daß er trotzdem verlieren würde. Er konnte den Dieb nicht töten, während Garth in seinem willenlosen Zustand keine Skrupel empfinden würde. Und er kämpfte ohne Rücksicht auf sich selbst, ohne Furcht vor Schmerzen oder dem Tod.

Wieder täuschte Garth einen Angriff vor, doch Torian durchschaute die Finte sofort. Er glitt einen Schritt zur Seite, riß sein Schwert hoch und wehrte den Streich ab. Blitzschnell warf er einen Blick zur Seite.

Boron hatte die Arme vor der Brust verschränkt und beobachtete ihn amüsiert.

»Also gut!« brüllte Torian. »Was willst du? Ruf ihn zurück, und ich ...«

Weiter gelangte er nicht. Alles ging so schnell, daß er selbst nicht richtig mitbekam, was geschah. Ein peitschender, dreifach nachhallender Knall erklang, ein Bündel schwarzer Schatten jagte zwischen ihm und Garth hindurch, und mit einem Male ragten drei zitternde Pfeile aus der Brust des Magiers.

Boron keuchte. Seine Augen wurden rund; er torkelte, hob die Hände und brach vollends zusammen, als ein weiterer Pfeil heranzischte und seinen Hals durchbohrte.

Der Angriff erfolgte so urplötzlich, daß Boron nicht einmal dazu kam, seine Magie zu entfesseln. Er war tot, ehe er vollends zu Boden stürzte.

Mehr als zwei Dutzend Cra'thal in ihrer braunen Kampfkleidung drangen durch das Portal, durch Fenster und selbst durch Öffnungen in der Decke in die Halle ein. Vorsichtig, mit gezückten Waffen, näherten sie sich dem Leichnam Borons und entspannten sich erst, als sie erkannten, daß der Magier wirklich tot war. Als Torian endlich begriff, was geschehen war, war bereits alles vorbei. Die Cra'thal wandten sich ihm zu, doch ihre Haltung war nicht mehr feindselig. Eine der Gestalten trat vor.

»Ihr Narren«, keuchte Torian. »Wißt ihr überhaupt, was ihr getan habt?«

»Es mußte sein«, antwortete der Mann vor ihm. Seine Stimme klang seltsam, nicht völlig fremd, aber auch nicht *ganz* menschlich. »Wir werden sie alle töten!«

Torian erstarrte.

»Du ... kannst sprechen?« fragte er stockend. »Aber ...«

»Natürlich kann ich sprechen. Was hat er dir erzählt? Daß wir dumme Tiere sind?« Er lachte bitter und nickte, um seine eigene Frage zu beantworten. »Sie sind Meister der Lüge, und sie unterdrücken unser Volk seit Jahrhunderten. Du wirst alles erfahren, aber jetzt müssen wir erst einmal hier weg. Komm.«

Wie betäubt wandte sich Torian um und wollte den Gestalten folgen, als sein Blick auf Garth und Shyleen fiel. Nach dem Tod Borons waren sie bewußtlos zu Boden gestürzt. Er kniete bei ihnen nieder und versuchte zuerst Garth, dann Shyleen aus ihrer Ohnmacht zu reißen. Es gelang ihm nicht.

»Wir müssen sie mitnehmen«, keuchte er.

»Dazu bleibt keine Zeit. Wir ...«

»Entweder nehmen wir sie mit, oder ich bleibe hier«, unterbrach Torian den Cra'thal. Gespannt wartete er auf eine Reaktion. Er wußte so gut wie nichts über die Cra'thal und auch nichts über ihre Absichten, aber offensichtlich versprachen sie sich von ihm Hilfe.

Nach einigen Sekunden nickte der Cra'thal. Zwei seiner Begleiter packten Garth und trugen ihn mit sich fort, ein weiterer lud sich Shyleen auf die Schulter, so mühelos, als wöge sie gar nichts. Die Wesen waren stark.

Sie verließen das Gebäude durch einen Hinterausgang. Wieder wurde Torian über eine Unzahl unterirdischer Straßen und Gassen geführt. Sie hasteten über endlos lange Treppen, und ein paarmal mußte er sich durch schmale Felsspalten zwängen. Längst schon hatte er völlig die Orientierung verloren, als sie schließlich einen Raum erreichten, in dem sich mehrere Dutzend der braungekleideten Gestalten aufhielten.

»Wo sind wir?« fragte er.

»In Sicherheit, zumindest vorläufig«, antwortete einer der Cra'thal und bedeutete ihm, auf dem Boden Platz zu nehmen. Da sich die Gestalten mit ihrer braunschwarzen Kleidung wie ein Ei dem anderen ähnelten, konnte Torian nicht erkennen, ob es derselbe war, mit dem er zuvor gesprochen hatte. Er setzte sich.

»Ihr müßt verrückt sein, die Magier anzugreifen«, sagte er. »Die anderen wissen längst, was passiert ist, und sie werden schon auf dem Weg hierher sein, um sich zu rächen.«

»Sie werden uns nicht finden«, widersprach der Cra'thal. »Und wenn doch, werden sie lange brauchen. Wir werden nicht mehr hiersein, wenn sie kommen. Aber zuerst müssen wir wissen, ob du uns helfen wirst.«

»Helfen?« Torian schnaubte. »Ihr seid verrückt. Ich kann nichts für euch tun.«

»Du kannst«, widersprach der Cra'thal. »Du hast die Macht der Spinne.«

Torian schluckte mühsam. Verwirrt starrte er das augenlose Gesicht vor sich an. »Ich ... verstehe überhaupt nichts mehr«, gestand er.

»Das mußt du auch nicht.« In der Stimme des Cra'thal schwang keine Drohung mit, als er fortfuhr: »Ich will nur wissen, auf welcher Seite du stehst.«

»Nicht auf der der Magier«, sagte Torian impulsiv. »Gut – ich werde euch bei jedem Plan helfen, der meine Freunde und mich hier herausbringt und halbwegs Aussicht auf Erfolg bietet. Aber ich weiß nicht, ob ich es kann.«

»Wenn nicht du, dann keiner«, erwiderte der Cra'thal überzeugt. Er bemühte sich, ein menschliches Nicken nachzuahmen, und machte eine Handbewegung auf seine Brust. »Ich bin Argor«, fuhr er fort. Er zog das Tuch vom Gesicht. Nach dem Klang seiner Stimme hatte Torian einen jungen Mann erwartet, einen Krieger wie sich selbst, aber Argor erwies sich als alter Mann mit grauem Haar und tiefen Falten im Gesicht. Durch die unnatürliche Blässe seines Gesichts sah er noch älter aus, als er vermutlich war, aber Torian zweifelte nicht daran, daß ihn nur wenige Jahre vom Greisenalter trennten. Auch bei ihm fehlten die Augen, die Lider waren fest mit der Wangenhaut verwachsen, ebenso wie bei den anderen Cra'thal. Trotzdem hatte Torian das sonderbare Gefühl, daß Argor ihn ganz genau sah. Es war verwirrend.

Auf einen Wink Argors hin nahmen sie alle die Tücher ab. Torian sah Menschen allen Alters, viele waren Frauen, manche kaum mehr als Kinder. »Das dort ist Ygan, mein Sohn«, fuhr Argor fort. »Dort sitzen Korl, Huran, Graan und Kryla. Im Laufe der Zeit wirst du alle kennenlernen.«

»Warum tut ihr das?« wollte Torian wissen. »Jede Rebellion gegen die Schwarzen ist zum Scheitern verurteilt!«

»Nichts ist verloren!« rief Ygan temperamentvoll und sprang auf. Er war ein junger, kräftiger Mann von kaum zwanzig Jahren – jedenfalls wäre er das gewesen, hätte es sich um einen Menschen gehandelt. So konnte er genausogut zwei wie zweihundert Jahre alt sein. Torian gestand sich bedrückt ein, daß er so gut wie nichts über seine neuen Verbündeten wußte.

»Unser Volk ist lange genug geknechtet worden«, fuhr Ygan aufgebracht fort. »Jetzt werden wir endlich zurückschlagen. Wir werden jeden der Schwarzen töten.«

»Ich habe schon viele junge Narren wie dich reden hören«, sagte Torian scharf. »Die meisten von ihnen haben den nächsten Tag nicht mehr erlebt.«

Er sah, daß Ygan zornig auffahren wollte, aber Argor legte ihm die Hand auf den Arm und drückte ihn wieder zu Boden.

»Mein Sohn ist noch jung, du darfst ihm nicht böse sein«, sagte er. »Die Schwarzen knechten unser Volk seit langer Zeit. Wir hassen sie. Sie behandeln uns wie Tiere.«

»Das sagte Boron sogar«, murmelte Torian. »Er erklärte, daß ihr keinerlei Intelligenz besitzt.«

»Wieder eine seiner Lügen«, sagte Argor grimmig. »Wahrscheinlich hat er dir auch einige unserer Brüder und Schwestern gezeigt, als Beweis für seine Behauptung. In diesem sogenannten Dorf leben nur wenige Cra'thal. Es sind die, die den Unwillen der Schwarzen erweckt haben. Die Magier haben ihr Denken zerstört.« Haß verzerrte sein faltiges Gesicht, ein Haß, der selbst Torian schaudern ließ. »Wir haben lange stillgehalten und alles ertragen, weil wir wußten, wie sinnlos jeder Widerstand wäre«, fuhr Argor fort. »Nun aber ist die Zeit zum Handeln gekommen. Mit deiner Hilfe können wir die Schwarzen schlagen.«

»Mit meiner Hilfe?« Torian begann schrill zu lachen. »Was erwartet ihr von mir? Daß ich hingehe und die Schwarzen einfach so erschlage? Ich habe einige von euch im Kampf erlebt. Ihr seid auf ein weiteres Schwert nicht angewiesen.«

»Es geht uns auch nicht um dein Schwert«, sagte Argor ruhig. »Du trägst die Brut der Blutspinne in dir. Wundere dich nicht, daß wir davon wissen. Wir haben die Falle selbst aufbauen müssen. Ich weiß, daß du deine Kraft nicht gegen die Schwarzen selbst einsetzen kannst, aber das haben wir auch nicht vor. Wir werden das Herz der Katakomben zerstören.«

»Das ... *was?*«

Argor machte eine weit ausholende Geste.

»Schau dich um. Das alte Armar hätte längst aufhören müssen zu existieren, aber es besteht immer noch, weil es durch die Magie der Alten geschützt wird. Frag nicht, was dieses Herz Armars ist. Wir wissen nur, wo es liegt und daß die Schwarzen ihre Kraft von dort beziehen. Aber es ist uns unmöglich, bis dorthin vorzudringen. Du hingegen kannst es. Wirst du es tun?«

»Tun?« Torian unterdrückte ein hysterisches Lachen. »Und wie?«

Es dauerte einen Moment, bis Argor antwortete, und als er es tat, hatte Torian erneut das unangenehme Gefühl, von etwas in diesem augenlosen Gesicht angestarrt und durchdringend gemustert zu werden.

»Wir wissen es nicht«, antwortete der alte Cra'thal leise.

»Oh«, sagte Torian.

Und das war für eine ganze Weile das letzte, was er sagte.

Falsch, dachte Torian. Irgend etwas war falsch, ganz entsetzlich falsch, aber er wußte nicht, was, und er wußte nicht einmal, woher dieses Gefühl kam.

Vielleicht war er einfach verwirrt. Zuviel war geschehen, seit sie Armar erreicht hatten. Er hatte ja nicht einmal Gelegenheit bekommen, auch nur einmal richtig Atem zu schöpfen, ehe die Hetzjagd weiterging, die vor Wochen in Rador im Herzen der Staubwüste ihren Anfang genommen hatte. Und Boron ...

Etwas in ihm sträubte sich einfach gegen die Vorstellung, daß der Magier tot sein sollte. Es war ... zu einfach gewesen.

Ja, vielleicht war es das, überlegte er, während er Argor durch die niedrigen Gänge des lichtlosen Labyrinthes folgte. Der Gedanke, daß Boron wirklich tot sein sollte, erschien ihm absurd. Ein Mann wie er wurde nicht einfach von ein paar Aufständischen *erschossen.* Lächerlich.

Vielleicht ...

Er kam nicht dazu, den Gedanken weiterzuverfolgen, denn in diesem Moment erreichten sie eine Stelle, an der mehrere niedrige Türen von dem halbrunden Gang abzweigten, und der Cra'thal blieb stehen und bedeutete ihm mit einer Geste, still zu sein und ihm zu folgen. Torian nickte, zum Zeichen, daß er verstanden hatte, bückte sich hinter Argor unter der niedrigen Tür hindurch und blinzelte, als grelles Licht schmerzhaft in seine Augen stach.

Dann bemerkte er, daß es nur eine winzige Fackel war, kaum mehr als ein Span, die in der niedrigen Höhle brannte und deren Licht noch zusätzlich durch einen Schirm aus dickem Ölpapier gedämpft wurde, und erst jetzt, im nachhinein, begriff er, daß er dem Cra'thal durch *absolute Finsternis* gefolgt war. Wieso hatte er sehen können?

Torian schauderte. Großer Gott, dachte er, wie weit geht die Veränderung bereits, die mit meinem Körper stattfindet?

Eine entsetzliche Vorstellung stieg in ihm hoch: Wie in einer gräßlichen Vision sah er sich selbst, wie er mehr und mehr seine Menschlichkeit verlor, schließlich selbst zum Tier wurde, einem grauenhaften Etwas, das eine absurde Mischung aus Mensch und Spinne war, bis der Parasit in seinem Körper ihn schließlich ausgehöhlt hatte, innerlich aufgefressen; er war nur noch eine leere Hülle, ein Kokon, aus dem die Brut der Spinne hervorbrechen würde.

Er verscheuchte die Vorstellung, aber er war machtlos gegen die Bewegung, als seine Hand unter sein Gewand kroch und nach der Schwellung über seinem Herzen tastete. Natürlich war sie nicht gewachsen in den letzten Stunden. Es würde noch Wochen dauern, vielleicht Monate, bis er so weit geschwächt war, daß er sich nicht mehr bewegen konnte. Aber was mochte mit ihm geschehen in all dieser Zeit, wenn das Ungeheuer sein Denken *jetzt schon* zu beeinflussen begann, nach wenigen Tagen?

Er versuchte, auch diese Frage zu ignorieren, aber er konnte es nicht.

»Wir werden dir beistehen, wenn es soweit ist«, sagte Argor plötzlich.

Torian fuhr erschrocken hoch und blickte in das augenlose flache Gesicht des Cra'thal. »Liest du meine Gedanken?« fragte er scharf.

Argor schüttelte den Kopf. »Nein. Ich habe die Bewegung gespürt, als du nach deiner Schulter gegriffen hast. Und du hast Angst.«

»So?« sagte Torian unsicher. »Spürt man das?«

»Man kann es riechen«, erwiderte Argor ernsthaft. »Und man hört es. Du bist ein Mann von großer Selbstbeherrschung, aber deine Stimmc ist voller Angst.«

Torian lächelte, aber er wirkte immer noch sehr ernst.

»Ich bewundere deine Tapferkeit, Torian Carr Conn«, fuhr Argor fort. »Aber es ist nichts Schlechtes daran, Angst zu haben.«

Torian antwortete nicht. Es hatte wenig Zweck, mit einem Mann zu diskutieren, der am Klang seiner Stimme hörte, was er dachte!

»Wir werden dir beistehen, wenn es soweit ist«, sagte Argor noch einmal. »Ich weiß nicht, ob wir dich retten können, Torian. Aber ich verspreche dir zumindest einen schnellen Tod – wenn dies der einzige Ausweg ist.«

Torian schauderte erneut. Und trotzdem empfand er plötzlich ein Gefühl sehr tiefer, warmer Dankbarkeit. Vielleicht war ein Tod ohne Qualen – und ohne daß er hilflos mit ansehen mußte, wie er sich in ein Ungeheuer verwandelte, sowohl körperlich als auch seelisch – schon mehr, als er eigentlich noch vom Schicksal erwarten konnte.

»Warum ... warum schneidet ihr sie nicht einfach aus mir heraus?« fragte er mit zitternder Stimme, obwohl er die Antwort kannte, noch bevor Argor sie aussprach.

»Weil du sterben würdest, würden wir das versuchen«, sagte der Cra'thal traurig. »Die Brut der Spinne weiß sich zu schützen. Eher tötet sie dich und nistet weiter in einem Leichnam, statt daß sie stirbt.«

Torian schwieg. Warum hatte er überhaupt gefragt? Natürlich konnte es nicht so einfach sein.

Er seufzte, straffte sich sichtbar und lächelte, ehe ihm einfiel, daß sein Gegenüber die Geste ja nicht sehen konnte. »Wohin bringst du mich?« fragte er.

Argor machte eine Handbewegung, deren Bedeutung Torian nicht begriff. »Nach unten«, sagte er. »Die Männer sind bereit.«

Torian erschrak, obwohl er es hätte wissen müssen. »Wir ... brechen gleich auf?« fragte er stockend.

Es war das erste Mal, daß er einen Cra'thal lächeln sah. Bei einem augenlosen Gesicht wie seinem wirkte es gespenstisch. »Gibt es einen Grund, noch zu warten?« fragte Argor.

Wieder schüttelte Torian erst den Kopf, ehe er sich darauf besann, daß er in einer Welt der Geräusche war, nicht mehr in einer der Bilder. »Eigentlich nicht«, seufzte er. »Du hast recht. Aber ich ...«

»Du möchtest deine Freunde noch einmal sehen«, führte Argor den Satz zu Ende, als er nicht weitersprach. Torian nickte, und diesmal schien der Cra'thal die Bewegung zu spüren, denn er drehte sich um und deutete auf einen niedrigen Durchgang in der Wand, der zu einer weiteren, nur halbhohen Höhle führte. Torian folgte ihm wortlos.

Shyleen und Garth lagen nebeneinander auf einem einfachen Lager aus Stroh. Sie waren beide ohne Bewußtsein, und ihre Gesichter sahen aus wie die von Toten. Jedes Leben schien daraus gewichen. Zwei Cra'thal kümmerten sich um Garth' Wunden, während ein weiblicher *Jünger* damit beschäftigt war, Shyleens Lippen mit einem wassergetränkten Tuch zu befeuchten.

Torian blieb zwei Schritte vor dem Lager stehen, blickte einen Moment lang auf die beiden reglosen Körper hinab und drehte sich dann mit einem Ruck um. Argor spürte die Bewegung und wandte ihm das Gesicht zu.

»Der Anblick tut weh, ich weiß«, sagte er. »Ich wollte ihn dir ersparen.«

»Werden sie ...«

»Sterben?« fragte Argor, als Torian auch dieses Mal nicht weitersprach. »Ich weiß es nicht. Garth, Die Hand, sicher nicht. Er ist kräftig. Das Mädchen ... ich weiß es nicht. Wir tun für sie, was wir können.«

Torian wollte noch mehr sagen, tausend Fragen stellen, aber seine Kehle war mit einem Male wie zugeschnürt. Und was hätte er schon sagen können?

»Gehen wir, Argor«, flüsterte er. »Ich kann doch nichts für sie tun.«

Aber ganz stimmte das nicht. *Etwas* gab es, das er für seine Freunde noch tun konnte, selbst wenn sie starben. Er konnte dafür sorgen, daß sie ein würdevolles Grab bekamen.

Zum Beispiel eine ganze Stadt.

»Gehen wir«, sagte er, und mit einem Male verspürte er weder Zorn noch Schmerz. Nur noch Kälte. Und eine Entschlossenheit, die ihn fast selbst erschreckte.

Mit einem beinahe zornigen Ruck wandte er sich um und folgte dem Cra'thal.

Der Weg hinab zum *Herz* der Katakomben war weit; sehr viel weiter, als Torian geglaubt hatte. Sie brachen noch in derselben Stunde auf; er selbst, Argor, sein Sohn Ygan und gut zwei Dutzend weitere

weitere augenlose Gestalten, deren Namen ihm Argor nannte, die er aber gleich wieder vergaß.

Es war schwer, das Verstreichen der Zeit hier unten zu schätzen, denn es gab weder einen Wechsel von Hell nach Dunkel oder zurück oder eine Sonne, deren Stand ihm die Zeit verraten konnte. Der Himmel über ihnen war aus Stein, und das einzige Licht, das sie hatten – nur seinetwegen –, war ein glimmender Span, der trübe rote Helligkeit und Schatten verbreitete, die sie lautlos flankierten.

Aber es vergingen Stunden, Stunden und Stunden und Stunden, in denen sie monoton weitergingen, durch scheinbar immer gleiche, scheinbar endlose Korridore, manchmal über Treppen oder jäh in die Tiefe führende Rampen, manchmal auch über schmale steinerne Brücken, unter denen bodenlose Abgründe klafften und die niemals so etwas wie ein Geländer gehabt hatten. Torian begann die Cra'thal schon bald zu beneiden, daß sie nicht sahen, wo sie entlanggingen, denn manchmal waren es nur halbe Fingerbreiten, die sie zwischen sich und dem Sturz ins Nichts hatten.

Sie rasteten dreimal. Einmal, um zu schlafen, die beiden anderen Male, um etwas zu essen. Torian schätzte, daß oben auf der Erde ein ganzer Tag vergangen sein mußte, als sie das dritte Mal aufbrachen. Sie mußten sich meilenweit unter Armar befinden; vielleicht sogar schon unter dem Meer.

Dann – wieder waren sie Stunden um Stunden gelaufen – begann sich etwas zu ändern. Torian vermochte im ersten Moment nicht einmal zu sagen, was – aber ihre Umgebung war plötzlich *anders.* Etwas lag in der Luft, das er nicht hörte oder sah, aber dafür um so deutlicher *fühlte.* Vielleicht waren es die Instinkte der Spinne, die ihn warnten, vielleicht auch die Magie der Schwarzen, die gegen seinen Willen in ihm war, aber gleich, was es sein mochte – sie näherten sich dem *Herz*.

Und etwas später – nicht sehr viel – begriff er, warum die Cra'thal das Zentrum dieser Anlage so genannt hatten.

Er hörte es.

Das Geräusch war im ersten Moment so leise, daß er es wohl eher spürte, aber es wuchs rasch an: ein dumpfes, sehr langsames Dröhnen, das sich wirklich anhörte wie das Schlagen eines ungeheuerlichen dumpfen Herzens, das tief unter seinen Füßen im gewachsenen Fels der Erde hämmerte.

Dann sah er das Licht.

Es war ein Lichtschein, wie er ihn niemals zuvor erblickt hatte: ein sehr helles, fast schattenloses Licht von silberner Farbe, das wie eine leuchtende Flüssigkeit aus der Tiefe zu ihnen heraufquoll und jede noch so winzige Ritze, jede Spalte und jeden Winkel erreichte und ausfüllte. Vermutlich war es ein Licht, das er mit seinen normalen menschlichen Augen gar nicht wahrgenommen hätte, denn selbst jetzt erschien es ihm mild und fast wohltuend, und er konnte so gut sehen wie schon seit Tagen nicht mehr. Der Lichtschein pulsierte, und nach einer Weile fiel ihm auf, daß er es im gleichen Rhythmus tat wie das dumpfe Hämmern unter seinen Füßen.

Als sie in den Bereich des silbernen Lichtes eindrangen, blieben die Cra'thal stehen. Torian war nicht sonderlich überrascht – schließlich hatten sie es ihm gesagt –, aber er erschrak. Der Gedanke, sich der Quelle dieses Leuchtens und des dumpfen Hämmerns allein zu nähern, trieb ihm den kalten Angstschweiß auf die Stirn. Was, zum Teufel, sollte er gegen das Herz *tun?*

Eine Gestalt trat auf ihn zu, die im silbernen Widerschein des unheimlichen Lichtes nur als Umriß zu erkennen war; ihr Gesicht war wie eine Ebene aus gehämmertem Metall, in die die Schatten die Illusion nicht vorhandener Augen zauberten. Es war Argor, aber Torian erkannte ihn erst, als er sprach. Das unheimliche Licht ließ alle Dinge anders aussehen. Fremd. *Falsch.*

»Von hier ab mußt du allein weitergehen, Torian«, sagte der Cra'thal. »Wir können dir nicht folgen.«

Torian fragte nicht, warum. Er selbst spürte das Unheimliche, Fremde überdeutlich, das von jedem Atom seiner Umgebung Besitz ergriffen zu haben schien. Es kam aus der Tiefe, mit dem Licht und dem hämmernden Herzschlag, und es wurde stärker mit jeder Sekunde. Vermutlich war es nur die Macht der Spinne, die ihn schützte.

»Wir werden hier auf dich warten«, fuhr der Cra'thal fort, als Torian nicht antwortete. »Für eine Zeit, die einem Tag eurer Rechnung entspricht. Bist du bis dahin nicht zurück, gehen wir.«

Und das war dann sein Todesurteil, dachte Torian matt. Allein hatte er nicht die Spur einer Chance, den Weg zurück aus den *Katakomben der Letzten Nacht* zu finden.

Aber wenn er nach vierundzwanzig Stunden nicht zurück war, fügte er in Gedanken hinzu, dann bedeutete das ohnehin, daß er nicht mehr lebte. Er wollte noch etwas sagen, aber nicht zum ersten Mal, seit er diese Welt der Dunkelheit betreten hatte, fehlten ihm einfach die Worte.

»Meine Brüder und ich werden uns um deine Freunde kümmern, solltest du nicht zurückkommen«, sagte Argor, als hätte er seine Gedanken gelesen. Plötzlich lächelte er. »Ich weiß«, fuhr er fort, wobei er die Hand hob und Torians Schulter berührte, dicht über der Stelle, an der das Ei pulsierte, »daß es ein schwacher Trost ist, aber solltest du das *Herz* vernichten und dabei den Tod finden, dann wisse, daß du deine Freunde trotzdem rettest. Die Schwarzen beziehen ihre Macht aus dem *Herz*. Ist es zerstört, erlischt der Bann, der über Garth' und Shyleens Geist liegt.«

Torian sah den Cra'thal sehr ernst an. »Ist dir klar, was du da sagst, Argor?« fragte er leise. »Wenn diese Katakomben nur noch existieren, weil das *Herz* da ist ...«

»Kann es sein, daß wir alle den Tod finden, wenn es aufhört zu schlagen«, sagte Argor ruhig. »Wir wissen es. Aber wir sind vorbereitet. Es gibt große Höhlen in der Erde, die auf natürliche Weise entstanden sind. Unser Volk ist dort sicher, sollte die Verheerung über die Katakomben hereinbrechen. Außerdem«, er versuchte ein menschliches Lächeln nachzuahmen, aber es mißlang so kläglich wie beim ersten Mal, »wird es nicht so schnell gehen. Vielleicht dauert es Tage, bis die Katakomben zerstört werden. Vielleicht Jahre.«

»Vielleicht auch nur Sekunden«, sagte Torian ernst.

Argor nickte. »Vielleicht auch nur Sekunden. Unser Volk ist vorbereitet. Und nun geh, Torian Carr Conn.«

Torian ging. Es gab nichts mehr, was er noch hätte sagen können.

Das *Herz* lag unter ihm, nur noch wenige Dutzend Schritte entfernt, und für länger als fünf Minuten konnte Torian nichts anderes tun, als wie gelähmt dazuhocken und das monströse Gebilde aus silberglänzendem Licht anzustarren. Der Anblick war so phantastisch – und zugleich erschreckend –, daß er nicht nur seine Gedanken, sondern ganz konkret auch seinen Körper lähmte.

Es war ein Herz.

Ein gigantisches, mehr als mannsgroßes Herz aus reinem Licht, das im Zentrum einer kreisrunden Grube drei Meter unter ihm schwebte, von nichts gehalten und aus nichts bestehend, aber real und schlagend und ungeheuer *mächtig*. Torian konnte die Ausstrahlung ungeheurer magischer Energien spüren wie das Knistern unsichtbarer Blitze rings um sich herum; sie machte das Atmen schwer, ließ jedes einzelne Härchen an seinem Körper sich aufstellen und hinderte ihn am Denken.

Mit aller Kraft versuchte er den lähmenden Einfluß zurückzudrängen, aber es gelang ihm nur zum Teil. Er konnte sich jetzt wieder bewegen, aber über seinen Gedanken schien eine erstickende Decke zu liegen, etwas, das verhinderte, daß er an irgend etwas anderes denken konnte als an das monströse *Ding* da unter ihm.

Er erinnerte sich kaum daran, wie er den Abstieg geschafft hatte. Er war noch unerwartet weit gewesen, soviel wußte er, und unerwartet schwierig. Mehr als einmal hatte er sich, nur mit Finger- und Zehenspitzen Halt in winzigen Rissen und Felsspalten findend, über bodenlose Abgründe getastet, und einmal hatte er eine lotrecht in die Tiefe stürzende Felswand von gut hundert Manneslängen Höhe überwinden müssen. Er wußte nicht, wie, aber er glaubte sich vage zu erinnern, streckenweise kopfüber geklettert zu sein, wie eine menschliche Spinne mit weit ausgebreiteten Armen und Beinen, Halt an einer Fläche findend, an der es einfach keinen Halt *gab*.

Vielleicht war das der wahre Grund, aus dem die Cra'thal niemals bis hierher vorgedrungen waren – weil es unmöglich war. Selbst er, der sehen konnte und über die Macht der *Spinne* verfügte, hätte es beinahe nicht geschafft. Für ein Wesen, das nicht sehen konnte, konnte dieser Weg nur in den Tod führen.

Und auch für ihn führte er nicht mehr zurück.

Torian hatte schon auf halber Strecke begriffen, daß er den Rückweg unmöglich bewältigen konnte. Selbst wenn es ihm gelang, das *Herz* zu vernichten – was unwahrscheinlich war –, und selbst wenn es ihm gelang, darüber hinaus auch noch am Leben zu bleiben – was noch unwahrscheinlicher war –, würde er nie wieder zurückkommen. Der Abstieg hatte ihn all seine Kräfte gekostet; allein die Vorstellung, diese entsetzliche Wand *hinauf* steigen zu wollen, war lächerlich.

Aber vielleicht wollte er das gar nicht mehr.

Torian lauschte in sich hinein, während er auf das gewaltige strahlende *Herz* hinabblickte. Da war nichts. Das finstere fremde Ding in ihm schwieg, und für einen Moment – so absurd es ihm selbst vorkam – hatte er fast Angst, daß es nicht mehr dasein könnte und alles umsonst gewesen wäre. Aber das war natürlich Unsinn. Es war da und stärker als je. Allein die Tatsache, daß er den Weg bis hierher geschafft hatte, bewies dies zur Genüge.

Seine Hand tastete zum Schwert, aber dann führte er die Bewegung nicht zu Ende, als ihm bewußt wurde, wie ungemein lächerlich die Waffe in diesem Moment war. *Was willst du tun, du Narr?* dachte er. *Mit einer Waffe aus Stahl gegen dieses Ding kämpfen?* Das war schon nicht mehr lächerlich – dafür mußte er ein neues Wort erfinden.

Vorsichtig richtete er sich auf, suchte auf dem geröllübersäten Untergrund nach einem festen Stand und balancierte mit weit ausgebreiteten Armen weiter auf die Grube zu, in deren Zentrum das weiße Herz aus Licht schlug.

Der Anblick verlor nichts von seiner Gespenstigkeit, als er näher kam. Im Gegenteil – was er sah, erschien ihm mit jedem Moment unheimlicher, und zu dem Gefühl des Fremden und Feindseligen, das er verspürte, gesellte sich nun ganz profane Angst.

Das *Herz* war sehr viel größer als ein Mann, das erkannte er, als er sich näherte. Es hatte wirklich – ungefähr – die Form eines menschlichen Herzens, und es pulsierte wie ein solches, wenn auch in einem sehr, sehr viel langsameren, irgendwie arhythmischen Takt. Es hing schwerelos zwei Handbreit über dem Boden einer vielleicht drei Meter tiefen und gut zehnmal größeren kreisrunden Grube, deren Boden wie glasiert wirkte und mit einem verwirrenden Muster aus roten und schwarzen Linien verziert war.

Behutsam näherte sich Torian dem Rand dieser Grube, ging in die Hocke und stützte sich mit beiden Händen auf dem Fels ab, ehe er sich vorbeugte, um mehr erkennen zu können. Der Felsen war warm, und er erzitterte wie steinhartes Fleisch, jedesmal, wenn das riesige Herz schlug.

Wie, zum Teufel, sollte er dieses Ding vernichten?!

Er beugte sich weiter vor, spürte, wie der Rand der Grube unter seinen Fingern zu bröckeln begann, und richtete sich hastig wieder auf. Torian kroch ein kleines Stück zurück, rutschte in eine etwas bequemere Position, ohne aus der Hocke aufzustehen, und dachte angestrengt nach. Er konnte jetzt erkennen, daß es außer dem dumpfen Pulsieren des *Herzens* noch einen zweiten Rhythmus gab: das *Herz* dehnte sich aus, ganz langsam, so daß man die Bewegung mit dem bloßen Auge kaum verfolgen konnte, aber beständig. Wahrscheinlich würde es die ganze Grube ausfüllen, wenn es seine größte Ausdehnung erreicht hatte, und sich anschließend wieder zusammenziehen.

Aber auch das, dachte er mürrisch, war noch keine Antwort auf die Frage, wie, um alles in der Welt, er dieses Ding zerstören sollte. Er mußte ...

Torian sah die Bewegung aus den Augenwinkeln, aber seine Reaktion kam zu spät. Mit einem Fluch fuhr er hoch und herum, führte die Drehung aber nur halb zu Ende, dann traf ihn ein heftiger Schlag gegen die Brust und ließ ihn rückwärts taumeln.

Einen Moment lang kämpfte er mit wild rudernden Armen um sein Gleichgewicht, versuchte auf dem unsicheren Boden irgendwo festen Stand zu finden –

– und trat ins Leere.

Der Aufprall raubte ihm fast das Bewußtsein, denn der Boden, auf den er drei Meter tiefer aufschlug, schimmerte nicht nur wie Glas, er war auch ebenso hart. Einen Moment lang blieb er mit geschlossenen Augen liegen und versuchte den hämmernden Schmerz in seinem Rücken und seinen Schultern zu ignorieren, dann hob er vorsichtig die Lider.

Er war dem *Herzen* ganz nahe.

Sein Sturz hatte ihn fast bis in die Mitte der Grube geschleudert, und der Ball aus leuchtendem Silberlicht war kaum noch eine Armeslänge von ihm entfernt; wenn er sich bei einem seiner mühsamen Pulsschläge ausdehnte, sogar nur noch eine Handbreit. Das Gefühl, mit dem ihn die unmittelbare Nähe des *Herzens* erfüllte, war sehr unangenehm, aber mit Worten nicht zu beschreiben, denn es glich nichts, was Torian je erlebt hatte.

Hastig stemmte er sich hoch, kroch rückwärts vor dem pulsierenden Ball aus Helligkeit davon und stand erst auf, als er den glasierten Fels der Grube hinter sich fühlte. Er hatte plötzlich das unangenehme Gefühl, ziemlich genau zu *wissen,* was den Stein zu Glas zerschmolzen hatte.

Ein Schatten erschien am gegenüberliegenden Rand der Grube, und erst jetzt erinnerte er sich wieder an den Schlag, der ihn getroffen und hier heruntergeschleudert hatte.

Dann erkannte er die Gestalt, die, in einen schwarzen Mantel gehüllt, über ihm stand und ihn aus kalten Augen musterte, und für die nächsten fünf Sekunden dachte er gar nichts mehr.

Über ihm stand Boron.

Der Mann, der vor seinen Augen erschossen worden war.

»Du täuschst dich nicht, Torian«, sagte der Magier ruhig, fast als hätte er seine Gedanken gelesen. Es war wohl kein besonderes Kunststück, sie von seinem Gesicht abzulesen in diesem Moment.

»Aber das ist ...«

»Unmöglich?« fragte Boron, als Torian nicht weitersprach. Er lächelte – auf eine sehr kalte, sehr falsche Art –, schüttelte den Kopf und hob die Hand. Eine zweite, kleinere, in hauteng anliegendes braunes Leder gehüllte Gestalt trat neben ihn, dann eine dritte, vierte, fünfte ...

Sie waren zu weit entfernt, als daß Torian ihre Gesichter erkennen konnte, aber er sah zumindest, daß es Gesichter ohne Augen waren, und jetzt endlich begriff er, wie grausam Boron ihn getäuscht hatte.

»Argor?« murmelte er, noch immer fassungslos, wenn auch jetzt eher vor Zorn als vor Unglauben. »Und ... Ygan? Ihr ...«

»Es war nicht ihre Schuld«, sagte Boron lächelnd. »Sie gehören nicht zu der Art von Kreaturen, die an irgend etwas *schuld* sein können.«

Zorn stieg in Torian auf. Er machte einen wütenden Schritt auf den Magier zu und blieb wieder stehen, als Argor drohend seinen Speer hob.

»Dann war alles gelogen«, sagte er. »Die kleine Revolution war nichts als Lüge.«

»Natürlich«, sagte Boron beinahe freundlich. »Ich dachte mir, daß es dir Freude bereitet, gegen mich zu kämpfen. Torian gegen den Rest der Welt, das war doch immer dein Motto, oder?«

Torian ignorierte die Frage. »Warum? Verdammt noch mal, ich hätte es freiwillig getan!«

»So?« Boron schüttelte den Kopf. »Das bezweifle ich. Du hast gesehen, wie schwierig der Weg hier herab war, Torian. Es ist beinahe unmöglich, einen Mann gegen seinen Willen hier herunterzubringen, schon gar nicht einen Mann wie dich. Nein, nein, ich fürchte, du hättest bei der ersten sich bietenden Gelegenheit versucht, mich zu töten oder zumindest zu fliehen. Vor allem, wenn du gewußt hättest, was dich erwartet.«

Torian blickte rasch zum *Herzen* hinüber, ehe er sich wieder dem Magier zuwandte. Der lodernde Ball aus Licht war deutlich größer geworden. Keine zehn Minuten mehr, schätzte er, und er würde die Grube völlig ausfüllen. Torian fragte sich schaudernd, was geschehen würde, wenn das silberne Licht ihn berührte.

»Du wirst sterben, Torian Carr Conn«, sagte Boron, der seinem Blick gefolgt war. »Im selben Moment, in dem du das *Herz* berührst. Ich glaube kaum, daß du freiwillig hier herabgekommen wärst.«

Torians Blick irrte zwischen dem Gesicht des Magiers und dem *Herzen* hin und her. Borons Worte überraschten ihn nicht besonders – schließlich stand er auf einem Felsen, der von der Hitze des silbernen Lichts zu Glas zerschmolzen war. Obwohl er dem *Herzen* sehr nahe war, spürte er keine Wärme; aber der glasierte Stein, auf dem er stand, bewies das Gegenteil.

Nervös fuhr er sich mit der Zungenspitze über die Lippen. Seine Gedanken überschlugen sich. Er hatte nicht mehr viel Zeit, und die Auswahl dessen, was er tun konnte, war reichlich bescheiden; um nicht zu sagen, gleich Null ... Sicherlich war der Rand der Grube nicht zu hoch, daß er ihn nicht mit einem entschlossenen Satz ergreifen könnte – wären da nicht die Cra'thal gewesen. Selbst ein Kind mit leeren Händen hätte ihn daran hindern können, die Grube zu verlassen. Und Argor und seine Leute waren weder Kinder, noch waren ihre Hände leer.

»Wozu das alles, Boron?« fragte er. »Nur aus Grausamkeit?«

»Grausamkeit?« Boron wirkte ehrlich betroffen. »Du enttäuschst mich, Torian. Grausamkeit ist ein gutes Werkzeug, aber niemals

Selbstzweck. Wir wollen nicht dich. Sieh es als Zufall an, daß ausgerechnet *du* der Überbringer der Macht sein wirst. Das *Herz*«, er deutete auf den pulsierenden Ball aus Licht, der schon wieder größer geworden war, »schlägt, aber es ist alt, seine Kraft ist verbraucht. Die Macht, die in dir ist, wird es zu neuem Leben erwecken. Armar wird wieder uns gehören.«

»Und bald die ganze Welt, wie?« knurrte Torian.

Boron zuckte gleichmütig mit den Achseln. »Möglich. Wer will schon die ganze Welt. Für dich spielt es keine Rolle. Du wirst sterben, sobald du das *Herz* berührst.« Er beugte sich vor und grinste hämisch. »Nimm einen guten Rat von mir an, Torian, und wehre dich nicht. Tritt hinein. Ein kurzer Schmerz, und du bist erlöst.«

Hinter ihm bewegte sich etwas. Etwas wie ein Schatten, aber größer, finsterer und voller glitzernder Panzerschuppen. Und gleichzeitig regte sich etwas *in* Torian. *Was war das?*

»Du hast Angst?« fragte Boron, der sein Erschrecken zwar bemerkte, aber völlig falsch verstand. Der Schatten hinter ihm wuchs weiter heran, ohne mehr Gestalt anzunehmen, aber plötzlich glaubte Torian zu wissen, was er bedeutete.

»Jeder hat Angst vor dem Tod«, sagte Torian lahm, nur um überhaupt zu antworten und Borons Aufmerksamkeit gefangenzuhalten. Er mußte Zeit gewinnen. Vielleicht hatte er doch noch eine winzige Chance.

»Wir auch«, sagte Boron ernsthaft. »Willst du es uns übelnehmen, daß wir alles in unserer Macht Stehende tun, um zu überleben?«

»Ja«, antwortete Torian. »Wenn ihr bedenkenlos das Leben anderer opfert, um dies zu erreichen.« Der Schatten war Boron jetzt ganz nahe. Ein gewaltiges, fast mannslanges Spinnenbein schob sich in das silberne Licht, kaum eine Handspanne vom Arm eines der Cra'thal entfernt. Der *Jünger* bemerkte es nicht. Es war, dachte Torian schaudernd, als wisse die Spinne ganz genau, daß die Cra'thal blind waren, und bewege sich deshalb vollkommen lautlos.

Boron seufzte. »Wie viele Männer hast du getötet, um zu überleben, Torian?«

»Das war etwas anderes«, widersprach Torian. »Ich habe niemals jemanden ermordet. Meine Gegner hatten eine faire Chance.«

»Gegen dich?« Boron lachte. »Narr! Welche Chance hat ein normaler Mensch in einem Schwertkampf mit *dir*? Wir tun nichts anderes als du, nur mit unseren Waffen. Du kämpfst mit dem Schwert, wir mit Zauberei.«

»Das ist nicht wahr!« behauptete Torian. Gleichzeitig preßte er sich so eng gegen die glasierte Wand in seinem Rücken, wie er nur konnte. Das *Herz* war weiter gewachsen. Der leuchtende Ball füllte jetzt mehr als die Hälfte der Grube aus, und in seinem Inneren glaubte Torian etwas Dunkles, hektisch Pulsierendes zu erkennen. Etwas wie Hitze, das aber nicht warm war, streifte sein Gesicht und ließ die feinen Härchen in seinem Nacken sich aufstellen. Nur noch Augenblicke, und dieses kalte tödliche Feuer hatte ihn erreicht.

»Das ist nicht wahr!« sagte er noch einmal, nur um Zeit zu gewinnen und Borons Aufmerksamkeit irgendwie weiter zu fesseln. »Das war etwas anderes. Du ...«

Die gigantische Blutspinne trat mit einer einzigen, ungeheuer kraftvollen Bewegung aus den Schatten heraus, und Torian sprang.

Es war ein Satz, wie ihn nur die schiere Kraft der Verzweiflung möglich machte. Ohne Ansatz federte er aus dem Stand hoch, riß die Arme in die Höhe und bekam den oberen Rand der Grube zu fassen. Einer der Cra'thal trat mit erhobenem Speer auf ihn zu, aber plötzlich traf ihn ein Schlag in den Rücken; nicht hart genug, ihn zu töten oder in die Grube hinabzuschleudern, aber heftig genug, um ihn aus dem Gleichgewicht zu bringen und auf die Knie hinabfallen zu lassen. Die Speerspitze, die auf Torians Hände gezielt hatte, zerbrach klirrend unweit daneben auf dem Boden.

Torian zog sich mit einer verzweifelten Bewegung vollends aus der Grube heraus, kam mit einer Rolle auf die Füße und griff nach seinem Schwert.

Die Bewegung war zu langsam. Er sah Argors schlanke Gestalt wie einen braunschwarzen Schatten vor sich emporwachsen, duckte sich im allerletzten Moment unter der heranzischenden Klinge weg und trat automatisch nach den Beinen des Cra'thal. Er traf, aber er hatte die unheimliche Kraft dieser blinden Männer ja schon zur Genüge kennengelernt – Argor strauchelte, machte einen ungeschickten Schritt zurück und fand sein Gleichgewicht fast sofort wieder. Aber die kurze Pause reichte Torian immerhin, seine eigene Waffe zu ziehen und sich hastig ein paar Schritte weit vom Grubenrand zurückzuziehen. Gehetzt sah er sich um.

Es war ein bizarrer Anblick, der sich ihm bot. Argor und der andere Cra'thal waren allein auf dieser Seite der Herzgrube. Boron lag reglos auf der anderen Seite der Grube – bewußtlos oder tot –, und über ihm stand die Spinne, ein schwarzer Gigant, so häßlich wie die Nacht und doppelt so groß, wie sie Torian in Erinnerung hatte. Sie hatte sich auf die beiden hinteren ihrer drei Beinpaare aufgerichtet, die vorderen Gliedmaßen und die armlangen gefährlichen Zangen schlugen mit rasenden Bewegungen nach dem guten Dutzend Cra'thal, das sie mit Speeren und Schwertern attackierte. Die *Jünger* schienen nicht die mindeste Furcht vor der gigantischen Kreatur zu empfinden. Wieder – und nicht zum ersten Mal – mußte Torian an Maschinen denken, als er den kämpfenden braungekleideten Gestalten zusah; bizarren, menschenähnlichen, perfekten Maschinen, die weder Furcht noch sonst irgendein anderes menschliches Gefühl kannten.

Aber ihm blieb kaum eine Sekunde, um dem ungleichen Kampf zuzusehen, denn Argor und der zweite Cra'thal griffen fast sofort wieder an.

Sie hatten jetzt beide ihre Schwerter gezogen und kamen mit langsamen, wiegenden Bewegungen näher. Ihre augenlosen Gesichter starrten ihn an, und obwohl sie blind waren, war Torian doch sicher, daß sie jede noch so winzige Bewegung wahrnahmen, die er machte.

Vorsichtig glitt er einen Schritt nach links. Argor vollzog die Bewegung getreulich nach, und der zweite Cra'thal tat einen Schritt in die entgegengesetzte Richtung. Ihre Schwerter waren unverrückbar auf sein Gesicht gerichtet.

Torian duckte sich instinktiv.

Die Schwerter blieben oben.

Torian keuchte überrascht, und fast sofort senkten sich die Klingen der beiden Cra'thal wieder.

Und eine phantastische Idee begann in Torian zu reifen. Es war schierer Wahnsinn, völlig unmöglich – aber er hatte gar keine andere Chance, als es zu versuchen. Mit seinen normalen, menschlichen Kräften war er nicht einmal einem der Cra'thal gewachsen, geschweige denn gleich zwei.

Torian rückte einen Schritt nach rechts, setzte den Fuß hörbar auf und zog ihn lautlos wieder zurück. Argor erstarrte mitten in der Bewegung, und der zweite Cra'thal machte einen Schritt in die Richtung, aus der das Geräusch gekommen war.

Torian erstarrte zur Salzsäule. Er bewegte sich nicht mehr, ja, er atmete nicht einmal mehr. Die beiden Cra'thal zögerten, kamen wieder näher, zögerten wieder. Sie wirkten verwirrt, unsicher, aber nicht ängstlich. Ein angespannter, lauschender Ausdruck lag auf Argors Zügen. Das Schwert in seiner Hand bewegte sich von rechts nach links und wieder zurück.

Torians Lungen begannen zu schmerzen. Er hatte nicht besonders viel Übung darin, den Atem anzuhalten, aber er mußte es, denn er war im selben Augenblick verloren, in dem er Luft holte. Er erinnerte sich gut daran, *wie* unglaublich scharf das Gehör der *Jünger* entwickelt war. Solange er nicht atmete, war er unsichtbar für sie – aber wie lange noch?

Als wäre allein der Gedanke ein Auslöser gewesen, begannen seine Lungen stärker zu schmerzen. Ein dumpfer, rhythmisch klopfender Schmerz erwachte in seiner Brust. Noch eine Minute, schätzte er, dann würde er atmen müssen, sehr *laut* atmen.

Der Kampflärm vom gegenüberliegenden Rand der Grube verstärkte sich. Torian drehte millimeterweise den Kopf, um der bizarren Auseinandersetzung zuzusehen. Der Kampf schien eine Art Unentschieden erreicht zu haben, in dem keine Seite so recht weiterkam: die Spinne, die – eine andere Erklärung fand Torian nicht – aus Sorge um ihre Brut hier heruntergekommen war, thronte wie ein häßlich aufgedunsener wagengroßer Panzersack über dem bewußtlosen Magier. Ihre Augen flammten vor Zorn, und ihr vorderes Beinpaar und die tödlichen Scheren peitschten immer wieder nach den Angreifern. Aber die Cra'thal waren *schnell*, und sie waren zäh genug, selbst einen Hieb der mörderischen Spinnenbeine zu verkraften.

Torian wußte nicht so recht, welcher Seite er den Sieg gönnen sollte, und vermutlich war es für ihn ohnehin egal – der Tod, der ihm als lebende Vorratskammer für die Spinne bevorstand, war wahrscheinlich weit qualvoller als der im *Herzen*, und die Cra'thal waren trotz allem noch *Menschen* oder waren es wenigstens einmal gewesen.

Sein Luftvorrat war aufgebraucht. Torian hatte das Gefühl, daß seine Lungen platzen wollten. Noch Sekunden, und er würde die Besinnung verlieren.

Er wandte seine Aufmerksamkeit wieder Argor und dem zweiten Cra'thal zu. Die beiden waren nicht näher gekommen, sondern standen wie er reglos da, mit erhobenen Schwertern und wie lauschend zur Seite gelegten Köpfen. Sie wußten ganz genau, was er tat, dachte er erschrocken. Sie wußten auch genau, daß er es nur noch wenige Sekunden durchhalten konnte.

Er griff an, ohne vorher Atem zu schöpfen. All seine Kraft und Schnelligkeit lag in diesem einen, geraden Stich, einer Bewegung, die der Cra'thal zwar noch hörte, die aber selbst für seine überschnellen Reflexe zu rasch kam. Torians Klinge schrammte an seinem Arm entlang, riß eine breite blutige Wunde hinein und biß tief in seine Schulter. Der Cra'thal schrie auf und brach zusammen. Torian holte mit einem erstickten Keuchen Luft, und Argor schlug zu.

Torians Abwehrbewegung kam zu spät. Argors Klinge traf sein Schwert, prellte ihm die Waffe aus der Hand und berührte ganz flüchtig seinen Arm, aber schon dieses fast sanfte Streicheln reichte aus, einen entsetzlichen Schmerz durch Torians Arm zucken zu lassen. Er schrie, brach in die Knie und fiel kraftlos nach vorne, als seine Arme unter dem Gewicht seines Körpers nachgaben. Er konnte nicht mehr richtig sehen. Rote Nebel aus Schmerz verschleierten seinen Blick.

Das *Ding* in ihm erwachte wieder.

Torian konnte spüren, wie sich tief in ihm etwas regte, etwas Körperloses und ungemein Finsteres, etwas, das sich von seiner Angst nährte wie ein Vampir von seinem Blut. Torian versuchte den geistigen Einfluß der Spinne mit verzweifelter Macht zurückzudrängen, aber seine Anstrengungen bewirkten eher das Gegenteil. Das *Ding* in ihm würde nicht zulassen, daß er getötet würde.

Aber er wußte auch, daß er nie wieder er selbst werden würde, wenn er nachgab. Der fremde Geist in ihm war zu stark geworden. Er würde nicht zulassen, daß Torian noch einmal die Kontrolle über seinen Willen zurückerlangte.

Alles ging unglaublich schnell, und doch schien die Zeit stehenzubleiben. Argor bewegte sich plötzlich lächerlich langsam; so träge, als wären sie unter Wasser, und die spitzen Kampfschreie der Cra'thal wurden dumpf und zu einem langgezogenen Heulen. Torian fühlte ... *Kraft*. Eine Kraft von nie gekanntem Ausmaß, eine im wahrsten Sinne des Wortes übermenschliche Stärke, die ihn durchpulste und jeden Schmerz, jede Schwäche aus seinen Gliedern vertrieb.

Mit einer Bewegung, die eigentlich vollkommen unmöglich war, sprang er auf die Beine, tauchte fast gemächlich unter Argors Schwerthieb hindurch und entriß dem Cra'thal die Waffe. Er fühlte nicht einmal Widerstand, als er das Schwert mit beiden Händen ergriff und in zwei Teile zerbrach. Alles war wie in einem Alptraum, in dem er nur Zuschauer war, ein unbeteiligter Gast, der keinen Einfluß mehr auf das Geschehen hatte. Er sah, wie sich Argors augenloses Gesicht vor Schrecken und Furcht verzerrte, spürte ein neuerliches Aufwallen dieser ungeheuren, gnadenlosen Stärke in sich und begriff, daß es zu spät war. Sein Wille war bereits ausgelöscht. Die *Spinne* war erwacht, und sie würde sich nicht wieder vertreiben lassen. Voller Entsetzen sah er, wie seine Hände vorzuckten, den Cra'thal ergriffen und wie ein Spielzeug in die Höhe hoben. Argor schrie, aber sein Brüllen ging im lautlosen Triumphgeschrei des Ungeheuers in Torian unter.

Mit einer einzigen wütenden Bewegung fuhr er herum und schleuderte Argor in die Grube hinab.

Der Cra'thal schrie. Schwer prallte er auf dem Boden auf, versuchte in die Höhe zu federn und wurde von seinem eigenen Schwung weitergerissen.

Direkt in das silberne Licht des *Herzens* hinein.

Es ging ganz schnell; so rasch, daß Torian nicht einmal richtig sah, was geschah. Argors Körper schien für den Bruchteil einer Sekunde durchsichtig zu werden, bestand plötzlich auch nur noch aus Licht und kaltem silbernem Feuer – und war verschwunden.

Zweierlei geschah: Das *Ding* in Torian zog sich noch einmal zurück, wie ein Raubtier, das seine Beute geschlagen hatte und für einen Moment seinen Triumph genießt, und der Kampf auf der anderen Seite der Grube kam zum Stillstand.

Die Blutspinne zog sich mit einem rasselnden Zischen zurück, und auch die Cra'thal ließen wie auf ein geheimes Kommando hin ihre Waffen sinken. Der Blick der Spinne war starr auf Torian gerichtet. In den Augen des riesigen Tieres glomm noch immer dieses unheimliche Feuer, aber es waren jetzt keine Furcht und kein Zorn mehr, die er in ihrem Blick las, sondern ... etwas anderes. Etwas, das er gar nicht genau erkennen wollte und das ihn mit purem Entsetzen erfüllte.

Erst jetzt sah er, daß Boron noch lebte. Der Magier hatte sich mühsam auf Hände und Knie erhoben und kroch ein Stück von der gewaltigen Spinne fort. Der Blick des Ungeheuers folgte ihm kalt, aber selbst Torian spürte, daß sie ihn nicht angreifen würde. Sie war hier, um ihre Brut zu schützen, mehr nicht. Blutspinnen waren keine Kämpfer. Trotz ihrer Größe und ihrer Beinahe-Unverwundbarkeit waren sie feige.

Langsam stemmte sich Boron in die Höhe, wich so weit von der gewaltigen Spinne zurück, wie es der Platz überhaupt zuließ, und drehte sich erst dann zu Torian um. In seinem Blick lag Angst, aber auch ein böser, zynischer Triumph. Langsam hob er die Hand und machte eine rasche, flatternde Bewegung.

Die Front der Cra'thal wandte sich von der Spinne ab und Torian zu.

Und das *Ding* in ihm wurde wieder stärker. Noch übernahm es seinen Willen nicht, aber es war bereit. Er hatte keine Chance, es zurückzuhalten.

»Nun, Torian?« fragte Boron lauernd. »Was wirst du tun? Leben und so werden wie sie«, er deutete auf die Spinne, die ein fürchterliches Rasseln ausstieß, sich aber nicht bewegte, »oder sterben und mir damit zur Macht verhelfen?« Er kicherte. Es klang wie das Lachen eines Wahnsinnigen. »Entscheide dich, du Held. Aber bedenke, daß alles, was du tun wirst, falsch ist. Packt ihn!«

Die beiden letzten Worte galten den Cra'thal, die sich gehorsam auf Torian zu in Bewegung setzten, allerdings ohne sonderliche Hast.

»Kämpfe«, sagte Boron. Seine Stimme war leise, aber von suggestiver Kraft. »Kämpfe, Torian Carr Conn. Du kannst sie besiegen. Wenn es einen Mann auf der Welt gibt, der es kann, dann du!« Hinter ihm regte sich die Spinne. Boron machte eine knappe, fast nicht sichtbare Handbewegung, und das gewaltige Tier erstarrte wieder.

Und endlich begriff Torian.

Die Erkenntnis stand so klar und plastisch vor seinem inneren Auge, daß er eine kostbare Sekunde damit verschwendete, sich zu fragen, wieso er Borons niederträchtiges Spiel nicht von Anfang an durchschaut hatte.

Nichts – aber auch gar nichts – von allem war Zufall. Boron hatte alles geplant, selbst das Auftauchen der Spinne, die wie die Cra'thal seinem Willen gehorchte, und sein scheinbares Entkommen aus der Grube. Er *durfte* gar nicht in dieses silberne Licht geraten, sollte er nicht sterben wie Argor vor ihm. Alles hatte nur einen einzigen Sinn: die Macht in ihm.

Sie war es, die Boron wollte. Es war die finstere Kraft der Spinne, dieses uralte, böse Etwas, das in ihm heranreifte. Sie war es, die das *Herz* zu neuem Leben erwecken würde, nicht sein Tod. Wenn er sie hier entfesselte, hatte Boron gewonnen.

Und Caracon war verloren.

Armar war nur der Anfang, das begriff er plötzlich. Der Stein, der die Lawine ins Rollen bringen konnte, eine Lawine, die vielleicht diese ganze Welt und ihre Kultur verschlingen mochte. Es war eine Kausalkette von brutaler Klarheit: Wenn die Cra'thal ihn erreichten – in zwei, allerhöchstens drei Sekunden – und wenn sie ihn angriffen – woran kein Zweifel bestand –, würde das Ungeheuer in ihm vollends erwachen. Vielleicht würde es gnädig sein und sein Bewußtsein auslöschen, vielleicht ihn auch grausam am Leben lassen, als Gefangener in seinem eigenen Körper, der hilflos mit ansehen mußte, wie er erst seelisch und dann auch körperlich zu einem Ungeheuer wurde.

Boron hatte recht. So oder so – er war verloren. Vielleicht würde er noch eine Weile weiterexistieren, auf die eine oder andere Weise – aber nicht mehr *leben.*

Aber es gab noch etwas, was er tun konnte.

Langsam, den Blick starr auf die näher rückenden Cra'thal gerichtet, drehte sich Torian herum.

Und sprang in die Grube hinab.

Ein ungläubiger Aufschrei entrang sich Borons Kehle, und auch die Cra'thal fuhren wie unter einem Hieb auseinander. Das *Ding* in

Torian bemerkte den Verrat im letzten Moment, aber nicht einmal seine Reaktion kam schnell genug. Torian spürte, wie sich seine Muskeln gegen seinen Willen bewegten, wie sein Körper versuchte, die einmal begonnene Bewegung aufzuhalten und rückgängig zu machen.

Es gelang ihm nicht. Aus dem federnden Satz wurde ein haltloses Stolpern, aus seiner eleganten Bewegung ein grotesker Hüpfer mit rudernden Armen, aber er stürzte trotzdem hinab in die Grube, drei Meter tief und auf Stein, der hart wie Glas war.

Der Aufprall betäubte ihn fast. Wie aus weiter Ferne hörte er Borons gellenden Schrei, und plötzlich war da noch ein Geräusch, ein unglaublich lautes, unglaublich *angstvolles* Zischeln und Rascheln, und ein ungeheuerlicher Schatten wuchs über dem Rand der Grube auf.

Torian versuchte, sich hochzustemmen, aber sein Körper gehorchte ihm nicht mehr. Sein Sprung war nicht zielsicher gewesen – statt ins Zentrum des ätzenden silbernen Lichtes war er eine Handbreit neben den pulsierenden Ball aus Silber geschleudert worden, und das *Ding* in ihm hinderte ihn mit Macht, weiter darauf zuzukriechen, das einzige zu tun, was ihm blieb: sich zu töten.

Aber das war auch nicht nötig. Das *Herz* pulsierte, ganz sacht nur, aber es war jetzt groß genug, um bei seinem nächsten Aufblähen die Grube zur Gänze auszufüllen, und ...

Der monströse Riesenschatten über ihm wuchs weiter heran, und wieder hörte er dieses ungeheuerliche, panische Kreischen, einen Laut, wie ihn kein anderes lebendes Wesen hervorbringen konnte, zugleich Borons entsetzten Schrei, der im allerletzten Moment begriff, was geschah, aber nichts mehr tun konnte.

Das *Herz* dehnte sich mit einem lautlosen Schlag aus. Das silberne Licht berührte Torians Hände mit kalter Hitze, und die Spinne sprang.

Ihr droschkengroßer Körper tauchte in den lodernden Ball aus Silberschein ein und flammte auf, begann in einem unheimlichen inneren Licht zu glühen wie Argor zuvor, aber gleich, wie schnell es ging, die Auflösung brauchte *Zeit*. Die Blutspinne war nur mehr ein flackernder Schemen mit wirbelnden Beinen, als sie das dunkle, pulsierende Zentrum des *Herzens* berührte, aber im selben Moment, in dem sie es tat, schien die Welt zu explodieren.

Torian sah noch einen kurzen, unerträglich grellen weißen und orangefarbenen Blitz, der das Universum von einem Ende zum anderen spaltete.

Und dann nichts mehr.

Es war sehr still, als er erwachte. Das silberne Licht war erloschen, und die gewaltige Grube glühte düster im Widerschein normaler Flammen, deren Knistern das einzige war, was die unheimliche Stille durchbrach, die sich über der Höhle ausgebreitet hatte.

Torian registrierte, daß er noch lebte, aber er empfand weder Freude noch Erleichterung. Eigentlich, dachte er und auch diesen Gedanken ohne eine Spur irgendeiner Emotion, empfand er *gar nichts*. Er lebte, und das war eine Tatsache, und er registrierte sie. Mehr nicht.

Vorsichtig richtete er sich auf. Sein Körper schmerzte an unzähligen Stellen, aber er spürte auch fast sofort, daß er nicht ernsthaft verletzt war. Eine Menge blauer Flecken und Hautabschürfungen und Prellungen, aber keine gebrochenen Knochen, die hier unten das sichere Todesurteil bedeutet hätten.

Er stand auf, wunderte sich wieder ein wenig über die sonderbare Kälte, mit der er all dies dachte, und lenkte seine Konzentration auf seine Umgebung.

Er war noch in der Grube, und er konnte nicht allzulange bewußtlos gewesen sein, denn die Spinne – oder was von ihr übrig war – brannte noch. Es war nicht sehr viel: nichts mehr von der monströsen Kreatur, die Boron für seine Zwecke ausgenutzt hatte, sondern ein verschmortes Etwas, das wie ein Haufen brennender Lumpen aussah und dort lag, wo das Zentrum des *Herzens* gewesen war.

Vielleicht war es auch nicht die Spinne, sondern das dunkle Ding, das das eigentliche *Herz* gewesen war. Er wußte es nicht. Und er wollte es auch gar nicht wissen.

Torian betrachtete den brennenden Haufen undefinierbarer Schwärze einen Moment lang, dann wandte er sich um, sammelte das bißchen Kraft, das noch in ihm war, und sprang nach dem oberen Grubenrand.

Er brauchte drei Versuche, ehe es ihm gelang, denn er war vollkommen erschöpft, aber auch dies erschreckte ihn nicht. Er fühlte sich ...

Leer.

Kalt.

Ausgebrannt. Das war es. Das Ungeheuer in ihm war verstummt, aber es war, als wäre alles Menschliche mit ihm aus Torian herausgerissen worden. Er fühlte sich ein bißchen so, wie die Cra'thal ausgesehen hatten: kalt und ohne Empfindungen, lebendig, aber vielleicht nicht mehr ganz menschlich.

Selbst diese Erkenntnis erschreckte ihn nicht mehr, und das war vielleicht das Schlimmste von allem.

Er richtete sich auf, sah sich sehr ruhig um und entdeckte ein weiteres dunkles Lumpenbündel am entgegengesetzten Rand der Grube. Von den Cra'thal war nichts mehr zu entdecken. Sie mußten geflohen sein, als Borons Zauberbann brach.

Langsam näherte sich Torian dem reglosen Magier, sah einen Moment nachdenklich auf ihn hinab und drehte ihn schließlich mit dem Fuß herum. Der Körper unter dem schwarzen Umhang fühlte sich erstaunlich leicht an.

Dann sah er, warum das so war.

Boron war tot, so tot, wie ein Wesen nur sein konnte, und das seit mindestens hundert Jahren.

Vor ihm lag eine Mumie, ein ausgemergeltes Etwas, kaum mehr als ein mit papierner Haut überzogenes Skelett, das der wahre Boron gewesen sein mußte. Alles andere war Lug und Trug, Illusion, die einzige, aber zugleich furchtbare Waffe der Schwarzen Magier.

Es war nicht schwer zu erraten, was geschehen war. Boron hatte eine Heimtücke zuviel ersonnen. Vielleicht hatte er die Spinne einzig zu dem Zweck herbeizitiert, Torians Qual noch ein bißchen zu verlängern, aber er hatte nicht damit gerechnet, daß ihre Mutterinstinkte stärker sein konnten als seine Magie.

Sie waren es gewesen. Das Tier *(war es wirklich nur ein Tier gewesen?* überlegte Torian) hatte die Gefahr gespürt, die seiner Brut drohte, und sein eigenes Leben geopfert, um die Nachkommenschaft zu sichern. Ein Urinstinkt, so alt wie das Leben selbst. Und stärker als alle Magie der Welt.

Torian empfand keinen Triumph. Nicht einmal Zufriedenheit.

Seine Hand glitt vorsichtig an der Schulter hinauf und fühlte nach der kleinen, hornharten Erhebung über seinem Herzen. Sie war noch da, aber er spürte kein Leben mehr darin. Vielleicht – nur vielleicht – war der Parasit gestorben, im selben Moment, in dem die magische Energie erlosch, mit der Boron und die zwölf anderen Magier ihn vollgepumpt hatten.

Das würde er später herausfinden.

Jetzt gab es Wichtigeres zu tun.

Torian überlegte einen Moment, ob er dem verschrumpelten Etwas zu seinen Füßen einen Tritt versetzen und es in die Grube hinabschleudern sollte, dann fand er, daß es der Mühe einfach nicht wert war, und wandte sich in die Richtung, aus der er gekommen war.

Er wußte jetzt, was er tun mußte.

Es war ganz einfach – und zugleich so absurd, daß er hell aufgelacht hätte, wäre er in diesem Moment dazu fähig gewesen, so etwas wie Sarkasmus zu empfinden:

Sie würden ihn nie in Ruhe lassen. Ganz egal, wie weit er floh, der Fluch der Magier würde ihn einholen, vielleicht morgen, vielleicht in fünfzig Jahren erst.

Aber er würde nicht mehr fliehen. Er würde hinaufgehen und Garth und Shyleen holen – falls sie noch lebten –, sich um die Spinne in seiner Schulter kümmern und – falls er das überlebte – sich nach Scrooth wenden.

Dorthin, wo die Magier regierten.

Die Welt war nicht groß genug für sie und ihn.